Der Verführer im Kilt

Weltbild Taschenbuch

Die Autorin

Sue-Ellen Welfonder hat fast 20 Jahre als Stewardess gearbeitet, bevor sie sich ganz dem Schreiben von historischen Liebesromanen widmete. Ihre besondere Liebe gilt der mittelalterlichen Geschichte Englands und Schottlands. Sie selbst hat schottische Vorfahren und fährt regelmäßig nach Großbritannien, um für ihre Bücher zu recherchieren.

Sie lebt mit ihrem Mann Manfred und ihrem Jack Russell Terrier Em in Florida. Welfonder hat für ihren ersten Roman *Der Verführer im Kilt*, beim Romantic Times Award den Preis für den besten, ersten historischen Liebesroman verliehen bekommen. Für weitere Informationen über die Autorin, besuchen Sie ihre Homepage: **www.welfonder.com**.

SUE-ELLEN WELFONDER

Der Verführer im Kilt

ROMAN

Aus dem Amerikanischen
von Ulrike Moreno

Weltbild

Die amerikanische Originalausgabe erschien 2001
unter dem Titel *Devil in a kilt*
bei Warner Books, Inc, New York.

Besuchen Sie uns im Internet:
www.weltbild.de

Genehmigte Lizenzausgabe für Verlagsgruppe Weltbild GmbH,
Steinerne Furt, 86167 Augsburg

This edition published by arrangement with
Warner Books, Inc., New York, USA

Übersetzung: Ulrike Moreno
Umschlaggestaltung: Atelier Seidel - Verlagsgrafik, Teising
Umschlagmotiv: Illustration Doreen Minuto
via Agentur Schlück GmbH
Gesamtherstellung: CPI Moravia Books s.r.o., Pohorelice
Printed in the EU
ISBN 978-3-86800-633-9

2014 2013 2012 2011
Die letzte Jahreszahl gibt die aktuelle Lizenzausgabe an.

In Liebe und Wertschätzung
widme ich dieses Buch meinem Ehemann Manfred,
meinem Helden im wirklichen Leben.
Gut aussehend und nobel wie der beste aller
erfundenen Ritter, tötet er jeden Tag aufs Neue
meine Drachen und lässt all meine Träume
Wirklichkeit werden.

Danksagungen

Inspiriert wurde ich zu diesem Buch durch einen Besuch auf Eilean Donan Castle im schottischen Hochland, und ich möchte Patricia Suchy, der Begründerin der Novel Explorations, ganz herzlich dafür danken, dass sie mich dorthin geführt hat und mir auch die Clava Cairns gezeigt hat.

Ganz besonders danken möchte ich auch Kathryn Falk, Lady Barrow vom *Romantic Times Magazine* und Lady Barrow Tours, die mich mit ihrer Freundin, Miss Mary MacRae, bekannt machte, deren Familie Eigentümer und Verwalter des Eilean Donan Castles sind. Miss Marys Vater war Captain Duncan MacRae, der Erbe Eilean Donans. Wenn ich daran denke, wie lebhaft ich den Helden des Romans an jenem Tag vor Augen hatte, als ich ihre Burg besuchte, und wie Miss Mary mir erzählte, ihr Vater habe einen wunderbaren Sinn für Humor besessen und hätte sich bestimmt gefreut, wenn der Held des Buchs nach ihm benannt würde, kann ich mich eigentlich nur fragen …

Meinen herzlichsten Dank auch an meine fantastische Agentin, Pattie Steele-Perkins, für ihren Glauben an mich und ihre Ermutigung und Unterstützung. Und meinen aufrichtigen Dank an meine erste Herausgeberin, Maggie Crawford, für diese Chance, für ihre Expertise und für jenen ganz besonderen Abend im Vidalia's. Unsere Zeit zusammen war nur kurz, aber ich werde ihr für immer dankbar sein.

1

Dundonnell Keep, Western Highlands
Schottland, im Jahre 1325

»Es heißt, er sei gnadenlos, eine wahre Brut des Teufels.« Elspeth Beaton, der unausgesprochene Seneschall der Burg MacDonnell, faltete die Hände vor ihrem umfangreichen Bauch und blickte Magnus MacDonnell, ihren Burgherrn, finster an. »Ihr könnt das Mädchen keinem Mann geben, von dem es heißt, er habe seine erste Frau kaltblütig ermordet!«

Magnus nahm einen weiteren tüchtigen Schluck von seinem Bier, ohne zu bemerken, dass der größte Teil des schäumenden Getränks in seinen ungepflegten Bart tropfte. Dann knallte er den Zinnkrug auf den hohen Tisch und bedachte seinen selbst ernannten Haushaltsvorstand mit einem feindseligen Blick.

»Es ist mir einerlei, ob Duncan MacKenzie der Teufel persönlich ist, oder ob der Bastard *zehn* Frauen umgebracht hat. Er hat um Linnet angehalten, und das ist ein Angebot, das ich nicht abschlagen kann.«

»Ihr könnt Eure Tochter nicht einem Mann ausliefern, dem nachgesagt wird, er besäße weder Herz noch Seele.« Elspeths Stimme wurde mit jedem Wort noch schriller. »Das lasse ich nicht zu!«

Magnus lachte brüllend. »*Du* lässt es nicht zu? Du gehst zu weit, Frau! Hüte deine Zunge, oder ich schick dich mit ihr fort.«

Hoch über dem großen Saal, im Spionierzimmer des Burgherrn, einem winzigen, in Dundonnells dicken Mauern versteckten Raum, spähte Linnet MacDonnell zu ihrem Vater und ihrer geliebten Amme hinunter, während sie über ihr Schicksal stritten.

Ein Schicksal, das bereits beschlossen und besiegelt war.

Bis zu diesem Augenblick hatte sie nicht geglaubt, dass ihr Vater sie tatsächlich fortschicken würde, und schon gar nicht zu einem *MacKenzie*. Obwohl keine ihrer älteren Schwestern besonders gute Partien gemacht hatte, hatte ihr Vater doch zumindest keine Einzige von ihnen dem Feind versprochen! Sie strengte ihre Ohren an und wartete, um mehr zu hören.

»Ich habe Gerüchte gehört, dass dieser MacKenzie ein Mann von großer Leidenschaft sein soll«, erklärte Elspeth. »Linnet weiß wenig von den niedrigeren Bedürfnissen der Männer. Ihre Schwestern erfuhren einiges von ihrer Mutter, aber Linnet ist anders. Sie war immer mit ihren Brüdern unterwegs und lernte ihre …«

»Ja, anders ist sie in der Tat!«, wetterte Magnus. »Nichts hat mich mehr geplagt seit dem Tag, an dem meine arme Innes sterben musste, als sie von ihr entbunden wurde!«

»Das Mädchen hat viele Fähigkeiten«, hielt Elspeth dem entgegen. »Mag sein, dass ihr die Anmut und das gute Aussehen ihrer Schwestern und ihrer verstorbenen Mutter, Gott hab sie selig, fehlt, aber sie würde trotzdem eine gute Ehefrau für einen Mann abgeben. Ihr könntet doch bestimmt eine erfreulichere Heirat für sie arrangieren? Eine, die ihr Glück nicht ganz so arg auf die Probe stellen würde?«

»Ihr Glück interessiert mich nicht. Das Bündnis mit MacKenzie ist besiegelt!«, brüllte Magnus. »Selbst wenn ich ihr etwas Besseres wünschen würde, welcher Mann braucht eine Frau, die ihn im Messerwerfen schlagen kann? Und komm mir jetzt nicht mit ihren anderen verrückten Fähigkeiten.«

Magnus nahm einen tiefen Zug von seinem Bier und wischte sich den Mund am Ärmel ab. »Ein Mann will eine Gemahlin, die sich um seine körperlichen Bedürfnisse kümmert, und nicht um irgendeinen lächerlichen Kräutergarten!«

Ein schockiertes Stammeln entrang sich Elspeths Lippen, und sie richtete sich zu ihrer vollen, wenn auch unbeeindruckenden Größe auf. »Wenn Ihr das tut, könnt Ihr Euch die Mühe sparen, mich aus der zweifelhaften Geborgenheit dieses Saales zu verbannen. Denn dann werde ich freudig mit ihr gehen. Ihr werdet Linnet nicht allein in den Unterschlupf des Schwarzen Hirsches schicken. Sie wird dort jemanden brauchen, der auf sie acht gibt.«

Linnets Herz setzte einen Schlag aus, und ihre Arme überzogen sich mit einer Gänsehaut, als sie Elspeth ihren zukünftigen Bräutigam als Schwarzen Hirsch bezeichnen hörte. Ein solches Wesen existierte nicht. Obgleich Tiere, die über eine gewisse Tapferkeit verfügten, häufig Wappen und Banner schmückten und einige Clanoberhäupter sich nach Löwen oder anderen edlen Raubtieren benannten, klang dieser Titel ominös.

Wie ein böses Vorzeichen.

Aber eins, über das nachzudenken ihr wenig Zeit blieb. Linnet rieb ihre fröstelnden Arme, verdrängte ihr zunehmendes Unbehagen und konzentrierte sich auf den erregten Diskurs dort unten in der Halle.

»Ich bin froh, wenn ich dich nicht mehr zu sehen brauche«, zeterte ihr Vater. »Deine Nörgelei wird mir nicht fehlen.«

»Könntet Ihr es Euch nicht noch mal überlegen, Mylord?« Elspeth wechselte die Taktik. »Wenn Ihr Linnet fortschickt, wer wird sich dann um den Garten kümmern und die Kranken heilen? Und vergesst nicht, wie oft ihre Gabe dem Clan geholfen hat.«

»Ich pfeife auf den Garten, und die Pest soll ihre Gabe holen!«, brüllte Magnus. »Meine Söhne sind stark und gesund. Wir brauchen das Mädchen und ihre Kräuter nicht. Soll sie damit doch MacKenzie helfen. Das ist ein gerechter Tausch, da er sie schließlich sowieso nur ihrer hellseherischen Fähigkeiten wegen will. Oder glaubst du etwa, er hätte um sie angehalten, weil sie so *hübsch* ist? Oder weil die Barden ihre weiblichen Verlockungen besungen haben?«

MacDonnells Gelächter erschütterte den großen Saal. Laut und boshaft schallte es bis zum Auslug des Burgherrn hinauf und verspottete Linnet mit der Grausamkeit, die hinter seinen Worten lag. Sie krümmte sich vor Scham. Jeder in der Burg würde seine Beleidigungen hören.

»O nein, er sucht keine gut aussehende Frau«, dröhnte Magnus, und es klang, als stünde er vor einem weiteren Lachanfall. »Den mächtigen MacKenzie von Kintail interessiert es nicht, wie sie aussieht oder ob sie ihn zufrieden stellen kann oder nicht, wenn er sich zu ihr ins Bett legt. Er will wissen, ob sein Sohn sein eigener ist oder der Bastard seines Halbbruders, und er ist bereit, sehr teuer zu bezahlen, um es herauszufinden.«

Elspeth rang nach Atem. »Ihr wisst, dass das Mädchen nicht willkürlich seine Gabe nutzen kann. Was wird aus ihr, falls sie nicht imstande ist, die Antwort zu erkennen?«

»Glaubst du, das kümmert mich?« Linnets Vater sprang auf und hieb mit seinen fleischigen Fäusten auf den Tisch. »Ich bin froh, sie loszuwerden! Mich interessieren bloß die beiden MacDonnells und die Rinder, die er mir im Austausch für sie gibt. Er hat unsere Verwandten fast sechs Monate als Geiseln festgehalten. Und sie hatten sich nichts anderes zuschulden kommen lassen als einen einzigen Überfall!«

Magnus MacDonnells Brust hob und senkte sich vor Entrüstung. »Du musst ganz schön beschränkt sein, um nicht zu erkennen, dass ihre Schwertarme und starken Rücken nützlicher für mich sind als das Mädchen. Und die MacKenzie-Rinder sind die besten in den ganzen Highlands.« Er unterbrach sich, um Elspeth höhnisch anzugrinsen. »Was glaubst du wohl, warum wir sie immer wieder stehlen?«

»Ihr werdet diesen Tag Euer Leben lang bereuen.«

»Den Tag bereuen? Bah!« Magnus beugte sich über den Tisch und streckte ihr sein bärtiges Gesicht entgegen. »Ich hoffe, der Junge *ist* der Bastard seines Halbbruders. Bedenk doch nur, wie froh er sein wird, wenn er von Linnet einen Sohn bekommt. Vielleicht sogar dankbar genug, um seinen lieben Schwiegervater mit einem kleinen Landgut zu belohnen.«

»Die Heiligen werden Euch bestrafen, Magnus.«

MacDonnell lachte. »Von mir aus kann eine ganze Schar von Heiligen aufmarschieren. Diese Heirat wird mich zu einem reichen Mann machen. Ich werde eine Armee anwerben, um die greinenden Heiligen wieder dahin zurückzuschicken, wo sie hergekommen sind!«

»Vielleicht wird diese Heirat ja sogar eine Verbesserung für Linnet sein«, stellte Elspeth mit erstaunlich ruhiger Stimme fest. »Ich bezweifle nämlich, dass dieser MacKenzie so viel Bier trinkt, wenn er sich zu Tisch setzt, dass er beim Aufstehen kopfüber in den Binsen landet. Nicht, wenn er ein solch hervorragender Krieger ist, wie es die Spielmänner behaupten.«

Elspeth fixierte den Gutsherrn mit einem kalten Blick. »Habt Ihr nie zugehört, wenn die Barden seine ungeheure Tapferkeit im Dienste unseren braven Königs Robert Bruce in Bannockburn besangen? Es wird gemunkelt, der König bezeichnete den Mann als seinen besten Kämpfer.«

»Hinaus! Verschwinde aus meinem Saal!« Magnus MacDonnells Gesicht wurde rot wie sein Bart. »Linnet bricht nach Kintail auf, sobald Ranald die Pferde gesattelt hat. Wenn du den nächsten Tag erleben willst, dann sieh zu, dass du deine Sachen packst und reite mit ihr!«

Durch das Gucklock beobachtete Linnet, wie ihre geliebte Elspeth Magnus einen letzten Unheil verkündenden Blick zuwarf, bevor sie hoch erhobenen Kopfes aus der Halle schritt. Kaum war ihre einstige Amme aus ihrer Sicht verschwunden, lehnte Linnet sich mit dem Rücken an die Wand und atmete tief ein.

Alles, was sie gerade gehört hatte, ging ihr wieder durch den Kopf. Die Verleumdungen ihres Vaters, Elspeths Versuche, sie zu verteidigen, und dann ihr unerwartetes Lob für Duncan MacKenzie. Doch so heroisch er auch gekämpft haben mochte für den König, er war und blieb ein Feind.

Was Linnet jedoch am meisten beunruhigte, war ihre eigene starke Reaktion auf Elspeths Bemerkung, MacKenzie sei ein Mann von großer Leidenschaft. Selbst jetzt noch errötete Linnet bei dem Gedanken. Es stimmte sie verlegen, es zuzugeben, sogar vor sich selbst, aber sie hätte gern mehr über Leidenschaft gewusst.

Sie vermutete, dass das Prickeln, das sie durchrieselt hatte bei der Vorstellung, mit einem heißblütigen Mann verheiratet zu werden, etwas mit diesen Dingen zu tun hatte. Und die Art, wie ihr Herz bei Elspeths Worten fast schmerzhaft hart zu pochen begonnen hatte, vermutlich auch.

Linnets Wangen erhitzten sich … und der Rest ihres Körpers ebenfalls, aber sie bemühte sich, diese verwirrenden Empfindungen zu ignorieren. Sie wollte nicht, dass ein MacKenzie sie dermaßen in Unruhe versetzte. Die Vorstellung, wie ihr Vater lachen würde, wenn er wüsste, dass sie davon träumte, von einem Mann begehrt zu werden, vertrieb die letzten Überreste dieser lästigen Gedanken.

Resignation, die allerdings nicht frei von Ärger war, erfasste sie. Wenn sie doch nur eine so wundervolle helle Haut hätte wie ihre Schwestern. Sie hob die Hand und strich mit den Fingerspitzen über ihre Wange. Obgleich sie sich ein wenig kalt anfühlte, war ihre Haut glatt und makellos. Doch während ihre Schwestern alle einen milchig weißen Teint besaßen, verunzierten Hunderte von Sommersprossen Linnets Haut.

Und im Gegensatz zu dem Haar ihrer Schwestern, das immer glatt und tadellos frisiert war, war sie gestraft mit einer wilden Mähne, die nicht einmal mit Flechten zu bezähmen war. Sie mochte allerdings die Farbe ihres Haars. Es war dunkler, kühner als das Rotblond ihrer Schwestern, von einem tiefen Kupfer- oder fast schon Bronzeton. Ihr Lieblingsbruder,

Jamie, behauptete, ihr Haar vermöge sogar einen Blinden zu betören.

Ein kleines Lächeln erschien um ihre Lippen. Ja, sie mochte ihr Haar. Und sie liebte Jamie. Sie liebte jeden ihrer acht Brüder, und jetzt konnte sie sie gerade unten durch die Halle gehen hören. Wie das trunkene Schnarchen ihres Vaters, das zu ihr hinaufdrang, hörte sie auch die Geräusche ihrer Brüder, die sich für eine schnelle Abreise vorbereiteten.

Ihre Abreise aus Dundonnell Castle. Aus der dunklen, feuchten Burg eines geringeren und nahezu landlosen Clanoberhaupts, ihres Bier liebenden Dads, aber dem einzigen Zuhause, das sie je gekannt hatte.

Und nun musste sie aufbrechen in eine ungewisse Zukunft, denn ihr Platz in Dundonnell war ihr entrissen worden durch die Habgier ihres Vaters. Tränen brannten in Linnets Augen, aber sie blinzelte, um sie zurückzudrängen, damit ihr Vater sie nicht sah, falls er erwachen sollte und sich dazu aufraffte, ihr einen letzten Blick zu gönnen, wenn sie seine Burg verließ.

Die Schultern straffend, hob Linnet ihren ledernen Kräuterbeutel auf, ihren einzigen wertvollen Besitz, und schlüpfte aus der Spionierkammer des Gutsherrn. Die Turmtreppe eilte sie so rasch hinunter, wie sie wagte, und durchquerte dann den großen Saal, ohne ihren schlummernden Vater auch nur eines Blicks zu würdigen.

Für die Dauer eines Herzschlags zögerte sie jedoch und war versucht, dem absurden Einfall nachzugeben, ihn zu wecken und ihm Lebe wohl zu sagen. Aber das Bedürfnis verflog genauso schnell, wie es gekommen war.

Warum sollte sie? Er würde ja doch nur meckern, weil sie seinen Schlaf gestört hatte. Und war er nicht sogar froh, sie loszuwerden? Schlimmer noch, er hatte sie an die *MacKenzies* verkauft, die Todfeinde der MacDonnells, schon seit vor ihrer Geburt.

Und dieser Mann, ob er nun ein Favorit des Königs war und

leidenschaftlich oder nicht, wollte sie nur ihrer Gabe wegen und weil man ihm versichert hatte, sie sei nicht hübsch. Was beides weder schmeichelhaft war noch eine dauerhafte Ehe zu versprechen schien.

Linnet atmete ein letztes Mal tief die verräucherte Luft Dundonnells ein, als sie vor der massiven Eichentür stehen blieb, die in den Burghof führte. Vielleicht würde sie in ihrem neuen Heim nicht gezwungen sein, ihre Lungen mit abgestandener, nach schalem Bier stinkender Luft zu füllen. »Ach, der Himmel ist hoch, man kann sich nicht dran halten«, murmelte sie, Jamies liebstes Sprichwort borgend, während sie eine eigenwillige Träne von ihrer Wange wischte.

Bevor noch mehr fallen konnten, riss Linnet die eisenbeschlagene Pforte auf und trat hinaus. Obwohl sich der Nebel weitgehend aufgelöst hatte, hingen noch immer einige kühle blaugraue Schwaden über Dundonnells kleinem Burghof … ähnlich wie der trübe Schleier, der ihr Herz bedeckte.

Ihre Brüder, alle acht, standen wartend bei den Pferden, und jeder Einzelne von ihnen sah genauso unglücklich aus, wie sie sich fühlte. Elspeth jedoch wirkte merkwürdig gelassen und saß bereits auf ihrem Pony. Andere Clanangehörige und ihre Familien, zusammen mit einigen der wenigen Diener ihres Vaters, drängten sich an den geöffneten Burgtoren. Wie Linnets Brüder trugen auch sie alle mürrische Gesichter und blieben still, doch das verräterische Glitzern ihrer Augen besagte mehr als tausend Worte.

Linnet hielt das Kinn erhoben, als sie auf die Leute zuging, doch unter den Falten ihres wollenen Umhangs zitterten ihre Knie. Als sie näher kam, trat Cook vor, einen Haufen dunklen Stoffs in seinen von der Arbeit roten Händen. »Das ist von uns allen«, sagte er mit rauer Stimme, als er das Bündel muffig riechender Wolle in Linnets Hände drückte. »Er war all diese Jahre in einer verschlossenen Truhe im Zimmer Eures Vaters, aber er wird nicht merken, dass wir ihn herausgenommen haben.«

Mit zitternden Fingern entfaltete Linnet den *arisaid* und ließ sich von Cook den weichen Stoff um ihre Schultern legen. Als er das Plaid vorsichtig um ihre Taille gürtete, sagte er: »Meine Frau hat es einst für Lady Innes, Eure Mutter, angefertigt. Sie trug es gern, und es ist unser Wunsch, dass Ihr es auch tut. Es ist ein hübsches Teil, wenn auch leider schon ein bisschen abgetragen.«

Ein heißer, erstickender Klumpen formte sich in Linnets Kehle, als sie mit den Händen über die weichen Falten des *arisaid* strich. Ein paar Mottenlöcher und ausgefranste Säume vermochten nicht den Wert des Plaids zu schmälern. Für Linnet war es wunderschön … eine Kostbarkeit, die sie stets in Ehren halten würde.

Mit Tränen in den Augen warf sie sich in Cooks starke Arme und drückte ihn an sich. »Danke«, schluchzte sie an der kratzigen Wolle seines eigenen Plaids. »Habt Dank ihr *alle*! Gott, wie ich euch vermissen werde!«

»Dann sagt nicht Lebe wohl, Kind«, antwortete er und entließ sie widerstrebend aus seinen Armen. »Wir werden Euch wiedersehen, keine Sorge.«

Einer nach dem anderen traten ihre Verwandten und Freunde vor und schlossen sie für einen Moment lang in die Arme. Niemand sprach, und Linnet war froh darüber, denn hätten sie es getan, hätte sie ihre ohnehin schon schwache Selbstbeherrschung ganz verloren. Dann erhob sich eine Stimme, die des Schmieds, als ihr ältester Bruder Ranald sie in den Sattel hob. »Ho, Mädchen, ich hab auch noch was für Euch«, rief Ian und drängte sich durch die Menge.

Als er sie erreichte, zog der Schmied seinen eigenen sorgfältig geschärften Dolch aus seiner Scheide und überreichte ihn Linnet. »Das ist ein besserer Schutz für Euch als dieses klitzekleine Damenmesser, das Ihr tragt«, erklärte er und nickte zufrieden, als Linnet ihre eigene Klinge aus der Scheide zog und gegen seine austauschte.

Auch Ians Augen schimmerten ganz ungewöhnlich. »Auf dass Ihr niemals Grund haben werdet, ihn zu benutzen«, wünschte er und trat von ihrem Pferd zurück.

»Denn sonst kann MacKenzie seine letzten Gebete sprechen«, schwor Ranald und warf Linnet ihre Zügel zu. »Los! Auf geht's«, rief er den anderen zu und schwang sich in seinen Sattel.

Bevor Linnet Atem holen oder sich auch nur bei dem Schmied bedanken konnte, versetzte Ranald ihrem Pferd einen Schlag aufs Hinterteil, und das struppige Tier setzte mit einem Sprung durch das offene Tor.

Linnet schluckte, um ein Aufschluchzen zu unterdrücken, und starrte stur geradeaus. Sie wollte … *konnte* sich nicht umsehen.

Unter anderen Umständen wäre sie froh gewesen, fortzugehen. Dankbar sogar. Aber sie hatte das Gefühl, dass sie nur eine Hölle gegen eine andere tauschte. Und Gott stehe ihr bei, aber sie hätte nicht sagen können, welche ihr lieber war.

Viele Stunden und unzählige Meilen später machte Ranald MacDonnell der kleinen Gruppe hinter sich ein Zeichen, anzuhalten. Linnets Pferd schnaubte protestierend und tänzelte nervös, als sie es zügelte. Sie teilte seine Unruhe, denn sie hatten nun ihr Ziel erreicht.

Nach einem schier endlosen Ritt durch MacKenzie-Territorium hatten sie den Punkt auf der Hälfte des Wegs erreicht, wo sich laut Ranald ihr zukünftiger Ehemann mit ihnen treffen würde.

Von einem unerklärlichen Anfall von Verlegenheit erfasst, strich Linnet glättend über den Schleier, der ihr Haar bedeckte, und ordnete den Faltenwurf des abgetragenen, aber kostbaren *arisaid* ihrer Mutter. Wenn sie ihre langen Zöpfe nur nicht aufgesteckt hätte, um sie unter ihrem Kopfputz zu verbergen. Ihr Verlobter hielt sie für unscheinbar, aber ihr Haar war schön.

Ihre Brüder sagten immer, ihre Haarfarbe sei mit den Rot- und Goldtönen der hellsten Flamme zu vergleichen.

Hätte sie ihr Haar doch offen getragen. Es war peinlich genug, ihrem neuen Ehemann, Feind oder nicht, in wenig mehr als Lumpen zu begegnen. Höchstens das hübsche Plaid ihrer Mutter verlieh ihr einen Hauch von Eleganz. Aber trotz allem hätte sie sich ein bisschen mehr Würde bewahren können, indem sie ihr ansprechendstes Merkmal herausstellte, anstatt es zu verbergen.

Doch Bedauern war nun zwecklos, denn der Waldboden erbebte schon unter den donnernden Hufschlägen schnell herannahender Pferde.

»Cuidich' N' Righ!« Der Schlachtruf der MacKenzies zerriss die Luft. *»Rettet den König!«*

Linnets Pferd warf den Kopf zurück und brach in Panik seitlich aus. Während sie sich noch bemühte, das Tier zu beruhigen, kam eine doppelte Reihe sehr kriegerisch aussehender Ritter in Sicht. Sie ritten direkt auf ihre Gruppe zu, formten im letzten Augenblick zwei Kolonnen, galoppierten dann an Linnet und ihrer kleinen Eskorte vorbei und schlossen sie ein in einem Kreis gepanzerter und schwer bewaffneter MacKenzies.

»Keine Angst, Linnet«, rief Ranald ihr über die Schulter zu. »Wir beschützen dich.« Sich im Sattel umdrehend, schrie er ihren anderen Brüdern etwas zu, aber die lauten Schreie der MacKenzies verschluckten Ranalds Worte.

»Cuidich' N' Righ!«

Ihre kühnen Kampfschreie spiegelten das Leitmotiv der MacKenzies wider. Die stolzen Worte prangten unter einem Hirschgeweih auf Bannern, die von berittenen Standartenträgern gehalten wurden. Anders als die Krieger, die vorgestürmt waren, hielten diese jungen Männer ihre Pferde in einiger Entfernung. Zu viert nebeneinander stehend, ihre Standarten stolz gereckt, gaben sie ein imposantes Bild ab.

Aber nicht einmal annähernd so imposant wie der schwarze Ritter, der so selbstsicher durch ihre Reihen brach.

Mit einem schwarzen Kettenhemd bekleidet, ein breites Schwert an seiner Seite und zwei Dolche unter dem feinen Ledergürtel, der tief auf seinen Hüften ruhte, ritt er ein riesiges Schlachtross, das so schwarz wie seine Rüstung war.

Linnet schluckte. Dieser einschüchternde Riese von einem Mann konnte nur Duncan MacKenzie sein, der MacKenzie von Kintail, ihr Verlobter.

Sie brauchte nicht erst das grün und blau karierte Plaid über seinem Brustharnisch zu sehen, um zu wissen, wer er war.

Und es machte auch nichts, dass der Helm, den er trug, sein Gesicht im Schatten hielt, sodass es fast nicht zu erkennen war. Eine Welle der Arroganz schlug ihr entgegen, als sein prüfender Blick quälend langsam von ihrem Kopf zu den verschrammten Halbstiefeln an ihren Füßen glitt.

Aye, sie wusste, wer er war.

Und sie wusste auch, dass dieser kriegerische Gutsbesitzer verstimmt war über das, was seine Augen sahen.

Mehr als nur verstimmt … er wirkte regelrecht empört. Nur schwer beherrschter Ärger strahlte von ihm aus, während er sie kritisch musterte. Sie brauchte ihre Gabe nicht, um seine Augenfarbe zu bestimmen. Ein Mann wie er konnte nur Augen haben, die so dunkel waren wie seine Seele.

Ihre geschärften Sinne verrieten ihr alles. Er hatte sie sich *gründlich* angesehen … und war zu dem Ergebnis gekommen, dass sie seinen Ansprüchen nicht genügte.

Heilige Jungfrau, hätte sie doch nur Elspeths Rat befolgt und der alten Frau erlaubt, sie anzukleiden und ihr Haar zu parfümieren! Es wäre so viel einfacher gewesen, seiner unverschämten Musterung hocherhobenen Kopfes zu begegnen, wenn sie nicht das einzig Schöne an ihr, ihr Haar, verborgen hätte unter einem Schleier.

Als er sein Pferd in Bewegung setzte und direkt auf sie zuritt, unterdrückte Linnet den Impuls, zu fliehen. Nicht, dass sie eine Chance gehabt hätte, den geschlossenen Kreis dieser finster dreinblickenden MacKenzie-Gefolgsmänner zu durchbrechen. Und auch an ihren Brüdern wäre sie nicht vorbeigekommen… beim Herannahen des schwarzen Ritters trieben sie ihre Pferde noch ein wenig näher an das ihre. Mit grimmigen Gesichtern, die Hände an den Griffen ihrer Schwerter, gestatteten sie ihrem Verlobten misstrauisch, heranzureiten.

Nein, sie hatte keine Möglichkeit zur Flucht.

Aber sie hatte ihren Stolz. In der Hoffnung, dass er das aufgeregte Pochen ihres Herzens nicht bemerkte, setzte Linnet sich noch etwas gerader hin im Sattel und zwang sich, den feindseligen Blick zu erwidern, den er ihr von unter seinem Helm zuwarf.

Er sollte ruhig merken, dass auch sie die Situation sehr unerfreulich fand. Und wahrscheinlich war es auch das Klügste, ihm gleich zu zeigen, dass sie sich nicht vor ihm ducken würde.

Duncan hob eine Augenbraue angesichts dieser unerwarteten Zurschaustellung von Mut seitens seiner Braut. Eine nahezu unkontrollierbare Wut hatte ihn erfasst, als er ihren abgetragenen Umhang und ihre abgenutzten Schuhe gesehen hatte. Selbst der feine *arisaid,* den sie über ihren Schultern trug, hatte Löcher! Alle Highlander wussten, dass ihr Vater ein Trunkenbold und Faulpelz war, aber er hätte nie gedacht, dass dieser Flegel seine Tochter beschämen würde, indem er sie in diesem Aufzug, schäbiger gekleidet als die ärmste Dörflerin, zu ihrem neuen Lehnsherrn und zukünftigen Ehemann schickte.

Duncan beugte sich im Sattel vor und blickte sie noch einmal prüfend an, froh über den Schatten seines Helms, der sein Gesicht fast vollständig vor ihr verbarg. Sicher dachte sie, *sie* missfiele ihm, statt zu erraten, dass es die unglaubliche Respektlosigkeit ihres Erzeugers war, die seinen Ärger weckte.

Aye, ihr stolz erhobenes Kinn und ihr trotziger Blick gefielen ihm. Dieses Mädchen war kein Lamm. Die meisten Frauen von vornehmer Geburt würden in Selbstmitleid und Scham den Kopf hängen lassen, wenn sie in solchen Lumpen gesehen würden. Aber sie hatte seine Musterung mit Stolz und bewundernswerter Contenance über sich ergehen lassen.

Langsam glättete sich Duncans Stirn, und zu seinem eigenen Erstaunen verzogen sich seine Mundwinkel zu einem seiner raren Lächeln. Er unterdrückte es jedoch sofort wieder und kniff die Lippen zusammen, bevor das Lächeln sich ausbreiten konnte. Schließlich hatte er nicht um dieses Mädchen angehalten, um Gefallen an ihm zu finden.

Er wollte nichts anderes von ihr, als dass sie seinen Zweifeln, ob Robbie sein eigener Sohn war oder ein Bastard, ein Ende bereitete, dass sie sich um den Jungen kümmerte und dafür sorgte, dass sein Anblick ihm erspart blieb, falls sein Verdacht sich als richtig erweisen sollte. Weitaus wichtiger als ihr Charakter war die Frage, ob sie dem Jungen eine gute Stiefmutter sein könnte. Aber es freute Duncan jedenfalls, zu sehen, dass sie Rückgrat hatte.

Das würde sie auch brauchen, um seine Frau zu sein.

Die feindseligen Blicke ihrer Begleiter ignorierend, trieb er sein Pferd voran. Erst wenige Zentimeter vor ihrem struppigen Pony zügelte er das Tier.

Linnet straffte die Schultern, als er vor ihr stehen blieb, entschlossen, sich nichts von der ehrfürchtigen Bewunderung anmerken zu lassen, die sein prachtvolles Schlachtross ihr einflößte. Noch nie zuvor hatte sie ein solches Tier gesehen. Das Pferd war fast doppelt so groß wie ihr struppiges kleines Highland-Pony.

Sie hoffte, dass sie ihre Ehrfurcht vor dem Mann genauso gut verbarg.

»Könnt Ihr weiterreiten?« Des Schwarzen Ritters Stimme klang tief und männlich unter seinem Helm.

»Solltet Ihr ihr nicht die Hand küssen und sie fragen, ob sie müde ist von der langen Reise, bevor Ihr Euch erkundigt, ob sie weiterreiten kann?«, wandte Jamie, Linnets Lieblingsbruder, sich verärgert an MacKenzie. Die Bemerkungen ihrer anderen Brüder spiegelten Jamies Gefühle wider, aber Linnets Mut verließ sie, als ihr Verlobter sie alle, anstatt Jamies Frage zu beantworten, mit einem feindseligen Blick bedachte.

Respektierte er sie nicht genug, um sie wenigstens anständig zu begrüßen? War sie in seiner Achtung bereits so gesunken, dass er sämtliche Regeln der Ritterlichkeit vergessen hatte?

Empört über seinen Mangel an Höflichkeit, straffte sie trotzig ihre Schultern und schob ihr Kinn vor.

»Ich bin Linnet von Dundonnell«, sagte sie kühl und hob ihr Kinn noch etwas mehr. »Und wer seid *Ihr,* Mylord?«

»Es ist nicht der richtige Moment für Nettigkeiten. Ich möchte so schnell wie möglich von hier verschwinden, falls Ihr nicht zu müde seid.«

Sie war todmüde, aber sie wäre lieber gestorben, als Schwäche zu zeigen.

Linnet sah ihr Pony an. Sein Fell glänzte vor Schweiß, und sein schweres Atmen sprach von dem Tribut, den die Anstrengung des langen Ritts von dem Tier gefordert hatte. »Ich bin nicht müde, Sir, aber mein Pferd ist erschöpft. Können wir nicht hier übernachten und morgen früh die Reise fortsetzen?«

»Marmaduke!«, brüllte MacKenzie, statt zu antworten. »Komm her!«

All die stolze Entschlossenheit, die sie so mühsam aufgebracht hatte, verließ sie, als der Angesprochene den Kreis verließ und auf sie zuritt. Der Ritter mit dem harmlos klingenden Namen war der hässlichste und Furcht erregendste Mann, den sie in ihrem ganzen Leben je gesehen hatte. Marmaduke trug das MacKenzie-Plaid über seinem Brustharnisch, und wie die anderen Gefolgsleute trug er keinen Helm, sondern eine Kettenhaube auf dem Kopf. Aber in seinem Fall hätte Linnet es vorgezogen, wenn er einen Helm getragen hätte, der das Gesicht abschirmte, so wie ihr Verlobter.

Sein entstelltes Gesicht bot einen solch beängstigenden Anblick, dass sich ihre Zehen in ihren Stiefeln krümmten. Eine hässliche Narbe verlief quer über sein Gesicht, von seiner linken Schläfe bis zu seinem rechten Mundwinkel, was seine Lippen so aussehen ließ, als wären sie ständig zu einem höhnischen Grinsen verzogen. Das Schlimmste jedoch war, dass an der Stelle, wo sein rechtes Auge hätte sein sollen, nur ein entsetzlich vernarbtes Stückchen rosa Fleisch zu sehen war!

Linnet wusste, sie hätte nichts anderes als Mitleid für diesen muskulösen Krieger verspüren dürfen, aber der grimmige Ausdruck seines gesunden Auges, dessen Blick irritierenderweise auf sie gerichtet war, flößte ihr nur Entsetzen ein.

Angst ließ ihr Blut so laut durch ihre Ohren dröhnen, dass sie nicht hörte, was Sir Duncan dem Mann sagte, aber sie wusste, dass es sie betraf, denn der einäugige Marmaduke hielt seinen wilden Blick auf sie gerichtet und nickte zustimmend, bevor er sein Pferd wendete und in die Wälder davongaloppierte.

Linnets Erleichterung über seinen abrupten Aufbruch machte sich in einem tiefen Seufzer Luft. Wenn die Heiligen ihr wohlgesonnen waren, würde diese erschreckende Erscheinung nicht zurückkehren.

Doch leider war ihre Erleichterung nur von kurzer Dauer, denn Duncan MacKenzie streckte plötzlich wortlos einen Arm aus, hob sie von ihrem Pferd und setzte sie vor sich in den Sattel. Mit seiner freien Hand nahm er die Zügel ihres Pferds. Sie konnte kaum atmen, so fest hielt er sie mit seinem Arm umklammert.

Ein Protestgeschrei erhob sich unter ihren Brüdern, Ranalds Stimme lauter noch als alle anderen: »Wenn Ihr unsere Schwester noch einmal so grob anfasst, MacKenzie, seid Ihr tot, bevor Ihr auch nur daran denken könnt, Euer Schwert zu ziehen!«

Duncan wendete blitzschnell sein Pferd und wandte sich ihrem ältesten Bruder zu. »Ihr solltet lieber einen kühlen Kopf bewahren, MacDonnell, denn sonst vergesse ich, dass dieses Treffen als freundschaftliche Begegnung gedacht war.«

»Ich werde nicht dulden, dass irgendjemand meine Schwester schlecht behandelt«, warnte Ranald. »Und Ihr schon gar nicht.«

»Ihr seid Ranald?«, fragte MacKenzie, Ranalds Zorn dreist ignorierend, und auf das kurze Nicken ihres Bruders fuhr er fort: »Die Angehörigen, die Ihr sucht, sind in dem Wald hinter meinen Standartenträgern. Es ist ihnen deutlich gemacht worden, dass weitere Vorstöße auf mein Land ein weitaus schlimmeres Schicksal als eine bloße Geiselnahme nach sich ziehen werden. Die Rinder, die Euer Vater erwartet, sind bei Euren Männern. Ich habe Wort gehalten. Und nun werden wir Euch hier verlassen.«

Ranald MacDonnell reagierte sichtlich ungehalten. »Wir beabsichtigen, unsere Schwester wohlbehalten nach Eilean Creag Castle zu bringen.«

»Glaubt Ihr etwa, ich könnte sie auf der Reise zu meiner eigenen Burg nicht selbst beschützen?«

»Euer Ansinnen ist eine Beleidigung für meine Schwester«, protestierte Jamie. »Wir hatten vorgehabt, ein paar Tage auf Eilean Creag zu bleiben, um die Hochzeitsvorbereitungen zu treffen. Unser Vater erwartet Kunde von uns bei unserer Rückkehr.«

Duncan veränderte seine Haltung und zog Linnet noch ein wenig fester an seine breite Brust. »Dann berichtet Eurem Vater, es sei alles vorbereitet und das Aufgebot verkündet. Wir werden gleich am nächsten Morgen nach unserer Ankunft auf Eilean Creag getraut. Es ist nicht nötig, dass Magnus MacDonnell die Mühen einer langen Reise auf sich nimmt.«

»Das kann doch nur ein Scherz sein!« Jamie errötete vor Empörung. »Meine Schwester kann nicht ohne die Anwesenheit ihrer Familie heiraten! Das würden wir niemals zulassen …«

»Ihr tätet gut daran, zu bedenken, dass ich *nie* scherze.« Ruhig wandte Duncan sich wieder zu Linnets ältestem Bruder um und warf ihm die Zügel ihres Pferdes zu. »Kümmert Euch um das Pferd Eurer Schwester und seht zu, dass Ihr von meinem Land verschwindet.«

Ranald ergriff mit einer Hand die Zügel, die andere glitt zu seinem Schwert. »Ich weiß nicht, wer der größere Schuft ist, Ihr oder mein Vater. Sitzt ab und zieht Euer Schwert. Ich kann nicht ...«

»Tut einer alten Frau einen Gefallen und hört auf zu streiten!« Elspeth Beaton, deren graues Haar zerzaust vom Reiten war und ihr Gesicht hochrot vor Anstrengung, trieb resolut ihr Pony durch den Kreis der Männer. Mit einem beschwörenden Blick wandte sie sich zuerst an die MacKenzie-Männer und dann an die MacDonnell-Brüder. »Lasst Eure Waffe stecken, Ranald. Es ist kein Geheimnis, dass Eure Schwester ihre Hochzeit lieber ohne jemanden wie Euren Vater feiern würde. Es wäre töricht, Blut zu vergießen über etwas, von dem wir alle wissen, dass es besser für das Mädchen ist.«

Sie wartete, bis Ranald sein Schwert losließ, und sah dann Duncan an. »Werdet Ihr dem Mädchen nicht wenigstens erlauben, ihre Brüder an der Hochzeit teilnehmen zu lassen?«

»Und wer seid *Ihr*?«

»Mein Name ist Elspeth Beaton. Ich habe für Linnet gesorgt, seit ihre Mutter bei ihrer Geburt starb, und ich denke nicht daran, jetzt damit aufzuhören.« Ihre Stimme verriet das Selbstvertrauen und die Autorität einer beliebten und ihrer Herrschaft treu ergebenen Dienerin. »Eure breiten Schultern zeugen von hartem Training, Mylord, aber glaubt nicht, ich empfände Furcht vor Euch. Ich werde niemandem erlauben, meine Dame schlecht zu behandeln, nicht einmal Euch, Mylord.«

Als Linnet zu ihm aufschaute, sah sie, wie einer seiner Mundwinkel sich bei Elspeths Worten kräuselte. Aber der Ansatz dieses Lächelns verschwand buchstäblich auf der Stelle und wurde schnell ersetzt durch ... nichts.

Plötzlich wusste sie, was sie am meisten beunruhigt hatte, seit er sie auf sein Pferd gehoben hatte.

Dass die Gerüchte stimmten.

Duncan MacKenzie besaß weder ein Herz noch eine Seele. Nichts als Leere erfüllte diesen hünenhaften Mann, der sie vor sich im Sattel hielt.

»*Ich* entscheide, wer unter meinem Dach schläft. Linnet von Dundonnells Brüder können meinetwegen heute Nacht hier lagern und bei Tagesanbruch das MacKenzie-Land verlassen. Ihr werdet mit uns nach Eilean Creag weiterreiten«, beschied er Elspeth.

Dann gab er einem jungen Mann ein Zeichen, worauf dieser eine reiterlose graue Stute am Zügel zu ihnen führte. Wieder an Elspeth gewandt, sagte Duncan: »Die Stute war eigentlich für Eure Herrin bestimmt, aber Lady Linnet wird bei mir mitreiten.« Er nickte dem Knappen zu. »Lachlan, hilf der Dame aufzusitzen. Wir haben schon genug Zeit verloren.«

Der Knappe, der noch jung war, aber groß und muskulös, sprang von seinem Pferd und hob Elspeth so mühelos von ihrem Pony, als wöge sie nicht mehr als eine Feder. Mit einer einzigen fließenden Bewegung hob er sie in den Sattel der erheblich größeren grauen Stute. Kaum saß Elspeth, verbeugte er sich tief vor ihr und schwang sich wieder auf sein eigenes Ross.

Elspeth errötete. Niemand sonst bemerkte es – denn von dem langen Ritt und ihrem Ärger waren ihre Wangen ohnehin schon stark gerötet.

Aber Linnet *wusste* es.

Ihre geliebte Elspeth war bezaubert von der Galanterie des Knappen.

Dann gab Duncan MacKenzie den Befehl zum Aufbruch. In einem gewagten Manöver trieben ihre Brüder ihre Pferde vor, um Duncans Gruppe den Weg zu verstellen. »Halt, MacKenzie! Ich habe Euch noch etwas zu sagen«, brüllte Ranald, worauf Linnets Verlobter sein Pferd wieder zum Stehen brachte, da ihm gar nichts anderes übrig blieb, wenn er nicht die von ihren Brüdern errichtete Wand aus Pferdefleisch durchbrechen wollte.

»Sagt, was Ihr zu sagen habt, aber tut es schnell«, entgegnete MacKenzie knapp. »Glaubt nur nicht, ich würde zögern, Euch über den Haufen zu reiten, falls Ihr meine Geduld zu lange strapaziert.«

»Nur noch eine letzte Warnung«, rief Ranald. »Eins solltet Ihr wissen: Unser Vater ist zwar nicht mehr der Mann, der er einmal war, und er mag Linnet vielleicht auch nicht so lieben, wie er es sollte, aber meine Brüder und ich tun es. Die gesamten Highlands wären nicht groß genug, um Euch darin zu verstecken, falls Ihr meiner Schwester auch nur ein Haar krümmen solltet.«

»Eure Schwester wird gut behandelt werden auf Eilean Creag«, war alles, was Duncan MacKenzie darauf erwiderte.

Ranald nickte, und dann, einer nach dem anderen, gaben ihre Brüder den Weg frei und die MacKenzie-Gefolgsleute stießen ihren Pferden die Fersen in die Flanken. Sie alle ritten los wie einer. Linnet schaffte es gerade noch, ihren Brüdern Lebewohl zu sagen. Die Abschiedsworte, die sie ihr zuriefen, gingen jedoch im Donnern der Hufe, dem Klirren schwerer Rüstungen und Knarren von Sattelleder und Geschirren unter.

Ihr Verlobter hielt sie mit einem Arm, und sie war froh über seinen festen Griff. Noch nie hatte sie auf einem derart großen Pferd gesessen, und die Entfernung zu dem harten Boden unter ihnen war beängstigend.

Doch obgleich Duncan MacKenzies fester Griff ihr ein Gefühl der Sicherheit vermittelte und seine beeindruckende Präsenz ihren Körper wärmte, strahlte er ein unheilige Kälte aus, die ihr bis in die Knochen drang. Eine tief gehende Kälte, grimmiger als ein eisiger Winterwind.

Ein Frösteln durchzuckte sie, und sofort verstärkte Duncan den Druck seiner Arme und zog sie noch näher an sich. Zu ihrer Überraschung vermittelte die Geste ihr ein Gefühl der Geborgenheit, ganz gleich, ob sie beschützend war oder rein zufällig. Sie wärmte sie aber auch und löste ein höchst merkwürdiges Flattern in ihrem Magen aus.

Ihr wurde *warm* … Trotz der Kälte dieses Mannes.

Linnet seufzte und ließ sich an seine Brust zurücksinken … nur für einen Moment, dann würde sie sich wieder aufrichten. Er war und blieb letztendlich ein MacKenzie. Aber sie war noch nie von einem Mann in den Armen gehalten worden. Niemand konnte es ihr verübeln, wenn sie sich für einen winzigen Moment entspannte und die ungewöhnlichen Empfindungen, die sich tief in ihr rührten, zu verstehen suchte.

Etliche Stunden später erwachte sie, auf einem Bett aus weichem Gras und ihren Lederbeutel mit den Kräutern als Kissen unter ihrem Kopf. Jemand hatte sie mit einem warmen wollenen Umhang zugedeckt. Und … sie befand sich mitten in einem Lager voller MacKenzie-Männer.

Die alle in verschiedenen Stadien der Entkleidung waren.

Elspeth schlief ganz in der Nähe, neben einem munter prasselnden Feuer, und Linnet hatte den Eindruck, dass das Schnarchen der alten Dame sehr zufrieden klang.

Zu zufrieden.

Anscheinend hatte ihre geliebte Amme sich mit ihrem Dilemma abgefunden. Linnet richtete sich auf die Ellbogen auf und betrachtete die schlafende Frau. Elspeth mochte sich vielleicht von den höfischen Galanterien eines MacKenzie-Knappen umstimmen lassen, aber *sie* ganz sicher nicht!

Egal, wie viele MacKenzie-Männer ihnen den Kavalier vorspielten. Das interessierte sie ebenso wenig wie jenes merkwürdige Flattern in ihrem Bauch, das sie verspürt hatte, als ihr zukünftiger Ehemann sie in seinen starken Armen gehalten hatte. Dieses angenehme Gefühl war sicherlich durch ihre Erleichterung, zu wissen, dass er sie nicht fallen lassen würde, verursacht worden.

Nein, kein MacKenzie würde jemals leidenschaftliche Gefühle in ihr wecken. Das war schlicht und einfach … unausdenkbar.

Und im Gegensatz zu Elspeth fand sie es ganz und gar nicht angenehm, von Feinden umringt zu sein.

Insbesondere halbnackten!

»Lachlan, hilf mir mal mit meinem Brustpanzer.« Die Stimme ihres Verlobten, tief und maskulin, kam von der anderen Seite des Lagerfeuers.

»Wie Ihr wünscht, Mylord.« Der junge Mann sprang auf und stolperte fast über seine eigenen Füße in seiner Hast, den Wünschen seines Lehnsherrn nachzukommen.

Linnet sah mit großen Augen zu, wie ihr zukünftiger Ehemann seinen Helm absetzte und eine zerzauste Mähne dichten schwarzen Haars zum Vorschein kam.

Glücklicherweise stand er mit dem Rücken zu ihr, denn unerklärlichweise hatte sie zu zittern angefangen.

Während sie ihn neugierig beobachtete, ließ er den stählernen Helm achtlos auf den Boden fallen und legte seine Panzerhandschuhe ab. Dann fuhr er sich mit beiden Händen durch das schwarze Haar, das ihm in dichten Wellen fast bis auf die Schultern fiel.

Linnet schluckte, denn plötzlich wurde ihr unangenehm bewusst, dass ihr Magen schon wieder so eigenartig kribbelte. War der Mann ein Zauberer? Hatte er sie verhext? Mit seinem Haar, das schwarz war wie die Sünde und glänzend wie das Gefieder eines Raben, hielt sie es für durchaus möglich, dass die Gerüchte, er sei eine Brut des Teufels, stimmten.

Es war allgemein bekannt, dass Schönheit und das Böse oft Hand in Hand gingen.

Als sein Knappe das schwarze Kettenhemd über Duncan MacKenzies Kopf zog, stockte ihr der Atem, und ihr war, als würde ihr Herz aufhören zu schlagen. Der Anblick von Sir Duncans breitem Rücken faszinierte sie so außerordentlich, als ob tatsächlich ein Zauberer sie in seinen Bann geschlagen hätte.

Das flackernde Licht des Lagerfeuers tanzte auf MacKenzies ausgeprägten Muskeln, die sich anspannten, als er sich bückte, um seinem Knappen zu helfen, ihm den Rest seiner Rüstung abzunehmen. Nicht einmal Ranalds beeindruckender Körperbau konnte sich mit MacKenzies vergleichen.

Ihr Herz erwachte wieder zum Leben und sprang ihr in die Kehle, als er ein Paar dünne wollene Strümpfe über seine muskulösen Beine zog. Gott, sogar seine Hinterbacken wirkten stramm und stolz! Linnet befeuchtete ihre Lippen und schluckte, um die plötzliche Trockenheit in ihrem Mund zu lindern.

Sie hatte jeden einzelnen ihrer acht Brüder und eine ansehnliche Anzahl ihrer Cousins entkleidet gesehen. Aber keiner von ihnen hatte so einschüchternd ausgesehen wie dieser Gigant, der auf der anderen Seite des Lagerfeuers stand.

Oder war so schön gewesen.

Während sie noch wie gebannt zuschaute, unfähig, ihre Augen von ihm abzuwenden, streckte er die Arme hoch über den Kopf. Mächtige Schultermuskeln dehnten sich und zogen sich zusammen, unter Haut, die braungebrannt war von der Sonne. Gütiger Himmel, nichts in all den Jahren ihres Lebens hatte sie auf einen derartigen Anblick vorbereitet! Er hätte als heidnischer Gott durchgehen können mit diesem wundervollen Körperbau.

Der Gedanke, mit einem solchen Mann das Bett zu teilen, erfüllte sie mit mehr Beklommenheit, als wenn man ihr befohlen hätte, eins der Seeungeheuer aus den Highlandlochs zu zähmen!

Aber selbst diese Furcht verblasste angesichts des Entsetzens, das sie beschlich, als er sich umwandte. Und dabei hatte sie den beeindruckenden Beweis seiner Manneskraft zwischen dem dunklen Haar in seiner Leistengegend nur für einen winzigen Augenblick lang angesehen.

Nein, es war ihr erster richtiger Blick auf sein Gesicht, was sie bis ins Mark erschütterte und eine lang unterdrückte Erinnerung zurückbrachte.

Mit schrecklicher Klarheit erkannte sie plötzlich, warum sie eine Gänsehaut bekommen hatte, als Elspeth ihren Verlobten als Schwarzen Hirsch bezeichnet hatte.

Der Himmel stehe ihrer Seele bei: Sie war an den Mann aus ihrer schrecklichsten Kindheitsvision verschachert worden!

An den Mann, der kein Herz besaß.

2

Die ganze Nacht wurde Linnet von Bruchstücken ihrer beunruhigenden Kindheitsvision heimgesucht, die sie ihres Schlafs beraubten und ihr mehr Angst machten, als würde sie von tausend Albträumen heimgesucht.

Lang verdrängte Bilder eines tödlich verwundeten Hirschs, der schwarz war von seinem eigenen Blut und dem das Herz aus der Brust gerissen worden war, gingen ihr beinahe unablässig durch den Kopf, und in Gedanken durchlebte sie noch einmal die schockierende Szene, die sie am Tag der Hochzeit ihrer letzten unverheirateten Schwester durchgemacht hatte.

Sie hatte sich vor den betrunkenen Gästen, die lärmend den *ceilidh* von Catherines Hochzeit feierten, in den Burghof von Dundonnell geflüchtet, wo die schreckliche Vision sie am Burgbrunnen überfallen hatte. Aber sie hätte nie gedacht, dass sie damals ihren eigenen Verlobten sah!

So lebhaft wie an jenem Tag sah Linnet sich auf den Hirsch zugehen, in der Hoffnung, seine Qual etwas zu lindern. Doch bevor sie ihm zu Hilfe eilen konnte, verwandelte sich das Tier in einen Mann. In einen finster dreinblickenden, aber gut aussehenden Krieger, und wie der Hirsch war auch er blutüberströmt und das Herz war ihm aus der Brust herausgerissen worden. Der Mann hatte sie mit qualvollen Blicken angesehen und sie angefleht, ihm beizustehen. Bittend hatte er die Hände nach ihr ausgestreckt, aber, von Angst verzehrt, war sie davongelaufen.

Wie sie auch jetzt wieder davonlaufen musste, denn das Furcht erregende Wesen hatte sie schon fast erreicht. Ihr war, als könnte sie schon seine blutigen Hände auf sich spüren … Mit einem Schrei erwachte Linnet. Das Bild, das sie begrüßte, war beinahe ebenso erschreckend wie ihre längst vergangene Vision.

Duncan MacKenzie hockte rittlings auf ihr, seine kraftvollen Schenkel pressten sich an ihre Hüften. Vor ihr ragten seine breiten Schultern auf, und das Licht des Monds brach sich in seinem schwarzen Haar. Und er war unbekleidet … nackt!

Linnets Puls beschleunigte sich, und eine unerwartete Erregung durchzuckte sie beim Gefühl seines warmen, muskulösen Körpers in solch intimer Nähe ihres eigenen.

»Herrgott noch mal, Mädchen«, fluchte er. Sein Atem ging schnell und flach, seine barschen Worte brachen den Bann und brachten ihr wieder zu Bewusstsein, wer er war. »Ich dachte, Ihr würdet nie aufhören, Euch gegen mich zu wehren«, keuchte er. »Ich wollte Euch nichts tun. Ich habe nur versucht, Euch zu beruhigen.«

Beruhigen? Linnet schluckte. Wie könnte sie ruhig bleiben mit diesem … diesem *Teil* von ihm nur Zentimeter weit von ihrem Bauch entfernt?

Langsam bekam sie wieder einen klaren Kopf, und das Entsetzen über die Vision begann allmählich nachzulassen, doch diese neuen Empfindungen in ihr verstärkten sich. Ein seltsam angenehmer Schmerz erwachte tief in ihrem Innersten, ausgehend von der Stelle zwischen ihren Schenkeln, wo MacKenzies männliche Geschlechtsteile sie beinahe berührten. Dann begann diese Stelle zu pulsieren, und sie begriff.

Es war Verlangen, was sie spürte.

Ihr erste echte Regung von Verlangen … und ausgelöst von einem MacKenzie!

Entrüstung erfasste sie, gefolgt von einem alarmierenden Gedanken: Hatte er ähnliche Empfindungen, wie er sie in ihr geweckt hatte? Ihr Blick glitt zu seinem Gesicht, und sie sah, dass es so war. Er runzelte zwar immer noch die Stirn, aber seine Augen spiegelten sein Verlangen wider.

Wie der drängende Beweis seiner männlichen Begierde, der jetzt nicht mehr entspannt war, sondern sich steif und hart gegen ihre Schenkel presste!

Linnet wand sich unter Duncan, um sich von ihm zu befreien. »Lasst mich los! Diese Art Beruhigung brauche ich nicht.«

»He, Duncan! Stimmt was nicht?«, rief eine tiefe Stimme von der anderen Seite des Lagers.

»Nein, alles in Ordnung«, antwortete MacKenzie. »Das Mädchen hatte nur einen bösen Traum. Ich habe sie geweckt.«

Die Glut, die sie soeben noch in seinen Augen gesehen hatte, war verloschen, doch die steile Falte zwischen seinen Brauen war geblieben. »Psst«, warnte er sie und legte einen Finger über ihre Lippen. »Ich will nicht, dass Ihr meine Männer mit Eurem Geschrei aufweckt. Sie brauchen ihre Ruhe.«

Dann ließ er sie endlich los und richtete sich auf. Er warf ihr einen Blick zu, als hätte sie seine Geduld schon übermäßig strapaziert, und der Muskel, der an seinem Kinn zuckte, verriet ihr, wie viel Mühe es ihn kostete, eine ausdruckslose Miene zu bewahren.

»Könnt Ihr jetzt wieder schlafen?«, wollte er wissen, scheinbar ohne sich der Tatsache bewusst zu sein, dass seine unübersehbare körperliche Erregung der Beweis für das war, was sich gerade eben zwischen ihnen zugetragen hatte.

»Aye.« Linnet nickte und hoffte, dass die Heiligen ihr die Lüge vergeben würden. Erleichterung erfüllte sie, als er ihr zunickte und sie dann allein ließ, um zu seinem eigenen Schlafplatz auf der anderen Seite des schon nahezu völlig niedergebrannten Lagerfeuers zurückzukehren.

Wieder und wieder, während sie dalag und die Morgendämmerung erwartete, blickte sie verstohlen zu ihrem schlafenden Verlobten hinüber … halb in der Erwartung, dass er die Gestalt eines tödlich verwundeten Hirschs annehmen würde, schwarz von seinem eigenen Blut, oder sich zu ihr herumdrehen und ihr das klaffende Loch in seiner Brust zeigen würde, wo sich eigentlich sein Herz befinden müsste.

Oder, schlimmer noch, dass sie einschlief und ihn, wenn sie erwachte, wieder auf sich sah … rittlings über ihren Schenkeln hockend und splitternackt.

Aber er hatte sich nicht bewegt und friedlich weitergeschlafen, während sie den Rest der Nacht damit verbracht hatte, sämtliche Heiligen anzuflehen, ihr die Kraft zu geben, die sie brauchte, um den Mann zu heiraten, dessen grauenerregendes Bild schon ihre kindlichen Albträume bestimmt hatte.

Und als sie nun durch den Regen auf die MacKenzie-Festung zuritten, kuschelte Linnet sich noch tiefer in ihren Umhang, um das bisschen Wärme zu suchen, das dieses fadenscheinige Kleidungsstück noch hergab.

Aber es war nicht wirklich physische Behaglichkeit, was Linnet suchte. Da ihr Vater die wenigen Mittel, über die er verfügte, in der Hauptsache für das Auffüllen seines Bierkellers und die Veranstaltung lärmender *ceilidhs* für seine Freunde ausgegeben hatte, hatte sie sowieso nie etwas anderes als abgelegte Kleider aus dünner, kratziger Wolle zum Anziehen gehabt und schon vor langer Zeit gelernt, die Blasen, die von ihren schlecht sitzenden, abgetragenen Schuhen herrührten, zu ignorieren.

Nein, körperliches Unbehagen störte sie nicht allzu sehr. Und trotz des schneidenden Winds, der vom Loch herüberwehte, und des prasselnden Regens, dessen Feuchtigkeit ihr bis in die Knochen drang, hielt MacKenzie sie fest in seinen Armen und schützte sie, so gut er konnte, vor den Elementen.

Linnet wandte den Kopf zur Seite und starrte auf das sturmgepeitschte Wasser, aber die Landschaft aus Meer, Loch und Inseln war kaum mehr als ein silbergrauer, verschwommener Fleck, während das mächtige Schlachtross ihres Verlobten sie mit geradezu unheimlicher Geschwindigkeit am Kiesufer des Loch vorübertrug.

An der fernen Küste rief ein Seevogel klagend seinen Partner. Das einsame Geräusch führte Linnet wieder ihre eigene Verlassenheit vor Augen. Während der einsame Vogel durch den Nebel seinen Gefährten zu erreichen suchte, hätte der ihre gar nicht näher sein können, und dennoch hatte sie sich nie einsamer gefühlt.

Unter anderen Umständen würde ihr Groll gegen die MacKenzies mit der Zeit vielleicht nachgelassen haben. Denn wenn sie sich selbst gegenüber ehrlich war, musste sie sich eingestehen, dass die meisten der Vergeltungsakte, die ihr eigener Clan erlitten hatte, gewöhnlich *nach* den Raubzügen der MacDonnells stattgefunden hatten und nicht davor.

Und niemals ohne Grund.

Ihr zukünftiger Ehemann war streng und wortkarg, aber so rücksichtslos, wie sie erwartet hatte, schien er nicht zu sein.

Ja, mit der Zeit würde sie ihren Groll gegen die MacKenzies wahrscheinlich überwinden müssen. Und sie wusste jetzt schon, dass ihr zukünftiger Ehemann Leidenschaft in ihr entfachen konnte.

Aber es überstieg ihr Wissen, ob sie je lernen würde, mit seinem Gesicht zu leben, ob es ihr je gelingen würde, ihn anzuschauen und nicht seine aufgerissene Brust zu sehen, in der das Herz fehlte.

Und sie wusste auch nicht, ob sie die eigenartige Wirkung, die er auf sie hatte, ignorieren konnte.

Unangenehm berührt von diesen seltsamen, verwirrenden Gefühlen, die er in ihr weckte, insbesondere von jenen, die er in der Nacht zuvor in ihr entfacht hatte, bewegte sie sich, und prompt zog er sie noch fester an sich. Das Gefühl seiner harten, mit einem Kettenhemd bedeckten Brust an ihrem Rücken und seiner muskulösen Schenkel so intim an ihren, bewirkte wieder jenes eigenartige Flattern in ihrem Bauch. Und während sie weiterritten, wurde Linnet sich immer stärker der Stellen bewusst, an denen ihre Körper sich berührten.

Mit einer müden Handbewegung strich sie sich die Regentropfen von der Stirn. Insgeheim begrüßte sie die kühlende Feuchtigkeit, denn ihre Wangen waren ziemlich heiß geworden. Sie kniff die Augen zusammen und versuchte, durch die wabernden Nebelschwaden vor ihnen zu spähen, und da teilte sich mit einem Mal der Nebel und gab den Blick auf eine mächtige Burg frei, die auf einer Insel mitten im See stand und noch immer einige Meilen weit entfernt war.

Diese imposante Festung konnte nur Eilean Creag sein, ihr zukünftiges Zuhause.

Düstere graue Steinmauern erhoben sich aus dem dunklen Wasser des Loch Duich, und Linnet bekam einen flüchtigen Eindruck von einem steinernen Damm, der zu der Festung hinüberführte, bevor der Nebel die Brücke wieder einhüllte und der Burg den Anschein gab, als schwebte sie über dem Loch.

Treffend benannt nach der Felsinsel, auf der sie stand, präsentierte sich Eilean Creag als eine finstere graue, vom Rest der Welt vollkommen abgeschnittene Masse Stein.

Ein toter Ort, ohne Leben und ohne Liebe.

Selbst aus der Ferne ließ Linnets hellseherische Gabe sie die Kälte spüren, die über dem düsteren Gemäuer hing, das Duncan MacKenzie sein Zuhause nannte. Seine Kälte schien es einzuhüllen wie ein Leichentuch.

Eine leere Kälte, die nichts mit dem schlechten Wetter zu tun hatte und so intensiv war, dass sich Linnets Nackenhaare vor Entsetzen sträubten. Tatsächlich begann sie sogar zu befürchten, dass nur die unfruchtbarsten Seelen an einem Ort wie diesem überleben konnten.

Abrupt und ohne Vorwarnung zügelte Duncan sein Pferd, als ein einzelner Reiter von der Burg her auf sie zukam. Linnet unterdrückte den Impuls, sich zu bekreuzigen, als der Reiter näher kam und sie ihn erkannte.

Die heilige Margaret stehe ihr bei… es war der Mann, der sich Marmaduke nannte.

Trotz des Unbehagens, das sie MacKenzie gegenüber empfand, presste sie Schutz suchend ihren Rücken an seine Brust. Obgleich sie wusste, dass ihre Furcht vor dem entstellten Ritter unbegründet war, empfand sie den Anblick seines grausigen Gesichts als ungemein beklemmend.

Ein rascher Blick zu Elspeth trug wenig dazu bei, sie zu beruhigen. Es war offensichtlich, dass sie aus *diesem* Lager keine Hilfe zu erwarten hatte. Die alte Frau, die sich ihrer durchnässten Kleidung nicht einmal bewusst zu sein schien, strahlte Lachlan, den jungen Knappen, und verschiedene andere MacKenzie-Männer an, während sie ihren Erzählungen über Sir Duncans heldenhafte Abenteuer mit König Robert Bruce lauschte.

Linnet hörte prahlerische Bemerkungen darüber, wie der Schwarze Hirsch das gesamte Kontingent der Highlander vor dem großen Sieg des Königs in Bannockburn versammelt hatte. Nach Aussage seiner Männer hatte ihr Verlobter die Clanoberhäupter überredet, ihre Fehden angesichts des gemeinsamen Feindes aufzugeben und hatte dann mitgeholfen, die Männer auszubilden, die die neue Kampfeinheit des Königs bilden würden.

Linnet bezweifelte, dass der allseits beliebte König die Unterstützung ihres Verlobten benötigt hatte, um sich mit den Highlandern zu einigen, doch das war nicht einmal annähernd so weit hergeholt wie die Behauptung seiner Männer, mit nichts anderem bewaffnet als mit einer Streitaxt habe er zwanzig englische Ritter bezwungen, die Schottlands heiligste Relikte aus der Abtei von Inchaffray gestohlen hatten! Und natürlich hatte der Schwarze Hirsch sich dann den Weg zurück zu Bruce erfochten und dem König seinen kostbaren Reliquienkasten unversehrt zurückgegeben.

Linnets Brauen zogen sich zusammen. Ihr geliebte Amme schien nichts von ihrem Kummer zu bemerken. Elspeth hatte sich von den hübschen Gesichtern und glatten Zungen der MacKenzie-Männer verhexen lassen.

»Warst du erfolgreich?« Die tiefe Stimme ihres Verlobten erklang hinter ihr und lenkte sie von Elspeth ab. Der einäugige Ritter hatte sein Pferd vor ihnen zum Stehen gebracht. »Ich erwartete dich früher.«

»Die Truhe war verschlossen, und Fergus hat ewig lange gebraucht, um den Schlüssel zu holen.« Marmaduke fixierte Linnet mit einem scharfen Blick aus seinem gesunden Auge und klopfte dann auf eine große Ledertasche, die hinten an seinem Sattel festgeschnallt war. »Tut mir leid, dass es so lange gedauert hat, Duncan. Ich wünschte, ich hätte es schneller zu euch zurück geschafft, aber dafür habe ich jetzt alles dabei, was du verlangt hast.«

»Das ist gut, und ich bin froh, dass du uns noch abgefangen hast, bevor wir das Tor erreichten.« Duncans Hand schloss sich plötzlich um Linnets Handgelenk. »Würdest du Mylady helfen, abzusitzen?«

»Es wird mir eine Ehre sein.« Der Ritter mit dem entstellten Gesicht schwang sich von seinem Pferd und kam zu ihnen.

Dann, bevor Linnet auch nur ein Wort des Protestes äußern konnte, hob Duncan sie auf und reichte sie in Marmadukes ausgestreckte Hände weiter. Der Furcht erregende Ritter warf sie aber nicht über die Schulter und entführte sie, wie sie schon halb befürchtet hatte, sondern stellte sie erfreulich sanft auf ihre Füße. Und dann verbeugte er sich sogar vor ihr.

»Sir Marmaduke Strongbow, Mylady«, sagte er mit einer Stimme, die viel zu angenehm und höflich für seine schreckliche Erscheinung war. »Ich freue mich, Euch zu Diensten sein zu können.«

Linnet schnappte verblüfft nach Luft, als sie zum ersten Mal klar und deutlich seine Stimme hörte.

Sir Marmaduke war Engländer!

Vor lauter Überraschung konnte sie nicht mehr tun, als zustimmend zu nicken. Ein *Sassenach*! Sie hatte noch nie einen gesehen und konnte sich auch beim besten Willen nicht vorstellen, warum MacKenzie einen Engländer in seiner Leibgarde haben sollte.

Fröstelnd vor Kälte beobachtete sie, wie Sir Marmaduke Elspeth behutsam von der grauen Stute hob. Er hielt die beleibte Frau, als wöge sie nicht mehr als ein Sack Gänsefedern, und trug sie zu Linnet, wo er sie genauso sanft absetzte wie zuvor sie selbst. Nachdem er sich auch vor Elspeth verbeugt hatte, ging er zu seinem Pferd zurück und begann die große Satteltasche abzuschnallen.

Auch MacKenzie saß nun ab und ging zu ihm. Während Sir Marmaduke die Tasche für ihn aufhielt, blickte Linnets zukünftiger Ehemann hinein und nickte dann in offensichtlicher Befriedigung. Linnet sah, wie er ein feines dunkelblaues Wolltuch und ein Paar Halbstiefel aus der Satteltasche nahm. Dann legte er das Tuch über seinen Arm und kam zu ihr.

»Dieser Umhang gehörte meiner Schwester«, sagte er. »Nehmt Euren ab, damit ich Euch diesen hier umlegen kann. Er ist besser als Eurer und wird Euch während des Rests der Reise warm und trocken halten.«

Verwundert sah sie, dass der Sassenach mittlerweile Elspeth aus ihrem durchnässten Umhang geholfen hatte und ihr ebenfalls einen trockenen umlegte, der fast genauso fein war wie der, den ihr Verlobter für sie ausbreitete.

Scham und Schuldbewusstsein begannen Linnet zu durchfluten. Der einäugige Ritter war gestern Abend so eilig losgeritten, um trockene – und *bessere* – Gewänder für sie und Elspeth zu beschaffen.

Weil MacKenzie ihn darum gebeten hatte.

Trotz des kalten Regens und ihres eigenen durchnässten *arisaid,* den sie noch über den neuen Umhang legte, spürte sie, wie ihre Wangen brannten. Sie hätte sich nie vorgestellt, dass ihr zukünftiger Ehemann so fürsorglich sein konnte. Sie hatte nur die Leere, die er in sich trug, gesehen und war von Entsetzen erfasst worden, als sie sein Gesicht erkannt hatte.

Auch zu dem narbengesichtigen Sassenach war sie ungerecht gewesen. Aus welchem Grund auch immer er sich in den Highlands aufhielt, weit entfernt von seinem Heimatland, hatte er sich doch als Kavalier erwiesen, und sie würde ihm für seine Güte danken müssen.

Was MacKenzie anging, so würde sie sich natürlich auch bei ihm bedanken, sich aber vorerst weiterer Urteile enthalten, bis sie sein Motiv verstanden hatte. Vielleicht wollte er nur nicht, dass seine Leute ihre schäbigen Kleider sahen, wenn sie seine Burg betrat?

»Sie sind ganz neu«, sagte er, als er ihr die Stiefel reichte. »Sollten sie nicht passen, gebe ich ein anderes Paar für Euch in Auftrag.«

Linnet blickte auf ihre alten, abgeschabten Halbstiefel und errötete vor Verlegenheit, als sie ihren großen Zeh aus dem brüchigen Leder herausschauen sah. »Danke«, sagte sie steif, als sie die samtweichen neuen Lederstiefel gegen ihre alten austauschte.

»Ihr braucht mir nicht zu danken.« Seine Stimme klang flach, bar jeder Emotion. Dann deutete er mit dem Kopf auf Elspeth. »Wenn Ihr fertig seid, reiten wir weiter. Es ist nicht mehr weit bis Eilean Creag.«

Obgleich der feine Umhang sie vor Regen und Wind gut schützte, als sie am Ufer entlangritten, vermochte auch er nichts gegen ihr zunehmendes Gefühl des Unbehagens auszurichten.

Während die düstere Festung mit jeder Meile, die sie zurücklegten, größer wurde, schien Duncan MacKenzie reservierter zu werden, je näher sie seinem Zuhause kamen. Die eisige Barriere, die er um sich errichtet hatte, wurde noch kälter, noch undurchdringlicher, jetzt, wo sie sein imponierendes Anwesen beinahe erreicht hatten.

Trotz des schweren wollenen Umhangs fröstelte Linnet, als wäre es tiefster Winter statt Hochsommer.

Sie betete im Stillen, als die schwer bepackten Pferde unter dem mit Eisenspitzen bewehrten Fallgitter eines befestigten Torhauses hindurchgingen und auf den langen steinernen Damm einbogen, der zu der Festung auf der Insel führte.

Die Atmosphäre war düster, trostlos und bedrängte sie von allen Seiten. Wieder unterdrückte sie den Drang, zu fliehen. Selbst wenn es ihr gelänge, von MacKenzies mächtigem Pferd zu springen, wohin hätte sie sich wenden sollen? Zu beiden Seiten der niedrigen Brücke tosten die aufgewühlten Gewässer des Loch Duich, während starke Böen niedrige dunkle Regenwolken über die windgepeitschte Oberfläche des Sees trieben.

An einem schöneren Tag wirkte Eilean Creag vermutlich sehr viel majestätischer, aber Linnet schien das düstere Grau seiner massiven Mauern unter dem trüb verhangenen abendlichen Himmel ein durchaus angebrachtes Heim für diesen finsteren Mann zu sein, den zu heiraten sie gezwungen war.

Am Ende des langen Damms hielten sie vor dem endgültigen Torhaus, einer gewaltigen doppeltürmigen Konstruktion, während ein weiteres mit Eisenspitzen bewehrtes Fallgitter ratternd in die Höhe ging. Linnets Stimmung sank noch tiefer, als sie darunter hindurchritten und in die gähnende Finsternis einer tunnelähnlichen Passage gelangten.

Der erste Anblick der eigentlichen Burg ließ ihren Atem stocken. Das düstere Gemäuer stand auf einem kopfsteingepflasterten Hof und wirkte abweisend und grimmig.

Eine steinerne Festung auf einer felsigen Insel, regiert von einem Mann, dessen Herz sich in Stein verwandelt hatte – sofern er überhaupt noch eins besaß.

Linnet hegte da so ihre Zweifel, denn eine spürbare Atmosphäre des Kummers, die machtvoll genug war, um eines jeden Menschen Herz und Seele zu zerbrechen, durchflutete Eilean Creag. Diese bedrückende Atmosphäre legte sich wie eine schwere Last auf ihre Schultern, und ihre schiere Kraft genügte, um ihr nahezu körperliches Unbehagen zu verschaffen.

Keine Menschenseele rührte sich im Hof oder bei den Nebengebäuden, die sich um die Außenmauern scharten, als sie über den gepflasterten Hof ritten und vor den breiten Steinstufen der Burg anhielten. Duncan MacKenzie saß rasch ab, hob sie aus dem Sattel und setzte sie unter einem bogenförmigen Eingang ab, der das Wappen der MacKenzies trug.

Als drängte es ihn, sie loszuwerden, wandte er sich sofort von ihr ab und begann die Stufen hinaufzusteigen. Oben öffnete er eine große, eisenbeschlagene Tür und wandte sich dann noch einmal zu Linnet um.

»Lachlan wird Euch zu Robbie bringen«, sagte er. »Und dann möchte ich Euch in meinem Arbeitszimmer sprechen, nachdem Ihr ihn gesehen habt.«

Linnet öffnete den Mund, um etwas zu erwidern, aber er war schon in der Finsternis hinter der Tür verschwunden. Sie folgte ihm und betrat einen nur schwach beleuchteten, gewölbten Saal von enormen Ausmaßen. Ohne ihre Anwesenheit noch weiter zu beachten, schritt MacKenzie eilig an Tischen und Bänken vorbei, drängte sich durch eine Gruppe Bediensteter, die damit beschäftigt war, das Podium am fernen Ende des Saals zu schmücken, und verschwand auf einer dunklen Treppe.

Sprachlos vor Empörung, dass er sie in einer ihr noch fremden Burg allein ließ, starrte Linnet ihm verärgert nach und war froh, dass die flackernden Binsenfackeln nicht genügend Licht verbreiteten, um die Bediensteten ihre Schamröte über MacKenzies rüden Abgang sehen zu lassen.

Wut erfasste sie. Selbst wenn sie beide nicht begeistert über die Verbindung waren, besaß sie doch das Recht, eine anständige Behandlung zu erwarten. Offenbar glaubte ihr zukünftiger Ehemann, mit einem warmen Umhang und einem Paar neuer Schuhe den Geboten der Höflichkeit Genüge getan zu haben.

»Ihr dürft das nicht persönlich nehmen, Mylady. Er ist schon lange nicht mehr er selbst«, sagte Lachlan, als er zu ihr kam. »Wenn Ihr mir folgen wollt, zeige ich Euch, wo Ihr eine kleine

Stärkung zu Euch nehmen könnt. Danach bringe ich Euch zu Robbie.«

Elspeth trat zu ihnen und legte ihre Hände sanft auf Linnets Schultern. »Schau nicht so verloren drein, Kind; du hast dich bis jetzt sehr gut gehalten. Wenn mein Wahrnehmungsvermögen mich nicht täuscht, hat das Benehmen dieses Mannes wirklich nichts mit dir zu tun. Sei einfach du selbst, und dann wird alles gut werden.«

»Ich hoffe, du hast Recht«, erwiderte Linnet, mehr zu sich selbst als zu Elspeth. »Bei allen Heiligen, ich kann nur hoffen, du hast Recht.«

»Wenn Ihr es mir erlaubt, würde ich Euch jetzt gern zu Robbie führen.« Lachlan kam zurück, als Linnet gerade eine kleine Portion Fischsuppe gegessen und ihren leeren Teller fortgeschoben hatte. »Es ist der Wunsch meines Herrn, dass Ihr den Knaben so bald wie möglich seht.«

Linnet stand auf, strich über ihren noch immer feuchten Schleier und zupfte die feuchten Falten des *arisaid* zurecht, der einst ihrer Mutter gehört hatte, bevor sie dem Knappen erlaubte, ihren Arm zu nehmen und sie durch den mächtigen Burgsaal zu geleiten. Geschickt wich er Horden geschäftiger Bediensteter aus, die mit voll beladenen Armen hin und her eilten und damit beschäftigt waren, die notwendigen Vorbereitungen für die Festlichkeiten des nächsten Tags zu treffen. Einige warfen ihr scheue Blicke zu, andere starrten sie ganz unverhohlen an.

Hoffentlich dachten sie, sie trüge ihre regennassen Kleider noch, weil sie zu müde war, sich nach der langen Reise umzuziehen. Sie wollte ihr Mitleid nicht, falls sie erraten sollten, dass sie kaum mehr als das mitgebracht hatte, was sie am Leibe trug.

Wenigstens ihr neuer Umhang war sehr schön und verbarg ihr abgetragenes Kleid. Und zum Glück war der wundervoll gewobene Umhang, anders als ihr Schleier und ihr geliebter alter *arisaid,* einigermaßen trocken geblieben ... wie ihr Verlobter ihr versichert hatte.

Ja, Duncan MacKenzies Dienstboten konnten sie ruhig anstarren. Bis sie für die Begegnung mit ihnen besser gerüstet war, boten ihr Umhang und ihr Schleier einen guten Schutz.

Die abschätzenden Blicke einiger beim Abendbrot sitzender Clanangehöriger folgten ihr; ihre neugierigen Augen beobachteten jede ihrer Bewegungen, als Lachlan sie an den Tischen vorbei zu einer Wendeltreppe führte, die kaum zu erkennen war hinter einem dunklen, bogenförmigen Durchgang in einer fernen Ecke dieses großen Saals.

Etwas lauerte auf diesen düsteren Stufen in den Turm ... eine Atmosphäre der Traurigkeit, die so ausgeprägt war, dass sie ein Eigenleben angenommen zu haben schien. Es war jedoch nicht die gleiche Art von Leere, die ihren zukünftigen Ehemann erfüllte und umgab, sondern mehr ein Gefühl tiefster Niedergeschlagenheit, durchsetzt mit einer sehr, sehr schwachen Spur von Hoffnung.

Linnets Instinkt verriet ihr, dass diese bedrückende Atmosphäre etwas mit dem Knaben zu tun hatte, und plötzlich wusste sie, ohne das Kind auch nur gesehen zu haben, dass Duncan MacKenzie wirklich und wahrhaftig der Vater dieses Jungen war.

Noch nie war sie sich ihrer eigenen Wahrnehmungen derart sicher gewesen.

Und je höher sie stiegen, desto mehr verstärkte sich diese Überzeugung.

Als sie den dritten Treppenabsatz erreichten und Lachlan noch immer keine Anstalten machte, den Aufstieg zu beenden, zupfte sie an seinem Ärmel.

»Aye, Mylady?«

»Warum wird der Junge in einer so trostlosen Ecke dieser Burg versteckt?«

»Dazu kann ich nichts sagen.«

Linnet verschränkte ärgerlich die Arme und begann plötzlich ein brennendes Bedürfnis zu verspüren, den tiefen Schmerz zu lindern, der sie von irgendwo dort oben im Turm erreichte, ihr entgegenschlug wie eine schwarze Wolke und sich bei jedem ihrer Schritte noch verdichtete.

»Ich weiß von Sir Duncans Zweifeln, dass Robbie *sein* Sohn ist. Ist das der Grund, warum man ihn so weit vom Saal entfernt hält und an einen solch düsteren Ort verbannt?«

Der flackernde Schein der Fackel an der Wand verriet, wie unbehaglich der Knappe sich fühlte. »Ja, es stimmt, es schmerzt meinen Herrn, den Knaben anzusehen, aber warum er hier einquartiert wurde, weiß ich nicht. Es geschah auf meines Herrn Befehl, und ich würde mir nie die Freiheit nehmen, ihn nach seinen Beweggründen zu fragen.«

Am vierten Treppenabsatz führte Lachlan sie über einen düsteren Flur und blieb schließlich vor einer massiven Eichentür stehen. »Es ist möglich, dass er schläft.«

»Dann will ich ihn nicht stören«, sagte Linnet leise und schob sich an Lachlan vorbei in das dämmrige Zimmer, sobald er die schwere Tür geöffnet hatte.

Die Atmosphäre der Traurigkeit, die sie schon auf der Treppe gespürt hatte, stieß sie nahezu wieder auf den Flur zurück, so durchdrungen war der Raum von ihr. Selbst die Wände schienen durchtränkt von Hoffnungslosigkeit, und Linnet musste ihre ganze Kraft aufbieten, um unter dem Gewicht der Qual des Jungen nicht zusammenzubrechen.

Obwohl ein Feuer im Kamin brannte, dauerte es einen Moment, bis ihre Augen sich an das Halbdunkel gewöhnten. Dann ging sie energisch auf das einzige Fenster des kleinen Raumes zu und öffnete die Läden. Als sie sich wieder umwandte, wusste sie, dass ihr Instinkt sie nicht getrogen hatte.

In einem Himmelbett an der gegenüberliegenden Wand des Zimmers schlief ein kleiner Junge, einen Arm um einen ziemlich alt aussehenden Mischlingshund geschlungen. Das Tier blickte sie misstrauisch an, aber das Kind schlief weiter, ohne zu bemerken, dass jemand den Raum betreten hatte.

Unter einem dicken Plaid in den MacKenzie-Farben, aus dem nur Robbies dunkler Hinterkopf hervorschaute, lag der Knabe schlafend da und rührte sich nicht, während sie durch das Zimmer zu ihm hinüberstarrte ... und das Bild eines Hirschkopfs in der Luft über dem Kind erscheinen sah.

Ein lautes Summen ertönte in ihren Ohren, und die Vision wurde zunehmend klarer, bis sie von innen her zu glühen schien. Dann hörte das Summen wieder auf, und das Bild verschwand, als wäre es nie da gewesen.

»Fühlt Ihr Euch nicht wohl, Mylady?« Lachlan eilte an ihre Seite. »Ihr seid so blass. Soll ich Euch etwas Glühwein holen? Oder Euch zu Eurer Dienerin begleiten?«

Ein eisiges Frösteln lief über Linnets Rücken, aber sie schüttelte den Kopf. »Nein, es geht schon wieder.«

»Möchtet Ihr Euch hier ein bisschen ausruhen, bevor ich Euch zu Sir Duncan bringe? Robbie kann jeden Augenblick erwachen. Er schläft normalerweise nicht besonders gut.«

Linnet blickte zu dem Kind. »Dann sollten wir ihn nicht stören, nicht?«

Doch der Knappe machte keine Anstalten, zu gehen, und eine leichte Röte stieg in seine Wangen. »Mein Herr hatte gehofft, Ihr würdet Euch ein bisschen Zeit nehmen, um Robbie ... ähm ... ein bisschen kennen zu lernen.«

»Das ist ja wohl kaum möglich, wenn der Junge schläft, nicht wahr?«, erklärte Linnet und verließ den Raum. »Ihr könnt mich aber derweil zu Eurem Herrn bringen.«

»Aber Sir Duncan ...«

»... bat mich, mit ihm zu sprechen, bevor ich mich zurückziehe, nicht wahr?«, beharrte sie und verzichtete bewusst darauf, ihm den wahren Grund zu nennen, warum MacKenzie sie zu Robbie geschickt hatte. »Werdet Ihr mich nun zu ihm bringen oder nicht?«

»Selbstverständlich, Mylady«, sagte er und beeilte sich, ihr auf den Flur zu folgen.

Als sie hinter ihm die Treppe hinunterging, schickte Linnet ein stummes Stoßgebet an alle Heiligen und bat sie, ihr die Weisheit zu verleihen, ihre Worte mit Bedacht zu wählen, wenn sie dem mächtigen MacKenzie von Kintail gegenüberstand. Sie wusste, was er von ihr wissen wollte, und sie kannte auch schon die Antwort.

Aber sie gedachte ihr Wissen vorerst noch geheim zu halten. Sie hatte einen Plan, und wenn die Heiligen ihr gnädig waren und ihr ihren Beistand leisteten, könnte er sogar funktionieren.

Duncan hörte sie draußen vor seinen Privatgemächern, lange bevor sie sich bemerkbar machte. Sie wartete, bis die Schritte seines Knappen verklungen waren, bevor sie anklopfte. Aber als er sie aufforderte, einzutreten, zögerte sie.

Während er wartete, blickte er sich in seinem Arbeitszimmer um, das sein bevorzugter Aufenthaltsort war. Der einzige Ort, an dem er sich wirklich vor der Welt zurückziehen konnte.

Und dem Elend, das sein Leben war, entkommen konnte.

Bis auf die kostbaren Seidentapisserien an den Wänden wirkte dieses Arbeitszimmer eher karg. Ein kleiner Tisch, ein unbequemer Stuhl und eine große Truhe bildeten die Einrichtung. Keine Kissen zierten die Erkerfenster, und nicht einmal der herrliche Ausblick auf den Loch vermochte die Düsterkeit des Raums zu lindern. Nur das Feuer im Kamin verlieh ihm einen Anschein von Behaglichkeit und Wärme.

Nicht, dass es ihn kümmerte. Es war der alte Fergus, sein Seneschall, der darauf bestand, das Feuer in Gang zu halten. Duncan gefielen die spärliche Möblierung und die Kälte dieses Raums … sie passten zu der Leere in ihm.

Er hatte sich bewusst dafür entschieden, seine Braut in diesem kargen Zimmer zu empfangen, dessen Strenge das Bild noch unterstreichen würde, das er ihr von sich zu übermitteln hoffte.

Inzwischen ohne Schwert, aber immer noch in seinem schwarzen Kettenhemd, bot er eine beeindruckende Erscheinung, die sie wahrscheinlich gründlich aus dem Konzept bringen würde, trotz ihrer wiederholten Zurschaustellung von Furchtlosigkeit während der Reise.

Es war besser für sie, wenn sie ihn für ebenso kalt und unnachgiebig wie die Mauern seiner Festung hielt.

Er ging zum Kamin und blieb mit dem Rücken zur Tür wartend stehen. Nach einer Weile rief er sie erneut herein. Diesmal folgte sie seiner Aufforderung.

Als er sie die Tür schließen hörte, drehte er sich um. »Wisst Ihr, warum ich beschlossen habe, Euch zur Frau zu nehmen?«

Für eine Weile, die ihm wie eine kleine Ewigkeit erschien, war das Prasseln des Feuers das einzige Geräusch im Raum. Schließlich nickte sie. »Aye. Wegen meiner Gabe.«

Darauf nickte er zufrieden.

»Ihr solltet allerdings wissen, dass ich sie nicht willkürlich benutzen kann. Die Visionen …«

»Eure hellseherischen Fähigkeiten sind wohl bekannt hier in den Highlands«, schnitt Duncan ihr das Wort ab. Er hatte einen undefinierbaren Ausdruck über ihr Gesicht huschen sehen und wollte gar nicht hören, was sie hatte sagen wollen. »Ich hege nicht den geringsten Zweifel, dass ich von Euch die Wahrheit über das erfahren werde, was mich quält.«

Er zögerte einen Moment, bevor er die Frage stellte, die er stellen musste. Seine Angst vor ihrer Antwort flößte ihm mehr Panik ein, als er bei einer unerwarteten Begegnung mit einem kompletten Bataillon englischer Ritter und ihren allgegenwärtigen walisischen Bogenschützen empfunden hätte.

Trotzdem musste er es wissen. »Ihr habt das Kind gesehen?«

»Aye .«

Herrgott noch mal, war das alles, was sie dazu zu sagen hatte?

Nichts weiter als ein *aye*?

Merkte sie denn nicht, dass er darauf brannte, mehr zu hören?

»Und was habt Ihr gesehen?«, fragte er barscher als beabsichtigt.

Statt zu antworten, strich sie mit den Händen über die Falten ihres Umhangs und starrte auf den Boden. Angesichts ihres unverkennbaren Unbehagens dämmerte ihm plötzlich eine Erkenntnis, die ihm einen Seufzer der Erleichterung entlockte. Er schüchterte sie mehr ein, als es seine Absicht war; seine kriegerische Kleidung und der karge Raum ließen sie sich klein und unbedeutend fühlen.

Nur das konnte der Grund sein für ihr Schweigen.

Er ging zu dem kleinen Tisch hinüber, füllte zwei mit Edelsteinen besetzte Kelche mit einer blutroten Flüssigkeit und reichte ihr einen. »Das ist Wein. Lasst uns auf eine Verbindung trinken, die für uns beide nutzbringend sein wird.«

Sie erhob ihr Glas und nippte daran, doch diese einladende kleine Geste, von der Duncan gehofft hatte, sie würde ihr die Befangenheit nehmen, schien höchstens das Gegenteil zu bewirken, denn ihre Hände zitterten mit einem Mal, und sie verschüttete etwas von dem Wein auf die Binsenstreu zu ihren Füßen.

»Ich würde Euch gern eine Frage stellen, wenn ich darf«, sagte sie mit fester Stimme, obwohl sie sichtlich zitterte.

Duncan trank einen großen Schluck von seinem Wein, bevor er antwortete. »Was möchtet Ihr wissen?«

»Unsere Familien sind verfeindet. Warum habt Ihr mich nicht einfach entführt? Ich meine, wieso habt Ihr mir die Ehe angetragen?«

»Die Wahrheit über Robbies Vaterschaft zu erfahren ist nicht der einzige Grund, warum ich mich für Euch entschieden habe.« Duncan fuhr sich mit einer Hand durchs Haar und atmete tief ein. Allein über den Jungen zu reden, war schon ungeheuer schmerzlich für ihn. »Ob er nun mein Kind ist oder nicht, er braucht die Fürsorge einer liebevollen Erwachsenen. Und diese Fürsorge werdet Ihr ihm geben.«

»Und Ihr, Sir? Ein Kind braucht eine Mutter *und* einen Vater. Und besonders ein Junge sollte die Zuneigung seines Vaters haben. Es ist nicht recht, sie ihm zu verweigern.«

Angesichts ihrer kühnen Worte schlossen sich Duncans Finger noch ein wenig fester um den Kelch. »Ihr seid nicht hier, um meine Motive in Frage zu stellen.«

»Ich möchte nur wissen, wozu Ihr mich braucht? Ein Kindermädchen würde den gleichen Zweck erfüllen. Oder Ihr könntet den Jungen zu einem Eurer Verbündeten in Pflege geben.«

»Sprecht nicht von Dingen, von denen Ihr nichts versteht.«

Sie hob das Kinn. »Von Liebe zu Kindern verstehe ich sogar sehr viel, Sir.«

Die Liebe zu einem Kind war etwas, womit auch er sich auskannte, doch seine diesbezüglichen Gefühle gingen sie nichts an. Gegen den Ärger ankämpfend, den sie in ihm weckte, setzte Duncan seinen Kelch ab und verschränkte die Arme vor der Brust.

»Also sagt mir schon, was Ihr gesehen habt. Bin ich der Vater des Jungen?«

Sie schien plötzlich nervös zu werden und befeuchtete ihre Lippen, bevor sie antwortete. »Das weiß ich nicht. Vielleicht brauche ich Zeit, um ihn kennen zu lernen, bevor meine Gabe es mir zeigen wird.«

Um seine Enttäuschung über ihre Antwort zu verbergen, ging Duncan zum Kamin zurück und kehrte ihr seinen Rücken zu, bis er sicher sein konnte, dass sein Gesicht keinerlei Emotion mehr widerspiegelte.

Erst dann drehte er sich wieder zu ihr um. »Wie lange, glaubt Ihr, wird das dauern?«

»Ich weiß es nicht«, wiederholte sie.

Wut, Unheil verkündend und kalt wie ein dunkler Wind,

durchflutete ihn, aber er sagte nichts. Er brauchte sie, denn ihre hellseherischen Fähigkeiten waren echt. Seine Spione hatten es ihm geschworen. Wenn es sein musste, würde er eben warten, um die Wahrheit zu erfahren.

Aber es stand nirgendwo geschrieben, dass er erfreut sein musste über diese Aussicht.

Herrgott noch mal, er wollte die Antwort heute Nacht!

»Wenn Ihr es wisst, werdet Ihr mich sofort unterrichten«, beschied er sie kühl. »Eure Pflicht ist es, Euch um Robbie zu kümmern und mich vor Verrat zu warnen, falls Ihr so etwas voraussehen solltet. Nichts anderes wird von Euch erwartet werden.«

»Nichts anderes?«

Duncan warf ihr einen Blick zu. Er hatte gedacht, sie würde mit Erleichterung reagieren, doch sie starrte ihn an, als seien ihm Hörner und ein Schwanz gewachsen. Dann senkte sie den Kopf und begann mit der Spitze ihres neuen Stiefels in den Binsen auf dem Boden herumzustochern.

»Ich verstehe«, murmelte sie betreten. »Ihr wollt mich also nicht als richtige … Gemahlin.«

Herrgott noch mal! Sie war doch wohl nicht enttäuscht darüber, dass er nicht die Absicht hatte, ihr Bett zu teilen?

»Seid bitte nicht gekränkt, Mylady. Es hat nichts mit Euch zu tun.« Er durchquerte den Raum, legte eine Hand unter ihr Kinn und hob sanft ihr Gesicht zu sich empor, damit sie ihn ansehen musste. »Nach dem Tod meiner ersten Frau habe ich geschworen, nie wieder zu heiraten. Wenn ich Euch nicht anrühre, werde ich diesen Schwur wenigstens nicht ganz brechen.«

Ihre Unterlippe begann zu zittern, aber sie erwiderte tapfer seinen Blick. »Wie Ihr wünscht, Mylord.«

»Es wird kein unerfreuliches Arrangement für Euch sein«, versicherte ihr Duncan. »Ihr werdet Eure eigenen Gemächer haben und Zeit, zu tun, was Euch beliebt, und meinen Schutz.

Vielleicht wird es Euch irgendwann sogar auf Eilean Creag gefallen. Es kann jedenfalls nicht so schlecht sein wie das, was Ihr zurückgelassen habt.«

»Aye. Ich bin froh, nicht mehr in meines Vaters Burg zu sein.«

»Gut, dann ist das also geklärt.« Duncan nahm seine Hand von ihrem Kinn, trat zurück und ging zur Tür, um sie zu öffnen. »Findet Ihr allein den Weg zum Saal? Lachlan wartet dort, um Euch zu Euren Gemächern zu begleiten. Ruht Euch aus heute Nacht, denn morgen erwartet Euch ein langer Tag.«

Obwohl er die Tür weit aufhielt, rührte sie sich nicht. Sie stand nur da und starrte ihn mit dem sonderbarsten Ausdruck an, den er je gesehen hatte. Als eine einzelne Träne über ihre Wange rollte, verfluchte Duncan sich im Stillen und machte einen Schritt auf sie zu, mit der Absicht, sie zu trösten, so gut er konnte, und ihr zu erklären, dass seine Zurückweisung nichts mit ihrer Person zu tun hatte.

Er wollte überhaupt keine Frau mehr, weder sie noch irgendeine andere.

Ein Dutzend tanzender Sirenen, alle splitternackt und eine begehrenswerter als die andere, hätten ihn nicht umstimmen können.

Doch bevor er ihr irgendetwas sagen konnte, stürzte sie an ihm vorbei und flüchtete sich auf den Korridor. Duncan wartete, bis das Geräusch ihrer hastigen Schritte verklungen war, dann schloss er die Tür und hieb mit der Faust gegen ihre kalten Eichenpaneele.

Wieder fluchte er.

Das Mädchen war davongestürzt, als seien sämtliche Höllenhunde und der Teufel persönlich hinter ihr her.

Duncans Lippen verzogen sich zu einem schmalen Strich.

Vielleicht *war* er ja der Teufel.

Zumindest kam er sich im Augenblick so vor.

3

»Sie weigert sich, hinunterzukommen, Sir.« Lachlan trat vor den Stufen zur Kapelle zu Duncan und blickte seinen Herrn beunruhigt an.

Duncan strich sich mit der Hand durchs Haar und schaute dann zum grauem Morgenhimmel auf. Es war kein guter Tag für eine Hochzeit. Ein kalter Wind wehte von Norden, und die Unheil verkündenden Wolken in der Ferne schienen darauf hinzudeuten, dass der leichte Nieselregen, der seit dem Morgengrauen fiel, sich schon bald in einen ausgewachsenen Platzregen verwandeln würde.

Nein, es war kein guter Tag, um eine Ehe zu beginnen.

Und nun, zusätzlich zu ihrer Unfähigkeit, ihn Robbies wegen zu beruhigen, wie er gehofft hatte, wollte seine Braut ihn auch noch vor seinen Männern demütigen!

Mit ihren besten Plaids und Harnischen bekleidet, standen die Angehörigen seines Clans und seine Ritter in einem Halbkreis vor den Burgstufen und warteten darauf, ihre neue Herrin an seine Seite zu geleiten. Andere bildeten eine lange Reihe, die sich von der Burg bis zu dem kleinen Oratorium erstreckte, vor dem er stand.

Sie alle warteten schon seit Tagesanbruch.

Duncan blickte sich über die Schulter nach dem Priester um. Der fromme Mann stand gelassen da, die Hände vor der Brust gefaltet, und seine ganze Haltung strahlte Duldsamkeit und Langmut aus. Hinter ihm, in der Kapelle, vermochten selbst Dutzende von Kerzen nichts dazu beizutragen, die Düsterkeit des grauen Morgens zu vertreiben.

Und die Blumensträuße, die Fruchtbarkeit und Freude symbolisieren sollten, unterstrichen höchstens noch die Parodie, die im Begriff war, stattzufinden.

Nur die Nähe des Priesters hielt Duncan davon ab, einen ganzen Schwall gotteslästerlicher Flüche auszustoßen.

»Ist sie angekleidet?«, fragte er schließlich seinen Knappen.

»Aye, Mylord.«

Duncan wandte sich zu Sir Marmaduke. Der so furchtbar entstellte englische Ritter lehnte am Torbogen der Kapelle und sah aus, als sei er ungemein belustigt über die unerwartete Wendung der Ereignisse dieses Morgens.

»Hör auf zu grinsen wie ein dusseliges Frauenzimmer!«, fuhr Duncan ihn an. »Ich finde es überhaupt nicht komisch, dass das Mädel jetzt den Dickkopf spielt.«

Marmaduke lächelte, so gut das mit seinen vernarbten Zügen möglich war. »Lass nicht deine Wut an mir aus, Duncan. Vielleicht solltest du dich einmal fragen, was du ihr getan hast, dass sie es vorzieht, heute Morgen nicht ihr Zimmer zu verlassen.«

»Was ich ihr getan habe?« Duncan machte ein verdrießliches Gesicht. »Gar nichts habe ich ihr getan. Ich habe sie nur vor dem Trunkenbold ihres Vaters in Sicherheit gebracht und ihr eine Truhe feinerer Kleider gegeben, als sie in ihrem ganzen Leben vermutlich je gesehen und schon gar nicht erst besessen hat.«

»Was ist denn dann gestern in deinem Arbeitszimmer vorgefallen, was sie veranlasste, in den Saal hinunterzustürzen, als hätte sie ein Gespenst gesehen?«

Duncan vergaß die Anwesenheit des Priesters und fluchte.

Marmaduke ging zu Duncan und klopfte ihm auf die Schulter. »Da hast du die Antwort, mein Freund. Was immer du zu ihr gesagt hast, hat ihr offensichtlich nicht gefallen. Ich habe dir immer schon gesagt, du solltest bei den Damen mit ein bisschen mehr Raffinesse vorgehen.«

»Ich habe nichts getan, was sie verärgern könnte«, beharrte

Duncan und schaute zu dem Turmfenster auf, hinter dem Linnets Gemächer lagen. »Ich habe ihr nur gesagt, dass hier nur sehr wenig von ihr erwartet werden würde.«

»Und wie hast du dich ausgedrückt?«, beharrte Marmaduke.

Duncan schnaubte. »Herrgott noch mal, du hartnäckiger Esel, ich habe ihr nur gesagt, ich gedächte nichts anderes von ihr zu verlangen als die Nutzung ihrer Gabe, und sie müsse sich um Robbie kümmern.«

Marmaduke pfiff durch die Zähne, dann schüttelte er den Kopf. »Das ist ja noch schlimmer, als ich befürchtet hatte. Wie ist es nur möglich, dass ein Mann, der so viel Zeit mit dem alten Robert Bruce verbracht hat, bei einer Frau derartige Böcke schießen kann?«

Etwas, das verdächtig nach unterdrücktem Lachen klang, kam aus Lachlans Richtung und setzte sich durch die Reihen seiner Männer fort, was ihnen einen aufgebrachten Blick von Duncan eintrug.

Gütiger Himmel, nun lachten ihn die Kerle auch noch aus!

»Wenn du dich für solch einen Charmeur hältst, Sassenach, warum gehst du dann nicht selbst hinauf zu ihr und bringst sie her?«

»Es wird mir ein Vergnügen sein.« Nach einer eher spöttischen Verbeugung machte Marmaduke sich auf den Weg zur Burg. Nach zehn Schritten blieb er jedoch wieder stehen und blickte sich noch einmal um. »Vielleicht gebe ich dir irgendwann mal Unterricht, wie man mit einer Dame umgeht.«

Zu Duncans Erstaunen kam Marmaduke kurze Zeit darauf schon wieder aus der Burg, gefolgt von seiner Braut und ihrer Dienerin. Sofort ließen seine Pagen ihre Trompeten erschallen, seine Ritter schlossen sich dem Trio an, als es den Burghof überquerte, und alle klatschten, als ob sie im Begriff wären, an einer echten Hochzeit teilzunehmen statt an einer bloßen Farce.

Je näher sie der Kapelle kamen, desto mehr begann Duncan seine Entscheidung zu bereuen, die kleine MacDonnell zur Frau zu nehmen. Aye, es wäre wirklich besser gewesen, sie zu entführen, sie zu zwingen, seine Zweifel über Robbie zu beseitigen, und sie dann nach Dundonnell zurückzuschicken. Stattdessen würde er sich nun mit einer zweiten Ehefrau belasten, die er im Grunde gar nicht haben wollte.

Es war nur ein geringer Trost für ihn, dass sie den Anschein erweckte, als wäre sie genauso unglücklich über die Situation.

Alle anderen Anwesenden hingegen schienen fest entschlossen, sich heute komplett zum Narren zu machen.

Seine Männer tollten herum wie eine Horde dummer Weiber. Sie brüllten raue Scherze, klatschten und führten sich so auf, als wären sie alle miteinander Schwachköpfe. Selbst die alte Dienerin seiner Braut strahlte und errötete über die derben Scherze seiner Männer, als wäre sie ein junges Mädchen und keine reife Frau, die ihre besten Jahre schon seit geraumer Zeit hinter sich hatte.

»Sie sieht bezaubernd aus, nicht wahr, Mylord?«, bemerkte Lachlan, als Marmaduke die beiden Damen näherführte.

Duncan schwieg. Er wollte nicht einmal vor sich selbst zugeben, dass die kleine MacDonnell tatsächlich eine ausgesprochen hübsche Braut abgab.

Sie trug eine Tunika aus schwerer blauer Seide, die an der Taille von einem reich bestickten goldenen Gürtel zusammengehalten wurde. Ein bodenlanger Umhang im gleichen Blau schützte sie vor dem Regen, und ein mit Edelsteinen besetzter Reif hielt ihren langen goldenen Schleier an seinem Platz. Ihr Haar, das sie heute offen trug, fiel ihr von unter ihrem Schleier in schimmernden bronzefarbenen Wellen bis zur Taille.

Duncan fluchte im Stillen und ärgerte sich über sich selbst, weil er sich, und wenn auch nur für eine Sekunde, die Frage gestellt hatte, wie es sich anfühlen würde, mit seinen Händen durch dieses Haar zu fahren.

Es war wie gesponnenes Gold!

Er hätte nie gedacht, dass sie solch wundervolles Haar besitzen könnte. Es war so schön, dass es selbst einen Heiligen in Versuchung führen würde!

Verdammt, da würde jemand ihm etwas erklären müssen! Man hatte ihm versichert, das Mädchen sei völlig unscheinbar, reizlos wie die Hinterbacken einer Sau.

Er wollte keine gut aussehende Ehefrau.

Nie wieder.

Nicht nach Cassandra und all dem Leid, das sie ihm mit ihrer Bosheit zugefügt hatte.

Nein, er wollte wirklich und wahrhaftig keine schöne Frau, aber es sah ganz so aus, als habe er trotz seiner gegenteiligen Wünsche doch eine bekommen.

Duncan zwang sich, dieses wundervolle Haar zu ignorieren, das über offensichtlich volle Brüste fiel, die ihm der schlecht sitzenden Kleider wegen, die sie während der Reise getragen hatte, bisher nur noch nicht richtig aufgefallen waren. Mit einer, wie er hoffte, finsteren Miene blickte er ihr entgegen, als Marmaduke sie die Stufen zur Kapelle hinaufführte.

Er würde sich einfach dazu zwingen, sie so zu sehen, wie sie ihm am Tag zuvor erschienen war: reizlos, unscheinbar und in zerlumpten Kleidern.

Aye, auf dieses Bild würde er sich konzentrieren und alles tun, um nicht ihr Haar zu sehen. Ja, er würde sogar darauf bestehen, dass sie ihre rotgoldenen Locken geflochten, aufgesteckt *und* immerzu verborgen unter einem Schleier trug.

Was ihre Brüste anging… würde er einfach so tun, als wären sie nicht da.

Er hoffte nur, dass seine Männer nicht auf einer Hochzeitsnacht-Zeremonie bestanden. Sie wussten schließlich alle, aus welchen Gründen er das Mädchen heiratete. Das Thema war in letzter Zeit sehr oft besprochen worden. Falls sie dennoch beschließen sollten, diese Gründe zu vergessen, und von ihm erwarteten, die Rolle des eifrigen, verliebten Bräutigams zu spielen, würde er höchstpersönlich jeden Einzelnen von ihnen zum Duell auffordern und sie frohgemut in Stücke hacken!

»Es wird Zeit, Mylord.« Marmaduke schob seine Braut zu ihm. »Möchtet Ihr Eure Dame nicht die Stufen zur Kapelle hinaufbegleiten?«

Duncan warf ihm einen verdrießlichen Blick zu und gab sich keine Mühe, sein Missfallen zu verbergen. Der einzige Ort, wohin er Linnet MacDonnell gern begleitet hätte, war zurück zu der schäbigen Burg ihres Erzeugers. Stattdessen bot er ihr jedoch seinen Arm und bezog eine gewisse Genugtuung aus dem bangen Blick, den er in ihren großen braunen Augen sah.

Wenn sie ihn fürchtete, würde sie seine Abwesenheit in ihrem Bett ganz sicher nicht bedauern.

Leider hatte er jedoch mehr gesehen als nur den Ausdruck ihrer Augen. Er hatte auch bemerkt, dass sie golden gesprenkelt waren und vermutlich ganz bezaubernd aussähen, wenn sie nicht getrübt wären von Resignation, sondern erhellt von einem Lächeln.

Dann drängten seine Männer vor und ließen ihm keine andere Wahl, als seine unerwünschte Braut die wenigen Steinstufen hinaufzuführen zu dem Priester, der vor der offenen Tür der Kapelle wartete.

Als wüsste der fromme Mann, dass Duncan die Flucht ergreifen würde, falls sich ihm die kleinste Chance dazu bot, begann er sofort mit der Zeremonie, die die kleine MacDonnell für immer an Duncan binden würde, für den Rest seines Lebens, sofern dies Gottes Wille war.

Schiere Neugier, mehr nicht, ließ Duncan während des Eröffnungsgebets einen verstohlenen Blick auf seine Braut werfen. Dichte schwarze Wimpern ruhten auf ihren Wangen … Wangen, die, sofern dies überhaupt möglich war, sogar noch blasser geworden waren, seit der Priester seinen frommen Monolog begonnen hatte.

Ihre Lippen bewegten sich in einem stummen Gebet, und Duncan konnte nicht verhindern, zu bemerken, wie voll und schön geschwungen diese Lippen waren. Lippen, die so weich und üppig waren, dass er in früheren Jahren keinen Augenblick gezögert hätte, in einem leidenschaftlichen Kuss Besitz von ihnen zu ergreifen.

Bevor er derart törichten Impulsen abgeschworen hatte.

Ungeweinte Tränen glitzerten in ihren dichten Wimpern, und als er sah, wie eine dieser Tränen sich löste und über ihre Wange rann, verkrampfte sich sein Magen noch mehr, und der verdammte Muskel an seinem Kinn begann wieder zu zucken.

Herrgott noch mal, die Aussicht, ihn zu heiraten, konnte doch wohl nicht derart unerträglich sein?

Schließlich war *er* es, der den schlechteren Handel dabei machte, und nicht sie. Sie konnte dabei nur gewinnen.

Die Art, wie sie ihre Hände faltete, so fest, dass ihre Knöchel weiß hervortraten, verriet ihm allerdings, dass der Gedanke, seine Frau zu werden, sie tatsächlich sehr beängstigte.

Duncan unterdrückte einen Fluch. Er war kein Ungeheuer, und gestern Nacht hatte er schließlich versucht, sie zu beruhigen. Es war nicht seine Schuld, dass sie aus seinem Arbeitszimmer gestürzt war und ihm keine Gelegenheit gegeben hatte, es zu tun.

Es gab viele Frauen, die sich ihm freudig zu Füßen geworfen hätten. Oder zumindest früher doch, bevor Cassandras Perfidie sein Leben ruiniert hatte. Und in den Jahren, in denen er an der Seite des Königs gekämpft hatte, hatte es während ihrer Streifzüge durch das Land nicht eine einzige Nacht gegeben, in der er gezwungen gewesen wäre, allein zu schlafen … wenn er es nicht wollte.

Seine Erfolge im Bett waren beinahe ebenso legendär gewesen wie die seines Königs.

Die kleine MacDonnell konnte froh sein, seine Frau zu werden.

Obwohl er selbstverständlich nicht die Absicht hatte, die Ehe mit ihr zu vollziehen.

Während der Priester weiterleierte, fiel Duncans Blick auf Linnets Brüste. Sie hoben und senkten sich bei ihren Atemzügen, und nur ein Blinder hätte die verführerischen Kurven unter der schweren Seide ihres Gewandes nicht bemerkt.

Jemand räusperte sich vernehmlich, und das und ein leichter Stoß in seine Rippen bewirkten, dass Duncan seine Aufmerksamkeit wieder der Zeremonie zuwandte. Du liebe Güte, sie war schon fast vorbei! Es war ihm kaum bewusst gewesen, dass er seine Gelübde gesprochen hatte, und er erinnerte sich nur vage an den Segen und das Austauschen der Ringe.

Aber dort stand der Priester, reichte ihm ein Pergament und wartete geduldig, dass Duncan die ihm angebotene Feder nahm und seine Seele mit seiner Unterschrift verkaufte.

Als würde seine Hand von einer unsichtbaren Kraft gelenkt, kritzelte er seinen Namen unter das Dokument und reichte seiner Braut den Federkiel. Sie tat das Gleiche, und dann, bevor Duncan merkte, was geschah, wurden sie in die Kapelle geführt, zur Messe und zur Kommunion.

Es war vorbei.

Ein paar Worte, eine Unterschrift, ein paar gemurmelte gute Wünsche, die er ohnehin fast nicht zur Kenntnis nahm, und er war wieder verheiratet. Gebunden, oder zumindest doch dem Namen nach, an eine neue Ehefrau, die ihn aus großen braunen Augen ansah, als sei er drauf und dran, sie in die tiefste Hölle mitzunehmen.

Und womöglich war es ja auch so, musste er sich bitter eingestehen.

Aber aus irgendeinem Grund verspürte er ein unleugbares Bedürfnis, ihr zu beweisen, dass er nicht der Teufel war, für den sie ihn anscheinend hielt. Einen flüchtigen Moment lang wünschte Duncan, in ihren goldgesprenkelten Augen Freude anstatt Furcht vor ihm zu sehen.

Es war gut, dass er Gemächer für sie ausgesucht hatte, die so weit wie möglich von seinen eigenen entfernt lagen. Jeder in seinem Haushalt wusste, dass er nichts von ihr wollte. Allein schon sein Stolz würde ihn davon abhalten, den großen Saal zu der Treppe zu durchqueren, die zu ihren Zimmern führte.

Falls seine Männer glaubten, er habe es sich anders überlegt und würde ihr nun doch nachjagen wie ein brünstiger Hirsch, so konnten sie sich auf eine herbe Enttäuschung gefasst machen. Sollen *sie* sich doch zum Narren machen, dachte er, als sie seine Braut umringten, sobald sie einen Fuß vor die Kapelle setzten. *Sie* waren es, nicht er, die behaupteten, es würde Zeit für ihn, die Liebe einer tugendhaften Frau zu suchen.

Aye, sollten sie sich doch zum Narren machen, so viel sie wollten.

Nur Sir Marmaduke besaß den Anstand, neben ihm zu bleiben. Leider konnte Duncan sich jedoch nicht des Verdachts erwehren, dass der Engländer nur in seiner Nähe blieb, um ihn an einer Flucht zu hindern. Wenn er bedachte, wie Marmaduke in ihrer Gegenwart den Kavalier spielte und sich galanter zeigte als ein formvollendeter französischer Höfling, hegte Duncan nicht den geringsten Zweifel daran, dass Marmaduke sich selbst zu Lady Linnets Beschützer ernannt hatte.

Nicht, dass sie etwa einen benötigt hätte.

Obgleich sie während der Trauungszeremonie bedrückt und unglücklich gewirkt hatte, bewies seine frisch gebackene Ehefrau, dass sie ihren eigenen Kopf besaß. Und wie viel Courage in ihr steckte, hatte sie gestern Abend in seinem Arbeitszimmer schon bewiesen.

Er wandte sich um und fixierte seinen Freund mit einem eindringlichen Blick. »Was hast du zu ihr gesagt, um sie hierherzukriegen?«

Sir Marmaduke verschränkte die Arme und war so geschmacklos, eine ausgesprochen selbstzufriedene Miene aufzusetzen.

»Nun?«

»Nur das, wovon ich glaubte, dass die Dame es hören wollte.«

Duncan widerstand der Versuchung, den Engländer zu erdrosseln. »Und wärst du vielleicht so freundlich, mich darüber aufzuklären, was das war?«

»Ich habe ihr nur versichert, es sei dir nicht allzu ernst gewesen mit dem, was du ihr gestern Abend sagtest, und du hättest es nur aus Rücksicht auf ihre Unerfahrenheit gesagt und um sie nicht unnötigerweise zu erschrecken.«

Das jähe Läuten der Kirchenglocken und die ebenso lauten Jubelrufe der Mitglieder seines Clans übertönten Duncans wüsten Fluch. Er runzelte die Stirn, als er sah, wie seine Männer sich buchstäblich überschlugen in ihrer Hast, die Aufmerksamkeit seiner Gemahlin zu erringen.

Der Himmel stehe ihnen allen bei – hatten sie den Verrat und die Intrigen schon vergessen, die Eilean Creag vergiftet hatten, als das letzte Mal eine Lady MacKenzie auf der Burg gelebt hatte?

Duncan hielt sich ganz bewusst zurück, als er die lärmende Menge der Feiernden auf den großen Saal zustreben sah, seine frisch gebackene Frau in ihrer aller Mitte. Sollten sie sich doch ruhig zum Narren machen und sich sinnlos besaufen bei dem Hochzeitsfest. Er jedenfalls hatte keine Lust zu feiern.

Er hatte nur um das MacDonnell-Mädchen angehalten, weil sie die siebte Tochter einer siebten Tochter war und daher über die Gabe der Hellseherei verfügte. Alles, was er wollte, war, diese Gabe zu benutzen.

Das und nichts anderes, wie er ihr klar und deutlich zu verstehen gegeben hatte.

Es interessierte ihn nicht, was für Märchen Marmaduke ihr aufgetischt haben mochte. Sie brauchte ihm nur die Antwort zu geben, die er von ihr wollte, ihn vor möglichen Gefahren für seinen Clan zu warnen und sich um Robbie zu kümmern, dann würde er sie in Ruhe lassen.

Es würde nicht schwer sein, ihr in einer so großen Burg wie Eilean Creag aus dem Weg zu gehen.

Warum hatte er dann so ein bohrendes Gefühl im Magen? Mit verdrießlichem Gesicht, damit nur ja keiner dachte, er sei irgendetwas anderes als verstimmt, blickte Duncan über den Burghof und beobachtete die gut gelaunten Hochzeitsgäste, die nach und nach in seinen Burgsaal strömten.

»Bist du bereit, dich den Feiernden anzuschließen?« Sir Marmaduke legte eine Hand auf Duncans Schulter und schob ihn zu den Kappellenstufen. »Eine Hochzeitsfeier ohne Bräutigam ist keine Hochzeitsfeier.«

»Aye«, stimmte Duncan düster zu. »Ich schätze, ich werde mich wohl nicht heimlich verdrücken können, was?«

Als sie den Burghof überquerten, wurde ihm der Grund für seine schlechte Laune mit jedem Schritt noch klarer. Es war seine Angst, dass Linnet MacDonnell sich als mehr erweisen könnte, als er erwartet hatte.

Sehr viel mehr.

Und das war ein Gedanke, der ihm nicht behagte.

»Aus dem Weg, macht Platz für die Lady!«, schrie Lachlan und bahnte sich einen Weg durch das Gewirr der Feiernden, die den Eingang zum großen Saal blockierten. Drinnen versuchte er, Linnet weiterzuziehen, aber sie hinderte ihn daran, indem sie ihre Absätze in die Binsen bohrte, die auf dem Fußboden ausgestreut waren.

»Ist irgendetwas nicht in Ordnung, Mylady?«

»Da ist etwas, was ich wissen möchte.« Linnet hob die Stimme, um sich über den Lärm im Saal verständlich zu machen. »Ich habe Robbie weder in der Menge noch in der Kapelle gesehen.«

»Nein, das konntet Ihr auch nicht«, sagte der Knappe, auch er jetzt mit erhobener Stimme.

»Warum nicht? Er hätte doch dabei sein müssen …«

Lachlan ergriff plötzlich ihren Arm und zog sie beiseite, als zwei miteinander ringende Highlander an ihnen vorbeitorkelten. »Hier ist nicht der beste Platz zum Stehen, Mylady. Bitte erlaubt mir, Euch von der Tür wegzubringen, dann erkläre ich Euch das mit Robbie.«

Ohne weitere Erklärung führte der Knappe sie zu dem erhöhten Podium am fernen Ende der großen Halle. Obgleich er am Abend zuvor schon gut besetzt gewesen war, schien er nun förmlich zum Bersten voll mit Feiernden. Linnet hatte noch nie etwas gesehen, was sich mit einer derart gut vorbereiteten, üppigen Feier wie dieser hier vergleichen konnte.

Jemand hatte sogar die Binsen auf dem Boden mit duftendem Mädesüß, Rosenblüten und Thymian bestreut. Es war ein großartiges Schauspiel, das die Feste ihres Vaters in Dundonnell im Vergleich dazu geradezu armselig erscheinen ließ.

Ein Dutzend Trompeter oben auf der Spielmannsempore wetteiferten mit dem fröhlichen Geschrei und Gelächter, das den riesigen Saal erfüllte, und drei fahrende Sänger schlenderten zwischen den Feiernden umher und sangen aus vollem Hals zweideutige Lieder.

Körbe mit Brot und Silberkrüge mit Bier und Wein standen bereits auf den langen Tischen bereit, während ein endloser Strom von Bediensteten Platten mit allen möglichen Köstlichkeiten, die man sich nur vorstellen konnte, aus der Küche hereinschleppten.

Aber Linnet ließ sich von der Pracht und all diesen verlockenden Gerichten nicht von ihrem Vorhaben abbringen. Als sie das Podium erreichten und Lachlan einen reich geschnitzten Eichenstuhl für sie heranzog, blieb sie eigensinnig stehen.

»Wo ist Robbie?«

»Im Bett, Mylady«, antwortete der Knappe. »Er ist krank.«

»Was quält ihn?«, fragte sie. »Wisst Ihr das?«

»Aye, sein Magen. Die Köchin hat ihm anscheinend erlaubt, zu viele Puddingtörtchen zu essen.«

»Dann gehe ich zu ihm«, entschied Linnet und trat vom Tisch zurück.

Ihr Vorhaben schien Lachlan nervös zu machen, denn er warf einen raschen Blick durch den Saal zur Eingangstür, durch die sie gerade gekommen waren. »Sir Duncan wird nicht erfreut sein, wenn Ihr nicht an Eurem Platz sitzt, wenn er den Saal betritt.«

»Und ich könnte nicht einen einzigen Bissen essen, wenn ich nicht vorher nach dem Jungen sehe. Wisst Ihr, ob Euer Herr jemanden hinaufgeschickt hat, damit er sich um Robbie kümmert?«

»Die Köchin hat vor einer Weile eine der Wäscherinnen zu ihm geschickt, aber Sir Duncan weiß vermutlich gar nicht, dass der Junge krank ist.« Wieder blickte Lachlan ängstlich zu der fernen Tür. »Er ist schnell verstimmt, also sollten wir versuchen, ihn Robbies wegen nicht zu sehr zu belästigen.«

»Belästigen?« Linnet bedachte den Knappen mit einem scharfen Blick, und das Selbstmitleid, das sie vorhin in der Kapelle übermannt hatte, wurde nun verdrängt von Ärger. »Ich würde sagen, es ist der Junge, der sich belästigt fühlen muss, wenn er Bauchschmerzen hat.«

Lachlan nickte, sagte aber nichts.

»Dürfte ich Euch um einen Gefallen bitten?«

»Ihr braucht es nur zu sagen.« Er verbeugte sich vor ihr. »Ich stehe Euch jederzeit zu Diensten.«

»Erinnert Ihr Euch, wo mein Zimmer ist?«

»Selbstverständlich, Mylady.«

»Dann holt doch bitte meine Ledertasche. Und wenn Ihr zurückkommt, wäre es schön, wenn Ihr mich in die Küche begleiten würdet.« Angesichts des verwunderten Blicks des Knappen erklärte sie: »In dem Beutel sind meine Heilkräuter. Ich möchte einen Pfefferminztee für Robbie aufbrühen. Er wird seine Bauchschmerzen ein wenig lindern.«

Lachlan nickte, aber ein Ausdruck des Unbehagens huschte

über seine jungenhaften Züge, und er machte keine Anstalten, zu gehen.

»Ist meine Bitte Euch zu kompliziert?«

»Nein.« Der junge Mann errötete. »Es ist nur so, dass mein Herr Eure Präsenz am Podium erwarten wird.«

»Dann beeilt Euch mit Eurem Botengang, damit ich keinen Grund habe, lange fortzubleiben.« Linnet sah den Knappen mit hochgezogener Augenbraue an und staunte über ihre eigene Courage. »Je eher Robbie seinen Tee bekommt, desto eher können er und ich unsere Plätze an der Tafel Eures Herrn einnehmen.«

Lachlans Mund klappte auf, seine Augen wurden rund, aber nach einer weiteren Verbeugung beeilte er sich, ihrer Bitte nachzukommen.

Kurze Zeit später, nachdem er mit ihrer Kräutertasche zurückgekommen war und sie in die Küche begleitet hatte, machte Linnet sich mit einem dampfenden Becher Pfefferminztee auf den langen Weg zu Robbies düsterem Turmzimmer. Lachlan, der ihr schweigend folgte, erhellte ihr den Weg mit einer Fackel.

Da Linnet es vorzog, mit dem Jungen allein zu sein, schloss sie die Tür, sobald sie den Raum betreten hatte, und ließ den Knappen draußen warten. Robbie schlummerte friedlich, und so nahm sie sich einen Augenblick Zeit, um sich das Zimmer des Knaben anzusehen. Sie empfand es als mindestens genauso karg und ohne Wärme wie das Arbeitszimmer ihres frisch angetrauten Ehemanns. Vielleicht sogar noch mehr, da hier nicht einmal Gobelins die Wände schmückten.

Nur die bestickten Bettvorhänge verliehen dem öden Raum ein wenig Farbe. Ein hölzerner Kinderstuhl stand vor dem Kamin und ein kleiner Tisch aus dunkler Eiche neben Robbies Bett. Ein Strauß halb verwelkter Feldblumen lag auf dem Tisch, und der alte Hund schlief zusammengerollt am Fußende von Robbies Bett.

Wie bei ihrem ersten Besuch öffnete der Hund ein Auge, sah sie flüchtig an und schlief dann leise schnaufend weiter. Froh, dass das riesige Tier keine Bedrohung für sie darstellte, durchquerte Linnet rasch den Raum und blieb neben dem schlafenden Jungen stehen.

Ihrem Stiefsohn.

Ein Kind, das von seinem Vater offenbar genauso abgelehnt wurde wie sie von ihrem … wenn auch aus völlig anderen Gründen. Das Herz tat ihr weh angesichts der trostlosen Situation des Kleinen. Sie konnte gar nicht anders, als ihre Hand nach dem Jungen auszustrecken und ihm zärtlich übers Haar zu streichen.

Augenblicklich drehte er sich auf den Rücken und öffnete die Augen, und Linnet stockte der Atem, als sie sah, dass der Junge exakt die gleichen dunkelblauen Augen wie sein Vater hatte. Bis auf den kleinen Unterschied, dass die Augen ihres Mannes stets einen solch finsteren Ausdruck hatten, dass sie sie anfänglich für schwarz gehalten hatte.

Linnet atmete leise seufzend wieder aus und lächelte den Jungen freundlich an. Sie war noch nicht in der Lage, etwas zu ihm zu sagen, konnte ihn nur anstarren und über die makellose Schönheit dieses kindlichen Gesichts staunen. Tatsächlich sah Robbie MacKenzie ihrem Mann so täuschend ähnlich, dass es ihr eine Gänsehaut verursachte.

Wie konnte der Mann bezweifeln, dass dieser Junge sein eigenes Fleisch und Blut war? Es war unmöglich, nicht die Ähnlichkeit zu sehen.

Robbie war wie eine Miniaturausgabe seines gut aussehenden Vaters. Aber während die Schönheit des Vaters von Grimm und Misstrauen geschmälert wurde, sah der Sohn fast wie ein Engel aus.

Vertrauensvoll, gut und unschuldig.

Ein überwältigendes Mitgefühl erfasste Linnet und erfüllte sie mit Wärme und dem grimmigen Bedürfnis, das Kind vor allem Unheil zu beschützen.

Und vor Kummer. Insbesondere vor Kummer.

Plötzlich war sie sehr froh, nach Eilean Creag gekommen zu sein. Egal, was Duncan MacKenzie von ihr dachte … ob er sie zu reizlos für sein Bett fand oder nicht, sein Kind *brauchte* sie, und sie würde ihr Bestes tun, dafür zu sorgen, dass Robbie die Liebe und das Glück zuteil wurden, die er verdiente.

Während sie auf ihn herabblickte – den Tränen nahe, so überwältigt von Gefühl war sie –, richtete sich der Junge auf seine Ellbogen auf. »Bist du meine neue Mutter?«, fragte er. »Die Köchin sagte, dass du kommen würdest.«

»Ja, Robbie, ich denke, das bin ich wohl. Dein Vater und ich haben heute Morgen geheiratet.« Linnet setzte sich auf die Bettkante. »Möchtest du mich denn als neue Mutter haben?«

Er betrachtete sie einen Moment lang ernst, bevor er antwortete. »Aye, sehr gern. Du hast das schönste Haar, das ich je gesehen habe.«

Linnets Herz schwoll, und Tränen brannten hinter ihren Lidern. Außer ihren Brüdern hatte ihr niemand je ein Kompliment gemacht, und selbst die ihrer Brüder waren dünn gesät gewesen. Sie wusste nicht, was sie Robbie sagen sollte, und selbst wenn sie es gewusst hätte, bezweifelte sie, dass sie bei dem Klumpen, der in ihrer Kehle saß, auch nur ein Wort herausgebracht hätte.

Robbie blickte auf den Tisch und runzelte die Stirn. »Ich hatte Blumen für dich gepflückt, aber dann wurde ich krank, bevor ich sie dir geben konnte. Es tut mir leid, dass sie jetzt nicht mehr schön sind.« Er nahm den verwelkten Strauß und legte ihn auf ihren Schoß.

»Aber nein, Robbie, das sind doch wirklich hübsche Blumen. Die schönsten, die ich je gesehen habe.« Linnets Stimme zitterte, als sie den Strauß aufhob, um ihn bewundernd zu betrachten. Sie merkte, dass ihre Tränen mittlerweile ungehindert über ihre Wangen liefen. Es war der erste Blumenstrauß, den sie je bekommen hatte.

»Du weinst ja«, sagte er mit einem besorgten Blick in seinen blauen Augen. »Habe ich etwas falsch gemacht?«

Linnet lächelte und strich mit dem Handrücken sanft über seine Wange. »Nein, Kind, du hast überhaupt nichts falsch gemacht. Es ist nur, weil ich so glücklich bin. Du bist ein sehr galanter junger Mann, und ich danke dir für die Blumen.«

»Du wirst nicht wieder fortgehen, nicht?«, fragte er, die Stirn noch immer kraus vor Sorge.

Linnets Herz zog sich zusammen. »Nein, ich werde niemals wieder fortgehen. Ich bleibe für immer bei dir«, versprach sie feierlich. Ohne ihren Blick von ihm zu wenden, griff sie nach dem Becher Pfefferminztee, den sie auf den kleinen Tisch am Bett gestellt hatte. »Ich habe dir etwas mitgebracht, damit dein Bauchweh besser wird.«

Später, als Linnet hinter Lachlan die Treppe hinunterging, Robbies kleine Hand in ihrer, ging ihr immer wieder die jüngste Warnung des Knappen vor der leichten Reizbarkeit ihres Ehemannes durch den Sinn. »Sir Duncan wird es nicht gutheißen, wenn Ihr Robbie an seine Tafel bringt«, hatte er sie so leise, dass der Junge es nicht mitbekam, gewarnt. »Er kann sehr Furcht erregend sein, wenn man ihn aufregt«, hatte er noch hinzugefügt, bevor sie den Abstieg zum Burgsaal begonnen hatten.

»Gibt es *irgendwas,* was ihn nicht aufregt?«, hatte Linnet entgegnet und gehofft, dass ihr nicht anzumerken war, wie sehr sie sich davor fürchtete, ihren Ehemann zu verärgern. Aber ihre eigene Furcht war belanglos, verglichen mit den Bedürfnissen des Jungen, der so vertrauensvoll seine Hand in ihre legte. Ihm zuliebe blieb ihr keine andere Wahl, als couragiert zu sein.

»Ich hoffe, Ihr habt Euch das gut überlegt, Mylady«, sagte der Knappe und blieb so abrupt am Fuß der Treppe stehen, dass Linnet fast mit ihm zusammenstieß.

»Das habe ich, Lachlan, keine Sorge«, erwiderte sie und ließ es überzeugter klingen, als sie war.

Ihre Finger verkrampften sich um den Strauß welker Feldblumen, den sie in ihrer freien Hand hielt. Aye, sie hatte ihre Handlungsweise gut durchdacht und wusste, was sie tat.

Leider wusste sie aber auch, dass sie drauf und dran war, den Zorn des Teufels zu erregen.

4

»Hast du ihr Haar gesehen?« Mit einem viel sagenden Blick auf Sir Marmaduke lehnte Duncan sich auf seinem mit einem Baldachin versehenen Platz auf dem erhöhten Podium zurück.

Zu seinem Ärger ignorierte der Sassenach jedoch die Frage, oder vielleicht hörte er sie auch nur nicht. Statt zu antworten, schien sein treuester Ritter vollkommen vertieft in die Beobachtung des alten Seneschall von Eilean Creag, Fergus, der seine Truppe von Bediensteten, die in der belebten Halle umhergingen, mit strenger Miene kommandierte.

Jeder von ihnen trug eine große Platte mit kunstvoll angerichtetem Federwild oder Bratenstücken auf den Schultern, alle wunderschön garniert und mit größter Sorgfalt für das Hochzeitsessen vorbereitet.

Irritiert griff Duncan über den verdächtig leeren Platz zu seiner Linken und stieß seinen Freund mit dem Ellbogen in die Rippen. Seine Stimme über den Krawall erhebend, versuchte er es erneut: »Ich fragte, ob du ihr Haar gesehen hast?«

»Hahn?« Marmaduke setzte die unschuldigste Miene auf, zu der er mit seinen entstellten Zügen fähig war. »Ich bin sicher, dass Fergus für genügend Vorrat an Hähnchen gesorgt hat. Wenn wir Glück haben, hat er sie vielleicht sogar mit seiner berühmten Zwiebel-Safran-Sauce zubereiten lassen.«

»Ich spreche von ihrem *Haar*, du raffinierter Fuchs!«, brüllte Duncan, ohne sich darum zu scheren, dass jeder auf dem Podium, oder sogar dahinter noch, ihn hörte. »Ich verlange eine Erklärung, Strongbow. Und zwar *jetzt*, bevor Ihre Ladyschaft sich dazu herablässt, uns Gesellschaft zu leisten.«

»Erklärung?« Die Augenbraue über Marmadukes gesundem Auge wurde fragend hochgezogen.

»Hör auf, wie ein Schwachkopf meine Worte nachzuplappern, oder ich lasse dich den Hanswurst vertreten, den Fergus zu unserer nachmittäglichen Unterhaltung engagiert hat.«

Marmaduke ließ sofort die Braue sinken. »Was beunruhigt dich, mein Freund?«

»›*Sie ist völlig unscheinbar, reizlos wie die Hinterbacken einer Sau«*‹, zitierte Duncan, der seine Wut über die Täuschung kaum noch zu beherrschen vermochte. »Oder willst du abstreiten, dass das deine Worte waren?«

»Nein«, entgegnete Marmaduke erstaunlich ruhig, während er seinen Kelch an einen jungen Knappen weiterreichte, der ihm rasch von dem gesüßten und gewürzten Wein nachschenkte. »Und es trifft auch zu, dass sie so aussah an dem Tag, als ich in Dundonnell vorsprach. Sie war im Burghof und brachte einem kleinen Jungen bei, sein Holzschwert richtig zu benutzen, als ich kam. Der Regen hatte den Boden in eine einzige Schlammlache verwandelt. Sie und der Junge waren von Kopf bis Fuß mit Dreck bedeckt, aber das schien sie nicht zu kümmern. Ich hatte den Eindruck, als sei ihr das vergnügte Lachen des kleinen Jungen wichtiger als das bisschen Dreck auf ihrem Kleid.«

Duncan schluckte die wütende Entgegnung, die er seinem Freund entgegenschleudern wollte. Der besonnene Engländer war der einzige Mensch, der es schaffte, ihm Schuldbewusstsein einzuflößen, selbst wenn er im Recht war.

So wie jetzt.

Er war es schließlich, der an der Nase herumgeführt und zum Narren gehalten worden war.

Es war *seine* Welt, die aus den Fugen geraten war, als er heute Morgen ihr ungeflochtenes Haar gesehen hatte.

Eine Ehefrau mit solch wundervollem Haar verhieß Probleme, trotz Marmadukes ritterlicher Versuche, sie als eine Art Heilige darzustellen, die Kinder liebte und keine Ahnung hatte von der Wirkung, die ihr Haar auf jeden normalen Sterblichen unter achtzig Jahren haben musste.

Doch statt sich mit weiteren Kommentaren zu Marmadukes hübscher kleiner Rede, die zweifelsfrei den Zweck besaß, den gutartigen Charakter seiner Gemahlin zu betonen, in Verlegenheit zu bringen, kniff er die Lippen zusammen und bedachte den Engländer mit einem kalten, harten Blick.

»Wenn ich mich recht entsinne, wolltest du wissen, wie sie mir an jenem Tag erschien, und ich beschrieb dir meinen Eindruck«, fuhr Marmaduke fort, den Duncans schlechte Laune zu erheitern schien. »Hättest du mich gefragt, wie sie *gewaschen* aussah, wäre meine Antwort völlig anders ausgefallen.«

Das genügte. Duncan umklammerte die Armlehnen seines Sessels. Hätte ein anderer gewagt, ihn derart zu verspotten, hätte er nach dem scharfen Messer auf dem Tisch vor sich gegriffen und dem Missetäter die Zunge damit herausgeschnitten.

Oder besser noch mit einer *stumpfen* Klinge.

»Auf wessen Seite stehst du eigentlich, Sassenach?«, fragte er schließlich, immer noch so fest den Stuhl umklammernd, als versuchte er, die soliden Armlehnen mit seinen bloßen Händen zu zerbrechen.

»Wieso, auf deiner natürlich, *Mylord*«, erwiderte Marmaduke zuvorkommend und hob seinen Kelch zu einem stummen Toast. »Wie immer ist dein Wohl mein größter Herzenswunsch.«

Duncan ergriff sein eigenes Trinkgefäß, einen prachtvollen silbernen Pokal, der geformt war wie ein Seedrachen und mit kostbaren Edelsteinen besetzt war, und nahm einen großen Schluck von dem stark gewürzten Wein, den die Köchin eigens für die Hochzeit vorbereitet hatte.

Nachdem er fast den ganzen Pokal geleert hatte, stellte er ihn krachend auf den Tisch zurück. Das so liebevoll zubereitete Getränk erschien ihm plötzlich säuerlich wie seine eigene Stimmung, seine delikate Mischung aus Aromen war auf ihn verschwendet.

Verdorben durch seine eigene Unzufriedenheit.

»Ist was nicht in Ordnung?«, wollte Marmaduke mit erhobener Augenbraue wissen.

»Unsinn«, fauchte Duncan, um nicht zugeben zu müssen, dass *nichts* in Ordnung war, obwohl er gar nicht hätte sagen können, was genau ihn eigentlich am meisten störte.

Alles störte ihn.

»Du siehst… gequält aus«, bemerkte Marmaduke. »Hier, trink noch etwas von dem Wein.«

Duncan hielt ihm seinen Pokal hin, während Marmaduke, galant wie immer, ihn bis zum Rand mit Wein nachfüllte. Aber Duncan war nicht nach Trinken zumute, und nach Feiern schon erst recht nicht.

Ehrlich gesagt wünschte er sich nichts anderes, als der Enge dieses festlich geschmückten Saales entfliehen und sich in eine stille Ecke seiner Burg zurückzuziehen.

Allein.

Ohne seine neue Ehefrau.

Ohne seine Sorgen.

Und ohne diesen Haufen schwachköpfiger Clanangehöriger und ihr dämliches Geschwafel.

Ein rascher Blick durch die Halle verriet ihm, dass niemand sonst sein Missfallen teilte.

Alle, von seinen treuesten Freunden und Verwandten bis hin zu den niedrigsten seiner Diener, grinsten sie wie hirnlose Idioten.

Kasper, alle miteinander.

Unvernünftige Narren, die untereinander Witze rissen über das Nichterscheinen seiner Braut. Die kühneren, die bereits zu tief in ihre Becher geschaut hatten, proklamierten laut, sie habe wahrscheinlich von MacKenzies legendären Fähigkeiten im Bett gehört und sich in ihrem Zimmer eingeschlossen, wo sie furchtsam wartete, aber insgeheim doch hoffte, dass er kam, um sie zu nehmen.

Als ob er sie begehren würde! Er wollte nichts mit ihr zu tun haben.

Ob sie Haare wie seidene Flammen hatte oder nicht.

Und nicht, dass es ihn interessiert hätte – aber wo steckte sie eigentlich?

Herrgott noch mal, es wurde langsam Zeit, dass sie ihren Platz an seiner Seite einnahm. Aber nein, sie musste sich schon wieder verspäten und ihn genauso bloßstellen wie heute Morgen, als er auf den Stufen zur Kapelle auf sie hatte warten müssen.

Mit zunehmender Gereiztheit ließ Duncan seinen Blick durch die verrauchte Halle gleiten. Er strengte seine Augen an und hoffte, irgendwo ihr kupferfarbenes Haar zu erspähen und sie, ihres Zuspätkommens wegen mit angemessen zerknirschter Miene, auf das Podium zueilen zu sehen.

Aber sie war nirgendwo zu sehen.

Und wo war sein Knappe?

Vermutlich damit beschäftigt, seiner neuen Burgherrin verliebte Blicke zuzuwerfen. Duncan runzelte die Stirn. Wenn sein Stolz ihn nicht daran hindern würde, wäre er versucht, sich persönlich auf die Suche nach ihnen zu machen.

Aber er dachte nicht im Traum daran, sich derart zu erniedrigen. Ein Gutsherr hatte schließlich eine gewisse Würde zu bewahren.

Nein, er würde sich schon noch mit seiner Braut befassen, aber später erst, wenn sie allein waren. Was Lachlan anging, so war der Junge oftmals viel zu weichherzig. Falls er sich von seiner Frau dazu hatte überreden lassen, ihr zur Flucht zu verhelfen, würde er den Jungen die Abfallgrube schrubben lassen, bis sie glänzte wie ein Kinderpopo!

Und vielleicht würde er seine frisch gebackene Gemahlin zwingen, ihm dabei zu helfen!

Zum ersten Mal an diesem Tag rang Duncan sich zu einem Lächeln durch.

Wenn er seine gute Laune *richtig* wiederherstellen wollte, würde er Marmaduke befehlen, die beiden bei ihrer Aufgabe zu unterstützen. Es geschähe diesem Flegel nur recht, so wie er sich über ihn lustig gemacht hatte.

Aye, er würde mit ihnen allen ein Wörtchen reden – später. Im Moment blieb ihm nichts anderes übrig, als die heutigen Festlichkeiten so gut wie möglich durchzustehen, um sich dann in die Ungestörtheit seiner Gemächer zurückziehen zu können.

Und wehe dem Unglücklichen, der es wagen sollte, ihn daran zu hindern!

»Du trägst einen Gesichtsausdruck zur Schau, der finsterer ist als das schwarze Kettenhemd, das du so gerne trägst. Kein Wunder, dass Mylady es vorgezogen hat, sich von dir fernzuhalten.« Marmaduke schlug ihm aufmunternd auf die Schulter. »Komm, lass uns auf eine glückliche Zukunft für dich und deine Braut trinken.«

»Eine glückliche Zukunft?« Duncan blickte seinen Freund aus schmalen Augen an. Die schweren Kopfverletzungen, die Marmaduke vor Jahren erlitten hatte, mussten seinen Verstand in Mitleidenschaft gezogen haben. »Du weißt besser als die meisten, warum ich sie zur Frau genommen habe, also hör auf mit deinem albernen Geschwätz. Ich habe kein Interesse an einer gemeinsamen Zukunft mit ihr, glücklich oder nicht.«

Duncan hielt inne, um Atem zu holen, und als er den Mund öffnete, um seinem Freund eine weitere Rüge für solch absurde Vorstellungen zu erteilen, schienen alle Anwesenden plötzlich kollektiv nach Luft zu schnappen.

Und dann wurde es mucksmäuschenstill im großen Saal. Bis auf einen tollkühnen Schwachkopf, der es wagte, auszurufen: »Ach du liebe Güte!«

Sie war es.

Sie *musste* es sein.

Obwohl der Rauch aus den offenen Feuerstellen es schwierig

machte, weiter als bis über das Podium hinaus zu sehen, *wusste* Duncan es.

Und nach den verdatterten Gesichtern seiner Clanangehörigen zu urteilen, die er sehen *konnte,* hatte sie etwas höchst Unerfreuliches getan.

Oder etwas sehr Gewagtes.

Aber was?

Hatte sie sich im Schweinestall gewälzt und das schöne Kleid beschmutzt, das er für sie besorgt hatte? Oder hatte sie ihr wundervolles Haar abgeschnitten, um ihn zu ärgern und zu beschämen, indem sie kahl wie ein Greis zu ihrem Hochzeitsfest erschien?

Wenn ja, würde sie überrascht sein, weil er froh darüber wäre … denn dann hätte sie ihm die Mühe erspart, ihr höchstpersönlich ihren Schädel zu rasieren. Gott war sein Zeuge, dass er versucht war, es zu tun.

»Er ist's! Sie hat den Jungen mitgebracht.«

Klar, scharf und sich in sein Herz bohrend wie ein gut gezielter Pfeil, drangen die rasch geflüsterten Worte durch den Nebel seiner Frustration.

Duncan erstarrte.

Es war nicht wichtig, wer die Worte ausgesprochen hatte. Er würde es nie erfahren, und es interessierte ihn auch nicht.

Es war, was sie *bedeuteten,* was ihn erstarren ließ.

Er merkte erst, dass er seinen Griff um den Pokal gelockert hatte, als dieser mit einem dumpfen Knall auf den Tisch aufschlug und sein Inhalt das Tischtuch färbte wie vergossenes Blut.

Das Verschütten seines Weins schien auch die unnatürliche Stille im Saal zu brechen, denn kaum blickte er von dem rot befleckten Tischtuch auf, brach ein unglaublicher Tumult in der festlich geschmückten Halle aus.

Eine Kakophonie von Stimmen.

Das reinste Chaos.

Und durch all das hörte Duncan nur ein Wort: Robbie.

Das Mädchen hatte getan, was nicht ein Einziger seiner Clanangehörigen gewagt hätte.

Es hatte den Jungen mitgebracht, in seinen Saal, und einen Moment dafür gewählt, in dem er nichts dagegen unternehmen konnte. Nicht mit dem Priester zu seiner Rechten und seinen Männern, die jede seiner Bewegungen verfolgten.

Es war kein Geheimnis, wie sie über sein Verhalten dem Jungen gegenüber dachten, und es kümmerte sie nicht im Geringsten, dass sein Herz ihm aus der Brust gerissen und im Dreck zertrampelt worden war.

Duncan wurde heiß und kalt, als er die Augen zusammenkniff und versuchte, seine Braut und den Jungen, den er einmal für seinen Sohn gehalten hatte, in den Schatten zu entdecken.

Mit Schrecken erwartete er den Moment, in dem er sie erblicken würde. Doch tief in seinem Innersten schlug sein Herz vor Erwartung schneller, obwohl Ärger über seine eigene Schwäche ihn seine Brauen zu einer grimmigen Grimasse zusammenziehen ließ.

Seine frisch angetraute Ehefrau konnte dankbar sein für ihr Geschlecht. Wäre sie ein Mann, hätte er ihr für eine solch unglaubliche Missachtung seiner Befehle das Fell gegerbt, bis sie um Gnade flehte. Niemand unter seinem Dach würde sich einen derartigen Affront erlauben.

Er spürte, dass Marmaduke seinen Arm ergriff und hörte ihn etwas sagen, aber die Worte ergaben keinen Sinn für ihn. Sein Kopf dröhnte, und das Blut, das durch seine Adern rauschte, verwandelte jedes Geräusch in ein unverständliches Summen.

Alles bis auf dieses eine Wort, das ihm so viel Qual verursachte und seine Barrieren durchbrach, als wären sie aus Butter.

Robbie, Robbie, Robbie … der Name echote durch die riesige Halle, prallte von ihren steinernen Wänden ab und hallte in seinen Ohren nach, bis er das Gefühl hatte, sein Kopf müsse zerbersten.

Wenn er nur besser sehen könnte, aber der Rauch von den Kaminfeuern und Fackeln erfüllte den gewölbten Saal und ließ seine Sicht verschwimmen, sodass es schwierig für ihn war, sie zu entdecken.

Nicht, dass er es wollte.

Und dennoch, möge Gott ihm gnädig sein, durchsuchte sein verräterischer Blick die Düsternis. Es waren an die zwei Jahre vergangen, seit er den Jungen zum letzten Mal gesehen hatte, ihn wirklich *wahrgenommen* hatte.

Nachdem er sich aus Marmadukes eisernem Griff losgerissen hatte, schob Duncan seinen Stuhl zurück und richtete sich auf. Sich vorbeugend, stützte er seine Hände auf den Tisch, um nicht auf seinen Stuhl zurückzusinken … eine demütigende Möglichkeit angesichts der Tatsache, dass seine Knie unter ihm nachzugeben drohten.

Unter Aufbietung seiner letzten Willenskraft zwang er seine Beine, mit dem Zittern aufzuhören, und ließ seinen Blick durch die dicht besetzte Halle schweifen.

Dann, ganz plötzlich, schien die dunstige Luft sich aufzuklären, und er entdeckte beinahe im selben Moment seine Frau. Ihr ungeflochtenes Haar, glühender als die hellste Flamme, hatte sie verraten. Sein Knappe stand neben ihr, und auch er erinnerte ihn an eine Flamme, aber es war sein Gesicht, das glühte, nicht sein Haar.

Aye, Lachlan wusste nur zu gut, dass sein Herr mächtig erzürnt sein würde.

Und seine Sorge war durchaus berechtigt. Aber um Lachlans Bestrafung würde er sich später kümmern. Im Moment interessierte ihn der Knappe nicht, und seine Gattin noch viel weniger.

Nein, sein ungeteiltes Interesse galt dem kleinen Jungen, den sie an der Hand hielt.

Größer und stämmiger als der pummelige kleine Junge, den Duncan früher auf den Knien gehalten hatte, war Robbie zu einem hübschen Knaben herangewachsen. Jemand hatte ein

Plaid, in Kindergröße und im Grün und Blau der MacKenzies, über seine linke Schulter drapiert und es mit einem gut gefertigten, offensichtlich neuen Ledergürtel an seiner Taille zusammengenommen.

Ein Gürtel, den *er* hätte anfertigen müssen.

Duncan blinzelte, um das jähe Brennen in seinen Augen zu vertreiben, als er den kunstvoll gearbeiteten Gürtel anstarrte. Das Letzte, was *er* für Robbie angefertigt hatte, war ein hölzernes Spielzeugschwert, das er ihm zu seinem vierten Geburtstag geschenkt hatte.

Er erinnerte sich noch gut an Robbies staunendes Gesicht, als er es ihm überreicht hatte.

Es kam ihm vor, als wären seitdem hundert Jahre vergangen.

Ohne jede Vorwarnung begann ein heißes Pochen in Duncans Nacken, das sich sogleich nach unten fortsetzte und seine Brust in einen Würgegriff nahm, der ihm beinahe vollkommen die Luft abschnürte.

Je länger er den Jungen anstarrte, desto schmerzhafter wurde diese Enge, aber er konnte seinen Blick nicht von ihm lösen.

Mit sechs sah Robbie wie die Miniaturausgabe eines vornehmen MacKenzie-Kriegers aus. Es war unverkennbar, dass das stolze Blut des Clans in seinen Adern floss. Selbst von der anderen Seite der Halle war es mehr als offensichtlich, dass der Junge eine ausgeprägte Ähnlichkeit mit Duncan hatte.

Nein, er sah *genauso* aus wie er.

Und wie stolz er einst auf diese unverkennbare Ähnlichkeit gewesen war.

Duncans Schmerz vertiefte sich und wurde so stark, als hätte ihm jemand ein Messer in den Bauch gestoßen und drehte nun die Klinge, um die Qual noch zu erhöhen und seinen Vorteil gegenüber einem besiegten Mann zu nutzen, der schon auf den Knien lag.

Ein Stöhnen stieg in seiner Kehle auf, und er vertuschte es schnell mit einem Hüsteln. Alles wäre so einfach gewesen, wenn Kenneth MacKenzie, sein verhasster Halbbruder und Liebhaber seiner ersten Frau, nicht als sein Zwilling hätte durchgehen können.

Ja, das Schicksal hatte kein Erbarmen gezeigt, als es ihm alles raubte, was ihm je etwas bedeutet hatte. Selbst wenn er und sein Feind mit dem Kind zwischen ihnen vor die weisesten Männer getreten wären, hätte keiner von ihnen sagen können, ob es sein Samen war, der Robbie gezeugt hatte, oder Kenneths.

Und der Zweifel daran brachte ihn um.

Hatte ihn umgebracht, denn sein Leben war nicht mehr lebenswert gewesen seit dem Tag, an dem er von Cassandras Verrat erfahren hatte.

Aber vielleicht nahte ja das Ende seiner Leiden. Er machte sich große Hoffnungen, dass Linnet MacDonnell – nein, *MacKenzie* – seinen Tagen und Nächten des Leidens bald ein Ende machen würde.

Während er den Knaben betrachtete, begann ihn eine überwältigende Erschöpfung zu durchfluten. Ein schweres, bedrückendes Gewicht, das alles andere verdrängte außer dem verzweifelten Bedürfnis, sich auf seinen Stuhl fallen zu lassen.

Herrgott noch mal, er ertrug es einfach nicht mehr, stehen zu bleiben und zuzusehen, wie sie näher kamen.

Es war zu viel für ihn.

Mühsam ließ er sich auf seinen Platz zurücksinken und stieß mit einem tief empfundenen Seufzer den angehaltenen Atem aus, als er sich an die Polster seines Sessels lehnte.

Aufmerksam wie immer, schenkte Marmaduke ihm großzügig Wein nach, worauf Duncan ihm dankend zunickte, bevor er beide Hände um den schweren Silberpokal schloss.

Das Trinkgefäß zu halten, schien ihm ein guter Weg zu sein, das Zittern seiner Hände zu verbergen, während er wartete. Er hoffte nur, dass seine Frau, wenn sie endlich den Saal durchquert hatte und ihren Platz an seiner Seite einnahm, ihm die Antwort geben würde, um die er sie gebeten hatte.

Und bis dahin betete er zu allen Heiligen, dass es seinen Beifall finden würde, was sie ihm zu sagen hatte.

Ihr frisch vermählter Gatte war betrunken!

Oder so aufgebracht, dass es pure Wut war, die sein Gesicht verzerrte, in seinen dunkelblauen Augen glitzerte und sie in dunkle Seen verwandelte, die mehr durch sie hindurchzublicken als sie anzusehen schienen.

Linnet entfernte sich so weit von Duncan MacKenzie, wie sie es wagen konnte angesichts der Umstände, die verlangten, dass sie den Ehrenplatz an seiner Seite, ein kleineres Duplikat seines mit einem Thronhimmel versehenen Sessels, einnahm und auch Besteck und einen Teller mit ihm teilte.

Um ihre Nervosität zu verbergen, blickte sie ihn unter halb gesenkten Lidern an und beobachtete, wie er mit einer Hand seinen Pokal und mit der anderen die Tischkante umklammerte. Seine weiß hervortretenden Knöchel und der harte Zug um sein Kinn schienen mehr darauf hinzudeuten, dass es Zorn und nicht übermäßiger Alkoholgenuss war, was ihn plagte.

Sie schluckte, hielt sich aber sehr gerade, um sich ihre Furcht nicht anmerken zu lassen. Nie hätte sie gedacht, dass er so verärgert sein könnte, derart distanziert und kalt.

Er hatte sie kaum zur Kenntnis genommen, als sie ihren Platz an seiner Seite eingenommen hatte. Und Robbie war sogar noch knapper von ihm begrüßt worden. Ein paar Worte, ein kurzes Nicken, und dann hatte er sie beide ignoriert. Er verhielt sich, als wären sie meilenweit entfernt von ihm und keineswegs so nahe, dass sie mit jedem Atemzug seinen unverkennbar maskulinen Duft wahrnahm.

Linnet warf einen weiteren verstohlenen Blick auf sein unerbittliches Profil. Er blickte stur geradeaus, vermied es ganz bewusst, ihr in die Augen zu sehen … und in die des Kindes, das sie auf ihren Schoß gezogen hatte.

Er bemühte sich nicht einmal, sein Missfallen zu verbergen, sondern ließ seiner schlechten Laune so gnadenlos die Zügel schießen, dass es für jedermann im Saal erkennbar war.

Langsam erwachte in ihr Zorn über sein abweisendes Benehmen. Sie warf ihm von der Seite einen Blick zu, sah den grimmigen Ausdruck auf seinen gut aussehenden Zügen und spürte seine Wut darüber, dass sie es gewagt hatte, seinen Sohn an seinen Tisch zu bringen.

»Mylady?« Eine erwartungsvolle Stimme unterbrach ihre Gedanken, und sie drehte sich um und reichte ihre Hände einem jungen Knappen, der einen Krug, eine Schüssel und frische Leinentücher in den Händen hielt. »Darf ich?«, fragte er und verneigte sich respektvoll, bevor er parfümiertes Wasser über ihre Hände goss.

Froh über die Ablenkung, dankte Linnet dem Knappen und half dann Robbie, seine Händchen zu waschen. Ihm zuliebe bemühte sie sich, die von ihrem Mann ausgehende Anspannung zu ignorieren, aber es war nicht leicht.

Denn trotz allem schmerzte es sie, den mächtigen MacKenzie so zu sehen.

Die Anwesenheit seines Sohnes würde ihn nicht so betroffen machen, wenn er das Kind nicht lieben würde.

Dieser Mann musste etwas Wichtiges lernen. Sie würde versuchen, seine Augen und sein Herz zu öffnen und ihn dazu bringen, zu erkennen und zuzugeben, dass er für den Jungen etwas übrig hatte, ganz gleich, ob sein Blut oder das eines anderen Mannes in Robbies Adern floss.

Und erst dann würde sie ihm die Wahrheit sagen.

Ein Zupfen an ihrem Ärmel erregte ihre Aufmerksamkeit. »Soll ich lieber gehen?« Robbie schaute sie aus großen, runden Augen an, in denen sich die Verwundbarkeit des unerwünschten Kindes widerspiegelte. »Ich darf eigentlich gar nicht in die Nähe des Podiums.«

»Was für ein Unsinn«, widersprach Linnet. »Eines Tages

wirst du hier der Gutsherr sein. Alle hohen Herren, derzeitige oder zukünftige, müssen auf dem Podium sitzen.«

Linnet warf ihrem Mann einen schnellen Blick zu. »So ist es doch, nicht wahr?«

Ein Muskel zuckte an seinem Kinn, und er ließ sich Zeit mit seiner Antwort, doch schließlich gab er widerstrebend zu: »Aye, so ist es Brauch.«

Sich noch ein wenig gerader aufrichtend, strich Linnet Robbie übers Haar und sagte: »Sei unbesorgt, mein Sohn, dein Platz ist ebenso gut hier wie meiner.«

»*Sohn* sagt Ihr?« Duncan beugte sich vor und flüsterte ihr ins Ohr. »Aber ist er das auch, frage ich?«

Als sie sich ihm zuwandte, stockte ihr der Atem, so intensiv empfand sie seinen Blick. »Ich kann es noch nicht sehen, Mylord«, log sie, während sie wieder einmal alle Heiligen anflehte, ihr den rechten Weg zu weisen. »Vielleicht würde es mir leichterfallen, wenn ich Euch mehr mit dem Jungen zusammen sähe.«

Sie hätte es nicht für möglich gehalten, aber sein Gesicht verfinsterte sich noch mehr. »Vielleicht wäre das nicht nötig, wenn Ihr Eure Gabe schärfen würdet?«

»Und wenn Ihr, Mylord, in Euer Herz schauen würdet, würde eine Gabe wie die meine nicht gebraucht«, erwiderte sie flüsternd, ohne Rücksicht darauf, ob sie seinen Zorn damit vielleicht noch schürte. »Aber es heißt ja, Ihr hättet gar kein Herz.«

Auf der anderen Seite des Tisches hörte Linnet den Engländer dem Kleinen Zuckerwaffeln anbieten. Um weitere Konfrontationen zu vermeiden, kehrte sie ihrem Ehemann den Rücken zu, um ihn nicht so in Wut zu bringen, dass er die Stimme erhob und das Kind mit seinen grausamen Worten verletzte.

Doch sogar ohne ihn anzusehen, fühlte sie sich eingehüllt von seiner finsteren Präsenz.

Linnet erschauderte. Vielleicht sollte sie lieber froh sein statt gekränkt, dass er sie nicht *wirklich* zur Gemahlin haben wollte.

Sie würde lieber ihr Leben lang Jungfrau bleiben, als bei einem so kaltherzigen Mann wie Duncan MacKenzie zu liegen.

Sie sah das Kind auf ihrem Schoß an und betete um Erleuchtung. Sie hatte oft gehört, niemandem würde eine schwerere Bürde auferlegt, als er tragen konnte, und trotzdem bezweifelte sie, dass sie imstande war, diese jüngste, die sie auf sich genommen hatte, auf ihren Schultern zu tragen.

Ihr Instinkt verriet ihr, dass sowohl der Vater wie der Sohn sie brauchten, dass ihr Ehemann wie auch ihr Stiefsohn große Qualen litten.

Aber konnte sie ihnen helfen, ohne einem von beiden dabei übermäßig wehzutun?

Würde sie sich *selbst* verletzen, wenn sie es zu tun versuchte?

War dies wirklich der Grund, aus dem sie hergeschickt worden war … oder mischte sie sich nur in etwas ein, was sie nichts anging?

Robbie setzte sich etwas bequemer hin auf ihrem Schoß, und das Gefühl seines warmen kleinen Körpers bestärkte sie in ihrer Entschlossenheit. Als sie den Blick senkte, sah sie, dass er in einer unbewussten Nachahmung der Haltung seines Vaters sehr gerade dasaß, weder nach rechts noch nach links blickte und die Hände auf dem Schoß vor sich gefaltet hatte.

Er starrte unverwandt auf einen Becher Ziegenmilch, den ein Bediensteter vor ihn hingestellt hatte, sein Gesicht, das dem seines Vaters so verblüffend ähnlich war, wirkte jetzt blass und angespannt. Offensichtlich bemühte er sich genauso angestrengt, seinen Erzeuger zu ignorieren, wie dieser mit sich kämpfte, um seinen Sohn nicht wahrzunehmen.

Es war unnatürlich für einen Jungen, so nervös zu sein, aber wie hätte er etwas anderes sein können als schüchtern und verängstigt vor einem Vater, der ihn ablehnte?

Und für einen Vater war genauso unnatürlich, seinen Jungen abzulehnen.

Sanft rieb Linnet Robbies Schulter, in der Hoffnung, ihn damit ein wenig zu beruhigen, und war über alle Maßen erfreut, als er sich ihr nicht entzog, sondern sich sogar an ihre Hand schmiegte, als begrüßte er ihre Berührung.

Dass er sie so bereitwillig akzeptierte, erfüllte sie mit einer bisher nie gekannten Zufriedenheit, und ihr Herz schwoll an vor Liebe für dieses Kind, das sie nun ihr eigenes nennen durfte.

Wenn ihr Mann genauso bereitwillig auf ihre Annäherungsversuche reagieren würde, hätte sie vielleicht eine kleine Chance, die beiden zusammenzubringen. Die gelegentlichen verstohlenen Blicke, die er seinem Sohn zuwarf, gaben ihr ein wenig Hoffnung.

Aber ein Blick auf Duncans unerbittliches Profil genügte, um keinen Zweifel an der Ungeheuerlichkeit ihrer Aufgabe aufkommen zu lassen. Und trotzdem, selbst wenn er sie als Frau missachtete und ihr ein eigenes Kind verweigerte, würde sie ihm immer dankbar sein, dass er ihr die Möglichkeit gegeben hatte, seinen Sohn zu lieben.

Mit sanfter Hand strich sie Robbie das Haar aus der Stirn. Bei ihrer Ehre schwor sie sich, Liebe und Wärme in sein Leben zu bringen. Solange sie sich zurückentsinnen konnte, hatte sie immer versucht zu glauben, dass nichts im Leben ohne Grund geschah.

Nicht ohne einen guten Grund.

Es war anfangs oft nicht leicht, zu erkennen, aber sie hatte die Feststellung gemacht, dass die Antwort, wenn man sich in Geduld übte, sich mit der Zeit offenbarte. Duncan MacKenzies Sohn brauchte sie, und wenn die Heiligen es für richtig gehalten hatten, sie herzuschicken, um ihm beizustehen, würde sie sich der Herausforderung in aller Demut stellen.

Eine winzige Stimme tief in ihrem Innersten flüsterte ihr zu, auch sie brauchte den Kleinen. Und das bezweifelte sie nicht einmal.

Mit einem Finger berührte sie den wunderschönen Ledergürtel, den der Knabe trug. »Das ist ein hübscher Gürtel, Robbie«, sagte sie, in der Hoffnung, ihm damit ein wenig die Befangenheit zu nehmen. »Ich glaube, einen schöneren habe ich noch nie gesehen.«

Sie wurde belohnt mit einem verschämten Lächeln, das aber leider nur allzu schnell verblasste. »Fergus hat ihn für mich gemacht«, verriet er ihr.

»Und wer ist Fergus?«

»Papas Seneschall«, antwortete Robbie strahlend. »Er hat mir auch mein Plaid geschenkt.«

»Ach wirklich?«, sagte Linnet, der nicht entging, dass ihr Mann ausgerechnet diesen Augenblick wählte, um sich so laut zu räuspern, als wollte er die Worte des Jungen übertönen. »Und es ist auch ein sehr, sehr schönes Plaid. Weißt du, was die Farben bedeuten?«

Robbie nickte feierlich und begann dann aufzusagen: »Das Grün steht für Wald und Felder, das Blau für den Himmel und die See, und es ist mit Weiß durchzogen für … für …« Er stockte und blickte mit solch unruhigen blauen Augen, die wie eine jüngere Version der Augen seines Vaters waren, zu ihr auf, dass es Linnet einen Stich versetzte.

Der Junge biss sich auf die Unterlippe und versuchte, sich auf den Rest des Verses zu besinnen.

Ihr Ehemann holte tief und hörbar Luft und warf dann helfend ein: »Weiß steht für Reinheit, Rot für Blut und tapfere Krieger …«

»… und alle zusammen bedeuten Freiheit, Gerechtigkeit und Mut und Ehre«, schloss Robbie, und seine kleine Brust schien anzuschwellen vor Stolz bei jedem Wort. Danach schenkte er Duncan einen Blick, in dem eine geradezu abgöttische Verehrung seines Vaters zu erkennen war.

Doch obgleich er dem Knaben geholfen hatte, sich auf die Worte zu besinnen, war Linnet nicht entgangen, wie Duncan sich bei jedem Wort, das sein Sohn so tapfer aufgesagt hatte, neben ihr versteift hatte.

»Und nach dieser wunderbaren Schilderung, denke ich, wird es Zeit für dich, nach oben und ins Bett zu gehen«, erklärte Marmaduke und schob seinen Stuhl zurück, um sich zu erheben. Mit einem unmissverständlichen Blick auf Duncan hob er Robbie auf. »Ein zukünftiger Gutsherr braucht seinen Schlaf, wenn er groß und stark genug für seine zukünftige Stellung werden will, nicht wahr?«

Duncan nickte steif, sagte aber nichts. Erst als der Sassenach und Robbie gute zehn Schritte entfernt waren, rief er ihnen etwas nach: »Es war schön, dich die Bedeutung unserer Farben aufsagen zu hören, Junge.«

Obschon die Worte erst ein nachträglicher Einfall waren, ermutigten sie Linnet. Sie waren immerhin ein Anfang. Robbies Blick hing an seinem Vater, als Marmaduke ihn forttrug; ein Bild, bei dem sich Linnets Herz zusammenzog.

Bevor er Robbie hinausbrachte, wandte Marmaduke sich noch einmal um. »He, Duncan, lass Fergus ja nicht eher den Hochzeitsstein holen, bis ich zurück bin!«

»Die Pest soll den blöden Stein holen, und Fergus werde ich das Fell über die Ohren ziehen, wenn er ihn herbringt«, knurrte ihr Mann, selbst als der ganze Saal in begeisterten Applaus ausbrach und alle Anwesenden nach dem Stein zu rufen begannen.

Mit finsterer Miene sprang er auf. »Hört auf, herumzukreischen wie Idioten«, brüllte er in das Getöse. »Es wird keine Hochzeitsstein-Zeremonie geben.«

»Hochzeitsstein-Zeremonie?«, fragte Linnet, als er sich wieder setzte.

Statt einer Antwort kniff er die Lippen zusammen und nahm eine steife, abweisende Haltung ein.

»Was ist los mit dir, Duncan? Bei den MacKenzies hat es noch nie ein Hochzeitsfest ohne diese Zeremonie gegeben!«, brüllte eine raue Stimme plötzlich aus dem unteren Teil der Halle. »Und wir haben lange genug gewartet, dich mit deiner Braut trinken zu sehen!«

»Aye! Trink mit deiner Braut!«, sang ein ganzer Chor von MacKenzie-Männern ausgelassen, und alle erhoben ihre Stimmen, als wollten sie mit den begleitenden Trompetenstößen wetteifern. »Ein langes Leben und viele Kinder für Lady Linnet!«

Duncan starrte auf den Tisch und schien sich mit jedem wüsten Schrei noch unbehaglicher zu fühlen. Während Linnet ihn betrachtete, schlüpfte Marmaduke auf seinen Platz neben ihr zurück. Durch den Tumult glaubte Linnet den Engländer flüstern zu hören, sie habe nichts zu befürchten, es würde alles gut werden, aber als sie in seine Richtung blickte, trank er ruhig seinen Wein und schien nichts gesagt zu haben.

»Ein langes Leben und viele Kinder für Lady Linnet!«, sangen die Clanangehörigen weiter, knallten ihre Trinkgefäße auf die Tische und stampften ausgelassen mit den Füßen, als ein brummig aussehendes älteres Clanmitglied durch ihre Mitte schritt, einen prachtvollen Silberpokal in seinen Händen, den er für alle sichtbar hoch über dem Kopf hielt.

Vier kräftige Krieger folgten ihm. Zusammen trugen sie einen großen, blau getönten Stein. Seine längliche Oberfläche, auf der uralte keltische Runen eingeritzt waren, war glatt, doch der Fuß des Steins sah so zerklüftet aus, als wäre er aus seiner natürlichen Verankerung gerissen worden.

Aber was Linnet am interessantesten fand, war das Loch in seiner Mitte. Sie brauchte das übellaunige Knurren ihres Mannes nicht, um zu wissen, dass dies der »Hochzeitsstein« war.

Und nun wusste sie auch, welchem zeremoniellen Zweck er diente.

Der Stein war ein Schwörstein. Ein Glücksbringer. Die Menschen der Antike glaubten, dass Paare, die sich durch das Loch in seiner Mitte ihre Hände reichten, eine glückliche Ehe führen würden.

Eine beglückende Verbindung voller Liebe, Harmonie und mit vielen kräftigen, gesunden Kindern.

Linnet versteifte sich, als ihr die Bedeutung klar wurde. Jetzt wusste sie, warum ihr Mann bei der Erwähnung dieses Steins so ungehalten reagiert hatte. Er wollte nicht dieses uralte Ritual mit ihr vollziehen und dabei womöglich riskieren, dass die Magie der alten Götter auf ihre Ehe Einfluss nehmen könnte.

Eine Ehe, die er nicht einmal richtig zu vollziehen gedachte!

Ein weiterer Begeisterungsausbruch im Saal zerstreute Linnets Überlegungen. Der Seneschall und die vier Männer, die den Stein trugen, hatten nun das Podium erreicht. Der alte Seneschall blieb vor Duncan und Linnet stehen, drehte sich einmal langsam im Kreis und hielt den zeremoniellen Kelch in die Höhe, damit jedermann im Saal ihn sehen konnte. Die Männer mit dem Stein hielten sich im Hintergrund und warteten, bis das Paar gemeinsam aus dem Kelch getrunken hatte, bevor sie den Stein weiter nach vorne trugen.

Jubelschreie ertönten, als Fergus den riesigen Pokal absetzte und ihn bis zum Rand aus dem Krug mit dem süßen Wein füllte.

»Warte, Fergus«, mischte Marmaduke sich ein und hielt den Seneschall am Arm zurück. »Der Wein könnte zu stark sein für Mylady. Was meinst du, sollen wir ihn nicht besser verdünnen, bevor sie davon trinkt?«

Fergus' buschige Augenbrauen zogen sich zu einem unwilligen Stirnrunzeln zusammen, und er entriss dem Engländer seinen Arm. »Für eine Sassenach mag er vielleicht zu stark sein, aber nicht für jemanden aus unseren Highlands«, schimpfte er und goss das blutrote Gebräu in den Hochzeitskelch. »Ich habe ihn selbst für die Gelegenheit gemischt«, fügte er hinzu, als wolle er Marmaduke herausfordern, ihm zu widersprechen.

Alle bis auf den englischen Ritter brüllten vor Begeisterung, als Linnets frisch gebackener Ehemann pflichtbewusst den unhandlichen Pokal an seine Lippen hob und daraus trank.

»Lass deiner Braut was übrig!«, rief jemand dröhnend aus dem Hintergrund der Halle. »Das wird sie ein bisschen beschwipst machen für die Hochzeitsnacht-Zeremonie!«

Hochzeitsnacht-Zeremonie? Linnets scharfes Einatmen ging in dem ohrenbetäubenden Gelächter und Gejohle unter, das den Saal erfüllte. Hitze durchflutete sie, als sie das Bild ihres nackten Ehemanns vor sich erstehen ließ. Sie sah ihn wieder rittlings auf sich hocken, spürte die steife Härte seiner männlichen Begierde zwischen seinen Schenkeln, die bewies, dass ihn die gleichen Empfindungen bewegten wie sie selbst.

Und dennoch hatte er ihr ganz unverblümt gesagt, er wolle sie nicht als wahre Partnerin … als seine Frau.

Mit einer Offenheit, die sie zutiefst verletzt hatte, hatte er ihren weiblichen Stolz, von dem sie nicht einmal gewusst hatte, dass sie ihn besaß, mit Füßen getreten.

Und nun verlangten seine Männer von ihm, sie während einer Hochzeitsnacht-Zeremonie vor ihren lüsternen Augen in Besitz zu nehmen und zur Frau zu machen?

Eine neue Art von Kälte erfasste sie. Eine Kälte, die Furcht entsprang, der natürlichen Beklemmung einer Jungfrau vor dem ersten Mal.

Und Scham, falls er von seinen Männern dazu gezwungen werden sollte, sie zu nehmen.

Denn sie würde es nicht ertragen, wenn er mit sichtlichem Abscheu davor zurückschreckte, den Akt der Liebe mit ihr zu vollziehen.

»Du hast lange genug getrödelt, Duncan!«, brüllte plötzlich jemand. »Gib deiner Braut den Wein, lass sie trinken und mach sie dann endlich zu einer MacKenzie!«

»Ja, mach sie zu einer MacKenzie!«, stimmten andere ein.

Anzügliches Gelächter stieg zu der gewölbten Decke auf, und der Fußboden erbebte unter einem wütenden Chor stampfender Füße. Und so sehr sich Duncan auch bemühte, die unguten Erinnerungen zu ignorieren, erinnerte das fröhliche Treiben ihn doch an ein anderes Hochzeitsfest in einer anderen Zeit, die er lieber für immer aus seinem Gedächtnis verbannt hätte.

Eine Zeit, in der er jung gewesen war und geglaubt hatte, verliebt zu sein.

Nein, besessen.

Und diese sinnlose Hochzeitsstein-Zeremonie hatte ihm den Kummer nicht ersparen können.

Gott, er war so restlos betört gewesen von der Schönheit und der Anmut seiner ersten Frau, dass er ihre Verworfenheit nie für möglich gehalten hätte, wenn Sankt Petrus selbst ihn nicht gewarnt hätte.

Die Gedanken an Cassandra aus seinem Kopf verbannend, reichte er seiner zweiten Frau pflichtbewusst den schweren Silberpokal. »Trinkt, damit wir diesem albernen Getue ein Ende machen können«, sagte er schroffer, als es seine Absicht war.

»Ich trinke keinen Alkohol, Sir«, sagte sie, während sie den prachtvollen Pokal mit beiden Händen nahm, aber keine Anstalten machte, daraus zu trinken.

Ein derber Fluch entrang sich Duncans Lippen, bevor er sich daran erinnerte, dass sie die Tochter eines Trinkers war. »Ihr braucht nicht viel zu trinken, nur einen kleinen Schluck«, beruhigte er sie und wunderte sich über den Beschützerinstinkt, der in ihm erwachte, wenn er an ihren rüpelhaften Vater dachte. »Ich trinke den Rest.«

Er beobachtete genau, wie sie den Pokal an ihre Lippen hob und trank. Er bezweifelte, dass sie mehr getan hatte, als daran zu nippen, aber der starke Wein ließ ihre Lippen weich und dunkelrot erscheinen.

Süß.

Nicht verführerisch, wie die Lippen einer anderen Frau bei einer anderen Hochzeit ausgesehen hatten, aber süß … und unschuldig.

Und unendlich viel verlockender als die Lippen sämtlicher geübten Verführerinnen, die ihm zu seinem Missgeschick über den Weg gelaufen waren.

Gott stehe ihm bei, aber sie verlockte ihn wirklich über alle Maßen.

Obwohl er eigentlich verärgert hätte sein müssen und es auch war, weil sie den Jungen in den Saal gebracht hatte. Duncan wandte den Blick von ihr ab und gab endlich seinem Bedürfnis nach, zu fluchen.

Vielleicht hätte er sich am Königshof nach einer neuen Gattin umschauen sollen, einer makellosen, kultivierten Schönheit, deren geübter Charme ihn so gründlich an seine erste Frau erinnert hätte, dass es ihm nicht schwergefallen wäre, sie zu ignorieren.

Stattdessen hatte er sich ein entzückendes Mädchen aus den Highlands aufgehalst, dessen üppige Schönheit und offenkundige Unschuld ihn begeisterten und faszinierten.

»Mehr kann ich nicht trinken, Sir«, sagte sie, als sie den Pokal absetzte, und die honigsüße Sanftheit ihrer Stimme ließ ihn beinahe verzagen.

Gegen das Verlangen ankämpfend, das sie so unbewusst in ihm entfesselt hatte, ergriff Duncan blitzschnell den Pokal und stürzte den Rest seines Inhalts in einem einzigen großen Schluck hinunter. Zustimmendes Gebrüll erhob sich unter seinen Männern, als er den leeren Pokal krachend auf den Tisch zurückstellte.

Trotz Linnets alarmierter Blicke füllte er das große Gefäß wieder auf und leerte es von Neuem, bevor Fergus mit der Hochzeitsstein-Zeremonie beginnen konnte. Als könnte der ungehorsame Flegel Duncans Gedanken lesen, ergriff der Seneschall das Horn, das er um den Nacken trug, hielt es an seine Lippen und ließ es einmal laut erschallen.

Die Feiernden verstummten auf der Stelle. Wer saß, beugte sich vor, und wer stand, trat näher. »Die Legende, Fergus!«, brüllte jemand aus dem Hintergrund des Saals. »Erzähl uns die Legende!«

Lachlan reichte Fergus eine Zither, und als er ein paar

Akkorde anschlug, um sie zu erproben, hörte Duncan den Sassenach mit Linnet flüstern.

»Fergus fungiert als Clan-*filidh* oder *fili«*, klärte Marmaduke sie auf. »Er hat die bardischen Künste nie richtig gelernt, sodass er den echten Titel also nicht für sich in Anspruch nehmen kann, aber er ist der geborene Geschichtenerzähler und verdient Respekt. Bei jeder MacKenzie-Hochzeit erzählt er die Legende von dem Hochzeitsstein.«

Duncan warf seinem Freund einen finsteren Blick zu. »Aye, und vergiss nicht, dass sie nichts weiter ist als das … eine Legende. Nichts als Worte.«

»Dann kann Euch ja durch sie nicht viel geschehen, nicht wahr, Mylord?«, bemerkte seine Dame und vermittelte ihm einen weiteren kurzen Eindruck jenes Feuers, das er schon auf der Reise von Dundonnell nach Eilean Creag bewundert hatte.

»Ich fürchte weder den Stein noch eine alberne Legende«, fauchte Duncan.

»Freut mich, das zu hören«, konterte Marmaduke mit einem mutwilligen Glanz in seinem Auge, »denn dann hast du ja keinen Grund, uns das Vergnügen zu verweigern, dich und deine bezaubernde Gemahlin die Zeremonie vollziehen zu sehen.«

Ein weiterer Stoß aus Fergus' Horn brachte jene, die noch sprachen, zum Schweigen und ersparte Duncan eine Antwort auf Marmadukes frechen Einwand. »Es ist schon lange her«, begann Fergus seine Geschichte, während seine knorrigen Finger geschickt die Zither klimpern ließen. »Die alten Götter herrschten noch, und ihre Regeln wurden noch beachtet. Ein stolzer keltischer König lebte nicht weit entfernt von hier. Er war ein mächtiger Mann, und niemand wagte ihm zu trotzen. Er fürchtete weder Mensch noch Tier, und manche sagen, er fürchtete auch nicht die Götter.«

Fergus machte eine Pause, um an einem bis zum Rand gefüllten Humpen Bier zu nippen. »Dieser König hatte vier Töchter, und da sie ebenso klug wie schön waren, fürchteten auch sie ihn. Alle bis auf die jüngste … seine Lieblingstochter.«

Dieweil Fergus die Legende erzählte, lehnte Duncan sich zurück und verschränkte seine Arme. Verschränkte die Arme und verschloss die Ohren. Er kannte dieses alberne Gewäsch schon auswendig, und der ärgerlichste Teil davon war fast erreicht.

»… so sicher war sich diese schöne Tochter ihres Vaters Liebe, dass sie keinen Grund sah, zu verheimlichen, dass sie ihr Herz an einen jungen Mann verloren hatte, der niemals die Billigung ihres Vaters finden würde, wie sie wusste. Obschon er ein tapferer und hübscher junger Mann war, von kräftiger Gestalt und reinen Herzens, besaß er weder Mittel noch Aussichten, sie jemals zu erlangen. Der stolze König war daher sehr aufgebracht, als er erfuhr, dass seine Lieblingstochter einen solch unwürdigen Mann begehrte.«

Die Worte überfluteten Duncan und sickerten in seine Ohren, obwohl er sich bemühte, sie zu ignorieren. Herrgott noch mal, er wünschte, der alte Narr würde endlich aufhören, damit sie den Rest der Zeremonie hinter sich bringen konnten.

Den Teil, den er fürchtete … wenn sie sich an den Händen fassen und sich küssen mussten.

»Ihr war klar, dass ihr Vater ihnen die Heirat nie gestatten würde«, fuhr Fergus fort, »aber da sie ihre Liebe nicht verleugnen wollte, brannte die Maid mit dem jungen Mann zu dem Hochzeitsstein durch. Einem Schwörstein, damals schon uralt. Seine Magie war stark und wahr.« Fergus hielt inne, um einen weiteren Schluck Bier zu trinken. »Aber der Vater wurde gewarnt, und er erreichte sie, als sie sich gerade ihre Hände durch die Öffnung in der Mitte dieses Steines reichten.«

In einer weiteren effektvollen Pause sah sich Fergus in der Halle um, seine scharfen Augen weise und beredt. Duncan schloss die Augen, bevor der durchdringende Blick des verflixten alten Graubarts ihn erreichen konnte.

»... Des Königs Zorn verlieh ihm mehr Kraft, als ein Sterblicher besitzen sollte, und er rannte auf sie zu, riss den Stein aus seinem Fundament und schleuderte ihn ins Meer... und den jungen Mann mit ihm.« Der Seneschall erhob die Stimme, als er sich dem Höhepunkt der Legende näherte. »Zutiefst erschüttert, weil er nicht die Absicht gehabt hatte, den jungen Mann zu töten, fiel der König auf die Knie und flehte seine Tochter um Vergebung an. Aber ihr Verlust war zu groß. Ohne ihren Vater auch nur eines Blicks zu würdigen, ging sie zum Rand der Klippen und vereinte sich im Tod mit ihrer großen Liebe, die ihr zu Lebzeiten verweigert worden war. So aufgebracht waren die alten Götter über des Königs Missachtung der Heiligkeit des Steins, dass sie es ihm heimzahlten und seine Festung so gründlich zerstörten, dass heute niemand mehr sagen kann, wo sein Hof damals gestanden hatte.«

Duncan öffnete die Augen, als der Seneschall zum Ende seiner Erzählung kam. »Aber nicht alles war verloren«, ertönte Fergus' Stimme. »Viele Jahre später wurde der Hochzeitsstein an der Küste unserer schönen Insel angeschwemmt und ist seitdem auf Eilean Creag geblieben. Seine Macht ist heute stärker, und alle neu vermählten MacKenzies, die sich durch die Öffnung des Steins an den Händen fassen und danach einen Kuss austauschen, werden mit einem machtvollen Bund gesegnet, den kein Sterblicher zerstören kann, weil die alten Götter ihre Verbindung mit Wohlwollen betrachten und beschützen werden.«

Das ehrfürchtige Schweigen schien sich zu vertiefen, gebrochen höchstens durch ein gelegentliches Schniefen der wenigen Frauen, die im Saal zugegen waren. Dann brach ein ohrenbetäubender Applaus aus, dem schon kurz darauf der unvermeidliche Sprechchor folgte: »Der Stein! Der Stein!«

Fergus' ausgewählte Narren paradierten zweimal mit ihm vor dem Podium auf und ab und hielten schließlich vor Duncans Sessel mit dem Baldachin. Andere Clanangehörige zogen Duncan und Linnet von ihren Plätzen und schoben sie vor den Stein.

»Nimm ihre Hand!«, erhob sich eine Stimme über das Palaver, und andere stimmten lärmend ein. »Aye, nimm ihre Hand!«

Duncan stieß einen ärgerlichen Seufzer aus und steckte seine Hand durch das Loch im Stein. Es blieb ihm gar nichts anderes übrig, denn keiner der Anwesenden würde aufhören, ihn zu peinigen, bis er seine Pflicht erfüllt hatte. Aber dann legte seine Frau ihre Hand in seine, und Duncan hörte das alberne Geschwätz seiner Männer nicht mehr.

Ihre Hand war erstaunlich warm und kräftig, und dennoch beunruhigte ihre Berührung ihn. Gott, er konnte spüren, wie ihre Wärme auf ihn überging! Sie entsprang, wo ihre Hände sich berührten, und kroch an seinem Arm empor, um dann seinen ganzen Körper zu durchströmen wie erhitzter Met.

Bevor sie ihn noch mehr verhexen konnte, rief Duncan die Worte, die von ihm erwartet wurden: »Ihr alle seht, wir reichen uns die Hände! Wir ehren die alten Götter, mögen sie unsere Verbindung segnen.«

Um diesen Teil der Zeremonie zu beenden, verschränkte er seine Finger mit Linnets und drückte ihre Hand. Sie schnappte nach Luft, ein kaum wahrnehmbares Geräusch, das er aber trotzdem hörte. Selbst über das Gejohle und Fußestampfen seiner Männer. Seiner Anleitung folgend, erwiderte sie den Druck, und Duncans Herz pochte fast schmerzhaft hart gegen seine Rippen.

»Der Kuss! Der Kuss!«, brüllten seine Männer.

Getrieben von dem Wunsch, das Schauspiel zu beenden, und einem überwältigenden Verlangen, genau das zu tun, wozu ihn seine Männer drängten, gab Duncan ihre Hand frei, nahm dann aber ihren Arm und zog sie an sich. »Wir müssen uns jetzt küssen«, erklärte er ihr, während er seine Arme um sie legte. »Danach werden wir unsere Ruhe haben.«

Etwas Undefinierbares blitzte in ihren Augen auf, aber sie hob bereitwillig das Kinn und bot ihm ihre Lippen. Mit einem leisen Stöhnen, das unmöglich von ihm selbst stammen konnte, zog Duncan sie hart an sich, und in dem besitzergreifendsten Kuss, den er seit Jahren einer Frau gegeben hatte, presste er seinen Mund auf ihre Lippen.

Als sie in ihrer Naivität ihre Lippen öffnete und ihre Zungenspitze einen flüchtigen Moment lang seine streifte, loderte ein überwältigendes Verlangen in Duncan auf, und ein beinahe schmerzhaftes Ziehen schoss durch seine Lenden.

Die Art Verlangen, mit der er sich auf gar keinen Fall belasten wollte.

Sofort beendete er den Kuss und schob sie von sich. »Das war's«, schwor er. Mit erhobenen Armen drehte er sich im Kreis und erhob die Stimme, damit alle ihn hören konnten. »Lasst niemanden behaupten, wir hätten die alten Götter nicht um ihren Segen angefleht.«

»Mögen sie über Euch wachen!«, antworteten die Angehörigen seines Clans. Noch immer johlend und sehr mit sich zufrieden, kehrten jene, die nach vorn gekommen waren, zu ihren Plätzen zurück, während die anderen, die noch saßen, nach Bier- oder Weinkrügen griffen und ihre Becher auffüllten. Endlich erstarb der Lärm, als die Feiernden sich wichtigeren Vergnügungen wie Essen oder Trinken zuwandten.

Wieder auf seinem Platz, richtete Duncan seinen Blick demonstrativ auf die großen Platten saftiger Fleischgerichte und anderer Delikatessen auf dem Tisch vor ihnen. Er wagte seine Braut nicht anzusehen, denn unter seinem Kilt war er noch immer stark erregt. Gott, sogar die leisen Geräusche ihres Atmens und ihr süßer, femininer Duft genügten, um ihn zu entflammen!

Nein, es war klüger, sich auf das Festessen vor ihnen zu konzentrieren. Fergus hatte sich selbst übertroffen und eine Fülle köstlicherer Speisen auf den Tisch gebracht, als Duncan seit sehr langer Zeit gesehen hatte. Der alte Seneschall hatte eine Tafel vorbereitet, die selbst eines Königs würdig wäre.

Duncan griff nach seinem süßen Wein. Wenn er von diesem starken Zeug genügend trank und aß, so viel er konnte, würde ein tiefer Schlaf ihm vielleicht helfen zu vergessen, dass er sich heute an eine neue Ehefrau gebunden hatte.

An eine Frau, die *nicht* sein Verlangen wecken sollte.

»Beeilt Euch und esst etwas. Ihr habt noch keinen Bissen angerührt«, tadelte er sie und deutete mit dem Kinn auf das besonders zarte Stück Hirschbraten, das er für sie zurechtgeschnitten hatte. »Je schneller wir mit dem Essen fertig sind, desto eher können wir vom Tisch verschwinden.«

»Ich bin nicht hungrig, Mylord.«

»Dann werde ich für Euch mitessen«, erwiderte Duncan ungehalten, bevor er ein saftiges Stück Fleisch von ihrem gemeinsamen Tablett aufspießte und in seinen Mund steckte.

Er hätte alles getan, um sich von den widerstreitenden Gefühlen abzulenken, die ihn durchfluteten und beinahe in den Wahnsinn trieben.

Egal was, Hauptsache, es lenkte seine Gedanken von der steifen Härte ab, die er unter seinem Kilt noch immer spürte.

Er hatte nichts anderes gewollt als eine folgsame und unscheinbare Frau, die nicht mehr zu tun brauchte, als ihm die Frage zu beantworten, die ihn praktisch unablässig quälte. Und was hatte er bekommen? Ein junges Mädchen, das seine Leidenschaft entfachte, ohne es zu wollen, und sämtliche Regeln brechen würde, die er in seinem Haushalt aufgestellt hatte.

Ein Mädchen, dessen Gabe vermutlich nicht viel mehr als Highland-Klatsch war… die übertriebene Behauptung eines Spielmanns.

Und er war darauf hereingefallen.

Ein Mädchen, dessen Jungfräulichkeit zu nehmen seine Clanangehörigen in diesem Augenblick lautstark von ihm verlangten.

Und Gott wusste, dass er darauf brannte, es zu tun.

Aber er hatte gelernt, dass ein Feuer in den Lenden schnell gelöscht und vergessen war, während eine verbrannte Seele bis in alle Ewigkeit verbrannt blieb.

Wieder einmal füllte Duncan den enormen Hochzeitspokal und stürzte seinen Inhalt in einem einzigen Zug hinunter.

Wenn seine Männer unbedingt auf einer Hochzeitsnacht-Zeremonie bestanden, konnten sie eine haben.

Aber ohne ihn.

Denn *er* beabsichtigte, sie zu verschlafen.

5

Es ging schon auf Mitternacht zu, als Linnet unruhig ihr Gemach durchschritt, nackt bis auf das Leinenlaken, das sie vom Bett gezogen und in das sie sich eingehüllt hatte wie in ein Leichentuch.

In einiger Entfernung, selbst durch die schwere Eichentür, konnte sie die sich entfernenden Schritte ihrer neuen Clanangehörigen vernehmen, die geräuschvoll in die Halle zurückkehrten, nachdem sie Linnet und ihren Mann ohne große Umschweife ausgezogen und aufs Bett gelegt hatten.

Ihre Wangen brannten vor Empörung über die Art, wie die ungebärdigen Feiernden sie fröhlich ihrer Gewänder beraubt hatten.

Zu ihrer Bestürzung hatte sogar Elspeth sich daran beteiligt, sie unter ihre Fittiche genommen wie eine Mutterhenne und Linnet ruhig daran erinnert, dass der Brauch es so vorschrieb, während sie ihr ein Kleidungsstück nach dem anderen ausgezogen hatte – und ihr nicht einmal ihr Unterhemd gelassen hatte!

Linnets Protest ignorierend, hatte ihre geliebte alte Amme sie ausgezogen, bis sie vollkommen unbekleidet und ungeschützt war wie am Tag ihrer Geburt.

Ungeschützt und ausgeliefert.

Elspeth hatte sogar Linnets geliebten *arisaid* mitgenommen, als sie den Raum verlassen hatte. Jemand hatte auch die große Truhe mit Linnets neuen Gewändern abgeschlossen.

Nicht, dass es außer den Wänden und den wenigen Möbelstücken jemand bemerkt hätte, denn ihr Mann schien in einen tiefen Schlummer gesunken zu sein, kaum dass sein dunkles Haar das Kopfkissen berührte.

Trotzdem war es ziemlich ärgerlich, in einem Zimmer eingeschlossen zu sein, ohne einen Fetzen Stoff am Leib und mit einem Mann, der genauso unbekleidet war.

Und ihr war auch kalt.

Eiskalt.

»Habt Ihr vor, die ganze Nacht lang hin und her zu laufen?«, ertönte die tiefe Stimme ihres Mannes aus dem Bett, was sie so erschreckte, dass sie fast das Laken hätte fallen lassen, das sie vor ihrer Brust zusammenraffte. »Ihr macht mehr Krach als meine Männer unten.«

»Ich bewege mich, um mich warm zu halten, Sir«, fauchte Linnet, erbost über die Art, wie ihr Herz auf seinen Anblick reagierte, als er sich im Bett aufsetzte und sie seine nackte Brust sah, die kraftvoll war und muskulös. Zu spät wünschte Linnet jetzt, sie hätte die Bettvorhänge zugezogen und all diese männliche Pracht vor ihrer Sicht versteckt!

Er sah … fabelhaft aus.

MacKenzie oder nicht.

Kaltherzig oder nicht.

»Schade, dass keiner Eurer Männer daran gedacht hat, das Feuer zu schüren«, bemerkte sie spitz und zog das Laken noch fester über ihre Brüste. »Aber sie waren wohl zu sehr damit beschäftigt, uns zu entkleiden, um an solch unbedeutende Dinge wie unsere Bequemlichkeit zu denken.«

Sie bedauerte ihre scharfen Worte, kaum dass sie über ihre Lippen waren, denn ihr Mann schlug die Decke zurück und stieg aus dem Bett. »Dann werde *ich* es tun.«

Atemberaubend schön wie ein lebendig gewordener heidnischer Fruchtbarkeitsgott, schritt Duncan durch das Zimmer, so unbefangen in seiner Nacktheit, wie sie sich ihrer eigenen wegen unbehaglich fühlte.

Das Licht einer Reihe hoher Talgkerzen ließ seine Haut

schimmern und warf tanzende Schatten auf seinen muskulösen Rücken, als er sich vor dem Kamin hinkniete.

Wie eine liebeskranke Maid aus einer französischen Novelle starrte sie hilflos seinen edlen Körper an, und je länger sie ihn anstarrte, desto wilder schlug ihr Herz.

Dann, als wollten die Engel ihr die Peinlichkeit ersparen, von ihm ertappt zu werden, während sie ihn so schamlos anstarrte, fuhr ein Windstoß durch das offene Fenster herein, löschte die Kerzen und tauchte den Raum in Dunkelheit.

Der salzige Duft des Meers und die ausgeprägteren Gerüche einer feuchten Nacht lagen schwer in der Luft, während Linnet reglos dastand und darauf wartete, dass ihre Augen sich an die jähe Finsternis gewöhnten.

Sie fuhr fast aus der Haut, als starke, warme Finger sich um ihren Ellbogen schlossen und etwas sogar noch Wärmeres, nein, *Heißes*, einen flüchtigen Moment lang ihre Hüfte streifte.

Ihr stockte der Atem bei diesem vorübergehenden Kontakt. Es war *dieser* Teil von ihm, sie war sich dessen völlig sicher.

Was sonst hätte sie beinahe versengen können durch das Laken, das sie mehrfach um ihren Körper geschlungen hatte?

Was sonst könnte dieses Prickeln ausgelöst haben, das sie bis in ihre Zehen spürte?

Was hätte es anderes sein können als dieser geheimnisvolle männliche Körperteil von ihm, den er ihr vorzuenthalten beschlossen hatte?

»Kommt«, sagte er so dicht an ihrem Ohr, dass sein Atem ihre Wange wärmte. »Ich führe Euch zum Bett«, fügte er hinzu, mit einer Stimme, die ruhig klang und fest … *normal*.

Als hätte er nicht gemerkt, welcher Körperteil von ihm sie gerade eben so intim berührt hatte.

Oder, was der Wahrheit vielleicht näher kam, es kümmerte ihn schlicht und einfach nur nicht.

Linnet entzog ihm ihren Arm. »Ich kann noch nicht schlafen.«

»Und ich auch nicht, wenn Ihr nicht aufhört, hier herumzupoltern«, brummte Duncan, indes er wieder ihren Arm ergriff und sie an sich heranzog.

Linnet bohrte ihre Fersen in die Binsenstreu auf dem Fußboden. »Dann setze ich mich in den Sessel am Kamin.«

»Herrgott noch mal, Mädchen, es ist kalt, ich bin müde, und ich habe Kopfschmerzen. Mir reicht's für heute.« Er zog sie zum Bett hinüber und schlug die Decke zurück. »Legt Euch hin. Ich werde Euch nicht anrühren, falls es das ist, worüber Ihr Euch Sorgen macht.«

Seine schroffen Worte verstimmten sie, aber sie stieg ins Bett, wo sie rasch zur anderen Seite hinüberrutschte und die Decke bis unter das Kinn hinaufzog.

Sie war überrascht, als er, anstatt ins Bett zu gehen, zu der gegenüberliegenden Wand hinüberging und einen der Gobelins abhängte. Während sie zusah, breitete er den schweren Stoff auf dem Boden aus und begann ihn aufzurollen.

»Was… was tut Ihr da?«, fragte Linnet vom Bett, obwohl seine Absichten demütigend offensichtlich wurden, als er die steife Rolle zu ihr hinübertrug und sie in die Mitte des breiten Bettes legte.

»Nichts weiter, als mir eine ungestörte Nachtruhe zu garantieren«, erwiderte er und streckte sich dann auf dem Bett aus… auf der anderen Seite der Barriere. »Nach heute Nacht werde ich in meinem eigenen Zimmer schlafen, dann seid Ihr ungestört.«

Linnet kam sich schrecklich abgekanzelt vor und so unbedeutend, als hätte er ihr soeben mitgeteilt, er fände sie nicht reizvoller als eine graue Maus. Steif und reglos blieb sie liegen, weil sie befürchtete, die kleinste Bewegung oder das leiseste Geräusch könnten seine schlechte Laune noch verschlimmern.

Du lieber Himmel, dachte er etwa, sie würde während der Nacht über ihn herfallen?

Wenn sie doch nur den Mut hätte, zu fliehen.

Das Zimmer zu verlassen und woanders Unterschlupf zu suchen.

Sie würde es auch tun, wenn der Junge nicht wäre.

Ihm zuliebe jedoch blieb sie reglos liegen und wagte nicht einmal, tief durchzuatmen, um ihren Ehemann nicht zu stören.

Wenn sie Robbie helfen wollte, musste sie versuchen, wenigstens eine halbwegs freundschaftliche Beziehung zu seinem Vater zu erreichen.

Selbst wenn es bedeutete, Demütigungen zu erdulden wie das Wissen, dass er vermutlich lieber mit einem Schaf ins Bett ginge als mit ihr.

Aye, ihre eigenen Gefühle spielten keine große Rolle.

Außerdem war es nichts Neues für sie, ungeliebt zu sein.

Aber dem Jungen zuliebe musste sie Stärke zeigen. Duncan MacKenzie konnte sie bis zu den Toren der Hölle schikanieren und noch weiter, aber sie würde ihm nicht eher sagen, was sie über Robbie wusste, bis er dem Jungen gegenüber nachgiebiger wurde.

Bis dahin würde sie sich nicht von ihrem Standpunkt abbringen lassen und ihn notfalls sogar verärgern, wenn es nicht anders ging. Seine Meinung über sie war unerheblich.

Es war der Junge, der ihn brauchte, nicht sie.

Linnet schluckte den tief empfundenen Seufzer, der sich ihren Lippen fast entrungen hätte. Würde sie ihren Mann dazu bewegen können, seinen Sohn zu akzeptieren?

Ihn dazu bringen, zuzugeben, dass er den Jungen liebte?

Bevor er die Wahrheit über seine Vaterschaft erfuhr? Ihr Mann sollte Robbie um seiner selbst willen lieben … egal, ob er den Jungen gezeugt hatte oder nicht.

Das war das Ziel, das sie sich gesetzt hatte, aber wie konnte sie es erreichen?

Sie wusste es nicht, aber sie hatte vor, es zu versuchen. Selbst wenn der Versuch sie ihren letzten Atem kosten sollte.

Draußen erfasste der Wind einen der Fensterläden und

schlug ihn mit einem solchen Knall gegen den Turm, dass er in dem düsteren Zimmer echote und widerhallte.

Linnet richtete sich erschrocken auf, war sofort hellwach und merkte, dass sie eingeschlafen sein musste, obwohl sie nicht geglaubt hatte, es zu können. Fahles Mondlicht drang durch einen offenen Fensterladen und tauchte den Raum in seinen silbrig-grauen Schein.

Sie warf einen Blick auf den Mann neben ihr, weil sie befürchtete, der laute Knall habe auch ihn geweckt, aber er schlief noch fest, und seine Atemzüge waren tief und gleichmäßig.

Tatsächlich wirkte er vollkommen entspannt und ohne jede Sorge, so wie er, in eindrucksvoller Nacktheit, ausgestreckt und scheinbar völlig unbefangen auf seiner Seite des breiten Bettes lag.

Gegen ihren eigenen Willen glitt ihr Blick zu seinem Geschlecht, das jetzt entspannt war, aber nicht weniger beeindruckend in seiner dunklen Männlichkeit. Während sie daraufstarrte, begann sich eine exquisite träge Hitze in ihr auszubreiten.

Eine quälende, pochende Hitze, die immer intensiver wurde, je länger sie ihn anschaute.

Auch ihre Wangen wurden heiß, und verlegen zwang sie sich, ihren Blick von ihm abzuwenden. Sehr langsam ebbte die pulsierende Hitze an ihrer intimsten Körperstelle ab, und die feuchte Kälte des Gemachs ergriff wieder Besitz von ihr.

Nur empfand sie jetzt auch Leere neben dieser Kälte.

Sie fühlte sich so leer und hohl, als hätte sie für einen kurzen Augenblick etwas Einzigartiges und Wunderbares in der Hand gehabt, nur damit es ihr gleich darauf wieder entrissen wurde.

Ein leises Kribbeln durchflutete sie noch, und instinktiv presste sie die Schenkel zusammen, um eine Qual zu lindern, die sie nicht verstand.

Sie wollte nichts mit solchen Empfindungen zu tun haben.

Nicht, wenn sie von einem Mann entfacht wurden, der sie nicht begehrte.

Ein Mann, den sie allein schon für seinen Namen hassen müsste, von all seinen anderen Unzulänglichkeiten ganz zu schweigen.

Zu ihrer unsäglichen Erleichterung begann Ärger nach und nach die verwirrenden Gefühle zu verdrängen, die bei der Betrachtung seines nackten Körpers in ihr erwacht waren.

Gott sei Dank schlief er noch und hatte sie wenigstens nicht dabei ertappt, wie sie ihn angestarrt hatte.

Ob er wohl gemerkt hätte, dass ihr Bauch ganz seltsam kribbelig und warm geworden war beim Anblick seiner Manneskraft, seiner unverhohlenen Männlichkeit?

Hätte er erraten können, wie sehr sie sich gewünscht hatte, die Hand nach ihm auszustrecken und ihn zu berühren?

Sie erschauderte.

Die Vorstellung, er könnte erraten, was ihr durch den Kopf ging, war schier unerträglich.

Beschämend.

Ja, sie wäre gestorben vor Beschämung.

Ein weiteres lautes Krachen schallte durch den Raum, als der Wind den offenen Fensterladen erneut gegen die Turmwand schlug. Diesmal stöhnte ihr Mann ein wenig und drehte sich auf die Seite.

Da sie nicht riskieren wollte, ihn zu wecken, verließ Linnet das Bett so vorsichtig, wie sie konnte, und schloss den losen Fensterladen. Zu ihrer Bestürzung verursachte der rostige Riegel ein lautes knirschendes Geräusch, das ein weiteres leises Stöhnen auf dem Bett bewirkte.

Linnet erstarrte und blieb reglos stehen, die Hände auf dem kalten Metallriegel, um zu warten, bis sie sicher sein konnte, dass er nicht erwacht war. Das Glück war auf ihrer Seite. Die Geräusche seines leisen Schnarchens vermischten sich bald mit dem hohlen Pfeifen des Winds, dem Prasseln des Regens und dem leisen Summen aus einem Bienennest.

Bienen?

Die Härchen in ihrem Nacken richteten sich auf und sträubten sich, als jähes Unbehagen sie erfasste.

Sie hatte bisher weder eine Spinne in dem Raum entdeckt, noch hatte sie Spuren anderer Insekten oder Würmer in den Binsen auf dem Fußboden gefunden. Tatsächlich sahen sie sogar so aus, als wären sie erst vor Kurzem ausgestreut worden und waren mit frischem Mädesüß gemischt.

Waren die Bienen durch das offene Fenster hereingeflogen, um dem Regen zu entkommen? Vorsichtig, um kein Geräusch zu verursachen, nahm sie das blau-grüne Plaid ihres Mannes von einem Stuhlrücken und legte es gegen die Kälte um ihre Schultern, als sie misstrauisch den Raum nach Bienen absuchte.

Ihr Blick glitt in alle Zimmerecken, aber sie sah nichts, obwohl das Summen inzwischen so laut geworden war, dass ihre Schläfen pochten.

Das Zimmer war leer.

Nichts bewegte sich außer den Schatten, die über die Wände tanzten.

Mit zunehmendem Verständnis starrte Linnet auf die seltsam langen Schatten, beobachtete, wie sie Form annahmen und sich in ein Kieferngehölz verwandelten.

Das Summen erreichte ein durchdringendes Niveau und tat ihr in den Ohren weh. Dann stieg eine Nebelwolke vom Boden auf, die alles zudeckte, bis auf den Kreis aus Kiefern … und das Bett.

Entsetzen schnürte ihr die Kehle zu, ihr Herz klopfte zum Zerspringen, und ihre Stirn war plötzlich übersät mit Schweißperlen. Es ist nur eine Vision, nur eine Erscheinung, sagte sie sich immer wieder, während sie sich verzweifelt an das Wissen klammerte, dass die Erscheinung jeden Augenblick wieder vergehen würde.

Das taten sie immer.

Aber diese hier war anders.

Anders, aber beängstigend vertraut.

Linnet biss sich auf ihre Unterlippe, bis sie blutete, um den Aufschrei zu ersticken, der in ihrer Kehle aufstieg. Sie durfte nicht schreien, durfte ihren Mann nicht wecken.

Sie hatte es schon schwer genug mit ihm, ohne dass er sie mitten in einem ihrer »Anfälle« erlebte, wie ihr Vater die Visionen zu nennen pflegte.

Sie biss noch fester auf ihre Unterlippe, schloss die Augen und hoffte, dass die Vision vergangen sein würde, wenn sie sie wieder öffnete. Aber der Druck in ihrem Kopf und das Summen in ihren Ohren wurden nur noch schlimmer.

Sie musste hinsehen.

Der Albtraum würde nicht eher enden, bis sie es getan hatte.

Furcht schnürte ihre Brust zusammen und presste ihr den Atem aus den Lungen, aber sie öffnete die Augen und sandte ihren Blick in die Richtung, in die sie schauen musste.

Direkt durch den Nebel zu der reglosen Gestalt, die ausgestreckt auf ihrem Bett lag.

Die Vision dort blickte sie aus Augen an, die so voller Qual und Leid waren, dass ihr erster Anblick sie zusammenfahren ließ.

Es war der schwarze Hirsch.

Das Tier, dessen Herz herausgerissen worden war.

Blut rann über ihr Kinn, als ihre Zähne sich noch tiefer in ihre Unterlippe gruben, und erfüllte ihren Mund mit seinem blechernen, metallischen Geschmack.

Sie versuchte wegzusehen, aber es gelang ihr nicht. Wie gelähmt, gefesselt von einer weitaus stärkeren Kraft als ihrer eigenen, sah Linnet zu, wie sich das beängstigende Bild entwickelte.

Nun bewegte sich das unglückselige Wesen auf dem Bett und veränderte seine Form, wie sie es schon erwartet hatte, und vor ihren Augen wurde aus dem Hirsch der Mann.

Der Mann, dessen Identität sie heute kannte.

Ihr Ehemann.

Der Mann ohne Herz.

Und wie das Tier blickte Duncan MacKenzie sie Hilfe suchend an.

Gequälte Augen hielten sie in ihrem Bann und machten es ihr unmöglich, irgendwoanders hinzusehen.

Wie zuvor, streckte er seine blutüberstömten Hände nach ihr aus. Aber diesmal bewegte sich sein Mund und formte lautlose Worte, während sein gequälter Blick sie gefangen hielt.

»Bitte … ich brauche …«, flehte er mit rauer, gebrochener Stimme.

Seine Qual umhüllte sie und erstickte sie in einem Würgegriff, aus dem sie sich nicht befreien konnte. Sie konnte nur reglos dastehen wie eine Statue und beten, dass die Vision bald endete, weil sie sonst vor Angst umkommen würde.

»Bitte …«, sagte er noch einmal, aber das Wort verblasste und endete in einem rauen Seufzer.

Auch der Nebel begann sich aufzulösen. Die eben noch so dichten Schwaden zogen sich in den Fußboden zurück, von dem sie zuvor aufgestiegen waren.

Und die hohen Schatten an den Wänden waren wieder nichts als das, nur Schatten.

Der kleine dunkle Wald, den sie soeben noch gesehen hatte, war verschwunden.

Sie hörte noch das Summen, aber auch das ließ mit der Rückkehr der normalen nächtlichen Geräusche nach: dem leisen Prasseln des Regens gegen die geschlossenen Fensterläden und dem Seufzen des Winds, der das unheimliche Summen vertrieb, das derartige Visionen stets begleitete.

Nur *er* blieb, und mit jedem Atemzug, den Linnet tat, wurde sein verheerender Zustand von noch beängstigenderer Klarheit, seine Qual etwas Lebendiges und Greifbares.

Das Bild war so real, dass sie das Blut riechen konnte, das aus der Wunde in seiner Brust strömte, die feuchte Wärme der dunkelroten Flecken auf dem Bettzeug spürte und seinen Lebenssaft auf den Boden tropfen hörte, wo er eine Pfütze bildete, die die Binsen färbte.

Aye, es war sehr real.

Zu real.

Linnets Finger gruben sich in das Plaid und hielten es so fest umklammert, als könnte das bisschen Wolle sie vor dem albtraumhaften Anblick vor ihr schützen.

Verzweifelt wandte sie den Blick ab und starrte stattdessen die fest geschlossenen Fenster an. Sie musste einen klaren Kopf behalten, wagte nichts zu tun, was ihren Gatten wecken könnte.

Oder das beängstigende Bild zerstören.

Schlimme Kunde kam zu jenen, die an Visionen wie den ihren etwas ändern wollten.

Ein leises Rascheln veranlasste sie, einen furchtsamen Blick zum Bett zurückzuwerfen. Zu ihrem Schreck sah sie, dass er sich bewegt und auf die Ellbogen aufgerichtet hatte.

Während er sie mit seinem Blick gefangen hielt, versuchte er zu sprechen, doch sein Mund formte nur stumme Worte.

Und er versuchte, sich zu ihr vorzubeugen.

Warum? Weil er zu ihr wollte?

Es schauderte sie bei der Vorstellung. Panische Angst erfasste sie und drohte sich in einem Aufschrei Luft zu machen. Zitternd schlug sie eine Hand vor ihren Mund.

Dann sprach er.

Konfuse Worte, die sie nicht verstand.

Mit enormer Anstrengung rang er nach Atem und hielt die Luft dann an, als versuchte er, Kraft zu sammeln, bevor er den Atem in einem tiefen Seufzer wieder ausstieß.

Die Worte, die von seinen Lippen kamen, ließen Linnets Blut gerinnen.

»Gib mir mein Herz zurück!«

Linnet fuhr zurück und stieß den Schrei aus, den sie nun nicht länger unterdrücken konnte.

Ein markerschütternder Schrei, der durch die ganze Burg

schallte und an dem fernsten Ufer des Loch vermutlich noch zu hören war.

Ein schriller Schrei zerriss die nächtliche Stille und riss Duncan MacKenzie auf der Stelle aus dem süßen Vergessen seines tiefen Schlummers. Fluchend sprang er aus dem Bett, seine Hände griffen schon nach seinem Schwert.

Heilige Maria Mutter Gottes, sie wurden angegriffen!

»Bemannt die Zinnen!«, brüllte er. »Wir werden angegriffen!«

Fieberhaft suchte er nach seiner Rüstung. Nichts war, wo es sein sollte. Allmächtiger, wo war sein Schwert? In seiner Hast stieß er mit den nackten Füßen gegen eine Truhe, die an der falschen Stelle stand, und ein glühend heißer Schmerz durchfuhr sein Bein.

»Verdammt noch mal, wer hat mein Zimmer umgeräumt?«, fluchte er und hinkte zu seinem Schwert hinüber. Es lehnte an einer Wand neben der Tür, und sein Dolch und Gürtel lagen auf dem Boden in der Nähe.

Als wären sie achtlos dorthingeworfen worden.

Verwundert krauste er die Stirn. Er hätte seine Waffen nie so unordentlich weggelegt. Er pflegte sie abends immer auf sein ordentlich zusammengefaltetes Plaid zu legen.

In Reichweite.

Seine Verwirrung wuchs.

Wo *war* sein Plaid?

Irgendetwas ging hier nicht mit rechten Dingen zu, und wenn die Burgfrauen zu schreien aufhören würden und sein Kopf nicht so entsetzlich schmerzen würde, als wäre er in der Mitte gespalten, würde er der Sache vielleicht auch auf den Grund gehen.

Doch vorher musste er die Sicherheit seines Clans gewährleisten.

Unbekleidet, falls es nötig war.

Er befestigte seinen Gürtel um seine nackten Hüften, steckte seinen Dolch unter das breite Lederband und schickte sich dann an, das Zimmer zu verlassen, begierig, sich in den Kampf zu stürzen.

Aber die Tür ließ sich nicht öffnen.

Sie war von außen abgeschlossen!

Ein ungutes Gefühl beschlich ihn im selben Moment, als erneut ein schriller Schrei hinter ihm ertönte. Es waren also nicht die Burgfrauen, die er schreien gehört hatte – die Schreie kamen hier aus diesem Zimmer! Er packte sein Schwert und fuhr herum, um zu erstarren.

Vor dem Kamin stand ein Gespenst!

Ihre flammend rote Mähne hing aufgelöst um ihre Schultern, ihr Kinn war blutbefleckt, und sie starrte ihn aus leeren Augen an, die in einem Gesicht lagen, das fahl wie das einer Leiche war, und der schrille Schrei, den diese Erscheinung ausstieß, nahm ihm alle Kraft aus seinen Knochen.

Und der Himmel stehe ihm bei, denn sie trug *sein* Plaid!

»Komm nicht näher!«, schrie das Gespenst.

Als fürchtete *sie* sich vor *ihm*, warf sie in einer verteidigenden Geste die Arme hoch und ließ dabei das Plaid fallen. Es sank zu Boden und bauschte sich um ihre Knöchel.

Die Erkenntnis traf ihn mit der Kraft einer Sturmbö, die direkt aus der Hölle kam, und raubte ihm den Atem. Sein Herz setzte einen Schlag aus, sein Mund klappte ungläubig auf.

Eilean Creag wurde nicht angegriffen, und auch kein Gespenst war durch ihre dicken Mauern eingedrungen.

Das Gespenst war seine Frau!

Und sie stand vor ihm in *ihrem* Zimmer, nicht in seinem.

»Kann mir mal jemand sagen, was hier los ist?«, brüllte Duncan, dessen Herz noch immer schmerzhaft hart gegen seine Rippen pochte. »Herrgott noch mal, Frau, Ihr habt Blut an Eurem Kinn!«

Sichtlich erschüttert, hob seine Braut eine Hand an ihre Lippen. Ihre zitternden Finger waren rot gefärbt, als sie die Hand zurückzog. »Ich wollte Euren Schlaf nicht stören, Mylord«, sagte sie und betrachtete ihre Fingerspitzen, um ihn nicht ansehen zu müssen. »Ich werde nicht oft von solch beunruhigenden Visionen heimgesucht.«

»Das Blut …« Duncan ließ seine Frage in der kalten Luft zwischen ihnen hängen. Er fühlte sich noch immer, als stünde er direkt vor dem Vorzimmer zur Hölle.

»Ich habe mir nur auf die Lippe gebissen, das ist alles, Sir.«

Duncans Unruhe ließ ein wenig nach bei der Erkenntnis, dass sie offenbar mitten in einer Vision gewesen war. Doch das Wissen verlangsamte nicht sein Blut, das nach wie vor durch seine Adern raste. Er stieß einen erschöpften Seufzer aus. Jeder Muskel in seinem Körper schrie vor Anspannung.

Einschließlich einiger, von denen er bisher nicht einmal wusste, dass er sie besaß.

Er musste etwas tun … irgendetwas … Er legte seine Waffen weg und ging zum Bett. Dort riss er einen Streifen Stoff von den Bettvorhängen und schloss seine Finger mit der gleichen bangen Erwartung um den provisorischen Verband, mit der eine gewisse Frage seine Eingeweide umklammert hielt.

»Habt Ihr gesehen, was ich wissen muss?«, fragte er, den Blick noch immer auf das Bett gerichtet. »Ist der Junge *mein* Sohn?«

Schweigen antwortete ihm.

Duncan ballte die Fäuste. Würde er denn nie von seinen Zweifeln befreit werden? Nicht einmal jetzt, nachdem er sich an ein Mädchen gebunden hatte, dessen hellseherische Fähigkeiten in den gesamten Highlands bekannt waren?

Ein Mädchen, das, obwohl es mit der *Gabe* gesegnet war, die Sprache verloren zu haben schien. Duncans Wut nahm zu. Eine stumme Seherin nützte ihm so gut wie gar nichts.

»Ich kann nicht sagen, ob Robbie Euer Sohn ist«, antwortete sie schließlich. »Die Vision hatte nichts zu tun mit dem, was Ihr wissen möchtet.«

Wissen möchtet? Duncan verdrehte die Augen und unterdrückte einen Fluch, der den Teufel selbst hätte zusammenfahren lassen.

Begriff sie denn nicht, dass er es wissen *musste*?

Seine Ungeduld errang den Sieg über ihn, und Duncan fuhr herum, den Streifen Stoff noch immer zwischen den Fingern seiner ausgestreckten Hand. »Für Euer Kinn«, sagte er, aber die scharfen Worte erstarben auf seiner Zunge, als eine völlig andere Art Bedürfnis ihn plötzlich bestürmte.

Großer Gott, wurde er langsam blind wie ein triefäugiger alter Graubart? Wie hatte er übersehen können, dass das Mädchen, das da vor ihm stand, nichts anderes trug als ein Erröten?

Ein Erröten, das sich noch vertiefte, als sie den Stoff aus seinen Fingern nahm und ihn an ihre Unterlippe drückte. »Danke«, sagte sie, aber Duncan hörte es kaum. Blut schoss in seine Lenden, und ein rasendes Verlangen ließ seine viel zu lange vernachlässigte Männlichkeit fast schmerzhaft hart anschwellen.

Er ließ seinen Blick über sie gleiten, nahm den Anblick ihrer so üppig dargebotenen Reize in sich auf und spürte, wie sein Verlangen nach ihr beinah unerträglich wurde. Sie so anzusehen, war Folter in ihrer schlimmsten Form, aber eine solch angenehme, dass er sie sich nicht verweigern konnte.

Der sanfte Schein des verglühenden Feuers im Kamin beleuchtete ihren unbekleideten Körper in seiner ganzen nackten Pracht, die ihn verlockte mit der üppigen Fülle ihrer Brüste und den sanften Kurven ihrer Hüften, während zwischen ihren Schenkeln seidige rotgoldene Locken winkten.

Locken von der gleichen Farbe und ebenso verlockend wie das dichte rotgoldene Haar, das ihr bis unter ihre Taille fiel.

Ein in der Kunst der Liebe unerfahrenerer Mann hätte bei ihrem bloßen Anblick seinen Samen schon verströmt!

In seinem Zustand fiebernder Erregung lief Duncan selbst Gefahr, sich den Reihen solch verdorbener und abartiger Seelen anzuschließen, als er den Blick zu ihrem Gesicht erhob und sie dabei ertappte, wie sie fasziniert sein Glied anstarrte. Es schwoll sogar noch mehr an unter ihren neugierigen Augen.

O Gott, wie sie sein Blut in Wallung brachte!

»Ich dachte, es verlangte Euch nicht danach, bei mir zu liegen?«

Die Verwirrung in ihrer Stimme durchdrang Duncans Verlangen, dämpfte seine Leidenschaft und stahl die zügellose Lust, die sie in ihm geweckt hatte. Es war nie seine Absicht gewesen, sie zu verwirren oder zu verletzen, und dennoch hatte er sich wie ein brünstiger Hirsch benommen und genau das getan, wovon er sich geschworen hatte, es zu unterlassen.

»Ihr habt gesehen, dass ich Euch begehre«, erwiderte er mit heiserer Stimme. »Aber dadurch hat sich nichts geändert. Es wäre nicht klug und war niemals meine Absicht, das Bett mit Euch zu teilen.«

»Ich verstehe«, erwiderte sie im gleichen Ton wie in seinem Arbeitszimmer, als sie das erste Mal darüber gesprochen hatten, was von ihr erwartet werden würde.

Duncan runzelte die Stirn bei der Erinnerung an diese unglückselige Begegnung.

Er wollte sie nicht begehren. Er hatte nicht damit gerechnet, dass sie ein Feuer in ihm entfachen würde, das er schon lange erloschen geglaubt hatte; ein Feuer, das machtvoll genug war, mehr Schaden anzurichten, als lediglich seiner vernachlässigten Männlichkeit Entspannung zu verschaffen.

Selbst der schwachsinnigste Idiot würde erkennen, wie riskant es war, seine Lust an den so üppig dargebotenen Reizen seiner Dame zu stillen. Ein Mann, der dieses Wagnis einging, würde mehr verlieren als nur seinen Samen … er riskierte, sein Herz zu verlieren.

Und Duncan hatte ohnehin kein Herz mehr zu verlieren.

Er wünschte seinen Männern die Pest an den Hals dafür,

dass sie ihn überredet hatten, diese Frau auf seine Burg zu holen. Er hatte eine unattraktive Braut gewollt, nicht eine, deren Charme selbst einen Mönch in Versuchung führen würde!

Fluchend fuhr er sich mit beiden Händen durch das Haar. Schließlich, während er mit einer Hand versuchte, den Beweis seiner Begierde so gut wie möglich zu bedecken, hob er mit der anderen das Plaid vom Boden auf und warf es Linnet zu.

»Legt das um«, befahl er in einem barscheren Tonfall, als es seine Absicht war. Dann kehrte er ihr den Rücken zu und sagte etwas ruhiger: »Es ist nicht gut für mich, Euch so zu sehen.«

Er wartete, bis das leise Rascheln von Wolle nachließ, bevor er wieder sprach. »Seid Ihr bedeckt?«

»Aye«, erwiderte sie mit unsicherer Stimme.

Er wandte sich ihr wieder zu, richtete den Blick aber auf die Wand links über ihrem Kopf. »Geht zurück ins Bett, ich werde Euch nicht stören. Der Sessel wird mir für den Rest der Nacht genügen.«

Ausnahmsweise widersprach sie ihm nicht, sondern floh buchstäblich durch den Raum, sein Plaid vorn fest an ihre Brust gedrückt. Ihr schmerzerfüllter Gesichtsausdruck versetzte ihm einen Stich ins Herz und weckte in ihm Verachtung für den herzlosen Schuft, der er geworden war.

Aber wenn er sie auch nur einen Moment länger hätte ansehen müssen, hätte er die Kontrolle über sich verloren, sie in die Binsen auf dem Fußboden gezogen und sich nicht einmal damit aufgehalten, sie die wenigen Schritte bis zum Bett zu tragen.

Gütiger Himmel, sie sah aus wie eine mythische, aus den Tiefen des Loch aufgestiegene Wassernymphe, wild und üppig und verlockend.

Zu verlockend.

Duncan wartete, bis sie still unter den Decken lag, dann setzte er sich in den gepolsterten Lehnstuhl neben dem Kamin und streckte seine langen Beine vor sich aus.

Das nur noch schwach glimmende Feuer spendete keine

Wärme mehr, aber er war viel zu abgekämpft, um noch einmal aufzustehen und ein neues anzufachen.

Und es war auch kein erfreulicher Gedanke, die langen Stunden bis zum Morgen nackt, kalt und in einem ziemlich unbequemen Sessel im Schlafzimmer seiner Gemahlin zu verbringen.

Er erinnerte sich nur schwach daran, wie seine Männer ihn, halb tragend und halb schleppend, hier hinaufgebracht hatten und ihn dann ausgezogen und ihn auf ihr Bett geworfen hatten, aber er würde später über ihre Dreistigkeit nachdenken – wenn sein Kopf nicht mehr so schmerzte.

Stirnrunzelnd blickte er sich nach etwas um, womit er sich zudecken konnte.

Irgendetwas, das ihm wenigstens ein bisschen Wärme spenden würde.

Aber der Raum war nur sehr spärlich möbliert und enthielt keine jener kunstvoll gearbeiteten Schabracken, die das Zimmer seiner ersten Frau geschmückt hatten.

Sein Blick fand nichts anderes als die abgeschabte Ledertasche seiner neuen Gemahlin, in der sie ihre Heilkräuter aufbewahrte. Sie stand auf dem Boden, in der Nähe seines Sessels. Duncan betrachtete die Ledertasche mit bitterer Ironie.

Wie typisch für ihn, dass er in Betracht zog, diese weiche Ledertasche zu benutzen, um sich ein bisschen Wärme zu verschaffen, während seine Braut keine vier Schritte von ihm entfernt, allein und tugendhaft, in einem bequemen weichen Bett schlief.

Sie hätte genauso gut vier Meilen entfernt sein können, so wenig Trost verlieh sie ihm!

Mit einem gemurmelten Fluch hob er die Tasche auf und legte sie über seine Schenkel. Das butterweiche Leder würde zumindest seine intimsten Körperteile warm halten, wenn auch nicht viel anderes.

Als ob er sich darum sorgen müsste, sich selbst warm zu halten.

Tatsache war, dass er sein Bett mit *zehn* Frauen teilen könnte, einen ganzen Stapel von Schafsfellen über ihnen ausbreiten könnte und immer noch frieren würde.

Innerlich.

Aye, die Kälte im Raum machte wirklich keinen großen Unterschied.

Sie war nur eine belanglose kleine Unbequemlichkeit, verglichen mit der Kälte, die er in sich trug.

6

Irgendein verfluchter Hurensohn versuchte, ihm mit glühenden Nadeln die Augen auszustechen! Duncan sprang auf, um den Schuft, der etwas derart Niederträchtiges zu versuchen wagte, abzuwehren – ließ sich dann aber auf der Stelle wieder in den Sessel zurücksinken, in dem er die halbe Nacht verbracht hatte. Er hatte das Gefühl, als platzte ihm der Kopf nach dieser heftigen Bewegung.

Sich zurücklehnend, stieß er ein gequältes Stöhnen aus. Der Schmerz war beinahe unerträglich, aber wenigstens war er nicht von einem Nadeln schwingenden Angreifer überrumpelt worden.

Nein, es war nur das helle Licht des Morgens, das durch die Ritzen in den Fensterläden drang, was seine Augen brennen ließ, als stünden sie in Flammen.

Beim Grab seiner verblichenen Mutter, was war ihm widerfahren? So viel Wein hatte er doch gestern Nacht gar nicht getrunken. Oder doch?

Gütiger Himmel, er hatte sich noch nie elender gefühlt!

Und wieso war er in einem Sessel erwacht und nicht in seinem Bett?

Mit einem unterdrückten Aufstöhnen senkte er den Arm, den er vor seine schmerzenden Augen gelegt hatte. Blinzelnd vor dem infernalisch hellen Licht des neuen Tages, blickte er sich im Zimmer um und suchte Lachlan, seinen Knappen.

Der Junge schlief gewöhnlich auf einem Feldbett am Kamin, aber er war nirgendwo zu sehen.

Und sein Feldbett auch nicht.

Und der Kamin, den Duncan jetzt genauer ansah, war auch nicht der seine!

Er war in einem fremden Zimmer aufgewacht.

Nein, nicht ganz, dämmerte ihm dann, als er seine Umgebung langsam zu erkennen begann.

Sein Blick glitt zu dem Bett und dem glänzenden, rotgoldenen Haar, das unter dem Rand der Decke hervorschaute. Duncan presste die Lippen zusammen. Es konnte kein Zweifel mehr bestehen, in wessen Zimmer er erwacht war.

Dem Himmel sei Dank, dass seine neue Gemahlin noch tief und fest zu schlafen schien.

Er war nicht in der Stimmung, ihr einen guten Morgen zu wünschen.

Nicht nackt, wie er war, mit nichts anderem am Leib als dem Waffengurt um seine Hüften.

Ein weiterer Blick durch das Zimmer ließ ihn sein Plaid entdecken, das auf dem Boden neben ihrem Bett lag, und sein Schwert und seinen Dolch, die jemand auf einen Tisch neben der Tür gelegt hatte.

Einer Tür, die nur angelehnt war.

Langsam durchdrang Begreifen den pochenden Schmerz, der seinen Verstand benebelte. Nach und nach kehrten die Ereignisse des Vortages – *seines Hochzeitstages* – zu ihm zurück.

Er hatte nichts anderes gewollt, als die Feierlichkeiten so schnell wie möglich hinter sich zu bringen, seine Braut vielleicht noch einmal wegen Robbie zu befragen und sich dann in die Ungestörtheit seines Studierzimmers zu flüchten.

Aber es hatte nicht so sein sollen.

Statt der Unterwürfigkeit, die er sich gewünscht hätte, hatte seine frisch gebackene Gemahlin ihre neue Machtstellung im Haushalt demonstriert, indem sie den Jungen an seinen Tisch gebracht hatte, obwohl irgendeiner seiner Leute sie doch sicherlich gewarnt hatte, dass er strikte Anweisung gegeben hatte, den Jungen von ihm fernzuhalten.

Aye, sie musste davon gewusst haben.

Aber sie hatte ihm Trotz geboten.

Und seine Männer auch.

Diese treulosen Schufte hatten unverfroren seine Anweisungen missachtet. Zuerst hatten sie ihm in den Ohren gelegen, die Hochzeitsstein-Zeremonie durchzuführen, und später waren sie so dreist gewesen, ihn und seine Braut ins Bett zu schleppen, in der Hoffnung, ihn dazu zu bringen, einen Akt zu vollziehen, den er auf gar keinen Fall zu vollziehen gedachte, wie sie alle sehr gut wussten.

Weder gestern Nacht noch zukünftig. Nicht mit dieser Frau.

Duncan kniff die Augen zusammen und presste seine Fingerspitzen an seine pochenden Schläfen. Er hätte das Mädchen nie hierher bringen sollen, nie so etwas Törichtes tun sollen, wie sie auch noch zu seiner Frau zu machen.

Sie war erst seit ein paar Stunden unter seinem Dach, und schon hatte sie eine Menge Unruhe gestiftet und ihm Kummer gemacht.

Ein Muskel zuckte an seinem Kinn, was ihm auf unangenehme Weise die Spannung zu Bewusstsein brachte, die ihn beherrschte. Die Frau war zu weit gegangen; sie hatte ihre Grenzen überschritten an ihrem ersten Tag als Herrin von Eilean Creag.

Von ihrer ersten *Nacht* war ihm herzlich wenig in Erinnerung geblieben, abgesehen von der Tatsache, dass seine Männer ihn die Treppe hinaufgeschleppt und ihn dann ausgezogen hatten.

Und das, *woran* er sich erinnerte, wollte er vergessen, denn die flüchtigen Bilder, die ihm durch den Kopf schossen, waren sehr beunruhigend.

Beunruhigend auf eine Art und Weise, die er nicht näher untersuchen wollte.

Selbst jetzt, wo sein Kopf sich anfühlte, als ob er in zwei Teile gespalten wäre, ging ein fast schmerzhaftes Ziehen durch seine Lenden bei der Erinnerung daran, wie sie vor ihm gestanden hatte … in ihrer ganzen nackten Pracht, eingehüllt von ihrem rotgoldenen Haar, wie eine Sirene aus irgendeiner albernen Fabel eines liebeskranken Barden über unstillbare Liebe und endloses Verlangen.

Aber auch Erinnerungen an verriegelte Türen und nächtliche Schreie kehrten nun zu ihm zurück und verdrängten das unerwünschte Verlangen, das seine viel zu gut aussehende Braut in ihm entfachte.

Er wollte sie nicht begehren.

Wollte sie nicht brauchen.

Es war viel einfacher – und ungefährlicher – sein Verlangen nach der samtigen Wärme und Weichheit einer Frau bei einer Dorfhure zu stillen.

Gegen ein paar Münzen tauschten sie, was sie zu geben hatten, und ließen ihn an ihren abgenutzten Reizen teilhaben. Aber selbst Huren konnten den Abscheu und die Furcht in ihren Augen nicht verbergen, wenn er sie bestieg.

Ihr Gesichtsausdruck verriet, was sie ihm niemals ins Gesicht zu sagen wagen würden. Auch sie glaubten, er habe Cassandra in den Tod gestürzt.

Hielten ihn für einen Mörder.

Duncan fluchte. Im Leben wie im Tod besaß seine schöne erste Frau die Macht, ihn unglücklich zu machen. In Wahrheit hatte sie *ihn* mit ihrem Verrat getötet.

Obwohl ihre Untreue ihn da schon lange nicht mehr gekümmert hatte.

Oder jedenfalls nicht mehr nach den ersten Jahren ihrer Ehe. Gott wusste, dass er aufgehört hatte, sie zu lieben, lange bevor er ihren Indiskretionen auf die Spur gekommen war. Erst als sie ihn wegen Robbies wahrer Vaterschaft verhöhnt hatte, hatte sie ihm das Herz geraubt und mit ihm seine Seele.

Damit und mit ihrer Beteiligung am Tod seiner Schwester, Arabella.

Duncan strich sich mit der Hand übers Gesicht und kniff mit

Daumen und Zeigefinger in seinen Nasenrücken. Möge Gott ihm vergeben, falls seine Vermutungen nicht begründet waren, aber er war schließlich nicht der Einzige unter seinem Dach, der sich fragte, ob diese verfluchte Hexe nicht auch bei dem mysteriösen Tod seiner Frau Mutter ihre Hand im Spiel gehabt hatte.

Ob bewiesen oder nicht, diese Taten waren geschehen und nicht mehr rückgängig zu machen. Seine geliebte Schwester, die in der kalten Erde ruhte, und seine liebe Mutter, die nicht weit entfernt vom Grabe ihrer Tochter lag.

Und was die Frage anging, ob Robbie Kenneths Sohn war, hatte Duncan tief im Innersten gewusst, dass die gehässigen Worte, die Cassandra ihm am letzten Tag ihres Lebens entgegengeschleudert hatte, wahr waren. Was ihn quälte, war der winzige Hoffnungsschimmer, den er nie ganz hatte ersticken können.

Der verzweifelte Wunsch, zu entdecken, dass sie gelogen hatte … eine Vorstellung, an der nur ein kompletter Narr festhalten würde.

Duncans Hände ballten sich zu Fäusten, und er holte müde Atem. Cassandra hatte ihm ebenso untrüglich das Leben genommen, wie sie ihr eigenes verloren hatte, als sie über den Saum ihres Gewandes gestolpert und von den Zinnen gestürzt war, während er hilflos dabeigestanden hatte, außerstande, ihr zu helfen.

In ihrem Grab hatte sie Frieden gefunden, befreit von was immer auch für einem Wahnsinn, der sie derart niederträchtig gemacht hatte, aber *er* konnte seinen Dämonen nicht entfliehen.

Seine Hölle war, sich wie lebendig begraben zu fühlen.

Nie wieder würde eine Frau ihm solchen Schmerz zufügen.

Nicht in tausend Leben!

Nicht einmal, wenn es bedeutete, seiner neuen Frau Kummer zu bereiten, um sich selbst zu schützen. Es ging nicht anders. Er wollte nichts als Frieden. Sie würde andere Wege finden müssen, um ihr Herz und ihre Tage auszufüllen.

Wie sie ihre *Nächte* verbrachte, war noch nebensächlicher; sie waren nicht seine Angelegenheit.

Duncan blickte durch den Raum zu ihr. Sie schlief und war sich des Aufruhrs, den ihre bloße Gegenwart in ihm auslöste, zum Glück nicht mal bewusst. Ein leises Schuldbewusstsein beschlich ihn und bewirkte einen Riss in der Mauer, die er um sein Herz errichtet hatte, aber das bestärkte ihn höchstens noch in seiner Entschlossenheit, sich ihr fernzuhalten.

Unendlich vorsichtig, um sich nicht seinen schmerzenden Kopf zu stoßen oder seine Braut zu wecken, richtete Duncan sich langsam auf. Es wurde Zeit, dass er Antworten verlangte, aber noch nicht von seiner Frau.

Es würde einen stärkeren Mann als ihn erfordern, ihr gegenüberzutreten und sie zu befragen, solange sie noch das verwundbare Aussehen eines schlafenden Engels hatte.

Er würde sie später wegen Robbie fragen.

Wenn er seine sieben Sinne wieder beeinander hatte … und seine Männlichkeit sicher unter seinem Kilt verborgen.

Obwohl er alles andere als in Höchstform war, war er dennoch nicht verwirrt genug, um nicht zu erkennen, dass seine Braut nicht die Einzige war, die ihm eine Erklärung schuldete.

Sie konnte die Schlafzimmertür nicht von draußen verriegelt haben gestern Nacht.

Und konnte sie demnach auch heute Morgen von innen nicht geöffnet haben.

Er brauchte kein Hellseher zu sein, um zu erraten, dass ein gewisser einäugiger Sassenach der Missetäter war. Es sah Strongbow ähnlich, sich einen solch hinterhältigen Plan ausgedacht zu haben. Duncan unterdrückte einen Fluch. Was für einen schlauen, hinterhältigen Streich er ihm gespielt hatte … ihn splitterfasernackt mit einer gleichermaßen nackten Frau in einer Kammer einzuschließen!

Dieser englische Flegel hatte zweifellos gedacht, sie gäben ihren niedrigeren Instinkten nach und würden die Nacht in ungetrübtem ehelichen Glück und leidenschaftlichen Umarmungen verbringen!

Wider besseres Wissen warf Duncan einen weiteren Blick auf seine frisch gebackene neue Ehefrau. Und der Gedanke, wie nahe er daran gewesen war, genau das zu tun, was seine Männer von ihm erwartet hatten, trug nichts zur Besserung seiner Stimmung bei.

Oder wie sehr er es *gewollt* hatte.

Nur eiserne Entschlossenheit hatte ihn davon abgehalten, Linnet wirklich zu seiner Frau zu machen.

Er schüttelte den Kopf, ohne den Schmerz zu beachten, den die kleinste Bewegung ihm verursachte. Sir Marmadukes verblüffendes Talent, seine geheimsten Gedanken zu erraten, war manchmal wirklich sehr beängstigend.

Und ausgesprochen lästig.

Er musste wirklich ein paar Worte mit ihm reden.

Strenge Worte.

Begierig darauf, den Sassenach, den er eigentlich wie einen Bruder liebte, zur Rede zu stellen, trat Duncan vorsichtig zurück und und legte dann sein Plaid an. So leise, wie er konnte, hob er seine Waffen auf und beeilte sich, das Zimmer zu verlassen.

Erst als er schon auf halbem Weg nach unten war, wurde ihm bewusst, dass er in Gedanken zum ersten Mal den Vornamen seiner Braut benutzt hatte.

Linnet erwachte im hellen Licht des Morgens und war sehr erleichtert, festzustellen, dass sie allein im Bett war. Die Heiligen mussten ihr wohlgesonnen sein, denn sie bezweifelte, dass sie imstande gewesen wäre, ihrem Mann gegenüberzutreten, so kurz nach den merkwürdigen Geschehnissen der Nacht.

Später ja.

Wenn sie Zeit gehabt hatte, sich zu fassen.

Aber nicht jetzt.

Es erfüllte sie auch mit Erleichterung, zu sehen, dass die Tür nur angelehnt war und irgendeine gutmütige Seele die Truhe aufgeschlossen hatte, die ihre neuen Gewänder enthielt, damit sie sich anziehen konnte. Sogar ihr *arisaid* war ihr zurückgebracht worden, der weiche Wollstoff lag ordentlich zusammengefaltet über einer Stuhllehne.

Mit großer Hast und beflügelt von der morgendlichen Kälte, benutzte Linnet das parfümierte Wasser aus einem Krug, um sich zu waschen, zog eilends das erste Kleid an, das sie in der Truhe fand, und schlüpfte aus dem Raum.

Aber selbst angezogen fröstelte sie vor Kälte, als sie die Wendeltreppe hinuntereilte. Obschon nicht mehr trübe und düster, war sie feucht und klamm und roch nach Meer und dem Regen der vergangenen Nacht.

Tatsächlich hegte Linnet sogar die Befürchtung, dass es erheblich mehr als einen sonnigen Tag erfordern würde, die Düsternis zu vertreiben, die der Burg anhaftete.

Und weder wollene Decken noch ein prasselndes Kaminfeuer würden ihre Kälte lindern.

Nicht, solange ihr Herr die Düsternis in seinem Herzen trug.

Trotzig schob Linnet das Kinn vor und hastete die restlichen Stufen hinunter. Und wenn auch vielleicht nur Robbie zuliebe, sie hatte vor, ein wenig Licht und Wärme in diese grimmige Inselfestung zu bringen!

Es war eine schwere Aufgabe, aber sie hatte sich geschworen, sie zu erreichen, ganz gleich, zu welchem Preis.

Aber ihr Mut begann sie zu verlassen, als sie sich der Halle näherte und etwas sah, was sie sehr stark an ihr Unterkleid erinnerte, das herumgeschwenkt wurde wie eine Kriegstrophäe.

Selbst die Bediensteten, die damit beschäftigt waren, Abfälle vom Boden aufzuheben oder Asche aus den Feuerstellen zu fegen, taten sich wichtig und prahlten wie die Clanangehörigen ihres Ehemannes über die Blutflecken auf ihrem Unterkleid!

Während sie sich im Schatten des gewölbten Eingangs hielt, schaute Linnet sich das zur Schau gestellte Kleidungsstück genauer an. Es war tatsächlich ihres. Dasselbe, das Elspeth ihr in der Nacht zuvor geradezu vom Leib gerissen hatte.

Linnet drückte eine Hand an ihre Brust, als ihr Herz vor Verlegenheit und Scham wie wild zu pochen begann. Aber Verwirrung kämpfte mit Vernunft: Das Kleidungsstück *konnte* gar nicht blutig sein.

Es war nicht die Zeit für ihre monatliche Regel, und Duncan MacKenzie hatte schon geschlafen, bevor Elspeth das Zimmer mit Linnets Kleidern verlassen hatte.

Jemand musste absichtlich das Hemd befleckt haben, nachdem es aus ihrem Zimmer gebracht worden war.

Würde Elspeth so etwas tun?

Und wenn ja … warum?

Oder hatte sie es sich nur eingebildet, dass Elspeth sie nahezu gezwungen hatte, ihre Unterwäsche abzulegen, und dann damit verschwunden war? Manchmal war ihre Wahrnehmung etwas verschwommen zu Beginn ihrer Visionen. Und auch danach. Es gab Zeiten, da verlor sie *Stunden* nach dem Tribut, den ihre Visionen von ihr forderten.

Und gestern Abend war sie von einer überaus machtvollen Vision heimgesucht worden, das ließ sich nicht bestreiten.

Mit einem leisen Seufzer atmete sie tief aus. Es war tatsächlich durchaus möglich, dass sie die Ereignisse während ihrer Hochzeitsnacht ein wenig durcheinandergebracht hatte.

Aber selbst wenn Elspeth das Unterhemd nicht an sich genommen hätte, hätte es nicht mit ihrem jungfräulichen Blut befleckt sein können. Soweit sie sich erinnern konnte, hatte ihr Mann den größten Teil der Nacht geschlafen. Zuerst auf der anderen Seite seiner improvisierten Wandteppich-Barriere, dann in einem Lehnstuhl am Kamin.

Ihre Vision hatte vorübergehend seinen Schlummer unterbrochen, und er hatte auch mit ihr gesprochen, sie aber nicht berührt.

Oder doch?

Eine verschwommene Erinnerung an ihn, nackt und in unverkennbarer sinnlicher Erregung, kam ihr in den Sinn. Vage entsann sie sich, den Beweis seiner männlichen Begierde gesehen zu haben, wie er größer und länger wurde unter ihrem Blick, aber das aufregende Bild war viel zu flüchtig, um es richtig zu erfassen.

Als wolle der Teufel höchstpersönlich sie verhöhnen, konnte sie sich an nichts anderes erinnern.

Oder war sich jedenfalls nicht sicher.

Könnte ihr Mann ihr während ihrer Vision Gewalt angetan haben? Oder danach? Als ihr Kopf noch zu benebelt war, um sich dessen bewusst zu sein, was zwischen ihnen vorging? Die Erscheinung auf dem Bett *hatte* nach ihr gegriffen und verlangt, ›ihr ihr Herz zurückzugeben‹. Hatte der Duncan MacKenzie aus Fleisch und Blut sich genommen, was seine Erscheinung nicht erlangen konnte?

War es möglich, von einem Mann in Besitz genommen zu werden und keinerlei Erinnerung an den Akt zu haben?

Ein Erschauern durchrieselte sie, vom Kopf bis zu den Zehenspitzen. Sie konnte sich ihre Frage nicht beantworten, wusste aber, wer es konnte. Entschlossen atmete sie tief durch, um ihren noch immer rasenden Pulsschlag zu beruhigen, und löste sich aus dem Schatten an der Wand.

Sie straffte ihre Schultern und betrat die Halle so anmutig und würdevoll, wie es ihr möglich war.

Thomas, ein strammer junger Bursche, der nicht sprechen konnte, entdeckte sie als Erster. Der Junge errötete bis unter die Wurzeln seines ungekämmten Haars und nickte ihr zu, als sie vorbeiging.

Alle anderen verstummten und schienen plötzlich sehr beschäftigt, mit was immer für Aufgaben sie auch finden konnten, um etwas zu tun. Einige nickten ihr respektvoll wie der arme Thomas zu, und einige der jüngeren Mägde lächelten sie schüchtern an.

Aber keiner rührte sich, außer dem Geschichten erzählenden Seneschall. Fergus nahm das Unterhemd aus den Händen eines puterrot gewordenen Clanangehörigen und brachte es zu Linnet.

»Ihr werdet das haben wollen«, sagte er und überreichte es ihr so feierlich, als wäre das Unterkleid eine kostbare Reliquie und nicht ein fleckiges Stück Leinen. »Es gehört zu den Gebräuchen unseres Clans, den Beweis der Unschuld der Dame aufzuheben. Wir danken Euch und Duncan, dass Ihr ihn in die Halle geschickt habt, damit wir alle ihn sehen können.«

Linnet nahm die ihr dargereichte Tunika und zerknüllte sie rasch zu einem Ballen, um die Blutflecken zu verbergen. »Aber ich weiß nicht …«

»Wir wollten Euch nicht in Verlegenheit bringen«, unterbrach er sie mit gebieterischer Stimme, die schrecklich laut klang in der unnatürlich stillen Halle. »Wir sind froh, zu wissen, dass Ihr als reine, tugendhafte Braut zu Duncan gekommen seid.«

Mit einem Mal durchbrach ein rauer Chor begeisterter Jubelrufe die Stille, und Linnet spürte, wie das Blut ihr in die Wangen schoss. Die MacKenzies akzeptierten sie als eine der ihren … als die rechtmäßige Gemahlin ihres Herrn.

Und dankten ihr für ihre Tugend.

Nur war ihr bis eben noch gar nicht bewusst gewesen, dass sie sie aufgegeben hatte!

Sie war sich dessen immer noch nicht sicher.

Aber sie *wusste*, dass sie ihr Unterkleid nicht in die Halle geschickt hatte, damit Gott und jedermann es untersuchen konnte!

Aye, das zumindest wusste sie.

»Wo ist Elspeth?«, fragte sie, erstaunt, wie ruhig ihre Stimme klang.

»Wo ist *wer*?« Fergus legte eine Hand hinter sein linkes Ohr und beugte sich vor.

»Meine Dienerin«, sagte Linnet lauter. »Die quengelige alte Henne, der ich zu vertrauen glaubte«, fügte sie gedämpft hinzu.

»Quengelige alte Henne?« Fergus verschränkte die Arme und blickte sie aus schmalen Augen an. »Sie ist eine feine Frau, Eure Elspeth. Ich habe nichts Quengeliges an ihr festgestellt.« Er hielt inne und fixierte sie mit einem scharfen Blick, als wolle er ihr zu verstehen geben: Wag ja nicht, mir zu widersprechen. »Ihr werdet sie in der Küche finden. Nehmt einfach diesen Gang dort drüben und folgt Eurer Nase.«

»Ich danke Euch, Sir.« Linnet hielt sich nicht damit auf, ihm zu sagen, dass sie die riesige Küche Eilean Creags schon kannte. »Einen schönen Morgen noch«, fügte sie hinzu und wunderte sich erneut, dass ihr Ton nichts von den aufgewühlten Emotionen erkennen ließ, die in ihr tobten.

Eine feine Frau, hatte er Elspeth genannt. Die drei Worte gingen ihr nicht mehr aus dem Kopf, als sie sich auf den Weg zur Küche machte, ihr beflecktes Unterkleid fest unter ihren Arm geklemmt. War es möglich, dass der mürrische alte Seneschall sich in Elspeth verliebt hatte? Es war zu absurd, um auch nur darüber nachzudenken.

Oder nicht?

Eilean Creag schien ein Ort zu sein, wo nichts zu sonderbar war, um geschehen zu können.

Aber sie verdrängte den Gedanken, als sie um eine Ecke bog und sich der Küche näherte. Sie hatte andere Dinge mit Elspeth zu besprechen. Es kümmerte sie nicht, wenn ihre einstige Amme verliebte Blicke mit dem Legenden singenden Haushofmeister ihres Ehemanns austauschte.

Im Gegenteil – falls ihre Vermutung sich als korrekt erweisen sollte, *verdiente* Elspeth, sich an einen krummbeinigen Mac-

Kenzie-Greis zu binden, dessen sauertöpfischer Blick selbst Essig noch gerinnen lassen konnte!

Linnet hatte kaum die Küche betreten, da entdeckte sie Elspeth auch schon. Die beleibte alte Dame stand vor einem der drei riesigen Herdfeuer und schöpfte mit einem langstieligen Löffel etwas aus einem Kessel in einen kleineren Tontopf, den ihr ein Junge hinhielt.

Das befleckte Unterkleid hinter sich versteckt und darauf bedacht, keine Geräusche zu verursachen, schlich sich Linnet hinter sie.

»Seit wann musst du in Töpfen rühren wie eine Küchenmagd? Oder dachtest du, hier würde ich nicht nach dir suchen?«

Elspeth erschrak und fuhr herum. Der Löffel entglitt ihren Fingern und landete klappernd auf dem Boden. »Du meine Güte, hast du mich erschreckt«, keuchte sie und legte eine Hand an ihre Brust, so wie Linnet es vorhin draußen vor der Halle getan hatte. »Ich dachte, du wärst noch im Bett.«

»Und wieso solltest du das denken?« Linnet wollte es wissen und gab sich keine Mühe, ihre Stimme noch zu dämpfen. »Vielleicht, weil du glaubst, der Zauber des berühmten MacKenzie-Hochzeitssteins hätte schon zu arbeiten begonnen?«

Zum ersten Mal, seit Linnet sich zurückentsinnen konnte, mied Elspeth ihren Blick. »Aber … es ist schließlich der Morgen nach deiner Hochzeitsnacht …«

»Und du hoffst, es *war* tatsächlich eine Hochzeitsnacht?«

Elspeth strich die Schürze glatt, die sich um ihren umfangreichen Bauch gebunden hatte, bevor sie Linnet ansah. »Aye, ich will dich nicht belügen, Kind. Es ist wahr, dass ich gehofft hatte, ihr würdet Gefallen aneinander finden.«

Linnet beugte sich vor, bis ihre Nase beinahe Elspeths berührte, und senkte ihre Stimme. »Und wie hätte das geschehen sollen zwischen mir und einem Mann, der mich weniger anziehend findet als eine Kirchenmaus? Oder dachtest du, während der Hochzeitsfeier hätte er eine ausreichende Menge dieses schweren Weins getrunken, um beschwipst genug zu sein, bei mir zu liegen?«, fuhr sie fort, und ihr Magen verkrampfte sich vor Ärger. »Und die Unscheinbarkeit meines sommersprossigen Gesichts vielleicht zu übersehen?«

Elspeth schüttelte den Kopf. »Du redest Unsinn, Kind. Du warst eine schöne Braut. Eine schönere, als ich je gesehen habe.«

»Warum wurde es dann nicht meinem Gatten überlassen, mich in sein Bett zu tragen, falls dies sein Wunsch sein sollte? Es war klar erkennbar, dass er keine Hochzeitsnacht-Zeremonie wünschte, dass er …« Linnet unterbrach sich und hob eine Hand, als Elspeth den Mund öffnete, um ihr zu widersprechen. »Während ich noch verstehen kann, dass seine Männer außer Rand und Band gerieten, so betrunken, wie sie alle waren, kann ich nicht über deine Beteiligung an einem Plan hinwegsehen, der nur mit meiner Demütigung enden konnte.«

Elspeth blickte nach links und rechts, bevor sie in einem kaum wahrnehmbaren Flüstern sagte: »Es war die Idee des Engländers, nicht meine. Obwohl ich zugeben muss, dass ich auf ihn gehört habe, weil ich wirklich glaubte, er meinte es nur gut.«

»Und so habt ihr den Plan gefasst, uns splitternackt in meinem Schlafzimmer einzuschließen, in der Hoffnung, wir würden Gefallen aneinander finden?«

Eine leise Röte stieg in Elspeths Wangen. Sie nickte. »Aye, so war es, Kind.«

Zorn und Scham durchzuckten Linnet mit einer solchen Heftigkeit, dass sie fürchtete, aus ihren Ohren würde Dampf entweichen und aus ihrer Nase Blut. »Und habt ihr nie bedacht, wie es mich demütigen würde, von ihm abgewiesen zu werden, wenn ich vor ihm stand, mit nichts anderem als meiner nackten Haut bekleidet?«

Sie hielt inne, um Luft zu holen. »Habt ihr nicht bedacht,

dass er wütend darüber sein könnte, die Nacht mit mir verbringen zu müssen?«

»Wir haben in gutem Glauben gehandelt und nur das Beste für dich im Sinn gehabt.«

»Und das ist es, was du *in gutem Glauben* nennst?« Linnet hielt ihr das zusammengeknüllte Unterkleid unter die Nase. »Wärst du so freundlich, mir das zu erklären?«

Winzige Schweißperlen erschienen auf Elspeths Stirn, aber sie zeigte kein Erschrecken und war offenbar ebenso wild entschlossen, sich zu verteidigen, wie Duncan MacKenzie, die Vollziehung seiner Ehe zu vermeiden.

»Wir dachten, ein ›Beweis‹ würde es einfacher für euch machen«, entgegnete Elspeth schließlich. »Ihr seid beide so stur, dass ihr euch selbst im Wege steht. Ihr seid eine geradezu ideale Verbindung eingegangen; doch keiner von euch beiden ist imstande, dem anderen ins Herz zu sehen. Wir wollten dir nur helfen.«

Linnet ließ das Unterkleid vor Elspeth baumeln, als wäre es so unappetitlich wie ein Fass halb abgenagter und mit Fliegen übersäter Fischgerippe.

»Mir helfen?« Linnet unterdrückte ein bitteres Auflachen. »Hast du vergessen, dass du meinen Vater selbst davor gewarnt hast, mich ›der Brut des Teufels‹ auszuliefern … einem Mann, der möglicherweise seine eigene Frau ermordet hat?«

Elspeth wischte sich ihre Hände an der Schürze ab und legte sie dann auf Linnets Schultern. »Aye, um dir zu helfen. Und ich glaube nicht, dass MacKenzie seine erste Frau ermordet hat.«

»Und woher glaubst du das zu wissen?«, fauchte Linnet. »Du bist schließlich keine Hellseherin.«

»Nein, das bin ich nicht. Das ist auch gar nicht nötig. In meinem Alter braucht man einem Mann nur in die Augen zu sehen, um seinen Charakter zu erkennen. Duncan MacKenzie ist kein Frauenmörder.«

Linnets Lippen verzogen sich zu einem schmalen Strich.

Auch sie bezweifelte die finsteren Gerüchte, die über ihren Mann verbreitet wurden. Wenn er seine erste Frau *ermordet* hätte, würde sie es spüren. Solch schändliche Taten hafteten einem Menschen an, geißelten ihn für immer und verfinsterten die Aura hellen Lichts, die sie oft um den Körper einer Person wahrnahm.

Und obgleich ihren Mann tatsächlich etwas Düsteres umgab, war es nicht die Aura eines Mörders.

Es war eine andere Art von Finsternis … die entstanden war aus sehr viel Leid und Kummer.

Doch das entschuldigte weder die Behandlung, die er Robbie angedeihen ließ, noch seine kaltherzige Weigerung, sie als seine wahre Gemahlin anzuerkennen.

Aber er war trotzdem kein Mörder.

Dessen war sie sich ganz sicher.

»Wir stimmen also einig darin, dass er sie nicht getötet hat«, stellte sie schließlich fest. »Aber egal, wie schmerzlich, seine Verbitterung gibt ihm nicht das Recht, dem Kind den Rücken zuzukehren oder mich schlecht zu behandeln.«

Elspeth zog die Augenbrauen hoch. »Willst du damit sagen, er hätte dich misshandelt?«

Linnet schüttelte den Kopf. »Er … er hat … mich überhaupt nicht angefasst«, stammelte sie, gleichzeitig beschämt, verärgert und erleichtert. »Ich meine, ich weiß nicht, ob er … ob er …« Sie verstummte, weil sie die widersprüchlichen Gefühle, die sie innerlich zerrissen, nicht in Worte fassen konnte. »Ich kann mich nicht an alles erinnern, was geschehen ist.«

»Mein armes Kind«, murmelte Elspeth und zog Linnet in die Arme. »Ich hätte dir erklären sollen, was zwischen einem Mann und seiner Frau geschieht. Manche Frauen von vornehmer Geburt sind zu zart, um die körperlichen Bedürfnisse ihrer Ehemänner auszuhalten. Es tut mir leid, falls er dir wehgetan hat.«

Linnet entzog sich ihrer mütterlichen Umarmung. Elspeth meinte es gut, aber sie verstand nicht. »Ich weiß nicht, ob er mir wehgetan hat oder nicht. Soweit ich mich erinnern kann, hat er den größten Teil der Nacht geschlafen und ist nicht einmal zu mir gekommen. Aber ich kann mir nicht absolut sicher sein, was geschehen ist oder nicht.«

Sie hielt inne und unterließ es ganz bewusst, Elspeth von ihrer beunruhigenden Vision zu erzählen. Vor allem jedoch erwähnte sie nichts von dem, was sich nach ihrer Vision zugetragen hatte: von dem metallischen Geschmack von Blut in ihrem Mund und dass sie beobachtet hatte, wie das geschwollene Glied ihres Mannes sich unter ihren neugierigen Blicken aufgerichtet hatte.

Selbst jetzt noch löste der bloße Gedanke an diese erstaunliche Beobachtung ein merkwürdiges Kribbeln zwischen ihren Schenkeln aus. Eine träge Hitze begann sich an ihrer intimsten Körperstelle auszubreiten, obwohl Linnet nach wie vor zutiefst verärgert war.

Aber ihr Zorn darüber, dass ihr Mann sie nicht wollte, überdeckte und verdrängte diese ersten zarten Anzeichen von Leidenschaft.

»Ich weiß nur noch, dass ich im Bett erwachte, nackt und mit Blut an meinen Händen«, erklärte sie, und Zorn und Schmerz verliehen ihrer Stimme einen scharfen Ton.

Wieder gingen Elspeths Brauen in die Höhe. »Blut an deinen Händen?«

»Aye, und es war auch welches auf dem Bettlaken. Ich …

»Den Heiligen sei gedankt, Kind, dann ist es kein Geheimnis mehr«, schnitt die alte Frau ihr das Wort ab, mit einem Ausdruck der Erleichterung im Gesicht. »Oder hast du deine Blutungen?«

»Nein, meine letzte war vor vierzehn Tagen.«

Elspeth lächelte. »Dann ist es das, was ich gehofft hatte … unser Herr MacKenzie hat die Ehe ordnungsgemäß vollzogen.«

»Aber ich kann nicht …«

»Es macht nichts, wenn du die Erinnerung daran aus deinem

Kopf verdrängt hast. Das erste Mal ist nie sehr angenehm«, versicherte Elspeth ihr. »Viele Jahre sind seit Angus' Tod vergangen, aber ich erinnere mich noch sehr gut an die erste Zeit nach unserer Heirat. Der Schmerz wird nachlassen, mach dir darüber mal keine Sorgen. Und dann wirst du sehen, wie schön die Liebe zwischen Mann und Frau sein kann.«

Linnets Wangen glühten. Sie hatte sich über das getrocknete Blut an ihren Händen und auf dem Bettlaken gewundert, aber angenommen, es sei von ihrer Lippe, auf die sie sich gebissen hatte. Aber konnte ein winziger Riss an der Innenseite ihrer Lippe so viel Blut verursachen? Sie bezweifelte es, aber wie hätten die roten Flecken denn sonst auf das Bettlaken gelangt sein können … es sei denn, sie hätten doch einander beigelegen?

Die Wahrscheinlichkeit erschien ihr mehr als gering, aber es war eine unbestreitbare Tatsache, dass das Laken blutbefleckt gewesen war.

Sie verfügte über eine hellseherische Gabe, aber sie war keine Zauberin, die physische Erscheinungsformen heraufbeschwören konnte. Blut zu erzeugen, wo keines war, ging über ihre Kräfte.

Ob es ihr gefiel oder nicht, es lag durchaus im Bereich des Möglichen, dass der Schwarze Hirsch sich mit ihr vereinigt hatte, während sie noch benommen gewesen war von ihrer Vision.

Gott wusste, dass sie das ganze Ausmaß seiner männlichen Begierde gesehen hatte!

»Du brauchst nicht zu erröten«, sagte Elspeth lächelnd. »Scham passt nicht zu einer jungen Ehefrau. In ein paar Tagen wird es Glück sein, nicht Verlegenheit, was deine Wangen färbt.«

Linnet, der jeder Vorwand Recht war, um das Thema zu beenden, hob Elspeths Schöpflöffel vom Boden auf und gab ihn ihr. »Du hast mir noch nicht gesagt, was dich in die Küche führte? Eilean Creag hat eine große Anzahl von Bediensteten. Es ist nicht nötig, dass du dich in der Küche nützlich machst. Wer hat dich hergeschickt?«

»Niemand, ich bin aus eigenem Antrieb hergekommen«, erwiderte Elspeth, und die Sorge in ihrem Blick wich einem mädchenhaften Funkeln. »Fergus, der Seneschall, hatte angeordnet, Körbe mit Almosen für die Abtei vorzubereiten, und ich bot an, zu helfen. Er ist ein fähiger Mann, versteh mich nicht falsch, aber nach einem Hochzeitsfest ist viel zu tun. Ich bin froh, dass ich mich nützlich machen kann.«

Linnet hörte nur die Hälfte von dem, was Elspeth sagte. Bestimmte Kommentare weckten ihr Interesse, da sie Fergus' Äußerungen über Elspeth glichen.

Ein fähiger Mann.

Eine feine Frau.

Die Bedeutung dieser beiläufig gesprochenen Worte brannte heller als ein Leuchtfeuer und ließ alles andere, was die beiden gesagt hatten, verblassen.

Die Idee erschien Linnet absurd, doch selbst ohne die verräterischen Worte erzählten der durchdringende Blick, mit dem Fergus sie angesehen hatte, und das mutwillige Funkeln in Elspeths Augen ihre eigene Geschichte.

»... ich fragte, ob du zur Abtei mitreiten möchtest?«, unterbrach Elspeth Linnets Grübeleien. »Fergus sagt, es wäre ein schöner Ausflug. Einer der Mönche soll ein beispielloser Herbalist sein. Bruder Baldric hat das Heilige Land besucht und viele ungewöhnliche Pflanzen von dort mitgebracht. Vielleicht würde er dir seinen Garten zeigen?«

Linnet unterdrückte ein Lächeln. Elspeth wusste, wie sie sie ködern konnte. »Du hast Recht, ich würde gern die Gärten der Abtei sehen, und ein Ausritt würde mir guttun. Vielleicht möchte Robbie uns begleiten.« Sie hielt inne, um sich das Sortiment von Nahrungsmitteln, das in Körben auf dem Tisch stand, anzusehen. »Warum werden die Almosen nicht hier verteilt?

Selbst der Almosenbeauftragte meines Vaters pflegte Dundonnells magere Gaben am Burgtor auszugeben.«

Statt Linnets Frage zu beantworten, begann Elspeth angestrengt ihren hölzernen Schöpflöffel zu schrubben. Nachdem sie ihn mit einem Tuch trockengerieben hatte, hob sie ihn in die Höhe und betrachtete ihn, als suchte sie nach einem bisher übersehenen Fleck.

Als Linnet das vertraute Manöver erkannte, beharrte sie auf einer Antwort. »Warum kommen die Armen nicht nach Eilean Creag, um die Almosen entgegenzunehmen? Das ist doch sonst so üblich.«

»Fergus sagt, es wäre nicht nötig, einen Almosenverteiler einzustellen.«

Linnet, der nicht entgangen war, dass Elspeth schon wieder einen Satz mit ›Fergus sagt‹ begonnen hatte, bohrte weiter. »Und warum nicht? Hat der allwissende Fergus dir das auch gesagt?«

»Aye«, räumte Elspeth ein, aber ihr Gesichtsausdruck blieb undurchdringlich.

»Aha. Und was ist der Grund dafür?«, erkundigte sich Linnet leicht gereizt.

»Dass die Armen nicht hierherkommen wollen. Seit dem Tod der ersten Frau deines Mannes hat kein Dorfbewohner mehr gewagt, die Brücke zu überschreiten. Es heißt, sie fürchteten den Gutsherrn.«

Linnet straffte die Schultern, überrascht von ihrer Empörung über diese Not leidenden Leute, die zwar Almosen ihres Gatten annahmen, ihm selbst aber aus dem Weg gingen mit ihrer Weigerung, die wohltätigen Gaben vor seinen Toren abzuholen.

Wenn sie ihre eigenen Gefühle einmal beiseite schob, wurde ihr langsam klar, warum MacKenzie so verbittert war.

»Ein Grund mehr für mich, mit zu der Abtei zu reiten.« Linnet trommelte mit den Fingerspitzen auf die Tischplatte.

»Ich werde die Bürger dort darüber in Kenntnis setzen, dass sie immer reichlich Almosen zu erwarten haben, die milden Gaben von jetzt an aber hier abholen müssen … wie es Brauch ist.«

Elspeth machte ein erschrockenes Gesicht. »Ich weiß nicht, ob dein Mann es gutheißen würde, wenn du dich da einmischst.«

»Ich bezweifle, dass Duncan MacKenzie weiß, was ihn kümmern sollte und was nicht.«

Aber vielleicht würde es ihr gelingen, sein Interesse für seine Umwelt wiederzubeleben. Ein leiser Hoffnungsschimmer regte sich in ihr, der die Dämonen der Nacht für den Moment verdrängte, und beschwingten Schritts verließ sie die Küche, um Robbie und ihre Kräutertasche zu holen. Ein Gefühl der Ruhe und Entschlossenheit beherrschte sie auf dem Weg nach oben. Wenn ihr Mann wieder lernen könnte, sich zu *kümmern,* würde er vielleicht auch das Herz finden, das er in ihrer Vision so verzweifelt zurückverlangt hatte.

Für einen kurzen Augenblick nahm ihre Hoffnung zu, als eine leise innere Stimme, die nichts mit ihrer hellseherischen Gabe zu tun hatte, ihr zuflüsterte, sein Herz sei in Wahrheit nicht verloren, sondern nur zu tief vergraben, als dass er es allein wiederfinden könnte.

Duncan legte schützend eine Hand über die Augen, als er aus dem düsteren Inneren der Burg ins helle Tageslicht hinaustrat und sich umgehend zum Übungsplatz begab.

»Hör auf, herumzutänzeln wie ein Weibsbild!«, hörte er schon von Weitem eine befehlsgewohnte tiefe Stimme. »Wenn du dir deine Sporen verdienen möchtest, dann attackier mich wie ein Mann!«

Duncan beschleunigte seine Schritte, als er Marmaduke den jungen Knappen, die er im Schwertkampf unterrichtete, Befehle zubrüllen hörte.

Nicht, dass er sonst nicht gewusst hätte, wo er seinen Schwager suchen sollte.

Er hätte ihn selbst dann gefunden, wenn der frische Seewind seine dröhnende englische Stimme nicht quer über den Hof getragen hätte. Der narbengesichtige Sassenach war in der Regel von früh bis spät auf dem Übungsplatz zu finden. Einige von Duncans Männern scherzten, sie hätten ihn schon mitten in der Nacht mit den Mondstrahlen die Klingen kreuzen sehen. Und Duncan sah keinen Grund, es nicht zu glauben.

Kriegerische Fähigkeiten, wie Sir Marmaduke Strongbow sie im Übermaß besaß, erreichte man nur in Jahren stundenlangen Trainings. Nur wenige Männer konnten sich mit seinen Fähigkeiten als Krieger messen, und noch viel rarer gesät waren jene, die ihm überlegen waren.

Duncans verstorbener Vater beispielsweise, als er in seinen besten Mannesjahren war. Duncan selbst … wenn die Heiligen ihm gerade einmal wohlgesonnen waren. Aber er wusste nie vorher, wie eine Runde Schwertkampf mit seinem besten Fechter ausgehen würde. Nur einem Mann war es bisher gelungen, den Sassenach außer Gefecht zu setzen … der niederträchtige Hurensohn, der Marmaduke ein Auge ausgestochen und sein bis dahin gut aussehendes Gesicht in eine verzerrte Maske verwandelt hatte.

Derselbe Schurke, der auch in Duncans Leben unsagbares Leid gebracht hatte, sein Halbbruder Kenneth MacKenzie.

Allein bei dem Gedanken an ihn verfinsterte sich Duncans Miene.

Aye, niemand verstand besser als er selbst, was Marmaduke dazu trieb, seine Fähigkeiten nahezu unermüdlich zu trainieren und zu verbessern.

Auch Duncan wurde von Verbitterung getrieben.

Aber nicht, um sich zu rächen. Rache interessierte ihn nicht. Er wollte nur in Ruhe gelassen werden.

Das Klirren von Stahl gegen Stahl und eine ganze Serie deftiger Flüche brachten seine Gedanken wieder in die Gegenwart zurück.

Als er den Übungsplatz betrat, unterdrückte er die Bewunderung, die stets in ihm erwachte, wenn er seinen Schwager beim Training sah, und ging entschlossen weiter, um die Angelegenheit zu regeln, die ihn hergeführt hatte.

»Strongbow!«, brüllte er und blieb in sicherer Entfernung hinter dem fechtenden Engländer stehen. »Lass die Jungen eine Pause machen, denn ich hab ein paar Wörtchen mit dir zu reden, du hinterhältiger Schuft.«

»Herrgott noch mal!«, rief Marmaduke und fuhr aufgebracht zu ihm herum. »Du solltest es wirklich besser wissen, als dich von hinten an einen Mann heranzuschleichen, der beim Training ist. Ich hätte deinen Knappen in Stücke hacken können!«

»*Du* bist hier derjenige, der in Stücke gehackt wird, wenn du mir nicht auf der Stelle eine Erklärung gibst!«

Marmaduke legte sein Schwert beiseite und fuhr sich mit dem Arm über seine schweißbedeckte Stirn. Mit einem Nicken und einem Furcht erregenden Blick aus seinem gesunden Auge schickte er seine Schüler fort.

Dann, als sie sich in alle Richtungen zerstreuten, wandte er sich wieder zu Duncan. »Welche Laus ist dir denn heute Morgen über die Leber gelaufen, mein lieber Freund?«

»Wenn mein *lieber* Freund meinen Wünschen zuwiderhandelt und sich gegen mich verschwört, um mich in die Arme einer Frau zu treiben, bei der ich nicht liegen will, dann brauche ich keine Feinde, oder?«

Marmaduke begann etwas zu sagen, aber Duncan brachte ihn mit erhobener Hand zum Schweigen. »Was wolltest du damit erreichen? Hast du vergessen, dass ich geschworen hatte, meine Frau nicht anzurühren?«

»Nein, das habe ich nicht vergessen, obwohl ich die Idee, ehrlich gesagt, absurd finde«, erwiderte Marmaduke und hielt dann inne, um sich noch mehr Schweiß von der Stirn zu wischen. »Aber es ist nicht dein Schwur, der mir Sorgen macht, sondern dein *Glück*.«

»Und du gedachtest mein eheliches Glück zu sichern, indem du mich in Lady Linnets Schlafgemach einsperrtest?«

Marmadukes gezeichnete Lippen verzogen sich in einem Versuch, zu lächeln. »Der Plan hat funktioniert.«

Duncan zog verblüfft die Brauen hoch. »Was soll das heißen, *funktioniert*?«

»Du hast mit ihr geschlafen, oder nicht?« Marmaduke trat vor und klopfte Duncan auf die Schulter. »Ah … es war ein wunderbarer Anblick, deine Männer so erfreut zu sehen, als ihr blutbeflecktes Unterkleid heute durch die Halle gereicht wurde. Du hättest deine Leute jubeln hören sollen.«

»Aber ich habe sie nicht angerührt, das schwöre ich! Es ist unmöglich. Ich …«

Ein lauter Tumult hinter ihnen schnitt seinen Protest ab, als ein Mann auf einem schweißbedeckten Pferd vom Burghof auf den Übungsplatz ritt. Er überquerte den Platz und zügelte sein Pferd vor Duncan und dem Sassenach.

Duncan erkannte ihn als einen der Männer, die die Grenzen der Ländereien der MacKenzies bewachten und beschützten.

»Sir, ich bringe schlechte Nachrichten«, sagte der Mann, nachdem er sich aus dem Sattel geschwungen hatte. »Wir haben einen der etwas abgelegeneren Höfe in Schutt und Asche vorgefunden. Es ist nichts geblieben, diese verdammten Bastarde hatten sogar die Kuh geschlachtet.«

»Welche Familie? Sind sie alle umgekommen?« Duncans beherrschter Ton verriet nichts von dem Zorn, der Besitz von ihm ergriff.

»Es waren die Murchinsons. Ein paar von ihnen gelang es, in den Wald zu fliehen, als sie die Plünderer nahen sahen, aber die meisten, Gott sei ihren Seelen gnädig, sind getötet worden.«

Heiße, erbitterte Wut erfasste Duncan, und für einen Moment hatte er das Gefühl, als müsse er sich übergeben. Eine schreckliche Möglichkeit warf einen hässlichen Schatten auf den Tag, aber er wollte sie nicht akzeptieren. Seit Jahren unternahm das Lumpenpack der Brüder seiner Frau Vorstöße über seine Grenzen, aber sie hatten noch nie geplündert und gemordet.

Die MacDonnells waren simple Viehdiebe und nicht einmal darin sonderlich geschickt. Aber er musste es wissen.

»Hat irgendeiner der Überlebenden die Angreifer erkannt? Waren es die MacDonnells?«

»Nein, Sir, es waren nicht die MacDonnells. Viel schlimmer noch.«

»Schlimmer?«

»*Er* war es«, sagte der Mann, dem anzusehen war, wie unbehaglich er sich fühlte. »Euer Halbbruder Kenneth und seine Männer.«

7

Mehrere Meilen von den beengenden Mauern Eilean Creags entfernt, folgte Linnet einem gut ausgetretenen Pfad durch ein Gehölz uralter Eiben. Sie war auf der Suche nach den Steinhaufen, die, wie Bruder Baldric gesagt hatte, die Stelle kennzeichneten, wo sie das Kreuzkraut finden würde. Der weit gereiste Mönch hatte ihr versichert, diese Heilpflanze wüchse in verschwenderischer Fülle neben einem heiligen Brunnen in der Nähe dieser Begräbnisstätte.

Robbie und sein Hund, Mauger, begleiteten sie; der Junge trug einen Leinenbeutel, den die Mönche ihr mitgegeben hatten, um das wild wachsende Kreuzkraut zu befördern. Ihre eigene Ledertasche hatten sie bereits großzügig mit einem beachtlichen Sortiment selbst gezogener Kräuter aus ihrem Herbarium gefüllt.

»Es ist nicht mehr weit«, sagte sie zu Robbie, als sie einen runden Steinhaufen am Rand des Walds entdeckte. »Ich kann das erste Grab schon sehen.« Bei ihren Worten lief Mauger ein Stück voraus und schnüffelte an den moosbedeckten, flachen Steinen.

»Es gibt doch hoffentlich keine Geister hier?« Robbie blieb zurück, als widerstrebte es ihm, den kühlen Schatten des Wäldchens gegen die grasbewachsene Lichtung mit ihrer Sammlung aufgetürmter Grabsteine zu tauschen.

»Keine, die dir etwas zuleide tun würden«, versicherte Linnet und griff nach seiner Hand, um ihn in die späte Nachmittagssonne hinauszuziehen. »Alle, die hier ruhen, schlafen friedlich. Dies ist ein guter Ort, bewacht von jenen, die vor uns entschlafen sind, und mit einem heiligen Brunnen gesegnet. Du hast hier nichts zu befürchten, Robbie.«

Der Junge sah nicht überzeugt aus, aber er ließ sich von ihr weiterziehen. Trotzdem schaute er mit großen Augen auf jeden Steinhaufen, den sie passierten. »Bist du sicher?«

»Wenn ich es nicht wäre, hätte ich dich nicht mit hierher gebracht.« Linnet blieb stehen, um dem Jungen über das dunkle Haar zu streichen. »Es ist viel gefährlicher auf der Straße, wo die anderen uns erwarten, als hier bei unseren Vorfahren.«

Aber nicht viel später, als sie sich bückte, um noch etwas mehr von dem gelb blühenden Kreuzkraut am Ufer eines munter dahinplätschernden Bachs zu pflücken, war sie sich da nicht mehr ganz so sicher. Sie versteifte sich, ein Frösteln lief über ihre Haut, trotz des warmen Tages und des süßen Dufts der wilden Blumen, die in verschwenderischer Fülle in dem hohen Gras wuchsen.

Etwas ... *jemand* ... beobachtete sie im Schutz der Bäume, und wer immer es auch sein mochte, kam aus dem Reich der Lebenden und nicht aus der Schattenwelt der Toten.

Und sie waren ihnen nicht freundlich gesonnen.

Obwohl der geheiligte Boden, auf dem sie standen, still und täuschend friedlich im nachmittäglichen Dunst lag, begann Linnets Puls zu rasen, und sie bereute jetzt, ohne einen anderen Schutz als Robbies altem Hund zu den Grabsteinen gekommen zu sein.

Das Tier schien ihr Unbehagen zu teilen, denn es gab seine Erforschung der Gräber auf, um rasch zu ihnen zurückzukehren. Mauger knurrte leise, und das raue Fell zwischen seinen Schultern sträubte sich, als er, sich dicht an ihrer Seite haltend, mit misstrauischen Blicken den Rand des Walds absuchte.

Ein Schweißtropfen rann durch die Mulde zwischen Linnets Brüsten. Sie verwünschte sich jetzt dafür, Fergus' Angebot, sie zu begleiten, abgelehnt zu haben. Egoistischerweise hatte sie Robbie ganz für sich haben wollen und sich darauf gefreut, an einem solch ungewöhnlichen, ganz besonderen Ort mit ihm allein zu sein.

Und nun hatte sie sie beide in Gefahr gebracht.

Sich aufrichtend, warf sie eine Hand voll Kreuzkraut in den Beutel, den Robbie für sie offen hielt. In der Hoffnung, dass der Junge es nicht bemerkte, ließ sie ihren Blick suchend über den Rand der Lichtung gleiten, sah aber nichts außer den glänzenden, rötlich braunen Stämmen der alten Eiben und das sie alle überragende Dach belaubter Äste.

Aber sie *wusste,* dass sich jemand dort verbarg.

Jemand, der ihnen Böses wollte.

»Gib mir deine Hand, Robbie«, sagte Linnet, so ruhig sie konnte. »Es wird Zeit, dass wir zurückgehen.«

»Aber der Beutel ist noch gar nicht voll.«

»Wir haben genug für die Salbe, die ich zubereiten will.« Sie nahm ihn fest an der Hand. »Weißt du, es ist besser, immer nur so viel zu nehmen, wie man braucht, und jetzt ist sowieso nicht die beste Zeit zum Kräutersammeln. Der frühe Morgen ist viel besser.«

Sie plauderte munter weiter, während sie die Lichtung überquerten. Vielleicht würde Robbie so ihre Nervosität nicht spüren … oder die seines Hundes. Sie hoffte auch, dass er nicht bemerkt hatte, dass sie ihren neuen Dolch aus dem Lederbeutel, der an ihrer Schürze hing, genommen hatte. Seine gut geschärfte Klinge war erheblich besser als die ihres alten Dolchs und würde ihr gute Dienste leisten, falls sie sich dazu gezwungen sehen sollte, ihn zu benutzen.

Beim Gedanken an eine derartige Möglichkeit umklammerte Linnet Robbies Hand noch fester, und im Stillen dankte sie dem Schmied von Dundonnell für sein Geschenk … und seinen Weitblick.

Dann bemerkte sie Duncan. Er stand in den grünen Schatten, wo der Fußweg in den Wald hineinführte. Sie war so erleichtert, ihn zu sehen, dass ihre Knie unter ihr nachzugeben drohten. Das schnelle Pochen ihres Herzens nahm eine neue Bedeutung an, denn nie war ihr Mann ihr attraktiver erschienen.

Ohne das schwarze Kettenhemd und den gewohnten finsteren Gesichtsausdruck, aber das Plaid in den MacKenzie-Farben stolz über seiner nackten Schulter, raubte sein Anblick ihr den Atem. Und das Erstaunlichste war, er lächelte sogar!

»Dem Himmel sei Dank!« Sie lief zu ihm und zog Robbie an der Hand hinter sich her. Mauger bellte wild, aber Linnet war blind und taub für alles außer diesem umwerfend gut aussehenden Mann vor ihr.

All die widersprüchlichen Gefühle, die er in ihr auslöste, verschwanden angesichts der schieren Panik, die sie wenige Momente zuvor noch beherrscht hatte. Nichts anderes zählte mehr als seine tröstliche, beruhigende Gegenwart. »Sir«, rief sie nahezu vollkommen außer Atem, »ich bin so froh, Euch hier zu sehen!«

Robbie zerrte aufgeregt an ihrer Hand, und sie war verblüfft, wie stark der Junge war. Sie fuhr zu ihm herum und verlor dabei beinahe das Gleichgewicht. »Es ist dein Vater, Junge, siehst du ihn denn nicht? Dort drüben am Weg?«

Der Junge schüttelte den Kopf, wich mit furchtsamem Gesichtsausdruck zurück und versuchte, Linnet mitzuziehen. »Das ist nicht mein Papa. Es ist … der *Böse.* Onkel Kenneth.«

Linnets Herz sank, und ihre Angst kehrte zurück, schlimmer sogar noch als vorher. Als sie sich langsam umdrehte, sah sie, dass der lächelnde Mann, der als Duncan MacKenzies Zwillingsbruder hätte durchgehen können, den Schutz der Bäume verlassen hatte und nun langsam auf sie zukam.

Noch immer lächelnd, noch immer atemberaubend attraktiv, weitaus mehr sogar noch als ihr kampferprobter, grimmig dreinschauender Ehemann, aber durch und durch böse und verdorben bis ins Mark.

Seine wahre Natur war erschreckend klar erkennbar, denn

jetzt, wo er ins helle Sonnenlicht getreten war, konnte Linnet für einen winzigen Moment lang deutlich eine Ekel erregende grünlich-schwarze Aura um seinen Körper sehen, die nach einem kurzen Aufflackern wieder verschwand.

Ein Frösteln lief über ihren Rücken. Sie hatte diese Schattierung bisher nur ein einziges Mal gesehen und gehofft, ihr niemals wieder zu begegnen.

Anders als die Düsternis der Verzweiflung, die sie hin und wieder an ihrem Ehemann bemerkt hatte, war die dunkle Aura, die Kenneth MacKenzies gutes Aussehen beeinträchtigte, das Erkennungszeichen eines von Grund auf schlechten Menschen.

Eines Mörders.

»Der Junge will es mir nicht glauben, aber er ist mein Sohn«, sagte Kenneth MacKenzie und hielt inne, um in einer Geste seine Arme zu verschränken, die der bevorzugten Haltung seines Halbbruders täuschend ähnlich war. »Und Ihr müsst Lady Linnet sein? Ich hatte schon gehört, dass mein Bruder eine … Heilerin geheiratet hat, doch niemand gab mir Auskunft über Eure Schönheit, Mylady.«

Er machte eine galante Verbeugung vor ihr. »Kenneth MacKenzie, zu Euren Diensten«, sagte er mit aalglatter Stimme und einem wissenden Lächeln, das seine dunkelblauen Augen nicht erreichte. »Ich kann mich wahrlich glücklich schätzen, auf diese Weise Eure Bekanntschaft zu machen, da Duncan mir leider nicht die Höflichkeit erwies, mir eine Einladung zu Eurer Hochzeit zukommen zu lassen.«

»Ich bin sicher, dass er seine Gründe dafür hatte«, entgegnete Linnet so ruhig, wie sie konnte. Neben ihr tat Mauger knurrend sein Missvergnügen kund. Seine Nackenhaare sträubten sich wieder, und er bleckte drohend die Zähne, machte aber keinen Versuch, MacKenzie anzugreifen, sondern hielt sich nur bereit, die Frau und das Kind zu beschützen und verteidigen.

Linnet umklammerte noch fester den Dolch, den sie in den Falten ihres Kleids verborgen hatte. »Ihr werdet uns entschuldigen, Sir. Die Garde meines Mannes erwartet unsere Rückkehr.«

»Nicht, wenn sie so fest schlafen wie der, dem ich auf dem Pfad begegnet bin. Es war der zungenlose Thomas, glaube ich. Er könnte auf dem Weg zu Euch gewesen sein, doch dieses große Kind von einem Jungen ist direkt in einen Baum gelaufen, schien es.«

Seine Mundwinkel zuckten, als sei er versucht, zu lachen, und er hob eine Hand, um sich das Kinn zu reiben. »Oder zumindest kann ich mir keinen anderen Grund vorstellen für die hässliche Beule, die ich an seiner Stirn bemerkte.«

Linnets Kehle wurde eng vor Furcht, aber sie zwang sich, ruhig zu bleiben. Ihr Instinkt sagte ihr, dass ihr Leben davon abhing, jetzt nicht den Kopf zu verlieren. »Dann müssen wir uns jetzt von Euch verabschieden und uns auf den Weg machen, damit ich Thomas zum Wagen zurückhelfen kann.«

»Ah, aber es ist doch so ein schöner Nachmittag«, lamentierte Kenneth, während er noch näher trat. »Ihr werdet mir ein kurzes Beisammensein mit meinem eigenen Sohn doch nicht verweigern wollen?«

Ohne ihn zu beachten, zog Linnet Robbie an sich und versuchte, an dem Mann vorbeizukommen. Aber er stieß einen schrillen Pfiff aus, und eine Bande finsterer, schmutziger Gesellen trat aus den Bäumen um die Lichtung und beraubte sie jeder Möglichkeit, zu fliehen.

Kenneth lächelte und zuckte mit den Schultern. »Meine Männer wollen Euch gewiss nichts Böses, Mylady, aber Ihr werdet verstehen, dass sie wissen, wie sehr ich meinen kleinen Jungen hier vermisst habe.«

»Du bist nicht mein Papa!«, schrie Robbie, seine kleinen Fäuste ballend, und versuchte, sich von Linnet loszureißen. »Ich bin nicht dein kleiner Junge!«

»Natürlich bist du das, Robbie.« Kenneths Stimme klang fast sanft, und das unnatürliche Flackern seiner Augen verriet Linnet, dass er offenbar nicht ganz bei Sinnen war. »Sieh dich doch nur an, so voller Glut und Kampfeswillen! Wärst du Duncans Junge, würdest du dich hinter Lady Linnets Röcken verstecken, so wie mein Bruder sich hinter den Mauern seiner Burg versteckt.«

Unbändiger Zorn durchzuckte Linnet, so schnell und heftig wie ein Blitzstrahl, und verdrängte ihre Furcht. »Und ich sage, ein Feigling ist, wer einen Mann vor seiner Frau und seinem kleinen Sohn verleumdet! Oder würdet Ihr meinem Herrn Gemahl solche Lügen auch ins Gesicht sagen?«

Kenneth legte seine Fingerspitzen aneinander und legte sie an sein Kinn. »Ah … wie ich sehe, seid Ihr seinem Zauber schon erlegen. Meinem verstorbenen Vater widerfuhr das gleiche Übel, fürchte ich. Er konnte die Fehler meines Bruders nie erkennen, während ich für die meinen ständig angeschrien und abgekanzelt wurde.«

»Mein aufrichtiges Beileid. Und nun macht Platz und lasst uns gehen«, verlangte Linnet, während sie blitzschnell ihren Dolch aus ihren Rockfalten herauszog. »Denn wenn Ihr es nicht tut, lasst Ihr mir keine andere Wahl, als Euch diese Klinge hier zwischen die Augen zu treiben.«

Kenneth warf den Kopf zurück und lachte. »Du meine Güte! Die Lady hat also nicht nur eine scharfe Zunge. Ihr droht mir mit Eurem Dolch?«

»Nein, Sir Kenneth, ich *drohe* nicht«, erklärte Linnet und zog Robbie hinter sich. »Ich warne Euch nur vor dem, was geschehen wird, wenn Ihr nicht aufhört, uns zu schikanieren.«

Ein Ausdruck unbändigen Zorns glitt über sein gut aussehendes Gesicht, verschwand aber fast augenblicklich, als MacKenzie eine weitere formvollendete Verbeugung vor ihr machte. Als er sich wieder aufrichtete, trug er ein verschlagenes Grinsen im Gesicht.

»Ihr könnt Euch Eure hochherzigen Bemühungen sparen, *Lady* Linnet, denn ich habe keinen Anspruch auf den Titel *Sir*.

Mein verstorbener Vater hielt es nicht für nötig, mich in den Ritterstand zu erheben. Und auch kein anderer Adliger wird es tun können. Denn ich trage das Stigma eines unehelich geborenen Kinds, wisst Ihr.« Er hielt inne und schwenkte die Arme, wie um seine Worte zu unterstreichen. »Aber das macht eigentlich nichts, weil ein Mann nicht erst in den Ritterstand erhoben werden muss, um ritterlich sein.«

»Und es wird noch weniger ausmachen, wenn meine Klinge Euch getroffen hat«, gab Linnet scharf zurück. »Es dürfte schwierig sein, galant zu wirken, mit dem Griff meines Dolchs aus Eurem Nasenrücken ragend.«

Wieder lachte Kenneth, ein volles, tiefes, maskulines Lachen, das sie vielleicht dazu verleitet hätte, darin einzustimmen, wenn es seine Augen erreicht hätte … und wenn ihre Gabe ihr nicht ermöglicht hätte, bis tief in seine kranke Seele hineinzusehen.

»›Aus meinem Nasenrücken ragend‹, sagt Ihr?«, brüllte er und schüttelte sich vor Lachen. »Ich gehe jede Wette ein, dass dieses knurrende Vieh an Eurer Seite eine weitaus größere Bedrohung darstellt. Schöne Frau, solltet Ihr es schaffen, Eure Klinge auch nur in Armeslänge von mir zu landen, dann könnt Ihr, der Junge und dieser Höllenhund ungehindert diesen Ort verlassen.«

Seine Finger streichelten den Griff seines eigenen Dolches, der in einem breiten Ledergürtel steckte. »Oder soll ich Euch beide lieber gleich von diesem verflixten Hundevieh erlösen? Das Gekläffe dieses Köters geht mir nämlich langsam wirklich auf die Nerven.«

»Und wenn ich eine Locke Eures Haars abtrennen kann, gebt Ihr mir dann Euer Wort, dass wir – alle drei – wohlbehalten diesen Ort verlassen können?«, forderte Linnet ihn heraus, ihre Angst, er könne Robbies Hund verletzen, mit kühnen Worten überspielend, weil ihr instinktiv bewusst war, dass sie sich die ›Ritterlichkeit‹, mit der er sich gebrüstet hatte, zu Nutze machen musste, wenn sie einen sicheren Rückzug zu erreichen hoffte.

»Eine Locke meines Haars?« Seine schwarzen Augenbrauen schossen in die Höhe. »Mylady, falls Euch das gelingen sollte, habt Ihr mein feierliches Wort darauf!«

»Dann wählt bitte eine Locke aus und haltet sie hoch.«

In einem Ausdruck, der Bewunderung sehr nahe kam, verzogen sich seine Lippen zu einem Lächeln, das wahrscheinlich ungemein verführerisch auf jede andere Frau gewirkt hätte. Ohne seinen Blick von ihr zu lösen, hob er die Hand und lüftete eine Strähne dichten schwarzen Haars auf seinem Kopf.

»Zielt, Mylady, aber seid gewarnt«, erklärte er, und seine Stimme war glatt wie von der Sonne aufgewärmte Seide. »Denn solltet Ihr verlieren, werde ich einen Kuss von Euch verlangen.«

»Ich verliere nie«, entgegnete Linnet kühl. »Meine Brüder haben mich sehr gut unterrichtet.«

Sie konzentrierte sich und richtete ihren Blick auf den Mann, der ihrem Ehemann so täuschend ähnlich sah, dass sie nahezu Bedenken hatte, ein Messer nach ihm zu schleudern. Aber er *war* nicht Duncan, sondern ein Mann, dessen Neid und perviertes Denken ihn zu unvorstellbar niederträchtigen Handlungen befähigten.

Die Aura der Finsternis, die sie an ihm wahrgenommen hatte, als er aus dem Schatten der Bäume getreten war, ließ seine wahre Natur ohne den geringsten Zweifel klar zu Tage treten.

Die Vorstellung, Robbie könne einem solchen Menschen in die Hände fallen, war schier unerträglich. Der Kummer des Jungen, sollte seinem geliebten Hund etwas zustoßen, war eine Grausamkeit, die sie ihm ersparen musste. Auch ihr würde das Herz wehtun, sollte Kenneth seine Drohung gegen Mauger wahrmachen. Ihr blieb gar nichts anderes übrig, als sie alle zu verteidigen, so gut sie konnte.

Froh, dass Ranald sie in der Kunst des Messerwerfens unterrichtet hatte und dass die Heiligen ihr die Geduld verliehen hatten, es zu lernen, schickte Linnet ein rasches Stoßgebet gen Himmel und bat den Herrgott, ihre Hand zu führen.

Dann atmete sie tief ein, kniff die Augen zusammen und schleuderte ihren Dolch.

Es war, als verschlüge es Kenneth MacKenzies Männern allen gleichzeitig den Atem, kaum dass die Klinge ihre Hand verlassen hatte, und *er* stand da, eine Hand an seinem Kopf, und starrte Linnet an. Dann bückte er sich und hob ihr Messer – und seine Locke – vom Boden neben seinen Füßen auf.

Einen Moment lang blieb er reglos stehen und starrte auf die beiden Gegenstände in seiner Hand; dann richtete er den Blick auf Linnet. Diesmal war die Bewunderung in seinen Augen nicht mehr zu missdeuten. Ein Ausdruck unverhohlenen Erstaunens ersetzte sein blasiertes Lächeln.

»Ihr habt Wort gehalten.« Er kam auf sie zu und bot ihr die dunkle Haarsträhne und ihr Messer auf seinen ausgestreckten Händen an. »Ich werde nicht weniger tun. Ihr könnt gehen.«

Linnet hoffte, er bemerkte nicht, wie sie innerlich zitterte, als sie das Messer nahm und es unter das Band ihrer Schürze steckte. Dann schickte sie sich an zu gehen, aber er trat blitzschnell vor sie und Robbie und verstellte ihnen den Weg. »Bitte nehmt dies als Zeichen meiner Bewunderung«, sagte er und reichte ihr die Locke dunklen Haars. »Ich wäre sehr gekränkt, wenn Ihr ablehnen würdet.«

Linnet nahm sein Angebot mit einem knappen Nicken an. Sobald sie in sicherer Entfernung waren, würde sie das Haar verschwinden lassen.

Hocherhobenen Kopfes und angestrengt bemüht, nichts von der Furcht zu zeigen, die ihr den Magen zusammenkrampfte, jetzt, wo die unerfreuliche Begegnung beinahe vorüber war, führte sie Robbie weg. Mauger trottete neben ihnen her, warf aber immer wieder misstrauische Blicke über seine Schulter. Am Ende der Lichtung, kurz bevor sie den Pfad erreichten, der zur Straße zurückführte, rief Kenneth MacKenzie ihnen etwas nach.

»Glaubt nur nicht, Ihr hättet mich zum letzten Mal gesehen, Mylady. Ich mag Frauen mit Feuer im Blut«, schrie er. »Aye, Mädchen, wir werden uns wiedersehen. Darauf könnt Ihr Euch verlassen.«

Viele Stunden später, in der stillen, grauen Zeit zwischen Mitternacht und Tagesanbruch, stand Linnet vor den Fenstern ihres Schlafgemachs und starrte auf die dunkle Landschaft draußen. Tief unten plätscherte der Loch Duich sanft gegen die stabilen Burgmauern; die Oberfläche des Sees war still und glatt um diese späte Stunde.

Im fahlen Licht des schmalen zunehmenden Monds erinnerte der See an einen glänzenden silbernen Spiegel, der hingelegt und vergessen worden war zwischen den zerklüfteten Bergen, die sich um seine Uferlinie erhoben.

Linnet legte die Stirn an die feuchte Kühle des steinernen Filigranmusters des Fensters, schloss die Augen und atmete tief den unverwechselbaren Geruch des Seetangs ein, der jeden Zentimeter ihres eindrucksvollen neuen Heims zu durchdringen schien.

Wie ähnlich ihr Mann seinen Ländereien in Kintail war. Kühl und unbewegt nach außen hin, doch unter dieser unerschütterlichen Oberfläche glaubte sie einen Mann von brutaler Kraft zu spüren, der zu starken Gefühlen fähig war. Ein Mann, dessen Zorn nicht weniger gefährlich war für die Unachtsamen als das Besteigen der Kintailer Berge für einen Tieflandbewohner, der solch trügerisches Gelände nicht gewohnt war.

Sein Herz und seine Liebe zu gewinnen wäre ein ebenso großer Triumph, wie nach einem schwierigen Aufstieg den Gipfel eines hohen Berges zu erreichen. Ein Triumph, den sie sich von Herzen wünschte, und um den sie kämpfen würde, was immer es auch erfordern sollte.

Linnet strich mit den Fingerspitzen über den kalten Stein des Fensterrahmens. Seine kühle Feuchtigkeit war unbestreitbar, etwas Greifbares, doch an einem schönen Sommertag voller Licht und Wärme würde sich der Stein erwärmen und erglühen unter den verwandelnden Sonnenstrahlen.

Neue Hoffnung begann in Linnet zu erwachen. Wie die Sonne, die immer da war, selbst an grauen, unwirtlichen Tagen, so glomm auch das Feuer der Leidenschaft ihres Mannes noch unter den selbst errichteten Barrieren, die er für so unantastbar hielt.

Linnet lehnte das Gesicht an die Zierleiste des hohen, schmalen Fensters und ließ die salzhaltige kühle Nachtluft ihre Wangen kühlen. Und das war auch dringend nötig, denn wann immer sich ihre Gedanken Duncan MacKenzie zuwandten, wurde sie von ungestümen Sehnsüchten durchzuckt, die ihre mädchenhaften Vorbehalte kühn beiseite fegten und sie mit einem Verlangen durchfluteten, das danach schrie, gestillt zu werden.

Ein Verlangen, das der angeblich so ›leidenschaftliche‹ Schwarze Hirsch zu ignorieren entschlossen schien.

Ein brennendes Drängen, das so heftig in ihr tobte, vermutete sie, wie das hemmungslose sexuelle Verlangen, das das Glied ihres Manns anschwellen ließ, wann immer sie das Vergnügen gehabt hatte, einen Blick darauf zu werfen!

Linnet atmete tief aus und presste ihre Schenkel zusammen, in einem nutzlosen Versuch, das erregende Prickeln an ihrer intimsten Körperstelle zu unterdrücken. Wie tausend glühende Nadeln lösten diese Empfindungen eine Flut lustvoller Gefühle zwischen ihren Schenkeln aus, während gleichzeitig, tief aus ihrem Innersten heraus, eine ebenso köstliche Schwere sich in ihr verbreitete, ein intensives, beinah schmerzhaftes Pulsieren.

Dann begann langsam, aber stetig Ärger die ungebärdigen Gefühle zu bezwingen, die sie peinigten. Ärger über ihren Mann, weil er sie nicht begehrte. Ärger über sich selbst, weil es sie nach ihm verlangte.

Nach und nach machte sich auch noch ein anderes Gefühl bemerkbar. Erschöpfung übermannte sie, die sich nicht länger ignorieren ließ, aber sie war froh über die Ablenkung. Sie hob die Arme hoch über den Kopf und streckte ihren ganzen Körper, um die Steifheit in ihren Gliedern und die schmerzhafte Anspannung in ihren Schultern zu lindern.

Sie hatte den Tag und auch den größten Teil des Abends damit verbracht, die Kopfwunde des armen Thomas zu versorgen und zu versuchen, den Überlebenden der Murchinsons ein wenig Trost zu spenden. Müde und verzagt waren sie vor einigen Stunden auf der Burg erschienen, und was sie zu berichten hatten, hatte Linnet mehr erschüttert, als sie zugeben wollte.

Müde legte sie eine Hand an den schmerzenden Ansatz ihres Rückens. Es war kein Wunder, dass Erschöpfung sie der Energie beraubte, mehr zu tun, als dazustehen, aus dem Fenster zu schauen und ihren Fantasien nachzuhängen. Elspeth und Fergus hatten sie buchstäblich ins Bett geschleppt, darauf bestanden, dass sie sich ein wenig Ruhe gönnte, und erklärt, sie habe mehr als genug getan bis zum Morgen, aber sie hatte trotzdem keinen Schlaf gefunden.

Und nicht nur, weil ihr sämtliche Knochen wehtaten. Es war Sorge, was sie keine Ruhe finden und ihre Gedanken immer wieder zu ihrem Mann abschweifen ließ. Sie war zutiefst beunruhigt, seit sie von der Abtei zurückgekommen war und entdeckt hatte, dass Duncan, Sir Marmaduke und die besten Männer von Eilean Creag die Burg verlassen hatten und Kenneth MacKenzie und seiner Ansammlung von Strolchen nachgeritten waren.

Sie hatte versucht, ihre hellseherischen Fähigkeiten zu benutzen, sich auf ihren Mann zu konzentrieren und herauszufinden, was geschehen war. Aber sie hatte nichts gesehen. Ihre Bemühungen waren immer wieder auf eine undurchdringliche Mauer aus rötlichem Dunst gestoßen. Sie repräsentierte Zorn und Empörung, wie sie wusste. Aber mehr als das konnte sie leider nicht erkennen.

Und nachdem sie den irren Ausdruck in Kenneth MacKenzies Augen gesehen und von den scheußlichen Taten erfahren hatte, die er und seine Gefolgsmänner auf der kleinen Farm der Murchinsons begangen hatten, hatte panische Angst sie den ganzen Tag über begleitet und tat es immer noch.

Sie würde nicht eher Ruhe finden, bis sie wusste, dass ihr Mann und seine Begleiter sicher innerhalb der Burgmauern waren.

Als sie ihn endlich die Turmtreppe hinaufstürmen hörte, fiel die Spannung, die sie den ganzen Tag beherrscht hatte, so schlagartig von ihr ab, dass sie kraftlos gegen den Fensterrahmen sank. Nicht einen Moment bezweifelte sie, dass die polternden Schritte seine waren, denn eine rote Wolke des Zornes eilte ihm voraus, warnte sie und ließ sie seinen Ärger spüren, lange bevor er ihre Zimmertür erreichte.

Sie fragte sich nicht, ob sein Zorn ihr gelten könnte. Sie hatte nichts getan, was ihn verärgern könnte. Jeder hier unter seinem Dach würde bestätigen, dass sie Stunden damit verbracht hatte, hart zu arbeiten, um den Schaden, den Kenneth und seine Bande Plünderer angerichtet hatten, so weit wie möglich zu begrenzen.

Aber ihr Selbstvertrauen geriet ins Schwanken, als Duncan in ihr Zimmer stürzte und die Tür so hart gegen die Wand knallte, dass sie befürchtete, das massive Eichenholz würde zersplittern.

Er bot einen entmutigenden Anblick, wie er so dastand und die ganze Türöffnung zu füllen schien. Seine kräftigen Glieder waren mit Schmutz bedeckt, das Plaid lag über einer seiner breiten Schultern, blutbeschmiert und zerrissen, seine dunkle Mähne hing in wirren Strähnen um sein grimmiges Gesicht.

»Herrgott noch mal!«, brüllte er, seine Erleichterung, sie in Sicherheit zu wissen, hinter einem Fluch verbergend. »Ich dachte, ich hätte eine *vernünftige* Frau geheiratet?«

»Und ich, Sir, dachte, ich hätte einen Mann geheiratet, der mich zu seiner Frau machen würde«, war sie dreist genug zu antworten.

Noch immer von Rachedurst getrieben, durchquerte Duncan mit vier großen Schritten den Raum und war bei ihr, bevor sie auch nur daran denken konnte, ihrer ersten eine weitere Beleidigung hinterherzuschicken. Sie an den Schultern packend, starrte er auf sie herab, als wolle er sie durch schiere Willenskraft herausfordern, zu versuchen, ihn erneut zu ärgern.

»Du *bist* meine Frau, und wag nicht, das jemals zu bezweifeln«, fauchte er und begann schon zu bereuen, sie so impulsiv gepackt zu haben. Ihr offenes Haar umschmeichelte ihre Schultern, und er war dumm genug gewesen, seine Hände unter diese dichten weichen Wellen geschoben zu haben!

Ein Ziehen ging durch seine verräterischen Lenden, während seine ebenso treulose Fantasie ihm hundert verschiedene Dinge vorgaukelte, die er gern mit ihren seidig schimmernden Locken anstellen würde. Erotische, erregende, *wollüstige* Dinge, deren bloße Vorstellung schon fast genügte, um ihn die Kontrolle über sich verlieren zu lassen. Ihre unheimliche Fähigkeit, ihn aus purer Begierde nach ihr buchstäblich in die Knie zu zwingen, schürte aber auch den Zorn, der ihn veranlasst hatte, zu ihr hinaufzustürmen.

»Herrgott noch mal, Frau«, brüllte er. »Ist dir eigentlich klar, in was für eine Gefahr du dich heute gebracht hast?«

»Ihr tut mir weh, Sir Duncan«, entgegnete sie nur, aber die impertinente Haltung ihres Kinns strafte den ruhigen Tonfall ihrer Stimme Lügen. »Bitte lasst mich los.«

Er tat es und wünschte augenblicklich, er hätte es nicht getan, als sie in einer nervösen Geste ihr Haar zurückstrich und die feuerfarbene Mähne über ihren Rücken fallen ließ.

Von dem schützenden Vorhang ihres Haars befreit, stand nichts mehr außer ihrem dünnen Nachthemd zwischen ihm und den verführerischen Hügeln ihrer vollen Brüste. Ihre Spitzen pressten sich gegen das nahezu durchsichtige Material ihres Gewands. Ihr Anblick raubte ihm beinahe die letzten Reste seiner rasch dahinschwindenden Selbstbeherrschung.

Zwei Talgkerzen, die auf dem einzigen Tisch des Raumes brannten, warfen ein flackerndes Muster aus Licht und Schatten über ihre üppige Gestalt, und Kerzenlicht, obschon nur schwach, war hell genug für ihn, um die dunkleren Schatten ihrer intimen Körperstellen sehen zu können. Und was er sah, ließ seinen Mund aus purer sinnlicher Begierde trocken werden.

Der Richtung seines Blickes schamlos folgend, stichelte sie wieder: »Seid Ihr hergekommen, um mir wegen meiner Dummheit heute Vorhaltungen zu machen, oder seid Ihr hier, um mein Nachthemd anzustarren und zu versuchen, durch den dünnen Stoff zu sehen, was es verbirgt?«

Duncans Blick flog von dem dunklen Dreieck zwischen ihren zarten Schenkeln zu ihren bernsteinfarben gefleckten Augen. »Dieser Geschichten erzählende Graubart, Fergus, und mein gesamter Haushalt singen Loblieder auf Euch, Mylady«, sagte er, seinen Zorn mit nur Mühe beherrschend. »Ich möchte wissen, ob es Eure scharfe Klinge oder Eure scharfe Zunge war, mit der Ihr meinen Halbbruder überrundet habt?«

»Beides«, erklärte sie, ihr Kinn noch immer trotzig vorgeschoben … in einem Winkel, der sich geradezu perfekt zu einem Kuss anbot. »Und beide haben mir gute Dienste geleistet.«

Herrgott noch mal, begriff sie nicht, in was für eine schreckliche Gefahr sie sich gebracht hatte? Zutiefst erbost, und nicht nur wegen ihr, ergriff Duncan ihre Hände und hob sie über ihren Kopf. Pure, hemmungslose Lust durchzuckte ihn. Er brannte darauf, sie bis zur Besinnungslosigkeit zu küssen, und nicht eher damit aufzuhören, bis auch er von diesem Tumult, der in ihm tobte, Erlösung fand.

Aye, er sollte wirklich mehr tun, als sie nur zu küssen, nach all dem Schrecklichen, was er heute durchgestanden hatte.

Nichts wäre besser, um die entsetzlichen Bilder des Blutbads auf der Murchinson-Farm zu vertreiben, oder seine Vorstellungen über die grauenhaften Dinge, die ihr und Robbie hätten zustoßen können, wenn es ihnen nicht gelungen wäre, sich aus Kenneths Klauen zu befreien.

Duncan blinzelte, um sich von den Bildern zu befreien. Zum Glück verblassten sie. Aber sein Verlangen tobte weiter. Ja, es würde wirklich helfen, zu vergessen und seine schreienden Muskeln zu ignorieren, wenn er sich in die seidige Wärme ihrer Weiblichkeit versenken könnte – ein Akt, von dem seine Männer überzeugt schienen, er habe ihn bereits vollzogen. Nicht, dass er sich an das Vergnügen erinnern könnte.

Und jetzt war weiß Gott nicht der richtige Moment, um sein Gedächtnis aufzufrischen.

Nicht, wenn seine Dame so kratzbürstig und spitzzüngig war.

Gott stehe ihm bei, aber er wollte, dass sie in lustvoller Erregung unter ihm erschauerte und ihre Zunge, süß und voller Eifer, herrlich sündige Dinge mit ihm anstellte.

Er unterdrückte ein Aufstöhnen, als etwas Urwüchsiges, in seiner Intensität zutiefst Elementares, sich in ihm Bahn brach. Indem er sein Gesicht so nahe an das ihre heranbrachte, dass nur noch Zentimeter zwischen ihnen lagen, starrte er ihr grimmig in die Augen und versuchte, durch pure Willenskraft zu bezwingen, was immer sie auch dazu treiben mochte, ihn praktisch unermüdlich zu verärgern.

Doch anstatt ihre offenkundige Abneigung gegen ihn zu beseitigen, schien er sie höchstens noch mehr zu verärgern. Sie erwiderte seinen finsteren Blick mit zornig blitzenden Augen, und ihre Unbeugsamkeit wurde mit jedem ihrer aufgeregten Atemzüge nur noch offensichtlicher. Nach einem schier endlosen Moment unterbrach sie den Blickkontakt, hob dann aber in einer herausfordernden Geste ihr Kinn. Das Gesicht abwendend, starrte sie demonstrativ aus dem Fenster.

»Heilige Mutter Gottes, Mädchen, hör auf, so widerborstig

zu sein und hör mir zu!« Mit beiden Händen umfasste er ihr Gesicht und zwang sie, ihn anzusehen. Sich so weit zu ihr vorbeugend, dass er ihren süßen Atem riechen konnte, sagte er: »Du wirst nie wieder – *nie wieder,* hörst du? – ohne mein Wissen diese Mauern hier verlassen.«

Diesmal nickte sie, und durch die Bewegung streiften ihre wohlgerundeten Brüste die empfindsame Haut an den Innenseiten seiner Unterarme. Augenblicklich spürte er, wie eine beinahe schmerzhafte Erregung ihn erfasste.

Als sei ihr dieser unerwartete Kontakt genauso bewusst und rüttelte sie ebenso sehr auf wie ihn, wich sie zurück und versuchte, sich ihm zu entziehen. In einem tapferen Versuch, sich zu befreien, drehte sie den Kopf zur Seite, und ihr Mund, dessen zarte Lippen halb geöffnet waren, glitt über die Innenfläche seiner Hand.

Das Gefühl erschütterte ihn, die honigweiche Süße ihrer Lippen auf seiner Haut weckte augenblicklich seine männliche Begierde und entfachte ein machtvolles Verlangen, nicht nur in seinen Lenden, sondern auch an dem geheimen Ort, den er verschlossen, verriegelt und vergraben hielt.

Er vermutete, dass auch sie etwas verspürt hatte, denn ein fragender Ausdruck huschte über ihr Gesicht. Dann begann sie zu zittern, aber nicht aus Ärger, das konnte er sehen. Er sah auch, dass ihre Züge weicher wurden, als sie ihn anblickte. Und als sie ihre Lippen öffnete, wusste er, dass sein Instinkt ihn nicht getrogen hatte.

Er konnte sich nicht entsinnen, *wann* ihn eine Frau das letzte Mal so angesehen hatte, aber er erinnerte sich an diesen Blick.

Seine Frau wollte geküsst werden.

Und er brannte darauf, ihr gefällig zu sein. Aber, und mochten die Feuer der Hölle seine verfluchte Seele nehmen, er *wollte* sie nicht begehren! Wenn er der Versuchung, die sie darstellte, erlag, würde er verloren sein, denn er würde sich nicht mit einem bloßen Kuss begnügen.

Er würde sie ins Bett tragen, sich durch die Dringlichkeit seines Begehrens blamieren und prompt das Herz verlieren, das er nicht zu geben hatte.

Seine Begierden waren zu zügellos und gingen weit über ihren unschuldigen Wunsch nach einem Kuss hinaus. Duncan schob seine Finger unter ihr rotgoldenes Haar und unterdrückte einen Fluch. Er konnte nicht wie ein brünstiges Tier über sie herfallen, wollte sie nicht nehmen, solange diese unkontrollierbare Lust durch seine Adern raste.

Wenn er bei ihr lag… und er hatte nicht die Absicht, es zu tun… musste er behutsam mit ihr sein und ihr zeigen, dass der Liebesakt zwischen zwei Menschen mehr war als ihre Entjungferung, an die er sich nicht einmal mehr erinnerte. Und auch mehr als die hemmungslose Leidenschaftlichkeit, die er an ihr auslassen würde, wenn er seinen niedrigeren Instinkten nachgäbe und sie in diesem Augenblick bestiege.

Nein, sie verdiente einen aufmerksamen, rücksichtsvollen Liebhaber.

Aber er war nicht einmal sicher, ob er fähig wäre, sie in die Freuden der körperlichen Liebe einzuführen, selbst wenn er es gewollt hätte. Zu vage war die Erinnerung an das letzte Mal, als er eine Frau mit Zärtlichkeit verführt hatte. Oder vielleicht hatte er es in Wahrheit überhaupt noch nie getan. Und er hatte auch nicht vor, es bei seiner Frau zu lernen. Es zu tun, würde ihnen beiden nur Kummer machen.

Mit einem tiefen Atemzug trat Duncan einen Schritt zurück. Fest legte er ihr die Hände auf die Schultern, um sie auf Armeslänge von sich abzuhalten.

In sicherer Distanz und weit genug, damit sie nicht die steife Härte zwischen seinen Schenkeln spüren konnte.

Sich gegen ihren femininen Duft und das Gefühl ihres seidigen Haars auf seinen Händen wappnend, zwang er sich, jegliche Gefühlsregung aus seinen Zügen zu verbannen, bis auf das finsterste Stirnrunzeln, das er zustande bringen konnte.

»Du wirst mir dein Wort darauf geben, dass du nie wieder allein die Burg verlässt.«

Nervös befeuchtete sie mit der Zungenspitze ihre Lippen, die immer noch geöffnet waren, und der Anblick genügte, um ein weiteres heftiges Ziehen in seinen Lenden auszulösen. »Aber ich war nicht allein, Mylord«, gab sie, wieder ein wenig trotzig, zu bedenken.

»Herrgott noch mal!«, fluchte Duncan und kämpfte gegen das Bedürfnis an, sie zu schütteln, bis sie begriff, in was für eine Gefahr sie sich und den Jungen gebracht hatte. »Und wer hat dich begleitet? Ein alter Mann, ein altes Weib, ein stummer Junge und ein alter Hund! Weißt du, was euch hätte passieren können?«

»Antworte!«, befahl er, als sie schwieg. »Weißt du es?«

»Ja, jetzt weiß ich es, und das tun auch alle anderen unter Eurem Dach, denn selbst die Toten müssten Euer Brüllen hören«, erklärte sie mit einem Gesichtsausdruck, der mindestens so finster wie sein eigener war. »Aber um des lieben Friedens willen gebe ich Euch mein Wort, Sir. Es wird nicht wieder vorkommen.«

Duncan ließ sie los. »Herrgott noch mal, du hättest getötet werden können! Und erzähl mir jetzt nichts von deiner Demonstration der Tapferkeit … ich habe schon davon gehört. Die ganze Burg spricht von nichts anderem. Aber gib acht auf meine Worte: Mein Halbbruder hat mit dir gespielt. *Gespielt*, hörst du?«

»Aye, auch das sehe ich jetzt ein, Mylord.«

»Wenn er gewollt hätte, hätte er dich weggeschleppt, bevor du eine Chance bekommen hättest, auch nur daran zu *denken*, deinen Dolch zu ziehen.« Finster starrte er sie an, in der Hoffnung, den Ernst seiner Warnung deutlich zu machen. »Hast du mich verstanden?«

»Ja, Sir.«

»Dann komm zu mir, wenn du wieder auszureiten wünschst, egal, wohin oder aus welchem Grund. Ich werde dafür sorgen, dass meine besten Wachen dich begleiten.« Brüsk wandte er sich ab und ging zur Tür, bevor er restlos die Kontrolle über sich verlor und sie gleich hier auf dem blanken Boden nahm, wie er stark versucht war, es zu tun.

Aber bevor er den Raum verließ, hatte er noch etwas anderes mit ihr zu regeln. Es war nur eine Kleinigkeit, die ihm aber plötzlich ungeheuer wichtig war.

»Linnet?«, rief er, mit einer Stimme, die heiser war trotz seiner Bemühungen, sie vollkommen neutral zu halten.

»Ja, Mylord?«

»Mein Name ist Duncan. Nicht ›Mylord‹ oder ›Sir‹, sondern *Duncan.* Also bitte nenn mich so.«

Dann ließ er sie allein, bevor seine schlechte Laune ihn dazu veranlasste, noch mehr zu sagen und Gefühle zu verraten, von denen er nicht einmal gewusst hatte, dass er sie noch besaß, und die er unter gar keinen Umständen wiederauferstehen lassen wollte. Die Qual, die er mit sich herumschleppte, war auch so schon schlimm genug. Ihr Gift über seiner unschuldigen Braut zu versprühen, egal, wie kratzbürstig und scharfzüngig sie war, wäre ein nicht wieder gutzumachendes Unrecht, das keinen Pardon verdiente.

Eine solche Last auf ihren Schultern abzuladen, dazu besaß er nicht das Recht, nicht einmal in Anbetracht der Tatsache, dass sie seine Ehefrau war. Außerdem war er gar nicht sicher, ob sie überhaupt bereit wäre, sich um einen Mann zu kümmern, der als so gefühlskalt galt wie er, ganz zu schweigen davon, zu versuchen, ihm zu helfen, die Qual in seiner Seele zu überwinden.

Viel später stand Duncan auf den Zinnen seiner Burg und blickte stirnrunzelnd auf das stille Wasser des Loch Duich hinab. Nachdem er die Gemächer seiner Frau verlassen hatte, war er stundenlang auf der Brustwehr herumgelaufen, hatte Löcher in die dunkle Nacht gestarrt und Antworten gesucht, aber keine gefunden.

Außer einer.

Er hatte sich an etwas erinnert, was ihm sein König einst verraten hatte. Ein wunderbares Geheimnis, das er oft und nutzbringend anwenden könnte, wie er wollte, hatte der König ihm versichert.

Frauen bekommen weiche Knie beim Anblick eines aus der Schlacht zurückkehrenden Kriegers.

Vermutlich war dies also der Grund, warum seine Frau den Eindruck erweckt hatte, als wollte sie von ihm geküsst werden, nachdem ihre süßen Lippen so verführerisch über seine Handfläche geglitten waren.

In diesem Augenblick hatte sie ihn in der Tat mit Wohlwollen betrachtet, und wenn auch nur für einen flüchtigen Moment. Sie hatte ihn mit der gleichen schwärmerischen Bewunderung angeschaut, die er auf den Gesichtern junger – und auch nicht so junger – Edelfrauen gesehen hatte, bei den Turnieren, an denen er vor Jahren in Frankreich teilgenommen hatte.

Und er war von der unerwarteten Sanftheit ihrer Züge zu bezaubert gewesen, um zu erkennen, dass ihr anbetender Blick nicht ihm als Mann galt, sondern seiner kriegerischen Erscheinung und seinem blutbefleckten Plaid.

Er hatte sich etwas vorgemacht und nur das gesehen, was er sehen wollte.

Aber närrisch, wie er war, hatte er sich Hoffnungen gemacht.

Hoffnungen, dass dieses wider Erwarten ganz entzückende Mädchen, das er geheiratet hatte – manchmal trotzig, manchmal stolz, und auf jeden Fall begehrenswerter als alle anderen Frauen, die er gekannt hatte –, ihn mit der Zeit ein wenig lieb gewinnen würde und ihn vielleicht lehren könnte, wieder etwas zu empfinden.

Der Himmel stehe ihm bei, aber er hatte glauben wollen, sie besäße nicht nur genügend Mut, um seinen Halbbruder herauszufordern, sondern auch, um den Dämonen Einhalt zu gebieten, die seine Seele darben ließen und sich an den Resten seines Herzens gütlich taten.

Er hatte gehofft, sie würde ihm die Gewissheit geben, dass Robbie in der Tat sein Sohn war, ihm klarmachen, dass seine Zweifel unnötig gewesen waren.

Und, auch wenn er sich das nur sich selbst einzugestehen wagte, er hatte auch gehofft, sie würde ihn irgendwie wieder *vollständig* machen.

Jede Faser seines Seins sehnte sich danach, in ihr Schlafzimmer zurückzukehren, sich in ihr Bett zu legen und endlich eins mit ihr zu werden. Ein nahezu überwältigendes Bedürfnis, sich von ihr dazu bringen zu lassen, zuzugeben, was er fühlte, erfasste ihn, doch Duncan zermalmte diese unerwünschten Empfindungen so mühelos, als hätten sie nicht mehr Substanz als Eierschalen.

Jetzt wünschte er sich nichts mehr, als sich in sein Schlafgemach zurückzuziehen, allein, und sich im trügerischen Trost des Schlafs verlieren zu können.

Abrupt löste er sich von der Steinmauer, an der er gelehnt hatte, überquerte den Gang hinter den Zinnen und kehrte in den Turm zurück.

Dann, so lautlos, wie er konnte, wandte er sich in die entgegengesetzte Richtung ihrer Gemächer und ging zu seinen eigenen Zimmern und dem leeren Bett, das ihn erwartete.

8

Ein nackter Mann schlief in seinem Bett!

Duncan kniff die Augen zusammen und presste die Fäuste gegen seine Augenlider, überzeugt, dass dieser nackte Hüne dort auf seinem Bett nichts anderes als ein Trugbild war, ausgelöst durch seine extreme Übermüdung. Oder den Schock des eisigen Wassers, das er sich gerade über den Kopf geschüttet hatte.

Doch als er wieder hinsah, lag der Strolch noch immer da.

Auf dem Rücken, Arme und Beine entspannt von sich gestreckt, sein entstellter Mund schlaff und schnarchende Geräusche von sich gebend, lag Sir Marmaduke dort auf den Decken und schien sich behaglicher zu fühlen, als ein Mann überhaupt das Recht hatte.

»Das ist doch nicht zu fassen!«, brüllte Duncan. »Wach auf und sag mir, was das zu bedeuten hat, wenn du nicht mit dem Hintern auf dem Fußboden landen willst!«

Als er das Bett erreichte, richtete Marmaduke sich auf die Ellbogen auf und gähnte. Duncan beugte sich vor, kaum noch in der Lage, seinen Ärger zu beherrschen. »Bist du zu betrunken, um zu wissen, wo du dich hingelegt hast, oder versuchst du, mich zu ärgern?«

Marmaduke gähnte noch einmal ausgiebig und blickte Duncan aus seinem gesunden Auge verschlafen an. »*Dich* ärgern? Ich bin hier nicht derjenige, der mitten in der Nacht in das Schlafzimmer eines anderen Mannes kommt, um ihm den Schlaf zu rauben.«

»Sei ja vorsichtig, Engländer, denn ich bin der Rätsel, in denen du in letzter Zeit sprichst, langsam müde«, gab Duncan ärgerlich zurück. »Es ist *mein* Zimmer und *mein* Bett, in dem du dich befindest.«

»Bist du sicher?«, entgegnete Marmaduke, der jetzt nicht mehr verschlafen, sondern hellwach war, gedehnt und zog spöttisch seine eine noch intakte Augenbraue hoch. »Vielleicht bist du ja derjenige, der zu viel getrunken hat?«

»Erzähl mir nichts von Alkohol, du dreister Hurensohn, denn ich hab noch nicht vergessen, wie beharrlich du mir auf dem Hochzeitsfest immer wieder von dem süßen Wein nachgeschenkt hast.« Duncan stemmte die Hände in die Hüften. »Ich habe heute Abend keinen Tropfen Bier oder Wein getrunken, obwohl ich das jetzt bereue, wenn ich ehrlich sein will. In angetrunkenem Zustand wäre der anstößige Anblick deines nackten Körpers quer über meinem Bett vielleicht erträglicher gewesen.«

»Glaubst du etwa, dein Anblick wäre erfreulicher? Ich lag hier und wollte nichts anderes als meine wohlverdiente Nachtruhe, aber dann werd ich plötzlich wach und entdecke einen um sich brüllenden Kerl mit irrem Blick, blutbeflecktem Plaid und zerrissenem Kilt an meiner Bettkante!« Marmaduke richtete sich in eine sitzende Stellung auf und zog die Bettdecke über seinen Unterleib. »Nein, mein Freund, das war kein angenehmer Anblick.«

Duncan fuhr sich mit den Fingern durch das feuchte Haar. »Ist denn die ganze Welt verrückt geworden? Ich kam in mein Zimmer und wollte nichts anderes tun, als mir den Schmutz vom Körper abzuwaschen und mich dann in mein eigenes Bett zu legen. Aber das war schon belegt, wie ich dann leider feststellen musste.« Er hielt inne, um den Sassenach mit einem aufgebrachten Blick zu mustern. »Und du wagst es, dummes Zeug zu reden, statt die Beine in die Hand zu nehmen und zu verschwinden!«

»Ich flehe dich an, hör auf mit dem Geschrei. Und wenn du

es tust, werde ich dich gern an das erinnern, was du bei dem Durcheinander heute offenbar vergessen hast.«

Duncan verschränkte seine Arme vor der Brust. »Ich höre.«

»Die Erklärung ist ganz einfach.« Marmaduke sprach, als versuchte er, einen Dorftrottel zu beschwichtigen. »Während des Festes hast du mir großzügig die Nutzung deines Zimmers überlassen, jetzt, wo du froh und glücklich wieder verheiratet bist. Erinnerst du dich nicht?«

»Nein, das tu ich nicht!«, schrie Duncan. »Außerdem fühle ich mich nicht wie verheiratet… weder froh noch glücklich oder sonst wie.«

»Dann solltest du vielleicht das Bett deiner Frau Gemahlin aufsuchen und versuchen, dieses kleine … äh … Problem zu lösen.«

»Herrgott noch mal!« Duncan packte Marmaduke am Arm und riss ihn auf die Füße. »Das einzige Problem, das ich habe, ist der Irrsinn, der den gesamten Haushalt dieser Burg befallen hat, seit diese MacDonnell einen Fuß hineingesetzt hat!«

»Na, na«, sagte Marmaduke beschwichtigend und schüttelte den Kopf. »Du hättest dir ein Beispiel daran nehmen sollen, wie Robert Bruce die Frauen bezaubert. Du wirst die Gunst deiner Dame nie gewinnen, wenn du so von ihr denkst.«

»Zum Teufel mit ihrer Gunst, ich will sie nicht!«, brüllte Duncan wutentbrannt. »Ich will mein Bett, und zwar auf der Stelle! Mach, dass du in dein eigenes Zimmer kommst, bevor ich dich über die Schulter werfe und höchstpersönlich dorthin trage.«

»Du weißt, dass ich dort seit Arabellas Tod nicht mehr geschlafen habe. Seit jenem Tag beherbergt dieser Raum nur meine Waffen und dient mir gelegentlich als Übungsraum für deinen So… ähm, den Jungen, Robbie, wenn ich ihn im Gebrauch des Schwertes unterrichte. Aber ansonsten vermeide ich es, auch nur einen Fuß hineinzusetzen.« Er hielt inne, einen Ausdruck der Verwunderung auf seinem narbigen Gesicht. »Hast du das etwa auch vergessen?«

»Ich habe gar nichts vergessen, außer, warum ich dich als meinen besten Freund betrachte«, versetzte Duncan, dessen Kehle inzwischen schmerzhaft rau vom Brüllen war. »Wenn du vernünftig bist, schläfst du unten bei den Männern in der Halle, wie du es sonst auch immer getan hast, wie wir beide wissen, denn hier wirst du nicht bleiben, Freundchen.« Mit seiner Geduld am Ende, schob Duncan Marmaduke zur Tür. »Oder besser noch, wappne dich gegen die Geister, die dir keine Ruhe lassen, und schlaf wieder in deinem alten Zimmer. Es ist ein sehr schönes Zimmer, und es ist eine Schande, dass es leer steht.«

»Das kann ich nicht.«

»Warum nicht?«

»Weil ich das Zimmer Fergus angeboten habe.«

»Was?« Überrascht ließ Duncan Marmadukes Arm los. »Ich dachte, ihr könntet euch nicht ausstehen, du und Fergus.«

Marmaduke zuckte mit den Schultern. »Trotz all seines Gezeters wird der alte Bock doch langsam älter. Er sollte nicht jede Nacht auf einer harten Bank dort unten in der Halle schlafen müssen.« Marmaduke rieb seinen Arm, wo Duncan ihn ergriffen hatte, und wich dessen Blick aus, als genierte er sich plötzlich. »Ich dachte, es würde die Wogen zwischen uns vielleicht ein wenig glätten, wenn ich ihm das Zimmer anbiete.«

»Nun ja, das ist ja wirklich nobel von dir, aber ich kann dir trotzdem nicht dieses Zimmer überlassen, weil es meins ist.« Duncan verschränkte seine Arme. »Und selbst wenn ich es wollte, weiß ich nicht, wie du hier schlafen willst, mit *der* da, die auf dich herabschaut.«

Marmadukes einäugiger Blick richtete sich auf das Bild einer schönen dunkelhaarigen Frau, die sie von einem Bild über dem Kaminsims gelassen anlächelte. Schöner, als Worte es beschreiben konnten, von einer ätherischen Schönheit, um die selbst Engel sie beneiden würden, war Duncans erste Frau Cassandra mit ihrer ganzen Eleganz und Anmut auf den glatten Paneelen bemalten Holzes für immer eingefangen worden.

Es war ein exquisites Kunstwerk, aus der Hand eines berühmten irischen Illuminators, der Jahre zuvor nach Eilean Creag gekommen war, um Heilige auf die Wände der Kapelle zu malen. Doch statt Heiligenbilder zu malen, hatte er eine Teufelin unsterblich gemacht.

Galle stieg in Duncans Kehle auf bei der Erinnerung daran, wie sie sich an den Künstler herangemacht hatte. Niemand auf Eilean Creag zweifelte an den Methoden, die sie benutzt hatte, um den Mann dazu zu bringen, sie zu malen.

»Dein Verstand ist benebelt«, sagte Duncan, überzeugt, dass er die Wahrheit sprach. »Ihr Anblick wird dir den Schlaf rauben.«

»Nein, mein Freund, da irrst du dich.« Marmadukes Ton war kälter als die tiefen Gewässer des Loch Duich, der schwarz und still hinter den bogenförmigen Fenstern des Schlafzimmers lag. »Es ist gerade ihretwegen, dass ich deine großzügige Geste begrüßte, mir diesen Raum zu überlassen.«

»Wieso?«, fragte Duncan und fürchtete, den Kampf verloren zu haben, ob er sich nun daran erinnerte, sein Zimmer weggegeben zu haben, oder nicht.

»Aus ähnlichen Gründen, aus denen du das Bild behalten hast – weil ihre Gegenwart mich bestärken wird in meinem Wunsch nach Rache.« Marmaduke strich mit der Spitze seines Mittelfingers über die scheußliche Narbe, die sein einst so gut aussehendes Gesicht entstellte. »Aber im Gegensatz zu dir habe ich nicht allen Frauen abgeschworen, wegen der Schlechtigkeit einer Einzigen.«

Marmaduke straffte seine breiten Schultern, dann ging er zum Kamin und schaute zu der dunkelhaarigen Schönheit auf. »Da du nun wieder verheiratet bist, musst du lernen, zu vergessen. Du musst das Leid der Vergangenheit überwinden und nach vorne blicken. Aber ich muss Arabellas Tod noch rächen. Wenn das Gesicht ihrer Mörderin das Letzte ist, was ich abends sehe, und das Erste beim Erwachen morgens, werde ich nie nachlassen in meinem Streben, Gerechtigkeit zu üben … Kenneth seiner lüsternen Lady in die Hölle nachzuschicken.«

Duncan starrte auf Marmadukes breiten Rücken und sah, wie sich die ausgeprägten Muskeln dort vor Anspannung zusammenzogen. Als er die Schultern herabsacken sah, wusste Duncan, dass er den Kampf verloren hatte.

Und sein Bett.

»Du bist wirklich sehr beredt, Strongbow. Wie kann ich dir das Zimmer nach solch überzeugenden Argumenten noch verweigern?«

»Ich habe nur ausgesprochen, was mein Herz bewegt«, erwiderte Marmaduke, während er sich wieder zu ihm umwandte. »Es wäre klug, wenn du das auch tätest.«

»Ich habe keins, oder ist die Neuigkeit noch nicht bis zu deinen englischen Ohren vorgedrungen?« Duncan konnte sich die bittere Entgegnung nicht verkneifen. »Den Teufel selbst nennen sie mich.«

»Und du hast einen wunderschönen Engel, der in einem kalten Bett auf der anderen Seite dieser Burg schläft. Ich wette, sie wäre nur allzu gern bereit, deine Dämonen zu vertreiben, wenn du sie lässt«, erklärte Marmaduke. »Oder möchtest du nicht nur als Teufel, sondern auch noch als ausgemachter Narr bezeichnet werden?«

Zielsicher wie immer drangen Marmadukes weise Worte durch die Risse in Duncans Rüstung und durchbohrten das Herz, das er angeblich nicht besaß.

»Was die Leute reden, interessiert mich nicht«, brummte Duncan, obgleich ihm klar war, dass sein Freund es besser wusste.

»Dann pfleg die Verbindung mit ihr dir selbst zuliebe. Ich schwöre dir, wenn ich so einen Schatz mein Eigen nennen würde, würde sie nicht allein schlafen.«

Die Ermahnungen des Sassenachs beschworen eine ganze Reihe verführerischer Bilder seiner Frau in Duncan herauf.

Ihre Lippen, warm und weich unter den seinen, als er sie während der Hochzeitsstein-Zeremonie geküsst hatte. Der Schein der Kerzen auf ihrem flammend roten Haar, und nicht nur auf der üppigen Lockenpracht, die ihr Gesicht umrahmte! Nein, auch in dem seidenweichen Haar zwischen ihren Schenkeln hatte sich verführerisch das Licht gefangen.

Verführerisch genug, um in ihm den ungestümen Wunsch zu wecken, sich vor ihr auf die Knie zu werfen, um tausend Küsse auf dieses seidige Haar zu drücken und mit den Lippen zu liebkosen, was darunter lag!

Hölle und Verdammnis!, brüllte Duncan im Stillen und ließ den Fluch in seinem Bewusstsein wachsen und sich ausbreiten, bis er auch die letzte Erinnerung an dieses verführerische Dreieck zwischen ihren Schenkeln getilgt hatte.

Er solle auf sein Herz hören, hatte Marmaduke ihm geraten. Ha! Nur eine Verwünschung plagte ihn gegenwärtig, und die hatte nichts mit seinem Herz zu tun. In der Hoffnung, dass Marmaduke, der trotz seines fehlenden Auges normalerweise alles sah, ausnahmsweise einmal *nichts* bemerkte, ordnete Duncan die Falten seines Plaids, damit sie ein wenig anders fielen.

Seine lustvollen Bedürfnisse so verborgen, kam ihm ein weiteres Bild seiner Gemahlin in den Sinn, und dieses war sogar noch beunruhigender, weil es die Macht besaß, noch viel mehr in ihm zu wecken als nur körperliche Lust.

Es war der Ausdruck von Bewunderung und Verlangen, den er einen flüchtigen Moment in ihren goldgesprenkelten Augen gesehen hatte, als ihre Gesichtszüge ganz weich geworden waren und sie so ausgesehen hatte, als sehnte sie sich danach, von ihm geküsst zu werden.

Beim Grab des heiligen Petrus, wenn er Marmadukes sentimentalen Rat befolgen würde, wäre es ihm egal, ob eine ganze Garnison Bewaffneter sein Schlafzimmer besetzte. Sie könnten es gerne haben, und seinen gesamten anderen Besitz dazu, wenn er seine Frau Gemahlin nur dazu bringen könnte, ihn auf diese Weise anzusehen – und sie es ehrlich meinte.

Doch leider war ihm nur allzu bewusst, dass es nur die Schwäche einer Frau für einen aus der Schlacht heimkehrenden Krieger gewesen war, was sie vorübergehend ihre Abneigung gegen ihn hatte vergessen lassen, und nichts anderes.

Er wusste auch, dass es nur sein eigener männlicher Stolz gewesen war, der ihm vorgegaukelt hatte, sie würde ihn fortan mit derlei Aufmerksamkeiten überschütten und sich im Austausch dafür seine Hingabe und seine Liebe wünschen.

Gott sei Dank hatte er sich noch rechtzeitig gefangen und daran erinnert, dass eine Frau zu lieben ein riskantes Unternehmen war, das mehr Gefahren mit sich brachte, als ein paar lustvolle Augenblicke zwischen ihren Schenkeln wert waren.

Nein, er würde es Sir Marmaduke überlassen, die Frauen zu umwerben, falls das zu seinen Gepflogenheiten gehörte. *Er* würde sich nicht dazu überreden – oder verführen – lassen, sich noch einmal zu vergessen.

Mit finsterer Miene zog Duncan eine der Decken von dem breiten Bett und warf sie über seinen Arm. »Versuch nicht, mich in Herzensangelegenheiten zu beraten, Engländer. Ein weiser Mann ist, wer seine Gefühle nicht zur Schau trägt. Ich glaube, du hast deine Nase in zu viele französische Liebesromane gesteckt und zu viele Nächte damit verbracht, liebeskranken Barden zuzuhören, die für jeden, der ihnen eine Münze hinwirft, ihre geistlosen Balladen trillern.«

Duncan deutete mit dem Kopf auf seinen Knappen, der, erstaunlicherweise, tief und fest auf seinem Strohsack vor dem Feuer schlief. »Heb dir deine Romantik für junge Burschen wie Lachlan auf, aber erspar mir solchen Unsinn. Ich bin ein erwachsener Mann, und ich weiß aus eigener Erfahrung, was passiert, wenn man sein Herz verliert.«

»Du weißt gar nichts, mein Freund«, sagte Marmaduke und schüttelte betrübt den Kopf. »Ein Mann *verschenkt* sein Herz und tut es freudig. Er verliert es nicht, denn indem er es verschenkt, gewinnt er Liebe. Aber du hast Recht, du bist ein erwachsener Mann und zu misstrauisch und zu sehr an deine Bequemlichkeit gewöhnt, um mit nichts anderem als einem dünnen Wollumhang bekleidet in die Nacht hinauszugehen. Wenn du partout nicht Lady Linnets Bett aufsuchen willst, dann nimm dein eigenes. Ich kann bei Lachlan auf dem Boden schlafen.«

Duncan zögerte, versucht, Marmadukes Kapitulation zu akzeptieren, aber die Erinnerung an die hängenden Schultern seines Freundes, als er das Gemälde über dem Kamin angesehen hatte, trübte Duncans Freude über seinen kleinen Sieg.

Er warf einen Blick auf die makellosen Gesichtszüge seiner toten Frau, und ihm drehte sich der Magen um vor Abscheu. Vielleicht hatte das Porträt seinen Zweck erfüllt, so weit es ihn betraf, und würde Marmaduke nun besser dienen. Er brauchte das verdammte Bild nicht anzusehen, um sich Cassandras Perfidie in Erinnerung zu rufen.

In der Tat, wenn Marmaduke nicht darauf bestehen würde, das verfluchte Porträt dieser schönen Hure zu behalten, hätte Duncan es jetzt vermutlich auf der Stelle von der Wand gerissen, aus dem Fenster geworfen und im kalten, dunklen Wasser des Sees versinken lassen.

Nichts würde ihm mehr gefallen, als Cassandras Bildnis im Schlamm tief unten auf dem Grund von Loch Duich zu wissen.

Es wäre eine angemessene Revanche für die Art und Weise, wie sie sein Herz und seine Seele in den Dreck getreten hatte.

Duncan erwiderte nichts auf Marmadukes Angebot, bis er die Tür erreichte. Erst dann wandte er sich um und schenkte seinem Freund ein müdes Lächeln. »Nein, du behältst das Bett und das Zimmer – obwohl ich nach wie vor bestreite, dass ich sie dir überlassen habe.«

Ein Ausdruck, den man als Schuldbewusstsein hätte interpretieren können, huschte über Marmadukes Gesicht, aber es war schwer zu sagen angesichts seiner furchtbaren Entstellungen. Er öffnete den Mund, um etwas zu sagen, aber Duncan hob abwehrend die Hand.

»Sag es nicht. Weiß der Himmel, was ihr, du und die anderen, mit euren Einmischungen in meine Angelegenheiten erreichen wollt, aber ich glaube nicht, dass ihr es aus verwerflichen Motiven tut.« Er hielt inne, um die Tür zu öffnen. »Ich glaube, eure Absichten sind gut, wenn auch leider fehlgeleitet.«

»He, warte mal einen Moment«, protestierte Marmaduke und folgte seinem Freund zur Tür. »Um der Liebe …«

Um der Liebe. Die drei Worte ließen Duncan aus dem Raum stürzen und die Tür hinter sich zuknallen. Er wollte nichts mehr hören, egal, was Marmaduke ihm noch zu sagen hatte. Und vor allem wollte er nicht über Liebe reden.

Nicht über die Liebe der Heiligen, der Engel oder irgendeine andere Form der Liebe, und erst recht nicht über die Liebe eines Mannes zu seiner Frau.

Oder eines Mannes zu seinem Sohn.

Bei *diesem* Gedanken zuckte ein Muskel an seinem Kinn, und unwillkürlich beschleunigte er seine Schritte auf dem düsteren Gang. Er wollte nichts zu schaffen haben mit Liebe, egal, von welcher Art, und verspürte das dringende Bedürfnis, größtmögliche Distanz zwischen sich und seinen viel zu scharfsinnigen englischen Freund zu bringen.

Der einäugige Engländer besaß das unheimliche Talent, ihm das Gefühl zu vermitteln, als könnte er bis auf den Grund seiner Seele blicken. Verdammt, er hätte Marmaduke heiraten sollen, um Robbies wahre Vaterschaft herauszufinden! Die Tatsache, dass seine neue Frau ihn in dieser Hinsicht nicht zufrieden stellte, vertiefte noch die steile Falte zwischen Duncans Augenbrauen.

Am Ende des Gangs, kurz vor der Treppe, die in die Halle hinunterführte, blieb Duncan stehen, um sich an die kalte, feuchte Steinmauer zu lehnen. Sein Kinn zuckte nahezu unkontrollierbar, und Frustration ließ ihn so heftig mit den Zähnen knirschen, dass er nicht überrascht gewesen wäre, wenn einer dabei zersplittert wäre.

Ihn fröstelte auch, denn bevor er Marmaduke in seinem Bett gefunden hatte, hatte er sich mit eiskaltem Wasser übergossen, in einem nutzlosen Versuch, das Blut und den Schmutz von seinem schmerzenden Körper abzuspülen.

Und er roch, denn die unerfreuliche Entdeckung in seinem Schlafzimmer hatte seiner dringend benötigten Wäsche ein vorzeitiges Ende gesetzt.

Vor allem jedoch fühlte er sich ungeheuer elend. Elender sogar noch als vorhin, als er von den Zinnen heruntergekommen war, zu seinem Zimmer gegangen war und nichts anderes gewollt hatte, als seine müden Knochen auszuruhen.

Mit einem grimmigen Fluch auf den Lippen stieß er sich von der Wand ab. Mit schweren Schritten, und einem noch schwereren Herz, begann er den Abstieg über die Wendeltreppe, die zur Halle führte. Er würde den Rest der Nacht auf einer Bank verbringen oder sich mit der Binsenstreu auf dem Boden zufrieden geben, wie es die meisten seiner Männer taten. Aber auf halbem Weg nach unten hielt er inne.

Die perverse Ironie seiner Situation hätte ihn in jüngeren Jahren zum Lachen gebracht … früher, als er noch Sinn für Humor besessen hatte.

Er hatte um die Hand von Linnet MacDonnell angehalten. *Er* hatte sie nach Kintail gebracht, weil er gehofft hatte, sie würde ihn von seinen Zweifeln befreien und sich als nützliche, wenn auch nicht geliebte Ehefrau erweisen.

Stattdessen hatte sie seine ganze Welt auf den Kopf gestellt, und in seinem Haushalt herrschte absolutes Chaos, seit sie die Burg betreten hatte. Er war der Burgherr, aber *er* schlich allein durch die nächtlich finsteren Gänge, durchfroren bis auf die Knochen und zum Himmel stinkend, ohne ein Bett, das er sein Eigen nennen konnte.

Sie schlief in einem der schönsten Gemächer der Burg, einem Zimmer, das einst seinen Eltern gehört hatte, und davor ihren Eltern. *Sie* war vermutlich verloren in einer Traumwelt aus tapferen Rittern, anmutigen Damen und pausbäckigen Babys, während *er* wie ein Ausgestoßener in seinem eigenen Heim herumschlich.

Die Ungerechtigkeit des Ganzen ließ ihn die Fäuste ballen, und seine Lippen verzogen sich zu einem dünnen, schmalen Strich.

Von unten, aus der Halle, drang das leise Schnarchen seiner Männer zu ihm hinauf und die raschelnden Geräusche seiner Hunde, die in der Binsenstreu nach Essensresten scharrten. Leiser noch, das Prasseln des Feuers in den drei großen Kaminen der Halle und das allgegenwärtige Plätschern der Wellen des Loch Duich, die, sanfter jetzt um diese späte Stunde, gegen die Burgmauern schwappten.

Eine ganz gewöhnliche Nacht für alle, die Eilean Creag ihr Zuhause nannten.

Für alle außer ihrem Herrn und Meister.

Duncan bewegte seine steifen Finger, ballte sie aber sogleich wieder zu Fäusten. Er brauchte den leichten Schmerz seiner Nägel, die sich in seine Handballen gruben, und war froh darüber, weil er seine Hände sonst zu Brei geschlagen hätte an den Mauern.

Alle außer ihm ruhten friedlich heute Nacht. Marmaduke schlief den Schlaf des Gerechten in Duncans … *früherem* … Zimmer, seine Männer schlummerten wie immer unten, und der alte Fergus genoss jetzt sicherlich den Luxus, endlich ein richtiges Bett sein Eigen nennen zu können, in dem Zimmer, das Sir Marmaduke ihm abgetreten hatte.

Er wusste nicht, wo die fürsorgliche Dienerin seiner Frau schlief, aber auch sie hatte sicherlich mehr Ruhe gefunden als er selbst.

Duncan kam sich wie ein ausgemachter Narr vor, als er zwei

weitere Stufen hinabstieg und dann, noch ärgerlicher als zuvor, wieder stehen blieb. Er wäre ein noch größerer Trottel, wenn er die Nacht in der Burghalle verbrachte. Morgen früh würden seine Männer Witze reißen und untereinander Vermutungen darüber anstellen, warum er das warme Bett seiner Braut verlassen hatte.

Duncan erschrak, als er an die Auswirkungen dachte. Seinen Männern Stoff für Tratsch zu liefern, würde sein Elend nur vergrößern. Ohne sich Zeit zu nehmen, die Folgen zu bedenken, drehte Duncan sich um und ging wieder hinauf.

Das Schlafzimmer seiner Frau lag auf der anderen Seite der Burg und war eigentlich nur zu erreichen, indem man die Halle durchquerte und eine weitere Wendeltreppe hinaufstieg, aber er war der Herr dieser Inselfestung, und als solcher kannte er jeden ihrer Steine … und jedes ihrer Geheimnisse.

Wie den schmalen, in die mächtigen Burgmauern gehauenen Gang.

Er war eine Art geheimer Fluchtweg, der einige der Räume der Burg miteinander verband, bevor er sich zu einer verborgenen Höhle an der felsigen Küste der Insel hinunterschlängelte.

Seine Mundwinkel verzogen sich zu etwas, was der Beginn eines Lächelns hätte sein können – wenn es zu seinen Gepflogenheiten gehört hätte, zu lächeln, was jedoch nicht der Fall war. Aber es befriedigte ihn ungemein, den Entschluss gefasst zu haben, die Angelegenheit selbst in die Hand zu nehmen.

Er war schließlich der Herr der Burg.

Es war unter seiner Würde, mitten in der Nacht herumzuschleichen und nach einem Platz zu suchen, um seinen müden Kopf niederzulegen.

Nein, er würde von seinen Rechten als gegenwärtiger MacKenzie von Kintail Gebrauch machen und das Zimmer, das schon sein Vater und vor ihm alle anderen Oberhäupter seines Clans bewohnt hatten, für sich beanspruchen.

Einschließlich des Betts.

»Meine Güte, habt Ihr mich erschreckt!« Betroffen richtete seine Braut sich auf und starrte ihn, während sie die Decken über ihre Brüste zog, mit großen Augen an, als wäre er aus dem Fußboden aufgestiegen wie ein Geist oder irgendeine andere ähnlich abschreckende Kreatur der Nacht. »Ich habe Euch nicht zurückkommen gehört.«

Nein, wie denn auch, schließlich bin ich ja nicht durch die Zimmertür gekommen!

Diese nicht ausgesprochene geistreiche Erwiderung und das Hochgefühl, durch den verborgenen Gang in ihr Zimmer einzudringen, etwas, das er seit Jahren nicht getan hatte, zauberte ein mutwilliges Lächeln auf Duncans Lippen.

Es war das erste aufrichtige Lächeln, das er sich seit weiß Gott wie vielen Jahren erlaubte, und das Gefühl war unerwartet gut.

Seine Frau legte den Kopf zur Seite, als beabsichtigte sie, ein solch merkwürdiges Phänomen, wie den großen MacKenzie von Kintail grinsen zu sehen, in seiner ganzen Fülle auszukosten. »Wieso also?«, fragte sie schließlich. »Wieso Ihr zurückgekommen seid, meine ich.«

»Jedenfalls ganz bestimmt nicht, um Wortgefechte mit Euch zu führen, Mylady.«

»Werde ich unten gebraucht?« Sie blickte ihn beunruhigt an. »Ist Robbie krank geworden? Oder einer der Überlebenden der Murchinsons?«

O ja, du wirst gebraucht, Mädchen. Von mir.

Das Herz, das er nicht besaß, und auf das zu hören ihm Marmaduke geraten hatte, sprach.

Duncan ignorierte es.

»Dem Jungen geht es gut, und die Murchinsons schlafen friedlich, oder zumindest wurde es mir so berichtet«, antwortete er in seiner Eigenschaft als Burgherr und begann die Brosche zu lösen, die sein Plaid an der Schulter zusammenhielt. Und fuhr fort, die Aussicht zu genießen.

Die dünne Wolldecke, die seine Frau so fest umklammert hielt, stellte einen erfreulichen Rahmen dar für ihre vollen Brüste und betonte ihre Üppigkeit, statt sie zu verbergen, wie es sicher ihre Absicht war.

»Was tut Ihr da?« Besorgnis und Verlegenheit ließen eine anmutige Röte in ihre Wangen steigen.

»Ist das nicht offensichtlich?« Das mutwillige Lächeln kehrte beinahe zurück, aber diesmal widerstand er der Versuchung.

»Ihr scheint Euch für das Bett bereit zu machen, Mylord.«

»Duncan.«

»Du scheinst dich für das Bett bereit zu machen, Duncan«, korrigierte sie sich, und ihre Stimme, obschon sanft und leise, durchbohrte die Mauer um sein Herz so meisterhaft, als ob ihre Worte durch den schärfsten und schnellsten aller Pfeile getragen würden.

»Stimmt, das tue ich«, bestätigte er, ernster jetzt, der seltene Moment unerwarteter Frivolität verflogen und ersetzt von einem Erwachen seiner Sinne, als er sah, wie das Mondlicht, das durchs Fenster fiel, ihr wundervolles Haar vergoldete. »Ich schlafe gewöhnlich nicht angezogen.«

»Aber ich dachte … Ihr … sagtet doch …«

»Ich weiß, was ich gesagt habe«, schloss Duncan für sie. »Aber ich war gezwungen, meine Meinung zu ändern in Bezug darauf, wo ich mein müdes Haupt zur Ruhe betten werde. Du brauchst mich nicht so ängstlich anzusehen. Ich will nichts anderes als schlafen.«

»Oh.« Ihre Wangen färbten sich prompt noch etwas röter. »Ich bin nicht ängstlich, Sir, nur verwirrt. Ich dachte, Ihr bevorzugtet Euer eigenes Schlafzim . .«

»*Mein* Schlafzimmer, Mylady, ist von einem gewissen einäugigen Spitzbuben beschlagnahmt worden.«

Aus Überraschung, Nervosität, oder vielleicht, weil die Heiligen sie anspornten, ihm den Verstand zu rauben, schob sie eine Haarsträhne hinter ihr Ohr, und während sie es tat, glitt ihr der Rand der Decke aus der Hand. In dem Augenblick, bis sie merkte, was sie getan hatte, und die Decke zurückzog, erhielt Duncan einen überaus verführerischen Blick auf eine ihrer Brustspitzen.

Augenblicklich durchzuckte ihn eine glutvolle Erregung, sein Glied richtete sich auf. Diese zartrosa getönte, sichtbar erigierte Brustspitze brachte Duncans Blut in Wallung. Von purer männlicher Begierde getrieben, ging er auf sie zu, bereit, seine absurden mönchischen Gelübde aufzugeben und von *beiden* Brustspitzen seiner Frau Besitz zu ergreifen und allem anderen, was sie zu bieten hatte.

Und diesmal, nahm er sich vor, würde er sich selbst an das kleinste Detail ihrer Vereinigung erinnern!

Aber die Panik, die bei seiner Annäherung auf ihrem Gesicht erschien, ließ ihn innehalten. Egal, wie groß seine Begierde war, er würde sich niemals einer Ehefrau aufdrängen, die seine Berührung fürchtete.

Seine Lust zwischen den gespreizten Beinen einer Hure zu stillen, die bereit war, ihm zu dienen, obgleich ihre Augen verrieten, was sie wirklich von ihm dachte, war ein notwendiger Bestandteil seines Leben. Es gab keinen Mann auf dieser Erde, der seine körperlichen Bedürfnisse nicht hin und wieder befriedigen musste. Aber nicht einmal ein beinahe schmerzhaftes Verlangen konnte ihn dazu bringen, eine Frau von vornehmer Herkunft auf diese Weise zu benutzen, und schon gar nicht seine eigene Gemahlin.

Duncans Miene verfinsterte sich. Wie hatte er nur auf die verrückte Idee kommen können, ihre Brustspitzen hätten sich aufgerichtet aus freudiger Erregung über seine Gegenwart? Nein, die kalte Luft im Zimmer war dafür verantwortlich, und nicht der Anblick seines muskulösen Körpers. Schlicht und einfach nur die Kälte, und diese ernüchternde Erkenntnis dämpfte im Handumdrehen seinen eigenen Ausbruch von Verlangen.

Aber wie sehr er wünschte, er wäre der Grund gewesen!

Verdammt, aber er wollte weitaus mehr bei ihr erreichen, als ihre Brustspitzen dazu zu bringen, sich aufzurichten. Er wollte, dass sie sich unter ihm wand und stöhnte. Dass sie seine Umarmung willkommen hieß … und noch sehr viel mehr.

Aber würde sie je etwas anderes in ihm sehen können als den kaltherzigen Mann, für den sie ihn hielt, und die glutvolle Sehnsucht tief in seinem Innersten wahrnehmen?

Würde sie sein Verlangen jemals spüren?

Und wenn, würde sie bereit sein, es zu stillen?

Wollte er überhaupt, dass sie es versuchte? Waren es nicht gerade solch unbändige Sehnsüchte gewesen, die Cassandra eine derartige Macht über ihn verliehen hatten? Duncan starrte Linnet an, wie gelähmt von ihrem Anblick. Sein Respekt vor der Gefahr, die er einging, wenn er sie begehrte, schien mit jedem seiner Atemzüge nachzulassen. Möge Gott ihm beistehen, denn er hatte einen trügerischen Pfad beschritten!

Halb sah sie wie ein Engel aus mit ihren großen, unschuldigen Augen, und mit ihrer Reinheit und mit ihrer Tugend, die ihr ins Gesicht geschrieben standen … aber mit ihrem leuchtend rotgoldenen Haar, das in weichen Wellen auf ihre nackten Schultern fiel, und ihren zauberhaften Reizen, derart provozierend zur Schau gestellt, war sie auch eine nicht zu unterschätzende Verführerin.

Etwas brach sich Bahn in ihm und verursachte einen weiteren Riss in seiner sorgfältig errichteten Barriere. Ein weiterer verdammter Riss in seiner Mauer. Aber zum Teufel mit der Vorsicht, er *wollte,* dass sie den Mann hinter den strengen Blicken und schroffen Worten sah, er *brauchte* sie, um ihn vor sich selbst und seiner eigenen privaten Hölle zu erretten.

Er war nur nicht in der Lage, es zuzugeben, konnte sich nicht dazu überwinden, sie an sich heranzulassen. Aber wann immer er sie ansah, wollte er nichts anderes tun als das. Er war ein Mann, der innerlich zerrissen war, von seinen eigenen lächerlichen Machenschaften in eine Welt aus Chaos und Tumult versetzt. Und er hatte keine Ahnung, wie er die Dinge wieder in Ordnung bringen konnte.

Bevor er es verhindern konnte, fluchte Duncan. Die grimmigen Worte eines oft gemurmelten Fluchs sprangen von seinen Lippen, als besäßen sie ein Eigenleben. Ein düsterer und deftiger Begriff, der seine Furcht erregendsten Feinde in die Flucht geschlagen hätte.

Seine Frau floh auch, sie rutschte auf dem Bett zurück und vergaß die Decken festzuhalten, in ihrer Hast, Abstand zwischen sie zu legen.

Ihre Brüste, jetzt völlig unbedeckt, waren so einladend in ihrer Üppigkeit, dass ein Mönch das Psalmensingen aufgeben würde, um sie zu kosten! Duncans Selbstbeherrschung erlahmte, und seine Erregung wuchs, bis sie in ihrer Intensität fast unerträglich war. Seine Flüche verwandelten sich in ein Stöhnen, und übermannt von sinnlicher Begierde, öffnete er die Brosche, die sein Plaid zusammenhielt, und ließ es fallen.

Genauso schnell befreite er sich von seiner schmutzbefleckten Strumpfhose und schob sie mit dem Fuß beiseite.

Seine Braut schnappte nach Luft, und der Ausdruck der Unschuld und Verwirrung in ihren schönen Augen wich einem misstrauischen Blick. Und diesmal war ihr Ausdruck der Bestürzung mehr als nur ein flüchtiger Eindruck. Oder war es sogar Abscheu, was er in ihren Augen sah? Nicht ganz sicher, schaute Duncan ihr prüfend ins Gesicht, wobei er sich des wenig schmeichelhaften Blicks, den sie auf den Beweis seiner männlichen Begierde richtete, nachdrücklich bewusst war.

Er schluckte die Serie von Flüchen, die er jetzt gern losgelassen hätte. Es war unmöglich, zu erkennen, was sie von ihm dachte, aber er wusste, dass es nichts Gutes war.

Von dem Entzücken und Staunen, das er oft auf den Gesichtern von Frauen wahrgenommen hatte, wenn sie ihn nackt und im vollen Ausmaß seiner männlichen Erregung gesehen hatten, war nichts zu erkennen bei seiner Frau. Duncan fühlte sich in seinem Stolz gekränkt. Tatsächlich hatte er keine Frau mehr vor Leidenschaft glühen sehen, seit er das letzte Mal ein paar stramme Bauernmädchen mit seinem König geteilt hatte.

Und das war schon etliche Jahre her … noch vor Cassandra.

Beim Gedanken an seine erste Frau begann sein Glied zu schrumpfen. Fluchend fuhr er herum, bevor Linnet es sehen konnte. Aber ihrem scharfen Einatmen entnahm er, dass sie es bereits gesehen hatte.

Wütend, das Gesicht hochrot vor Demütigung, stakste Duncan zum Kamin und starrte verdrießlich in die verlöschende Glut. Seine Hände ballten sich zu Fäusten, und sein ganzer Körper spannte sich an wie eine Bogensehne … alles, außer *diesem* einen Teil von ihm.

Seine Männlichkeit, dieser intimste Teil von ihm, den er seiner neuen Braut stolz hatte vorführen wollen, um sie zu *umwerben*, zu *verführen*, mit seiner Männlichkeit und seiner sexuellen Leistungsfähigkeit, hatte ihn im Stich gelassen. Hatte ihn blamiert, gedemütigt und ihn zutiefst beschämt, als er vor ihren Augen geschrumpft war.

Himmelherrgott, schlimmer hätte er es gar nicht mehr vermasseln können! Der Anblick seines unbekleideten Körpers hatte seine Frau zuerst veranlasst, ihn mit Abscheu anzusehen, dessen war er sich ganz sicher, und dann, als er auch noch vor ihren Augen schrumpfte, war sie zutiefst schockiert gewesen.

Eine solche Vorführung hatte seinen Chancen, ihre Zuneigung zu gewinnen, höchstwahrscheinlich einen nicht wieder gutzumachenden Schaden zugefügt. Und alles nur wegen *ihr*. Wenn er könnte, würde er Cassandras Geist auf ewig in die Hölle verdammen, aber er hatte den begründeten Verdacht, dass diese heimtückische Teufelin dort ohnehin schon residierte.

Linnet würde ihm nie glauben, dass es der Gedanke an seine erste Frau gewesen war, was sein Verlangen derart schnell im Keim erstickt hatte. Duncan verstand genug von Frauen, um zu wissen, dass sie sich selbst die Schuld daran geben würde und vermutlich dachte, er fände sie nicht attraktiv.

Oder sie glaubte, er sei impotent.

Er hätte nicht sagen können, welche Vorstellung ihn mehr empörte.

»Sir?«, kam ihre Stimme, deren Zögern Duncan fast den Magen umdrehte. »Habe ich Euch gekränkt?«

»Nein, Frau«, erwiderte er mit schroffer Stimme. »Du hast nichts getan, um mich zu kränken. Ich bin nur müde.«

»Aber Ihr …«

»Ich bin vollkommen erledigt und brauche dringend Schlaf«, unterbrach er sie gereizt, und seine schlechte Laune ließ ihn ganz unbewusst die Fäuste ballen. Die heilige Muttergottes stehe ihm bei, falls seine Frau es wagen sollte, dieses peinliche Thema weiter zu verfolgen.

»Sir, ich habe gehört, dass manche Män …«

»Es ist alles in Ordnung«, stieß Duncan hervor und fuhr herum, um sie mit einem bösen Blick zum Schweigen zu bringen.

Bei Luzifers Knien! Sie saß noch immer mit entblößten Brüsten da! Wäre er ein anderer Mann gewesen, würde er jetzt zu ihr hinübergehen, sein Gesicht in ihrer üppigen Fülle vergraben und ihre Süße gierig in sich aufnehmen, um dann die Lippen zuerst um eine Brustspitze zu schließen, dann um die andere, und sie zu reizen und liebkosen, bis er sein erstes brennendes Verlangen nach ihr befriedigt hatte.

Aber er wollte sie auch anderswo berühren, und hätte es auch getan, wenn er nicht verzehrt würde von Wut und Schmerz. Nicht einmal die Liebe einer anständigen Frau war stark genug, um die Dämonen zu verbannen, die seine Seele fraßen.

Sie blickte ihn neugierig an, machte aber keine Anstalten, ihre Brüste zu bedecken. Auch Duncan zwang sich, sich nicht zu bewegen. Es zu tun, würde sie vielleicht veranlassen, die Decke wieder hochzuziehen. Wenn er bedachte, wie wenig harmonisch ihre Beziehung bisher gewesen war, mochte der liebe

Himmel wissen, wann er das nächste Mal mit einem so wundervollen Anblick beglückt würde.

»Ihr sagtet, Ihr wolltet schlafen«, sagte sie dann und verzichtete Gott sei Dank darauf, auf einer Diskussion über den Zustand seiner Männlichkeit zu beharren. Sie legte den Kopf zur Seite, als sie sprach, und ihre vollen runden Brüste schwankten ein wenig bei der Bewegung.

Jäh und machtvoll kehrte Duncans Lust zurück. Er schluckte, sein Blick richtete sich auf die kleinen rosigen Knospen, die sich so hübsch in seine Richtung drängten und geradezu um Aufmerksamkeit zu flehen schienen. Jesus Christus, aber sie schien wirklich über irgendeine Art dunkler Magie zu verfügen, die imstande war, seinen Verstand zu lähmen.

»Meintet Ihr *hier,* in diesem Bett?«, fragte sie, scheinbar ohne zu bemerken, was sie ihm antat. »Mit *mir*?«

Duncan war sich der Unschuld ihrer Frage durchaus bewusst, aber dennoch ging bei ihren letzten beiden Worten ein scharfes Ziehen durch seine Lenden. Ja, er wollte mit ihr schlafen … aber nicht so, wie sie es meinte. Er wollte ihre schlanken Schenkel spreizen und sich an ihrer Süße weiden, sie mit Mund und Händen entflammen, bis sie sich stöhnend vor Begierde in seinen Armen wand, und dann in sie eindringen, immer wieder und immer wieder, bis er auf dem Höhepunkt der Lust auch den letzten seiner lächerlichen Vorwände vergaß, sich von ihr fernzuhalten.

Aber der Geist Cassandras und ihrer Perfidie lauerten noch immer nahe genug, um seine körperliche Erregungsfähigkeit zu hemmen.

»Werdet Ihr wieder den Wandteppich herunternehmen?«

Duncan brauchte einen Moment, um ihre Worte zu begreifen. Und als er es tat, fuhr er sie wütend an: »Hast du nicht gesehen, dass ich heute Nacht keine Gefahr für dich darstelle?«

Seine scharfen Worte bewirkten, dass sie entsetzt die Augen aufriss und sogar noch weiter von ihm fortrutschte. Zu Duncans perverser Freude wurden bei ihrer Flucht quer über das breite Bett noch mehr köstliche Leckerbissen freigesetzt, an denen sich seine hungrigen Blicke weiden konnten. Für einen kurzen Augenblick versuchte er, zu widerstehen, doch wie hätte er seinem Blick verwehren können, sich an einer so verlockend zur Schau gestellten Beute zu erfreuen?

Obwohl sie die Kerzen auf dem Tisch vor dem Schlafengehen offenbar gelöscht hatte, war der Raum erhellt von einem breiten Streifen Mondlicht, der durch ein offenes Fenster fiel und sie in ein Muster aus Licht und Schatten tauchte.

Die Heiligen mussten tatsächlich wild entschlossen sein, ihn zu verärgern, denn bei ihrer Flucht über das Bett hatte sie das Bettzeug dermaßen in Unordnung gebracht, dass sie, ohne es zu wollen, das Dreieck üppiger rotgoldener Locken zwischen ihren Schenkeln entblößt hatte. Im silbernen Schein des Mondlichts war ihre intimste Körperstelle klar erkennbar, in all ihren verführerischen Einzelheiten.

Und mit ihren angezogenen Knien, die leicht gespreizt waren, erlaubte sie ihm unwissentlich einen mehr als ausgiebigen Blick!

Es war, als ersehnte sich dieser verführerische Hügel aus seidenweichem Haar und zartem, leicht geschwollenem Fleisch ohne ihr Wissen die Berührung eines Mannes.

Seine Berührung.

Er brauchte sie nur noch zu nehmen. Herrgott noch mal, er hatte es schließlich einmal schon getan!

Aber dann verwandelte sich das weiche rote Haar vor seinen Augen in pechschwarzes, und Duncans Blut gefror in seinen Adern. Gott stehe ihm bei, aber er bildete sich sogar ein, Cassandras lange, schlanke Finger mit ihrem eigenen Geschlecht spielen zu sehen, wie sie es so oft getan hatte, um ihn zu quälen, bis er von einem noch wilderen und ungestümeren Verlangen getrieben wurde als ein brünstiger Hirsch.

Unfähig, sich zu bewegen, starrte Duncan das feine rotgoldene Schamhaar seiner zweiten Frau an, sah aber nur den schwarzen Pelz einer durchtriebenen Wölfin. Aus den Tiefen der Hölle beschwor er die Bilder herauf, die ihn einst zu solchen Höhepunkten erotischer Ekstase getrieben hatten: die Hand seiner ersten Frau, wie sie kokett an ihrem rabenschwarzen Schamhaar zupfte, oder wie sie mit einem Finger sanft über ihre intimste Stelle strich und ihn schier um den Verstand brachte vor Lust, während sie ihre frivolen Akte hemmungsloser Lüsternheit vollzog.

Dann bewegte Linnet sich, und die gespenstischen Erinnerungen verflogen. Duncan fuhr herum, um sie nicht das Entsetzen sehen zu lassen, das ihm, wie er wusste, ins Gesicht geschrieben stand, und ging durch das Zimmer zu der Bank unter einem der hohen, bogenförmigen Fenster. Heilige Mutter Gottes, nur selten war ihm irgendetwas derart nahe gegangen. Um seinen inneren Aufruhr zu verbergen, atmete er tief die kühle Nachtluft ein, bis er sicher war, wieder Worte über die Lippen bringen zu können.

»Bitte sei so gut und zieh die Decken glatt, denn ich möchte jetzt nichts anderes mehr als Ruhe. Es ist nur das Bett, von dem ich möchte, dass du es mit mir teilst«, sagte er und kam sich älter und verbrauchter vor als Fergus. »Ich werde nichts anderes von dir verlangen.«

Und wenn ich dir freiwillig gebe, was mein Herz mir sagt, das du dir wünschst?, dachte sie bei sich, hielt es im Augenblick jedoch für klüger, die Worte nicht laut auszusprechen. Sie hätte sie geschrien, doch sie hatte seine Augen durch irgendeinen inneren Aufruhr glasig werden sehen, und ihre hellseherische Gabe hatte sie das Aufwallen der dunklen Qual spüren lassen, die er, wie sie wusste, auf seinen breiten Schultern trug. Und so beschloss sie, ausnahmsweise einmal zu schweigen und zu tun, worum er bat.

Sie wusste, dass sie die heutige Schlacht verloren hatte, aber sie würde sich niemals ganz geschlagen geben. Nicht einmal vor

Dämonen wie den seinen, die sie nicht einmal annäherungsweise ergründen konnte.

Und dennoch wusste sie, dass sie existierten, denn die Finsternis, die seine Seele erfüllte, schien sich im ganzen Zimmer zu verbreiten, schloss das sanfte Licht des Mondes aus und schuf eine bedrückende Atmosphäre mit ihrer Bösartigkeit.

Eine unbestimmbare, schwer zu erfassende Präsenz, aber sehr real. Ein grausamer, erbarmungsloser Feind, den er teilweise selbst heraufbeschworen hatte. So viel wusste sie. Aber was immer auch für Qualen ihn beherrschen mochten, sie waren auf jeden Fall zu mächtig für sie, um sie zu bezwingen.

Nicht, dass er es sie hätte versuchen lassen. Sie hatte sein Glied schrumpfen sehen, während er sie angesehen hatte. Scham und Bedauern übermannten sie, bis sie kaum noch atmen konnte, so gedemütigt kam sie sich vor.

Kein Wunder, dass er ihren Zustand der Benommenheit während einer ihrer Visionen genutzt hatte, um die Ehe mit ihr zu vollziehen. Es war der einzige Weg, den Akt so schnell wie möglich hinter sich zu bringen.

Es fiel ihr noch immer schwer, zu glauben, dass er sie überhaupt berührt hatte, denn sie erinnerte sich nicht an den Schmerz, über den ihre Schwestern oft im Flüsterton gesprochen hatten. Und sie hatte auch nicht das Vergnügen, die große Leidenschaft erfahren, von der die Barden sangen. Nichts von all diesen wundersamen Dingen hatte sie erlebt, und es war schwer zu glauben, dass sie es jemals tun würde.

Denn obwohl ihr Gemahl sehr lange ihre nackten Brüste angestarrt hatte, und das mit einer solchen Glut in seinem Blick, dass sie geglaubt hatte, sein Blick würde ihre Haut versengen, war es dennoch mehr als offensichtlich, dass er zu dem Schluss gekommen war, sie verdiente sein Interesse nicht.

So unerfahren sie in intimen Dingen auch war, wusste sie doch immerhin genug, um zu verstehen, was mit dem Beweis seiner männlichen Begierde geschehen war.

Und warum.

Aber nachdem er kein Hehl daraus gemacht hatte, dass er sie nicht anziehend fand, warum wurde sie dann innerlich noch immer kribbelig und seltsam weich, wann immer er ihr seinen dunklen Blick zuwandte? Warum empfand sie ein fast schmerzliches Verlangen nach etwas, was sie nicht einmal genau bestimmen konnte?

Etwas, das so nahe zu sein schien und trotzdem außer Reichweite.

Bis sie die Hand ausstreckte und es nahm.

Sie wandte das Gesicht ab, als er auf das Bett stieg und sich neben ihr ausstreckte. Er brauchte ihren Schmerz und ihre Verwirrung nicht zu sehen. Seine Reaktion auf ihren Körper, seine Ablehnung von ihr als Frau war demütigend genug gewesen.

Für lange Zeit blieb Linnet still im Dunkeln liegen. Der Mond war längst weitergezogen und hatte den sanften, silberblauen Schimmer, der den Raum erhellt hatte, mitgenommen. Aus Angst, den zerbrechlichen Frieden zu zerstören, der den Schlummer ihres Ehemanns begleitete, wagte Linnet nicht einmal, tief durchzuatmen, und beschränkte sich auf kleine, flache Atemzüge.

Sie blieb so lange reglos liegen, bis Duncans langsame, tiefe Atemzüge sie schließlich überzeugten, dass er in einen tiefen Schlaf gesunken war. Erst dann entspannte sie sich und drehte sich vorsichtig zur Seite, um ihn zu betrachten.

Er lag gut einen Armbreit weit von ihr entfernt, aber die Hitze seines Körpers erreichte und wärmte sie. Sein maskuliner Duft reizte ihre Sinne und setzte die machtvollen Impulse frei, die sie gerade erst zu verstehen begann. Ihm so nahe zu sein, brachte sie sehr durcheinander, was sie aber nicht als unangenehm empfand, sondern eher als verwirrend.

Sie wollte die Gefühle, die er in ihr weckte, erforschen, die neuen Entdeckungen genießen, die er ihr zweifellos nahe bringen konnte. Aber sie fand, dass ihre Beziehung nicht harmonisch genug war, um zu riskieren, ihm die Macht zu zeigen, die er über sie besaß.

Und sie brauchte ihn auch nicht, um zu erkennen, was mit ihr geschah und was in ihrem Herz vorging.

Sie wusste es schon.

Oder vermutete es zumindest.

Und wenn ihre Gefühle für sie selbst so klar erkennbar waren, wie konnte sie dann hoffen, sie vor Duncan zu verbergen?

Ihre Brüder hatten oft im Scherz gesagt, sie verstünde nie, ihre Gefühle zu verbergen. Würde Duncan die Wahrheit erraten? Oder hatte er es schon getan? Hatte er gespürt, dass sie vor freudiger Erwartung zitterte, als sie erwachte und ihn so unerwartet vor ihrem Bett stehen sah?

Konnte er bemerkt haben, wie ihr Puls zu rasen begann? Konnte er erraten haben, welch wohliges Erschauern sie durchrieselte bei der Vorstellung, er sei gekommen, um die Nacht in ihren Armen zu verbringen?

Würde er seine Dämonen je aufgeben, je versuchen, eine richtige Ehe mit ihr zu führen? Hatte er überhaupt eine Vorstellung davon, wie verzweifelt sie sich wünschte, genau das mit ihm zu tun?

Wusste er, dass sie begonnen hatte, ihn zu lieben?

Ihr Herz verkrampfte sich bei dem Gedanken. Er war ein Mann, der nichts zu tun haben wollte mit edleren Gefühlen. Ein Mann, in dessen Herz kein Platz für Liebe war. Und Linnet war überzeugt, dass er ein Herz besaß. Er hatte es nur weggeschlossen.

Den Blick auf ihn gerichtet, um sich zu vergewissern, dass er wirklich schlief, zeichnete sie mit den Fingerspitzen die harte Linie seines Kinns nach und strich dann mit der flachen Hand über seine zerzauste Mähne schwarzen Haars. Sie berührte ihn zärtlich und behutsam, denn sie wusste instinktiv, dass es das war, was er jetzt am meisten brauchte.

Und falls sie je daran gezweifelt haben sollte, wusste sie es jetzt. So beeindruckend er auch wirken mochte, ausgestreckt auf ihrem Bett in seiner ganzen nackten Pracht, trug sein Gesicht, das jetzt im Schlaf entspannter wirkte, einen Ausdruck der Verletzlichkeit, den sie als unwiderstehlich anziehend empfand.

Nichts erinnerte mehr an den Furcht erregenden, stolzen Krieger mit der dröhnenden Stimme und den kritisch zusammengekniffenen Augen. Auch seine häufigen Wutanfälle waren für den Moment verstummt. Schlaf hatte seine Verbitterung verbannt und an ihrer Stelle einen Mann zurückgelassen, dessen Gesicht so schutzlos wirkte, so rein in seiner dunklen Schönheit, dass Linnet nicht der Versuchung widerstehen konnte, sich vorzubeugen und sanfte Küsse auf seine sorgenfreie Stirn zu hauchen.

Nur einige wenige, weil sie ihm nicht die Ruhe stehlen wollte, die er brauchte, und weil sie es nicht ertragen hätte, wenn er erwacht wäre und die gleiche unnahbare Miene aufgesetzt hätte wie vor dem Einschlafen.

Mit einem leisen Seufzer legte Linnet sich wieder auf den Rücken und schloss die Augen. Aber nicht, um zu schlafen. Zu viele beunruhigende Dinge machten ihr zu schaffen, um in dieser Nacht noch Schlaf zu finden.

Dinge, die sie weder kontrollieren noch ändern konnte.

Aber jetzt, nachdem sie den mächtigen MacKenzie von Kintail, den Schwarzen Hirsch, so ungezwungen gesehen hatte, verstand sie nur zu gut, warum ihre Furcht vor ihm nachgelassen hatte und sie Zuneigung zu ihm entwickelte.

Als sie einen verstohlenen Blick auf ihn warf, auf sein gut aussehendes Gesicht, das fast jungenhaft wirkte im Schlaf, entglitt ihr die Kontrolle über ihre Emotionen noch ein wenig mehr. Die Verwundbarkeit, die seine Züge weicher machte, war ein verunsicherndes Bild neben der rohen, schonungslosen Kraft seines beeindruckenden Körpers und der Vitalität und Tatkraft, die durch seine muskulösen Glieder strömte.

Sie schloss wieder die Augen und tat einen tiefen, unsicheren Atemzug. Wahrscheinlich war es unvermeidlich, dass sie sich zu ihm hingezogen fühlte.

Es war ihr Schicksal, so war es ihr von Anfang an bestimmt gewesen, lange, bevor sie ihren ersten Atemzug getan hatte.

Denn sie hatte nie der Versuchung widerstehen können, wilde Geschöpfe zu zähmen. Ihr Leben lang hatte sie den glühenden Wunsch verspürt, verletzten Tieren zu helfen, sie gesund zu pflegen und dann wieder freizulassen.

Doch Duncan MacKenzie war ein Tier, von dem sie stark bezweifelte, dass es sich jemals wirklich zähmen lassen würde.

Oder zumindest nicht von ihr, obwohl sie es auf jeden Fall versuchen wollte.

Und falls sie durch irgendein himmlisches Wunder das Herz ihres Ehemannes heilen *konnte*, würde es ihr mit Sicherheit das ihre brechen, ihn gehen zu lassen.

9

An einem nebelverhangenen Morgen eine Woche später öffnete Linnet das Tor zu dem winzigen Kräutergarten, dessen Pflege der alte Fergus ihr widerstrebend überlassen hatte. Sie zog das Tor wieder fest hinter sich zu, und das Quietschen seiner rostigen Angeln erschien ihr überlaut und aufdringlich gegen das rhythmische Plätschern der Wellen, die das Kiesufer direkt unterhalb der dicken Steinmauern des Gartens überspülten.

Ihren Schleier zurückschlagend, richtete sie das Gesicht gen Himmel. Die Feuchtigkeit des frühmorgendlichen Nebels fühlte sich angenehm an auf der Haut, seine sanfte Kühle war erfrischend. Wohltuend war auch der Duft frisch umgegrabener Erde und die intensiveren Gerüche der See, die mit der leichten Brise herüberwehten.

Begierig, mit der Arbeit zu beginnen, ließ sie ihren Blick über die sauberen Beete mit Gemüse und Kräutern gleiten, die sie in den vergangenen sieben Tagen gewissenhaft gejätet hatte. Sie hatte viel geschafft und war mit dem Erreichten sehr zufrieden.

Wenn sie nur auch mit ihrer Ehe so zufrieden sein könnte.

Doch obschon sie bei Pflanzen buchstäblich Wunder bewirken und ein vollkommen vernachlässigtes, steiniges, vom Unkraut überwuchertes Stück Boden in einen erstaunlich fruchtbaren Garten verwandeln konnte, auf den selbst dieser hochbegabte Mönch, Bruder Baldric, stolz gewesen wäre, schien ihre besondere Begabung für die Aufzucht von Pflanzen und anderen Lebewesen ihr bei ihrem Ehemann so gut wie nichts zu nützen.

Sie tat einen tiefen, reinigenden Atemzug, doch bevor ihr

Zeit blieb, wieder auszuatmen, vernahm sie ein Rascheln in einer dunklen Ecke des Gartens.

»Wer ist da?«, rief sie, sich in die Richtung umwendend, aus der sie das Geräusch vernahm.

»Nur ich.« Ihr Ehemann trat aus den Schatten, und Linnets Herz schlug schneller, als sie ihn erblickte. Seine hochgewachsene, kriegerische Gestalt in seinem glänzenden schwarzen Kettenpanzer erschien ihr nahezu unerträglich maskulin im morgendlichen Frieden ihres kleinen Kräutergartens. »Ich kam, um dir Lebe wohl zu sagen«, sagte er.

»Lebe wohl?« Linnet trat einen Schritt vor. »Du hast nichts davon gesagt, dass du fortgehst, als wir heute Morgen erwachten. Was ist geschehen?«

Er kam langsam auf sie zugeschlendert, sein Plaid verwegen über seiner linken Schulter und nicht einen, sondern gleich zwei Dolche an seinem tief sitzenden Gürtel. Eine viel sagende Sicherheitsmaßnahme, die zu dem grimmigen Zug um sein Kinn passte. Seine blauen Augen hatten sich zu einem Ton verdunkelt, der fast so schwarz war wie das stählerne Gewebe seines Kettenhemds, und erschienen mindestens genauso kalt.

Linnet, die sich der geballten Kraft und Energie, die er so meisterhaft unter Kontrolle hielt, bewusst war, und des Zorns, der trotz seiner beherrschten Haltung in ihm schwelte, wartete, bis er sie erreichte, bevor sie ihren Verdacht aussprach. »Ist es wegen Kenneth?«

Unwillkürlich glitt Duncans Hand nach dem Griff des Breitschwertes, das von seinem Gürtel hing. »Aye, so sieht es aus. Ich erhielt eine Nachricht von meinem Freund und Verbündeten, John MacLeod, dass Kenneth die Clanangehörigen bedrängt, die in den Randgebieten der MacKenzie-Ländereien leben. MacLeod ist ein guter Mann und würde keine falschen Gerüchte verbreiten. Er hätte nie eine Warnung geschickt, wenn die Gefahr nicht ernst wäre. Ich werde alsbald mit einer Patrouille aufbrechen.«

Linnet schluckte ihr Unbehagen, als er ihre Befürchtungen bestätigte, und nickte nur. Er sollte nicht auch noch *ihre* Sorgen mitnehmen, wenn er die Burg verließ. Sie bemühte sich, so gefasst zu klingen, wie es ihr möglich war, und sagte: »Gott sei mit Euch, Mylord.«

Etwas Undefinierbares flackerte in seinen Augen auf, und für einen Moment berührte er ihr Gesicht und strich mit dem Handrücken über ihre Wange. »Es wäre mir lieber, wenn Er hier bliebe, um über Euch zu wachen.«

Ein wohliges Prickeln durchflutete sie angesichts seiner unerwarteten Sanftheit, doch der Ernst seiner bevorstehenden Reise gestattete ihr nicht den Luxus, über die Bedeutung dieser schlichten, aber liebevollen Geste nachzudenken. Stattdessen hob sie den Saum ihrer Tunika an, um Duncan den scharfen Dolch zu zeigen, den Dundonnells Schmied ihr zum Abschied geschenkt hatte. Wie es ihre Gewohnheit war, trug sie die Waffe in ihrem Stiefelschaft.

Trotzig schob sie das Kinn vor und erwiderte ruhig Duncans Blick. »Ich fürchte deinen Halbbruder nicht«, erklärte sie, während sie ihren Rocksaum wieder fallen ließ. »Und ich werde auch nicht zögern, meine Klinge zu gebrauchen, falls es nötig ist.«

Er packte sie an den Oberarmen, und obwohl seine Finger wie Eisenschellen waren, fest und stark, empfand sie sie als unglaublich beruhigend, denn ihre Wärme durchdrang ihre Ärmel und vertrieb die Kälte, die bei Kenneths Erwähnung Besitz von ihr ergriffen hatte.

»Mögen die Heiligen verhindern, dass du diesem Bastard je wieder so nahe kommst«, schwor er.

»Außerdem verstehe ich hervorragend mit Pfeil und Bogen umzugehen«, fügte sie beruhigend hinzu, obwohl sie innerlich zutiefst besorgt war über die Spannung, die ihn offenbar beherrschte. Sie schien von seinen Händen auf sie überzuspringen und in ihr Blut zu schießen, eine lebendige, elektrisierende

Empfindung, wild und ungebärdig wie der Himmel in den Klauen eines unheilvollen Sommersturms.

Noch immer um einen leichten Ton bemüht, in der Hoffnung, wenigstens seine Befürchtungen um sie zerstreuen zu können, prahlte sie: »Keiner meiner Brüder kann es darin mit mir aufnehmen.«

»Ist das wahr?« Ihr tapferer Versuch wurde belohnt mit einem Ausdruck der Belustigung in seinen Augen und dem Anflug eines Lächelns. Es war zwar kein richtiges Lächeln, und so flüchtig, dass sie es sich vielleicht nur eingebildet hatte, doch für einen winzigen Augenblick lang hatte dieses Beinahe-Lächeln sein gut aussehendes Gesicht berührt und so hell gestrahlt, dass es sie beinahe geblendet hatte.

Auf jeden Fall hatte es ihr liebebedürftiges Herz noch schneller schlagen lassen.

»Ich schwöre es beim Grabe meiner Mutter«, sagte sie, von diesem kaum wahrnehmbaren Lächeln ermutigt, und in der Hoffnung, ihn von der Wahrheit ihrer Behauptungen zu überzeugen.

Doch kaum hatten die Worte ihre Lippen verlassen, war seine Miene wieder wie versteinert. Abrupt ließ er sie los und sagte: »Und wenn du dem Teufel den Schwanz abschießen kannst, du wirst innerhalb dieser Mauern bleiben. Ich will nicht, dass du die Burg verlässt und dich in Schwierigkeiten bringst. Ich habe einem meiner Männer befohlen, vor deiner Tür zu wachen, und ich halte es für das Beste, wenn ich dich jetzt gleich dorthin begleite.«

»Hier im Garten bin ich doch wohl kaum gefährdet?«

Statt zu antworten, blieb Duncan still, und seine Lippen wurden schmal und verzogen sich zu einem Ausdruck des Missfallens … oder der Missbilligung.

Es war der gleiche verschlossene Gesichtsausdruck, den sie jedes Mal an ihm bemerkte, wenn er sie zu dem kleinen Kräutergarten gehen sah. Die sprudelnde Freude, die seine Gegenwart stets in ihr weckte, verlosch; seine düstere Stimmung erstickte sie so schnell, wie zwei Finger eine brennende Kerzenflamme löschen konnten.

»Es gefällt mir hier, Sir«, sagte sie und richtete sich noch etwas gerader auf und straffte ihre Schultern. »Mich um den Garten zu kümmern, gibt mir etwas zu tun.« Sie deutete auf die ordentlichen Beete frisch gepflanzter Kräuter. »Ich kam her, um Kräuter für ein Elixier für Sir Marmaduke zu holen. Die Breipackungen aus Kreuzkraut haben sehr gut gewirkt, und deshalb hoffe ich, dass ein Mittel zum Einnehmen ihm sogar noch bessere Dienste leisten wird.« Impulsiv legte sie eine Hand auf Duncans Arm. »Hast du die Veränderung noch nicht bemerkt?«

Ein widerstrebendes Lächeln breitete sich langsam auf seinem Gesicht aus, verwandelte es und ließ ihren Atem stocken. »Doch, sie ist mir schon aufgefallen, und wenn dem nicht so wäre, würde dieser eitle Fatzke schon dafür gesorgt haben, dass ich es bemerke.«

»Dann bist du also froh darüber?«

Er strich ihr eine lose Haarsträhne aus dem Gesicht und ließ seine Finger ihren schlanken Nacken entlanggleiten. Eine sanfte, zärtliche Berührung, leicht wie ein Windhauch nur, aber intensiv genug, um eine Welle wohliger Empfindungen in ihr zu wecken. »Das war gute Arbeit«, sagte er, während seine Finger mit dem Haar an ihrem Nacken spielten. »Die Schwellung um Marmadukes verlorenes Auge ist fast vollständig zurückgegangen, und ich bin mächtig beeindruckt von deinen Fähigkeiten. Dennoch, wenn du mit Kräutern arbeiten musst, wäre es mir lieber, wenn du sie dir von den Brüdern in der Abtei holen lassen würdest, als sie hier zu ziehen.«

»Aber warum?« Linnet blickte sich in dem kleinen Garten um. Er begann gerade wieder gepflegt und nicht mehr so verwahrlost auszusehen. »Es ist wahr, ein Garten braucht viel Pflege, aber das stört mich nicht. Ich tue es gern, die Arbeit macht mir Freude. Deine Mutter …«

»Wer sprach mit dir von meiner Mutter?«, fiel Duncan ihr ins Wort und hielt inne in der Liebkosung ihres Nackens.

»Niemand, es ist nur so …«, stammelte Linnet verwirrt. »Fergus sagte, sie hätte sich früher um den Garten gekümmert, und ich dachte, nachdem er so lange vernachlässigt wurde, wärst du vielleicht froh …«

»Er wurde auf meine Anweisung vernachlässigt.«

»Ich fürchte, ich verstehe nicht.«

»Nein, das tust du nicht, und du kannst es auch nicht.« Duncan trat von ihr zurück und schlenderte zum Tor, wo er mit dem Rücken zu ihr stehen blieb, die Hand auf dem rostigen Riegel.

Linnet versteifte sich angesichts der Kälte, die in seiner abweisenden Haltung lag, aber etwas in der Art, wie er verweilte und zögerte, als wartete er darauf, dass sie den nächsten Schritt tat, veranlasste sie, zu ihm zu gehen.

»Ich würde es aber gern verstehen, Duncan«, sagte sie leise, weil sie sich noch immer nicht ganz daran gewöhnt hatte, ihn mit seinem Vornamen anzusprechen. Aber irgendwie erschien es ihr natürlicher.

Er belohnte sie, indem er seinen Arm um ihre Schultern legte und sie näher zog. Aber es war eine etwas unbeholfene Berührung, steif und hölzern, als flößte es ihm Unhehagen ein, sie im Arm zu halten. »Du brauchst nichts anderes zu tun, als vorsichtig zu sein, wenn du hier bist. Und ich möchte dein Wort darauf, dass du jede einzelne Pflanze … jeden Samen … kennst, die du hier ziehst.«

Sie lehnte sich zurück, um ihn anzusehen, erstaunt über den vorwurfsvollen Tonfall seiner Stimme. »Sir, ich kannte mich schon mit Kräutern aus, bevor ich laufen konnte! Ich versichere Euch, es gibt hier nicht eine einzige Pflanze, die für etwas anderes als Gutes benutzt werden kann.«

»Und ich wünsche, dass es auch so bleibt.«

»Habt Ihr Angst, ich könnte jemandem Schaden zufügen?«

Ein Frösteln durchzuckte sie bei der Vorstellung, er könne so schlecht von ihr denken. »Ich würde doch nie …«

»Du bist es nicht, der ich misstraue«, sagte er und legte seine große Hand beruhigend um ihr Kinn. »Es ist nur so, dass dieser Ort mit unglücklichen Erinnerungen für mich verbunden ist.« Er hielt inne, wie um seine Worte sorgsam abzuwägen, bevor er fortfuhr. »Meine Mutter und Schwester starben beide an vergiftetem Essen. Es hieß damals, das Gift stammte aus diesem Garten.«

»Um Himmels willen!« Linnet schlug die Hände an ihre Wangen. »Das war doch sicherlich ein Unfall?«

Ihr Mann wartete einen Moment, bevor er antwortete. »Ich weiß es nicht. Es konnte nichts bewiesen werden, denn die Person, die wir verdächtigten, kam um, bevor wir sie befragen konnten.«

»Das wusste ich nicht.« Linnet hielt inne, um ihre Lippen zu befeuchten. »Wenn es dir lieber ist, gebe ich die Arbeit hier in diesem Garten auf.«

Er zögerte, um dann sanft mit den Fingerknöcheln über ihre Wange zu streichen. »Nein. Vielleicht ist es an der Zeit, dass sich dieser Garten wieder der Aufmerksamkeit einer edlen Dame erfreut.«

Linnet nickte, zu gerührt von seiner unverhofften Zärtlichkeit, um etwas zu erwidern.

Unversehens trat er näher und nahm ihr Gesicht zwischen seine beiden großen Hände, senkte den Kopf und berührte ihre Lippen mit den seinen, in einem nahezu schmerzhaft süßen Kuss, dessen Zärtlichkeit Linnet den Atem raubte. Dann, während sie sich an ihn schmiegte und bereitwillig ihre Lippen öffnete, um den Kuss noch zu vertiefen, ließ er sie ganz plötzlich los und ging. Linnet blieb, wo sie war, und presste die Finger an ihre Lippen, die noch immer prickelten von seinem Kuss, bis das Geräusch seiner sich entfernenden Schritte im morgendlichen Nebel unterging.

Erschüttert und beeindruckt von der Kraft des leidenschaftlichen Verlangens, das sein Kuss in ihr entfesselt hatte, bückte Linnet sich und hob einige dicke Schnecken aus einem frisch gejäteten Beet mit Thymian und Minze auf. Vielleicht begannen ihre nächtlichen Versuche, die Barrieren zu durchbrechen, die er gegen sie errichtet hatte, allmählich Wirkung zu erzielen?

Die Zärtlichkeit seines Abschiedskusses – oder die Sorge, die in seinen letzten Worten mitgeklungen hatte – ließ sich nicht bestreiten.

Vermutete er, dass sie Nacht für Nacht wachgelegen hatte und darauf gewartet hatte, bis er in einen tiefen Schlaf versank? Hatte er möglicherweise gespürt, wie sie mit den Fingerspitzen die aristokratischen Züge seines Gesichtes nachgezogen hatte? Hatte er nur so getan, als schliefe er, während sie seinen kraftvollen Körper mit ihren suchenden Händen sanft erforscht hatte?

Denn nur dann, nur in der Stille und im Schutz der Dunkelheit, wagte sie zu hoffen, ihn mit der Zärtlichkeit ihrer Berührung zugänglicher machen zu können.

Sein Herz zu gewinnen, wenn er arglos war und vielleicht zu müde von den Anstrengungen des Tages, um ihren Liebkosungen zu widerstehen.

Nur dann erlaubte sie sich zu träumen.

Kopfschüttelnd richtete sie sich auf und wischte sich die Hände an ihrer Schürze ab. Gott, aber sie war wirklich kühn geworden. Jede Nacht war sie noch ein bisschen mutiger geworden, hatte zuerst sein Haar berührt, sich dann zu seinen breiten Schultern vorgewagt und schließlich die ausgeprägten Muskeln seiner Oberarme liebkost.

Einmal hatte sie ihre Fingerspitzen sogar über seine Brust und seinen flachen Bauch hinunterwandern lassen und erst innegehalten kurz vor dem dichten schwarzen Haar, das seine Männlichkeit beschützte.

Dort hatte sie gezögert, als ein Prickeln ihren Arm hinaufschoss, sie durchflutete und ihre Sinne entflammte, bevor es sich schließlich tief in ihrem Innersten zu bündeln schien. Die Empfindungen hatten eine träge Hitze in ihr ausgelöst und sie dazu gedrängt, jenen männlichsten und geheimnisvollsten Körperteil von ihm zu erforschen.

Aber sie hatte von ihm abgelassen und ihre Hand zurückgezogen, als hätte sie sich verbrannt.

Zu bang vor seiner möglichen Reaktion, und zu unsicher, um eine Entdeckung zu riskieren.

Die bloße Vorstellung, er könne erwachen und sie dabei ertappen, wie sie ihn berührte und seinen Körper erforschte, als wäre sie eine Dorfdirne der schlimmsten Sorte, entsetzte sie. Sie hatte keine Ahnung, wie er reagieren würde, wusste aber, dass er ihre Kühnheit nicht begrüßen würde. Schließlich hatte er kein Hehl aus seinem Wunsch gemacht, sich von ihr fernzuhalten.

Sie erschauderte beim Gedanken an das enorme Risiko, das sie eingegangen war, als sie gewagt hatte, ihn auf diese Weise zu berühren.

Aber trotzdem war er in den Garten gekommen, um ihr Lebe wohl zu sagen, hatte ihr mehr Freundlichkeit erwiesen, als sie sich zu erträumen gewagt hätte, und war aufrichtig um ihre Sicherheit besorgt gewesen.

Hatte ihr Grund gegeben, weiterzuhoffen.

Plötzlich rutschte eine dicke Haarsträhne unter ihrem Schleier hervor und fiel ihr in die Augen. Mit geübter Geste steckte sie das Haar zurück an seinen Platz und seufzte.

Wenn sie doch bloß mehr zu bieten hätte als ihr angeblich so hübsches Haar!

Nicht, dass sie es selbst so schön gefunden hätte, wie einige behaupteten.

Es ließ sich einfach nicht auf Dauer bändigen, war viel zu schwer für die Zöpfe, die Elspeth ihr jeden Morgen so gewissenhaft flocht. Keine drei Stunden vergingen, und schon war Elspeths mühsames Werk wieder zunichte. Aye, ihr Haar war furchtbar schwer zu bändigen. Und seine Farbe war von einem beinahe unanständigen Rot, ein Ton, der besser zu einer Frau mit geringeren Moralvorstellungen gepasst hätte. Oder, wie ihr Vater ihr oft vorgeworfen hatte, zu einer Hexe.

Wäre das Schicksal gnädiger gewesen, wäre sie mit der unaufdringlichen Schönheit ihrer Schwestern gesegnet gewesen. Stattdessen war sie mit einem reizlosen Gesicht und einer widerspenstigen Mähne dichten roten Haars geboren worden, viel zu vollen Lippen und einer Haut, die, obschon sie hell genug war, verdorben war von Sommersprossen, die sie von ihrem Vater geerbt hatte.

Von einem betrunkenen Rüpel, der sich zweifelsohne köstlich amüsieren würde über die Demütigung, die sie erfahren hatte, als sie sich in einen Mann verliebte, der sie nicht begehrte wie ein wahrer Ehemann. Sie ersehnte sich mehr als seine sanften Küsse, sie brannte darauf, wahre Leidenschaft zu erfahren, eine vollkommene Hingabe an die glutvollen Gefühle, die ihr Gatte in ihr entfachte. Aye, ihr Dad würde sich vor Lachen krümmen, wenn er sehen könnte, wie sie sich um Duncan MacKenzies Gunst bemühte!

Denn trotz seiner Sorge um ihre Sicherheit war das Einzige, was ihren Mann *wirklich* an ihr interessierte, die Antwort auf die Frage, die er ihr jeden Morgen stellte … und jeden Abend.

Aber sie hatte geschwiegen und ihr Geheimnis bewahrt, selbst wenn er in mürrisches Schweigen verfiel ihres scheinbaren Unvermögens wegen, die Wahrheit, die er suchte, zu erkennen.

Trotzdem erwachte sie mit jedem neuen Tag mit neuer Hoffnung.

Hoffnung für sich selbst und Hoffnung auch für Robbie.

Doch dann, bei Anbruch der Nacht, ging sie mit dem Wissen zu Bett, dass ihre Versuche, ihm zu gefallen, wieder einmal hoffnungslos unnütz gewesen waren, egal, was sie versucht hatte. Ihre Bemühungen, ihn dazu zu bringen, sie zu begehren, und sich seine Liebe zu seinem Sohn – bedingungslos – einzugestehen, waren und blieben verlorene Liebesmühe.

Mit einem gemurmelten Fluch, der vollmundig genug war, um selbst ihre Brüder stolz gemacht zu haben, trat Linnet einen Stein aus dem Weg und ging dann zu der kleinen Werkstatt weiter, die an der Gartenmauer angebaut war.

Hier, und bei dem Jungen, Robbie, fand sie Trost.

Auch heute Morgen erschien ihr die Last der schwierigen Aufgabe, die sie auf sich genommen hatte, ein wenig leichter, als sie den Schuppen betrat und die Kräuter roch, die zum Trocknen an den niedrigen Deckenbalken hingen.

Die vielen Regale mit Flaschen, Krügen und Tongefäßen, und die verschiedenen Arbeitstische, die ein Sortiment von Stößeln, Mörsern und Holzschalen enthielten, wie Linnet sie in dieser Art noch nie gesehen hatte, spendeten ihr Trost.

In einem Eckschrank hatte sie sogar ein kostbares Set metallener Waagschalen entdeckt, eine Sammlung kleiner Holzkästen, die ideal waren, um ihre Kräutermischungen nach dem Trocknen einzulagern, und sogar mehrere Rollen ziemlich sauberen Leinens, um Wunden zu verbinden, falls es nötig war.

Linnet atmete tief ein und füllte ihre Lungen mit dem scharfen Duft. Augenblicklich wurde ihr leichter um das Herz. In der Stille dieser dämmrigen Werkstatt mit ihren tröstlichen Gerüchen nach Kräutern und nach Torfrauch empfand sie ein Gefühl des Friedens, das sie auf Eilean Creag nicht zu finden erwartet hatte.

Selbst der erdige Geruch des ausgetretenen Lehmbodens und die salzhaltige Seeluft, die durch das eine kleine Fenster hereindrang, beruhigten sie und verliehen der Werkstatt irgendwie die Atmosphäre eines Zufluchtsorts.

Nachdem sie einen irdenen Krug aus einem hohen Fach genommen hatte, schenkte sie ein Maß Kreuzkrautelixier in ein Fläschchen. Sie hatte dieses spezielle Mittel eigens für Sir Marmaduke zubereitet und sich große Mühe mit der Auswahl seiner Zutaten gegeben. Aus einem Impuls heraus gab sie noch ein paar Tropfen anderer Kräuteressenzen zu dem Kreuzkraut, in der Hoffnung, die hässlichen geschwollenen Narben in Sir Marmadukes Gesicht noch etwas stärker abzuschwächen.

Zufrieden versiegelte sie das Fläschchen, damit kein Tropfen des kostbaren Elixiers verloren gehen konnte.

Nachdem sie das Fläschchen in ihre Schürzentasche gesteckt hatte, wandte sie sich um und stolperte beinahe über einen großen Hund, der ausgestreckt auf dem Boden hinter ihr lag. Sie lächelte, als sie Mauger erkannte, den alten Mischlingshund, der ihrem Stiefsohn auf Schritt und Tritt zu folgen pflegte, egal, wohin er ging.

Aber sie hatte keinen von beiden eintreten gehört. Und sie sah auch Robbie nirgendwo in der Werkstatt. Verwundert bückte Linnet sich, um den großen Kopf des Hunds zu streicheln, und blickte suchend in die Schatten, während sie es tat. »Robbie? Bist du hier, mein Junge? Du brauchst dich nicht vor mir zu verstecken.«

Obwohl er nicht antwortete, verriet ein leises Rascheln in der fernen Ecke sein Versteck. Robbie saß auf dem Boden, unter einem Tisch, seine kleine Gestalt fast nicht erkennbar in den tiefen Schatten.

Noch erstaunter ging Linnet zu ihm hinüber und kniete sich auf den Lehmboden. Trotz des schwachen Lichts war nicht zu übersehen, dass der Junge sehr bekümmert war. Er hatte die Knie an die Brust gezogen und die Arme fest darum geschlungen. Zu ihrer Bestürzung hielt er das Gesicht von ihr abgewandt und weigerte sich, sie anzusehen.

Aber was sie am meisten beunruhigte, war, wie seine Schultern zuckten. Robbie weinte, und seine stummen Tränen zerrissen ihr das Herz. Sich vorbeugend, griff sie unter den Tisch und versuchte, den Arm des Jungen zu berühren, aber er ignorierte sie und zog sich noch dichter an die Wand zurück.

»Robbie, was ist geschehen, mein Junge? Willst du nicht herauskommen und mir sagen, was du hast?«

Ein ersticktes Schluchzen war die Antwort, aber er drehte sich zumindest um und sah sie an. Mitleid erfasste sie bei seinem Anblick, seine Augen waren gerötet und geschwollen, seine Wangen blass und nass von Tränen.

Nur von dem Gedanken beherrscht, ihn zu trösten, zog Linnet den zitternden kleinen Jungen zu sich heran und nahm ihn in die Arme. So sanft wie möglich strich sie ihm über das dunkle Haar und benutzte dann den Saum ihrer Schürze, um ihm die Tränen abzuwischen. »Was ist dir widerfahren, mein Junge? Erzähl es mir, denn ich verspreche dir, dass es nicht so schlimm sein kann, wie es aussieht.«

Er zog die Nase hoch und sagte nichts, doch die Art, wie er seine Arme um sie schlang, ermutigte Linnet, weiter in ihn zu dringen. »Wieso bist du nicht bei Sir Marmaduke?«, fragte sie sanft und strich mit dem Handrücken zärtlich über seine feuchte Wange. »Gibt er dir nicht gewöhnlich um diese Zeit Unterricht im Schwertkampf?«

»Onkel Marmaduke ist mit der Patrouille hinausgeritten«, stieß Robbie hervor und wischte sich über die Augen, als er endlich sprach.

Onkel Marmaduke? Linnet hob sich diese interessante Information für später auf und konzentrierte sich darauf, herauszufinden, was den Jungen so bekümmerte. »Wenn du heute Morgen keinen Unterricht hast, wieso bist du dann schon so früh auf?«

Wieder antwortete ihr Schweigen. Aber der gequälte Blick in seinen dunkelblauen Augen, die denen ihres Mannes so verblüffend ähnlich waren, genügte ihr als Hinweis, dass irgendetwas ihn sehr verletzt haben musste.

Ganz plötzlich stieß Mauger sie von hinten an und brachte

sie beinahe aus dem Gleichgewicht, als er kam und seinen großen Kopf auf Robbies Schoß legte. Der alte Hund winselte jämmerlich und schaute mit traurigen braunen Augen zu Linnet auf, als flehe er sie an, die Qual seines jungen Herrn zu lindern.

»Mauger wäre sicher froh, wenn du mir sagen würdest, was geschehen ist«, behauptete sie und legte eine Hand auf die Schulter des Hundes. »Außer ihm und mir ist niemand hier, und du weißt, dass wir dich beide lieb haben.«

Robbies Augen wurden wieder feucht, aber er nickte und begann zu sprechen. »Ich bin in die Küche gegangen, weil Fergus sagte, die Köchin backte Honigkuchen, und … und …«

»Und?«

»Und ein paar von den Mägden zündeten die Feuer an, und ich hörte sie reden. Sie sagten, du würdest Papa einen neuen Sohn schenken, und dann …« Robbie tat einen tiefen Atemzug, der ihn erschauern ließ, und schien dann auf ihrem Schoss zusammenzusinken. Seine nächsten Worte überstürzten sich. »… und dann würde er mich überhaupt nicht mehr haben wollen.«

Linnets Herz zog sich zusammen, seine Ängste durchbohrten es wie eine Lanze. Behutsam nahm sie sein Gesicht zwischen ihre Hände und zwang ihn sanft, sie anzusehen. »Hör mir jetzt gut zu, mein Kind, denn was ich sage, ist die reine Wahrheit: Dein Vater liebt dich mehr als sein eigenes Leben. Das darfst du nie bezweifeln, und auch nicht, dass du sein Sohn bist. Hast du vergessen, was ich dir an dem Tag gesagt habe, als wir seinen Halbbruder im Wald trafen?«

Robbie schüttelte den Kopf, sah aber alles andere als beruhigt aus.

»Gut. Alle wissen, dass du deines Vaters Sohn bist. Ich habe es auch gesehen, als ich dich zum ersten Mal erblickte, und ich habe dir gesagt, dass es immer nur die Wahrheit ist, was ich auf diese Weise sehe.«

Sie hielt inne, erhob sich und zog Robbie mit sich auf die

Beine. Sie suchte nach den richtigen Worten, und als sie sie fand, legte sie ihre Hände fest auf seine schmalen Schultern.

»Es ist schwer, ich weiß, aber die Heiligen werden dir Kraft verleihen, damit es dir leichterfällt, dich auf die Pflichten als nächster Gutsherr zu besinnen. Die da oben erlegen uns nie schwerere Bürden auf, als wir tragen können.« Sie trat einen Schritt zurück und verschränkte ihre Arme. »Falls ich je mit einem Kind gesegnet werden sollte, würde es ein Bruder oder eine Schwester für dich sein, jemand, den du lieb haben wirst … und der dich lieb haben wird. Und deine Stellung als zukünftiger Lehnsherr respektieren wird.«

»Aber warum können wir es Papa nicht sagen?«

Zum ersten Mal zweifelte Linnet an der Weisheit ihrer Entscheidung, ein derartiges Geheimnis zu bewahren. Aber ihr sechster Sinn sagte ihr, es sei das einzig Richtige, und ihr Instinkt hatte sie noch nie getrogen.

»Weil«, begann sie und hoffte, dass der Junge verstand, »dein Vater die Wahrheit selbst herausfinden muss. Es ist ein schlimmer Schmerz, den er in sich trägt, und nur er kann ihn heilen. Wenn wir es ihm sagen, würden wir die Lektion vorwegnehmen, die ihn das Schicksal lehren will. Verstehst du das – ich meine, ergibt das einen Sinn für dich?«

Robbie zögerte und scharrte mit der Spitze seines Schuhs über die festgestampfte Erde. »Meinst du, er wird lange brauchen, um diese Lektion zu lernen?«

»Nein, das glaube ich nicht, denn dein Papa ist ein gebildeter und kluger Mann«, versicherte Linnet ihm und betete zum Himmel, ihre Worte möchten sich als wahr erweisen.

In Robbies Alter würde eine bloße Woche ihm wie eine Ewigkeit erscheinen.

»Du glaubst, Papa ist klug?«

»O ja, das tue ich«, versicherte sie ihm, froh, dass der Junge sich ein bisschen gerader aufrichtete bei ihren Worten. Sogar Mauger spitzte die Ohren, als hätte er sie verstanden. »Jeder weiß, dass er auch der mächtigste der Highland-Krieger ist. Der meistverehrte im ganzen Land. Ich hatte schon von seinem kühnen Einsatz in der Schlacht gehört, und auch von seiner Tapferkeit und seinem Mut, lange bevor er mich hierher brachte.«

Eine leichte Röte stieg in Robbies Wangen, und er biss sich auf die Unterlippe. Dann, als wäre es ihm ein bisschen peinlich, sagte er: »Aber du bist eine MacDonnell. Woher kannst du das wissen?«

Sie war glücklich, als sie sah, wie der Junge instinktiv die Schultern straffte und Stolz über das MacKenzie-Erbe seine Bekümmerung ersetzte.

»Wahrscheinlich gibt es niemanden, der noch nicht von ihm gehört hat«, erwiderte sie lächelnd und ordnete seine Tunika über seiner Strumpfhose. »Eine Fehde, selbst eine langjährige, wie zwischen unseren Clans, bedeutet nicht, dass sie nichts voneinander hören. Es gibt viele fahrende Spielmänner, die das Loblied deines Vaters singen, wie sie vor ihm auch schon seinen Vater besangen.«

»Hast du sie von meinem Papa singen gehört?«, fragte Robbie in ehrfürchtigem Ton.

»Öfter, als mir lieb war«, antwortete sie mit einem schiefen Lächeln. »Der Mut und Kampfgeist der MacKenzies ist legendär, und egal, welches Plaid ein Mann über seine Schulter wirft, es gibt keinen Highlander, der diesen Namen verdient, der die Tapferkeit eines anderen Mannes, Feindes oder Clans nicht respektieren würde.«

»Meinst du, die Barden werden eines Tages auch mich besingen?«

»Ich weiß, dass sie das tun werden.« Sie fuhr ihm lächelnd durch das seidige schwarze Haar, dann legte sie eine Hand unter sein Kinn und hob sein Gesicht an, um sich an der Hoffnung zu erfreuen, die sie darin sah. »Es ist ein großes Vermächtnis, das du antreten musst, Robbie, aber ich zweifle nicht daran, dass du eines Tages ein wunderbarer Gutsherr sein wirst.«

Er schien buchstäblich zu wachsen vor ihren Augen, aber Linnet konnte sehen, dass ihn immer noch etwas beunruhigte. »Es tut mir leid, dass ich geweint habe«, rief er. »Männer weinen nicht.«

»Und wer hat das gesagt?« Linnet blickte ihn eindringlich an. »Nur sehr tapfere Männer haben keine Angst zu zeigen, was sie fühlen.«

Darauf stürzte Robbie vor und schlang die Arme um ihre Beine. »Ich bin so froh, dass du hier bist«, sagte er, zu ihr aufschauend, und die Inbrunst seiner Worte ließen ihr Herz zerfließen.

»Ich bin auch froh«, gab sie zu und sprach damit nur eine Wahrheit aus, die sich nicht bestreiten ließ. Trotz allem. »Möchtest du mir helfen, ein Beet Kohl einzusäen?«, fragte sie, das Thema wechselnd. »Ein zukünftiger Gutsherr muss mit den Vorgängen auf seiner Burg genauso vertraut sein, wie er lernen muss, mit Schwert und Lanze umzugehen. Was meinst du also – hilfst du mir?«

Robbie nickte. »Aber … wirst du …«

»Werde ich was?«, fragte Linnet, während sie das Saatgut vom Arbeitstisch holte.

Er warf ihr einen schüchternen Blick zu. »Wirst du mich auch lehren, Messer zu werfen, wie du deins nach Onkel Kenneth geworfen hast?«

Linnet lachte und drückte Robbie ein Säckchen Saatgut in die Hand. »Aye, mein Junge, das werde ich dich lehren – das und noch viel mehr.«

Dann öffnete sie die Tür der Werkstatt und hielt sie auf, damit der Junge und sein Hund in die Morgensonne hinaustreten konnten. Sie folgte ihnen und zog die Tür hinter sich zu, das Fläschchen mit Sir Marmadukes Elixier, an das sie überhaupt nicht mehr gedacht hatte, vergessen in ihrer Schürzentasche.

Erst nach der Vesper und einem leichten Mahl aus eingelegtem Hering, Brot und Wein erinnerte Linnet sich wieder an das Kräuterheilmittel, das sie eigens für den Engländer zubereitet hatte.

Er würde nie wieder einen angenehmen Anblick bieten, doch ihre Mittel schienen gut zu helfen, und mit dem Nachlassen der Schwellungen und dem Verblassen der Röte kamen Spuren des gut aussehenden Mannes, der er einst gewesen war, wieder zum Vorschein.

Er war ihr überaus dankbar und hatte ihr fast täglich Blumen oder Krüge mit exzellentem Wein geschenkt, seit sie ihm angeboten hatte, ihm zu helfen.

Aber keins all dieser Geschenke, mit denen er sie überschüttet hatte, hatte ihr größere Freude bereitet, als ihn vor zwei Tagen im Hof über den Brunnen gebeugt zu sehen, um sein Spiegelbild im Wasser zu betrachten. Um ihn nicht in Verlegenheit zu bringen, war sie leise wieder in die Burg zurückgegangen, aber nicht, bevor sie den erfreuten Ausdruck auf seinem entstellten Gesicht bemerkt hatte, bei dessen Anblick ihr ganz warm ums Herz geworden war.

Ein unerwartetes metallisches Klirren hinter ihr ließ sie herumfahren, und sie schnappte überrascht nach Luft, als sie die Aufmachung des alten Fergus sah. Der krummbeinige alte Seneschall war mit einem rostigen Kettenhemd bekleidet, das viel zu weit für seine dürren Glieder war. Das stark abgenutzte Teil sah aus, als wäre es noch älter als er selbst. In einer Hand trug er ein Schwert, in der anderen eine Keule. Linnet bezweifelte, dass er die Kraft besaß, die Waffen zu benutzen, aber sein grimmig entschlossener Gesichtsausdruck ließ darauf schließen, dass *er* zumindest glaubte, er könnte es.

»Fergus«, rief sie, »wieso seid Ihr so schwer bewaffnet?«

Er blähte seine Brust, so gut er konnte unter dem schlecht sitzenden Brustpanzer. »Ich bin auf dem Weg, um meine Runde auf der Burgmauer zu drehen, Mylady. Solange unser Herr und der Sasse … ich meine, Sir Marmaduke, auf Patrouille sind, ist es meine Pflicht, für Eure Sicherheit und die aller anderen innerhalb der Burg zu sorgen.«

Linnet konnte ein Lächeln nicht unterdrücken. »Sind denn die Wachen nicht auf ihren Posten?«

»Aye, und das sollten sie auch besser sein.« Er fixierte sie mit einem scharfen Blick. »Sie wissen, was ihnen blüht, wenn ich sie nicht auf ihren Posten finde.«

»Aber … ich habe Euch noch nie bewaffnet gesehen.« Linnet bemühte sich, einen ernsten Tonfall zu bewahren. »Erwartet Ihr wirklich Ärger?«

Der alte Mann blickte sich verstohlen um, sein scharfer Blick glitt prüfend durch die große Halle, als erwartete er, dass die Geister von Edward Longshanks und seinen Rittern aus den Schatten hervorstürzen und über sie herfallen würden.

»Nein, Mylady, habt keine Angst. Es ist nur eine Vorsichtsmaßnahme.« Wieder blickte er sich um und senkte die Stimme dann zu einem Flüstern. »Falls dieser Bastard Kenneth gemerkt hat, dass Euer Gemahl und Sir Marmaduke weggeritten sind, könnte er niederträchtig und verwegen genug sein, einen Angriff auf die Burg zu wagen.«

»Und Ihr wollt also vorbereitet sein, um auf den Zinnen zu stehen und die Burg zu verteidigen.«

»Aye«, antwortete er ernst. »Ich kann immer noch sehr gut mit einem Schwert umgehen.«

»Das bezweifle ich nicht, Fergus«, räumte Linnet ein, mit einem aufrichtigen Lächeln, denn sie bewunderte seinen Pflichteifer und seinen Mut. Wenn Dundonnell mit einer Belagerung rechnen müsste, würde ihr Vater sich mit einem großzügigen Biervorrat ins Bett zurückziehen.

Fergus nickte respektvoll. »Mit Eurer gütigen Erlaubnis mache ich mich jetzt auf den Weg, Mylady«, sagte er und wandte sich zur Treppe zu den Zinnen.

»Bitte wartet, Sir«, hielt Linnet ihn zurück, als ihr das Fläschchen einfiel, das sie noch immer in ihrer Schürzentasche trug. »Ich habe ein Kräuterelixier für Sir Marmaduke zubereitet und würde es gern irgendwo hinstellen, wo er es bei seiner Rückkehr findet. Ich hörte, dass er ein eigenes Zimmer hat. Könnt Ihr mir sagen, wo es ist?«

»Aye, das kann ich, und es ist ein neues Zimmer, das er hat.« Ein Funkeln erschien in den Augen des Seneschalls, das ihn Jahre jünger wirken ließ. »Er hat die früheren Räume Eures Gatten übernommen ... wo unser gnädiger Herr jetzt doch woanders schläft.«

Linnet dankte ihm, froh über das Dämmerlicht der Halle, das das Blut, das ihr in die Wangen stieg, verbarg. Sie wartete, bis Fergus hinter der ersten Kurve auf der Wendeltreppe verschwunden war, und eilte dann zu Duncans einstigen Gemächern.

Sie erinnerte sich noch sehr gut an jenen karg möblierten Raum, in dem sie am Abend ihrer Ankunft ein sehr unerfreuliches Gespräch geführt hatten. Das frühere Schlafzimmer ihres Ehemannes musste sich hinter der geschlossenen Tür befinden, die ihr in einer Ecke seines Arbeitszimmers aufgefallen war.

Nicht, dass sie das Fläschchen *dort* abstellen müsste. Sie brauchte nicht in die Privatsphäre des früheren Schlafzimmers ihres Mannes einzudringen. Das angrenzende Arbeitszimmer würde ihr genauso dienlich sein.

Wenig später, als sie den kleinen Raum betrat, bemerkte sie augenblicklich die veränderte Atmosphäre. Dass ihr Ehemann das Arbeitszimmer nicht mehr benutzte, war nur allzu offensichtlich. Die grimmige Strenge, die sie bei ihrem ersten Besuch gespürt hatte, war verschwunden.

Nun war das Zimmer warm und anheimelnd. Ein kunstvoll geschnitztes Schachbrett stand auf dem kleinen Tisch, und Kissen schmückten die breiten Fensterbänke und den Stuhl. Selbst die Farben der Wandbehänge wirkten heller, freundlicher, obwohl die zunehmende Abenddämmerung die hohen Fenster von außen her verdunkelte.

Und diesmal war die Eichentür in der Zimmerecke offen.

Während Linnet zu ihr hinüberstarrte, erfasste sie ein unwiderstehliches Bedürfnis, Duncans früheres Schlafzimmer zu sehen, und getrieben von Neugier, begann sie darauf zuzugehen. Im Gehen zog sie das Fläschchen aus der Schürzentasche und sagte sich, es sei vielleicht das Beste, es auf das Bett zu legen, weil ihr jeder Vorwand recht gewesen wäre, diese Verletzung der Privatsphäre ihres Ehemanns – und Sir Marmadukes – zu rechtfertigen.

An der Tür hielt sie inne, um tief Luft zu holen. Obwohl sie überzeugt war, nichts Verbotenes zu tun, und trotz der Dringlichkeit ihres Bedürfnisses, zu sehen, wo Duncan einen Großteil seiner Zeit verbracht hatte, zitterten ihre Knie, und ihr Herz pochte beinahe schmerzhaft hart gegen ihre Rippen.

Dann, bevor sie es sich anders überlegen konnte, stieß sie die Tür vorsichtig noch ein bisschen weiter auf und betrat das dunkle Zimmer.

Die Kälte des Raumes ließ sie frösteln, und sie rieb kräftig ihre Arme, um die Gänsehaut, die sich darauf gebildet hatte, zu vertreiben. Aber sie schrieb die Kälte der steifen Brise zu, die die Fensterläden klappern ließ, und dem Regen, der gegen die Turmmauern schlug.

Es war unnatürlich dunkel wegen des Sturms, der draußen tobte, doch auch hier hatte die liebenswürdige Präsenz des Sassenach schon ihre Spuren hinterlassen.

Trotzdem war da etwas, was sie störte.

Nach und nach gewöhnten ihre Augen sich an die Dunkelheit, und ihr Blick glitt zu dem mächtigen Bett, das ihr gegenüber stand. Es war das prachtvollste Bett, das sie je gesehen hatte. Es verfügte über einen reich bestickten Baldachin und war mit schweren Bettvorhängen aus einem kostbaren Stoff, den sie für Fustian hielt, versehen.

Vage nahm sie auch die anderen Möbelstücke wahr, die nicht minder schön und vornehm waren, aber das Bett zog sie wie magisch an und ließ ihr keine Ruhe, bis sie den Raum durchquert hatte und mit einer Hand die Weichheit der mehreren üppigen Federmatratzen ausprobierte.

Es war, wie eine Wolke zu berühren.

Bei dem Gedanken überlagerte ein Bild ihres Ehemanns, nackt und intim vereint mit einer dunkelhaarigen Frau, deren Gesicht sie nicht sehen konnte, die reichbestickte Tagesdecke. Mit einem Aufschrei zog Linnet ihre Hand vom Bett zurück. Ihre Finger brannten und schmerzten, als hätte sie ihre Hand in einen Eimer glühender Kohlen gesteckt.

Bestrebt, den Raum und die unheiligen Erinnerungen, die er beherbergte, zu verlassen, fuhr sie herum, nur um gleich darauf von Neuem aufzuschreien.

Direkt vor ihr, über dem Kamin, hing das Porträt einer bestrickend schönen Frau.

Die Frau aus ihrer flüchtigen Vision.

Zu Tode erschrocken, und obwohl sie das Gesicht der Frau nicht gesehen hatte, erkannte Linnet, dass das Gemälde sie darstellte. Cassandra. Die erste Frau ihres Mannes.

Linnets Atem stockte, ihre Brust wurde schmerzhaft eng und fühlte sich an, als würde sie in einen Schraubstock gepresst, der das Leben aus ihr herausquetschte.

Das Fläschchen glitt ihr aus der Hand und landete mit einem dumpfen Aufprall auf dem Boden, und ein gellender Schrei zerriss den Raum, der sie befürchten ließ, Lady Cassandras Geist sei hinter ihr erschienen … bis sie merkte, dass es ihr eigener Schrei war, den sie gehört hatte.

Ein exquisiteres Geschöpf hatte sie noch nie gesehen. Nicht einmal das düstere Zimmer vermochte das Strahlen der Frau zu beeinträchtigen. Sie war von vollkommener Schönheit, ihr Haar war kunstvoll frisiert und schimmerte wie schwarze Seide, ihr Gesicht bestrickend schön.

Linnets Herz, das einen Moment zuvor fast stehen geblieben wäre, geriet nun ganz außer Kontrolle und hämmerte wie wild in ihrer Brust. Und ihr Atem, um den sie eben noch gerungen hatte, kam jetzt in tiefen, unsicheren Zügen.

Lady Cassandra war all das gewesen, was sie selbst nicht war und niemals sein könnte.

Wenn ein bloßes Porträt eine derartige Grazie und Eleganz vermitteln konnte, musste die Frau geradezu unvorstellbar schön gewesen sein. Linnet drehte sich der Magen um, als sie ihre Vorgängerin anstarrte, und ihr wurde schrecklich übel, bis sie sicher war, dass sie ihr Abendessen erbrechen würde.

Unfähig, der Versuchung zu widerstehen, Vergleiche anzustellen, blickte sie von dem eleganten Gewand der Frau zu ihrer eigenen schlichten braunen Kotte und der Schürze, die sie darüber trug, herab. Sie hatte zu lange im Kräutergarten gearbeitet, um sich noch umziehen zu können, bevor sie zum Abendessen in die Halle geeilt war.

Sie fühlte sich mehr wie die Frau eines Bauern statt wie die Gemahlin eines Gutsherrn, als sie ihre schmutzbefleckte Schürze glatt strich, und dann wünschte, es nicht getan zu haben, weil sie nicht umhin konnte, zu bemerken, wie kurz und unelegant ihre Finger im Vergleich zu Lady Cassandras schlanken, zarten Händen waren.

Wie hatte sie nur glauben können, mit solch plumpen Händen könne sie ihren Mann verführen, wenn sie heimlich nachts mit ihnen über seinen wundervollen Körper strich?

Wie hatte sie nur glauben können, die Zärtlichkeit, die er heute Morgen im Garten gezeigt hatte, habe etwas zu bedeuten?

Wie hatte sie nur glauben können, er beginne sich für sie zu interessieren?

Es zerriss ihr fast das Herz, zu erkennen, wie naiv sie war. Niemals könnte sie die schöne Frau ersetzen, die sein Herz als Erste für sich beansprucht hatte.

Mit schmerzlicher Klarheit begriff Linnet plötzlich, warum er nicht mit ihr verkehren wollte. Ihre Ehe zu vollziehen, ein Ereignis, an das sie sich immer noch nicht erinnern konnte, musste ihn enorme Überwindung gekostet haben.

Ein jähes Aufschluchzen entrang sich ihr, und sie fiel vor dem Kamin auf ihre Knie, schlang die Arme um ihre Taille und zwang sich, ihre Qual zu unterdrücken, um vor ihrer Feindin nicht in Tränen auszubrechen. Auch wenn sie nur aus Holz und Farbe war.

Nach einer Weile, als sie sich so weit beruhigt hatte, dass nur noch ein leises Wimmern über ihre Lippen kam, blickte Linnet wieder auf das Bild der Frau. Tränen ließen ihre Sicht verschwimmen, aber nicht so sehr, dass sie die Veränderung nicht bemerkt hätte.

Ob es nun Einbildung war, das schlechte Licht oder ihre hellseherische Gabe, die ihr einen bösen Streich spielte – aber das Lächeln der Frau auf dem Porträt war jetzt nicht mehr gleichmütig und gelassen.

Lady Cassandra, die schöne, erste Frau ihres Mannes, schien sie hämisch zu belächeln!

10

In ihren Umhang gehüllt, stand Linnet hoch oben auf den Zinnen und versuchte mit aller Kraft, die schneidende Kälte in der feuchten, salzhaltigen Luft zu ignorieren. Weiter unten überquerte eine Gruppe armer Kätler die Zugbrücke der Burg auf ihrem Weg zurück ins Dorf.

Seit drei Tagen beschäftigte sie sich damit, ihr Kommen und Gehen zu beobachten, und nutzte die Ablenkung, um das hämisch grinsende Gesicht von Duncans erster Frau aus ihrem Bewusstsein zu vertreiben

Zuerst kamen nur einige wenige, als seien sie noch immer auf der Hut vor dem gefürchteten Gutsherrn von Eilean Creag. Aber nach und nach nahm ihre Anzahl zu, bis zuweilen ein beständiger Strom von ihnen in beiden Richtungen die schmale Steinbrücke passierte.

Alle kamen, um Almosen an den Burgtoren in Empfang zu nehmen … wie es Tradition war.

Und ihr Mann, der Gutsherr, war immer noch abwesend und konnte diesen kleinen Sieg nicht sehen, den sie für ihn erkämpft hatte.

Eine starke Windbö warf plötzlich ihren Schleier zurück, und sie schüttelte ihr Haar aus, ohne sich darum zu scheren, wie nass oder windgepeitscht sie aussah.

Gott wusste, dass ihr Aussehen sowieso niemanden interessierte. Sie könnte ihr Haar mit Bändern aus gesponnenem Gold schmücken und sich in ein Gewand aus Mondstrahlen kleiden, und Duncan würde sie noch immer reizlos finden.

Und wie könnte sie ihm das verübeln?

Welcher Mann würde *sie* begehren, wenn er eine Frau besessen hatte, die so schön war, dass selbst eine Königin sie beneidet hätte?

Nein, Linnet wusste, dass ihr Aussehen unerheblich war. Aber sie wünschte, Duncan könnte die Rückkehr der Bedürftigen zu seinen Burgtoren sehen. Vielleicht würde das Vertrauen, das sie ihm damit bewiesen, etwas Licht in die Düsternis in seiner Seele bringen?

Offen gestanden war sie jedoch gar nicht sicher, ob es etwas ändern würde. Vielleicht waren die Wunden unter der grimmigen Maske, die er fast immer trug, viel zu tief.

Zu frisch.

Zu unüberwindlich die Mauer, die er um sich errichtet hatte, um sich vor der Welt – und *ihr* – zu schützen.

Und dennoch hatte er ihr auch schon flüchtige Blicke auf den Mann dahinter erlaubt.

»Möchtet Ihr nicht hereinkommen, Mylady? Ein schlimmes Unwetter zieht herauf«, bat Lachlan, der neben sie getreten war. »Mein Herr wird mir bei lebendigem Leib die Haut abziehen, wenn Ihr erkrankt und er erfährt, dass ich Euch nicht davon abgehalten habe, Euch zu schaden.«

»Es ist nett von dir, dass du dir Sorgen machst, aber mein Umhang hält mich einigermaßen trocken, und mein Haar ist nicht so wichtig.« Linnet schenkte dem Schildknappen ihres Manns ein schwaches Lächeln. »Bislang ist es nur ein leichter Nieselregen, und der stört mich nicht.«

Lachlan blickte zu den am Himmel dahintreibenden schwarzen Wolken hinüber, die immer schneller auf den See zuhielten. »Ich flehe Euch an, Mylady, denn mein Herr würde wirklich sehr verärgert sein, und ich möchte ihn nicht verstimmen so kurz nach seiner Rückkehr.«

Und wann ist er einmal nicht verstimmt? Linnet schluckte die bittere Entgegnung, die ihr auf der Zunge lag, und war froh, dass die schrillen Schreie eines vorüberziehenden Schwarms

Seemöwen sie davon abhielten, ihren Verdruss an dem gutmeinenden Knappen auszulassen.

Stattdessen legte sie freundlich ihre Hand auf seinen Ärmel und schüttelte den Kopf. »Nein, Lachlan, ich fürchte, du misst meinem Wert für deinen Herrn zu viel Bedeutung bei. Wir sind allein, und du bist alt genug, zu wissen, warum er mich zur Frau genommen hat. Es würde ihn nicht kümmern, wenn die Pest mich holen würde, und er wird dich auch nicht bestrafen, wenn ich nicht tue, was du sagst.«

Der Knappe schüttelte den Kopf. »Verzeiht, wenn ich Euch widerspreche, Mylady, aber Ihr täuscht Euch. Sir Duncan ist Euch sehr zugetan.«

Linnet wandte sich ab und umklammerte den kalten Stein der Mauerbrüstung. »Ich bitte dich, sag nichts, was nicht die Wahrheit ist. Denn das ist grausam, und man sollte meinen, es sei unter deiner Würde.«

»Was ich sage, ist die Wahrheit. Ich schwöre es bei allen heiligen Reliquien in diesem Land«, flehte Lachlan, in einem Ton, der aufrichtig genug war, um Linnets Herz einen Schlag aussetzen zu lassen. »Es ist die reine Wahrheit, und alle wissen es.«

Alle außer deinem Herrn. Ihre eigene Wahrheit echote durch ihren Kopf und verhöhnte sie damit, wie sinnlos es doch wäre, wenn Duncan ihr zwar zugetan wäre, es aber selbst nicht wusste. Ihre Hände pressten sich noch fester an den kalten, nassen Stein, und am liebsten wäre sie in Tränen ausgebrochen angesichts der Aussichtslosigkeit ihrer Situation.

Selbst wenn sie Lachlan glaubte, und sie war nicht sicher, ob sie es tun sollte, wusste sie immer noch nicht, wie sie die Mauern einreißen sollte, die ihr Mann gegen sie errichtet hatte.

Wie sie sein Herz gewinnen konnte.

Ein Herz, das mit Lady Cassandra zu Grabe getragen worden war, fürchtete sie.

»Mylady, bitte«, beharrte Lachlan wieder, »glaubt um Himmels willen nicht, ich würde Euch Märchen erzählen, denn ich wäre lieber tot, als Euch zu belügen.«

Unfähig, der ritterlichen Art des Knappen zu widerstehen, drehte Linnet sich wieder zu ihm um und sah ihn an. »Sind alle MacKenzie-Männer, außer meinem Ehemann, so wortgewandt wie du?«

Eine leichte Röte stieg in Lachlans gut aussehendes Gesicht, und er verbeugte sich galant vor ihr. »Das behauptet man von ihnen, aber ich selbst bin gar kein MacKenzie, sondern ein MacRae. Mein Vater schickte mich als Pflegekind hierher, als ich erst sieben Jahre alt war.«

»Zeit genug, ihre Gewohnheiten anzunehmen«, scherzte Linnet, erstaunt, dass der flinkzüngige Charme des Knappen sie etwas fröhlicher gestimmt hatte. Wenn das so weiterging, würde sie bald so konfus wie Elspeth sein, nichts anderes mehr hören als hübsche Worte und nicht mehr in der Lage sein, die Wahrheit zu erkennen.

Linnet schob das Kinn vor. Sie würde sich nicht zum Narren machen, wie Elspeth es tat, wenn sie um den alten Fergus herumstrich und ihm schöne Augen machte. Aber andererseits schien der ruppige Seneschall Elspeths Interesse zu begrüßen.

Was sie von ihrem Ehemann leider nicht behaupten konnte.

Er hatte ihr höchstens die gleiche Besorgnis gezeigt, die er um jeden anderen innerhalb seines Machtbereiches zeigen würde.

»Sag mal, Lachlan«, wandte sie sich an den Knappen, bevor sie den Mut dazu verlieren konnte. »Warum glaubst du eigentlich, Sir Duncan sei mir zugetan?«

»Erlaubt mir, Euch hineinzubegleiten, Mylady, dann werde ich es Euch erklären«, sagte er und bot ihr seinen Arm.

Linnet hakte sich bei ihm unter und konnte gar nicht anders, als zu lächeln. »Ich sehe, du bist ebenso klug wie ritterlich.«

»Mein Herr ist ein guter Lehrer«, erwiderte er und führte sie zur Turmtür, die halb offen stand.

Er sagte nichts mehr, bis er sie zu ihrem Zimmer begleitet hatte. Nachdem er mit einer übertrieben schwungvollen Bewegung die Tür geöffnet hatte, machte er eine formvollendete Verbeugung vor ihr, und bevor Linnet erraten konnte, was er vorhatte, ergriff er ihre Hand und zog sie an seine Lippen.

»Die Antwort auf Eure Frage liegt auf der Hand für jene, die meinen Herrn gut kennen«, sagte er, als er ihre Hand wieder freigab. »Ihr braucht nur zu beobachten, wie sein Gesicht sich anspannt, als würde es zu einer Maske, wenn er Robbie begegnet.«

Linnet zog verwirrt die Augenbrauen zusammen. »Ich verstehe nicht.«

»Nein? Wirklich nicht?« Eine der Augenbrauen des Knappen schoss in einer vollendeten Imitation dieser häufigen Geste ihres Ehemannes in die Höhe.

»Nein, es sei denn …« Ein plötzlicher Gedanke, nein … eine *Hoffnung* … erwachte in ihr, aber sie wagte nicht, sie in Worte zu kleiden, für den Fall, dass sie sich irren sollte.

»Aye, Mylady.« Lachlan verkniff sich nur mit Mühe ein Lachen, und ein breites Grinsen ging über sein Gesicht, das bewies, dass er erraten hatte, was sie dachte. »Duncan liebt Robbie, ist aber zu geblendet von Wut und Schmerz, um es zu erkennen. Aber alle anderen wissen es. Wenn er Euch ansieht, hat er den gleichen Gesichtsausdruck, wie wenn er seinen Sohn ansieht.«

Linnet öffnete den Mund, um etwas zu entgegnen, aber sie brachte die Worte nicht an dem Kloß vorbei, der sich in ihrer Kehle bildete. Tränen schossen ihr in die Augen und ließen ihre Sicht verschwimmen, aber sie schaffte es, Lachlan ein zaghaftes Lächeln zu schenken.

Das Lächeln erwidernd, legte er eine Hand auf ihre Schulter. »Versteht Ihr jetzt?«

»Das … das würde ich gern«, stammelte sie.

»Ihr müsst«, beschwor er sie, und als er zurücktrat, waren sein Ton und seine Miene wieder ernst. »Denn nur durch Verständnis werdet Ihr ihn heilen können. Das ist das Einzige, was er nie gehabt hat und am meisten braucht.«

Linnet nickte und wünschte, sie könnte den jungen Mann beruhigen, aber wie konnte sie Versprechungen machen, von denen sie nicht glaubte, dass sie in der Lage sein würde, sie zu halten? Zu verstehen, was ihren Mann belastete, war nicht schwierig.

Zu wissen, was sie dagegen tun konnte, war es.

Und noch viel schwieriger war, zu glauben, dass ihm etwas an ihr lag.

Lachlan musste sich irren.

Noch lange, nachdem der Knappe das Feuer in ihrem Kamin geschürt und sie allein gelassen hatte, stand Linnet reglos da und starrte in die Flammen. Sie sah sie größer werden und an den Holzscheiten emporzüngeln, hörte ihr Prasseln und das ferne Grollen von Donner, das jedoch nicht annähernd so laut war wie das Pochen ihres Herzens.

Wenn sie doch nur genauso mühelos Duncans Herz erwärmen könnte, wie die Flammen ihre ausgestreckten Hände wärmten. Wenn sie doch nur seine Leidenschaft entflammen könnte. Wenn Lachlaus Worte doch nur wahr wären.

Aber sie war zu lange allein gewesen, zu lange ungeliebt, um zu hoffen zu wagen.

Es war spät, als Duncan und seine Männer von ihrer Patrouille zurückkehrten, und noch später, als er endlich über die Wendeltreppe zum Schlafzimmer seiner Frau hinaufging.

Er wäre sofort hinaufgegangen, nachdem er einen willkommenen Krug Bier unten in der großen Halle getrunken hatte, aber dann war Marmaduke die Treppe hinabgestürmt, die er soeben erst hinaufgestiegen war, und hatte Unheil und Verzweiflung prophezeit, falls Duncan seine Frau aufsuchte, ohne sich vorher mit ihm zu beraten.

Müde und gereizt hatte Duncan darauf gewartet, dass der

Sassenach sprach. Er war mit seiner Geduld am Ende, weil er es kaum erwarten konnte, seiner Frau ins Bett zu folgen.

Und nicht nur, um zu schlafen, sondern vor allem der liebevollen Zuwendungen wegen, von denen sie zu glauben schien, er bemerkte sie nicht einmal.

Doch anstatt zu reden, gab sein Freund ihm ein Fläschchen und sagte ihm, wo er es gefunden hatte.

Einer weiteren Erklärung hatte es nicht bedurft. Mit einem zunehmenden Gefühl der Angst im Bauch erkannte Duncan, dass Linnet sein früheres Schlafzimmer betreten hatte.

Sie hatte das Porträt gesehen.

Ihm wurde abwechselnd heiß und kalt, vor Wut und vor Verzweiflung. Wut auf sich selbst, weil er Cassandras Bild nicht schon vor Jahren vernichtet hatte, und Verzweiflung über die düstere Prophezeiung seines Schwagers, wie betroffen Linnet über den Anblick dieses Bilds sein würde.

Wie aus weiter Ferne hatte Marmadukes tiefe Stimme weitergeleiert und ihm Ratschläge gegeben, wie er das Thema bei seiner Frau am besten anschneiden konnte.

Aber Duncan hatte kaum noch zugehört. Nur er wusste von dem süßen Trost, den sie ihm Nacht für Nacht zuteil werden ließ, wenn sie glaubte, dass er schlief. Seine Dame war gut und rein, aber sie war erfüllt von einem inneren Feuer und einer Kraft, die Duncan sehr bewunderte. Und sie war … vernünftig.

Obwohl sein Freund es gut gemeint hatte, fehlte es Marmaduke an der nötigen Erfahrung, das Herz eines robusten und willensstarken Highlandmädels wie Linnet zu erkennen. Er war mit Arabella, Duncans Schwester, verheiratet gewesen. Temperamentvoll, schön und ungestüm, war Arabella gleichermaßen schreckhaft und leicht erregbar gewesen, wie Linnet ausgeglichen und besonnen war.

Und bevor Arabella zur Frau erblüht war und Marmadukes Interesse geweckt hatte, hatte er mit den Weibsbildern geschäkert, die sich auf den Turnierplätzen herumtrieben. Oder auch mit den mondänen Frauen am Hof des Königs.

Aye, sein Freund kannte sehr viele Frauen, aber keine, die so war wie Linnet. *Sie* würde es nicht betroffen machen, die überwältigende Schönheit seiner ersten Frau zu sehen. Äußerlichkeiten bedeuteten seiner Frau nicht viel. Derlei Dinge waren für sie nicht wichtig.

Sie wäre bestürzter, ihren geliebten Kräutergarten zerstört zu finden, als die Schönheit einer Frau zu betrachten, von der sie wusste, dass sie tot war.

Aber seine Zuversicht geriet ins Schwanken, als er ihr gemeinsames Schlafzimmer betrat und Linnet vor dem Feuer sitzen sah.

Sie sah aus, als wäre sie die ganze Zeit im Regen gewesen, während er auf Patrouille gewesen war. Ihr Haar, das ihr offen auf die Schultern fiel, war vom Wind verheddert, ihr Kleid feucht und zerknittert, das Leder ihrer Schuhe mit dunklen Wasserflecken übersät. Der abgetragene *arisaid,* den sie um ihre Schultern gelegt hatte, schien das einzig Trockene an ihr zu sein.

»Herrgott noch mal, Frau, muss ich jede Minute auf dich aufpassen?«, fragte Duncan scharf und vergaß die sanften Worte, die er ihr hatte sagen wollen, bevor er ins Bett stieg, um ihre liebevolle Erforschung seines Köpers zu erwarten. »Was hast du jetzt schon wieder angestellt?«

»Ich … ich war …«

»Ich weiß, wo du warst.« Das kleine Fläschchen in der ausgestreckten Hand, kam er langsam auf sie zu.

Ihre Augen weiteten sich, aber sie sagte nichts und blickte ihn nur aus bangen Augen an.

»Hast du nichts zu sagen?«, beharrte Duncan und beugte sich so weit zu ihr vor, dass er den Geruch des Salzwassers in ihrem arg zerzausten Haar wahrnehmen konnte.

Aber ausnahmsweise reagierte sie nicht ungehalten. Sie

schüttelte nur den Kopf und starrte in die Flammen. Warum verteidigte sie sich nicht und reagierte auf seine Vorwürfe so übellaunig, wie sie es bislang fast jeden Tag getan hatte, seit er sie nach Eilean Creag gebracht hatte?

Warum hielt sie es ihm nicht vor, dass er sich immer noch nach seiner toten Frau verzehrte?

Marmaduke hatte ihn gewarnt, dass Linnet glauben würde, er trauere tatsächlich noch um sie, und wie immer hatte der einäugige Bastard Recht gehabt.

Und er bezweifelte, dass Linnet ihm jemals glauben würde, wie grundverkehrt ihre Annahme war.

Duncan stieß eine Serie von Flüchen aus, die grimmiger und Unheil verkündender waren als die sturmgepeitschte, kalte Nacht, die draußen vor den dicken Burgmauern lauerte. Als könne der Himmel seine Frustration verstehen, ertönte mit einem Mal ein lautes Donnergrollen, dessen nachhaltiges Dröhnen seine Flüche übertönte. Seine Frau fuhr zusammen, als ob er sie geschlagen hätte, nahm dann aber ebenso rasch wieder ihre steife Haltung vor dem Feuer ein.

Es war offensichtlich, dass sie seinetwegen erschrocken war und nicht wegen des Donners.

Ob sie seine Flüche gehört hatte oder nicht.

Ihm war durchaus bewusst, wie schmutzig und ungepflegt er aussehen musste. Aber *er hatte* einen Grund gehabt, sich in einer solchen Nacht im Freien aufzuhalten. Er hatte vorgehabt, Kenneth und seine Gefolgsleute aufzuspüren und sie ein für alle Mal von seinen Ländereien zu verjagen. Und gehofft, seinen Halbbruder in den schlimmsten aller Abgründe der Hölle zu befördern, für seine mannigfaltigen Verbrechen.

Aber in erster Linie war es ihm dabei um seine Frau gegangen.

Um sie vor Kenneth zu beschützen.

Doch sie schrak vor ihm zurück, als wäre *er* derjenige, den sie fürchten müsste.

Noch näher an sie herantretend, stützte Duncan seine Hände in die Hüften und blickte ärgerlich auf sie herab. »Ich weiß, was dich belastet, aber wenn du nicht darüber reden willst, dann sag mir wenigstens, warum du so aussiehst, als wärst du im Loch geschwommen.«

»Ich habe die Burg nicht verlassen, *Sir*«, entgegnete sie spitz und mit einem Anflug ihrer gewohnten Contenance. »Ich war auf den Zinnen, um zu beobach…«

»Das weiß ich auch, Mylady, denn es gibt niemanden unter meinem Dach, der mir nicht bereits erzählt hätte, was für ein Wunder du bewirkt hast.« Er hielt inne, um sich mit der Hand durch sein wirres, feuchtes Haar zu fahren. »Ich vermute, ihr Hunger war größer als ihre Furcht vor einem Mörder.«

Etwas flackerte vorübergehend in den Augen seiner Dame auf, aber er hätte nicht sagen können, ob es Ärger, Enttäuschung oder Mitleid war. Er hoffte, es sei nicht das Letztere, aber was immer es auch gewesen war, sie saß jetzt wieder kerzengerade in ihrem Lehnstuhl und betrachtete ihn aus Augen, die nicht mehr so gehetzt wie vorhin wirkten.

»Und? Hast du es getan?«, stieß sie hervor und fixierte ihn mit einem Blick, der ebenso allwissend zu sein schien wie der seines unbequemen Schwagers.

»Was getan?«, gab Duncan zurück, obwohl er sehr gut wusste, was sie meinte.

Er begann sich zunehmend unbehaglicher zu fühlen unter ihrem scharfen Blick. Sie lenkte nun ihre Unterhaltung… und zudem in eine Richtung, die er nicht einschlagen wollte.

»*Was* soll ich getan haben?«, wiederholte er in einem Ton, der einen vorsichtigeren Mensch gewarnt hätte.

»Hast du deine erste Frau ermordet?«

Das Blut schoss Duncan in die Wangen bei dieser freimütigen Frage, und sein Magen verkrampfte sich zu einem kalten, harten Klumpen. »Was glaubst du?« Die drei Worte fielen zwischen sie wie kleine Eisstücke.

Gott, er wünschte, sie würde die Nonchalance, die er sich gerade eben noch zurückgewünscht hatte, aufgeben und zu ihrem dickköpfigen Schweigen zurückkehren. Das Mädchen machte ihn wütender, als ein Mann ertragen konnte.

»*Du* bist die siebte Tochter. Kannst du nicht selbst die Antwort auf deine Frage sehen?«, forderte er sie barsch heraus, fast nicht mehr in der Lage, sich zu mäßigen.

Da wandte sie den Blick ab, und für eine lange Weile waren das Grollen des Donners und das leise Prasseln des Feuers die einzigen Geräusche. Schließlich sagte sie, den Blick noch immer von ihm abgewandt: »Ich kenne die Antwort schon. Aber ich würde sie trotzdem gern aus deinem Munde hören.«

»Wenn du in einer solch schwer wiegenden Angelegenheit die Antwort finden kannst, wieso kannst du dann nicht sehen, ob Robbie wahrhaftig mein Sohn ist oder nicht?«

»Mit der Zeit wird sich auch diese Antwort finden, Mylord. Und es waren nicht meine hellseherischen Fähigkeiten, die mir sagten, dass du Lady Cassandra nicht getötet hast.« Sie richtete jetzt wieder ihren Blick auf ihn. »Es war mein Herz.«

»Dann kannst du es nicht sicher wissen, denn Herzen lügen«, hielt Duncan dem entgegen.

»Nein, das tun sie nicht«, erwiderte sie schlicht, faltete ihre Hände in ihrem Schoß und blickte wieder mit diesem eigenartigen Ausdruck in ihren Augen zu ihm auf.

Unfähig, ihre prüfenden Blicke noch länger zu ertragen, wandte Duncan sich von ihr ab, ging durch den Raum zum Bett und legte im Gehen seinen durchnässten Umhang ab. Mit dem Rücken zu ihr streifte er seine Tunika über den Kopf und begann seine triefend nassen Stiefel auszuziehen, als sie ihn mit einem einzigen Satz dazu brachte, schlagartig in seiner Bewegung zu verharren.

Duncan versteifte sich und bat sie, die geflüsterten Worte, von denen er hoffte, sie missverstanden zu haben, noch einmal zu wiederholen.

»Ich sagte, auch Handlungen lügen nicht.«

»Was für Handlungen?« *Nicht, dass er es hätte wissen wollen.*

»Die Handlungen eines Hinterbliebenen, der das Porträt seiner toten Frau in seinem Schlafzimmer aufbewahrt«, erklärte sie in einem so beiläufigen Ton, als spräche sie über den Regen, der gegen die Fensterläden prasselte.

Im Bruchteil von Sekunden war Duncan bei ihr. Er packte die Lehnen ihres Stuhls und umklammerte sie so hart, dass es ihn nicht überrascht hätte, wenn die massiven Eichenstreben unter seinen Fingern in der Mitte durchgebrochen wären.

Sich so weit zu ihr vorbeugend, dass er fast ihren Atem auf seinen Lippen spüren konnte, sagte er: »Du kannst nicht wissen, warum ich das Porträt behalten habe, und ich will auch nicht darüber sprechen. Ich sage dir nur eins: Was immer du dir auch als Erklärung dafür ausgedacht hast, entspricht *nicht* der Wahrheit.«

Sie atmete scharf ein und kauerte sich noch etwas tiefer in ihren Stuhl, aber ihr Kinn hielt sie trotzig erhoben, und ein Ausdruck der Verwundung lag in ihren Augen, als sie tapfer seinen aufgebrachten Blick erwiderte.

»Verdammt noch mal, Frau!«, fluchte Duncan und richtete sich auf. »Musst du mich eigentlich immer so in Wut versetzen?«

»Ich verstehe schon, Mylord. Ich habe nie eine schönere Frau gesehen.«

»Du verstehst überhaupt nichts, hörst du?« Er packte sie an den Armen und zog sie auf die Beine. »Gar nichts, sage ich!«

»Du tust mir weh«, rief sie, worauf er sie augenblicklich losließ.

Ihre Oberarme reibend, wo er sie gepackt hatte, beharrte sie: »Aber natürlich tue ich das. Es ist ja auch nicht schwer, zu verstehen. Oder zumindest nicht, warum du mich seit unserer Hochzeitsnacht nicht mehr angerührt hast. Was ich nicht verstehe, ist, wie du es erträgst, mich auch nur anzusehen, nachdem du mit ihr verheiratet warst?«

»Willst du mich an den Rand des Wahnsinns treiben?«, stöhnte Duncan, und dann schloss er die Augen und zwang sich, einen tiefen, beruhigenden Atemzug zu tun.

Als er wieder in der Lage war, zu sprechen, öffnete er die Augen mit der Absicht, ihren Abend rasch und möglichst friedlich zu beenden. »Ich bin müde, und wir sind beide nass, Linnet«, sagte er mit verblüffend ruhiger Stimme. »Ich gehe ins Bett, und es wäre schön, wenn du das Gleiche tust.« Er machte eine Pause, um seinen Worten Nachdruck zu verleihen. »Und zieh deine nassen Sachen aus, bevor du zu mir kommst. Es wäre uns beiden nicht gerade dienlich, zu erkranken.«

Dann, ohne ihr einen weiteren Blick zu gönnen, ging er zum Bett zurück, befreite sich endlich von seinen nassen Stiefeln und streifte den Rest seiner Kleider ab, bis er nichts anderes mehr trug als nackte Haut.

Da er hinter sich kein Rascheln von Kleidern hörte, drehte er sich, ungeachtet seiner Nacktheit, wieder zu ihr um. »Wenn du nicht aus diesen triefend nassen Fetzen heraus bist und im Bett liegst, bevor ich die Kerzen gelöscht habe, kannst du dich darauf verlassen, dass ich sie dir persönlich ausziehen werde!«

Sie betrachtete ihn misstrauisch, als er im Raum herumging und die Kerzen löschte, machte aber keine Anstalten, sich zu entkleiden. »Meine Kleider sind nur feucht, nicht nass, und ich habe nicht die Absicht, irgendetwas davon auszuziehen. Ich bitte dich nur um eins, lass mich in Ruhe«, sagte sie, so leise, dass er ihre Worte kaum verstehen konnte. »Bitte.«

Duncan trat zwei Schritte vor, aber der Blick in ihren Augen ließ ihn wieder innehalten.

Nichts war mehr zu spüren von ihrem kurzen Aufflackern von Wut, ein Zustand, den er normalerweise vorzog... außer jetzt. Anstelle dessen trug sie einen Gesichtsausdruck zur Schau, den er anfänglich für Schüchternheit gehalten hatte.

Aber eine solche Befangenheit ergäbe keinen Sinn, denn

schließlich hatte sie schon viele Nächte unbekleidet neben ihm geschlafen.

Und in jenen Nächten hatte sie herrliche Dinge mit ihm angestellt, ihre unschuldigen Erforschungen seines Körpers erregten ihn mehr als die Listen der geschicktesten Hure, die er je dafür bezahlt hatte, ihre Röcke zu heben.

Duncan starrte sie prüfend an und erkannte plötzlich, dass es Scham war, was ihre golden gesprenkelten Augen trübte und ihre normalerweise bezaubernde Farbe in ein stumpfes Braun verwandelte.

Scham war es, was sie vor ihm zurückweichen ließ, als er wieder auf sie zuging. Und die Erkenntnis erfüllte ihn mit einem schmerzlichen Bedauern, weil er wusste, was diese Verlegenheit in ihr Gesicht gebracht hatte und diese Zweifel an sich selbst in ihre Seele.

Der allwissende Sassenach hatte es ihm schon prophezeit.

»Und warum kannst du dich nicht ausziehen?«, fragte er, als müsse er sich quälen, indem er die Worte von ihren eigenen Lippen hörte. »Was hat sich geändert während meiner Abwesenheit, dass du dich nicht mehr vor mir ausziehen willst? Ich habe schließlich schon oft genug dein nacktes Fleisch gesehen.« Er blickte kurz an sich herab und war froh, dass sich bei ihm nichts regte. »Wie du meins gesehen hast.«

»Alles hat sich geändert.« Sie wandte das Gesicht von ihm ab.

Einen weiteren ärgerlichen Fluch unterdrückend, trat Duncan zu ihr, legte eine Hand unter ihr Kinn und zwang sie, zu ihm aufzusehen. »Nichts hat sich geändert, bis auf die Tatsache, dass Dummheit offenbar die Oberhand über deine Vernunft gewonnen hat.«

»Nein, es ist meine Vernunft, die mir die Augen öffnete und mich die Wahrheit sehen ließ. Die einzige Dummheit, die ich begangen habe, ist… geglaubt zu haben, du könntest mit der Zeit etwas für mich empfinden.«

Er hatte nicht damit gerechnet, ein solch schmerzliches Bedauern zu verspüren, aber so war es. Herrgott noch mal, er *empfand* etwas für sie. Und er *begehrte* sie auch. Doch die Regungen seines Körpers waren nichts anderes als Lust. Welcher Mann könnte Nacht für Nacht stillliegen, während ein Mädchen mit seinen sanften Händen seine nackte Haut liebkoste, und keine animalischen Bedürfnisse verspüren?

Aye, natürlich empfand er etwas für sie, aber nicht so, wie sie es sich gewünscht hätte.

Nicht im romantischen Sinn.

Solche Torheiten überließ man besser jungen Knappen wie Lachlan, die sich ihre Sporen erst noch verdienen mussten.

Und wozu? Damit ihnen das Herz herausgerissen und im Dreck zertrampelt wurde.

»Sicher empfinde ich etwas für dich, Linnet«, sagte er, um sie zu beruhigen. »Ich achte dich und bin dir herzlich zugetan. Denkst du, ich hätte nicht gesehen, was du alles hier bewirkt hast? Und nun hör auf, dich wegen einer Toten zu quälen, die mir nichts bedeutet, und zieh dich aus und komm ins Bett.«

Statt der Wirkung, die er zu erzielen gehofft hatte, schienen seine Worte sie nur noch unglücklicher zu machen. Und als er frustriert die Hand nach ihr ausstreckte, um ihr beim Entkleiden behilflich zu sein, wich sie vor ihm zurück und verschränkte die Arme vor der Brust, wie um einen Dämonen abzuwehren, der aus den tiefsten Abgründen der Hölle kam.

»Fass mich nicht an«, warnte sie. »Ich werde nie wieder unbekleidet vor dir stehen. Du kannst gar nicht anders, als mich mit Lady Cassandra zu vergleichen, aber … aber … man kann uns einfach nicht vergleichen. Ich bin nicht schön.«

»Zum Donnerwetter, Linnet!« Duncan glaubte, aus der Haut zu fahren. »Habe ich dir nicht schon gesagt, dass ich etwas für dich empfinde? Muss ich dir auch noch sagen, dass ich dich begehre? Ist es das, was du von mir hören willst?« Mit einer blitzschnellen Bewegung zog er sie hart an seine Brust. »Es ist wahr, hörst du? *Ich … begehre … dich!*«

»Ich verstehe nicht, wie du das kannst.«

»Herrgott noch mal, du stellst meine Geduld aber wirklich auf eine harte Probe«, sagte er und schloss sie noch ein wenig fester in die Arme. »Du liebe Güte, Mädchen, glaubst du im Ernst, ich hätte in den vergangenen Nächten geschlafen? Für was für eine Art von Mann hältst du mich eigentlich, dass du glaubst, ich könnte einfach daliegen und nichts empfinden, während du deine Finger über meinen ganzen Körper wandern lässt?«

Ihre Augen weiteten sich vor Überraschung. »Du wusstest es?«

»Sicher wusste ich es«, bestätigte er, und dann legte er sein Kinn auf ihren Scheitel und erfreute sich an dem warmen, weiblichen Körper. Zärtlich strich er mit den Händen über ihren Rücken, ließ sie immer tiefer gleiten, bis sie ihren runden kleinen Po umfassten und sie so fest an ihn pressten, dass sie den Beweis seiner männlichen Begierde spüren konnte. »Du hast mich fast verrückt gemacht.«

»Und verrückt werde ich gleich auch, wenn du mich nicht auf der Stelle loslässt.« Sie legte ihre Hände an seine Brust und versuchte, ihn zurückzuschieben. »Hast du unsere Vereinbarung vergessen? Warst du es nicht, der sagte, du wolltest keine richtige Ehe mit mir führen?«

»Ich erinnere mich sehr gut an diese Worte, aber ich glaube, ich sollte von meinen Rechten als Gutsherr Gebrauch machen und meine Meinung ändern.« Er schob eine Hand unter ihr noch immer feuchtes Haar und begann ihren Nacken zu liebkosen.

»Warum verwöhnst du mich nicht jetzt mit deinen Händen, während dir bewusst ist, dass ich wach bin? Dann bräuchte ich meine Erregung nicht vor dir zu verbergen«, schlug er vor, die Idee geboren aus dem beinahe schmerzhaften Verlangen, das von ihm Besitz ergriffen hatte. »Es wäre eine sehr viel interessantere Erfahrung, wenn ich nicht so tun müsste, als schliefe ich.«

Ihre Augen weiteten sich, entweder aus Schreck über seinen Vorschlag oder der beabsichtigten Intimität wegen, mit der er seine Finger über die weiche Haut ihres Nackens gleiten ließ. Sie schien mehr beunruhigt als erfreut, aber Duncan konnte seine Hand nicht wegziehen. Ihr schweres Haar, das wie ein seidener Vorhang über seine Hand fiel, machte es ihm schlicht unmöglich.

Wie ihr weicher Bauch, der dem Beweis seiner männlichen Erregung so verlockend nahe war.

»Also, was sagst du, Frau?« Er ließ sie los, trat zurück und breitete seine Arme aus. »Möchtest du mich jetzt berühren?«

»O nein, das könnte ich nicht«, hauchte sie so leise, dass die Worte über das laute Prasseln des Regens an den Fensterläden fast nicht zu verstehen waren.

»Du kannst es und du wirst es.« Duncan verzog den Mund zu dem verführerischen Lächeln, das er in der Vergangenheit bei Damen so erfolgreich angewandt hatte, aber sie starrte ihn noch immer an, sichtlich alarmiert.

»Soll ich es dir beweisen? Vielleicht mit einem Kuss?«, beharrte er und ließ die Arme wieder sinken.

Ihre Augen blitzten protestierend, aber als Duncan vortrat und ihr die Hände auf die Schultern legte, versteifte sie sich nur, versuchte aber nicht, sich loszureißen, wie sie es vorher getan hatte. Ermutigt, zog Duncan sie an sich und streichelte zuerst ihre Schultern und ihren Rücken, dann ihre Hüften und ihren wohl geformten Po, bis er ihren Widerstand erlahmen spürte.

»Aye, ich glaube, ich werde dich jetzt küssen«, sagte er, als er merkte, dass ihr Körper auf seine Nähe reagierte. Sie wurde ganz nachgiebig und warm in seinen Armen und lehnte sich ganz unbewusst an seine Brust, obwohl das ärgerliche Funkeln in ihren Augen noch nicht völlig erloschen war. »Ein Kuss, Mylady, um die Größe deiner Leidenschaft zu prüfen.«

Dann senkte er seinen Mund auf ihren und nahm ihre Lippen in Besitz, in einem so behutsamen, sanften Kuss, dass es ihn fast die letzten Reste seiner Selbstbeherrschung kostete. Mit der ganzen Zurückhaltung, die er noch aufbringen konnte, teilte er mit seiner Zunge ihre Lippen und vertiefte den Kuss allmählich, bis er spürte, wie sich ihr ein leiser Seufzer entrang.

Zufrieden brachte Duncan den Kuss zu einem Ende. Dann nahm er ihr Gesicht zwischen seine Hände und lehnte seine Stirn an ihre. »Das war doch gar nicht so schlimm, oder?«, fragte er, noch immer ganz schwindlig von der Süße ihrer Lippen. »Ich möchte dich die ganze Nacht so küssen, Liebling. *Überall.*«

»Nein … bitte nicht, Sir«, protestierte sie, ihr Atem sanft und warm an seiner Haut, und ihr Körper, der sich an den seinen schmiegte, strafte ihre ablehnenden Worte Lügen. »Tut das nicht.«

»Hast du Angst vor mir?« Duncan hasste es, zu fragen, aber er musste es wissen. Feuer in den Lenden oder nicht, er würde sie in Ruhe lassen, falls sie sich vor seiner Berührung fürchtete.

»Nein, Sir, ich habe keine Angst«, sagte sie, und das Herz, das Duncan angeblich nicht hatte, schlug vor Freude höher. »Ich habe Euch gesagt, warum ich Eure Aufmerksamkeiten nicht wünsche.« Sie blickte ihm offen in die Augen, ihre Stimme überraschend fest. »Ich werde mich nicht an einem Wettbewerb beteiligen, in dein ich keine Chance habe, zu gewinnen.«

Duncan unterdrückte die bittere Verwünschung, die ihm auf der Zunge lag. »Es hat nie einen Wettbewerb gegeben, Mädchen, und wenn es einen gäbe, hättest du ihn längst gewonnen.«

So behutsam, wie er konnte, schob er sie ein wenig von sich ab. Ihr Puls flatterte wild am Ansatz ihres Halses, und als Duncan es bemerkte, schwor er sich, sie sanft zu nehmen und Zurückhaltung zu üben. Mit eisernem Willen verdrängte er seine eigenen Bedenken, sein Widerstreben, sein selbst auferlegtes

Zölibat zu brechen, und konzentrierte sich darauf, das Vertrauen seiner Gemahlin zu gewinnen.

Dass sie nicht mehr versuchte, sich ihm zu entziehen, ermutigte ihn sehr, doch er war sicher, dass sie auf der Stelle die Flucht ergreifen würde, wenn er der hemmungslosen Leidenschaft, die sie in ihm weckte, freien Lauf ließe. Noch nie hatte er eine Frau mit einer solchen Zärtlichkeit geküsst, noch nie war es ihm so schwer gefallen, sich zurückzuhalten.

Aber wenn es eine lustvolle Erfahrung für sie werden sollte, und das sollte es, musste er geduldig sein und seine ganze Verführungskunst aufbieten. Doch was immer auch für Fähigkeiten auf diesem Gebiet er einst besessen haben mochte, sie waren lange her und fast vergessen.

Und so konzentrierte er sich und rief sich seine Vergangenheit ins Gedächtnis, die ferne Zeit noch vor Cassandra. Stück für Stück kamen Erinnerungen zurück, aber sie waren flüchtig und schwer zu fassen, und sie verblassten wieder, bevor er die Erinnerungen nutzen konnte, die er bislang bewusst verdrängt hatte.

Dann erinnerte er sich an etwas, das sein König ihm einst gesagt hatte. Robert Bruce hatte behauptet, über Liebe *zu sprechen* bringe ein Mädchen schneller in die richtige Stimmung als alles andere. Duncan lächelte im Stillen. Aye, er würde dem Rat seines Lehnsherrn folgen und seiner Gemahlin mit Worten den Kopf verdrehen.

Zufriedener mit sich selbst als er schon seit Jahren gewesen war, ergriff Duncan eine der Hände seiner Frau und zog sie gemächlich über seine Brust. Ermutigt, als sie nicht versuchte, sie zurückzuziehen, begann er ihre Hand in trägen Kreisen über seinen Oberkörper zu führen und ließ sie die Beschaffenheit seiner Haut und die Konturen seiner Muskeln spüren.

Ein plötzliches lautes Donnergrollen erschütterte die Fensterläden, und ein Blitz erhellte den Raum, dessen gespenstisches weißes Licht gerade lange genug verweilte, um Duncan sehen zu lassen, dass Linnets Augen geschlossen und ihre Lippen leicht geöffnet waren.

Als erwartete, *wünschte* sie sich einen weiteren Kuss.

Ein Ziehen ging durch seinen Lenden angesichts ihrer zunehmenden Bereitschaft. Sehr vorsichtig, um nicht den Zauber zu gefährden, den er zwischen ihnen erwachen fühlte, zog Duncan ihre Hand auf sein wild hämmerndes Herz. »Kannst du fühlen, wie du mein Herz zum Rasen bringst? Fühlst du mich unter deiner Hand?«, fragte er rau. »Findest du es angenehm, mich zu berühren?«

Sie zögerte, dann nickte sie.

Es war keine besonders vehemente Geste, aber immerhin ein Nicken.

»Möchtest du mich überall berühren?«

Fast nickte sie wieder, hielt aber mitten in der Bewegung inne und wandte das Gesicht ab. Duncan konnte beinahe die Hitze spüren, die ihr in die Wangen stieg.

»Du hast keinen Grund, mir gegenüber scheu zu sein, Linnet«, beruhigte er sie und strich mit dem Handrücken über ihre Wange. »Ich würde nie etwas von dir verlangen, was du nicht tun möchtest.« Sanft legte er eine Hand unter ihr Kinn und drehte ihr Gesicht zu sich herum. »Aber du hast gelernt, dass es dir Vergnügen bereiten kann, mich zu berühren, wenn ich wach bin, nicht?«

Duncan kniff die Augen zusammen und versuchte, sie mit der Macht seines Blickes festzuhalten. »Und es macht dir Spaß, nicht wahr?«

»Aye«, gab sie nach einem weiteren langen Zögern zu.

Ein immenses Gefühl des Triumphs erfasste Duncan. »Würdest du mir das Gleiche verweigern?«

Sie biss sich auf die Unterlippe und schüttelte dann langsam ihren Kopf.

»Gut. Sollen wir dir dann nicht lieber endlich deine nassen Sachen ausziehen?«

Sie wirkte immer noch verunsichert, nein, *verlegen*, aber sie legte ihren *arisaid* ab und hob dann die Arme, um sich bei den anderen Sachen von ihm helfen zu lassen. Ihre Gefügigkeit machte das Ziehen in Duncans Lenden unerträglich. Während er mit sich kämpfte, um seine wachsende Leidenschaft in Zaum zu halten, beeilte er sich, sie zu entkleiden.

Als er ihr endlich ihr dünnes Unterkleid abgestreift hatte, war der Tumult, der in ihm tobte, schlimmer noch als je zuvor. Der Anblick, den sie bot, als sie nackt vor ihm stand, sich seinen Blicken preisgab und nicht einmal den Versuch machte, sich zu bedecken, wurde ihm fast zum Verhängnis. Er wusste, dass es nicht leicht für sie war, still zu stehen, die Arme locker an den Seiten, während sein Blick verlangend über ihren Körper glitt.

Aber sie tat es, und ihre Bereitwilligkeit, ungeachtet ihrer unbegründeten Schamgefühle seinen Wünschen zu entsprechen, entfachte ein tief empfundenes und urwüchsiges Bedürfnis in ihm, von dem er geglaubt hatte, es sei schon lange tot.

Das Bedürfnis, einer Frau wirklich und wahrhaftig Vergnügen zu bereiten.

Und mit ihr eins zu sein.

Ihre bescheidene, anspruchslose Art, ihre Unschuld, Reinheit und Natürlichkeit erweckten etwas tief in ihm Vergrabenes zum Leben. Der Teufel sollte ihn holen, wenn er sich zum Narren machte, aber er hatte sogar den Eindruck, dass sie ihn begehrte.

Ihn aufrichtig begehrte.

Ein erstaunliches Glücksgefühl durchflutete ihn bei dieser Möglichkeit. Es war eine kräftigende, erhebende Empfindung, die einen Teil seiner Qual vertrieb, ihn befreite und einen Lichtstrahl in die finstersten Bereiche seiner Seele warf.

Ein schwindelerregendes, wonnevolles Gefühl, das in seiner emotionalen Intensität genauso tief greifend und machtvoll war, wie das scharfe Ziehen in seinen Lenden pure sinnliche Begierde war.

Ein gänzlich unbekanntes Gefühl, das er nicht zu verspüren erwartet hatte, noch nie zu erreichen gehofft hatte. Weder bei Linnet noch bei irgendeiner anderen Frau. So gründlich hatte seine erste Frau die Träume, die sein junges Herz bewegt hatten, zerstört.

Unfähig, wahre Leidenschaft zu empfinden, hatte sie ihr Vergnügen aus dem Wissen bezogen, dass ihre Schönheit und hemmungslosen sexuellen Gelüste eine ausreichend potente Mischung waren, um ihn, oder jeden anderen Mann, der ihr gefiel, nach ihren lasziven Reizen fiebern zu lassen.

Doch der bloße Anblick seiner neuen Frau, die so ungekünstelt und natürlich war, erregte ihn mehr, als Cassandras routinierte Lüsternheit es je getan hatte.

Seine hübsche Linnet mit ihren üppigen Kurven und ihrem flammend roten Haar erregte ihn so sehr, dass nicht einmal mehr der Gedanke an *sie* sein Verlangen dämpfen konnte.

Duncan schluckte, als er die opulenten Kurven seiner Frau betrachtete, die so völlig anders waren als Cassandras schlanke Glieder, denn sein Mund war plötzlich wie ausgetrocknet vor Verlangen.

Wie hatte er den schlanken Körper seiner ersten Frau je begehrenswert finden können? Nicht ein einziges Mal hatte sie sein Blut so in Wallung gebracht, wie es Linnet tat. Nie hatte er sich danach gesehnt, Cassandra so zärtlich und so ausgiebig zu lieben, wie er Linnet zu verwöhnen gedachte. Wie um die starke Anziehungskraft zu testen, die sie auf ihn hatte, richtete Duncan seinen Blick auf die seidigen rotgoldenen Locken zwischen ihren wohl geformten Schenkeln.

Gott, wie er sich danach sehnte, sie dort zu berühren, mit seinen Händen ihre Leidenschaft zu wecken und sie dann mit seinen Lippen und seiner Zunge zu liebkosen, bis sie vor Wonne stöhnte, überwältigt von dem schwindelerregenden Höhepunkt, auf den er sie zu führen gedachte. Erst dann würde er sein eigenes Verlangen stillen.

Glutvolle Erregung durchflutete ihn beim bloßen Gedanken, was er alles tun würde, um ihr Vergnügen zu bereiten. Seine eigene Erregung war so drängend, dass er sie bis in die Zehen seiner nackten Füße spürte. Wenn er nicht bald Entspannung suchte, würde es ihn auseinanderreißen.

»Duncan …?« Die Stimme seiner Gemahlin durchdrang den Nebel seiner Leidenschaft. »Willst du mich noch immer küssen?«

Seine Brauen hoben sich überrascht, doch die Wahrheit war, dass ihre Direktheit ihn erfreute und sein Blut sogar noch mehr in Wallung brachte. »Aye, natürlich will ich das«, erwiderte er, seine Stimme dunkel vor Leidenschaft und seine körperliche Erregung so bezwingend, dass er kaum noch sprechen konnte. »Ich werde dich die ganze Nacht küssen, und nicht nur deine Lippen.«

Sie sog scharf den Atem ein bei seinen letzten Worten, und Duncan sah für einen flüchtigen Moment lang ihre Zungenspitze. Das war genug. Nein, zu viel. Mit einem rauen Aufstöhnen zog er sie zu einer stürmischen Umarmung an sich und presste seine Lippen hart und besitzergreifend auf die ihren.

Zu einem Kuss, der ihre letzten Zweifel vertreiben und in ihr die Leidenschaft entfachen sollte, von der er sicher war, dass sie genauso glutvoll sein würde wie seine eigene. Seine eigene Begierde zügelnd, so gut er konnte, konzentrierte er sich ausschließlich auf ihr Vergnügen. Er würde ihre Lust entflammen, bis sie sich ihm vollkommen auslieferte und seine sinnlichen Liebkosungen erwiderte. Er wollte absolute, totale Hingabe von ihr.

Wie zum Beweis der Leidenschaft, die in ihr schlummerte, öffnete ihr Mund sich plötzlich weiter unter seinem, und kühn erwiderte sie den Kuss und vereinte ihre Zunge mit seiner in einem erotischen Tanz, der die letzten Reste seiner so mühsam erzwungenen Zurückhaltung in Gefahr brachte, außer Kontrolle zu geraten.

Getrieben von Bedürfnissen, die stärker waren als alles, was er je zuvor erfahren hatte, hob er sie auf seine Arme und trug sie zu dem breiten Himmelbett. Ohne den Kuss zu unterbrechen, schob er mit der Schulter die Bettvorhänge beiseite und legte sich mit Linnet sanft auf die Matratze, wobei er aber darauf achtete, sie nicht mit seinem ganzen Gewicht zu belasten. Für einen langen Moment blieb er über ihr und ertrank fast in dem honigsüßen Nektar ihres Mundes, versengt von der Hitze ihres Körpers und verzehrt von seinem brennenden Verlangen, sie zu nehmen.

Ihr Kuss wurde fieberhafter, ihre Atemzüge vermischten sich und wurden eins, bis es ihm so vorkam, als würde er seine Seele verlieren im Geschmack, Gefühl und Duft von ihr.

Und, möge ihm der Himmel beistehen, genau das wollte er!

Wie ein Verhungernder, der zu lange ohne Nahrung war, labte er sich an ihren Lippen, stillte seinen Durst und Hunger mit der Gier eines Besessenen.

Sie stieß einen kleinen Protestschrei aus, als er sich schließlich von ihr löste. »Hör nicht auf«, wisperte sie, in einer flehentlichen Bitte, die ihm direkt unter die Haut ging und ein weiteres Loch in seine Abwehr trieb.

»Ich werde dich noch viele Male küssen heute Nacht«, sagte Duncan rau und strich mit beiden Händen über ihre wohl geformten Brüste, deren üppige Pracht ihn ungemein beglückte. »Aber zuerst werde ich dir das gleiche Vergnügen bereiten, das du mir bereitet hast. Und diesmal sind es meine Hände, die auf Forschungsreise gehen. Ich möchte *dich* berühren. *Du* wirst ruhig liegen bleiben und es mir erlauben.«

Sie schien noch nachgiebiger, noch willfähriger zu werden, nachdem er ihr seine Absicht kundgetan hatte. Aus Augen, die jetzt nicht mehr von einem faden Braunton waren, sondern wie kostbarer, geschmolzener Bernstein schimmerten, schaute sie zu ihm auf und lächelte. Ihre Schenkel hielt sie noch immer fest geschlossen, und sie sagte nichts, aber Duncan wusste, was sie ihm zu verstehen geben wollte.

Er brauchte sie nur zu nehmen; sie war bereit, sich ihm zu schenken.

Seine Erregung über den Anblick, den sie bot, so verführerisch unter ihm ausgestreckt, und ihre Bereitwilligkeit, seinen Wünschen nachzugeben, ließ ihn alles andere vergessen.

Er glitt ein wenig höher und ließ sich mit gespreizten Beinen über ihren Schenkeln nieder; dann starrte er auf sie herab und verschlang sie buchstäblich mit seinen Blicken. Noch nie war eine Frau besser geeignet gewesen, die Leidenschaften eines Mannes zu wecken.

Noch nie hatte eine Frau mehr seine Glut entfacht.

Und noch nie war er sich hilfloser vorgekommen, oder mehr Opfer der pulsierenden Hitze zwischen seinen aufgewühlten Lenden.

Halb wahnsinnig vor Verlangen nach ihr und der Notwendigkeit, Geduld zu üben, befeuchtete Duncan die Mittelfinger seiner Hände. Während sie ihn beobachtete und ihre süßen Lippen sich in wachsendem Verlangen teilten, legte Duncan seine befeuchteten Finger an die harten rosa Spitzen ihrer Brüste.

Ein leiser Schrei entrang sich bei der Berührung ihren Lippen. Über alle Maßen erfreut, ließ Duncan seine feuchten Finger träge kleine Kreise um ihre Brustspitzen beschreiben. Als hätte er alle Zeit der Welt, spielte er mit ihnen, zupfte sanft daran oder strich mit der Fingerspitze einfach nur vor und zurück über die harten kleinen Knospen, bis seine Frau die Hüften anhob und sich ihm entgegenbog, in einer stummen Bitte, sie auf die gleiche aufreizende Weise auch zwischen ihren Schenkeln zu berühren.

Ihre Hüften begannen instinktiv zu kreisen und, bewusst oder unbewusst, ihre Schenkel teilten sich. Als sie weit genug geöffnet waren, um alles von ihr sehen zu können, verflogen die letzten Überreste seines absurden Abstinenzgelübdes, verstreuten sich in alle vier Winde und waren so gründlich weggefegt, als hätte er sie mitten in einen tobenden Sommersturm geschleudert. Mit einem Aufstöhnen, das tief in seinem Innersten begann, erkannte Duncan, dass er verloren war. Nichts würde ihn davon abhalten, sie zu nehmen.

Nicht jetzt, nicht, wenn ihre süße Weiblichkeit ihm auf solch einladende Weise dargeboten wurde.

Sie war seine Frau.

Und er hatte sie bereits entjungfert.

Warum sollte er sich das Vergnügen versagen? Oder ihr? Schien sie nicht auch seine Liebkosungen zu ersehnen? Enthaltsamkeit zu üben, wäre töricht und würde niemandem etwas nützen.

Der Himmel wusste, dass er ihr Vergnügen bereiten würde.

Und sie lehren würde, ihm Vergnügen zu bereiten.

Ja, ihre würde eine lustvolle und angenehme Beziehung sein. Vielleicht würde er sie ganze drei Tage im Bett behalten und sie beglücken, bis sie so schwach war vor Erschöpfung, dass sie ihn anflehen würde, aufzuhören.

Er würde ihr alles geben … alles außer seiner Liebe.

Die konnte er niemandem geben, denn er glaubte nicht an solch törichte Emotionen. Aber er würde ihr Vergnügen schenken.

Nacht für Nacht.

Und da versteifte sie sich plötzlich unter ihm, hielt in der kreisenden Bewegung ihrer Hüften inne und spannte ihre Muskeln an. Ein warmer, moschusartiger Duft stieg von ihr auf, als sie instinktiv Erfüllung suchte, und dieser so unglaublich feminine Duft machte Duncan rasend vor Erregung. Dann bewegte sie sich wieder, und die seidige Haut ihrer Oberschenkel streifte die steife Härte seines Glieds. Die Berührung, so flüchtig sie auch war, ließ ihn nahezu gänzlich die Kontrolle über sich verlieren.

»Es tut mir leid, Liebling, aber ich kann mich nicht mehr lange zurück …« Seine Worte endeten in einem rauen Stöhnen, als seine Frau zwei Finger an seine Lippen legte.

»Das ist gut so, denn ich kann es auch nicht.«

Seinen Blick suchend, hob sie ihre Hüften an und rieb sich kühn am Beweis seiner männlichen Begierde. Ihr Körper ließ nicht den geringsten Zweifel daran offen, was auch sie jetzt brauchte. Sie öffnete ihm ihre Schenkel, noch nicht ganz, aber in einer Einladung, die kein Mann hätte missverstehen können.

Dennoch zögerte Duncan, bevor er ihre Schenkel weiter spreizte. Er blickte ihr prüfend in die Augen, suchte dort nach Angst und fand keine.

Nur Verlangen.

»Es könnte ein bisschen wehtun, einmal ist nicht genug für eine Jungfrau, um einen Mann, ohne Schmerz zu verspüren, in sich aufzunehmen«, warnte er Linnet, seine Stimme rau vor Emotion und lustvollem Verlangen.

»Das macht nichts. Ich werde schon nicht zerbrechen«, ermutigte ihn Linnet, ohne ihren Blick von ihm zu lösen. Dann schloss sie die Hand um ihn, führte ihn zu ihrer intimsten Stelle und bog sich ihm entgegen, um ihn in sich aufzunehmen.

Duncan spürte, dass die Kontrolle ihm entglitt, als sie ihn berührte und ihm zu verstehen gab, dass sie bereit war. Unfähig, sich noch länger das Vergnügen zu versagen, drang er in sie ein. Begierig nahm er alles, was sie ihm so hingebungsvoll bot … einschließlich ihrer Unberührtheit.

Sein lustvolles Aufstöhnen gefror auf seinen Lippen und vermischte sich mit ihrem leisen Schmerzensschrei, als er die Barriere durchbrach, von der er geglaubt hatte, es gebe sie nicht mehr.

Aber sie war noch da gewesen, und beide waren sie betrogen worden.

Sie hatten ihre Ehe nie vollzogen.

Oder zumindest nicht bis jetzt.

11

Allmächtiger!

Duncan blieb vollkommen reglos, wie erstarrt, und hatte sogar Angst, zu atmen, weil er ihr damit noch mehr Schmerz zufügen wollte.

Hilflos beobachtete er, wie dicke Tränen unter ihren geschlossenen Augenlidern hervorquollen, über ihre Wangen rollten und schimmernd silberne Spuren hinter sich zurückließen.

»Liebling«, hauchte er mit rauer Stimme. Er starrte auf ihren Puls, dessen schnelles Pochen am Ansatz ihres Halses klar erkennbar war, und sah, wie ihre Unterlippe zitterte, und all diese Anzeichen ihres Schmerzes zerrissen ihm das Herz. »Linnet, ich …«

Da öffnete sie die Augen und betrachtete ihn mit einem Blick, der wie geschmolzene Bronze war. »Sag nicht, dass es dir leidtut. Bitte.«

So sanft er konnte, wischte er ihr mit dem Daumen die Tränen von den Wangen ab. »Es tut mir nur leid, dass ich dir wehgetan habe. Alles andere – und das Geschenk, das du mir gegeben hast – macht mich froh und dankbar.«

Sie hob die Hand und legte sie um seinen Nacken, um ihre Finger unter sein Haar zu schieben. »So schlimm war der Schmerz nicht.«

Herrgott noch mal, er hatte sie *verführen* und nicht ihr Schmerz zufügen wollen, egal, wie schlimm oder wie leicht er war. Mit dem ganzen erotischen Geschick, auf das er einst so stolz gewesen war, hatte er sie gewinnen, sie überzeugen, sie auf seine Seite bringen wollen.

Und was hatte er getan?

Mit dem ganzen Ungestüm eines brünstigen Hirsches war er in sie eingedrungen und hatte ihr brutal ihre Jungfräulichkeit genommen!

In einem einzigen Moment, in dem er sich nicht unter Kontrolle gehabt hatte, hatte er sich als nicht besser erwiesen als das wilde Tier, für das sie ihn manchmal zu halten schien.

»Linnet, das glaube ich dir nicht«, murmelte er an ihrer Schläfe. »Aber ich verspreche dir, dass du nie wieder diesen Schmerz erleiden wirst. Du hättest ihn auch diesmal nicht verspürt, oder zumindest nicht so sehr, wenn ich behutsamer gewesen wäre.«

Aber, und der Himmel war sein Zeuge, wie hätte er das wissen können?

Er hatte wirklich gedacht, er habe sie in seinem durch übermäßigen Alkoholgenuss verursachten Rausch in ihrer Hochzeitsnacht genommen.

Vorsichtig begann Duncan sich aus der engen Hitze ihres Körpers zurückzuziehen. Seine Frau versteifte sich bei der Bewegung, er spürte, wie sie sich unter ihm anspannte, und das flüchtige Zusammenzucken, das sie nicht verbergen konnte, traf sein Gewissen wie der Stich eines frisch geschliffenen Schwerts.

Sofort verhielt er in der Bewegung, aber er hatte sich noch nicht ganz aus ihr zurückgezogen, und ihre samtene Weichheit berauschte ihn und drängte ihn, wieder in die tröstliche Wärme ihres Innersten zurückzukehren.

Stattdessen unterdrückte er einen Fluch und blieb, wo er war, steif und hart und unbeweglich.

Er öffnete den Mund, um ihr zu sagen, er würde sie nicht eher wieder nehmen, bis er absolut sicher sein konnte, dass sie für ihn bereit war, aber sie hob die Hand und streichelte sein Kinn, ihre Fingerspitzen glitten über seine Lippen und brachten ihn zum Schweigen. »Du konntest es nicht wissen, Duncan. Ich dachte auch, ich wäre keine Jungfrau mehr.«

Eine Jungfrau.

Sein heißer Schaft pulsierte und zuckte bei der bloßen Vorstellung.

Sein *Herz* schmolz.

Noch nie war er der Erste bei einer Frau gewesen. Nicht bei Cassandra und schon gar nicht bei den bezahlten Huren, bei denen er in den letzten Jahren seine Bedürfnisse befriedigt hatte.

Ehrlich gesagt hatte er sogar bezweifelt, dass es überhaupt noch Jungfrauen gab, und hatte daher nicht erwartet, dass seine Braut noch unberührt sein würde.

Es hatte ihn nicht einmal interessiert.

Doch als sie nun, immer noch in inniger Umarmung, so miteinander dalagen, wurde er von einem heftigen Schuldbewusstsein über seine Ungeschicklichkeit erfasst, das ihm den Magen umdrehte, obwohl ihn zur selben Zeit ein fast unglaubliches Gefühl der Freude erfüllte.

Ein Gefühl, das so machtvoll war, dass er zu den Zinnen hinaufrennen und ein Triumphgeheul anstimmen wollte.

Um seine Freude in alle Welt hinauszuschreien.

Denn wenngleich er über ihre Tugendhaftigkeit erfreut war, betrachtete er die Bereitschaft, die sie in den Momenten gezeigt hatte, bevor er in sie eingedrungen war, doch als wichtiger.

Sehr viel wichtiger.

Ihre liebevolle Akzeptanz stimmte ihn so überglücklich, dass es ihm so vorkam, als hätte irgendeine unbekannte Macht einen dunklen Schleier weggezogen und Licht in die dunkle Leere strömen lassen, die er in sich trug.

Sein ganzes Gewicht auf seine Ellbogen stützend, weidete Duncan sich an ihrem Anblick. Sie lag da wie aus Marmor gehauen, ihre schönen Augen starrten zu ihm auf, ihre vollen Lippen waren leicht geöffnet, ihre Wangen noch immer blass und feucht von Tränen.

Das schwache Licht, das durch die Fensterläden drang, warf

einen schimmernden Glanz auf ihre glatte Haut, und das verglimmende Feuer im Kamin spiegelte sich in ihrem seidigen Haar, das das Kopfkissen bedeckte, und verlieh ihm die Farbe aufzüngelnder Flammen.

Eine Hand voll Sommersprossen hoben sich von ihrem ansonsten makellosen Teint ab, und am liebsten hätte er jede einzelne von ihnen geküsst. Beginnen würde er mit denen, die wie Sterne auf ihrem Nasenrücken versprenkelt waren, und enden mit jenen, die den Ansatz ihrer wundervollen Brüste schmückten.

Duncan atmete tief durch, um sich zu beruhigen. Er war zutiefst beeindruckt. Noch nie hatte er eine schönere Frau gesehen.

Noch nie hatte er eine Frau so sehr begehrt.

Und nie hätte er geglaubt, dass er jemals wieder so nahe daran sein könnte, wieder eine Frau zu lieben.

»Bei meinem Leben, Linnet, ich hätte dich nicht so grob genommen, wenn ich es gewusst hätte«, sagte er leise und senkte seinen Mund auf die warme Haut an ihrem Nacken. »Aber … ich danke dir.«

»Ich habe *dir* zu danken«, sagte seine Frau, mit so sanfter, leiser Stimme, dass Duncan bezweifelte, sie richtig gehört zu haben.

Indem er sich mit seinem vollen Gewicht auf seine Arme stützte, richtete er sich auf und zog sich ganz und gar aus ihr zurück. »Was hast du gesagt?«

Anstatt zu antworten, befeuchtete Linnet mit der Zungenspitze ihre Lippen. Sie schenkte ihm ein unsicheres Lächeln, seufzte dann und legte ihre Hand an seine Wange. »Nichts, was ich wiederholen würde, aber was *ich* gerne wissen würde, ist, warum du dich zurückgezogen hast.« Ihre Worte waren kaum zu hören über das Rauschen des Windes draußen. »Es war ein wundervolles Gefühl, und ich möchte nicht, dass es schon aufhört.« Wieder lächelte sie, doch diesmal war das Lächeln schon ein wenig ausgeprägter.

Tief in Duncans Innerstem schien etwas anzuschwellen und zu zerspringen. Ein weiterer großer Teil der Mauer um sein Herz. »Du möchtest, dass wir weitermachen?«

Ihm lächelnd in die Augen schauend, nickte sie, und dann bewegte sie sich unter ihm. Das Gefühl ihres feuchten weichen Haars an seinem Glied ließ ihn fast seine Zurückhaltung vergessen.

»Ich muss dich warnen, es wird nicht aufhören, wehzutun«, gab er mit rauer Stimme zu bedenken. »Oder zumindest heute nicht.«

»Das ist mir egal«, sagte sie, und die atemlose Süße ihrer Stimme untergrub seine Kontrolle. »Lass uns weitermachen und es dieses Mal zum Abschluss bringen, und dann tun wir es noch mal«, fügte sie zu seiner Verwunderung hinzu. »Denn ich würde diese … diese *Vereinigung* … wirklich gern ohne den Schmerz erleben.«

Duncans Blut geriet in Wallung, sein Glied war wieder voll erregt und pulsierte vor Verlangen, als er langsam wieder in sie eindrang. Sie spannte sich an, ihre Finger krallten sich in seine Schultern, ihr leises Stöhnen feuerte ihn an.

Aber noch immer hielt er sich zurück, noch nicht bereit, sie in den uralten Rhythmus einzuführen, den ihre noch ungeübten Hüften instinktiv zu finden hofften.

»Entspann dich«, forderte er sie auf und streichelte zärtlich eine ihrer vollen Brüste, während er sprach. »Öffne deine Beine noch ein bisschen weiter und überlass dich ganz deinen Gefühlen. Ich werde versuchen, dir nicht wehzutun.«

Linnet tat, wie er sie geheißen hatte, spreizte ihre Beine noch weiter, um ihn aufzunehmen, und bemühte sich verzweifelt, sich zu entspannen, wie er ihr geraten hatte, und sich ganz ihren Empfindungen zu überlassen.

Sie *wollte* es, denn die Gefühle, die sie durchfluteten, waren so schön, dass sie fast nicht zu ertragen waren, aber es war trotzdem nicht leicht für sie, sich zu entspannen.

Es tat weh.

Viel mehr, als sie erwartet hatte.

Aber der stechende Schmerz war kaum von Bedeutung, verglichen mit all den anderen Gefühlen, die Duncan in ihr weckte, und der Euphorie, die sie beherrschte, seit sie erkannt hatte, wie sehr er sie begehrte.

Es stand ihm ins Gesicht geschrieben, und es verriet sich in der Zärtlichkeit, mit der er sich in ihr bewegte.

»... gut, Liebling«, hörte sie ihn sagen, aber seine Stimme kam wie aus weiter Ferne, sodass sie sie nur verschwommen wahrnahm durch den Nebel ihrer Leidenschaft, die sie von innen heraus zu verzehren drohte.

»Öffne dich noch ein kleines bisschen mehr«, bat er sie und benutzte seine Hände, um ihre Schenkel behutsam noch weiter zu spreizen. »Hab keine Angst ... ich höre sofort auf, wenn du mich darum bittest.«

»Das werde ich ganz bestimmt nicht tun«, erklärte sie, während sie mit den Händen über seine breiten Schultern strich und hingerissen war von seinen harten Muskeln, die unter ihren Fingern arbeiteten.

O Gott, wie konnte er nur glauben, sie würde wollen, dass er aufhörte?

Sie ertrüge es nicht, wenn er es täte.

Nicht jetzt, wo sie sich gerade in der berauschenden Gewissheit sonnte, dass er sie als Frau begehrte.

Das unverhohlene Verlangen, das in seinen Augen stand, seine fiebrigen Berührungen, die Rauheit seiner tiefen Stimme, seine Angst, ihr wehzutun, all das ging ihr ans Herz und übermannte sie mit einer Woge machtvoller Gefühle, welche sie nicht einmal beginnen konnte zu verstehen.

Es war ein herrliches Gefühl, und sie wollte jeden Augenblick davon auskosten, jede Berührung, jede Zärtlichkeit genießen, und sich dieses erstaunliche Gefühl von ihm in ihr für immer einprägen.

Sich den berauschenden Empfindungen überlassen, die er in ihr weckte, um das Gefühl seines wunderbaren Körpers auszukosten, der auf solch unfassbar intime Weise vereint mit ihrem war.

Der unerhörten Intimität zu frönen, seinen heißen Schaft immer tiefer in diese geheimste Stelle von ihr eindringen zu spüren.

Aye, einfach nur zu wissen, dass er sie begehrte … *sie,* die unscheinbare Linnet, ließ ihre Seele in solch schwindelerregende Höhen schweben, dass sie befürchtete, vielleicht nie wieder herabzukommen.

»Tue ich dir weh?«, hörte sie wieder seine Stimme, diesmal so dicht an ihrem Ohr, dass sein warmer Atem ein köstliches Erschauern in ihr auslöste.

»Aye, es tut weh«, antwortete sie ehrlich, »aber hör bitte nicht auf, denn der Rest entschädigt mich für meinen Schmerz.«

Daraufhin richtete er sich ein wenig auf, und ein triumphierendes Lächeln breitete sich auf seinen Zügen aus, als er auf sie herabsah.

Es war das erste Mal, dass sie ein Lächeln an ihm sah, das seine Augen erreichte.

Dann verblasste das Lächeln und wich einem Ausdruck tiefster Konzentration – und noch etwas anderem … einem schwerlidrigen, glutvollen Blick, der ihre Knie in Wachs verwandelte.

Ohne den Blick von ihr zu nehmen, schob er seine Hand zwischen ihre Schenkel und berührte sie … *da* … wo ihre Körper so intim vereint waren. Sie konnte gar nicht anders, als scharf den Atem einzuziehen, und ihre Augen weiteten sich vor Verblüffung.

Ein Anflug jenes Lächelns kam zurück und glitt wissend über seine Lippen, während er seinen Daumen langsame, kreisförmige Bewegungen beschreiben ließ, die sie zum Stöhnen brachten, so intensiv war die Empfindung.

»Psst«, murmelte er, und sie vermutete, dass er sehr gut

wusste, was seine intimen Liebkosungen in ihr bewirkten. »Wehr dich nicht dagegen. Lass mich dir Lust bereiten, Linnet. *Fühl* mich, wenn ich dich berühre.«

So schnell und flach atmend, dass sie kein Wort über die Lippen brachte, warf sie hilflos ihren Kopf von einer Seite auf die andere und schloss die Augen, hob ihre Hüften an und presste sich gegen seine Hand, um seinen aufreizenden Fingern noch näher zu sein.

Ein exquisites Pulsieren begann tief in ihrem Innersten, das sich wellenförmig ausbreitete und sie mit einer trägen Hitze erfüllte, die beinahe zu süß war, um sie zu ertragen.

Sie öffnete den Mund, um aufzuschreien, doch er verschloss ihn mit seinen Lippen und erstickte jegliches Geräusch, dass sie vielleicht von sich gegeben hätte, mit einem tiefen, leidenschaftlichen Kuss.

Verzweifelt auf der Suche, kämpfend, um irgendein schwer zu fassendes Ziel zu erreichen, das zum Greifen nahe schien, öffnete Linnet ihre Lippen unter seinen und begrüßte die seidenen Liebkosungen seiner Zunge. Sie presste sich verlangend an ihn, wollte, *brauchte* mehr … brannte nach allem, was er ihr geben konnte.

Als wüsste er, was sie suchte, und wollte ihr helfen, schob Duncan seine andere Hand unter ihre Hüften und zog sie höher und sogar noch fester an sich.

Und dann beschleunigte er die Bewegungen seines Daumens.

Linnet schrie auf und grub ihre Fingernägel tief in seine Schultern.

Unfähig, mehr zu tun, als sich an ihn zu klammern, ließ sie sich von ihm auf einen Gipfel von solch überwältigender Süße führen, dass sie sich fragte, ob sie daran sterben würde – so machtvoll waren die Empfindungen, die sie durchfluteten.

Alles andere verblasste. Das Bett und seine kühlen Leinenlaken. Die reich bestickte Tagesdecke und die vielen Seidenkissen. Selbst das verdunkelte Zimmer mit seinem schwachen Geruch nach erloschenen Talgkerzen und der Feuchtigkeit des Regens … sogar seine steinernen Mauern schienen weit entfernt und hörten auf zu existieren.

Nichts blieb außer dem Sturm, der sich in ihr zusammenbraute.

Ein Sturm, der tausendfach stärker war als der, der draußen tobte.

Dann brach er los und setzte eine Flut lustvoller Gefühle frei, von deren Existenz sie nicht einmal zu träumen gewagt hatte. Wie aus weiter Ferne glaubte sie Duncan ihren Namen rufen zu hören, war aber nicht sicher, denn die pulsierenden Wellen der Wonne, die sie durchfluteten, hatten sie ihrer Fähigkeit beraubt, etwas anderes zu hören als das Rauschen ihres eigenen Bluts, das Pochen ihres Herzens.

Sie verlor die Kontrolle, war machtlos, etwas anderes zu tun, als sich von diesem wundersamen Gefühl an einen Ort tragen zu lassen, der sie wünschen ließ, für immer dort bleiben zu können.

Aber nach und nach wurden ihr die feuchten Laken unter ihr bewusst … und der schwere Körper ihres Ehemanns, der auf ihr lag. Auch sein Herz raste.

Und sie spürte auch seinen Blick auf sich.

Als sie die Augen öffnete, eine Aufgabe, die enorme Anstrengung erforderte, sah sie, dass er auf sie herabstarrte, sein Gesicht nur Zentimeter weit von ihrem entfernt.

Langsam richtete er sich auf die Ellbogen auf, sagte aber nichts, sondern zog nur eine Braue hoch.

Linnet brauchte ihre hellseherische Gabe nicht, um zu erkennen, was er wissen wollte. Sie war zwischen zu vielen Brüdern aufgewachsen, um nicht zu wissen, wie ein Mann aussah, der ein Lob hören wollte.

Sie versuchte zu sprechen, dann zu lächeln, war aber zu erschöpft, um ihm mehr als ein schwaches Lächeln anbieten zu können.

»Habe ich dir wehgetan?«, fragte er, als sie stumm blieb, aber sein selbstzufriedener Gesichtsausdruck ließ keinen Zweifel offen, dass er bereits wusste, dass er es nicht getan hatte.

Oder zumindest nicht so sehr, dass sie nicht genossen hätte, was sie getan hatten.

»Aye … das … hast du«, keuchte sie, ihr Atem immer noch zu schnell und flach, um mehr als ein paar Worte über ihre Lippen bringen zu können. »Anfangs.«

»Und dann?«

»Ich glaube, das weißt du.«

»Sag es mir.« Er drehte sich auf den Rücken und nahm sie mit sich, um sie dann sicher und behütet in seinen Arm zu betten.

»Es war … ähm …«, wich sie aus und kuschelte sich noch fester an ihn. »Eins kann ich dir sagen: Jetzt weiß ich, warum meine Schwestern immer erröteten und verstummten, wenn ich sie nach … Dingen fragte.«

»Nach was für Dingen?«, beharrte er, und ein unwiderstehlicher Glanz erschien in seinen Augen.

Linnet strich mit der Spitze ihres Zeigefingers über seine Brust. »Ich wette, das weißt du schon. Du möchtest nur, dass ich es sage.«

»Aye, das möchte ich.« Er ergriff ihre Hand, zog sie an seine Lippen und küsste nacheinander ihre Fingerspitzen. »Und tust du es?«

»Muss ich?«

»Nein, aber es würde mich freuen, es zu hören.« Er drehte ihre Hand um und drückte einen Kuss auf ihre Handfläche.

»Na gut.« Von solch intimen Dingen zu sprechen, trieb ihr die Röte in die Wangen, insbesondere, wenn sie erbebte unter den Liebkosungen seiner Zungenspitze, die er über ihre Hand und die Innenseite ihres Armes gleiten ließ. »Ich meinte die Art von … *Dingen* … die ich fühle, wenn du mich so berührst.«

»Wie *so*?«, erkundigte er sich beinahe übertrieben sanft. »Meinst du so?«

»Sir!« Linnet fuhr zusammen, als er die Spitze einer ihrer Brüste zwischen Daumen und Mittelfinger rollte. Hitze durchzuckte sie und brachte die unglaublich aufregenden Gefühle zurück, die soeben erst begonnen hatten, nachzulassen. Ihre Brustwarze versteifte sich zwischen seinen Fingern, und die gleiche träge Hitze wie zuvor beschlich sie und ließ sie ganz schlaff und schwach in seinen Armen werden.

»Ich verstehe, was du meinst, Mylady. Deine wollüstige Reaktion ist sehr viel aufschlussreicher als deine Worte.«

Sie blickte ihn an, verlegen und erregt zugleich. »Wollüstig? Ich?«

»Ja, du, und ich kann mich an keine Frau entsinnen, die mir mehr gefallen hat.« Er schaute ihr tief in die Augen und schürte ihre Erregung, indem er fortfuhr, ihre Brüste zu liebkosen, während er mit ihr sprach.

Seine Hände auf ihrer Haut, die exquisite Magie, die sie bewirkten, während er sie mit seinem glutvollen Blick gefangen hielt, war fast mehr, als sie ertragen konnte. »Sir, ich glaube, ich kann nicht … ohh …« Sie verstummte, als er seine Hände durch seinen Mund ersetzte.

Als er schließlich den Kopf hob, breitete sich ein Lächeln auf seinen sonst immer so strengen Zügen aus, und Linnet stockte der Atem beim Anblick dieses ungewohnten Lächelns.

Sie hatte schon immer vermutet, dass sein Lächeln sehr charmant sein würde, aber nie, bis zu diesem Augenblick, hatte sie auch nur geahnt, wie atemberaubend gut er wirklich aussah.

Selbst sein Halbbruder Kenneth, dessen Aussehen fein und vornehm war, verblasste im Vergleich zu ihm. Wie blind sie an jenem Tag in dem Eibengehölz gewesen sein musste, zu glauben, er sei der attraktivere der beiden.

»… und du zweifelst immer noch daran, dass ich dich begehrenswert finde?« Seine Worte kamen zu ihr wie durch einen

Nebel sinnlicher Gefühle, einen *Zauber*, in den er sie verstrickt zu haben schien.

Aye, er hatte sie verzaubert, hatte sie aus einem einfachen, braven Mädchen in eine schamlose, wollüstige Person verwandelt. Seine Berührung erfüllte sie mit Sehnsüchten, so stark und unleugbar, dass sie glaubte, schreien zu müssen, wenn er seine aufreizenden Liebkosungen nicht endlich wieder aufnahm.

Sich so zu fühlen, war mehr als nur berauschend.

»Stimmt irgendetwas nicht?«, erkundigte er sich halb im Scherz. »Habe ich dir meine Leidenschaft noch nicht bewiesen?« Während er sprach, begann er die empfindsame Haut ihres Bauchs zu streicheln und bewegte seine Finger in aufreizend langsamen Kreisen. »Brauchst du noch mehr Beweise?«

»Ja, bitte«, erwiderte sie prompt und kam sich dabei vor wie eine Metze, was ihr jedoch vollkommen egal war.

»Dann werde ich es tun. Es gibt viele Wege, es dir zu beweisen. Aber vorher werden wir uns waschen.«

Nachdem er aufgestanden war, breitete Duncan fürsorglich die Decke über sie, damit sie sich nicht erkältete. Aber wenn er ehrlich zu sich war, musste er zugeben, dass er auch versuchte, ihren verführerischen Körper vor sich zu verstecken, und wenn auch nur für einige wenige Momente.

Nur so lange, bis er seine Gefühle wieder unter Kontrolle hatte.

Allmächtiger! *Gefühle*. Duncan zuckte innerlich zusammen. Er hatte gedacht, er besäße keine, und er war überzeugt gewesen, nie wieder eine solche Dummheit zu begehen.

Aber die Leidenschaft, mit der seine Frau auf ihn reagierte, ihre Unschuld und ihre Bestrebtheit, ihm zu gefallen, hatten einen Teil seiner Seele wiedererweckt, die er lieber weiter hätte ruhen lassen.

Obwohl er ihren Blick auf sich spürte, als er ein paar Kerzen anzündete, drehte er sich nicht um und wollte es auch nicht eher tun, bis seine Barrieren wieder errichtet waren – oder zumindest doch etwas gestärkt. Als er in die Knie ging, um das verglimmende Feuer im Kamin zu schüren, kämpfte er mit aller Kraft, um sich gegen den Ansturm der Gefühle zu wappnen, den sie in seinem bislang so gut bewachten Innenleben entfesselt hatte.

Sie war wirklich sehr beängstigend, die Mühelosigkeit, mit der sie ihn hatte vergessen lassen, dass er nie wieder etwas empfinden, nie wieder *leiden* wollte.

Seine Frau, mit ihrem engelhaften Lächeln und ihrer grenzenlosen, heißblütigen Leidenschaft, hatte seine Barrieren beiseite gewischt, als wären sie nicht stabiler als ein Spinnennetz!

Beim Grab des heiligen Petrus, der bloße Umstand, ihr in die Augen zu sehen und das Vertrauen und die Verehrung darin zu erkennen, war genug, um einen Mann auf seine Knie zu zwingen. Für einen Mann wie ihn, der so lange vom schöneren Geschlecht gemieden und gefürchtet worden war, war es ein potentes Gemisch, das sie zusammenbraute.

Duncan unterdrückte einen bitteren Fluch.

Er wollte nicht *verehrt* werden.

Ihr Vertrauen, aye, das wollte er. Und sexuell von ihr begehrt werden natürlich auch. Aber nicht verehrt.

Nicht so, wie *sie* diese Dinge verstand. Denn sonst würde sie ihn alsbald mit tränenverschleierten Blicken ansehen und von Liebe reden, wenn er sich nicht vorsah.

Lust war es, was er für sie empfand.

Und er wollte nichts anderes, als sie mit ihr zu teilen.

Lust. Schlicht und einfach sinnliche Begierde.

Nichts anderes.

Warum wurden dann seine verdammten Knie weich, wenn sie ihn aus ihren goldgefleckten Augen ansah? Warum war es ihm dann gerade erst so schwer gefallen, sich aus ihren Armen loszureißen?

Sich aufrichtend, klopfte er den Ruß von seinen Knien und entfernte ein paar Zweige Mädesüß von seinen Waden.

Jede Beschäftigung wäre ihm jetzt recht gewesen, um es noch ein wenig aufzuschieben, sich zu Linnet umzudrehen.

Bei allem, was ihm heilig war, er hatte nur Wasser und ein Tuch holen wollen, um das Blut von ihren Schenkeln abzuwischen, aber es war ihm fast unmöglich gewesen, sich von ihrer Seite zu entfernen.

Schlimmer noch, und bei Weitem der gefährlichste Aspekt, war sein Bedürfnis, unverzüglich wieder zu ihr ins Bett zurückzukehren und sie einfach nur zu halten. Nicht, um wieder Befriedigung bei ihr zu suchen, sondern nur, um sie sanft in seine Arme zu ziehen und dicht an sie geschmiegt die Morgendämmerung abzuwarten.

Solche Wünsche konnten mehr Unheil anrichten als das stärkste Ziehen in den Lenden eines Mannes, mehr Probleme schaffen, als mit einem Dutzend willfähriger Freudenmädchen ins Bett zu gehen.

Er wollte nichts zu tun haben mit solch törichten Ideen.

Duncan atmete tief ein. Linnet MacDonnell war mehr, als er erwartet hatte.

Sehr viel mehr.

Sie ließ ihm keine andere Wahl, als ihr die Augen zu öffnen und ihr klarzumachen, dass sie nichts als Lust für ihn empfand. Er wusste, dazu würde er lügen und sie glauben machen müssen, dass das, was zwischen ihnen geschehen war, und noch oft geschehen würde, wie er hoffte, rein geschlechtlich war.

Ein Bedürfnis, das von ihnen geteilt wurde und das ihnen sehr viel Vergnügen verschaffen könnte, aber nichts mit Liebe zu tun hatte.

Während er Wasser in eine kleine Schüssel goss, wünschte Duncan nur, es wäre nicht so verdammt schwierig, sich selbst davon zu überzeugen. Er setzte die Schüssel ab. Stirnrunzelnd ergriff er ein paar Leinentücher, legte sie über seinen Arm und wappnete sich, um Linnet gegenüberzutreten.

Dann drehte er sich um.

Seine Bedenken überfielen ihn wie eine Horde Geister, kaum dass er seine Frau gesehen hatte. Sie hatte sich aufgerichtet und lehnte mit dem Rücken an den Kissen, ihre nackte Haut schimmernd und gebadet in dem sanften Schein des wieder aufgeflammten Feuers.

Ihr Haar, inzwischen sogar noch zerzauster durch ihr Liebesspiel, fiel über ihre Schultern, und durch die seidenen Strähnen waren die Spitzen ihrer Brüste zu sehen.

Augenblicklich ging ein scharfes Ziehen durch Duncans Lenden. Er musste sich sehr zusammennehmen, um die Schüssel und die Tücher nicht einfach wegzulegen, quer durch den Raum zu stürzen wie ein unerfahrener, übereifriger Knappe und von Neuem über sie herzufallen.

»Herrgott noch mal, Frau, hatte ich dich nicht zugedeckt?«, sagte er barsch. »Willst du dir eine Erkältung holen?«

»Ich werde nicht so schnell krank«, entgegnete sie, noch immer mit diesem seltsam weichen, verträumten Ausdruck in ihrem Gesicht.

»Gut. Dann wirst du dich ja auch nicht erkälten, wenn ich dich jetzt wasche. Und ich möchte, dass wir uns damit beeilen, denn ich bin müde und brauche dringend Schlaf.« Die Worte klangen schroffer als beabsichtigt, und ihre Augen weiteten sich überrascht.

»Aber … ich dachte … du hast gesagt …«

»Ich weiß, was ich gesagt habe, aber ich wünsche mir jetzt nur noch eine ungestörte Nachtruhe. Ich bin müder, als ich dachte.« Ganz bewusst vermied er es, sie anzusehen. Der verwundete Blick, den er für einen flüchtigen Moment in ihren Augen gesehen hatte, würde ihm das Herz gebrochen haben, wenn er eins besäße. »Wir werden noch genug leidenschaftliche Nächte haben. Eine Vernunftehe muss nicht ohne körperliche Erfüllung sein. Wir können unsere fleischlichen Begierden stillen, so oft es dir beliebt. Lust …«

»Lust, Sir, ist der Grund, aus dem Männer Freudenmädchen

aufsuchen«, informierte Linnet ihn und zog die Tagesdecke über ihre Brüste. »Das sollte keine Basis für eine Ehe sein.«

»Und das ist es auch nicht«, entgegnete Duncan, während er die Schüssel auf einen kleinen Tisch neben dem Bett abstellte. »Unsere Verbindung basiert auf meinem Bedarf nach deiner hellseherischen Gabe, wie du sehr gut weißt.« Er hielt inne, um ein Tuch ins Wasser zu tauchen, und wrang es dann behutsam wieder aus. »Aber es steht nirgendwo geschrieben, dass wir nicht der körperlichen Liebe frönen dürfen. Ich habe dir gezeigt, dass ich dich begehre. Und ich denke, dass auch du unsere Vereinigung genossen hast?«

Sie lehnte es ab, darauf zu antworten, und ihr zutiefst verletzter Blick durchbohrte ihn wie die Spitzen tausender über dem Feuer heißgemachter Dolche.

Aber als ritte ihn der Teufel, fuhr er fort: »Es wird keine unerfreuliche Verbindung sein. Ich finde, dass wir gut zueinander passen.«

»Und in welcher Weise, Sir? Wie das Freudenmädchen, das seine Waren jedem brünstigen Mann feilbietet?«, fragte sie mit kalter, ausdrucksloser Stimme.

Duncan fluchte unterdrückt. Er hatte das Feuer gelöscht, das er so gewissenhaft und sorgfältig in ihr entfacht hatte.

Und hatte sich selbst in ein Meer der Reue geworfen, irgendwo zwischen Himmel und Hölle.

In einer einzigen kurzen Nacht hatte er sie in seine Arme gelockt und eine Reaktion von ihr gefordert, und als er sie erhalten hatte … was hatte er da getan?

Ihr Vertrauen und ihre Verehrung zurückgewiesen, als bedeutete es ihm nichts. Sogar nachdem sie ihm das kostbarste Geschenk gemacht hatte, das eine Ehefrau zu geben hatte, und ihn glücklicher gemacht hatte, als er in diesem Leben je wieder zu sein erwartet hatte.

Und ihm vor Augen geführt hatte, wie leicht er sich in sie verlieben könnte.

Und allein für diesen Verstoß gegen die Regeln musste er die romantischen Erwartungen, die sie selbst in diesem Augenblick noch hegte, wie er wusste, mäßigen und dämpfen. Anders als seine Frau kannte er die Gefahren solcher Torheit. Es war seine Aufgabe, ihnen beiden späteren Kummer zu ersparen. Selbst wenn dies zu tun alles andere als schmerzlos war.

O Gott, er war ein herzloser Schuft geworden, genau wie die Gerüchte es behaupteten!

Danach zu streben, den Kummer zu vermeiden, der, wie er aus bitterer Erfahrung wusste, der Liebe auf dem Fuße folgte, war eine Sache … aber seine neue Frau zu kränken, eine völlig andere.

Er verfluchte sich dafür, sich nicht von ihr ferngehalten zu haben, wie er es eigentlich vorgehabt hatte. Aber er hatte natürlich nicht damit gerechnet, dass sie ihn derartig verlocken würde; wie hätte er auch erraten können, dass sie ihn mit solch anbetenden Blicken ansehen und ihn mit ihren bernsteinfarbenen Augen vollkommen bezaubern würde?

Und er hätte nie gedacht, dass er noch in der Lage wäre, so tief zu empfinden.

Und natürlich hatte er auch nicht ahnen können, dass diese lächerliche Farce, die er eingeleitet hatte – dieses so tun, als wäre er, von ihren körperlichen Reizen einmal abgesehen, gänzlich unempfänglich für sie –, ihn in einem solchen Maß beunruhigen würde.

Der Himmel stehe ihm bei, aber sein Gewissen quälte ihn.

»Linnet, ich …«

Sie hob ihre Hand zu einer schnellen, abweisenden Geste. »Bitte sag nichts mehr. Ich dachte, du hättest etwas für mich übrig. Jetzt sehe ich, worauf du aus warst«, sagte sie mit kalter, harter Stimme. »Wie dumm von mir, etwas anderes gedacht zu haben.«

»Du verstehst nicht. Es ist nicht …«

»Du sagtest, du wolltest mich waschen, weil du schrecklich

müde bist«, schnitt sie ihm das Wort ab und nahm ihm den feuchten Lappen aus der Hand. »Überanstrenge dich nicht. Ich kann mich selbst waschen, und das wäre mir wirklich auch lieber. Wenn du so freundlich wärst, dich umzudrehen?«

Duncan wusste, er hätte sich jetzt abwenden sollen, aber er konnte den Blick nicht von ihr abwenden. Sie war so wunderschön.

Mit einer Hand die Bettdecke unter ihrem Kinn festhaltend, in der anderen den Lappen, maß sie ihn mit vorwurfsvollen Blicken. »Ich habe dich gebeten, dich umzudrehen.«

Mit einem unterdrückten Fluch kam Duncan ihrer Bitte nach und trat vor den Kamin. Er kam sich noch mieser vor als sein Halbbruder, als er in mürrischem Schweigen in die Flammen starrte.

Hinter sich hörte er Linnets leise Geräusche, als sie die Spuren ihrer Entjungferung von ihrer Haut beseitigte. Noch lange, nachdem Stille im Zimmer eingetreten war, blieb er stehen, wo er war. Erst als er sicher war, dass seine Frau schon schlief, drehte er sich um. Sie lag mit dem Rücken zu ihm und hatte die Decke bis unter das Kinn gezogen.

Duncan stieß einen tiefen, rauen Seufzer aus. Gott wusste, dass es nicht seine Absicht gewesen war, die Nacht auf diese Weise zu beenden.

Aber er konnte niemand anderem als sich selbst die Schuld daran zuschreiben.

Einen Fluch unterdrückend, ließ er sich in einem Sessel nieder. Es war derselbe, in dem er schon den größten Teil seiner unglückseligen Hochzeitsnacht verbracht hatte.

12

Donner grollte in der Ferne, und Geruch nach Regen schien durch Eilean Creags dicke Steinmauern einzusickern und die Halle zu durchdringen, was den riesigen gewölbten Saal sogar noch feuchter und kälter als gewöhnlich machte. Es war kurz vor Tagesanbruch, und viele von Duncans Männern schliefen noch tief und fest im Binsenstreu auf dem Fußboden.

Das flackernde Licht der wenigen Wandfackeln, die zu dieser frühen Stunde brannten, half Duncan, seinen Weg durch den verdunkelten Saal zu finden. Vorsichtig ging er um seine schlummernden Männer herum oder stieg über sie hinweg und steuerte geradewegs auf den Tisch zu, wo Sir Marmaduke saß und in einen Weinkelch starrte.

Ohne ein Wort der Grußes an den englischen Ritter zu verlieren, zog Duncan sich seinen Armsessel heran und setzte sich. Seinen Freund ganz bewusst links liegen lassend, brach er ein Stück Brot ab, aß es und spülte es mit einem tüchtigen Schluck schalen Weins hinab.

»Auch dir einen guten Morgen«, sagte Sir Marmaduke und hob in einer spöttischen Begrüßung seinen Kelch. »Es war noch schlimmer, als ich dir vorausgesagt hatte, nicht wahr?«

Duncan trank einen weiteren Schluck des schalen Weins, der vom Abend zuvor noch auf dem Tisch stand, und wischte sich dann den Mund mit einer Leinenserviette ab. »Das kann man wohl sagen.«

»Möchtest du darüber sprechen?«

»Nein.«

Marmaduke strich mit dem Zeigefinger nachdenklich über

den Rand seines reich verzierten Kelchs. »Soll ich mit ihr reden? Vielleicht kann ich dir helfen. Am Morgen eurer Hochzeit hat sie auch auf mich gehört.«

Duncan knallte seinen Weinkelch auf den Tisch. »Durch deine Einmischungen habe ich schon genug gelitten, du verdammter Flegel«, sagte er grantig. »Es ist die abscheulichste Tat, die ich bislang begangen habe, und zu versuchen, sie wieder gutzumachen, würde im Augenblick höchstens noch mehr Verstimmungen bewirken.«

»Verstimmungen, die *du* verursachst, denn es gibt wohl kaum einen Mann, der noch weniger zungenfertig ist als du. Aber du redest von *abscheulichen* Taten? Gegen deine sanfte Gattin?« Marmaduke schüttelte den Kopf. »Nein, das kann ich nicht glauben, Duncan.«

»Ich verlange auch gar nicht von dir, dass du mir glaubst, denn ich werde nicht mit dir darüber reden.«

»He, mal langsam.« Marmaduke schnalzte missbilligend mit seiner Zunge. »Du hast keinen Grund, so schroff zu mir zu sein.«

»Ich habe jede Menge Gründe, schroff zu dir zu sein, und du solltest dem Himmel dankbar sein, dass ich deinen englischen Arsch nicht hinausschleife für ein Duell auf Leben oder Tod«, schnaubte Duncan. »Ob es regnet oder nicht, und *nicht* mit stumpfen Schwertern!«

Marmadukes unverletzte Augenbraue ging in die Höhe. »Darf ich erfahren, was ich mir zu Schulden habe kommen lassen, um dich so gegen mich aufzubringen?«

Duncan bemühte sich, seinen Zorn zu mäßigen. »Ich sagte doch schon, dass ich nicht darüber reden will.«

»Gestern Abend warst du aber nicht so abgeneigt, die Sache mit mir zu besprechen«, gab Marmaduke zurück. »Aber ehrlich gesagt erwarte ich natürlich nicht, dass du meinen Rat befolgt hast.«

»Dein Rat war nicht erforderlich, du alter Gauner. Die Sache hat nichts zu tun mit Cassandra und diesem verdammten Bild von ihr«, fauchte Duncan, während er sich ein weiteres Stück Brot abbrach. »Es ist viel ernster noch als das.«

»Dann war sie also nicht besonders beunruhigt … nachdem sie das Porträt gesehen hatte?«

»Na klar war sie beunruhigt!«, entgegnete Duncan hitzig, ohne sich darum zu kümmern, ob er die Männer weckte, die noch immer in den Binsen schliefen. »Sie war ganz schön gekränkt, kann ich nur sagen!«

Marmaduke blickte ihn seltsam an mit seinem einen Auge. »Du redest dummes Zeug. Gerade eben hast du noch behauptet, das Gemälde hätte nichts zu tun mit deiner schlechten Laune, und nun erzählst du mir, sein Anblick hätte deine Frau sehr mitgenommen.« Er beugte sich über den Tisch und stützte sein Kinn auf seine Hand. »Würde es dir etwas ausmachen, dich ein bisschen klarer auszudrücken?«

Auch Duncan beugte sich vor. »Zum Donnerwetter, Marmaduke, du würdest selbst einem Toten noch ein Geständnis entlocken! Wenn du es unbedingt wissen willst, alles, was du prophezeit hast, ist auch eingetreten. Wie es das ja immer tut.« Duncan hielt inne, um den Engländer mit einem vernichtenden Blick zu fixieren. »Meine Frau war in Tränen aufgelöst, aber es gelang mir, sie zu trösten.«

Marmaduke leimte sich zurück und verschränkte seine Arme. »Wirklich?«

»Ja.«

»Also hast du meinen Rat befolgt?«

»Nein, das habe ich nicht«, entgegnete Duncan ungeduldig. »Ich habe meine eigenen Methoden benutzt.«

»Und das funktionierte?« Marmaduke klang zweifelnd.

»Zu gut.«

»Zu gut?« Wieder zog Marmaduke seine eine heile Braue hoch. »Wie meinst du das, *zu* gut?«

Diese ärgerliche Angewohnheit seines Schwagers, ständig

seine Worte nachzuplappern, ging Duncan auf die Nerven. »Ich meine, dass ich mit ihr geschlafen habe«, schnarrte Duncan.

Ein schiefes Grinsen erhellte Marmadukes entstellte Züge. »Und das ist der Grund für deine schlechte Laune?«

Duncan stand auf und beugte sich so weit über den Tisch, bis er nur noch Zentimeter von Marmadukes Gesicht entfernt war. »Sie war noch unberührt, du hinterhältiger Hurensohn! Eine *Jungfrau*!«

Marmadukes Kinnlade klappte herab. »Du meinst, du hast sie gestern Nacht zum ersten Mal genommen?«

»Wäre sie noch Jungfrau, wenn ich vorher schon mit ihr verkehrt hätte, du hohlköpfiger Depp?« Duncan brachte sein Gesicht so nahe an Marmadukes, dass ihre Nasen sich beinahe berührten.

»Aber …«

»Aber *du* dachtest, mich in ihrem Zimmer einzuschließen, als ich benebelt war vom süßen Wein, und danach ein blutbeflecktes Laken vor meinen Männern herumzuschwenken, würde mich zu der Überzeugung bringen, ich hätte sie besessen!« Duncan packte Marmaduke am Kragen seiner Kotte und zog ihn aus seinem Sessel. »Und die Taktik hat sogar gewirkt! Ich glaubte wirklich, ich hätte sie genommen. Aber gleichwohl unterließ ich es, sie erneut zu nehmen, oder dachte es zumindest, da ich sie ja offensichtlich überhaupt nicht angefasst hatte … bis gestern Nacht.«

Duncan ließ Marmaduke los und hieb mit der Faust auf die harten Tischplanken. »Herrgott noch mal, Strongbow, deine Einmischung hat mehr Kummer verursacht, als ich je wieder gutmachen könnte!«

Marmaduke strich glättend über seine Kotte und starrte Duncan mit einem Ausdruck der Bestürzung an. »Himmelherrgott, Duncan, du solltest froh sein, eine solch tugendhafte Braut zu haben. Ich bedaure dieses kleine Komplott, mit dem ich euch zusammenbringen wollte, aber du kannst mir glauben, es geschah in guter Absicht. Gib mir dein Schwert, und ich schwöre es dir auf die Reliquie in seinem Griff!«

Duncan ließ sich in seinen Sessel zurücksinken. »Es tut mir leid, mein Freund«, sagte er. »Und ich *bin* auch froh, dass meine Frau noch unberührt war. Die Entdeckung hat mich beinahe verzagen lassen.« Er unterbrach sich und wischte mit einer Hand über sein Gesicht. »Du verstehst es nicht.«

»Nein, das tue ich nicht«, räumte Marmaduke ein und füllte seinen Weinkelch wieder auf. Als das erledigt war, verengte er sein gesundes Auge und fragte Duncan: »Oder hast du sie so grob genommen, dass du sie verletzt hast?«

Hitze stieg in Duncans Nacken bei den Worten seines Schwagers. Er war der Wahrheit näher gekommen, als Duncan zugeben wollte.

Nicht einmal vor seinem allerbesten Freund.

Marmaduke lehnte sich wieder zurück und verschränkte seine Arme. »Aha. In deiner … nun ja … Eile hast du sie zu Tode erschrocken und verängstigt, und nun will sie nichts mehr zu tun haben mit deiner … Leidenschaft?«

Duncan presste die Lippen zusammen, bis sie nur noch ein schmaler Strich waren. Wenn die Sache doch nur so einfach wäre. Er hätte nichts dagegen gehabt, seine Tage und Nächte damit zu verbringen, seine Gattin zu umwerben und sie die Geheimnisse und Freuden der körperlichen Liebe zu lehren.

Aber das war leider nicht das Problem.

Seine Frau besaß jetzt schon mehr Leidenschaft als jede andere Frau, die er gekannt hatte.

»Nun?«, beharrte Marmaduke, als Duncan schwieg.

»Nun *was*?«, knurrte Duncan.

»Soll ich dir Unterricht geben, wie man eine Dame ordentlich hofiert?«

Duncan leerte seinen Kelch auf einen Zug. Nur mit Mühe konnte er das Bedürfnis unterdrücken, den leeren Kelch in den nahen Kamin zu schleudern. »Ich bin kein unbeholfener grüner Junge, und ungehobelt bin ich auch nicht. Ich weiß, wie man eine Dame umwirbt und …« Er unterbrach sich und beugte sich vor. »Ich brauche keine Anweisungen, wie ich die Leidenschaft meiner Gemahlin entfachen kann. Ich würde meine Seele darauf verwetten, dass sie leidenschaftlicher ist als alle Frauen, die du bisher das Vergnügen hattest, zu erproben.«

Schwer ließ er sich auf seinen Platz zurückfallen und verschränkte seine Arme vor der Brust. »Nein, das ist nicht das Problem.«

»Lass sehen«, sagte Marmaduke und begann an den Fingern abzuzählen, während er sprach: »Die Dame war also noch unberührt, sie ist von leidenschaftlicher Natur, und sie ist sehr viel schöner, als sie selber glaubt. Bei meiner Ehre, MacKenzie, ich begreife nicht, wo das Problem liegt.« Für einen Moment lang hielt er inne und tippte sich mit dem Zeigefinger an das Kinn. »Es ist mir ein Rätsel. Es sei denn … du hättest dich in sie verliebt?«

»Liebe?«, höhnte Duncan. »Dergleichen ist nur gut für die Erzählungen der Troubadoure in langen, kalten Winternächten. Es ist Lust, was ich für Linnet fühle, und überhaupt nichts anderes.«

»Glaubst du?«

»Aye!«, fauchte Duncan, wütend über die Hitze, die unter dem durchdringenden Blick des Sassenachs in seine Wangen stieg. »Sie bringt mein Blut in Wallung.«

»Und das ist alles?«

»Heiliger Strohsack! Das genügt ja wohl! Welcher Mann würde nicht schwach werden beim Anblick eines hübschen Mädchens, nackt und überaus verlockend auf seinem Bett?«

Der englische Ritter trank ein paar kleine Schlucke von seinem Wein, während er Duncan prüfend über den Rand seines Zinnkelches anstarrte.

Duncan wand sich unter der kritischen Betrachtung seines Freundes. Wie schaffte der Kerl es bloß, ihn immer wieder derart aus der Fassung zu bringen?

Seinen Kelch so behutsam absetzend, wie er daraus getrunken hatte, fragte Marmaduke: »Und weckt sie nicht auch deine Gefühle?«

»Herrgott noch mal!« Duncan sprang auf. Für einen langen Moment starrte er schweigend zu der gewölbten Decke auf. Als er den Blick wieder auf Marmaduke richtete, trug der Schuft ein wissendes Grinsen im Gesicht. »Ich habe keine Gefühle, also wisch dieses Grinsen von deinem hässlichen Gesicht. Es ist ihr *Körper*, nach dem es mich verlangt. Solche Bedürfnisse sind normal bei einem Mann und haben nichts zu tun mit Liebe.«

Marmadukes Lächeln verblasste. »Und das hast du *ihr* wohl auch gesagt?«

Duncan zog es vor, sich einer Antwort zu enthalten. Mit einem tiefen, frustrierten Atemzug ließ er sich wieder in seinen Sessel fallen. Die zutreffenden Worte des Sassenachs hatte ihn so hart getroffen wie ein Schlag.

Aye, die Wahrheit schmerzte.

»So, das ist es also.«

Obwohl es ihn ärgerte, es zuzugeben, suchte Duncan den Blick seines Freunds und nickte.

»Möchtest du darüber reden?«, fragte Marmaduke, und Duncan hörte aufrichtige Besorgnis in seiner Stimme. »Vielleicht würden wir zusammen einen Weg finden, den Schaden, den du angerichtet hast, wenigstens einigermaßen wieder gutzumachen?«

»Du bist ein Träumer, Schwager. Begreifst du nicht, was ich dir sage?« Die Stimme senkend, damit kein anderer ihn hörte, sagte Duncan: »Ich habe ihr ihre Jungfräulichkeit genommen und sie in die Freuden fleischlicher Begierde eingeführt, und dann, als sie mich aus diesen verdammten, verflixten Augen von ihr ansah – ganz weich und schmachtend – wurde ich von Panik ergriffen und sagte, ich wolle nichts anderes, als mich hin und wieder zwischen ihren Schenkeln zu entspannen.«

»Bitte sag mir, dass du diese Worte nicht benutzt hast?«

»Nicht exakt diese, aber ihre Gefühle habe ich trotzdem verletzt.« Duncan presste seine Fingerspitzen gegen seine Schläfen. Allein der Gedanke an die lieblose Art, mit der er sie behandelt hatte, verursachte ihm Kopfschmerzen. »Daraufhin kehrte sie mir den Rücken zu, Strongbow. Ich habe etwas in ihr getötet, verstehst du das?«

»Dann bleibt dir keine andere Wahl, als die Lage zu bereinigen … ihr klarzumachen, dass es dir nicht ernst gemeint war, was du sagtest. Zeig ihr, dass du etwas für sie empfindest.«

»Aber das tue ich nicht«, widersprach Duncan und glaubte, das Gewicht der kalten, feuchten Luft zu fühlen, wie sie auf seine Brust drückte, sich um seinen Nacken schlang, als wolle sie ihn ersticken, und ihm den Atem raubte. »Ich will in der Tat nichts anderes von ihr, als mich hin und wieder bei ihr zu entspannen. Ich kann ihr nicht sagen, dass ich sie liebe, wenn dem nicht so ist. Es wäre eine Lüge, es zu tun.«

Marmaduke sagte nichts.

»Ich werde sie *nicht* belügen«, beharrte Duncan.

»Nein, wahrscheinlich nicht«, räumte Marmaduke ein, und der Blick in seinem einen Auges war scharfsinnig und weise. »Aber es gibt andere Dinge, die genauso schändlich sind.«

»Wie was zum Beispiel?«, fragte Duncan, obwohl er wusste, dass er die Antwort nicht gern hören würde.

»Sich selbst zu belügen.«

Nach diesen Worten stand der Engländer auf. Gemächlich trank er einen letzten Schluck von seinem Wein, wischte sich den Mund ab und schlenderte dann, ohne einen Blick zurückzuwerfen, aus der großen Halle.

Duncan starrte ihm nach, mit dem Gefühl, gründlich gemaßregelt worden zu sein. Herrgott noch mal, dieser allwissende Griesgram hätte Priester werden können, so gut verstand er es,

Unschuldigen Gewissenbisse einzuflößen. Aber, gestand Duncan sich schließlich verdrossen ein, er war nicht unschuldig.

Er war ein Schuft.

Schlimmer noch, er war ein Lügner.

Der verabscheuungswürdigste Lügner in den Highlands.

Linnet erwachte von einem dumpfen Schmerz zwischen ihren Schenkeln. Ihre Knie anziehend, rollte sie sich zu einem Ball zusammen, schloss die Augen und versuchte, den pochenden Schmerz durch pure Willenskraft zu verdrängen.

Aber er blieb, und der Schlaf wollte sich nicht wieder einstellen.

Und sie vermochte auch nicht die schwachen Streifen Sonnenlicht zu ignorieren, die durch die Ritzen in den Fensterläden fielen. Es war Morgen … der Morgen, nachdem sie ihre Jungfräulichkeit verloren hatte, ihr Herz *und* alle Hoffnung, je die Zuneigung ihres Ehemannes zu gewinnen.

Um nicht dem Bedürfnis nachzugeben, die Decke über ihren Kopf zu ziehen und den neuen Tag zu ignorieren, blickte sie sich rasch im Zimmer um, um sich zu vergewissern, dass er tatsächlich nicht da war und nicht in irgendeiner dunklen Ecke lauerte und darauf wartete, dass sie erwachte, um seinen Unterricht in den Freuden körperlicher Lust fortsetzen zu können.

Aber der Raum war leer, sie war allein.

Linnet erschauderte und fühlte sich ganz und gar benutzt und hintergangen.

Und sie war auch wütend, denn trotz allem konnte sie nicht bestreiten, dass sie für einen Moment enttäuscht gewesen war, als sie gemerkt hatte, dass er den Raum bereits verlassen hatte.

Mit steifen Gliedern, denn jeder Knochen und Muskel in ihrem Körper schien zu schmerzen, stieg sie aus dem Bett und zog sich an, so schnell sie konnte. Mit etwas Glück konnte sie unbemerkt durch die Halle schlüpfen und den Tag in ihrem Kräutergarten verbringen.

Oder vielleicht sollte sie versuchen, an den Wachen am Tor vorbeizukommen, um ungestört am Seeufer spazieren gehen zu können?

Nichts würde sie mehr erfreuen als ein geruhsamer Spaziergang am Kiesstrand von Loch Duich entlang, wo die hoch aufragenden Burgmauern sie vor neugierigen Augen und lästernden Klatschmäulern verbergen würden.

Aber all ihre Pläne, einen Tag in seligem Alleinsein zu verbringen, lösten sich in Nichts auf, als sie die Schlafzimmertür öffnete, auf den Gang hinaustrat und mit *ihm* zusammenstieß.

»Herrgott noch mal, Frau!«, rief er, ein großes hölzernes Tablett mit Essen in seinen Händen balancierend. »Kannst du nicht aufpassen, wohin du gehst?«

Linnet schrak zurück, als sie seine finstere Miene sah. »Ich konnte doch nicht ahnen, dass du vor der Tür stehst.«

Er ging an ihr vorbei ins Zimmer und stellte das schwere Tablett auf einen kleinen Tisch neben dem Kamin. »Ich habe dir etwas zum Frühstück heraufgebracht. Hafermehlkuchen und eine Kanne frische Buttermilch.« Dann verschränkte er seine Arme vor der Brust und runzelte die Stirn, als sie an der Tür stehen blieb. »Bist du nicht hungrig?«

»Doch«, gab sie zu und fühlte sich sehr unbehaglich unter seinem Blick. »Aber ich hätte auch unten in der Halle essen können. Es war nicht nötig, mir mein Frühstück zu bringen.«

Er gab einen schroffen Ton von sich, dann zog er einen Stuhl für sie heran. »Das Essen unten in der Halle hätte nicht einmal als Almosen gedient«, erklärte er, während er offensichtlich darauf wartete, dass sie sich setzte. »Außerdem dachte ich … na ja, du würdest heute Morgen vielleicht lieber allein essen.«

Nicht sicher, was der Anlass für diese zuvorkommende Geste war, ging Linnet durch den Raum. Vielleicht wollte er sie von der Halle fernhalten? Sie verstecken, so wie er es mit Robbie tat?

Befürchtete er, seine Männer könnten ihren Ausdruck richtig deuten und erkennen, dass zwischen ihnen etwas nicht in Ordnung war?

Oder, was noch bestürzender wäre, konnte *er* sehen, was sie heute Morgen bedrückte?

Stand es ihr ins Gesicht geschrieben, dass er ihr das Herz gebrochen hatte? Dass er sie zu den schwindelerregenden Höhen ihrer Hoffnungen und Träume hinaufgeführt hatte, nur um sie dann wieder auf den Boden der Tatsachen zurückkrachen zu lassen, ihre geheimsten Sehnsüchte um sie herum verstreut wie Scherben zerbrochenen Tongeschirrs?

Sie vermied es, ihn anzusehen, als sie sich setzte und sich vorsichtig einen Becher Buttermilch einschenkte. »Danke«, sagte sie leise und hielt den Kopf gesenkt, um seinen strengen Blicken zu entgehen. »Das war sehr aufmerksam von dir.«

»Nein«, sagte er, und dann trat er vor und streckte seine Hand nach ihr aus, die er aber sogleich wieder sinken ließ, als genierte es ihn, dass er versuchte, sie zu berühren. »Das war das Mindeste, was ich tun konnte, und … und es ist noch lange nicht gut genug. Du verdienst viel mehr für das, was du mir gestern Nacht geschenkt hast. Ich hätte dir eine Länge feinsten Stoffes und eine Truhe voller Juwelen bringen sollen. Ich … es ist … Ach, Herrgott noch mal, Linnet«, stieß er hervor und runzelte wieder die Stirn. »Kannst du nicht sehen, dass ich kein Talent für schöne Worte habe?«

»Ich brauche keine schönen Worte.« Endlich blickte sie auf und war überrascht über die starke Röte, die die Wangen ihres gut aussehenden Mannes färbte. »Kostbare Stoffe und glitzernde Edelsteine bedeuten mir nicht viel.«

Wieder streckte er die Hand nach ihr aus, und diesmal strich er mit dem Handrücken über ihr weiches Haar. Die flüchtige Liebkosung erschreckte sie und brachte ihren Puls zum Rasen.

»Hast du nichts anderes zu tun?«, erkundigte sie sich kühl und hoffte, dass er sie in Ruhe lassen würde, während sie gleichzeitig wünschte, er möge sie erneut berühren.

Tatsächlich wünschte sie sogar, er täte sehr viel mehr, als ihr nur mit der Hand über das Haar zu streichen.

Ein eigenartiger Blick erschien in seinen dunkelblauen Augen. »Aye, du hast Recht, es gibt da etwas Wichtiges, was ich zu erledigen habe«, sagte er und setzte sich, ohne den intensiven Blickkontakt mit ihr zu unterbrechen, auf einen Stuhl ihr gegenüber. »Deshalb bin ich hier.«

»Oh?«

Er nickte, und seine Mundwinkel verzogen sich zu einem verführerischen Lächeln. »Eine Angelegenheit von größter Wichtigkeit«, betonte er.

»Ich verstehe nicht«, sagte Linnet ausweichend, weil sie nicht sicher war, ob sie noch mehr hören wollte. Sie zwang sich, ihren Blick von ihm abzuwenden, und richtete ihn auf das Essen auf dem Tisch vor ihr.

Um nichts in der Welt durfte sie sich in seinem lockenden Blick verlieren und ihr Herz den Launen des verführerischen Lächelns eines Teufels aussetzen.

Aber schon breitete sich wieder dieses angenehme warme Gefühl in ihren Gliedern aus, sammelte sich in ihrem Bauch und brachte ihr die seltsame Macht, die er über sie besaß, nur allzu deutlich zu Bewusstsein.

Aus Furcht, er könne spüren, was sie fühlte, und bevor sie die Konsequenzen bedenken konnte, sagte sie rasch: »Kann es sein, dass es sich bei dieser ›wichtigen Angelegenheit‹ darum handelt, wieder deine körperlichen Bedürfnisse bei mir zu stillen? Wenn ja, werde ich mich entkleiden und unverzüglich meine Beine spreizen … ich weiß ja, dass es meine Pflicht ist.«

Duncan sprang so schnell auf, dass er die Kanne Buttermilch umstieß. Einen Moment lang starrte er entgeistert auf die cremige Flüssigkeit, die über den Tischrand in die Binsen tropfte, dann, mit einer weit ausholenden Armbewegung, fegte er den irdenen Krug und alles andere, was auf dem Tisch stand, auf den Boden.

Nun sprang auch Linnet auf. Die Arme vor sich ausgestreckt, begann sie vor ihm zurückzuweichen. Aber er holte sie mit zwei schnellen Schritten ein, ergriff sie an den Schultern und zog sie beinahe grob an seine Brust.

»Musst du mich immer ärgern?«, schimpfte er und riss sie nahezu von ihren Füßen. »Ich kam her, um mich zu entschuldigen! Um dich zu entschädigen …«

»Wofür? Für meine *Dienste*?«, entgegnete Linnet, ihre Stimme kaum mehr als ein Quieken, denn er hielt sie so fest, dass sich der Halsausschnitt ihres Gewands schmerzhaft fest in ihre Kehle presste. »So wie du für die Dienste einer Wirtshausdirne zahlen würdest?«

»Nein! Du bist meine *Frau*. Verdreh mir nicht die Worte im Mund. Ich habe dir schon gesagt, dass ich nicht gut mit schönen Worten bin.« Abrupt gab er sie frei, um sich mit beiden Händen durch das Haar zu fahren, aber die Geste ließ ihn mehr verzweifelt als erbost erscheinen. »Du verstehst nicht. Ich wollte dich nicht verletzen. Ich …«

Mit zitternden Fingern brachte Linnet ihr Gewand in Ordnung. »Du irrst dich. Ich verstehe schon. Ich weiß, dass du mir keinen unnötigen Schmerz zufügen wolltest.«

»Ich meinte nicht *diese* Art von Schmerz«, entgegnete er. »Und ich glaube, das weißt du auch. Ich wollte sagen, es war nicht meine Absicht, deine *Gefühle* zu verletzen.«

Linnets Herz zog sich zusammen bei seinem ungeschickten Versuch, sich zu entschuldigen, und angesichts der Aufrichtigkeit, die sie in seinen blauen Augen las. Doch trotz allem wagte sie noch immer nicht, seinen Worten oder Taten allzu viel Bedeutung beizumessen.

Seine wahre Meinung über sie und ihre Ehe hatte er ihr in der Nacht zuvor gesagt.

Sie straffte ihre Schultern und bemühte sich, die angenehmen Empfindungen zu unterdrücken, die seine Nähe in ihr weckte. »Ich dachte, du hättest kein Interesse an Gefühlen?«

Nachdem er sie wieder fest an ihren Schultern gepackt hatte, sagte Duncan: »Ich schätze dich wirklich sehr, Linnet.«

»Das sagtest du schon.« Mit einer Kühnheit, die sie sich selbst nie zugetraut hätte, setzte sie hinzu: »Du schätzt mich, wie ein Mann ein gut geschärftes Schwert oder ein gehorsames, ihm treu ergebenes Ross zu schätzen weiß.«

Duncans Gesicht färbte sich scharlachrot. »Himmelherrgott, Frau, kannst du nicht sehen, dass ich versuche, etwas wieder gutzumachen? Sei vorsichtig und ärgere mich nicht zu sehr. Meine Geduld ist heute bereits auf eine harte Probe gestellt worden.«

Ein lautes Klopfen an der geschlossenen Tür ersparte ihr eine Antwort. Ohne sie weiter zu beachten, durchquerte Duncan den Raum und riss die Tür weit auf. Drei junge Pagen traten ein, ein jeder trug zwei Eimer Wasser.

Ein vierter, der kaum älter war als Robbie, trug einen kleinen hölzernen Stuhl herein.

Zwei Knappen folgten, einer mit einem großen Holzschaff in den ausgestreckten Händen, der andere mit einem Stapel ordentlich gefalteter Leintücher in seinen Armen.

»Ich habe dir ein Bad bereiten lassen«, sagte Duncan schroff. Dann folgte er den Pagen zum Kamin und tauchte seine Hand in einen der Eimer. »Das Wasser ist unten schon erhitzt worden, aber es ist nicht besonders warm. Ich werde noch etwas Holz nachlegen, damit du dich nicht verkühlst.«

Linnet verzichtete darauf, mit einem bitteren Auflachen zu antworten. Das Einzige im Raum, woran sie sich verkühlen konnte, war der kalte Ausdruck in Duncans Gesicht.

Die Arme vor der Brust gefaltet und mit zusammengekniffenen Lippen, beobachtete er schweigend, wie die jungen Diener das Holzschaff mit einem großen Stück Leintuch auslegten, den winzigen Stuhl hineinstellten und auch ihn mit einem Leintuch zudeckten, bevor sie nach Rosen duftendes Wasser in die Wanne gossen.

Als sie fertig waren, entließ er sie mit einem strengen Nicken.

Du liebe Güte, er sah aus, als wäre er aus Stein gemeißelt! Kein Wunder, dass die jungen Pagen aus dem Raum flitzten, als könnten sie es nicht erwarten, wegzukommen, und die älteren Knappen ihnen auf dem Fuße folgten.

Sie hatten die gespannte Atmosphäre, die in der Luft hing, sicherlich gespürt. Sie war so intensiv, dass Linnet ihre Bitterkeit fast auf den Lippen spüren konnte. Die heilige Jungfrau Maria erbarme sich ihrer – selbst die kühle morgendliche Brise, die durch die offenen Fenster kam, war nicht so kalt wie der Gesichtsausdruck ihres Mannes.

Diese verdrießliche Miene hatte zweifelsohne *sie* bewirkt, mit ihrer ungeschickten Art und losen Zunge.

Denn fairerweise musste sie zugeben, dass er tatsächlich gekommen war, um sich zu entschuldigen und sie zu beschwichtigen.

Bedauern über ihre harten Worte begann sie zu beschleichen, als sie ihn erneut die Temperatur des Badewassers prüfen sah. Sein Lächeln von vorhin war verschwunden, ersetzt von einem grimmigen Gesichtsausdruck, der nichts verriet.

»Ich habe Fergus aufgetragen, die Köchin ein paar Tropfen Rosenöl hineingeben zu lassen. Du magst den Duft, vermute ich?«

»Danke, Mylord«, sagte Linnet »Ich liebe Rosen.«

Ein Teil des Grimms in Duncans Gesicht verblasste und wich einem Blick, den Linnet nicht genau bestimmen konnte. »Hast du vergessen, dass ich dich gebeten hatte, meinen Namen zu benutzen?«

»Danke, Duncan … Sir«, sagte sie und war stark versucht, wieder ins Bett zurückzukriechen und die Vorhänge zuzuziehen, um sich vor dem Missfallen zu schützen, das ihn wieder zu durchfluten schien.

»Duncan. Einfach nur Duncan«, sagte er mit ernster Stimme.

Dann kam er zu ihr und hob sanft eine Hand voll ihres Haars. »Ich bin kein Ungeheuer, Linnet.«

Nachdem er das Haar wieder aus seinen Fingern hatte gleiten lassen, legte er die Hand unter ihr Kinn. »Ich habe dich gestern Nacht gekränkt, und ich bitte dich hiermit unterwürfigst, meine Entschuldigung zu akzeptieren.«

Linnet schaute in seine blauen Augen, die jetzt nicht mehr dunkel waren und stürmisch, sondern fast die gleiche Farbe hatten wie in der Nacht, als er ihr sanfte, liebevolle Worte zugeflüstert hatte.

Die lebhafte Erinnerung an alles, was er in der Hitze seiner Leidenschaft gesagt und getan hatte, löste einen Wirbel widerstreitender Emotionen in ihr aus.

War es möglich, dass es ihm wirklich leidtat, ihre Gefühle verletzt zu haben?

Vielleicht, aber sie bezweifelte noch immer, dass er Zuneigung für sie empfand.

Oder zumindest nicht so, wie sie es sich gewünscht hätte.

Sie schluckte, denn ihre Kehle war plötzlich trocken wie kalte Asche. Sie flehte die Engel um Erbarmen an – sie wollte, dass er sie liebte.

Wirklich liebte.

Von ganzem Herzen.

Nicht nur als stets verfügbares Ventil für seine männlichen Bedürfnisse.

Aber war er zu solchen Gefühlen überhaupt fähig? Und würde er auch ihre Gefühle für ihn akzeptieren können?

Oder musste sie lernen, sich mit dem bisschen Zärtlichkeit zufrieden zu geben, das er ihr sicherlich gewähren würde, solange sie in seinen Armen lag?

Würde das genügen?

Linnet unterdrückte einen Seufzer. Es würde nie genug sein. Sie wollte mehr, so viel mehr.

»Nun?«, fragte er und riss sie aus ihren Träumen wieder in

die kalte Gegenwart zurück. Als sie nicht sofort antwortete, zog er fragend eine Braue hoch. »Bist du bereit, meine Entschuldigung anzunehmen? Und mich so zu nehmen, wie ich bin?«

Sie zögerte für einen Moment. »Aye«, stimmte sie dann leise zu.

Duncan lächelte hoffnungsvoll und zog ihre Hand zu einem Kuss an seine Lippen. »Du wirst es nicht bereuen, das verspreche ich. Heute Nacht werde ich dich lieben, bis du ganz kraftlos bist vor Leidenschaft und mich anflehst, aufzuhören.«

Ihre Hand noch immer in der seinen, fügte er hinzu: »Und wenn es die ganze Nacht erfordern sollte, ich werde dich entschädigen für die Kränkung, die ich dir gestern zugefügt habe.«

Linnet versteifte sich bei seinen leicht dahingesagten Worten. »Es ist nicht Vergeltung, was ich will. Was ich mir wünsche, lässt sich nicht mit Geld erkaufen, und es ist auch nicht durch körperliche . . Erfüllung zu ersetzen.«

Ein Schatten glitt über Duncans Gesicht, und er schien sich von ihr zurückzuziehen, obwohl er noch immer ihre Hand hielt. »Lass uns nicht sentimental werden, Linnet. Ich schwöre dir bei allem, was mir heilig ist, dass ich bis zum Ende unserer Tage für dich sorgen und dich ehren werde. Ich bitte dich, gib dich damit zufrieden. Romantische Liebe, wie du sie dir wahrscheinlich wünschst, gibt es nicht.«

Dann ließ er ihre Hand los und kniete sich vor den Kamin, um Brennholz nachzulegen. Über seine Schulter fuhr er fort: »Du musst mich so akzeptieren, wie ich bin. Wenn du das nicht kannst, sag es mir bitte ehrlich, dann werde ich diesen Raum verlassen und nie wieder über seine Schwelle treten.«

Nachdem seine Aufgabe erledigt war, richtete er sich wieder auf. »Es ist nicht mein Wunsch, dir Kummer zu bereiten. Ich frage dich noch einmal, wird dir meine Zuneigung genügen?«

Da dies die einzige Option war, die sie hatte, nickte Linnet stumm.

Er belohnte sie für ihre Lüge mit einem seiner beglückenden Lächeln.

Die Art von Lächeln, die nur äußerst selten seine Lippen zierte.

Es wärmte ihr Herz und löste ein Flattern in ihrem Magen aus, trotz der kalten Leere dessen, was er da von ihr verlangte.

Über ihre scheinbare Nachgiebigkeit erfreut, reichte er ihr seine Hand. »Dann komm, ich helfe dir, dich auszuziehen.«

Kaum legte sie ihre Hand in seine, wurde sein Lächeln so sündhaft, dass es ihr den Atem raubte. »Vielleicht sollte ich dir auch beim Baden helfen«, schlug er vor und streichelte ihre Handfläche mit seinem Daumen.

Und jeder dieser kleinen Kreise, die er mit dem Daumen beschrieb, schürte den Widerstand, der sich tief in ihr zusammenbraute.

Offenbar glaubte er, er brauche ihr nur ein Lächeln und ein bisschen Zärtlichkeit zu schenken, und sie würde sich ihm zu Füßen werfen und tun, was ihr befohlen wurde.

»Dein Bad erwartet dich«, bemerkte er mit einem viel sagenden Blick auf das Holzschaff. »Sollten wir dir nicht lieber deine Kleider ausziehen, bevor das Wasser kalt wird?«

Ich bin es, die kalt geworden ist, Mylord Verführ-mich-nicht. Aber Linnet behielt die scharfe Entgegnung für sich. In Wahrheit war sie nicht einmal sicher, dass sie ihm widerstehen *konnte*. Seine geschickten Finger hatten sie bereits aus ihrem Gewand bugsiert! Aber als er ihr das einzige Kleidungsstück, das ihr geblieben war, ausziehen wollte, ihr dünnes Unterkleid, konnte sie die Worte des Protests, die ihr auf der Zunge lagen, nicht länger unterdrücken.

»Ist dies eine neue Form von derber Unterhaltung, Sir? Mich nackt auszuziehen und mir beim Baden zuzusehen?« Sie umklammerte seine Handgelenke und versuchte vergeblich, seine Hände von ihrem Unterkleid zu lösen. »Habe ich gestern Nacht nicht deutlich genug gesagt, dass ich es vorziehe, unbeobachtet zu sein, wenn ich mich wasche?«

»Himmelherrgott!« So schnell, wie der ärgerliche Fluch die Lippen ihres Mannes verlassen hatte, so schnell befreite er sich aus ihrem Griff und zog ihr das dünne Hemdchen aus. Tatsächlich beraubte er sie ihres dürftigen Schutzes mit einer derartigen Geschwindigkeit, dass sie kaum bemerkte, dass er es ihr über den Kopf gezogen hatte, bis sie, mit nichts anderem als ihrer Haut bekleidet, vor ihm stand.

Und wie jedes Mal zuvor war es auch jetzt wieder ein wunderbares Gefühl. Berauschend, potent und sehr viel mächtiger als der Anflug von Rebellion, der irgendwo in ihr noch immer glühte.

Dann legte er seine Hände auf ihre Schultern und begann mit einer langsamen und zärtlichen Erforschung ihres Körpers. Fast ohne sie zu berühren, ließ er seine Hände an ihren Seiten hinabgleiten und dann wieder hinauf, legte seine Hände hinter sie und strich sanft über ihren Rücken, um schließlich beide Hände um ihren wohl geformten Po zu schließen. Mit einer kaum wahrnehmbaren Bewegung schob er seine Hände zwischen ihre Schenkel und liebkoste sie auch dort.

Die Macht seiner Berührung ließ ihre intimste Stelle pulsieren vor Verlangen, und ihr Herz vergaß den letzten Rest des Widerstands, den sie ihm eigentlich hatte bieten wollen.

Unfähig, ihm auch nur eine Sekunde länger zu widerstehen, überließ sie sich den Empfindungen, die er in ihr weckte. Als spürte er den genauen Augenblick ihrer Kapitulation, zog er sie an sich, und freudig schlang sie ihre Arme um seinen Hals.

Es war schöner, als mit Worten zu beschreiben war, einfach nur in seinen Armen zu liegen und seinem Herz nahe zu sein.

Einem Herz, das sie zu gewinnen trachtete.

Trotz ihrer angeblichen Akzeptanz eines gemeinsamen Lebens zu seinen lieblosen Bedingungen.

»Bei allen Heiligen, du verlockst mich«, murmelte er an ihrem Haar, als er sie in seine Arme nahm und aufhob. Sanft ließ er sie in das angenehm warme Wasser der Badewanne herab. »Noch nie zuvor in meinem Leben habe ich eine Frau so sehr begehrt.«

Ohne seinen Blick von ihr zu wenden, ließ er sich neben der Wanne auf den Knien nieder. Sanft nahm er ihr Gesicht zwischen seine großen Hände, beugte sich zu ihr vor und strich mit seinen Lippen zärtlich über ihre.

Eingelullt vom Zauber seiner Küsse und der tröstenden Wärme ihres Bads, fühlte Linnet ihren Widerstand dahinschmelzen und ihre Glieder flüssig wurden wie das parfümierte Wasser. Sie seufzte, und ihr Atem vermischte sich mit seinem … eine berauschende Empfindung, die eine pulsierende Hitze zwischen ihren Schenkeln auslöste und sie mit einem intensiven Gefühl der Wärme durchströmte. Sie öffnete ihre Lippen, in einer stummen Aufforderung an ihn, den Kuss zu vertiefen.

Duncan erfüllte ihren Wunsch und presste seinen Mund zu einem leidenschaftlichen Kuss auf ihren, nahm ihn mit seinen Lippen und mit seiner Zunge glutvoll in Besitz. Als er seine Hände ihre Schultern hinuntergleiten ließ, um ihre Brüste zu umfassen, konnte sie nichts anderes mehr tun, als dem fiebrigen Verlangen nachzugeben, das sich in ihr aufbaute.

Eine winzige innere Stimme schalt sie eine liebestolle Närrin. Eine wollüstige Person, die bereit war, ihren Stolz einzutauschen gegen die sinnliche Berührung eines Mannes, das Gefühl seiner Lippen auf den ihren, seiner Hände, die sich mit aufreizender Langsamkeit über ihre Brüste bewegten, und die überwältigende Erfüllung, die sie gestern Nacht bei ihm gefunden hatte.

Ein Schauer, diesmal alles andere als angenehm, lief über ihren Rücken. Ja, sie war wahrlich tiefer gesunken als die billigste Wirtshausdirne.

Hatte ihre Moral geopfert für die wonnevolle Erregung einiger weniger Momente in den Armen eines Mannes, der ihr klipp und klar gesagt hatte, dass er sie niemals lieben würde.

»Duncan, warte«, bat sie, als er den Kuss unterbrach, um mit den Lippen die sanfte Biegung ihres Nackens zu liebkosen. »Bitte, ich kann es doch nicht.«

»Psst«, murmelte er beschwichtigend, »natürlich kannst du es.« Sanft legte er zwei Finger an ihre Lippen und brachte sie zum Schweigen. »Du brauchst nur zu *fühlen.* Lass mich dich verwöhnen, dir zeigen, wie sehr ich dich begehre, und dich lieben, bis du von unseren Umarmungen vollkommen ermattet bist und um Gnade flehst.«

»Aber du …«

»Ich habe dir gesagt, dass wir nicht von Liebe sprechen werden«, sagte er, als hätte er erraten, was sie dachte. Abrupt richtete er sich auf, streifte seine Kotte über seinen Kopf und ließ sie auf den Boden fallen. Dann bückte er sich, um seine Schuhe auszuziehen.

»Tu es nicht«, flehte sie ihn an. Vergeblich versuchte sie, ihren Blick von seiner nackten Brust abzuwenden, obwohl der Anblick seiner ausgeprägten Muskeln dort ihr Herz zum Hämmern brachte. »Es ist nicht richtig«, wisperte sie rau. »Du liebst mich nicht.«

»Schweig, Süße«, protestierte Duncan und streifte bereits seine Strümpfe über seine kräftigen Schenkel, während er noch mit ihr sprach. Mit dem Fuß schob er sie aus dem Weg und wandte sich, die Hände in die Hüften gestützt und voll erregt, zu Linnet um. »Ich begehre dich und verspüre ein fast schmerzhaftes Verlangen nach dir.«

Linnets Herz verkrampfte sich bei seinen Worten, ihr Stolz *drängte* sie, wegzusehen oder zumindest ihre Augen zu schließen, aber sie konnte weder das eine noch das andere tun.

Das heiße Pulsieren tief in ihrem Innersten ließ sich nicht mehr ignorieren. Dieser verräterische Teil von ihr bat, nein, drängte sie, all ihre Bedenken aufzugeben und sich den fast unerträglich süßen, sinnlichen Empfindungen zu überlassen, die er in ihr wecken konnte, wie sie wusste.

Als spürte er das Nachlassen ihres Widerstands, huschte ein verführerisches Lächeln über seine Lippen, und er griff nach ihrer Hand. Ein merkwürdiger Ton, ein raues, beinahe animalisches Stöhnen, entrang sich Linnets Kehle, als seine starken, warmen Finger sich um ihre schlossen.

Ohne den Blick von ihr zu wenden, zog er ihre Hand an seinen flachen Bauch. Dort hielt er sie fest, und einen quälend langen Augenblick ruhten ihre gespreizten Finger auf seiner glühend heißen Haut.

Dann schob er ihre Hand langsam ein wenig tiefer.

Ihr Blut raste, jede Faser ihres Körpers prickelte vor Erregung, als er ihre Hand sanft über das dichte schwarze Haar an seinem Unterleib bewegte.

Mit einem Aufstöhnen, das wild genug klang, um von einem Tier zu stammen und nicht von einem Menschen, zog Duncan ihre Hand über den Beweis seiner Begierde und schloss ihre Finger um den heißen, harten Schaft.

Das Gefühl seiner Hitze, seiner stolzen Kraft, die hart wie Stahl zu sein schien und dennoch glatt wie Seide unter ihren Fingern, entfachte tausend kleine Feuer in ihr, raubte ihr den Atem und zerstreute ihre Zweifel und Bedenken.

Ließ sie ihren Widerstand gegen diese … diese lieblose körperliche Vereinigung vergessen.

Und ihren Stolz.

Sie seufzte, und ihre Finger begannen sich wie von selbst über seine intimste Körperstelle zu bewegen. Er musste eine Art Zauberer sein, denn es war doch gewiss keine kleine Leistung, ihre Zweifel zu verdrängen und sie in einen Strudel solch hemmungsloser Sehnsüchte zu stürzen, dass sie vor Verlangen zu vergehen glaubte.

Ja, die Liebkosung ihres Mannes, sein Kuss, ihn zu berühren, ja, selbst ein Blick von ihm waren eine machtvollere Mischung als der stärkste Met.

Berauschender als der süßeste aller Weine.

Als hätte sie die gleiche Wirkung auf ihn, verdunkelten sich seine Augen und glühten nahezu vor Leidenschaft. Leise ermutigende Worte flüsternd, öffnete er sanft ihre Finger, beugte sich dann vor und legte ihre Hände um seinen Nacken.

Linnet hielt sich an ihm fest, als er seine Arme unter ihren Rücken und ihre Knie legte und sie aus der Wanne hob. Wasser rann in kleinen Bächen über ihren Körper, und sie fröstelte ein wenig im frischen Seewind, der durch die offenen Fenster kam, aber das kümmerte sie nicht… sie nahm nichts anderes mehr wahr als das herrliche Gefühl, in den starken Armen ihres Ehemanns zu liegen.

Er trug sie zum Bett, doch schon nach drei Schritten durch den Raum hielt er inne, um ihre Lippen zu einem weiteren leidenschaftlichen Kuss in Besitz zu nehmen. Linnet schmiegte sich an ihn, vergrub die Hände in seinem dichten Haar und war außerstande, etwas anderes zu tun, als der Glut ihres eigenen drängenden Verlangens nachzugeben.

Dann, als sie schon gerade glaubte, vor Lust und Wonne zu vergehen, durchbrach ein lautes Klopfen an der Tür den Nebel ihrer Leidenschaft.

»Verdammt!«, fluchte Duncan und warf einen aufgebrachten Blick zur Tür.

Linnet, die noch immer in seinen Armen lag, verbarg ihr Gesicht an seinem Nacken und biss sich auf die Unterlippe, um den lustvollen Seufzer zu unterdrücken, den sie beinahe ausgestoßen hätte.

»Psst«, wisperte Duncan in ihr feuchtes Haar.

Aber das Klopfen ertönte von Neuem, unermüdlich und beharrlich. »Mylady? Seid Ihr da?«, rief eine junge Stimme zwischen dem aufdringlichen Klopfen.

»Verdammt«, wiederholte Duncan und stellte Linnet auf die Beine.

Er holte ein großes Badetuch von einem Stuhl, und sie hüllte sich dankbar darin ein, als er es ihr zuwarf.

Mit angehaltenem Atem beobachtete sie, wie Duncan wütend den Raum durchquerte und die Tür aufriss.

Sein nackter Körper versperrte ihr die Sicht auf das unglückselige Geschöpf, das es gewagt hatte, sie zu suchen, aber sie hörte ein scharfes Einatmen, und dann stammelte eine junge Stimme: »Guten … Morgen, Sir.«

»Und gut war er auch bis jetzt«, versetzte Duncan knapp und verschränkte seine Arme. »Was führt dich zu dieser frühen Stunde in die Gemächer meiner Frau?«

»Ich … ich wusste nicht, dass Ihr hier seid, Sir.« Der Junge trat nervös von einem Fuß auf den anderen, und Linnet konnte ihn für einen kurzen Moment sehen. Obwohl seine Wangen ungewöhnlich stark gerötet waren, erkannte sie ihn als den jüngsten Knappen ihres Mannes. »Es war Fergus, der mich hergeschickt hat. Er bat mich, Lady Linnet zu holen.«

»Fergus?« Duncan warf Linnet einen fragenden Blick zu. »Und was, bitte, will Fergus von ihr, was nicht warten könnte, bis meine Frau ihr Bad beendet hat und von selbst hinunterkommt?«

Der Knappe schluckte geräuschvoll und versuchte es dann zu erklären. »Er möchte sie um ihren Segen bitten, Mylord.«

»Ihren *Segen*?«

»Aye, Sir«, bestätigte der junge Mann. »Ich … ich glaube, er möchte Lady Linnets Dienerin heiraten.«

»Heiraten?«, fragte Duncan in ungläubigem Ton. »Du meinst die frühere Amme meiner Frau? Diese Elspeth?«

»Aye, sie ist es, Sir.«

»Dann sag Fergus, dass meine Frau und ich ihn und seine Zukünftige in einer Stunde in meinem früheren Arbeitszimmer erwarten«, befahl Duncan. »Und nun verschwinde wieder und stör uns nicht mehr«, fügte er noch rasch hinzu, während er die Tür schon schloss.

Dann wandte er sich um und lehnte sich mit dem Rücken gegen die massive Eichentür. »Hast du das gehört?«, fragte er und schüttelte den Kopf. »Fergus möchte heiraten? Der alte Bock! Er wollte nie etwas mit Frauen zu tun haben, außer bei seinen seltenen Ausflügen ins Dorf, um seine … ähm … Bedürfnisse zu stillen.«

Linnet zog das große Leintuch noch ein wenig fester um ihren Körper. »Mir ist schon aufgefallen, dass sie einander sehr zu mögen scheinen. Ich kann nicht sagen, dass ich überrascht bin.«

»Aber *heiraten*? Als Nächstes wird er noch behaupten, er sei verliebt.«

»Möglicherweise ist er das ja auch«, entgegnete Linnet. »Vielleicht haben sie sich beide verliebt.«

»Bah!« Duncan schnaubte verächtlich. »So etwas gibt es nicht. Und sollten sie das denken, sind sie beide alte Narren.«

Linnet zuckte mit den Schultern. »Wie Ihr meint, Mylord.«

Aber in Wahrheit hätte sie nicht weniger mit ihm übereinstimmen können.

13

Eine knappe Stunde später öffnete Duncan seiner Frau die Tür zu seinem Arbeitszimmer – oder vielmehr seinem *früheren* Arbeitszimmer, um genau zu sein. Ein anheimelndes Feuer brannte im Kamin, und es war mehr als offensichtlich, dass sein bester Freund und Schwager, Sir Marmaduke, das Zimmer vollkommen mit Beschlag belegt hatte.

Der romantisch veranlagte englische Ritter hatte den einst so kargen Raum mit allem möglichen nutzlosen Firlefanz gefüllt. Duncan presste die Lippen zusammen und runzelte die Stirn, als er die vielen Veränderungen bemerkte.

In der Tat, wären nicht das mächtige Schwert und andere ritterliche Gebrauchsgegenstände in einer fernen Ecke nahe der Tür gewesen, hätte Duncan geschworen, das Zimmer einer Frau betreten zu haben.

Einer überspannten Frau mit nichts als Unsinn im Kopf.

Duncan sah den Einäugigen an der geschlossenen Schlafzimmertür lehnen, die Arme lässig vor der Brust verschränkt. Der perfekte Kavalier wie immer, nahm Sir Marmaduke augenblicklich Haltung an und trat vor, um sich vor Linnet formvollendet zu verbeugen. Als er sich wieder aufrichtete und Linnets Hand zum Kuss ergriff, hatte Duncan genug davon.

»Hör auf, dich zu benehmen, als wärst du hier bei Hofe«, sagte er gereizt, indes der Engländer über Linnets Hand katzbuckelte. »Zu dieser frühen Stunde solltest du meine Knappen im Schwertkampf unterrichten und nicht hier herumscharwenzeln und so tun, als wärst du der berühmte Sir Lancelot.«

Verärgert nahm Duncan Linnets Arm und zog sie an seine

Seite, weg von dem Sassenach. »Wo ist Fergus? Ich hörte, er wolle mit meiner Gattin sprechen.«

»Fergus und seine Zukünftige müssten jeden Moment kommen«, versicherte ihm Sir Marmaduke und nahm wieder seinen Platz vor der geschlossenen Schlafzimmertür ein. »Du wirst ihm seine Bitte doch nicht abschlagen?«, erkundigte er sich.

»Natürlich nicht«, entgegnete Duncan unwirsch. »Warum sollte ich? Wenn er sich an eine Frau binden will, ist das seine Sache.«

Neben ihm versteifte Linnet sich. Mit einem kleinen Ruck befreite sie ihren Ellbogen aus seinem Griff und ging zu den hohen, schmalen Fenstern. Dort blieb sie mit dem Rücken zu ihnen stehen, verschränkte locker ihre Hände hinter sich und schien auf das Wasser des Loch Duich tief unter ihnen hinabzustarren.

Marmaduke sah flüchtig zu ihr hinüber, bevor er seinen einäugigen Blick wieder auf Duncan richtete. Angesichts des vorwurfsvollen Ausdrucks im entstellten Gesicht des Engländers kam Duncan sich wieder wie ein kleiner Junge vor, der von seinem Vater gerade scharf zurechtgewiesen worden war.

»Ich bezweifle sehr, dass Fergus das so sieht«, sagte Marmaduke. »Er hat Elspeth gern. Ich könnte mir sogar vorstellen, dass er sie liebt.« Er hielt inne, und sein eines gesundes Auge, aus dem er Duncan ansah, wurde schmal. »Wie Männer die Frauen lieben und ehren sollten, die sie zu ihrer Gattin nehmen.«

»Und wer hat dich zu einem Experten in Ehefragen gemacht?«, warf Duncan mürrisch ein, bevor er sich daran erinnerte, wie sehr der Engländer seine verstorbene Frau, Duncans Schwester, Arabella, geliebt hatte.

Wie sehr er immer noch ihren Tod betrauerte.

Wie so oft in letzter Zeit erschrak Duncan über die Schroffheit seiner eigenen Worte. Herrgott noch mal, was war nur los mit ihm? Wütend auf sich selbst, und auch verlegen, versuchte er das Thema zu wechseln. »Seit wann bist du Fergus' Vertrauter? Es ist noch gar nicht so lange her, da konntet ihr beide euch nicht ausstehen.«

»Die Zeiten und die Menschen ändern sich, mein Freund. Ein kluger Mann ist, wer sich dazu bekennen kann, dass er sich geirrt hat.«

Der Halsausschnitt von Duncans Kotte schien plötzlich unerklärlich eng, und Hitze stieg in seinen Nacken und in seine Wangen. »Falls du damit sagen willst …

Ein Klopfen an der noch offenen Tür hinter Duncan ersparte ihm, die Bemerkung zu beenden. »Es ist sehr freundlich von Euch, uns hier zu empfangen«, rief Fergus von der Tür her. »Dürfen wir hereinkommen?«, fragte er, obwohl er bereits eingetreten war.

Duncan starrte ihn verwundert an. Fergus hatte ihn noch nie wegen irgendetwas um Erlaubnis gebeten. Im Allgemeinen sagte der ruppige alte Seneschall, was er dachte, und machte, was er wollte.

Aber irgendetwas hatte ihn verändert.

Er sah sogar anders aus.

So anders sogar, dass Duncan stark vermutete, er müsse ein Bad genommen haben, was an sich schon ein kleines Wunder war. Und es war auch mehr als offensichtlich, dass er, wenn auch ohne großen Erfolg, versucht hatte, seine zottelige Mähne grauen Haars zu einer halbwegs annehmbaren Frisur zu kämmen.

Er hatte auch sein bestes Plaid angelegt und die Silberbrosche aufpoliert, die es an seiner Schulter zusammenhielt.

»Was höre ich da, du willst heiraten?«, fragte Duncan absichtlich ein wenig schroff, um sein Erstaunen über das ungewöhnlich propere Aussehen des alten Mannes zu verbergen. »Ist das wahr?«

»Aye, es ist die reine Wahrheit, Mylord. Ich hoffe, dass Ihr mir mein Glück nicht verweigern werdet«, sagte er und trat noch etwas weiter in den Raum, seine Zukünftige, die seine knorrige Hand umklammerte, ganz dicht an seiner Seite. »Mit allem gebührenden Respekt für Euch als Gutsherr, Mylord, ist es doch der Segen Eurer Gemahlin, den ich gern erbitten würde, da meine Elspeth und ich nichts tun wollen, was nicht ihre Billigung findet.«

Duncan verschränkte die Arme und zwang sich, nicht die Beherrschung zu verlieren.

Oder eine weitere voreilige Äußerung von sich zu geben.

Es war fast so, als wäre seine ganze Welt auf den Kopf gestellt worden, seitdem er Linnet MacDonnell auf die Burg geholt hatte, um sie zu seiner Frau zu machen: Sir Marmaduke benutzte gemeine Tricks, um ihn aus seinem eigenen Zimmer zu vertreiben, er selbst konnte nicht den Mund aufmachen, ohne ins Fettnäpfchen zu treten, er war der Herr auf seiner Burg und der rechtmäßige Gutsherr, und trotzdem schienen alle unter seinem Dach ihn an der Nase herumzuführen.

Und nun hatte sich sein griesgrämiger alter Geschichtenerzähler von einem Seneschall aufgetakelt wie ein liebestoller Knappe und erbat nicht *seinen* Segen, sondern den seiner Ehefrau, um heiraten zu können!

Einer Ehefrau, die die einzige Aufgabe, die er ihr gestellt hatte, bisher noch nicht erfüllt hatte, nämlich, ihm die Wahrheit über Robbies Vaterschaft zu sagen.

Einer Ehefrau, deren bloße Nähe Duncan durcheinanderbrachte und erregte.

»Mylord? Haben wir Euren Unwillen erregt?«, fragte Fergus, was Duncan zu einem sogar noch finstereren Stirnrunzeln veranlasste.

Herrgott noch mal, der alte Geier hatte ihn in seinem ganzen Leben noch nie mit etwas anderem als seinem Vornamen angesprochen! Damit und mit einigen erlesenen Schmähungen, die Duncan sich gar nicht ins Gedächtnis rufen wollte.

Aber er hatte noch nie *Mylord* zu ihm gesagt.

»Nein, das hast du nicht«, entgegnete Duncan mit einem heftigen Kopfschütteln, während er vergeblich versuchte, sich von der beharrlichen Vorstellung zu befreien, sein gesamter Haushalt sei komplett verrückt geworden, als er einmal nicht aufgepasst hatte. »Ich bin höchstens überrascht.«

An seine Frau gewandt, sagte er: »Linnet, du hast gehört, worum Fergus dich bittet. Wirst du ihnen deinen Segen geben?«

Linnet trat zögernd einen Schritt vor, ihre Hände fest vor sich verschränkt, ihr Blick prüfend auf dem älteren Paar, das sich noch immer in der Nähe der Tür aufhielt. »Ist es auch dein Wunsch, Elspeth?«, fragte sie ihre frühere Amme. »Bist du sicher?«

Elspeth nickte, ihre grauen Löckchen tanzten. »Aye, Kind, das ist es, und ich bin mir mehr als sicher. Als Angus starb, glaubte ich nicht, dass ich je wieder einen Mann finden würde, den ich lieben könnte, aber« – sie hielt inne und strahlte Fergus an –, »ich habe ihn gefunden, und ich hoffe, dass du dich für mich freust. Für uns beide.«

Mehr brauchte seine Gattin scheinbar nicht zu hören, denn sie gab ihre vorsichtige Haltung auf und stürzte buchstäblich durch den Raum, warf sich in Elspeths Arme und erlaubte dann sogar Fergus, diesem krummbeinigen alten Ziegenbock, sie zu umarmen.

»Ahem …« Duncan versuchte, ihre Aufmerksamkeit zu gewinnen, um ein bisschen Ordnung, nein, Würde in den Moment zu bringen, aber die drei beachteten ihn nicht.

Unter endlosen Ohs und Ahs fuhren sie fort, sich zu umarmen und einander auf die Wangen zu küssen, als wäre er nicht einmal im Raum.

An seinem Posten neben der Schlafzimmertür zuckte Sir Marmaduke mit seinen breiten Schultern. Er trug einen Gesichtsausdruck zur Schau, den Duncan nur als selbstzufriedenes Grinsen bezeichnen konnte, und fand die Situation anscheinend ungeheuer amüsant.

»Ahem!« Duncan versuchte es noch einmal, lauter diesmal.

Alle drei hörten mit ihrem albernen Geplapper auf und wandten sich zu Duncan. »Aye?«, antwortete Fergus, zupfte sein Plaid zurecht und richtete sich dann so gerade auf, wie sein etwas krummer Rücken es erlaubte. »Was ist mit dir, mein Junge? Hast du die Sprache verloren?« Seine buschigen Brauen zogen sich zusammen, als wolle er Duncan zu verstehen geben, er solle es ja nicht wagen, sich in negativer Weise zu seinem neu gefundenen Glück zu äußern.

»Nichts ist mit mir«, entgegnete Duncan ärgerlich. »Überhaupt nichts.«

Ich frage mich bloß, ob sämtliche Männer, Frauen und Kinder unter meinem Dach ihren Verstand verloren haben!

Er wandte sich an seine Frau. »Bist du einverstanden mit dieser Heirat?«

»O ja«, antwortete sie und lächelte auf eine Art und Weise, wie sie *ihn* noch nie angelächelt hatte. »Wenn Elspeth so glücklich ist, wie könnte ich ihr da meine Zustimmung verweigern?« Wieder ergriff sie Elspeths Hände und hielt sie zwischen ihren. »Sie geben ein schönes Paar ab. Ein wirklich hübsches Paar.«

»Dann sei ihr Wunsch ihnen gewährt«, erklärte Duncan kurz.

Er dachte nicht im Traum daran, sich an solch lächerlichen Gefühlsduseleien zu beteiligen.

Es war reine Zeitverschwendung, die er lieber Frauen und seinem weichherzigen englischen Schwager überließ.

O ja, Sir Marmaduke, mit seiner grenzenlosen Vorliebe für französische Liebesromane und seinem ständigen Geplapper über Ritterlichkeit und höfische Liebe, war genau der Richtige, um das Aufgebot vorzulesen und eine kleine Hochzeitszeremonie für diese verliebten alten Narren vorzubereiten.

Er, als Gutsherr, hatte Wichtigeres zu tun.

Den Sassenach mit einem viel sagenden Blick fixierend, befahl er: »Du wirst ihnen bei den Vorbereitungen helfen. Ich muss in den Hof hinunter und habe nicht die Zeit dazu. Eine

Patrouille müsste heute Morgen zurückkehren, und ich bin schon sehr gespannt, was für Neuigkeiten sie uns bringt.«

Da es zweifellos von ihm erwartet wurde, ging er zu dem älteren Paar und legte beiden eine Hand auf die Schulter. »Es freut mich, euch glücklich zu sehen. Möge Gott euch noch viele glückliche und gesunde Jahre zusammen gewähren.«

Von ihnen zurücktretend, stieß er einen tiefen Seufzer aus und wandte sich zur Tür. Ohne ein weiteres Wort, und ohne sich noch einmal umzublicken, verließ er den Raum.

Er hatte wirklich sehr viel zu erledigen heute Morgen. In letzter Zeit waren einige Berichte über Viehdiebstähle durchgesickert, und er hatte auch von Angehörigen seines Clans gehört, die schikaniert wurden. Er konnte nicht den Tag damit vergeuden, eine Hochzeit vorzubereiten, wenn sie draußen so viel Ärger hatten und seine Leute ihn brauchten.

Zudem war so viel Glückseligkeit, wie er gerade hatte mit ansehen müssen, für einen Mann schwer zu ertragen.

Vor allem, wenn sein eigenes Herz sich sogar nach einem winzigen Bruchteil derartigen Glücks verzehrte.

Ein verdrießlicher Ausdruck trat auf sein Gesicht, als er die Wendeltreppe in die Halle hinabzusteigen begann.

Teufel, ja, die Wahrheit schmerzte. Sehr sogar.

Und das Wissen, dass er zu feige war, um seine Situation zu ändern, schmerzte sogar noch viel mehr.

* * *

Ein unbehagliches Schweigen entstand, als Elspeth und Fergus sich wenig später entschuldigten und Linnet und Sir Marmaduke allein im Arbeitszimmer zurückließen.

Sie hätte mit ihnen gehen können, und vielleicht hätte sie es auch tun sollen, aber etwas hielt sie davon ab. Ihr Instinkt sagte ihr, dass der galante englische Ritter ihr sicher viele Fragen beantworten könnte … falls sie den Mut aufbrachte, sie zu stellen.

Und er bereit war, sie ihr zu beantworten.

Langsam ging sie zu dem kleinen Tisch neben der Fensterbank hinüber und hielt inne, um das kunstvoll geschnitzte Schachspiel zu bewundern. Jede Figur war ein kleines Meisterwerk und sorgsam aufpoliert.

Sie nahm eine in die Hand und wandte sich dann wieder zu dem Sassenach um. Er lehnte noch immer an der geschlossenen Tür zum Schlafzimmer, und der Ausdruck seines entstellten Gesichts erschien ihr unergründlich, aber keineswegs unfreundlich.

Tatsächlich hielt Linnet ihn sogar für einen ausgesprochen liebenswerten Mann.

Einen Mann, dem sie vertrauen konnte, obwohl er Engländer war.

Sie räusperte sich und sagte: »Ihr habt sehr viel verändert hier in diesem Raum, Sir. Und« – sie befingerte die Schachfigur und betrachtete sie, während sie sprach – »ich glaube nicht, dass ich je solch wundervolle Schachfiguren wie diese hier gesehen habe. Habt Ihr sie aus Eurer Heimat mitgebracht, aus England?«

»Ja, Mylady, das Schachspiel stammt aus England.«

Der schwermütige Tonfall seiner Stimme war nicht zu überhören, denn er war so ganz anders als der joviale Ton, in dem er sich mit ihrem Gatten unterhielt. Linnet sah ihn prüfend an; das Schachspiel war vergessen.

Sein gesundes Auge schien bewölkt von Traurigkeit, aber er schreckte nicht zurück vor ihrem scharfen Blick. Stattdessen entfernte er sich von der Tür, kam zu ihr hinüber und blieb nicht weit von ihr, aber dennoch in respektvoller Entfernung, vor ihr stehen.

Statt sie anzusehen, starrte er aus den großen Fenstern.

»Mein Vater hat die Schachfiguren geschnitzt. Es ist eins der wenigen Andenken, die ich an ihn habe, da ich ihn nicht mehr gesehen habe, seit ich ein junger Knappe war.«

Ermutigt von seiner offenbaren Bereitschaft, über seine Vergangenheit zu sprechen, schnitt Linnet ein Thema an, das sie schon seit geraumer Zeit beschäftigte, aber bis heute nie anzusprechen gewagt hatte. »Sir Marmaduke, es ist offensichtlich, dass mein Gatte Euch sehr schätzt. Ihr tragt die Farben der MacKenzies, aber Ihr seid ein Sassenach.« Noch immer die Schachfigur befingernd, stellte sie ihm die Frage: »Sagt, wie kommt es, dass Ihr, ein englischer Ritter, hier auf dieser Burg lebt?«

Da wandte er sich ihr zu, aber sie konnte sehen, dass er zurückblickte, in die Vergangenheit, und nicht sie ansah. »Es war mein unerschütterlicher Glaube, dass man zu allen Angehörigen des schwächeren Geschlechts ritterlich zu sein hat, und nicht nur zu jenen von nobler Herkunft, was mich hierher brachte, Mylady.« Er lächelte traurig, so gut es seine Entstellung ihm erlaubte, und fuhr fort: »Vielleicht käme es der Wahrheit näher, zu sagen, dass es das unritterliche Benehmen meiner Gleichgestellten war, und meine Weigerung, es in Kauf zu nehmen, was mich in den Haushalt der MacKenzies brachte.«

Linnet stellte die Schachfigur aufs Brett, setzte sich dann auf die Fensterbank und zog eins der farbenfrohen Seidenkissen auf ihren Schoß. »Ich verstehe nicht.«

»Nein, und es ist ein Segen, dass Ihr vor solchen Dingen bewahrt geblieben seid«, entgegnete er, und seine Stimme klang jetzt zynisch. »Es ist keine schöne Geschichte, die meine.«

»Ich möchte sie trotzdem sehr gern hören«, sagte Linnet und schlang die Arme um das Kissen. »Falls es Euch nichts ausmacht, selbstverständlich.«

»Wie Ihr wollt«, stimmte Marmaduke zu und verschränkte die Hände hinter dem Rücken, als er auf und ab zu gehen begann. »Viele Jahre sind ins Land gegangen seit jenem Sommer, in dem ich mir meine Sporen verdient hatte. Um die Wahrheit zu sagen, ich war mächtig stolz und nahm meine ritterlichen Gelübde schrecklich ernst. Sehr zum Ärger meiner Kameraden.«

Er hielt inne, um Linnet eindringlich anzusehen. »Bedauerlicherweise täuschte ich mich, als ich von meinen Gleichgestellten erwartete, meine idealistischen Vorstellungen zu teilen. Und so weigerte ich mich auf meinem ersten Feldzug nach Schottland natürlich, an der Schändung der Frauen in den Dörfern teilzunehmen. Oder, was in den Augen meiner Gleichgestellten noch sehr viel schlimmer war, ich ergriff mein Schwert, um die Frauen gegen die Gräueltaten, die die anderen Ritter an ihnen begehen wollten, zu verteidigen. Ich …«

»Ihr habt Schottinnen vor Euren eigenen Landsleuten beschützt?«, warf Linnet ein.

»Ja. Ich wollte verhindern, dass unschuldigen Frauen Gewalt angetan wurde. Meine Bestrafung dafür ließ nicht lange auf sich warten. Sie war sehr schnell und streng.«

»Ist das der Grund für Eure Narben?«

»O nein«, sagte er und schüttelte den Kopf. »Mein Gesicht wurde erst viele Jahre später verunstaltet. Das ist eine völlig andere Geschichte. Meine Strafe dafür, den Schottinnen zu helfen, hat zwar auch Narben hinterlassen, aber die befinden sich auf meinem Rücken. Ich wurde von meinen eigenen Männern ausgezogen, ausgepeitscht und als tot zurückgelassen. Es war Duncans Vater, der mich fand.«

An dieser Stelle hielt er inne und strich abwesend über die Narbe, die quer über sein Gesicht verlief. »Der gute Mann, möge er in Frieden ruhen, brachte mich auf seinem eigenen Pferd zu dieser Burg, wo ich von seiner Gemahlin, der verstorbenen Mutter Eures Gatten, gesund gepflegt wurde.«

Ein wehmütiges Lächeln spielte um die unverletzte Hälfte seines Mundes. »Es war ein großes Glück für mich, dass man mich in diesem Haushalt aufgenommen hatte, und seitdem trage ich mit Stolz die Farben der MacKenzies.«

Innerlich war Linnet zutiefst erschrocken über die Bilder, die seine Erzählung heraufbeschworen hatte. Und auch über ihre anfängliche Furcht vor ihm. »Ich muss Euch um Verzeihung bitten, Sir, denn ich habe Euch großes Unrecht getan, als wir uns das erste Mal begegneten«, sagte sie errötend. »Ich hatte große Angst vor Euch.«

Marmaduke lächelte, so gut er konnte. »Ihr braucht Euch nicht zu entschuldigen, Mylady. Es ist wirklich ein grimmiger Anblick, den ich biete. Ihr habt mir nichts als Güte und Freundlichkeit bewiesen, und ich betrachte es als eine große Ehre, Euch und Eurem Herrn Gemahl zu dienen.«

Noch immer beschämt über ihre ursprüngliche Reaktion auf ihn, wechselte Linnet rasch das Thema. »Ihr seid also mit meinem Mann befreundet, seit sein Vater Euch hierher gebracht hat?«

»Mehr als befreundet. Wir sind wie Brüder.«

Wie Brüder. Die Worte weckten eine Erinnerung, die sie aber irgendwie nicht unterbringen konnte.

Wie Brüder …

Sie wandte sich von ihm ab und schaute auf die windgepeitschten Wellen des Sees hinunter, die gegen die zerklüfteten Felsen am Fuß der Burg schlugen.

Wie Brüder …

Dann fiel es ihr wieder ein.

Robbie hatte Sir Marmaduke einmal »Onkel« genannt.

Sich wieder zu dem großen, einst gut aussehenden Ritter umwendend, fragte Linnet: »Ist es das, warum Robbie Euch ›Onkel‹ nennt?«

»Nein, Mylady, das ist nicht der Grund«, erwiderte er. Und dann verstummte er, und sein Gesicht verschloss sich.

Verlegen und von Furcht erfasst, sie sei vielleicht zu weit gegangen mit ihren Fragen, richtete Linnet sich auf und trat vor den Kamin. »Bitte verzeiht meine Neugierde«, sagte sie, in die Flammen starrend. »Ich wollte nicht aufdringlich sein.«

Als er länger als nur ein paar Momente schwieg, riskierte Linnet einen verstohlenen Blick auf ihn. Er betrachtete sie so eindringlich, als versuchte er abzuwägen, ob er noch mehr sagen sollte oder nicht.

Schließlich zuckte er die Schultern und sagte: »Sie können es ruhig wissen, schließlich ist es kein Geheimnis. Ich bin durch Heirat Robbies Onkel. Meine Frau, Arabella, war Duncans Schwester.«

Linnet erinnerte sich an Gesprächsfetzen und gelegentlichen Klatsch, den sie von den Dienstboten gehört hatte. Die Teilchen setzten sich zusammen, eins nach dem anderen, und was sie aussagten, ließ sie bis ins Mark erschaudern, trotz der Wärme des prasselnden Feuers so dicht neben ihr.

Wie vor den Kopf geschlagen, räusperte sie sich, und es war mehr eine Feststellung als eine Frage, als sie sagte: »Es war Lady Cassandra, die Eure Frau und Duncans Mutter umbrachte. Sie hatte ein Gift zusammengebraut, mit Mitteln aus dem Kräutergarten.«

»Es konnte nie bewiesen werden«, sagte Marmaduke und trat neben sie vor den Kamin. »Es ist lange her und sollte Euer Glück nicht trüben.«

»Es trübt mehr als nur mein Glück, es überschattet mein ganzes Leben.« Sie bemühte sich um ein Lächeln, aber es gelang ihr nicht. »Was immer auch die erste Ehe meines Manns beeinträchtigt hat, wirft einen Schatten auf die meine, könnt Ihr das nicht sehen?« Schließlich schluckte sie ihren Stolz und vertraute ihm ihre geheimsten Ängste an. »Ich habe mich schon gefragt, ob er wohl noch um sie trauert, aber jetzt, wo ich es weiß, kann das doch eigentlich nicht sein? Nach dem, was sie getan hat, meine ich?«

Sir Marmaduke schien etwas darauf erwidern zu wollen, überlegte es sich aber wieder anders. Sich von ihr abwendend, ging er zum Fenster. »Ich gebe Euch mein Wort, Mylady, und bitte vergebt mir, falls ich Euch beleidige, aber Ihr wart sehr im Irrtum, falls Ihr so etwas geglaubt habt.«

»Wirklich? Warum hängt dann immer noch ihr Bild hinter dieser Tür?«, fragte sie und deutete auf die geschlossene Eichentür zu Duncans früherem Schlafzimmer.

Sir Marmaduke fuhr sich mit der Hand über das Gesicht, als wäre er mit einem Mal sehr müde. »Über die Gründe Eures Mannes, dieses Gemälde zu behalten, kann ich Euch nichts sagen, aber ich kann Euch meine nennen, und bei jedem Heiligen, den Ihr mir nennen wollt, würde ich schwören, dass seine Gründe ähnlich sind.«

Linnet wartete und verschränkte ihre Hände, um ihr Zittern zu verbergen.

Sir Marmaduke ließ plötzlich seine breite Schultern hängen. »Es ist zur Erinnerung«, fuhr er bitter fort. »Damit ich nie das Leid vergesse, das sie über mich gebracht hat und alle, die das Unglück hatten, sie zu kennen.«

Langsam trat er vor, legte seine Hände leicht auf Linnets Schultern und drehte sein Gesicht zuerst zur einen Seite und dann zu der anderen. »Würdet Ihr glauben, dass ich früher einmal als gut aussehender Mann galt? Dass bei Turnieren, in Frankreich und bei Hofe feine Damen meine Aufmerksamkeit zu erringen suchten?«

»Sir Marmaduke, bitte«, flehte Linnet, denn das Bedauern und die Trauer in seiner Stimme zerrissen ihr das Herz. »Ich flehe Euch an, vergesst, dass ich sie erwähnt habe. Es war nicht meine Absicht, Euch Kummer zu bereiten.«

»Und das habt Ihr auch nicht, meine Liebe«, versicherte er ihr, und die Bitterkeit in seiner Stimme hatte schon ein wenig nachgelassen. »Mit Euch oder ohne Euch, meine Erinnerungen sind die gleichen. Ehrlich gesagt habt Ihr mir geholfen wie noch niemand sonst zuvor, denn Eure Heilmittel haben eine große Verbesserung in meinem verfluchten Aussehen bewirkt.«

Er legte eine Hand an das geschwollene Fleisch, wo sein linkes Auge hätte sein sollen, und sagte: »Es war ihr Liebhaber, der das getan hat, Kenneth, der unehelich geborene Halbbruder Eures Ehemanns.«

Langsam, als müsste er sich jedes Wort abringen, fuhr er fort: »Meine Frau hatte erfahren, dass er und Cassandra planten,

Duncan umzubringen. Seine Mutter hatten sie bereits getötet, obwohl wir damals noch nicht wussten, dass sie die Tat begangen hatten.«

Er gab ein bitteres Geräusch von sich. »Dumm, wie ich war, stellte ich Kenneth zur Rede. Ich forderte ihn auf, seine Hure zu nehmen und zu verschwinden, und warnte ihn davor, je wieder einen Fuß auf MacKenzie-Land zu setzen. Aber wie so oft schon war mein Glaube, in allen Menschen müsse wenigstens irgendetwas Gutes sein, wieder einmal vollkommen unzutreffend.«

Linnet bemühte sich, etwas Tröstliches zu sagen, denn ihre eigenen Sorgen verblassten neben jenen, die ihr der Engländer gerade anvertraut hatte. Aber ihre Kehle war so trocken, dass sie kein Wort über ihre Lippen bringen konnte.

»Meine Einmischung kostete mich meine Frau und Duncan seine Schwester«, fuhr Marmaduke leise fort, und Linnet war erschüttert, als sie eine einzelne Träne in den Wimpern seines gesunden Auges glitzern sah. »Obwohl Kenneth mich glauben machte, er werde meinen Rat befolgen, hastete er zurück, so schnell sein Pferd ihn tragen konnte, aber nicht, um seine Hure abzuholen und Kintail für immer zu verlassen. Nein, Mylady, sie vergifteten stattdessen meine Arabella.«

Er hielt inne und fuhr sich mit der Hand über das Auge, um die Träne abzuwischen, bevor sie fallen konnte.

»Vielleicht befürchteten sie, sie wüsste zu viel und sie würde Duncan warnen. Ich weiß es nicht, aber das ist auch gar nicht wichtig, denn sie töteten sie auf jeden Fall. Ich bin mir dessen völlig sicher, obwohl ihnen nie nachgewiesen werden konnte, dass sie es waren.«

»Weiß mein Mann das?«, fragte Linnet sanft.

»Ja, er weiß es. Er stellte sie zur Rede. Sie lief vor ihm davon und flüchtete sich auf die Zinnen, als Duncan sie verfolgte.« Er brach ab, um einen tiefen, rauen Atemzug zu holen. »Sie lachte ihn aus, während sie lief, verspottete ihn wegen Robbie und behauptete, der Junge sei Kenneths Kind, nicht seins. Dann stolperte sie über den Saum ihres Gewands und stürzte in den Tod, bevor er etwas tun konnte, um sie zu retten.«

»Glaubt Ihr, er hätte es getan?« Linnets Stimme war kaum mehr als ein Wispern.

»Ja, wenn er nahe genug gewesen wäre. Wahrscheinlich hätte er sie verhört und sie dann für den Rest ihrer Tage in ein Kloster verbannt.« Wieder hielt er inne und starrte in die Ferne, bevor er fortfuhr: »Möge Gott mir vergeben, aber wenn ich dort oben bei ihr gewesen wäre, hätte ich bestimmt nicht versucht, ihren Sturz in die Tiefe zu verhindern.«

»Und wann hat Kenneth das getan?« Sanft berührte Linnet die Narbe, die sein Gesicht entstellte.

»Am selben Tag. Ich erwischte ihn, als er versuchte, Duncans bestes Pferd zu stehlen. Er hatte von dem schrecklichen Ende seiner Geliebten erfahren und wollte fliehen. Es kam zum Kampf, und wie Ihr sehen könnt, ging er als Sieger daraus hervor.« Er verstummte, um tief durchzuatmen, und dann schenkte er ihr ein wehmütiges Lächeln. »Er ist ein exzellenter Fechter, fast so gut wie Duncan.«

»Aber Duncan hat Eure Geschicklichkeit mit Waffen immer sehr gerühmt«, protestierte Linnet. »Er sagte, er habe Euch fünf Männer auf einmal niederstrecken sehen.«

»Und das habe ich auch getan. Im Krieg«, sagte er, und der dumpfe, hohle Tonfall seiner Stimme griff Linnet ans Herz. »Ich war ein Narr an jenem Tag, denn ich brach die wichtigste Regel, die ein Knappe lernt, wenn er im Schwertkampf unterricht wird: Ich ließ mich von meinen Gefühlen leiten. Mein Zorn machte mich ungeschickt.«

»Das tut mir leid.« Linnet runzelte die Stirn. »Es ist ein hoher Preis, den Ihr gezahlt habt für Eure Loyalität zu meinem Gatten.«

»Ich habe nichts getan, was er nicht auch für mich getan hätte. Duncan ist genauso sehr mein Bruder, als wenn das gleiche Blut durch unsere Adern flösse. Was mein Gesicht betrifft, und den Verlust meines Auges …« Sir Marmaduke verstummte und stieß dann einen tief empfundenen Seufzer aus. »Ich würde freudig auch mein zweites Auge opfern, und alles andere, was ich besitze, wenn ich meine Arabella dadurch zurückbringen könnte.«

Als Linnet nichts sagte, blickte er sie mit einer solchen Eindringlichkeit an, dass sie befürchtete, er könnte bis auf den Grund ihrer Seele schauen.

Erschaudernd unter dem Gewicht all dessen, was er ihr erzählt hatte, drehte sie sich um zum Feuer, weil sie die Qual, die sie in seinen Zügen sah, nicht länger ertragen konnte. Noch nie hatte sie von einem Mann gehört, der derart viel geopfert hatte, oder von einem Ehemann, der seine Frau selbst nach ihrem Tode noch so leidenschaftlich liebte.

»Ihr habt sie sehr geliebt«, sagte sie schließlich, ihren Blick noch immer auf die Flammen, die an den Scheiten im Kamin hochzüngelten, gerichtet. »Ich kann mir eine so dauerhafte Liebe gar nicht vorstellen.«

»Wirklich nicht? Ich habe gesehen, wie Euer Blick Duncan folgt, und mir ist auch nicht entgangen, wie er Euch beobachtet, wenn er glaubt, niemand achte auf ihn«, bemerkte er, und seine Stimme schien mit einem Mal aus sehr großer Distanz zu kommen.

Linnet strengte sich an, ihn über das ungewöhnlich laute Prasseln des Feuers zu verstehen. Sie schüttelte den Kopf, um das Geräusch aus ihren Ohren zu vertreiben, aber das Zischen und Knacken des Feuers wurde höchstens nur noch lauter.

Auch der Wind war ohrenbetäubend laut geworden, mit einem unheilvollen Heulen pfiff er so heftig an den Fenstern vorbei, dass die Fensterläden klapperten.

Indes der Lärm immer mehr zunahm, begannen sich Linnets Nackenhaare aufzustellen, und ihre Hände wurden feucht. Noch immer in das Feuer starrend, bekämpfte sie das Gefühl des Unbehagens, das sie beschlich, und konzentrierte sich darauf, sich über den Krach Gehör zu verschaffen.

»Ihr irrt Euch«, sagte sie, und ihre Stimme klang selbst in ihren eigenen Ohren seltsam hohl. »Mein Mann hat mir gesagt …«

»Mylady?« Der Sassenach stürzte vor und fing sie auf, als sie schwankte und zusammenzubrechen drohte. »Heilige Mutter Gottes, was ist mit Euch?«

Linnet fühlte, wie sie in seinen Armen erschlaffte. Sie konnte seine Worte kaum verstehen, so schrill war das Brausen in ihren Ohren. Sie ließ den Kopf an seine Brust zurücksinken und versuchte, zu ihm aufzuschauen, sah aber nichts als Flammen.

Eine Wand aus Feuer umringte sie, dessen Hitze sie versengte und dessen Gebrüll jedes andere Geräusch erstickte. Durch die Flammen, und so als wäre sie meilenweit entfernt, glaubte sie, jemanden den Namen ihres Mannes rufen zu hören, aber sie war zu müde, zu betäubt von dem rasenden Feuer, um sich sicher sein zu können.

Mühsam zwang sie sich, die Augen zu öffnen, nur um entsetzt zurückzuschrecken vor dem grauenhaften Anblick, der sich ihren Augen bot. Schutz suchend schmiegte sie sich noch fester in die starken Arme, die sie hielten. Aber sie hielt die Augen offen und starrte wie gebannt durch den Stab eines Zauberers, die Gestalt an, die inmitten der Flammen stand.

Es war ein Mann mit zwei Köpfen.

Ein Monstrum.

Eine grauenhafte Laune der Natur.

Groß und kräftig stand er mit gespreizten Beinen da, die Hände auf den Hüften. Seine zwei Köpfe bedeckte eine Kapuze, die seine Gesichtszüge verbarg, aber sie wusste instinktiv, dass eins der beiden Gesichter sie gönnerhaft anlächelte, während das andere eine bösartige Grimasse trug.

Eine Furcht erregende Maske des Zorns, die sich aus tiefster Hölle direkt auf sie richtete.

Und die ganze Zeit lächelte der andere Kopf und nahm ihr Entsetzen wohlwollend zur Kenntnis.

Linnet schrie.

Gellende Schreie entrangen sich ihrer Kehle, zerrissen ihre Seele und brachen sich aus ihren Lungen Bahn, bis ihre Schreie lauter waren als das Gebrüll der Flammen.

Und dann wurde es plötzlich still.

Die Flammen verschwanden, als wären sie nie da gewesen, nahmen glücklicherweise den Mann mit den zwei Köpfen mit und ließen Linnet in einem Meer der Dunkelheit zurück, in dem alles still und ruhig war.

Und schwarz.

Eine Schwärze, tiefer und undurchdringlicher als die dunklen Wasser eines bodenlosen Loch in einer kalten Dezembernacht.

Durch die Dunkelheit vernahm sie gedämpft das Geräusch rennender Füße und lauter Schreie. Die aufgeregten Schreie eines Mannes, gespickt mit Flüchen und kurz angebundenen Befehlen. Aber trotz ihrer Bemühungen war es ihr unmöglich, die Worte zu verstehen oder festzustellen, aus welcher Richtung sie kamen.

Sie hörte auch Murmeln. Leise, sanfte Worte, unverständliches Gemurmel.

Geräusche der Besorgnis.

Dann packten andere Arme sie. Arme, die genauso muskulös und kraftvoll waren, vielleicht sogar noch mehr. Und ihr schmerzender Kopf wurde an etwas Hartes, Festes gedrückt, das aber unbestreitbar tröstlich war.

Tröstlich und vertraut.

Linnet öffnete die Augen, um zu sehen, wer sie so liebevoll hielt, um festzustellen, warum er sie trug, denn sie wusste nur, dass sie sich irgendwo hinaufbewegten … in schwindelerregenden Kreisen.

Aber ihre Augenlider erwiesen sich als zu schwer, um sie zu

heben, und Schlaf begann sie zu bedrängen, unnachgiebig und zu verführerisch, um ihm zu widerstehen.

Dann schwebte sie wieder. Sie wurde jetzt nicht mehr liebevoll getragen und gehalten, sondern lag auf einem Bett von solch exquisiter Weichheit, dass es nur eine Wolke sein konnte.

Es war bestimmt ein Traum.

Aber auch ein Albtraum, denn die gespenstische Gestalt des zweiköpfigen Mannes erschien wieder, und wenn auch nur in den dunkelsten Nischen ihres Geistes.

In der Hoffnung, dieses Furcht erregende Bild zu vertreiben, rollte sie sich im Bett zusammen und hielt die Augen fest geschlossen. Sanfte Hände berührten sie, strichen manchmal über ihre Stirn oder hielten igendetwas, das sich kühl anfühlte, an ihre Wangen.

Wer immer es auch sein mochte, hob hin und wieder ihren Kopf an und träufelte kühles Wasser auf ihre ausgedörrten Lippen. Oder half ihr, kleine Schlucke Wasser zu trinken, bis Schlaf sie wieder übermannte.

Und dann versank sie noch tiefer in der Dunkelheit und nahm von ihrer Umgebung nichts mehr wahr.

Die lodernden Flammen waren verschwunden. Ebenso die teuflische Gestalt mit den zwei Köpfen. Auch von dem Geschrei und den Flüchen war nichts mehr zu hören.

Nichts blieb, nur eine allumfassende Stille und die Dunkelheit.

Und das tröstliche Gefühl ihrer Hand, die schlaff und kalt zwischen zwei größeren, wärmeren Händen lag.

Starke Hände, sanft und tüchtig. Und auch vertraut erschienen sie ihr, diese Hände, und dennoch fremd, weil ihre Berührung ihr das unbestreitbare Gefühl vermittelte, dass dem Besitzer dieser Hände etwas an ihr lag.

Sehr viel sogar, denn wann immer sich der Nebel klärte, waren die Hände da. Oft hielten sie sie nur fest, und manchmal massierten sie ihre Finger, wie um die Kälte daraus zu vertreiben.

Einmal, als die Dunkelheit ein wenig nachließ, warf sie einen kurzen Blick auf den Besitzer dieser Hände. Es war Duncan, ihr Mann. Aber als sie noch einmal hinsah, ließ der Nebel sein Gesicht verschwimmen, sodass sie sich nicht sicher sein konnte.

Mit einem Seufzer, der so schwach war, dass sie ihn selbst nicht hörte, überließ sie sich der Dunkelheit. Es war angenehm und ungefährlich, durch eine Traumwelt zu schweben, in der ihr Ehemann über sie wachte.

Eine Welt, in der er ihre Hände in seinen hielt und sie zärtlich streichelte.

Als würden sie geliebt.

Als würde *sie* geliebt.

Aye, für eine kleine Weile zumindest würde sie in diesem Niemandsland bleiben, zwischen dem Ort, woher ihre Visionen kamen, und der kalten, erbarmungslosen Welt, in der sie nicht mehr war als eine Ehefrau, die zwar begehrt, aber nicht geliebt wurde.

Das beschlossen, ließ sie sich in die weiche Federmatratze ihres Bettes sinken – denn sie wusste natürlich, dass es ein Bett und keine Wolke war – und genoss die liebevollen Aufmerksamkeiten ihres Mannes, der neben ihr saß und sie umsorgte, als empfände er etwas für sie.

Als liebte er sie.

Ein zufriedener kleiner Seufzer entfloh ihren Lippen, als er plötzlich wieder ihre Finger zu reiben begann. Sie würde ihn morgen, wenn ihr Kopf nicht mehr so benebelt war, vor dem Mann mit den zwei Köpfen warnen.

Aber *vorher* würde sie so lange wie nur möglich seine überraschend sanften Berührungen genießen.

Morgen war noch Zeit genug.

Niemand könnte etwas daran auszusetzen haben, wenn sie sich ein paar Stunden das Gefühl gönnte, so zu tun, als liebte ihr Mann sie.

14

Linnet erwachte in einem Raum, der in Halbdunkel gehüllt war. Schwaches Sonnenlicht sickerte durch die geschlossenen Fensterläden und warf lange blaugraue Schatten auf den Boden und die Tapisserien an den Wänden. Offenbar war es später Abend. Gütiger Himmel, sie hatte aber viele Stunden geschlafen seit ihrer erschreckenden Vision im Arbeitszimmer!

Ein leerer Stuhl stand neben ihrem Bett, ein stummes Zeugnis dafür, dass wirklich jemand dort gesessen, ihre Hand gehalten und sie getröstet hatte, als sie so unruhig geschlafen hatte, gequält von Albträumen von einem zweiköpfigen Mann, umringt von Flammen.

Könnte diese mitfühlende Seele, die sich so liebevoll um sie gekümmert hatte, ihr Mann gewesen sein?

Sie wagte es kaum zu hoffen.

War Duncan MacKenzie, der Furcht erregende, mächtige Schwarze Hirsch von Kintail, überhaupt zu solch enormer Sanftheit fähig? Oder machte sie sich etwas vor und versuchte nur, ihre vagen Erinnerungen an die dunklen Stunden nach der gespenstischen Vision ihren geheimsten Wünschen anzupassen?

Sie setzte sich im Bett auf, rieb ihre pochenden Schläfen und versuchte, nachzudenken. Konnte Duncan wirklich so besorgt um sie sein? Oder hatte sie sich nur eine tröstliche Lüge ausgedacht, um zu versüßen, was geschehen war, nachdem sie das Bewusstsein verloren hatte?

Ein rascher Blick auf den kleinen Tisch neben ihrem Bett beruhigte sie, dass die sanften Hände, die liebevollen Zuwendungen, an die sie sich erinnerte, keine Einbildung gewesen waren. Jemand hatte sich um sie gekümmert, denn auf dem Tischchen standen ein Wasserkrug, ein Becher und eine kleine Waschschüssel, die bis auf ein paar feuchte Tücher leer war.

Sie hatte sich dies alles nicht nur eingebildet, und es war in der Tat ihr Mann gewesen, der neben ihr gesessen und sich so liebevoll um sie gekümmert hatte.

Er *musste* es gewesen sein, denn tief in ihrem Innersten war seine Berührung ihr vertraut. Die Erkenntnis zauberte ein frohes Lächeln auf ihr Gesicht. Ja, sie würde seine Berührungen, seine Hände unter denen tausend anderer Männer mühelos erkennen. Er empfand also *doch* etwas für sie. Heiße Röte stieg in ihre Wangen und gesellte sich zu ihrem Lächeln, als eine wundervolle Wärme sie durchflutete, sie mit Hoffnung erfüllte und die Nachwirkungen der verstörenden Vision verdrängte.

Sie verließ das Bett, durchquerte den Raum und öffnete weit das Fenster, um das letzte schwache Licht des Tages hereinzulassen. Aber mehr als das verblassende Licht und kalte salzhaltige Meeresluft kam durch das offene Fenster herein. Auch das leise Geräusch besorgt klingender Männerstimmen drang von den Zinnen oben auf dem Turm zu ihr hinab.

In Zorn erhobene Männerstimmen, deren Worte, die der Wind herüberwehte, Linnets Blut gefrieren ließen.

»... abgeschlachtet, jeden Einzelnen, sogar die Kinder. Der Herr wird diesen Bastard in Stücke hauen, wenn er ihn erwischt ...«

Linnet nahm ihren Umhang von einem Stuhl und legte ihn um ihre Schultern. Mit zitternden Fingern bemühte sie sich vergeblich, die Brosche an ihrer Schulter zu befestigen, gab es schließlich auf und eilte aus dem Raum. Den Umhang so gut wie möglich vor ihrer Brust zusammenraffend, machte sie sich, so schnell sie konnte, auf den Weg zur großen Halle.

Wütendes Gemurmel und empörte Schreie begrüßten sie, als

sie die Wendeltreppe des Turms hinunterstieg. Und sie konnte auch lautes Poltern und Stampfen hören.

Und das unmissverständliche Klirren von Stahl.

Je näher sie der Halle kam, desto lauter wurde der Tumult. Es war, als würde die gesamte Versammlung dort unten entweder mit den Fäusten auf die Tische schlagen, mit den Füßen stampfen oder ihre Schwerter ziehen.

Oder möglicherweise taten die Männer dies alles gleichzeitig, dem schrecklichen Lärm nach zu urteilen, den sie verursachten.

»Cuidich' N' Righ! Rettet den König!« Der Kriegsruf des Clans ertönte plötzlich, laut und wild begann er durch den Saal zu schallen, und für Linnet hörte er sich an, als käme er aus den Lungen einer ganzen Legion von MacKenzie-Kriegern.

Von denen jeder Einzelne mit Wut geladen war.

Nein, Wut war ein viel zu armseliges Wort dafür.

Es war Blutgier, was sie in den Stimmen hörte.

Pure Blutgier: kalt, unversöhnlich und auf Rache sinnend.

»Cuidich' N' Righ!« Der Kriegsruf hatte sich zu einem Chor entwickelt, einem einzigen ohrenbetäubenden, leidenschaftlichen Schrei aus unzähligen Kehlen, der von Eilean Creags dicken Mauern widerhallte und gespenstisch durch den Turm echote, als Linnet um die letzte Ecke bog und endlich den bogenförmigen Eingang zu dem großen Saal erreichte.

Dort blieb sie stehen und hielt sich in den Schatten, um zunächst einmal die Lage vor sich abzuschätzen.

Im Mittelpunkt der Halle stand ihr Mann auf einem der langen Tische, seine kraftvollen Beine arrogant gespreizt. Mit beiden Händen hielt er sein Schwert hoch über dem Kopf, während er den Chor seiner nach Gerechtigkeit schreienden Clanangehörigen dirigierte.

Das flackernde Licht der Pechfackeln glitzerte auf seinem schwarzen Kettenhemd, indes kleinere Flammen in seinem rabenschwarzen, wild zerzausten Haar zu tanzen schienen.

Linnets Finger umklammerten ihren Umhang noch ein wenig fester, als sie ihren Mann anstarrte. Er sah wild aus, ungebändigt, und Wellen des Zorns schienen von jedem angespannten Muskel seines kriegerischen Körpers auszugehen.

Ein blutrünstiger, brutaler Krieger, der Vergeltung forderte.

Wiederholt stieß er sein mächtiges Schwert in die Luft und trieb seine Männer damit gekonnt zur Raserei. Wie ein Einziger wiederholten sie die Kriegsrufe, die er von seinem erhöhten Standpunkt aus brüllte.

Unfähig, sich zu bewegen, wie gelähmt und fasziniert von dem Schauspiel, das sich ihren Augen bot, starrte Linnet ihn ehrfürchtig an. Jeder Zentimeter seines Körpers strahlte pure Kraft aus. Das Licht der vielen erhobenen Fackeln spiegelte sich auf dem metallenen Gewebe seines Kettenhemds wider, vergoldete seine Muskeln und verwandelte den eng anliegenden Brustpanzer in ein glitzerndes Hemd aus Flammen.

Flammen. Der Atem stockte ihr, und ihr Herz begann wie wild in ihrer Brust zu hämmern.

Beinahe hätte sie den Mann mit den zwei Köpfen vergessen, den sie in den Flammen hatte stehen sehen! Furcht erfasste sie und ließ sie bis ins Mark erschaudern. Die Botschaft musste etwas mit den schrecklichen Vorfällen zu tun haben, die einen solchen Tumult unter den MacKenzies ausgelöst hatten.

Sie musste Duncan warnen, ihm von dem Mann mit den zwei Köpfen erzählen.

Vielleicht würde er einen Sinn darin erkennen.

An allen Gliedern zitternd, zwang Linnet sich, den Schutz der Schatten zu verlassen, in denen sie sich verborgen hatte. Auf Beinen, die ihr zu wacklig schienen, um sie durch die Menge der aufgebrachten Männer zu tragen, die die Halle füllten, tat sie langsam ihre ersten Schritte in den Saal hinein.

Nur mit Mühe gelang es ihr, durch die MacKenzie-Krieger zu Duncan vorzudringen, der auf seinem erhöhten Platz jetzt wieder drohend sein Schwert in die Luft hob und wild nach einem unsichtbaren Feind schlug. »Wir werden nicht eher ruhen, als bis die Leben derer, die uns genommen wurden, gerächt sind«, schwor er, und seine wutentbrannte Stimme drang selbst bis in die fernsten Ecken des riesigen gewölbten Burgsaals vor.

»Morgen, vor dem ersten Licht des Tages«, ließ seine dröhnende Stimme sich vernehmen, »werden wir das Lager dieses Bastards Kenneth überfallen und sie fertigmachen, noch bevor sie Zeit haben zu merken, dass der Moment gekommen ist, ihre Plätze in der Hölle einzunehmen!«

Nachdem er sein Schwert wieder in die Scheide gesteckt hatte, stützte er die Hände auf die Hüften und maß seine Clanangehörigen mit einem eindringlichen Blick. »Keine Gnade! Wir werden jeden Einzelnen dieser Schurken töten. Alle bis auf Kenneth. *Diese* Ehre soll allein Sir Marmaduke zukommen.«

Er hielt inne, um Atem zu holen, und sein grimmiger Blick glitt einmal quer durch die große Halle, bevor er weitere Befehle äußerte. *»Cuidich' N' Righ!«*, schrie er, die geballte Faust in die Höhe stoßend. »Rettet den Kö …«

Der Kriegsruf erstarb auf seinen Lippen, als er seine Frau durch die Menge gehen sah, schwankend, mit offenem Haar, das in unordentlichen Wellen bis zur Taille fiel, ihre bernsteinfarbenen Augen aufgerissen vor Entsetzen, und ihr Gesicht so weiß wie Kreide.

Warum zum Teufel war sie aufgestanden? Er hatte doch angeordnet, eine Wache vor ihre Tür zu stellen.

Vor ihre und die des Jungen.

Doch offenbar hatte niemand seine Anweisungen beachtet oder es für nötig gehalten, sie aufzuhalten, und nun kämpfte sie sich durch die dicht besetzte Halle zu ihm vor. Ihm wurde ganz übel, als er das unverhohlene Entsetzen in ihren Augen sah.

Bei Gott und allen Heiligen, er hatte ihr ersparen wollen, die Einzelheiten des Massakers, das an seinen Leuten verübt worden war, zu hören! Er hatte sie wohl behütet in ihrem Zimmer wissen wollen, weit entfernt von dieser Versammlung, deren Zweck darin bestand, die Rachgier seiner Leute zu entfachen.

Herrgott noch mal, er wollte nicht, dass sie mit einem solchen Wahnsinn konfrontiert wurde!

Und der Junge auch nicht, ob er nun sein eigen Fleisch und Blut war oder nicht.

Nicht, dass er eine größere Sorge für den Jungen zugegeben hätte als die, die er für alle Kinder, die unter seinem Schutz standen, empfand.

Stirnrunzelnd strich er mit dem Arm über seine feuchte Stirn und beobachtete, wie Linnet näher kam. Als wären sie sich soeben erst ihrer Anwesenheit bewusst geworden, gaben seine Männer ihr den Weg frei und ließen sie durch ihre Mitte gehen.

Doch leider verschlechterte sich Duncans Stimmung noch mit jedem unsicheren Schritt, den sie in seine Richtung tat. Gott stehe ihm bei, aber als sie näher kam, hörte er auf, sie so zu sehen, wie sie war, gesund und wohlbehalten, und begann sie sich mit wirrem Haar, zerrissenen Gewändern und blutbesudelt vorzustellen.

Geschändet.

Ihre milchweiße Haut schmutzig und blutverkrustet, ihre üppigen Kurven auf solch schändliche Art verstümmelt, wie nach dem Bericht seiner Patrouille Kenneth und seine Bande die Frauen seiner Pächter zugerichtet hatten.

Und die armen Pächter selbst.

Und auch ihre unschuldigen Kinder.

Nicht einmal die Ochsen und Milchkühe waren verschont geblieben. Nichts war ihrem Gemetzel entgangen.

Duncan schloss die Augen vor den grauenhaften Bildern, die er sich vorstellte, warf den Kopf zurück und stieß ein markerschütterndes Wutgeheul aus. Als er die Augen wieder öffnete, stand Linnet direkt vor ihm, ihre Hände umklammerten haltsuchend den Rand des Tischs.

»Mylord, ich muss mit Euch reden«, stammelte sie, und ihre

Worte zitterten so heftig wie ihr Körper. »Es geht um eine Angelegenheit von größter Wichtigkeit.«

Sie so nahe zu sehen, so nahe, dass er ihren süßen Duft wahrnehmen konnte, trieb Duncan an die Grenzen seiner Selbstbeherrschung. Der bloße Gedanke, es könnte ihr etwas zustoßen, ließ sein Blut gefrieren. Die Möglichkeit entsetzte ihn und beraubte ihn der letzten Reste seiner ohnehin schon nachlassenden Disziplin.

Er sprang vom Tisch, landete praktisch direkt vor ihr und umklammerte mit beiden Händen ihre Schultern. »Was fällt dir ein, hierherzukommen?«, schrie er so laut, dass seine Worte durch die riesige gewölbte Halle schallten. »Kannst du nicht sehen, dass dies kein Ort für Frauen ist?«

Sie zitterte noch heftiger bei seinem Ausbruch, aber sie gab nicht nach. »Sir … *mein Herr und Gebieter* … Ihr hattet mich gebeten, Euch zu warnen, falls ich je Gefahr vorhersehen sollte.«

»Mylady, es war der *Gefahr* wegen, dass ich eine Wache vor Eurer Tür postieren ließ! Ich will Euch hier nicht haben, wo Ihr herumgeschubst werdet und Geschichten hört, die nichts für die Ohren einer Dame sind!«, donnerte er, seine Stimme bei jedem Wort noch etwas lauter werdend.

»Aber …«

»Kein aber«, schnitt er ihr das Wort ab, denn das Gefühl ihrer seidigen Locken unter seinen Fingern machte ihn fast wahnsinnig, weil er in seiner Fantasie ihr Haar schmutzig, spröde und mit getrocknetem Blut bedeckt sah. »Du kannst mich jetzt vor nichts mehr warnen. Es ist zu spät.«

Linnet schüttelte den Kopf. »Doch, das kann ich. Was ich dir zu sagen habe, hat nichts mit dem zu tun, was dich veranlasst haben mag, ein derartiges Gezeter anzustimmen.« Sie hielt inne, um ihre Lippen zu befeuchten. »Ich muss dich vor zukünftigem Übel warnen, denn ich hatte eine Vision, die du dir unbedingt erzählen lassen musst.«

Duncan schluckte seinen Ärger. Er wollte nichts von weiteren möglichen Schicksalsschlägen hören. Er wollte nichts anderes, als sie sicher in ihrem Zimmer zu wissen.

»Linnet, ich weiß nicht, welch schlimmere Dinge noch auf mich zukommen könnten als das, was bereits geschehen ist. Ein volles Dutzend meiner Clanangehörigen und ihrer Familien sind ermordet, nein, *abgeschlachtet* worden«, vertraute er ihr mit müder, rauer Stimme an. »Einfache Bauern, die Grenzgebiete des MacKenzie-Lands bestellten. Es war Kenneths Tat und ein sogar noch schlimmeres Massaker als bei den Murchinsons. Im Morgengrauen reite ich mit einer Gruppe meiner besten Männer hinaus. So Gott will, finden wir sie, bevor sie uns entkommen können.«

Seine Frau erbleichte, als sie seine Worte hörte, aber sie senkte nicht ihren Blick. Stattdessen schüttelte sie noch einmal den Kopf. »Es war nicht Kenneth, den ich sah«, beharrte sie und bohrte ihre Absätze in die Binsenstreu, als er sie am Arm packte und versuchte, sie aus dem Saal zu ziehen. »Es war ein Fremder, ein Mann mit zwei Köpfen, der umringt von Flammen war.«

Ein Raunen erhob sich unter den Männern, die nahe genug standen, um ihre geflüsterten Worte zu hören, und Duncan bedachte sie mit einem ärgerlichen Blick und bedeutete ihnen streng, zu schweigen.

Es war purer Unsinn, was seine Frau erzählte, und er wollte nicht, dass seine Männer sich mit Gedanken an zweiköpfige Ungeheuer quälten, während Kenneth sich fröhlich seinen Weg durch die MacKenzie-Angehörigen freihackte, die nicht hinter Eilean Creags beschützenden Mauern in Sicherheit waren.

Kurzentschlossen nahm er Linnet auf die Arme und strebte mit ihr auf die Wendeltreppe am Ende der Halle zu. Seine Männer fielen zurück, machten Platz für sie, als er aufgebracht durch ihre Reihen stapfte. »Es gibt keine zweiköpfigen Männer. Ich will nichts mehr hören von so einem Gefasel«, donnerte er, ganz bewusst die Stimme hebend, damit seine Männer ihn verstehen konnten. Ihnen rief er zu: »Schärft eure Klingen, und dann seht zu, dass ihr ein bisschen schlaft. Es wird Zeit zum Aufbruch sein, bevor ihr wisst, wie euch geschieht.«

»Ich würde Myladys Worte nicht unberücksichtigt lassen«, warnte Sir Marmaduke, als er aus der Menge trat und Duncan kühn den Weg zur Treppe verstellte. »Du tätest gut daran, dir ihre Warnung anzuhören.«

Duncan war mit seiner Geduld am Ende. »Ach ja?«

»Ja«, erwiderte der Sassenach, seine Arme vor der Brust verschränkend. »Sie würde nicht ohne Grund so beunruhigt aussehen.«

»Sag, hast du eigentlich *gehört,* wovor sie mich warnen wollte? Sie sprach von einem zweiköpfigen Mann.« Duncan stieß einen tief empfundenen Seufzer aus. »Vielleicht gibt es in England solch verfluchte Kreaturen, aber ich schwöre dir, dass ich hier noch nie eine gesehen habe. Außerdem tätest du gut daran, mir aus dem Weg zu gehen, wenn du nicht willst, dass ich dich frage, warum meine Befehle nicht befolgt wurden. Ich sagte dir, du solltest eine Wache vor Myladys Tür postieren.«

Er hielt inne, um seinen Freund aus schmalen Augen drohend anzublicken. »Ist es möglich, dass du auch versäumt hast, eine Wache zu dem Jungen zu schicken?«

»Glaubst du etwa, ich würde mich vor meinen Pflichten drücken?«, fragte Sir Marmaduke, einen Ausdruck spöttischen Erstaunens auf seinem entstellten Gesicht. »Nein, mein Herr und Meister, natürlich ignoriere ich deine Anweisungen nicht, ich setze sie höchstens ein bisschen später in die Tat um … und das aus gutem Grund natürlich.«

»Und was für ein Grund soll das sein?«

Statt ihm zu antworten, nickte Sir Marmaduke jemandem in der Menge hinter Duncan zu. Bevor er sich umdrehen konnte, um zu sehen, wer es war, drängte sich Thomas, der stumme

Junge, zu ihnen vor. Auf seinen breiten Schultern hockte Robbie, ein hölzernes Spielzeugschwert in seiner Hand. Mauger, Robbies alter Hund, folgte Thomas auf dem Fuße.

Duncans Herz zog sich zusammen. Falls er je bezweifelt haben sollte, dass er eins besaß, so wusste er es jetzt. Wie vorhin schon bei Linnet, stellte er sich für einen schrecklichen Augenblick lang den Kleinen leblos, blutbesudelt und verstümmelt vor.

Für einen Moment verlor Duncan den Halt auf der Binsenstreu, die glitschig war vom verschütteten Bier aus den Krügen seiner Männer. Er stolperte und hätte Linnet fallen gelassen, wenn sie sich nicht an seinem Nacken festgehalten hätte. In Wahrheit war er sogar nahe dran, sein letztes Essen zu erbrechen, so schmerzlich war für ihn der Gedanke, Robbie könne das gleiche Schicksal treffen, wie es die unschuldigen Kinder seiner Pächter erlitten hatten.

»Was hat das zu bedeuten?«, herrschte er Sir Marmaduke an, weil er lieber seine Wut an ihm ausließ, als den Dämonen, die ihn ritten, ins Gesicht zu sehen. »Warum ist er nicht in seinem Zimmer mit einer Wache vor der Tür?«

»Ich brauche keine Wache«, sagte Robbie und schwenkte stolz sein Spielzeugschwert. »Onkel Marmaduke hat gesagt, ich müsse die Damen beschützen.«

»Und das wirst du auch, mein Kleiner«, wandte Marmaduke sich an das Kind, und sein Auge funkelte vor Heiterkeit.

Duncan erschrak innerlich über den bewundernden Blick, den Robbie seinem Onkel schenkte. Wie lange war es her, seit der Junge *ihn* so angesehen hatte?

Der Himmel helfe ihm, er konnte sich nicht erinnern, und sich dergleichen eingestehen zu müssen, war in etwa so, wie eine glühende Klinge in den Bauch getrieben zu bekommen.

Seine Frau drehte sich in seinen Armen und wandte sich an Thomas und Robbie. »Ich schwöre, dass es keinen Mann gibt, bei dem ich mich beschützter fühlen würde«, sagte sie herzlich, und ihre Stimme, im Augenblick zumindest, klang gar nicht mehr so unsicher und ängstlich.

Duncan, der ihr einen verstohlenen Blick zuwarf, sah, dass ein Lächeln um ihre Lippen spielte, als sie liebevoll den Jungen ansah. Sie hatte das Gesicht eines Engels, wenn sie so lächelte. Auch ihn hatte sie mit diesem Lächeln schon beschenkt.

Ein- oder zweimal. Vielleicht sogar noch öfter.

Und jedes Mal hatte er es geschafft, es mit seinen bitteren, schroffen, draufgängerischen Worten wieder zu vertreiben.

»Ich habe dir eine Frage gestellt, Strongbow«, sagte er leichthin, um die Scham zu überspielen, die er über seine eigenen Handlungen empfand, und warf einen hitzigen Blick auf seinen englischen Schwager. »Ich möchte eine Antwort darauf.«

Für die Dauer eines Herzschlags dachte Duncan, der Engländer würde versuchen, ihn anzustarren, bis *er* als Erster den Blick abwandte, aber schließlich bequemte er sich dann doch zu einer Antwort. »Ist unser Vorhaben nicht offensichtlich? Wir waren gerade dabei, Robbie und Myladys Dienerin in das Zimmer deiner Frau zu bringen.«

Er hielt inne und zog seine unverletzte Augenbraue hoch. »Es war sicher nur ein Versehen von dir, zwei Wachen an verschiedenen Türen aufstellen zu lassen, wo es doch in Wirklichkeit viel klüger ist, Lady Linnet, ihre Bedienstete und Robbie zusammen in einem Zimmer unterzubringen, mit nur einer Wache vor der Tür?«

Duncan errötete vor Verlegenheit angesichts der klugen Worte seines Freundes und schämte sich, das nicht selbst erkannt zu haben. Aber er hatte die wenigen Stunden, die noch blieben, bis er seine Männer wecken musste, friedlich in den Armen seiner Frau verbringen wollen.

Richtig oder falsch, es war das Einzige, was ihn beschäftigt hatte.

Gott wusste, dass er Ruhe brauchen würde, und einen klaren Verstand, bevor es Zeit wurde, mit seinen Männern zu

Kenneths Verfolgung aufzubrechen. Aber der Herrgott wusste auch, dass er mit Elspeth und Robbie im Zimmer keine Ruhe finden würde.

»Ich …« Duncan unterbrach sich und unterdrückte den heftigen Protest, den er gerade erheben wollte, als er Fergus und seine Zukünftige am Rand des Kreises der Männer sah, die sich um sie geschart hatten.

Obwohl sie versuchte, es sich nicht anmerken zu lassen, konnte er sehen, dass die alte Frau Angst hatte. Sie stand ihr ins Gesicht geschrieben, und er sah es auch an der Art, wie ihr Blick wiederholt zu der mächtigen Keule glitt, die Fergus in seinen gichtgekrümmten Händen hielt.

»Aye, du hast vollkommen Recht«, gab Duncan schließlich zu und beobachtete Elspeth, während er sprach. Tatsächlich, die scharfen Linien um ihren Mund entspannten sich ein wenig, als sie hörte, was er sagte.

Er wandte sich zuerst an Sir Marmaduke, dann an den jungen Thomas und Fergus, seinen alten Seneschall. »Marmaduke, du hilfst mir, die Frauen hinaufzubringen. Thomas, du folgst uns mit dem Jungen und hältst dann Wache vor der Tür. Und du, Fergus, sorgst dafür, dass die Männer aufhören, Bier zu trinken. Schick ein paar zusätzliche Wachen auf den Wehrgang und zum Torhaus und sorg dafür, dass die anderen sich hinlegen und schlafen. Es wird eine kurze Nacht werden.«

Nachdem er seine Anweisungen erteilt hatte, nickte er Fergus zu und begann dann die Wendeltreppe hinaufzusteigen, Linnet noch immer sicher und wohl behütet in den Armen. Die anderen folgten dicht hinter ihnen. Die brennende Fackel, die Sir Marmaduke in die Höhe hielt, warf unheimliche Schatten auf die Mauer des schmalen Treppenaufgangs.

»Ich muss mit dir reden«, flüsterte Linnet ihm ins Ohr, und ihr warmer Atem streifte seine Haut und brachte noch einiges mehr in Bewegung als sein Haar. »Du missverstehst die Bedeutung meiner Vision. Es war in Wirklichkeit kein zweiköpfiger

Mann, den ich sah, sondern eine versteckte Warnung. Meine Gabe offenbart sich immer so, und ich kann nicht mehr tun, als zu versuchen, die Bedeutung solcher Botschaften zu erraten.«

Sie schlang die Arme um seinen Nacken und versuchte, ihn noch näher an sich heranzuziehen. »Ich kann nicht lauter sprechen, sonst würden mich die anderen hören, und ich möchte Robbie nicht erschrecken, aber du musst meiner Warnung unbedingt Beachtung schenken. Bitte tu es, Duncan.«

Ohne seine Schritte zu verlangsamen, drehte Duncan sie in seinen Armen und zog sie noch fester an seine Brust. Er hielt sie so fest umfangen, dass sein männlicher Duft jeden ihrer Atemzüge erfüllte, und die unnachgiebigen Glieder seines Kettenhemds pressten sich, obwohl sie ihren dicken wollenen Umhang trug, beinahe schmerzhaft hart in ihre Haut.

Als hätte er ihre Bitte nicht gehört oder beschlossen, sie zu ignorieren, schwieg er, bis sie die Tür zu ihrem Schlafzimmer erreichten. Dort blieb er stehen, befahl Sir Marmaduke, die Tür zu öffnen und trat dann, ohne Linnet abzusetzen, einen Schritt zurück, um die anderen vorbeizulassen.

Statt ihnen in den dunklen Raum zu folgen, blieb er im Eingang stehen und sagte kein Wort, während der Sassenach das Feuer im Kamin entfachte und Elspeth geschäftig wie eine Mutterhenne hin und her eilte und mit zitternden Händen Talgkerzen anzündete und beruhigend auf Robbie einsprach. Der Junge saß am Kamin und hatte seine Arme um den Hals seines Hunds geschlungen.

Der junge Bursche, Thomas, stand gleich neben der Tür, seine langen Arme hingen locker an seinen Seiten, und er scharrte mit der Spitze seines abgetragenen Stiefels in der Binsenstreu am Boden.

Von der offenen Tür zurück und in den tiefen Schatten einer Laibung in der Mauer tretend, setzte Duncan Linnet schließlich ab. Mit fester Hand umfasste er ihre Ellbogen und blickte ihr ruhig in die Augen. »So, meine Süße, was ist denn nun die schlimme Warnung, die ich deiner Ansicht nach beachten sollte? Welche Bedeutung schreibst du diesem zweiköpfigen Mann aus Feuer zu?«

»Er war nicht aus Feuer«, sagte sie. Allein schon die Erinnerung an das beängstigende Bild flößte ihr Unbehagen ein. »Die Flammen umgaben ihn. Es war, als stünde er im Schlund der Hölle.«

Duncan faltete die Arme vor seiner breiten Brust. »Und was schließt du daraus? Hast du ein Feuer vorhergesehen? Soll ich nasse Felle und Wassereimer bereitstellen lassen?«

Linnet blickte auf ihre fest verschränkten Hände hinab. Wie konnte sie ihm verständlich machen, dass sie nicht wusste, was die Vision bedeutete? Hatte er nicht zugehört, als sie ihm gesagt hatte, sie könne in einem solchen Fall nur raten?

»Nun?«, fragte er und lehnte sich mit dem Rücken an die Steinwand.

»Ich weiß es nicht«, sagte sie nach kurzem Zögern und so leise, dass sie die Worte beinahe selbst nicht hören konnte.

Er sah sie mit einem durchdringenden Blick an, die Art Blick, die seine tiefblauen Augen beinahe schwarz erscheinen ließ. »Also gut, dann sag mir, was du *glaubst,* was die Vision bedeutet?«

Linnet befeuchtete ihre Lippen. Sie hatte Mühe, sich zu konzentrieren, ja, es fiel ihr sogar schwer, zu atmen, wenn er ihr so nahe war und sie mit einem solch ernsthaften Ausdruck auf seinem gut aussehenden Gesicht ansah.

»Ich glaube … ich nehme an«, begann sie und stolperte beinahe über ihre eigene Zunge, »dass es eine Warnung war.«

»Das sagtest du mir schon«, erwiderte er und nahm ihr Gesicht zwischen seine warmen Hände. »Was ich wissen möchte, ist, was deiner Ansicht nach geschehen könnte.«

»Ich … ich fürchte, die Flammen bedeuten, dass der Mann mit den zwei Köpfen des Teufels ist. Ein Mann voller Niedertracht und Bosheit«, sagte sie, ihren eigenen Ängsten Ausdruck gebend. »Und ich glaube, zwei Köpfe bedeuten, dass jemand dich verraten wird. Ein Freund, dem du nicht vertrauen solltest.«

»Ein Freund?« Ihr Mann sah zweifelnd aus, belustigt fast. Er glaubte ihr nicht. Es war ihm anzusehen.

»Du glaubst mir nicht.« Sie versuchte nicht einmal, es wie eine Frage zu formulieren.

Duncan nahm die Hände von ihrem Gesicht, nahm ihre Hände in seine größeren und verschränkte seine Finger mit den ihren. »Ich schwöre, dass ich dir wirklich gerne glauben würde, Linnet, aber ein *Freund*?«

Sie nickte. »So verstehe ich die Botschaft. Ich weiß nicht, wer dich hintergehen wird, aber von den zwei Köpfen lächelte einer, während der andere scheußlich war. Böse.« Sie drückte seine Hände und versuchte, ihn dazu zu bringen, zu verstehen. »Bitte, es ist wichtig, Duncan. Ich weiß es. Jemand, dem du vertraust, spricht mit zwei Zungen. Du musst vorsichtig sein.«

Zu ihrer großen Erleichterung trat ein Ausdruck des Verstehens in sein Gesicht. »Das werde ich. Zweifelsohne war es Kenneth, den du sahst. Er ist ein Meister der Täuschung, der noch versuchen würde, dich mit schönen Worten zu bezaubern, während er schon eine gut geschärfte Klinge hinter sich verbirgt«, erklärte Duncan.

»So hat er meinen Vater auch getäuscht und immer auf seine großzügige Unterstützung spekuliert«, fuhr er fort. »Als wir noch jung waren, ist es ihm auch bei mir gelungen, mich zu täuschen. Eine Zeit lang jedenfalls.«

Linnet schüttelte den Kopf. Es *musste* ihr gelingen, ihn zu überzeugen. »Nein, es war nicht Kenneth, den ich sah. Da bin ich mir ganz sicher, und wer immer es auch war, er bedeutet Unheil und …« Sie brach ab, als er eine Hand unter ihr Haar schob und ihren Nacken zu streicheln begann.

»Linnet«, versuchte er sie umzustimmen. »Es kann kein anderer sein. Kenneth ist ein verdammtes Schlitzohr, der alles und jedes vernichten würde, was ihn davon abhält, seinen verdrehten Kopf durchzusetzen.«

»Nein, bitte …«

Duncan unterbrach sie, indem er sanft zwei Finger an ihre Lippen legte. »Ich glaube, die Warnung kam dieses neuerlichen Gewaltakts wegen, den er meinen Leuten zugefügt hat. Noch nie hat er gewagt, so weit zu gehen, und er wird auch nicht ungestraft davonkommen. Es gibt niemanden unter meinen Männern, der eher ruhen würde, als bis er seinen letzten Atemzug getan hat.«

»Du willst ihn töten?«

»Es gibt keine anderen Weg. Ich kann ein solches Gemetzel, wie er sich dieses Mal erlaubt hat, nicht tatenlos hinnehmen«, erwiderte ihr Mann kalt. »Seine schändlichen Taten können nicht ungeschehen gemacht werden, aber wir werden Vergeltung dafür fordern, und seine Strafe wird prompt und gnadenlos sein.«

Linnet wurde langsam ärgerlich. Er glaubte ihr noch immer nicht. Der Himmel wusste, dass ihr Mann seinen niederträchtigen Halbbruder für seine grausamen Taten bestrafen musste, aber sie wusste, dass der Mann mit den zwei Köpfen in ihrer Vision nicht Kenneth gewesen war.

Nein, diese verfluchte Kreatur kündigte eine Gefahr an, die erst noch kommen musste.

Eine Gefahr, die ihr Ehemann nicht sehen wollte.

Tränen der Frustration brannten hinter ihren Augenlidern, aber sie bemühte sich, sie zu verdrängen. Irgendwo dicht hinter ihr erklangen Schritte, dann das Räuspern eines Mannes, als er sich der Mauernische näherte, wo sie und Duncan in den Schatten standen.

»Myladys Dienerin und der Junge sind untergebracht, das Feuer brennt wieder«, berichtete der Sassenach ihrem Mann. »Wenn es dir recht ist, werde ich jetzt mal nachsehen, wen Fergus auf die Zinnen hinaufgeschickt hat.«

»Aye, geh nur. Ich komme gleich nach«, sagte Duncan. Er war vorgetreten, hielt Linnet aber mit einer Hand auf ihrem Ellbogen im Schutz der tiefen Mauernische.

Von außerhalb der Nische blickte Sir Marmaduke sie an, als wollte er etwas sagen, schien es sich dann aber anders überlegt zu haben, denn nach einem kurzen Nicken in Duncans Richtung ließ er sie allein.

Kaum war er auf den Turmtreppen verschwunden, drehte Duncan sich wieder zu ihr um. Auch er blickte sie seltsam an, doch anders als Sir Marmadukes Blick durchflutete Duncans sie mit einer angenehmen, trägen Hitze, und ihr war, als müssten ihre Knie ihr jeden Augenblick den Dienst versagen.

Ohne ein Wort zu sagen, zog er sie fest in seine Arme. Ihre flachen Hände lagen an seiner harten Brust, die Glieder seines schwarzen Kettenhemds bohrten sich in ihre Handflächen. Er legte einen Finger unter ihr Kinn, hob ihren Kopf und zwang sie, ihn anzusehen. Das grenzenlose Verlangen, das sie in seinen Augen sah, entfachte auch in ihr ein glutvolles Begehren.

Noch immer schweigend, da die Leidenschaft in seinen Augen beredter war als Worte, senkte er seinen Mund auf ihre Lippen. »Ich hatte diese Stunden in deinen Armen verbringen und dich lieben wollen«, sagte er schließlich, und jedes seiner Wort streifte ihre Lippen wie ein warmer Hauch. »Aber ich kann mich jetzt nicht so mit dir beschäftigen, wie ich es wollte, wenn all die Leute dein Schlafzimmer in Anspruch nehmen.«

Linnet hob die Hand und legte sie sanft an sein markantes Kinn. Er sog bei ihrer Berührung scharf den Atem ein, als hätte sie ihn verbrannt. Dann wandte er langsam den Kopf und drückte einen sanften Kuss auf ihre Hand. Sie seufzte, und ihre Knie drohten unter ihr nachzugeben, als er mit seiner Zunge die empfindsame Innenfläche ihrer Hand liebkoste.

»Aye, Linnet«, versicherte er ihr rau, »ich brenne vor Verlangen nach dir, aber ein Kuss muss für den Augenblick genügen, denn ich muss so schnell wie möglich zu Sir Marmaduke auf die Zinnen«

»Wirst du lange bleiben?« Linnet erkannte ihre eigene Stimme nicht, so atemlos waren ihre Worte. »Soll ich hier auf dich warten?«

Er schien zu überlegen, aber dann schüttelte er den Kopf. »Nein, denn ich werde nicht auf diesem Weg zurückkehren. Das Beste ist, wenn ich heute unten in der Halle bei meinen Männern übernachte.«

»Muss das sein? Kannst du nicht in unserem Zimmer schlafen? Die anderen werden sicherlich schon schlafen, wenn du kommst; sie werden uns bestimmt nicht stören«, versuchte sie ihn zu überreden, ermutigt durch den unstillbaren Hunger, den er in ihr weckte.

Plötzlich sehnte sie sich nach mehr als seinen Küssen und vergaß darüber die Gefahr, die ihnen drohte. Und auch den gequälten Ausdruck, den sie über sein Gesicht hatte huschen sehen, als sie Elspeth und Robbie erwähnte, zwang sie sich zu ignorieren. »Bitte«, versuchte sie es noch einmal, und ihre Haut prickelte in Erwartung seiner Berührung, als sie sich verlangend an ihn schmiegte.

»Du verlockst mich über alle Maßen«, flüsterte er und senkte seinen Mund auf ihren, um ihre Lippen in Besitz zu nehmen. Freudig öffnete sie sie, um ihm Zugang zu der warmen Höhle ihres Mundes zu verschaffen, und gab sich ganz den überwältigenden Gefühlen hin, die sie dabei durchströmten.

Ein unstillbareres Verlangen.

Ein unerträglich süßer Schmerz.

»Mein süßer Liebling, ich verzehre mich nach dir«, flüsterte er, während er seine Lippen über ihr Gesicht, ihren Nacken, ihre Schultern gleiten ließ. Mit der Zungenspitze strich er über die zarte Stelle unter ihrem Ohr, dann glitten seine Lippen tiefer, und er knabberte spielerisch an der sanften Biegung ihres Nackens.

Eine pulsierende Hitze begann sich von der empfindsamsten Stelle zwischen ihren Schenkeln auszubreiten, ein solch lustvolles Gefühl, dass Linnet vor Verlangen zu vergehen glaubte.

»Wenn ich es nicht besser wüsste, würde ich schwören, du hättest mich verzaubert«, murmelte Duncan, während er seine Finger unter ihr schweres, dichtes Haar schob. Er hob eine Hand voll an sein Gesicht und atmete tief ein, als wolle er seinen Duft genießen. *Ihren* Duft. Dann ließ er es wieder sinken, strich mit den Händen sanft über ihre Schultern und streifte ihr den noch immer nicht geschlossenen Umhang ab, den er achtlos auf den Boden fallen ließ.

Kühle Luft fächelte ihre fiebrig heiße Haut, drang durch die dünne Barriere ihres Nachthemds und streichelte sie so verführerisch, als liebkosten unsichtbare Hände sie und neckten sie mit einer köstlich kühlen Länge feinster Seide.

»Bitte fass mich an«, wisperte sie, und er zögerte nicht, ihr ihren Wunsch zu erfüllen und legte zärtlich seine Hände um ihre Brüste. Verlangend bog sie sich ihm entgegen und murmelte etwas, das wie eine Bitte klang, worauf er eine ihrer harten kleinen Brustspitzen zwischen seine Lippen nahm und sie liebkoste, bis ihr ganzer Körper vor Erregung bebte.

Mit beiden Händen ihre Hüften umfassend, zog er sie hart an seinen Körper. Ein Schauder durchlief sie, als seine Hand den Weg unter ihr Nachthemd fand und ihre bloßen Schenkel streichelte.

»Du bist zart wie der Seufzer eines Engels«, murmelte er an ihrem Haar, und seine Augen schienen zu glühen, als seine Finger kühner wurden und sie dort liebkosten, wo ihre süße Qual am größten war.

Mit einem unterdrückten Aufstöhnen unterbrach er die aufreizenden Zärtlichkeiten seiner Finger, presste seine flache Hand auf ihre intimste Körperstelle und begann sie in aufreizend langsamen Kreisen zu bewegen. Ein exquisites Prickeln begann Linnet zu durchfluten, und eine beinahe unerträgliche

Spannung baute sich in ihr auf, die sie alles um sich herum vergessen ließ und jeden Augenblick außer Kontrolle zu geraten drohte.

Wie von einem Dutzend übermütiger kleiner Teufel getrieben, begann Duncan wieder seine Finger zu benutzen, streichelte Linnet mit gemächlichen Bewegungen und begann mit ihrem feuchten Haar zu spielen, als hätte er die ganze Nacht, um sie zu lieben.

Aber das hatte er nicht, und so nahm er nur noch einen Finger, seinen Mittelfinger, als sie einen lustvollen kleinen Seufzer ausstieß und sich verlangend seiner Hand entgegenbog, und strich mit rhythmischen Bewegungen über die harte kleine Knospe am Eingang ihrer Weiblichkeit.

Ihre Augen weiteten sich, und ihr femininer Duft begann sie einzuhüllen. »Das ist Leidenschaft«, sagte er, seine Stimme ganz rau von seiner eigenen Begierde, seine Sinne entflammt vom berauschenden Duft ihres Verlangens.

Mit seiner freien Hand ergriff er eine der ihren und presste sie an seine steife Härte. »Wenn dieser Wahnsinn mit Kenneth ein Ende gefunden hat, werde ich dich eine Woche im Bett behalten, Tag und Nacht, und dich lieben, bis du mich anflehst, aufzuhören.«

Er beobachtete sie, während er sprach, und wartete auf den Moment, in dem ihre Lider schwer würden vor Begehren. Als der Moment kam, verstärkte er den Druck seines Fingers und ließ ihn sogar noch schneller kreisen, bis sie kraftlos an ihn sank, am ganzen Körper zitternd, und in ekstatischer Verzückung einen tiefen Seufzer ausstieß.

»O mein Gott«, wisperte sie, ihn fest umklammernd.

»Nein, Mylady, ich versichere Euch, dass derlei Vergnügungen eher teuflischer Natur sind«, entgegnete er, als er seine Hand zurückzog und ihr Nachthemd wieder fallen ließ. »Pass gut auf dich auf, solange ich nicht da bin. Es gibt noch sehr viel mehr, was ich dich lehren möchte, aber das kann ich nicht, wenn du nicht hier bist, um zu lernen. Denk nicht einmal daran, etwas Törichtes in meiner Abwesenheit zu tun, denn sonst werde ich sehr verärgert sein bei meiner Rückkehr.«

Er beugte sich vor, um sie zu küssen, aber in diesem Augenblick brach ein heftiger Tumult aus auf den Zinnen über ihnen. Er trat zurück, sein gut aussehendes Gesicht war leichenblass geworden.

Linnet, die es nicht ertrug, wie er sie ansah, umklammerte seine Arme und widersetzte sich mit aller Kraft seinen Bemühungen, sie fortzuschieben. Sein Gesichtsausdruck beängstigte sie, denn er starrte sie an, als hätte er sie noch nie zuvor gesehen. Es war fast so, als machte er gerade die Entdeckung, dass er mit der Braut des Teufels geschäkert hatte und nicht mit seiner eigenen Frau, die ihn von ganzem Herzen liebte.

»Bitte … sieh mich nicht so an«, sagte sie flehend und wünschte, sie besäße den Mut, ihm ihre wahren Gefühle zu offenbaren, ihn anzuflehen, sie nicht mehr für die Sünden einer anderen Frau zu strafen.

Vorausgesetzt, Cassandra *war* der Grund für sein ausdrucksloses, wie versteinertes Gesicht.

Sie wollte ihn bitten, nein, beschwören, seine geistigen Dämonen genauso tapfer zu bekämpfen wie er seinen physischen Feinden gegenübertreten würde, um nicht nur ihre körperlichen Bedürfnisse zu stillen, sondern auch jene anderen, die noch sehr viel tiefer gingen.

Die allerwichtigsten Bedürfnisse, die ihrer Herzen.

Aber sie schwieg, denn der verschlossene Ausdruck auf seinem Gesicht machte jedes Wort des Protests, das sie sonst vielleicht zu äußern gewagt hätte, zunichte, bevor sie die Worte auch nur formen konnte.

Sie bewegte sich unbehaglich unter seinem strengen Blick und zog ihren Umhang um ihre entblößten Schultern.

»Ich muss dich jetzt allein lassen.« Er streckte die Hand aus und half ihr, den wollenen Umhang vorn zu schließen. »Geh in dein Zimmer und tu, was ich dir gesagt habe. Wir haben hier schon viel zu lange herumgestanden. Ich habe jetzt sehr viel zu bedenken und hätte nicht meinen niederen Instinkten nachgeben dürfen.«

Seine Worte löschten jegliches noch in ihr verbliebene Verlangen so gründlich, als wenn er sie in das eisige Wasser des Loch Duich geworfen hätte.

Niedere Instinkte?

Linnet reagierte ungehalten. »Bin ich nichts als ein Ventil für dich? Siehst du in mir nur ein Mittel, deine männlichen Bedürfnisse zu stillen, wenn Lust dich überkommt? Bin ich nichts als eine Last für dich, eine Frau, die du kleiden und ernähren musst, aber ansonsten unbeachtet lassen kannst?«

Grundgütiger Himmel! Duncan zog erstaunt die Brauen hoch bei ihren anklagenden Worten. Begriff sie denn nicht, dass der Tumult dort oben auf den Zinnen ihn in Angst und Schrecken versetzte angesichts der Möglichkeit, ihr könnte etwas zustoßen? Verstand sie nicht, dass er die Umarmung unterbrochen hatte, weil er erschrocken war über sich *selbst*?

Entsetzt, dass er an Lust denken konnte, während ein Dutzend seiner Leute verstümmelt und ermordet dalag und erwartete, dass er Rache nahm?

Hatte sie so schnell vergessen, wie zärtlich er sich um sie bemühte hatte, als sie sich von der schrecklichen Vision erholte, die sie in seinem früheren Arbeitszimmer gehabt hatte?

»Glaubst du wirklich, mir läge nichts an dir?«, entgegnete er, und es gelang ihm nicht, den anklagenden Ton aus seiner Stimme fernzuhalten. »Dass ich dich hier fast genommen hätte, auf dem blanken Boden, weil ich ein ›Ventil‹ benötigte, um meine männlichen Bedürfnisse zu stillen?«

Zu seiner Bestürzung nickte sie.

»Herrgott noch mal!«, brüllte er, zu aufgebracht, um sich darum zu scheren, ob alle anderen unter seinem Dach ihn hörten. »Wahrscheinlich hast du dir jedes Mal die Ohren zugehalten, wenn ich dir gesagt habe, ich sei nicht gut mit Worten. Ich bin ein Mann der Tat, nicht der schönen Worte. Ich sollte jetzt dort oben auf den Zinnen stehen, bei Marmaduke, und nicht hier unten bei dir und ganz krank von dem Gedanken, dir könnte etwas zustoßen.«

Er hielt inne, um Atem zu schöpfen. »Für jemanden, der mit einer Gabe wie der deinen gesegnet ist, kannst du unglaublich dumm sein. Verstehst du denn nicht, dass ich dich geküsst und berührt habe, um die Schrecken dieses Tags aus meinem Bewusstsein zu verdrängen? Um angenehme Erinnerungen an dich mitnehmen zu können, wenn ich von hier wegreite?« Er legte eine Hand unter ihr Kinn und zwang sie sanft, ihn anzusehen. »Und weißt du auch, warum?«

Wieder schüttelte dieses eigensinnige Frauenzimmer seinen Kopf.

Er öffnete schon den Mund, um ihr zu sagen, es sei, weil er sie gern hatte, doch die Worte stockten in seiner Kehle und wollten nicht über seine Lippen kommen. Womöglich verwechselte sie ja gern haben mit *lieben*.

Und er liebte sie nicht.

Er liebte niemanden.

Ein unbehagliches Schweigen breitete sich zwischen ihnen aus, und um es zu brechen, zog Duncan aus einer ledernen Scheide an seinem Gürtel einen zweischneidigen Dolch. »Thomas wird vor eurer Tür Wache halten«, sagte er, als er ihr die Waffe reichte. »Gib ihm das hier und sag ihm, er solle außer mir, Marmaduke oder Fergus niemanden zu euch hereinlassen.«

Sie versteifte sich sichtlich, nahm aber das Messer. »Du glaubst, wir müssten mit einem Angriff rechnen?«

»Nein. Nur ein Narr würde versuchen, diese Mauern zu belagern. Man kann Kenneth vieles nachsagen, aber ein Narr, das ist er nicht.«

»Wozu dann diese Vorsichtsmaßnahmen?«

»Weil«, sagte er, während er mit den Fingerknöcheln über ihre Wange strich, »nur ein Narr nicht dafür sorgen würde, dass seine Lieben sicher sind, wenn Gefahr droht, egal, ob sie real ist oder eingebildet. Und ich bin sogar noch weniger ein Narr als dieser Mistkerl von meinem Halbbruder.«

Damit wandte er sich ab, um der Versuchung zu entgehen, noch mehr Gefühle zu enthüllen, die er besser für sich behalten sollte, und begann die Turmstufen hinaufzugehen, zu Marmaduke und seinen Männern.

Aber seine Frau hastete ihm nach. »Warte bitte«, rief sie und klang dabei sehr aufgeregt.

»Aye?« Er blieb auf der dritten Stufe stehen, drehte sich aber nicht mehr um.

»Zählt Robbie auch zu deinen ›Lieben‹?«, fragte sie zu seiner Überraschung.

Wieder erschien vor seinem inneren Auge das Bild des kleinen Jungen, blass und leblos, wie es den Berichten seiner Patrouille nach die Kinder seiner armen Pächter waren. Der bloße Gedanke ließ sein Blut gefrieren, bis ins Innerste erbeben und seine Hände zittern.

Herrgott noch mal, er hatte gesagt, seine ›Lieben‹. Genügte es ihr denn nicht, dass er es ausgesprochen hatte? War sie so blind, so taub, dass sie nicht die Wahrheit hören konnte, selbst wenn er sie ihr buchstäblich ins Gesicht geschrien hatte?

Er dachte nicht daran, es noch einmal zu sagen.

Nicht, wenn er selbst noch nicht dazu bereit war, die Worte zu akzeptieren, die seine Lippen fast wie von selbst geäußert hatten, bevor ihm überhaupt bewusst gewesen war, was er da sagte.

Er hörte sie hinter sich treten und fühlte ihre Hand auf seinem Arm. »Tut er das?«, fragte sie mit leiser, erwartungvoller Stimme. »Soll das heißen, dass du den Jungen gern hast?«

»Ist er mein Sohn?«, fragte Duncan und machte seinem inneren Aufruhr mit diesen kalten, barschen Worten endlich Luft.

»Ist das wichtig?«

Kenneths Gesicht, seinem eigenen so ähnlich, aber entstellt von einem hämischen Grinsen, verdrängte das Übelkeit erregende Bild von Robbies blutüberströmtem kleinen Körper aus Duncans Bewusstsein.

»Aye, das ist es«, sagte er und hasste es, wie sein Magen sich bei dieser Lüge umdrehte. Und er hasste sich selbst sogar noch mehr, weil er zu feige war, um zuzugeben, nicht einmal sich selbst gegenüber, dass der Junge ihm tatsächlich sehr am Herzen lag.

»Ist er mein Sohn?«, wiederholte er noch einmal seine Frage.

»Ich kann es nicht sagen«, erwiderte Linnet mit leiser Stimme, und eine tiefe Enttäuschung klang in jedem ihrer Worte mit.

Duncan stand stocksteif da, hielt seine Schultern und seinen Nacken so gerade, dass er aus Stein hätte gemeißelt sein können. Er wollte sich nicht umdrehen, um sie den Schmerz nicht sehen zu lassen, der sich in seinen Augen widerspiegeln musste.

Nach einer kleinen Ewigkeit, wie ihm schien, zog sie ihre Hand von seinem Arm zurück und ging. Er wartete, bis er sie dem jungen Thomas seine Anweisungen übermitteln hörte, und stieg dann den Rest der Treppe zu den Wehrgängen hinauf.

Galle stieg in seiner Kehle auf.

Hatte er wirklich und wahrhaftig behauptet, er sei kein Narr?

15

Ein beharrliches und ausgesprochen störendes Geräusch riss Duncan aus seinem dringend benötigten Schlaf. Entschlossen, dieses infernalische Geräusch zu ignorieren, streckte er einen Arm aus, um Linnet an sich zu ziehen, doch seine Hand berührte nur einen Strohsack statt der schlummernden Gestalt seiner Gemahlin.

»Was zum…«, begann er, um dann aber gleich darauf erschrocken aufzuspringen, als er merkte, wo er war und sich erinnerte, warum.

Genauso schnell wurde der Ursprung des lauten Polterns offensichtlich, als zwei seiner Männer am Fuß der Turmtreppe in Sicht kamen. Sie trugen einen reglosen MacKenzie in den Armen.

Einen blutüberströmten MacKenzie, aus dessen Hals ein Pfeilschaft ragte!

»Gott stehe uns bei!«, schrie Duncan, während er sich mit fliegenden Fingern sein Schwertgehenk umschnallte. »Fergus! Weck die Männer! Wir werden angegriffen!«

»*Cuidich' N' Righ!* Rettet den König!«, brüllte Fergus statt einer Antwort und rappelte sich so hastig auf, wie seine alten Beine es ihm erlaubten. Ohne sich lange mit Fragen aufzuhalten, begann er in der Halle herumzulaufen und stieß seinen Stiefel allen Männern in die Rippen, die bisher noch nicht erwacht waren.

»Bringt eure Ärsche hoch!«, schrie er und schwenkte wild seinen Knüppel über seinem grauen Kopf. »Hört auf, euch herumzulümmeln wie törichte junge Burschen, die mit den Füßen in einem Haufen Mist feststecken!«

»Bemannt die Zinnen!«, donnerte Duncan und rannte auf die beiden Clanangehörigen zu, die den Verletzten trugen. Als er sie erreicht hatte, fegte er den nächststehenden Tisch mit einer Armbewegung leer.

Kaum hatten die anderen Iain, das verwundete Clanmitglied, vorsichtig auf den Tisch gelegt, beugte Duncan sich auch schon über ihn. Er hatte ihm gut zureden und ihn trösten wollen, aber die Worte blieben ihm in der Kehle stecken, als er genauer hinsah und Iains blutleeres Gesicht und die unnatürliche Starre seines mächtigen Brustkastens bemerkte.

Obwohl er wusste, was er sehen würde, hob Duncan behutsam Iains Lider an. Tote Augen starrten zu ihm auf, deren leerer Blick ihm Entsetzen einflößte, ihn mit wildem Zorn erfüllte und ihm die Gefahr, die draußen vor Eilean Creags dicken Mauern lauerte, noch klarer zu Bewusstsein brachte als alles andere.

Eine Gefahr, die keinen Einzug in die Burg nehmen durfte.

Ein Feind, der bald Duncans Zorn und Rache spüren und den Tag bereuen würde, an dem er es gewagt hatte, die Festung der MacKenzies zu belagern.

»Beim Blut Christi!«, zischte Duncan, der nicht nur an Iains sinnlos vergeudetes Leben dachte, sondern auch an die junge Frau und die vier kleinen Kinder, die ohne Ehemann und Vater zurückblieben.

Mit grimmig zusammengekniffenen Lippen schloss Duncan behutsam Iains Augenlider und bedeckte sein wachsbleiches Gesicht mit einer Leinenserviette. Dann schloss auch er für einen Moment die Augen und schüttelte den Kopf, um sich von dem glühenden Zorn zu befreien, der ihn zu verzehren drohte.

Nach einem Moment öffnete er die Augen wieder und blickte sich in der Halle nach seinem ersten Knappen um. Der Junge stand etwa zwanzig Schritte von ihm entfernt und stopfte alle möglichen Arten von Waffen in seinen Gürtel und in seine Stiefel. »Lachlan«, rief ihm Duncan zu, »komm her zu mir!«

Er kam augenblicklich, sprang auf dem Weg über einen Tisch und stieß eine Bank um, bevor er auf der glitschigen Binsenstreu zum Halten kam. »Aye, Sir?«, fragte er, nach Atem ringend.

Duncan legte eine Hand auf die Schulter des Jungen. »Beruhige dich, mein Sohn. Wie willst du richtig zielen können mit deiner Armbrust, wenn deine Brust sich bei jedem deiner Atemzüge hebt und senkt?«

Der junge Mann errötete, aber er nickte zustimmend. »Was kann ich für Euch tun, Mylord?«

»Sag der Köchin, sie soll Schweineschmalz zum Kochen bringen, und die Küchenjungen sollen Abfall zusammensuchen, so viel sie finden können«, befahl er, und seine Stimme klang nun wieder ruhig, trotz des wilden Zorns, der ihn nach wie vor beherrschte. »Sag den Pagen, sie sollen Eimer aus den Abfallgruben füllen und sie dann so schnell wie möglich auf die Zinnen bringen.« Duncan hielt inne und verstärkte den Druck seiner Hand auf Lachlans Schulter. »Aber nicht, bevor du ein paarmal tief durchgeatmet hast, mein Junge.«

Lachlan nickte stumm. Seine Wangen waren noch immer stark gerötet, aber Duncan vermutete, dass es mehr aus Nervosität wegen des ersten richtigen Kampfes war, den der Junge sah, als aus Verlegenheit über die Zurechtweisung.

Die Hände in die Hüften gestützt, sah Duncan dem Knappen nach, als er auf den Gang zueilte, der zur Küche führte. Aus einem plötzlichen Impuls heraus hielt Duncan ihn mit einem lauten Ausruf auf, bevor er auf dem dunklen Gang verschwand.

Der Junge fuhr so schnell herum, dass er fast mit zwei stämmigen Kriegern zusammenstieß, die an ihm vorbeistürmten. »Aye, Sir?«, rief er und schwenkte wild die Arme, um das Gleichgewicht zurückzugewinnen.

»Mach dir keine Sorgen, Junge«, schallte Duncans tiefe Stimme durch die Halle. »Wer auch immer versuchen sollte, diese Mauern zu durchbrechen, wird die Klingen unserer Schwerter zu spüren bekommen … oder an dem Dreck ersticken, den wir über ihm ausleeren werden!«

Stürmischer Beifall brandete auf bei Duncans Worten. Lachlans Gesicht wurde noch einen Ton röter, aber er verbeugte sich tief vor Duncan, bevor er sich endgültig abwandte und zu seiner Aufgabe davonjagte, und seine Schritte waren jetzt eindeutig beschwingter.

Zufrieden wartete Duncan, bis Lachlan in dem düsteren Küchengang verschwunden war, und erst dann gestattete er sich, seiner eigenen Anspannung mit einer grimmigen Grimasse Ausdruck zu verleihen.

Wieder sprang er auf einen Tisch, und diesmal schlug er laut zwei Zinnkrüge gegeneinander, um die Aufmerksamkeit seiner Männer zu gewinnen. »Hört auf zu schwadronieren, Leute, und nehmt eure Positionen ein!«, brüllte er und warf die Krüge weg, als das Geschrei verstummte und alle Augen sich in seine Richtung wandten. »Wir werden bald genügend heißes Fett und Unrat haben, um die Schufte darin zu ertränken! Und nun macht euch auf die Socken, und möge Gott auf unserer Seite sein!«

Die Worte hatten kaum seinen Mund verlassen, als wütende Schreie laut wurden und das Klirren von Stahl auf Stahl sie von oben erreichte.

Es war ein solch ohrenbetäubender Lärm, dass Duncan, hätte er es nicht besser gewusst, geschworen hätte, es sei am anderen Ende der Halle bereits zum Kampf gekommen. Er warf einen raschen Blick in alle dunklen Ecken, bevor er vom Tisch herabsprang.

Obwohl es für einen Feind praktisch unmöglich wäre, sich Zutritt zu dem geschützten Burgsaal zu verschaffen, war Duncan doch ungemein erleichtert, als er nichts anderes sah als seine eigenen Männer, die hin und her liefen, sich bewaffneten oder zu ihren Posten hasteten.

Nein, das laute Kampfgetümmel, das durch Eilean Creags gewaltige Halle schallte, kam von oben, nicht von drinnen.

Es fand ein Kampf statt auf den Zinnen.

Auf den Zinnen!

Bei der Erkenntnis wurde Duncan von einer grauenvollen Kälte ergriffen, die sein Blut gefrieren ließ und sich wie eine eisige Hand um seinen Nacken legte. Es war Angst, kalte, untrügliche Angst, die aus den tiefsten Abgründen der Hölle ihre Finger nach ihm ausstreckte.

Und wenn er sich nicht bald aus ihrem Würgegriff befreite, würde sie ihm die Luft abschnüren und ihm das Leben nehmen.

Der Himmel stehe ihnen bei, falls die Angreifer die Mauern überwunden hatten! Sie hatten Sturmleitern und stellten vielleicht in diesem Augenblick schon eine vor Linnets Fenster. Versuchten womöglich schon, ihr Zimmer zu erreichen und alles zu vernichten, was ihm lieb und teuer war.

Mit erschreckender Klarheit kehrten die Bilder zurück, die ihm keine Ruhe mehr gelassen hatten, seit er von Kenneths Angriff auf die Pächter erfahren hatte.

Nur waren sie diesmal tausendfach beängstigender.

»Alex! Malcolm!«, brüllte er, um zwei seiner stämmigsten Männer aufzuhalten, bevor sie die Turmtreppe hinaufeilen konnten. »Geht sofort zum Zimmer meiner Gemahlin. Sorgt dafür, dass ihre Fensterläden geschlossen und verriegelt sind. Tötet jeden, der es wagen sollte, zu versuchen, einzudringen. Und sagt dem jungen Thomas, er solle auf seinem Posten vor der Tür bleiben und sie mit seinem Leben schützen.«

Beide Männer nickten und rannten dann zu der Wendeltreppe, die zu dem Turmzimmer führte, das Duncan mit seiner Frau bewohnte. Duncan ballte ganz unbewusst die Fäuste, als er sie die Treppe hinaufstürzen sah, immer zwei Stufen auf einmal nehmend.

Höllenfeuer und Verdammnis, aber am liebsten wäre er ihnen hinterhergelaufen; es war *seine* Aufgabe, für die Sicherheit seiner Frau zu sorgen.

Und des Jungen, um den er sich nicht weniger sorgte als um Linnet.

Duncan sah nichts anderes als ihre geliebten Gesichter, als er sich einen Weg durch die überfüllte Halle bahnte. Er ging geradewegs zur Turmtreppe und stieß jeden, der das Pech hatte, seinen Weg zu kreuzen, grob beiseite.

Aber sein Pflichtbewusstsein ließ ihn auf der fünften Stufe innehalten.

Herrgott noch mal, was war bloß über ihn gekommen? Er war der Burgherr, und als solcher war es seine verdammte Pflicht und Schuldigkeit, die Sicherheit seiner Clanangehörigen zu garantieren.

Seines gesamten Clans.

Jedes Mannes, jeder Frau und jedes Kindes unter seinem Dach. Und was machte er? Er lief davon zu seiner Frau, vergaß seine Verantwortung und stellte sich blind für seine Verpflichtungen als Oberhaupt des Clans!

Duncan schöpfte tief Atem, um sich zu beruhigen, und fuhr sich mit den Händen durch sein verschwitztes Haar. Nie hätte er gedacht, dass bloße Lust, simples körperliches Verlangen oder vielleicht sogar ein bisschen Zuneigung ihn zu einer solch unbedachten Handlungsweise treiben könnten.

Die Wahrheit war, dass er, nur wenn er seine Männer selbst befehligte und Seite an Seite mit ihnen kämpfte, die Sicherheit all derer garantieren konnte, die innerhalb der Burg lebten.

Einschließlich Linnets und Robbies.

Sich seiner Verantwortung wieder bewusst, warf er einen letzten Blick in den dunklen Gang der Turmtreppe. Er konnte noch immer Alecs und Malcolms eilige Schritte hören. Beide würden seine Frau und das Kind mit ihrem letzten Atemzug beschützen, falls es nötig war.

Wie auch er es tun würde … von den Zinnen aus.

Bei seinen Männern.

Sein Entschluss war gefasst, und so wandte er sich wieder zum großen Burgsaal um. Die Hände in die Hüften gestützt, betrachtete er kopfschüttelnd das Chaos, das sich um ihn herum entfaltete.

Aber Gott sei Dank war es ein *geordnetes* Chaos.

Fergus rannte noch immer seinen Knüppel schwingend herum und schnauzte Duncans Männer an, brüllte Befehle und tat sein Bestes, um sie in Bewegung zu bringen.

Nicht, dass ein Einziger unter ihnen ein Faulpelz genannt werden könnte.

Ganz im Gegenteil sogar.

Bis auf den letzten Mann waren sie aufgestanden und hatten sich bewaffnet. Mit Stolz bemerkte Duncan, dass sogar seine jüngsten Knappen beherzigt hatten, was man sie gelehrt hatte, und ihre Schwertgehenke abgelegt hatten. Ihre nackten Schwerter glitzerten an ihren Seiten, ungeschützt und kampfbereit, mit nichts anderem als einem schlichten Ring an ihren Gürteln befestigt.

Keiner würde von einer unhandlichen Schwertscheide behindert werden, die leer an seiner Seite baumelte.

Und keiner würde fallen ohne Kampf.

Seine Männer wurden als kühne, tapfere Krieger gefürchtet. Sie zählten zu einigen der erbittertsten, die es in den Highlands je gegeben hatte.

Wer immer leichtsinnig genug war, Eilean Creag zu attackieren, würde einen hohen Preis für seine Tollkühnheit bezahlen.

Stolz beobachtete Duncan, wie seine besten Bogenschützen zur Treppe rannten, um die Zinnen zu besetzen. Andere, nicht weniger geschickte, eilten zu unbemannten Schießscharten in den Mauern, während jene, die bereits an ihren Plätzen waren, ihre Bögen hoben und mit tödlicher Genauigkeit durch die tief in den Stein gehauenen Öffnungen in der Mauer zielten.

Duncans Hand glitt zu dem lederbezogenen Griff seines

Schwerts an seiner Seite. Eine zuverlässige Waffe, leicht und ausgewogen, mit einer zweischneidigen Klinge, die scharf genug war, den Arm eines Mannes abzutrennen, ohne auch nur einen Kratzer abzubekommen, wenn sie richtig geführt wurde.

Und Duncan wusste sie sehr gut zu führen.

Besser als die meisten.

Seine Hand schloss sich noch fester um den Ledergriff. Er war weich und glatt, erwärmte sich unter seiner Berührung und begrüßte sie beinahe ebenso verführerisch, wie eine Frau die Zärtlichkeiten ihres Liebhabers empfangen würde.

Duncans Lippen verzogen sich zur bitteren Karikatur eines Lächelns. Seine Absichten waren nicht die eines Liebhabers. Er hatte etwas Ernsteres vor.

Etwas tödlich Ernstes, das schnell und gnadenlos vollstreckt werden würde.

Mit der beeindruckenden Willenskraft, die er sich in Jahren des Kampfs erworben hatte, verbannte Duncan alles andere aus seinem Kopf. Alles, außer seine Leute zu beschützen und den Feind von seinen Burgmauern zu vertreiben. Rasch stieg er die wenigen Stufen hinab, die er schon hinaufgestiegen war, und eilte dann mit großen Schritten zu der Treppe auf der anderen Seite des Saals, um sich zu seinen Männern auf den Zinnen zu gesellen.

Bevor er jedoch die Treppe hinaufsteigen konnte, kam Sir Marmaduke von oben hinabgeeilt. Keuchend, das Gesicht glänzend vor Schweiß, kam der Sassenach unter dem bogenförmigen Eingang zur Halle zu einem abrupten Halt.

Duncan ließ seinem Freund keine Zeit, Atem zu schöpfen. »Wer?«, war alles, was er fragte, obwohl er es tief in seinem Innersten bereits zu wissen glaubte. Es konnte niemand anderer sein. Dennoch wiederholte er das Wort: »Wer?«

»Kenneth, der verfluchte Hurensohn«, keuchte Marmaduke und fuhr sich mit dem Arm über seine schweißbedeckte Stirn. »Im Schutz der Dunkelheit haben sie ihre Galeere außer

Schussweite verankert und Ein-Mann-Boote benutzt, um unbemerkt ans Ufer zu gelangen. Es sieht so aus, als versuchten sie, sich unter den Burgmauern hindurchzugraben.«

»Und unsere Abwehr?«

»Wir sind vorbereitet«, berichtete Sir Marmaduke, noch immer heftig keuchend. »Wir haben ein Sperrfeuer von Pfeilen auf sie losgelassen, aber sie benutzen ihre Boote wie Schilde und halten sie über die Pioniere, während sie auf unsere Mauern einhacken.«

»Und brennende Pfeile?«, fragte Duncan und trat beiseite, als zwei Wäscherinnen vorbeeilten, die Körbe mit Leintüchern dabeihatten und offenbar gekommen waren, um Iains Leiche zu versorgen.

»Es würde sich nicht lohnen, die Pfeile anzuzünden. Sie haben die Coracles mit nassen Tierhäuten bedeckt. Ich *habe* ein paar von ihnen angezündet, bevor sie die Häute darüberwerfen konnten«, prahlte Marmaduke, und seine schiefen Lippen verzogen sich zu einem bösen Grinsen. »Aber ich habe es nicht mit brennenden Pfeilen getan.«

Duncan zog fragend eine Braue hoch, als ihm plötzlich ein Verdacht kam. »Nun sag schon, was hast du denn dazu benutzt?«

Marmaduke legte eine große Hand auf Duncans Schulter. »Etwas sehr viel Besseres, mein Freund«, sagte er, und seine Stimme war weich wie Samt und triefte nahezu vor Selbstzufriedenheit. »Etwas, das wir schon vor langer Zeit in die Hölle hätten schicken sollen.«

»Das hast du nicht getan«, sagte Duncan, doch der Ausdruck der Befriedigung auf Marmadukes entstellten Zügen bestätigte seinen Verdacht.

»Und ob ich das getan habe«, bestätigte Marmaduke mit einem vergnügten Zwinkern in seinem gesunden Auge. »Und nun lass uns zusehen, dass wir ihren niederträchtigen Liebhaber und seine Bande nichtsnutziger Kasper auf ihren verdammten Weg schicken, ihr zu folgen. Wenn ich mich recht entsinne, konnte sie sehr böse werden, wenn man sie zu lange warten ließ.«

»Aye«, stimmte Duncan zu, und ein Lächeln breitete sich auf seinen Zügen aus. »Es ist eine Reise, die in der Tat seit Langem überfällig ist.«

Marmaduke lachte herzhaft und klopfte Duncan auf die Schulter, und dann begannen beide Männer den Aufstieg über die Wendeltreppe zu den Zinnen. »Haben sie das Torhaus schon erobert?«, wollte Duncan wissen, als sie die steinernen Stufen hinaufeilten.

»Nein. Unsere Wachen lassen einen ununterbrochenen Hagel aus Pfeilen und Steinen auf sie herniederregnen; sie werden sich weder an das Torhaus noch an den Damm herantrauen.«

»Wie viele Leitern hast du gesehen?«

»Nur ein paar – und sie stellen sie nicht dort auf, wo sie ihnen am meisten nutzen würden«, sagte Marmaduke. Erstaunen klang in seiner Stimme mit. »Bisher haben sie noch keinen Versuch unternommen, Lady Linnets Fenster zu erreichen, und ich bin sicher, dass Kenneth weiß, dass es ihr Zimmer ist.«

»Aber sie versuchen, unsere Mauern zu unterhöhlen?« Duncan runzelte die Stirn. Irgendetwas stimmte nicht. »Kenneth weiß, dass diese Burg nicht erobert werden kann. Sie ist auf soliden Fels gebaut. Es ist also vollkommen sinnlos, was er da versucht.« Er verhielt mit einem Mal den Schritt und drehte sich zu seinem Schwager um. »Oder er will uns damit ablenken. Aber warum?«

Der Sassenach rieb sich das Kinn. »Hmmm …«

»›Hmmm‹ ist keine Antwort.«

Marmaduke begann sich mit dem Zeigefinger ans Gesicht zu tippen. Schließlich sagte er: »Iain ist gefallen.«

War der Sassenach verrückt geworden? Hitze schoss in Duncans Wangen, und sein Puls begann wie wild zu pochen. »Das weiß ich«, fauchte er. »Sein Körper ist noch nicht mal kalt, möge seine Seele in Frieden ruhen. So, und jetzt denk gefälligst einmal nach und sag mir nicht, was ich schon weiß.«

»Iain war einer unserer besten Bogenschützen.«

Jetzt wurde Duncan wirklich wütend. »Und?«

Marmaduke schöpfte tief Luft, bevor er antwortete. »Ich würde beim Grab meiner geliebten Arabella schwören, dass sie Iain ganz bewusst erschossen haben. Kenneth hatte seine Augen mit der Hand beschattet und sich die Männer auf dem Wehrgang eine Zeit lang sehr genau angesehen. Und dann sagte er etwas zu dem Armbrustschützen neben ihm. Darauf zielte der Mann, und Iain fiel.«

Duncan überlegte kurz. Es ergab für ihn keinen Sinn. »Vielleicht hatte Kenneth Streit mit Iain? Ich weiß von nichts, was zwischen ihnen vorgefallen sein könnte, aber ich kann mir keinen anderen Grund vorstellen, warum er ausgerechnet Iains Tod befohlen haben sollte.«

»Auch Red James wurde angegriffen.«

»Red James?« Duncan fixierte Marmaduke mit einem durchdringenden Blick. »Sag bloß nicht, er ist auch tot?«

»Nein, er lebt. Der Kerl ist stärker als zehn Ochsen.« Marmaduke warf einen raschen Blick die Treppe hinauf, bevor er fortfuhr. »Einer dieser verdammten Mistkerle kletterte eine Sturmleiter hinauf und schlitzte ihm den rechten Arm auf. Die Wunde reicht bis auf den Knochen.«

Wut erfasste Duncan. Red James war einer seiner besten Kämpfer. »Mist, verdammter«, fluchte er. »Glaubst du, er wird den Arm vielleicht nicht wieder benutzen können?«

»Ein solch harter Brocken wie Red James?« Marmaduke zog seine Braue hoch. »Es würde mehr als eine Schnittwunde erfordern, so tief sie auch sein mag, um Red James aufzuhalten. Er hat bloß einen Augenblick geblinzelt, dann warf er seine Armbrust weg, zog sein Schwert und stieß es diesem räudigen Hurensohn direkt ins Herz. Und dann schickte er seinen stinkenden Kadaver und seine Leiter zu seinen Kumpanen, die dort unten an der Mauer buddelten.«

Plötzlich steigerte sich der Lärm auf dem Wehrgang. Das Geräusch rennender Füße und das wütende Klirren von Stahl gegen Stahl warnte Duncan und Marmaduke, dass der Kampf dort oben heftiger geworden war. Schreie waren über den allgemeinen Lärm zu hören.

Gebrüll und laute Schreie.

Schmerzensschreie.

Schreie, wie sie ein Mann nur ausstößt, wenn eine scharfe Klinge ihn durchbohrt.

Tief, treffsicher und tödlich.

»Komm, Engländer«, knurrte Duncan und riss sein Schwert aus seinem Ring. »Wir trödeln hier schon viel zu lange.«

Wutentbrannt stürmte er die Treppe hinauf, dicht gefolgt von seinem Schwager. Hinter sich hörte Duncan das Zischen kalten Stahls, als auch Marmaduke sein mächtiges Breitschwert zog.

Am Kopf der Treppe schloss Marmadukes Hand sich um Duncans Ellbogen und hinderte ihn daran, auf die Zinnen hinauszustürzen. »Hugh wurde übrigens auch getroffen«, sagte er, seine Stimme über den ohrenbetäubenden Lärm erhebend.

Duncan fluchte. »Der Himmel stehe uns bei. Ist er tot?«

»Nein, nur verwundet. Der Pfeil durchbohrte sauber seine Schulter.«

»Verdammt«, fluchte Duncan erneut. »Wir haben keinen besseren Bogenschützen als Hugh.«

Marmaduke nickte. »Richtig, und es ist seine rechte Schulter, die verletzt ist – genau wie bei Red James.«

Der nagende, schwer zu greifende Verdacht, der die ganze Zeit in Duncans Unterbewusstsein geschwelt hatte, flackerte auf und nahm Form an. »Iain, Red James und dann auch Hugh«, sagte er und spürte, wie sein Magen sich vor Wut verkrampfte. »Diese Hurensöhne bringen mit voller Absicht unsere besten Männer um!«

»So scheint es jedenfalls.«

»Dann lass uns die Gefälligkeit erwidern.«

»Mit dem größten Vergnügen, mein Freund«, sagte Marmaduke und hob sein Schwert.

»Cuidich' N' Righ!«, schrie Duncan und schwenkte seine eigene Klinge. Dann trat er auf den Wehrgang hinaus und ins komplette Chaos.

In ihrem Turmzimmer lief Linnet auf und ab wie ein gefangenes Tier. »Das kann nicht euer Ernst sein, mich hier einzusperren«, fuhr sie die beiden stämmigen Krieger an, die den einzigen Ausgang des Raums blockierten. Mit grimmigen Gesichtern standen sie vor der verschlossenen Tür, ihre muskulösen Arme drohend vor der Brust verschränkt. »Es wird Verletzte, vielleicht sogar Tote geben! Mein Mann würde mich unten in der Halle wollen, damit ich mich um seine Männer kümmere.«

»Es war der Herr selbst, der sagte, Ihr dürftet dieses Zimmer nicht verlassen, Mylady«, erklärte der größere der beiden, Malcolm, mit so ruhiger, zuvorkommender Stimme, dass Linnet ihm am liebsten etwas an den Kopf geworfen hätte.

»Bitte, Mylady, Ihr müsst Euch beruhigen«, versuchte Alec, der andere, sie zu beschwichtigen. »Wir dürfen den Anweisungen des Schwarzen Hirschen nicht zuwiderhandeln. Es ist zu Eurem eigenen Besten.«

Linnet reagierte ungehalten. Wütend warf sie einen Blick auf Elspeth, die am Feuer saß und den schlafenden Robbie an ihrer umfangreichen Taille hielt. Mauger, der betagte Hund des Jungen, schlief auch, er hatte sich auf dem Fußboden zu Elspeths Füßen zusammengerollt.

An der Art, wie Elspeth es vermied, sie anzusehen, war deutlich zu erkennen, dass ihre einstige Amme auf Seiten der beiden Riesen stand, die Duncan hergeschickt hatte, um Linnet von ihren Pflichten abzuhalten.

»Es ist gut und schön, Elspeth und Robbie hinter verschlossenen und bewachten Türen in Sicherheit zu wissen, aber ich bin die Herrin dieser Burg, und es ist meine Aufgabe, die Verletzten zu versorgen.« Sie hielt inne, und ihre nächsten Worte waren an Elspeth gerichtet. »Dein Verlobter steckt wahrscheinlich auch mitten im Kampfgetümmel. Möchtest du nicht, dass ich zur Stelle bin, um mich um ihn zu kümmern, falls er verwundet werden sollte?«

»Ich bin nur eine einfache Bedienstete«, erwiderte Elspeth, und die bescheidenen Worte wollten so gar nicht zu ihrem gewohnten selbstsicheren Auftreten passen. »Es ziemt sich nicht für mich, die Entscheidungen unseres Burgherrn anzuzweifeln.«

Der Verzweiflung nahe und angespornt durch eine Reihe dumpfer Einschläge, als Pfeile sich in die geschlossenen Fensterläden bohrten, hastete Linnet durch den Raum und holte ihre Kräutertasche.

Den Tränen nahe, hielt sie sie den sturen Wachen vor die Nasen. »In dieser Tasche ist alles, was benötigt würde, falls meinem Gemahl oder einem seiner Männer etwas zustoßen sollte.« Sie hielt inne und blinzelte, um ihre Tränen zu verdrängen. »Und ihr würdet mich daran hindern, ihnen beizustehen.«

Die Männer schwiegen, und obgleich sie ihr durch ein Nicken zu verstehen gaben, dass sie sie verstanden hatten, rührten sie sich nicht.

»Kümmert es euch nicht, ob einer eurer Kameraden stirbt, nur weil er nicht richtig versorgt wird?«, beharrte sie, die Kräutertasche fest an ihre Brust gedrückt.

Der Blick, den sie wechselten, verriet ihr mehr als Worte.

»Wer?«, fragte sie scharf, ließ die Kräutertasche fallen und griff mit zitternden Händen nach der Kotte des Mannes, der sich Malcolm nannte. »Wer ist …« Sie brach ab, als Panik sie zu erfassen drohte. »Doch nicht etwa mein Mann?«

Malcolm schluckte und sah Alec von der Seite an.

»Ihr werdet es mir sagen!«, schrie sie, an Malcolms Hemd zerrend. »Ich befehle es euch!«

»Sir Duncan ist nichts geschehen, Mylady«, sagte Alec schließlich. »Es war Iain. Ein Pfeil hat ihn in den Hals getroffen. Nichts hätte ihn mehr retten können.«

»Es wird noch andere Verletzte geben, und es ist ihr gutes Recht, dass ich mich um sie kümmere«, sagte Linnet und ließ den Krieger los. Sie trat zurück und straffte ihre Schultern, in ihrer Entschlossenheit bestärkt durch diese schlechten Neuigkeiten. »Vielleicht sogar mein Mann.«

»Um den Herrn braucht Ihr Euch nicht zu sorgen«, versuchte Alec, der gesprächigere der beiden, sie zu beruhigen. »Einen tüchtigeren Kämpfer hat es nie gegeben. Ich habe ihn mit einem einzigen Streich seines Breitschwerts einen Mann in der Mitte spalten sehen.«

»Und wenn er es nicht führen kann? Wenn er durch einen Pfeil verletzt wird?«

»Würde er weiterkämpfen. Euer Gatte ist ein bravouröser Gegner, Mylady«, sagte Malcolm, sein Schweigen brechend. »Er fürchtet nichts und niemanden und würde den Teufel selbst zum Kampf herausfordern, wenn es nötig wäre.«

»Ich kann auch kämpfen«, ließ Robbie sich vernehmen, der plötzlich wach geworden war. Er befreite sich aus Elspeths Armen und schwenkte stolz sein hölzernes Spielzeugschwert. »Ich werde Onkel Kenneth bis zum Tod bekämpfen.«

»Das wirst du, ganz bestimmt«, versicherte ihm Elspeth und erhob sich schwerfällig aus ihrem Sessel, um Robbie, samt Spielzeugschwert und allem anderen, in ihre stämmigen Arme zu schließen. »Du wirst eines Tages ein großartiger und edler Krieger sein. *Eines Tages*«, bekräftigte sie und nahm den Jungen auf den Schoß, als sie wieder ihren Platz in dem bequemen Sessel einnahm. »Aber zuerst musst du noch ein bisschen erwachsener werden.«

»Nun, ich *bin* erwachsen«, erklärte Linnet kühl. »Und ich kann auch kämpfen. Meine Brüder haben es mich gelehrt.«

Während Elspeth schockiert nach Luft schnappte, zog Linnet trotzig ihre Röcke hoch, um den Männern den eindrucksvollen Dolch zu zeigen, der in ihrem Stiefel steckte. »Er hat eine scharfe Klinge, und ich verstehe sehr gut damit umzugehen.« Sie hielt inne und funkelte Alec und Malcolm böse an, als sie den Rocksaum wieder fallen ließ. »Zwingt mich also nicht dazu, es euch zu zeigen.«

»Du gehst zu weit, Linnet«, sagte Elspeth tadelnd. »Hast du schon vergessen, was man sich über Sir Duncans Tapferkeit erzählt? Er braucht deine Hilfe nicht, um seine Feinde in die Flucht zu schlagen. Und was die Verwundeten betrifft, *falls* es überhaupt welche geben sollte, wird Fergus schon dafür gesorgt haben, dass sich jemand um sie kümmert.«

Linnet warf ihrer einstigen Amme einen aufgebrachten Blick zu und nahm ihre unruhige Wanderung durch das Zimmer wieder auf. Aber nach drei Runden blieb sie mitten im Zimmer stehen. »Hört denn niemand von euch die Schreie draußen?«, rief sie händeringend. »Seid ihr alle taub?« Außer sich vor Angst und Wut, richtete sie den Blick zuerst auf Elspeth, dann auf die beiden Männer. »Ich ertrage das nicht, hört ihr? Wie könnt ihr von mir verlangen, hier herumzustehen und nichts zu tun?«

Mauger erhob sich bei ihrem Ausbruch. Als sei er sich nicht sicher, wie er empfangen werden würde, schlich er, mit gesenktem Kopf und den zottigen Schwanz zwischen den Hinterbeinen, zu Linnet. Leise winselnd stieß er sie mit seiner feuchten Nase an und drängte sich an ihre Beine.

»Mauger«, hauchte Linnet, und selbst dieses eine Wort war fast zu viel für ihre beinah schmerzhaft enge Kehle. Der Hund blickte zu ihr auf, seine braunen Augen verrieten Sorge und Verehrung. Ohne seinen Blick von ihr zu lösen, stieß er ein weiteres jämmerliches Winseln aus und leckte ihr liebevoll die Hände.

Diese Zurschaustellung seiner Ergebenheit zerriss den seidenen Faden, an dem Linnets Beherrschung hing. Mit einem leisen Aufschrei sank sie auf die Knie, schlang die Arme um den alten Hund und barg ihr Gesicht an seiner Schulter. »Oh, Mauger, warum hören sie nicht auf mich?«, murmelte sie an der tröstlichen Wärme seines rauen Fells. »Es ist wichtig… schrecklich wichtig…«

Während sie den Hund so fest umklammerte, als könne nur er verstehen, hielt sie die Augen fest geschlossen und zwang sich, ihre Tränen zu verdrängen. Selbst als Elspeth sanft eine Hand auf ihren Hinterkopf legte, hielt sie ihre Wange an das Fell des Hundes gepresst, hielt ihn fest umfangen und labte sich an dem Trost, den er ihr so liebevoll antrug.

Wenn doch nur die grauenhaften Geräusche, die von den Zinnen kamen, durch irgendetwas übertönt würden!

Und dann wurden sie es.

Durch etwas noch unendlich viel Beängstigenderes.

Sir Marmadukes Stimme, laut und harsch, die dem jungen Thomas befahl, die Tür zu entriegeln.

Linnet sprang erschrocken auf, blieb aber, wo sie war, und stand wie erstarrt, während Alec die schweren Riegel an der Innenseite der Tür entfernte, die von beiden Seiten gegen Eindringlinge gesichert worden war.

Ein unnatürliches Schweigen legte sich über den Raum, als die Tür knarrend aufschwang und den Blick auf den hochgewachsenen Engländer freigab. Seine beeindruckende Gestalt füllte den gesamten Eingang aus, aber es war der grimmige Ausdruck auf seinem Gesicht, der panische Angst in Linnet weckte.

Das und das Mitleid, das sie in seinem gesunden Auge sah.

»Nein!«, rief sie, und ihr war, als würde ihr der Boden unter ihren Füßen weggezogen. »Mein Mann? Ist er . .« Sie brach ab, außerstande, ihre Befürchtungen in Worte zu fassen.

Sir Marmaduke schüttelte den Kopf und strich sich mit einem Arm über seine schmutzige Stirn. »Es tut mir Leid, Mylady, aber ich muss Euch zu Eurem Gatten bringen. Er lebt, aber ich fürchte, nicht viel länger, wenn seine Wunden nicht behandelt werden.« Er hielt inne. »Der Narr weigert sich, die Zinnen zu verlassen.«

Nein! Er darf nicht sterben! Linnet wusste nicht, ob sie die Worte schrie oder ob sie nur in ihrem Kopf erklangen. Sie hätte es nicht sagen können, weil der Boden unter ihren Füßen plötzlich schwankte und das Zimmer sich um sie zu drehen schien.

Immer schneller, in einem schwindelerregenden Wirbel aus Farben und verschwommenen Gesichtern, die sich um sie scharten und sie anstarrten.

Er darf nicht sterben!

Der starke Arm des englischen Ritters legte sich um ihre Schultern und stützte sie, und jemand… Elspeth?… drückte ihr die Kräutertasche in die Hand und legte ihr den *arisaid* ihrer verstorbenen Mutter um die Schultern.

Und irgendwo hinter ihr begann ein Kind zu weinen.

»Gott sei mit Euch«, sagte einer der beiden Wachen, aber sie hätte nicht sagen können, welcher.

Dann geleitete Marmaduke sie aus dem Raum und zog sie zu den Treppen, die zu den Zinnen hinaufführten. »Die Wunden sind nicht so schlimm, Mylady, habt keine Furcht«, versuchte er sie zu trösten. »Es ist nur so, dass er nicht aufhören will zu kämpfen und durch seine Bewegungen zu viel Blut verliert. Ihr müsst ihn überreden, die Zinnen zu verlassen. Auf Euch wird er hören.«

Er darf nicht sterben!

Auf halbem Weg nach oben gaben Linnets Knie nach. Bevor sie jedoch auf den Steinstufen zusammensinken konnte, fing Sir Marmaduke sie auf und hob sie mühelos auf seine Arme.

»Er wird nicht sterben«, versicherte er ihr, »und ich werde nicht zulassen, dass Euch ein Leid geschieht. Habt keine Angst.«

Linnet presste die Lippen zusammen, umklammerte ihre Kräutertasche und sagte nichts.

»Es wird alles gut werden«, versprach er, als sie um eine weitere Kurve in der Treppe bogen.

Er darf nicht sterben!

»Wir sind gleich da.« Marmaduke hielt vor der Tür, die auf den Wehrgang führte. »Mylady, habt Ihr mir zugehört? Habt Ihr auch nur ein einziges Wort gehört, was ich gesagt habe?«, fragte er, als er mit dem Fuß die Tür aufstieß.

»Aye«, wisperte Linnet rau.

Aber sie bezog sich nicht auf seine gut gemeinten Worte, mit denen er sie zu trösten versuchte.

Nein, möge die heilige Margaret ihr beistehen, sie hörte nichts als die Worte in ihrem eigenen Kopf.

Immer und immer wieder.

Er darf nicht sterben!

Sie würde es schlicht und einfach nicht erlauben.

16

»Ich seh wohl nicht richtig!«, brüllte Duncan und starrte seinen leichtsinnigen englischen Schwager mit wutentbrannten Blicken an. »Hast du den Verstand verloren, Engländer?«

Unverfroren stand Sir Marmaduke vor ihm, Linnet fest an seine mit einem Kettenhemd geschützte Brust gepresst. Sie verschwand fast zwischen seinen kräftigen Armen; einen Arm hielt er fest um ihre Taille geschlungen, mit dem anderen hielt er einen Schild über ihren Kopf und Oberkörper.

Nur das glänzende, rotgoldene Haar, das für einen winzigen Moment lang sichtbar wurde, und Linnets Kräuterbeutel, der an einer Seite unter dem Schild hervorspähte, verriet, wen der englische Ritter mit seinem mächtigen Körper und dem Schild beschützte.

Duncan wischte das Blut ab, das ihm in die Augen rann, und ließ eine ganze Serie gotteslästerlicher Flüche los. Egal, wie sehr sich dieser hirnlose Idiot bemühte, sie vor den überall um sie herumzischenden Pfeilen zu beschützen – eine Frau hatte hier oben auf den Zinnen nichts verloren!

Er hatte strikte Anweisung gegeben, sie unter Bewachung zu halten.

In ihrem Zimmer.

In Sicherheit.

Fern der Gefahr.

Was fiel dem Sassenach ein, sie auf den Wehrgang hinaufzubringen, wo sie einem Hagel von Pfeilen und einer Horde schwertschwingender Mörder ausgesetzt war, die auf alles einschlugen, was sich bewegte!

Fluchend legte Duncan seine Armbrust weg, riss seine Frau, ohne seine blutbefleckten Hände zu beachten, aus Sir Marmadukes Armen und stieß sie vor der zinnenbewehrten Mauer auf die Knie. Die Zähne gegen den Schmerz zusammenbeißend, den die Anstrengung ihn kostete, drückte er sie tiefer und tiefer auf den Boden, bis sie vollkommen hinter einer der Zinnen verborgen war.

Verbissen bemühte er sich, den Schmerz zu ignorieren, als er sich wieder aufrichtete und Marmaduke den Schild abnahm. »Halt ihn über dich und rühr dich nicht«, befahl er Linnet, als er ihn ihr reichte. »Tu, was ich sage«, fuhr er sie an, als sie Protest erheben wollte.

»Aber Mylord … *Duncan* … bit …«

»Schweig!«, unterbrach er sie schroff und fuhr herum zu Marmaduke. »Hast du den Verstand verloren, du Narr? Was hast du dir dabei gedacht, sie hier heraufzubringen? Wenn ich …« Ganz unvermittelt brach er ab und griff sich an die Seite. Ein Strom frischen Bluts ergoss sich auf seine Hand.

Ein Pfeil aus einer Armbrust hatte seinen Arm durchbohrt.

Diesmal war es Sir Marmaduke, der fluchte. Rasch legte er den Arm um Duncan und stützte ihn. »Nicht ich bin es, wer sich wie ein Narr aufführt heute Nacht. Wenn du schon nicht meinen Rat befolgen willst, von hier oben zu verschwinden, dann hör doch wenigstens auf deine Frau!«

»Aye, Duncan«, sagte Linnet flehentlich und riskierte einen Blick über den Rand von Marmadukes Schild. »Um Gottes willen, Duncan, du hast einen Pfeil in deinem Arm, und ich möchte nicht wissen, wie viele andere Wunden du noch hast. Es nützt dir überhau…«

»Du sollst unten bleiben, hab ich gesagt!« Ein Pfeil zischte durch die Öffnung in den Zinnen über ihr und verfehlte Linnets Kopf nur knapp. Ein dumpfer Aufprall und ein schmerzerfülltes Grunzen ließen darauf schließen, dass der Pfeil ein anderes Ziel gefunden hatte.

Als er rasch nach rechts blickte, sah Duncan einen seiner jüngeren Knappen zusammenbrechen. Der Schaft eines Pfeiles ragte aus seinem Rücken. Wilder Zorn, der so rot war wie das Blut, das ihm in die Augen rann, durchzuckte ihn bei dem Anblick.

Neben ihm sprach Sir Marmaduke rasch ein Gebet. Der Knappe war fast noch ein Knabe.

Ein Jüngling, der Duncan erst wenige Tage zuvor stolz den ersten feinen Flaum an seinem Kinn gezeigt hatte.

Und nun war er tot.

Duncan warf den Kopf zurück und brüllte seine Wut heraus.

Als er sich wieder seiner Frau zuwandte, sah er sie auf Händen und Füßen zu dem Jungen kriechen. »Herrgott noch mal, Frau, bleib, wo ich dich hingesetzt habe! Ich will dich nicht auch noch sterben sehen.«

»Aber du willst mich offenbar noch heute Nacht zur Witwe machen«, widersprach sie und kroch vorsichtig zu dem gefallenen Knappen weiter. »Wenn du deine eigenen Wunden nicht versorgen lassen willst, werde ich eben anderen meine Heilkunst zur Verfügung stellen.« Trotzig blickte sie sich über die Schulter nach ihm um. »Und du wirst mich daran nicht hindern.«

»Du kannst dem Jungen nicht mehr helfen. Er ist tot.«

Linnet erstarrte und blickte den reglosen Jüngling auf dem Boden vor ihr an. Ihr Gesicht erblasste, als bemerkte sie gerade erst seine merkwürdig verbogene Haltung und den Pfeil, der mit Sicherheit eine Lunge durchbohrt hatte, möglicherweise sogar das Herz des Jungen.

Sie öffnete den Mund, vielleicht, um zu schreien, aber es kam kein Ton heraus. Ihr drehte sich fast der Magen um, und einen Augenblick lang konnte sie nichts anderes tun, als den gefallenen Knappen anzusehen.

O Gott, es war der Junge, der sie so sehr an Jamie, ihren Lieblingsbruder, erinnert hatte!

An Jamie, wie er früher ausgesehen hatte.

Sie hatte den jungen Knappen gern gemocht; er war ein fröhlicher junger Mann gewesen, der ihr oft ein strahlendes Lächeln geschenkt hatte und heftig errötet war, wenn sie zurückgelächelt hatte.

»Nein!« Sie konnte es nicht glauben, dass der Junge tot war. Blind und taub für das Chaos um sie herum, kroch Linnet rasch die letzten Meter zu der Stelle, wo der Junge reglos lag.

»Er ist nicht tot«, beharrte sie, während sie ihn auf die Seite drehte. »Er ist es nicht.«

Aber sein hängender Kopf und der leere Blick besagten etwas anderes.

Entsetzen durchflutete sie, kälter und schneidender noch als der kühle Seewind, der an ihren Haaren zerrte und den dünnen Wollstoff ihres *arisaid* bewegte.

Ihr Blick glitt von dem toten Knappen zu ihrem Ehemann. Er hatte seine Armbrust inzwischen wieder aufgehoben, lehnte an einer der mächtigen steinernen Zinnen und versuchte, einen Pfeil durch die Öffnung zwischen ihnen abzuschießen.

Seine Konzentration war an dem angespannten Zug um sein Kinn zu erkennen, seine nachlassende Kraft am Zittern, das seine mächtige Gestalt durchlief, als er mit dem Fuß den Bogen spannte, zielte und die tödliche Waffe abdrückte.

Ein lauter Schmerzensschrei von unten bewies, dass er sein Ziel getroffen hatte. Duncan sackte in sich zusammen und ließ die unhandliche Armbrust aus seinen blutbefleckten Fingern gleiten. »So Gott will«, murmelte er, und seine sonst so durchdringende Stimme klang rau und müde. »So Gott will war das der Schuft, der den jungen Ewan umgebracht hat.«

Linnet schluckte, ihr Herz schmerzte von der Qual, die sie in seinen Augen sah. Qual, die, wie sie wusste, nicht von seinen eigenen Wunden herrührte, sondern von dem Schmerz, den verfrühten Tod seines Knappen mit ansehen zu müssen.

Tränen des Zorns und der Angst brannten hinter ihren

Lidern, aber sie weigerte sich, sie zu vergießen. Sie konnte später weinen, jetzt musste sie ihren Mann in Sicherheit bringen und nach seinen Wunden sehen. Bevor er merkte, was sie vorhatte, richtete sie sich auf, lief zu ihm und packte ihn an seinem unverletzten Arm.

»Hör auf, den Tapferen zu spielen, und komm mit mir hinein«, bat sie und versuchte vergeblich, ihn mit sich zur Tür zu ziehen. Trotz seiner schweren Verwundungen schien er so unerschütterlich wie die Mauern seiner Burg. »Ich flehe dich an, Duncan.«

Mit grimmig angespannter Miene schüttelte er sie ab wie eine lästige Fliege. Ohne ihre flehentlichen Bitten zu beachten, bückte er sich, um seine Armbrust aufzuheben, und keuchte vor Schmerz, als er sich langsam wieder aufrichtete. Die Zähne zusammenbeißend, schaffte er es, die Waffe nachzuladen, doch Sir Marmaduke entriss sie ihm.

Mit einer Geschicklichkeit, die Linnets Atem stocken ließ, machte der Sassenach die Waffe zum nächsten Schuss bereit, spannte ihren Bogen, zog, zielte und ließ den Lederpfeil davonzischen, bevor Linnet den angehaltenen Atem wieder auslassen konnte.

Dann lehnte er die Armbrust an die Mauer und stellte sich kühn zwischen die Waffe und Duncan. »Du wirst nicht lange genug leben, um diese Armbrust – oder irgendeine andere Waffe – noch mal zu gebrauchen, wenn du nicht auf der Stelle hier verschwindest.«

»Duncan, bitte«, bestürmte ihn Linnet. »Du bist von Kopf bis Fuß mit Blut bedeckt. Ich habe noch nie in meinem Leben so viel Blut …«

Mit einem finsteren Stirnrunzeln in seinem blutbesudelten Gesicht stürzte Duncan plötzlich vor, packte Linnet am Arm und zog sie aus dem Weg, als zwei Küchenjungen mit einem großen Kessel brodelnd heißen Fetts vorüberhasteten. »Ihr verdammten Narren«, rief er ihnen nach. »Passt gefälligst auf, wohin ihr geht!«

Er hielt Linnet fest an sich gepresst, sein Griff hatte trotz seiner Verwundungen nichts von seiner Kraft verloren, und hielt sie in sicherer Entfernung, als zwei seiner Männer den Küchenjungen den Kessel abnahmen, ihn mit vereinten Kräften auf die Mauer hievten und seinen Inhalt über ihren Feinden ausleerten.

Schreie zerrissen die Nacht, als das brodelnd heiße Fett auf die Köpfe der Unglücklichen herniederging, die sich zufällig gerade in seinem Zielbereich befanden. Duncan nickte den Männern, die den Kessel ausgeleert hatten, grimmig zu und lockerte dann seinen Griff um Linnets Arm.

»Bring sie zurück, wo du sie hergeholt hast«, sagte er scharf zu Marmaduke und schubste sie dem Engländer buchstäblich in die Arme. »Und komm ja nicht auf die Idee, dich meiner Anweisung zu widersetzen«, schloss er und hinkte dann auf eine kleine Gruppe Männer zu, die in einen Schwertkampf mit zwei von Kenneths Kumpanen vertieft waren, denen es gelungen war, die Mauer zu erklimmen. Noch im Gehen zog er schon sein Schwert.

»Kommt, Mylady«, sagte Sir Marmaduke und legte einen Arm um ihre Schulter. »Erlaubt mir, Euch sicher wieder hinunterzubegleiten. Ich hätte wissen sollen, dass es nichts nützen würde, Euch hierher zu bringen.«

Linnet zögerte. Am anderen Ende des Wehrgangs kämpfte Duncan mit einem Mann, der wild mit einer Streitaxt um sich schlug. Und Duncans Bewegungen waren langsam, behindert durch seine Verwundungen.

Dennoch kämpfte er verbissen weiter.

Trotz der brennenden Pfeile, die wie ein Hagelschauer über ihnen herniedergingen und eine Wolke beißenden Rauchs zurückließen, bevor sie in einem Funkenregen auf den Steinboden des Wehrgangs fielen. Pagen liefen aufgeregt herum, deren einzige Aufgabe es war, die Flammen mit den Füßen auszutreten.

Aber der mächtige Schwarze Hirsch von Kintail kämpfte unverdrossen weiter – genau wie seine Wachen Linnet schon vorausgesagt hatten.

»Kommt, Mylady«, forderte Sir Marmaduke sie wieder auf und versuchte, sie zur Tür zu ziehen. »Es ist zu gefährlich für Euch hier oben.«

»Nein. Ich gehe nicht«, widersprach Linnet, sich im eisernen Griff des Sassenach versteifend, und versuchte mit aller Kraft, sich von ihm zu befreien.

Ihr Herz hämmerte gegen ihre Rippen, als sie ihren Mann die wüsten Axthiebe seines Angreifers abwehren sah. Wäre er unverletzt gewesen, hätte er seinen Feind mit seinem Schwert durchbohrt und seine Leiche über die Mauer geworfen, bevor der Mann seine Axt auch nur gehoben hätte.

Aber er war nicht unverletzt.

Und er wurde von Minute zu Minute schwächer, das konnte Linnet sehen. Wenn nicht bald etwas geschah, würde er nicht mehr lange durchhalten.

Er darf nicht sterben.

Sie hatte geschworen, es zu verhindern, und falls die Heiligen es für richtig erachteten, würde sie sogar sterben, um ihr Versprechen einzuhalten.

Aber wenn Gott ihnen gnädig war, würde keiner von ihnen beiden sterben.

Ein brennender Pfeil pfiff vorbei und traf zischend in der Nähe ihres Rocksaums auf, und Sir Marmaduke lockerte für einen Moment lang seinen Griff um sie, um den noch glühenden Schaft rasch auszutreten. Linnet nutzte den Moment, um sich von ihm loszureißen und zur Mauer zu laufen.

Bevor einer der Männer sie daran hindern konnte, ergriff sie Duncans vergessene Armbrust, brachte die sperrige Waffe in Stellung und richtete sie durch eine der Öffnungen in den Zinnen auf die Angreifer am Fuß der Burg.

»Kenneth MacKenzie«, schrie sie den Männern unten zu, »ich fordere Euch auf, Euch mir zu zeigen!«

»Lasst das, Mylady, sonst werden sie Euch töten.« Sir Marmaduke schlang von hinten die Arme um sie und begann sie von der Mauer wegzuziehen.

Linnet ließ die Armbrust fallen, griff nach einem der Steinquader und klammerte sich daran fest, während Pfeile durch die Öffnungen neben ihnen und über ihre Köpfe pfiffen und mit dumpfen Schlägen gegen die Burgmauer hinter ihnen prallten.

»Lasst sie in Ruhe«, erhob sich eine tiefe Stimme von der zerklüfteten Uferlinie unterhalb der Burgmauern. Und bei diesen Worten hörten alle Kämpfe auf.

Ein einzelner brennender Pfeil fiel noch klappernd neben Linnet auf den Boden, dann entstand eine unheimliche Stille unter den Männern am Fuß der Burg und auf den Wehrgängen. Für eine lange Weile war nichts anderes zu hören als das Heulen des Windes auf den Zinnen und das rhythmische Schwappen der Wellen gegen die ausgezackten Felsen, die den Fuß des Turmes säumten.

»Lasst die Dame vortreten und sagen, was sie mir zu sagen hat«, rief die Stimme wieder.

»Hört nicht auf ihn, das ist Wahnsinn«, flüsterte Marmaduke ihr zu. »Er würde nichts lieber tun, als Euch zu töten.«

»Beim Blute Christi!«, fuhr ihr Ehemann sie an, und seine blutigen Finger krallten sich um ihren Arm. »Du gehst sofort hinein«, befahl er und zerrte mit solcher Kraft an ihrem Arm, dass er sie losriss von dem Stein und aus dem festen Griff des Sassenachs.

»Lass mich in Ruhe!«, kreischte sie, Kenneths Worte imitierend, ohne dass es ihr bewusst war. Duncans Hände waren glitschig durch das Blut daran, und sie nutzte ihren Vorteil und wand sich mühelos aus seinem Griff. »Ich weiß, was ich tue«, keuchte sie und stürzte sich auf die Armbrust, die an der Mauer lehnte.

»Haltet sie fest!«, schrie ihr Ehemann den Männern zu, die ihr am nächsten waren.

»Bleibt zurück!«, warnte Linnet, als sie sie langsam zu umkreisen begannen. Dann, mit vorgetäuschter Fügsamkeit, bückte sie sich, als wollte sie die Falten ihres Umhangs ordnen. Stattdessen zog sie aber ihren Dolch. Ihn ruhig an ihre Kehle haltend, sagte sie: »Glaubt ja nicht, ich würde ihn nicht benutzen. Ich möchte mit dem Halbbruder meines Gatten reden, und niemand wird mich daran hindern, es zu tun.«

Gemurmelte Flüche und ärgerliches Brummen war die Antwort, aber die Männer, Duncan und Marmaduke mit eingeschlossen, blieben, wo sie waren.

Ohne den Kreis grimmig dreinschauender MacKenzie-Krieger aus den Augen zu lassen, legte sie ihren Dolch auf die nächstliegende Zinne. Dann bedachte sie die Männer mit einem finsteren Blick. »Diejenigen von euch, die mich Robbie im Messerwerfen unterrichten sahen, wissen, wie schnell ich mit dem Dolch bin. Zwingt mich nicht, es euch noch einmal zu zeigen.«

Als sie nichts erwiderten, nickte sie und hob die Armbrust. »Ich bin hier«, rief sie dem großen Mann zu, der unten stand und mit seinen breiten Schultern und seiner arroganten Haltung nicht zu übersehen war, zwischen seinen Männern, die sich noch immer unter dem Schutz ihrer umgedrehten Ein-Mann-Boote verbargen.

Sie starrte zu ihm herab und wünschte inständig, sie könne ihn mit der Hitze ihres Blicks in Flammen aufgehen lassen.

Selbst aus dieser Entfernung sah er ihrem Mann so verblüffend ähnlich, dass es pure Willenskraft war, was sie daran hinderte, einen Blick über die Schulter zu werfen, um sicherzugehen, dass Duncan noch hinter ihr stand und nicht irgendwie aus der Burg und nach draußen gelangt war.

Aber sie hegte nicht den geringsten Zweifel, dass ihr Mann den Wehrgang nicht verlassen hatte. Sie konnte seinen wutentbrannten Blick in ihrem Rücken spüren.

So wie sie auch das verduzte Lächeln spüren konnte, das sein abscheulicher Halbbruder ihr schenkte. Linnet erschauderte und wappnete sich gegen seine beunruhigende Ähnlichkeit mit Duncan. Der grünlich-schwarze Schimmer, den sie an jenem längst vergangenen Tag in dem Eibenwäldchen um ihn gesehen hatte, flackerte für einen Moment lang wieder auf und rief ihr in Erinnerung, was für eine Art von Mensch er wirklich war.

Wieder erschauderte sie und musste sich zwingen, ihre Hände auf der Armbrust ruhig zu halten.

»Ich bin hier, Kenneth MacKenzie«, wiederholte sie, »um Euch und Eure Männer aufzufordern, diesen Ort hier zu verlassen.« Sie hielt inne, um die Armbrust mit dem Fuß zu spannen. »Wenn Ihr es nicht tut, schieße ich einen Bolzen aus dieser Armbrust in Euer hübsches Knie, und Eure Männer können Euch dann wegtragen.«

Kenneth neigte den Kopf und lächelte noch breiter. Eine Windbö trug das höhnische Gelächter seiner Männer hinauf zu Linnet und den anderen, die oben auf den Zinnen standen.

»Sagt Euren Männern, sie sollen aufhören zu lachen – oder habt Ihr diesmal andere Briganten mitgebracht als jene, die bei unserer ersten Begegnung bei Euch waren?«, erkundigte sie sich spöttisch.

Kenneth hob eine Hand, und seine Männer schwiegen. »Sie lachen nicht über Euch, Mylady«, rief er, und seine tiefe, volltönende Stimme war Duncans so unfassbar ähnlich, dass ihr graute. »Sie – *wir* – finden es lustig, dass mein Bruder sich hinter Euren Röcken versteckt.«

Hinter ihr brüllte Duncan fast vor Wut. Linnet hörte Gerangel hinter sich und wusste, dass seine Männer ihn festhielten. Der Sassenach ermahnte ihn mit leiser Stimme: »Sei still, du Narr. Das sagt er doch nur, um dich in Wut zu bringen. Er will, dass du dich sehen lässt, damit einer seiner Kumpane dich umlegen kann, bevor du auch nur deinen Bogen straffen könntest.«

»Mein Mann ist nicht hier«, entgegnete Linnet mit fester

Stimme, obwohl ihr Herz wie wild zu hämmern begann bei der Lüge. Sie hörte Duncan fluchen, dann erstarb der finstere Fluch so jäh, als hätte ihm jemand eine Hand über den Mund gelegt, um ihn zum Schweigen zu bringen.

»Er ist schwer verwundet, und seine Männer haben ihn hinuntergebracht«, redete sie weiter, aus Angst, sich als Lügnerin zu erkennen zu geben, wenn sie mit der Unwahrheit zu lange zögerte.

»Das ist aber wirklich jammerschade«, entgegnete Kenneth mit falscher Freundlichkeit, und wieder neigte er den Kopf.

»Kenneth MacKenzie«, fuhr sie fort, »Ihr behauptet, ein ritterlicher Mann zu sein. Werdet Ihr es mir beweisen, indem Ihr einräumt, dass es, als Herrin dieser Burg und nachdem mein Mann verwundet wurde, meine Pflicht ist, diese Mauern zu verteidigen?«

Sein Missfallen stieg auf wie eine dunkle Wolke und schlug ihr in großen Wellen entgegen. Er starrte zu ihr auf, die Hände in die Hüften gestützt, und machte schließlich eine spöttische Verbeugung. »Ich gestehe es Euch zu, Mylady. Unter einer Bedingung.«

»Ich handele nicht mit Euch«, entgegnete Linnet und legte einen Pfeil ein, während sie sprach. »Verschwindet von hier und kehrt nie wieder.«

Ohne seinen Blick von ihr zu lösen, stellte Kenneth seinen rechten Fuß auf einen nahen Felsen. »Und wenn ich es nicht tue, werdet Ihr mein Knie zerschmettern?«

»Das sagte ich bereits.«

»Euer Mut beeindruckt mich, Mylady, aber ich halte es für ziemlich unwahrscheinlich, dass eine Frau mit einer Armbrust umgehen kann.« Er tätschelte sein Knie und lächelte wieder. »Oder zumindest nicht mit der Zielgenauigkeit, die Ihr behauptet zu besitzen.«

Linnet sagte nichts und zielte.

»Einen Dolch zu schleudern, ist ein Zigeunertrick«, reizte er sie weiter. »Als Heilerin und Seherin ist es nicht überraschend, dass Ihr eine solche Fähigkeit besitzt. Aber mit der Waffe eines Mannes umgehen zu können …« Er brach ab und lachte. »Nein, das glaube ich nicht.«

Linnet bewahrte Schweigen, und ihre Finger glitten zu dem Hebel unter dem Querbalken der Armbrust.

»Schickt meinen Sohn heraus, und ich werde Euch in Ruhe lassen.« Jegliche Heiterkeit war nun aus seiner Stimme verschwunden. »Mein Anspruch auf diese Burg kann noch ein Weilchen warten.«

Ärgerliches Gemurmel erhob sich unter den Männern hinter Linnet, höhnisches Gelächter ertönte von den anderen unten.

»Ihr könnt auf gar nichts Ansprüche erheben«, rief Linnet, als ihre Finger den Hebel fanden. »Weder auf den Jungen noch auf diese Mauern. Ich fordere Euch noch einmal auf, mit Euren Leuten zu verschwinden.«

»Ich glaube nicht, dass wir das tun«, war Kenneths Antwort.

»Das werden wir ja sehen«, murmelte Linnet und betätigte den Hebel.

Ein scharfer Schmerzensschrei zerriss die Nacht. Unter den Beifallrufen von Duncans Männern lehnte Linnet die Armbrust an die Wand und lächelte zufrieden, obgleich der Pfeil sein Ziel verfehlt hatte.

Statt Kenneths Knie zu treffen, hatte er sich tief in den Schenkel dieses Ungeheuers gebohrt.

»Eins schwöre ich dir, Frau: Falls du je wieder wagen solltest, mir den Gehorsam zu verweigern, lege ich dich übers Knie und versohle dir den nackten Po vor allen meinen Männern!«, fauchte Duncan, als seine Frau mit irritierender Gelassenheit fortfuhr, ihn mit der Behandlung seiner Wunden zu martern und zu quälen.

Ohne ihn zu beachten, setzte sie gelassen ihre Arbeit fort. Selbst seine Männer schienen vergessen zu haben, wem sie

Treue schuldeten, stellten sich taub für seine Einwände und hielten ihn rücksichtslos auf einem seiner eigenen Tische in der Halle fest.

»Herrgott noch mal, sei vorsichtig!«, jammerte er, als Linnet ihre teuflische Klinge tief in seinen verletzten Oberschenkel bohrte. »Willst du beenden, was Kenneth und seine Bande begonnen, aber nicht geschafft haben?«

»Deine Frau versucht nur, dir zu helfen, mein Freund«, tadelte ihn Sir Marmaduke. Der englische Flegel lehnte an einem nahen Tisch, die Arme selbstgefällig vor der Brust verschränkt.

Duncan blickte ihn finster an, aber er hob nur seinen Zinnkrug zu einem spöttischen Toast und nahm dann ruhig einen tüchtigen Schluck Bier daraus.

»Hättest du auf uns gehört, als wir dich baten, von den Zinnen zu verschwinden, hättest du jetzt erheblich weniger Wunden, die versorgt werden müssen.«

»Denkst du?« Duncans Ärger wuchs. Der hässliche Schurke von seinem Schwager hatte nicht einmal einen Kratzer abbekommen.

»Ich brauche es nicht zu denken. Ich *weiß*, dass es so ist.«

»Gibt es eigentlich irgendwas, was du nicht wei …«, fauchte Duncan und unterbrach sich jäh, als Linnets Klinge sich noch tiefer in sein zerrissenes Fleisch bohrte.

Sir Marmaduke zuckte mit den Schultern und trank einen weiteren Schluck Bier.

»Haltet still, Mylord«, murmelte Elspeth beruhigend und reinigte mit einem kühlen, feuchten Leintuch eine Platzwunde an Duncans Schläfe.

»Wenn du den Wein getrunken hättest, den wir dir vergeblich einzuflößen versucht haben«, meldete sich Fergus vorwurfsvoll vom anderen Ende des Tischs, »wären die Schmerzen jetzt leichter zu ertragen, Junge.«

»Ich habe keine Schmerzen«, knurrte Duncan mit einem wütenden Blick den langen, schmalen Tisch hinunter.

»Ach ja?«, versetzte der alte Seneschall, völlig ungerührt von Duncans wildem Blick.

Dann packte er noch fester Duncans Knöchel. »Wenn das stimmt, warum brauchen wir dann sechs unserer stämmigsten Männer, um dich hier festzuhalten?«

Duncan öffnete schon den Mund zu einer passenden Antwort, schloss ihn aber wieder und zuckte zusammen, als die Spitze von Linnets Dolch ganz unerwartet über seinen Oberschenkelknochen scharrte.

»Seid ihr verrückt geworden?«, brüllte er, sich aufbäumend, um den unerbittlichen Händen seiner Männer zu entkommen. »Lachlan«, rief er, »bring mir jetzt sofort den Wein!«

Der Knappe eilte an seine Seite, einen großen irdenen Krug in seinen Händen. »Gib Elspeth den Wein«, befahl Linnet dem Knappen, ohne von ihrer Arbeit aufzusehen. »Und dann halt seinen Kopf hoch, damit sie ihm beim Trinken helfen kann.«

Darauf sah Lachlan ihn an und runzelte besorgt die Stirn.

»Tu, was sie sagt«, zischte Duncan zwischen zusammengebissenen Zähnen.

Sofort gab der Knappe den Krug weiter.

Einen Moment darauf floss der starke, einschläfernde Wein durch seine Kehle. Erst als er den gesamten Krug geleert hatte, ließ Elspeth seinen Kopf vorsichtig wieder auf das Kissen sinken.

»Ich hätte gern noch mehr«, sagte Duncan und stieß einen zufriedenen Seufzer aus.

Aber nicht, ohne Fergus vorher mit einem finsteren Blick bedacht zu haben, damit er ja nicht auf die Idee kam, eine weitere seiner spitzen Bemerkungen loszulassen.

Er war schließlich der Gutsherr hier, und er würde so viel Wein trinken, wie er wollte.

So viel er brauchte, um den Schmerz zu dämpfen.

Einige Stunden später, schien es, und nur die heiligen Apostel wussten, nach wie vielen Krügen Wein, erwachte Duncan wieder. Durch einen Nebel von Schmerz blickte er auf zu seiner Frau.

Sie stand über ihn gebeugt und betrachtete ihn, und ihm gefiel der besorgte Ausdruck, der ihre bernsteinfarbenen Augen trübte, gar nicht. Und auch nicht die scharfen Linien, die Anspannung und Erschöpfung in ihr reizendes Gesicht gegraben hatten.

Aber vor allem gefiel ihm nicht, wie sie ihn ansah.

Es bedeutete nichts Gutes.

Für ihn.

»Hast du immer noch nicht genug davon, mit deiner verdammten Klinge in meinem Bein herumzustochern? Wie lange willst du mich noch so hier liegen lassen, splitternackt und eingepackt in Leintücher wie ein aufgebahrter Leichnam?«, erkundigte er sich griesgrämig, aber insgeheim schockiert über den krächzenden, gebrochenen Tonfall seiner Stimme.

Statt zu antworten, warf Linnet seinem Schwager einen besorgten Blick zu. Dieser besserwisserische Flegel stand neben ihr und starrte ihn genauso eigenartig an wie sie.

»Nun?«, fauchte Duncan ungehalten. »Stellt meine Geduld nicht auf die Probe, denn ich habe nicht mehr viel davon.«

»Deine Frau und Elspeth haben großartige Arbeit geleistet, mein Freund«, antwortete Sir Marmaduke an ihrer Stelle. »Sie haben die meisten deiner Wunden gereinigt und verbunden. Gottlob haben sie es auch geschafft, all die winzigen Metall-, Stoff- und Lederteilchen zu entfernen, die sich tief in deine Wunden eingegraben hatten. Das müsste dir eine Infektion ersparen.«

Duncan konzentrierte sich auf ein einziges Wort der scheinheiligen kleinen Rede seines Schwagers. »Wie meinst du das, die *meisten* meiner Wunden?«

»Wir konnten nicht den Pfeil aus deinem Arm herausziehen«, sagte seine Frau, deren sanfte, weiche Stimme in auffallendem Kontrast zu der Unruhe in ihren Augen stand. »Es zu tun, hätte mehr Schaden angerichtet, als bereits geschehen ist.«

Mühsam hob Duncan seinen Kopf und warf einen Blick auf seinen linken Arm. Tatsächlich, der Schaft des Pfeils ragte noch aus seinem Arm, und die Haut um die Stelle, wo er eingetreten war, sah geschwollen aus und stark gerötet.

»Du wirst ihn auf der anderen Seite herausziehen müssen«, sagte er und spürte, wie sich sein Magen umdrehte bei der Vorstellung.

Linnet nickte ernst. »Das wird schmerzen.«

Duncan ließ den Kopf auf das Kissen zurückfallen. »Für wie dumm hältst du mich?«, keuchte er, geschwächt von der Anstrengung, den Kopf hochzuhalten. »Ich weiß, dass es wehtun wird. Bringen wir es hinter uns.«

»Aye, das müssen wir«, stimmte sie zu. »Die Haut um den Schaft sieht nicht gut aus. Die Wunde wird möglicherweise nicht so sauber heilen, wie wir es uns wünschen würden.«

Duncan sog durch zusammengebissene Zähne scharf den Atem ein. Allein das Reden darüber, was getan werden musste, verzehnfachte den pochenden Schmerz in seinem Arm. »Bringen wir es hinter uns«, knurrte er.

Linnet biss sich auf die Unterlippe und nickte grimmig. Wieder glitt ihr Blick zu dem Sassenach. Dieser neigte zustimmend den Kopf und befahl den Männern, die noch immer um den Tisch versammelt waren, ihren Herrn gut festzuhalten.

Dann nahm Linnet eine von Duncans Händen und verschränkte ihre Finger mit seinen. Als Sir Marmaduke seine große Hand um Duncans Oberarm schloss und mit der anderen den Schaft des Pfeils ergriff, schloss Duncan die Augen.

»Es tut mir leid, mein Freund«, hörte er den Engländer noch sagen … dann fingen Duncans Eingeweide Feuer, und vor seinen Augen wurde alles schwarz.

»Gott sei Dank, er ist ohnmächtig geworden«, wisperte Linnet und umklammerte die Hand ihres Mannes, als sie sie in ihrer erschlaffen fühlte. Sie wandte das Gesicht von dem blutigen Pfeil ab, den Sir Marmaduke gerade durch Duncans Arm gestoßen hatte, und ihr Atem kam in schnellen, kleinen Stößen, als sie gegen die Übelkeit ankämpfte, die in ihr aufgestiegen war.

Am Kopfende des Tisches murmelte Elspeth beruhigende Worte und drückte ein weiteres feuchtes Tuch auf Duncans Stirn. Zu Linnet aufschauend, sagte sie: »Wir werden das zerfetzte Fleisch gründlich reinigen und eine deiner warmen Schafgarbe-Packungen auflegen müssen, bevor wir seinen Arm verbinden.«

Sie hielt einen Moment inne, um das feuchte Tuch umzudrehen, das sie gegen Duncans Stirn drückte. »Fühlst du dich in der Lage, mitzuhelfen, Kind, oder soll ich ihn allein versorgen?«

Linnet straffte ihre Schultern und biss sich auf die Unterlippe, um ihr Zittern zu verbergen. Bisher war es ihr gelungen, nicht eine einzige Träne zu vergießen, die ganze langen Nacht nicht, während sie ihren Mann und seine verwundeten Leute versorgt hatte.

Sie hatte Wunden gereinigt und genäht und Breiumschläge aufgelegt, den Männern stärkende heiße Brühe eingeflößt und zahllosen erschöpften MacKenzies etwas von ihren schmerzstillenden Tinkturen gegeben. Und die ganze Zeit über hatte sie nicht ein einziges Mal ihrem eigenen Bedürfnis nachgegeben, sich einfach neben den arg zugerichteten Körper ihres Ehemanns zu legen und ihm mit ihrer Umarmung Trost zu spenden.

Einmal oder zweimal war sie zu ihrem Zimmer hinaufgelaufen, um nach Robbie zu sehen. Zum Glück schlief der Junge tief und fest hinter den Vorhängen des breiten Betts, das sie mit Duncan teilte. Und zu ihrer immensen Erleichterung, obwohl sie wusste, dass das ein bisschen töricht war, stand der stumme Riese, Thomas, noch immer Wache vor der Tür.

Aye, irgendwie hatte sie es durchgestanden. Es war ihr sogar gelungen, ein schwaches Lächeln für die unverletzten Krieger zu erübrigen, die Bier trinkend zusammengesessen und mit dem hastigen Abzug Kenneths und seiner Briganten geprahlt hatten. Die waren, unmittelbar nachdem der Pfeil aus Linnets Armbrust den Oberschenkel ihres Anführers getroffen hatte, in ihren kleinen Booten im dichten Nebel untergetaucht.

Sie konnte ihre Schadenfreude sehr gut nachempfinden. Auch sie hatte große Genugtuung empfunden, als sie Kenneth auf ein Boot zuhinken sah, das einer seiner Männer für ihn bereitgehalten hatte. Aber sie konnte nicht mit ihnen lachen und prahlen, solange noch so viel zu tun blieb – während noch so viele Männer in der großen Halle lagen, die sich vor Schmerzen wanden und stöhnten, bis ihre Stimmen zu heiser waren, um etwas anderes zu tun, als still zu liegen und mit schmerzerfülltem Blick zu allen aufzustarren, die an ihnen vorübergingen.

Und im Laufe dieser ganzen langen Nacht hatte sie nicht eine einzige Träne vergossen.

Und würde es auch jetzt nicht tun.

Nicht, solange ihr Ehemann sie brauchte.

Aber der Himmel wusste, wie gern sie es getan hätte.

Es war unausdenkbar für sie, was geschehen wäre, wenn Duncans Verletzungen noch ernsterer Natur gewesen wären. *Wenn er ihr genommen worden wäre.* Eine Gänsehaut überzog ihre Arme, und ein heftiges Erschaudern packte sie bei dem Gedanken.

Sie durfte ihn nicht verlieren … nicht jetzt. Nicht nachdem sie begonnen hatte, ihn zu mögen.

Trotz seiner schroffen, ungeschliffenen Art.

Nicht nachdem sie sich so sehr in ihn verliebt hatte.

So sehr, dass auch sie lieber gestorben wäre, als ohne ihn zu leben.

»Linnet?«

Sie fuhr zusammen; Elspeths Stimme brachte sie wieder in die Gegenwart zurück. »Aye?«, fragte sie, während sie sich blinzelnd zu der alten Dame umwandte.

»Du hast geträumt«, bemerkte Elspeth. »Ich habe den

Arm deines Mannes gereinigt, und sein Knappe hat die letzten deiner Breiumschläge geholt – kannst du sie auflegen und die Wunde verbinden, oder soll ich es tun? Vielleicht wäre es das Beste, wenn du nach oben gehst und ein paar Stunden schläfst.«

»Nein.« Linnet schüttelte den Kopf. »Ich kümmere mich selbst um ihn.« Widerstrebend ließ sie Duncans Hand los und nahm die aufgewärmte Breipackung, die Lachlan vorbereitet hatte. So sanft wie möglich trug sie sie auf Duncans linken Oberarm auf und befestigte sie mit einem sauberen Verband.

»Danke, Lachlan«, sagte sie, als sie Duncans frisch verbundenen Arm behutsam auf den Tisch legte. »Wir werden all seine Wunden neu verbinden, bevor er erwacht.«

Der Knappe nickte zustimmend. »Kann ich sonst noch etwas tun, Mylady?«

»Aye.« Linnet berührte flüchtig seinen Arm. Er zitterte, und sie sah, dass sein Gesicht noch immer eine ungesunde Blässe zeigte. »Du kannst dich ausruhen.«

Dann wandte sie sich ab, bückte sich und nahm eine kleine Flasche aus ihrer Kräutertasche. »Ich werde meinem Mann jetzt etwas mit Baldrian vermischten Wein zu trinken geben. Es wird ihm helfen, bis morgen durchzuschlafen, oder vielleicht sogar noch länger. Du kannst seinen Kopf anheben, das wird es mir erleichtern, ihm das Mittel einzuflößen.«

Sie hielt inne und strich mit dem Handrücken leicht über die kalte Wange des jungen Mannes. »Und ich möchte, dass du dann auch ein Schlückchen davon trinkst.«

Lachlan errötete und nickte wieder. »Ich danke Euch, Mylady.«

Mit Lachlans und Sir Marmadukes Hilfe gelang es Linnet, Duncan einen ordentlichen Schluck des Weins einzuflößen. Und glücklicherweise rührte er sich nicht einmal dabei, sondern schlief ruhig weiter.

Sir Marmaduke sah sie an, sein gesundes Auge voller Sorge.

»Mylady, Ihr habt getan, was Ihr konntet heute Nacht, und noch viel mehr. Ihr habt Euch meinen tiefsten Respekt und meine Bewunderung verdient.« Sanft legte er eine Hand auf ihre Schulter. »Es ist nicht mehr weit bis zur Morgendämmerung, und da Ihr Lachlan fortgeschickt habt, um sich auszuruhen, würde ich empfehlen, dass wir es ihm nachtun und uns auch ein bisschen Ruhe gönnen.«

Linnets Blick glitt zurück zu ihrem Ehemann, dessen Körper bis auf die Verbände noch halb nackt war. Er schlief tief und fest, das erkannte sie am gleichmäßigen Heben und Senken seiner Brust, und hin und wieder vernahm sie sogar ein leises Schnarchen von ihm.

Aber sie wollte ihn trotzdem nicht allein lassen.

Der Sassenach drückte beruhigend ihre Schulter. »Ich halte es für das Beste, ihn liegen zu lassen, wo er ist. Wir würden ihm keinen Gefallen tun, wenn wir ihn wecken, indem wir versuchen, ihn woanders hinzubringen.«

»Aber …«

»Macht Euch keine Sorgen, Mylady, ihm wird nichts geschehen«, versicherte er ihr und wischte mit dem Daumen eine Träne ab, die sich aus ihrem Augenwinkel gelöst hatte. »Er ist viel zu stur, um nicht wieder gesund zu werden.«

Linnets Kehle war so eng, dass sie nichts darauf erwidern konnte, aber sie schenkte ihm ein unsicheres Lächeln zum Zeichen ihrer Dankbarkeit.

»Fergus und seine Dame werden bald mit den Wolldecken zurückkommen, die Ihr verlangt habt. Sie werden Duncan und den anderen Verwundeten ein bequemes Nachtlager bereiten. Mehr könnt Ihr heute Nacht nicht tun. Duncan würde wollen, dass Ihr Euch jetzt ausruht.«

Er trat zurück und bot ihr seinen Arm. »Kommt, ich begleite Euch zu Eurem Zimmer.«

Nach einem letzten besorgten Blick auf ihren schlafenden Mann hakte Linnet sich bei dem Sassenach unter und ließ sich von ihm aus dem Saal führen. Als sie ihr Zimmer erreichten, öffnete Thomas rasch die Tür für sie, doch bevor sie eintreten konnte, hielt Sir Marmaduke sie am Arm zurück.

»Möchtet Ihr, dass ich am Feuer sitze, während Ihr schlaft?« Das flackernde Licht einer nahen Wandfackel ließ einen besorgten Ausdruck auf seinem entstellten Gesicht erkennen.

»Das ist sehr freundlich von Euch, aber ich komme schon zurecht«, lehnte Linnet ab und gestand sich nun endlich ein, wie müde sie war. Sie wollte nur noch in ihr Bett kriechen, Robbie in ihre Arme schließen und in einen tiefen Schlaf versinken, der sie all die schrecklichen Geschehnisse des Tags vergessen ließ.

»Seid Ihr sicher?«

»Aye.«

»Wie Ihr wünscht, Mylady.« Sir Marmaduke nickte respektvoll und ließ sie dann allein.

Sie sah ihm nach, als er sich entfernte, wünschte dem jungen Thomas eine gute Nacht und betrat ihr Zimmer, dessen Tür sie sorgfältig von innen verriegelte.

So müde, dass sie fast im Stehen einschlief, bog sie ihren Rücken durch und streckte ihre schmerzenden Arme über ihren Kopf.

Dann durchquerte sie den Raum und zog die Bettvorhänge zurück.

Robbie war nicht da!

Und ein lächelnder Mann lag an seiner Stelle auf dem Bett.

Bevor Linnet schreien konnte, wurde sie von hinten von einem harten Arm gepackt, und eine übel riechende Hand presste sich auf ihren Mund und erstickte jegliches Geräusch, das sie vielleicht von sich gegeben hätte.

»Guten Morgen, meine Schöne«, begrüßte Kenneth sie gedehnt vom Bett. »Ich dachte schon, Ihr würdet nie erscheinen.«

17

»Es wäre äußerst unklug, Gilbert in die Hand zu beißen«, warnte Kenneth, der Linnets Absicht scheinbar missverstanden hatte. »Er ist sehr ungehobelt und würde Euch bestimmt nicht so zuvorkommend behandeln, wie ich es wünschen würde, falls Ihr ihn beißt.«

Die bloße Vorstellung ließ Linnet schaudern, und sie begann zu würgen und war dem Erbrechen nahe vor lauter Ekel. Die Hand, die sich so unnachgiebig auf ihren Mund presste, stank viel zu sehr nach verdorbenem Fisch, um so etwas zu wagen.

Der Gestank war schlimm genug. Sie würde sich doch nicht noch mehr quälen und das übel riechende Fleisch dieses Rüpels auch noch *probieren*!

Sie verengte jedoch ihre Augen und bedachte den selbstgefälligen Bastard auf ihrem Bett mit einem finsteren Blick. Er hatte die Füße übereinandergeschlagen und die Arme hinter dem Kopf verschränkt, und es war offensichtlich, dass jemand seinen verletzten Oberschenkel behandelt und verbunden hatte.

»Es wird Euch nicht viel nützen, mich so böse anzufunkeln, so schön Eure Augen auch vielleicht sein mögen«, sagte er mit leiser, samtiger Stimme, die nur so triefte vor Belustigung.

Seine dunkelblauen Augen, die Duncans so ähnlich waren, leuchteten, als er seinen Blick lüstern über ihre Brüste gleiten ließ, dann zu ihren Füßen und wieder zurück. »Bei meiner Ehre, Mylady, ich muss zugeben, dass Ihr viele … nun ja … viel versprechende Eigenschaften besitzt. Es wird mir große Freude machen, sie alle zu genießen.«

Linnet schaffte es endlich, sich von Gilberts fleischiger Hand loszureißen, und fauchte Kenneth wütend an: »Eher werdet Ihr in der Hölle braten, bevor Ihr Hand an mich legt! Und sprecht bloß nicht von Ehre, denn Ihr wisst ja gar nicht, was das ist. Was Ihr mit Robbie getan habt, will ich wis …« Die übel riechende Hand presste sich wieder auf ihren Mund und erstickte ihren Protest.

»Dem Jungen geht es gut. Ihr glaubt doch nicht etwa, ich würde meinem eigenen Sohn etwas Böses antun wollen?« Kenneth schützte Erstaunen vor, während sie sich heftig gegen den hünenhaften Mann wehrte, der sie festhielt.

»Ihr werdet bald wieder mit dem Kind vereint sein, meine Süße«, versuchte Kenneth, ihr gut zuzureden. »Wenn Ihr jetzt so freundlich wärt, Euch zu beruhigen, können wir sofort von hier verschwinden. Ja, eigentlich überrascht mich Euer Widerstand sogar. Ich dachte, es sei Euer Wunsch gewesen, mein Interesse zu erringen?«

Seine Lippen verzogen sich zu einem arroganten Grinsen, und Kenneth streckte ihr eine Hand entgegen. Eine Locke glänzend schwarzen Haars baumelte zwischen seinen Fingern. »Warum sonst hättet Ihr diesen Beweis meiner Bewunderung auf den Waldpfad fallen lassen sollen – wenn nicht in der Hoffnung, ich würde ihn finden und mich verpflichtet fühlen, ihn Euch zurückzugeben?«

Linnet war so empört, dass ihr Herz zu rasen begann und ihre Wangen brannten. Selbst ihre Ohren schienen zu glühen vor Erbitterung.

Und sie zitterte.

Am ganzen Körper.

Nur ihre Wut und Sorge um Robbie hielten sie noch aufrecht. Und wütend war sie.

So wütend wie noch nie zuvor in ihrem Leben.

Wütend genug, um ihren Abscheu zu vergessen und mit aller Kraft in Gilberts schmutzige Hand zu beißen.

»Auuuu!«, brüllte er und ließ sie los, um seine übel riechende Pfote an den eigenen Mund zu halten.

Schnell raffte Linnet ihre Röcke, um nach ihrem Dolch zu greifen, doch da schlossen sich schon harte Finger um ihren Arm und hielten ihre Hand zurück. Trotz seines verwundeten Beins war Kenneth mit einer Schnelligkeit und Beweglichkeit aufgesprungen, wie sie sie bislang nur bei ihrem Ehemann und dem Sassenach gesehen hatte.

Keuchend, mit wild pochendem Herz, blieb ihr nichts anderes übrig, als hilflos zuzusehen, wie ihr Quälgeist ihren Dolch aus ihrem Stiefel nahm.

»Besten Dank, Mylady. Ich wollte Euch sowieso gerade bitten, mir die Waffe auszuhändigen.« Grinsend steckte er das Messer unter seinen Gürtel und zog Linnet hart an seine Brust. »Und nun hört auf zu zappeln«, befahl er und bedeckte ihren Mund mit seiner Hand. »Und wagt ja nicht, zu schreien, denn sonst bringe ich Euch mit meinen Lippen zum Schweigen und werde Euch zwingen, stillzuhalten, indem ich Euch besteige.«

Linnet schluckte prompt den Schrei, den sie gerade hatte ausstoßen wollen.

Und sie erstarrte auch, hörte auf, sich zu bewegen, und blieb, reglos wie aus Stein gemeißelt, in den unnachgiebigen Armen des verdammten Bastards stehen.

»Das ist schon besser. Viel besser.« Er strich ihr mit der Hand über den Rücken, während er sprach. »Ihr dürft nicht das kleinste Geräusch verursachen, wenn wir gehen«, warnte er, legte die Finger seiner anderen Hand unter ihr Kinn und brachte ihr Gesicht so dicht an sein eigenes heran, dass sie nur noch Millimeter trennten. Sein heißer Atem streifte ihre Haut und drehte ihr den Magen um.

»Solltet Ihr Euch entschließen, meine Warnung in den Wind zu schlagen, werde ich Euch dort, wo wir gerade sind, auf den nackten Boden werfen und Euch nehmen, und wenn auch nur, um meinen Bruder zu verärgern.« Sein Mund kam ihrem so nahe, dass sie befürchtete, er werde versuchen, sie zu küssen. »Habe ich mich klar genug ausgedrückt?«

Linnet nickte und kämpfte gegen die heftige Übelkeit an, die seine Nähe und seine Berührungen in ihr auslösten. Ihr durfte jetzt nicht schlecht werden … sie musste ihre Kraft und ihren Verstand zusammenhalten, bis sie wieder mit Robbie vereint war und ihre Flucht planen konnte.

»Gut«, sagte Kenneth, als sie nickte. Dann ließ er sie los und trat zurück. Seine muskulösen Arme vor der Brust verschränkend, zog er eine Braue hoch und ließ seinen Blick wieder über ihre Brüste gleiten. »Glaubt ja nicht, ich würde nicht wahr machen, was ich Euch angedroht habe. Es wäre ein Akt, den ich unter allen Umständen genießen würde, und Eure Süße direkt vor den entsetzten Augen meines Bruders zu genießen, würde mein Vergnügen höchstens noch erhöhen.«

Ohne den Blick von ihren Brüsten abzuwenden, deutete er auf den Wandteppich an der Wand neben dem Kamin. »Mach den Gang frei, Gilbert. Wenn wir nicht sofort diesen Raum verlassen, werde ich Myladys Reize vielleicht doch gleich hier erproben, und ich möchte mich nicht des Vergnügens der Vorfreude berauben.«

Zu Linnets Erstaunen schlenderte der Brigant, der sich Gilbert nannte, zur Wand hinüber und schob den Gobelin beiseite, worauf eine halb geöffnete Tür in der Steinmauer zum Vorschein kam.

Als er Linnet scharf den Atem einziehen hörte, lachte Kenneth. »Ihr wusstet also nichts von dem geheimen Gang?«, flüsterte er an ihrem Ohr und stieß mit dem Fuß gegen die Tür, bis sie aufschwang und den Blick auf einen finsteren, modrig riechenden Gang freigab, in dem Stufen kreisförmig nach unten in die Tiefe führten.

Kenneth kam ihr jetzt sogar noch näher und presste sich von hinten an sie, als er sie zwang, in die Finsternis zu treten und den Abstieg zu beginnen. »Ihr braucht Euch nicht ausgeschlossen zu fühlen, weil Ihr nichts von der Treppe wusstet. Ich dürfte nämlich eigentlich auch nichts davon wissen«, prahlte er mit nur mühsam unterdrückter Heiterkeit. »Doch leider Gottes war mein Bruder immer schon ein Narr ... dieser Schwachkopf hat nie gemerkt, wie oft ich ihn in unserer Jugend diesen Gang benutzen sah.«

Da ihre Augen sich noch nicht an die Dunkelheit gewöhnt hatten, glitt Linnet auf einer der glitschigen, moosbewachsenen Stufen aus. »He, Mylady«, warnte Kenneth und schlang fest einen Arm um ihre Taille, um sie zu stützen.

»Langsam und behutsam bitte, meine Schöne. Euer Pfeil, der meinen Oberschenkel getroffen hat, hat mich ein wenig unsicher auf den Beinen gemacht. Ich könnte Euch das nächste Mal vielleicht nicht halten, falls Ihr noch mal ausrutscht.«

Dann hob er eine Hand und strich mit den Fingern durch ihr offenes Haar. Linnet erschauderte und versuchte, sich ihm zu entziehen, doch er verstärkte nur noch seinen Griff um ihre Taille. Selbst ohne sein Gesicht zu sehen, konnte sie sein schadenfrohes Grinsen spüren.

Als belustigte ihn ihr Unbehagen.

»Aye, so ist es schon besser, Mädchen. Hübsch langsam«, murmelte er, und Linnet wusste, dass er sich nicht auf ihre zögernden Schritte auf der gewundenen Steintreppe bezog. »Ich möchte nicht, dass Ihr Euch blaue Flecken holt oder Euch gar die Knochen brecht. Das würde mein Vergnügen später nämlich sehr beeinträchtigen.«

Linnet krümmte sich innerlich bei dem leisen, gewinnenden Tonfall seiner Worte. Er sprach, als säßen sie sich in einem intimen kleinen Salon gegenüber, bei einem exquisiten Essen und einer guten Flasche Wein.

Wie Liebende.

Beim bloßen Gedanken daran stieg Galle in ihrer Kehle auf. Wieder lachte er, wahrscheinlich spürte er ihr Unbehagen und genoss es. Sein leises Lachen hallte grotesk von den kalten, feuchten Wänden des geheimen Ganges wider. »Nein, ich will nicht, dass Ihr Euch verletzt«, betonte er noch einmal. »Ich gedenke Eure Schönheit schließlich zu genießen.«

Ganz unvermittelt ergriff er eine Hand voll ihres Haars, verdrehte es grausam und zog so heftig daran, dass sie vor Schmerz aufstöhnte. »Danach …« Er beendete den Satz nicht und ließ ihr Haar wieder los.

Linnet sagte nichts, obwohl seine unausgesprochene Drohung Angst und Entsetzen in ihr weckte. Sie biss sich auf die Unterlippe, um ihm nicht eine scharfe Entgegnung ins Gesicht zu schleudern.

Und um nicht in Tränen auszubrechen.

Tränen und Wutausbrüche würden ihr jetzt keine große Hilfe sein.

Sie musste *nachdenken,* sie durfte ihn nicht provozieren. Ihre Gedanken rasten, suchten fieberhaft nach einem Weg, sich selbst und Robbie weg von diesem Ungeheuer und in Sicherheit zu bringen.

Angesichts ihres Schweigens redete er weiter und verhöhnte sie mit nicht zu überhörender Schadenfreude. »Ist es nicht zum Schreien komisch, dass ich Euch praktisch vor den Augen meines selbstgerechten Bruders entführt habe … und noch dazu durch einen Gang, von dem er in seiner Arroganz annahm, nur er wisse von seiner Existenz?«

Duncan. Ihr Herz schrie seinen Namen, als sie immer tiefer in die kalten, finsteren Gewölbe Eilean Creags hinunterstiegen. Sie kamen an verschiedenen niedrigen Gängen vorbei, die von der gewundenen Treppe abgingen, und Kenneth musste ihre Fluchtgedanken gespürt haben, denn er hielt kurz vor dem Eingang einer dieser Gänge an.

»Dieser Tunnel führt zum Schlafzimmer Eures Ehemanns und noch weiter. Er endet dann in der Kapelle«, informierte er sie und deutete mit einer Kopfbewegung auf die undurchdringliche Dunkelheit hinter dem bogenförmigen Eingang zu dem

Gang. »Es gibt kaum einen Stein in dieser Burg, den ich nicht kenne, egal, wie gut mein Bruder ihre Geheimnisse zu bewahren glaubte«, höhnte er. »Man kann sich ungesehen durch die gesamte Burg bewegen und verschwinden, bevor man von irgendwem vermisst wird. *Lange,* bevor jemand einen vermisst«, fügte er in einem Unheil verkündenden Ton hinzu, mit dem er sie zweifellos noch mehr verwirren wollte.

Aber Linnet hütete ihre Zunge und blickte sich verstohlen um, als sie an etlichen weiteren Gängen vorbeikamen. Jeder roch noch schlechter als der letzte. Es war ein kalter, modriger Geruch. Ein Gestank nach verfaulendem Tang und totem Fisch, vermischt mit dem unverkennbaren Salzgeschmack der See und dem muffigen Geruch von abgestandener Luft.

Linnet fröstelte ganz unwillkürlich. Hatte Duncan diese geheimen Gänge benutzt, wenn er manchmal so unerwartet in ihrem Schlafzimmer aufgetaucht war? Aye, auf diese Weise musste er sich Zugang zu ihr verschafft haben, wenn er wusste, dass sie sich geweigert hätte, ihm die Tür zu öffnen.

Heiße Tränen brannten plötzlich hinter ihren Lidern, und sie blinzelte schnell, um sie zu verdrängen, denn sie wollte vor Kenneth keine Schwäche zeigen. Um sich abzulenken, konzentrierte sie sich auf ihre Erinnerungen an Duncans nächtliche Besuche, wenn er scheinbar aus dem Nichts heraus in ihrem Zimmer aufgetaucht war.

Wie oft hatte er sie überrascht und sie mit zärtlichen Küssen und sanften Händen aufgeweckt?

Öfter, als sie zählen konnte.

Ein solch überwältigendes Gefühl der Sehnsucht und des Bedauerns erfasste sie, dass es ihr in seiner Intensität beinahe den Atem raubte. Wie hatte sie nicht wissen können, dass er sie umwerben, ihr den Hof hatte machen wollen?

Gott vergebe ihr, aber sie hatte es tatsächlich nicht gemerkt. Nicht wirklich jedenfalls, bis heute, bis zu diesem Augenblick.

In der Dunkelheit des Treppenhauses sah sie sein Gesicht

vor sich: seine tiefblauen Augen, die sich verdunkelten vor Leidenschaft; die winzigen Lachfältchen um seine Augen, wenn er fröhlich war; seine hohe Stirn, die sich furchte vor Enttäuschung, wenn er seine Gefühle in Worte zu kleiden versuchte und es ihm nicht gelang.

Mit einem Mal wehte ein heftiger Windstoß kalter, salzhaltiger Luft die Treppe hinauf, dessen durchdringende Kälte einen Schauer über Linnets Rücken jagte.

Und Kälte erfasste auch ihr Herz. Eine Kälte, die sich mit jedem weiteren Schritt, den sie nach unten taten, noch verstärkte. Ihre eisigen Finger packten sie und hielten sie noch fester umklammert, als Kenneths unnachgiebige Finger ihren Arm.

Heilige Muttergottes, würde sie ihren Mann je wiedersehen?

Würde sie ihm je sagen können, dass es sie nicht kümmerte, ob er über seine eigene Zunge stolperte, wann immer er versuchte, ihr seine Gefühle zu erklären? Würde sie je Gelegenheit bekommen, ihm zu versichern, dass es ihr nichts ausmachte?

Dass sie endlich erkannt hatte, dass sie ihm etwas bedeutete?

Würde sie je die Chance bekommen, ihm zu sagen, dass sie seine Unfähigkeit, mit Worten umzugehen, sogar sehr liebenswert fand? Liebenswerter und charmanter als die schönste Prosa eines erfahrenen Minnesängers?

Ein heißer Klumpen formte sich in ihrer Kehle, und sie presste die Lippen zusammen und schluckte, um ihn zu vertreiben. Als ihr das gelungen war, schöpfte sie tief Atem und straffte ihre Schultern.

Sie musste stark sein. Nicht nur sich selbst zuliebe, sondern auch für Robbie.

Sie hatte keine andere Wahl.

Der kalte Wind nahm plötzlich zu, begleitet von einem hohlen Heulen und dem Geräusch von Wellen, die gegen Felsen schlugen und wieder zurückschwappten. Kenneth beschleunigte seine Schritte und zerrte sie buchstäblich um die letzten Biegungen der Treppe, bis sie eine ziemlich große Höhle erreicht hatten.

Tiefe Schatten und flackerndes Licht aus einem kleinen Kohlenbecken warfen unheimliche, sich ständig verändernde Bilder auf die glitzernden Wände und das gewölbte Dach. Der Seewind war stärker hier, pfiff ungehindert durch eine hohe, spaltähnliche Öffnung auf der anderen Seite der Höhle, peitschte ihren Umhang gegen ihre Beine und zerrte an ihrem aufgelösten Haar.

Sprühnebel befeuchtete ihre Haut und brannte in ihren Augen, und die Feuchtigkeit des nassen Sandbodens drang durch die Ledersohlen ihrer Stiefel, bis ihre Zehen sich wie Eisklumpen anfühlten.

Sie rieb sich die Hände, um sie warm zu halten, und blickte sich verstohlen um. Zwei Männer bewachten den schmalen Eingang, und beide hielten eine flackernde Pechfackel in der Hand. Gilbert, der übel riechende Hüne, der sie gepackt hatte, als sie ihr Zimmer betreten hatte, blieb auf der untersten Stufe des Treppenaufgangs stehen.

Seine massige Gestalt zerstörte Linnets Hoffnung, Robbie zu ergreifen und mit ihm in einem der geheimen Gänge zu verschwinden, und machte jede Möglichkeit zur Flucht zunichte.

Aber noch schlimmer war, dass Robbie nirgendwo zu sehen war!

Linnet strengte ihre Augen an und versuchte, an den beiden Männern, die am Eingang der Höhle standen, vorbeizusehen. Sie hoffte, das Kind irgendwo an dem felsigen Strand dahinter zu entdecken, aber sie sah nichts als weiße Nebelschwaden über den zerklüfteten Felsen und die bleigraue, aufgewühlte Oberfläche des Loch Duich.

Ein ungutes Gefühl beschlich sie und ließ sich in ihrer Magengrube nieder wie eine angriffslustige, giftige Schlange. »Was habt Ihr mit Robbie getan?«, fuhr sie Kenneth an, als sie endlich ihre Stimme wiederfand.

»Man sollte meinen, Euer besonderes Talent hätte Euch auf direktem Weg zu ihm geführt«, versetzte Kenneth spöttisch. »Oder ist Eure hellseherische Gabe genauso aus der Luft gegriffen wie die vermeintliche Tapferkeit meines Halbbruders?«, fügte er hinzu und ließ sie los, um eilig zu den beiden Männern, die den Eingang bewachten, hinüberzuhinken.

Linnet ignorierte die Beleidigung ihres Ehemanns, weil Kenneths spöttische Worte über Robbie und sein scharfer Befehl an seine Männer, Boote für eine rasche Abfahrt vorzubereiten, sie zutiefst beunruhigten.

Sie musste den Jungen finden.

Fieberhaft blickte sie sich in der Höhle um, spähte in die Schatten und suchte verzweifelt nach irgendeinem Zeichen ihres Stiefsohns, voller Angst vor dem, was sie finden würde.

Ihre Gabe war ihr dabei keine Hilfe. Sie hatte versucht, in sich hineinzublicken, aber nichts anderes gesehen als Dunkelheit und Kälte.

Dann fiel ihr Blick auf einen runden, dunklen Klumpen in der entferntesten Ecke der Höhle, und ihre schlimmsten Ängste schienen sich zu bestätigen.

Fast vollständig verborgen von einer Reihe glänzend schwarzer Felsen, die aus der abgeschrägten Wand der Höhle ragten, hockte der kleine Junge, die Knie an die Brust gezogen und sein hölzernes Spielzeugschwert mit beiden Händen fest umklammernd. Linnet lief zu ihm und ließ sich im nassen Sand auf ihre Knie sinken. »Robbie, Gott sei Dank, dass dir nichts zugestoßen ist!«, rief sie und drückte ihn an ihre Brust. »Sie werden uns von hier fortbringen, Junge«, wisperte sie, während sie ihn in ihren Armen hielt. »Aber mach dir keine Sorgen, ich werde einen Weg finden, mit dir zu fliehen, und dein Dad wird sicher auch schon nach uns suchen.«

Robbie zappelte in ihren Armen und begann sich von ihr abzuwenden. »Ich geh nicht mit«, murmelte er mit seltsam rauer Stimme.

»Aber du musst, wir beide müssen – wir haben keine andere Wahl«, sagte Linnet, und dann nahm sie sein Kinn zwischen Daumen und Zeigefinger und zwang ihn, ihr ins Gesicht zu sehen.

Erschrocken schnappte sie nach Luft, als sie ihn zum ersten Mal richtig ansah. Blass und angespannt, die Wangen schmutzig und verschmiert von Tränen, die Augen voller Qual, sah der Junge aus, als wäre er um Jahre gealtert. Seine Unterlippe zitterte, und die Hände, die sein Spielzeugschwert umklammert hielten, bebten.

Von seiner üblichen Couragiertheit war nichts mehr zu spüren.

Sie war ihm gründlich vergangen, die kühne Tapferkeit, die er normalerweise zeigte.

Ein frischer Strom von Tränen rann über seine Wangen, und er riss sich von Linnet los und starrte mit gesenktem Kopf den Sandboden der Höhle an.

»Robbie, mein Junge, du brauchst dich nicht zu fürchten«, sagte Linnet beruhigend und strich zärtlich über das seidige Haar auf seinem gesenkten Kopf. »Ich werde dafür sorgen, dass dir nichts geschieht.«

Da blickte er auf, und ein Funke seines alten Ichs flackerte in seinen dunkelblauen Augen auf. »Ich weine nicht um mich selbst, Mylady«, sagte er, und seine Stimme klang gebrochen, als lastete eine Welt der Traurigkeit auf seinen kleinen Schultern. »Es ist wegen Mauger …« Er begann zu schluchzen. »Die bösen Männer haben ihn umgebracht.«

»Oh, Robbie.« Erst da bemerkte sie den alten Hund, der in den tiefen Schatten hinter Robbie fast nicht zu erkennen war. Still und reglos lag er da, nicht mehr als ein Bündel Fell und Knochen, sein gewölbter Kopf verklebt mit Blut, seine stets so vertrauensvollen Augen fest geschlossen. »O nein, mein Junge, nein. Es tut mir schrecklich leid«, flüsterte sie, und nun begann auch sie zu weinen.

»Onkel Kenneth hat ihn getreten.«

»Aye, und er verdiente einen Tritt«, sagte Kenneth, während er Linnet am Arm packte und sie grob auf ihre Füße zog. »Das verdammte Vieh wollte mich beißen.«

»Ich hasse dich, du bist böse!« Robbie sprang auf und begann mit seinem hölzernen Schwert nach Kenneths Beinen zu schlagen.

Kenneth lachte. Er packte Robbie am Kragen seiner Kotte und hielt den Jungen so hoch über den Boden, dass seine dünnen Beinchen in der Luft baumelten. Robbie verlor sein Schwert, als er sich herumwarf und die Fäuste ballte, um seinen Onkel zu schlagen.

»Trag du ihn – der verdammte Bengel geht mir langsam auf die Nerven.« Kenneth schleuderte das Kind geradezu in Gilberts Arme. »Es wird Zeit, dass wir uns auf den Weg machen.«

Der stinkende Riese warf Robbie über seine Schulter, durchquerte mit ein paar großen Schritten die Höhle und verschwand dann durch die schmale Öffnung.

Kenneth zog an Linnets Arm. »Euer Boot erwartet Euch, Mylady.«

»Ihr werdet nicht lange genug leben, um Eure niederträchtige Tat zu genießen. Mein Mann wird uns suchen, und verlasst Euch drauf, er wird uns finden!«

»Glaubt Ihr?« Kenneth bedachte sie mit einem wolfsähnlichen Grinsen und stieß sie durch den Höhleneingang. »Habt Ihr nicht gesagt, er wäre schwer verwundet?«, erkundigte er sich mit einem bösen Lächeln, als er durch die Öffnung trat.

»Das wird ihn nicht daran hindern«, schwor Linnet, als Kenneth sie über die felsige Küste auf eins der winzigen Boote zuzog.

»Wir werden sehen, Mylady, wir werden sehen.«

Dann schob er sie in das kleine Boot, stieg hinter ihr ein und begann von der Küste wegzurudern. In der Nähe stieß Gilbert den noch immer zappelnden Robbie in ein weiteres der runden kleinen Boote, während Kenneths noch verbliebene Männer sich beeilten, ihnen auf dem Fuß zu folgen.

Dichte Nebelschwaden trieben von allen Seiten auf sie zu, erstickten Robbies schrilles Protestgeschrei und legten sich schließlich auch um Eilean Creags solide graue Mauern.

Bald verblasste die furchteinflößende Festung der MacKenzies hinter den wabernden Nebelschwaden, und kurz darauf war sie dann ganz verschwunden, so spurlos und so gründlich, als hätte es sie nie gegeben.

Und das Einzige, was Linnet jetzt noch hörte, war Kenneths schweres Atmen, als er sich weiter und weiter mit ihr von der Küste entfernte, das rhythmische Aufklatschen der Ruder auf dem Wasser und das übertrieben laute Pochen ihres Herzens.

»Kannst du mich hören, Junge?«

Duncan öffnete einen Spalt die Augen und schielte den alten Ziegenbock von seinem Seneschall verärgert an. »Natürlich kann ich dich hören«, knurrte er. »So wie du in mein Ohr schreist, würde dich sogar ein Tauber hören, und ich bin nicht taub.«

Und damit schloss er seine Augen auch schon wieder.

Es gab nicht eine einzige Stelle in seinem Körper, die nicht schmerzte, und sein Kopf dröhnte, als hätte er sich Eilean Creags gesamte Wein- und Biervorräte zu Gemüte geführt.

Nein, er wollte nicht gestört werden.

Weder von Fergus noch von irgendjemand sonst … nicht einmal von seiner liebreizenden Gattin.

So wie er sich fühlte, würde er sich nicht einmal für Sankt Columba rühren, falls der hoch verehrte heilige Bruder den Wunsch verspüren sollte, ihm einen Besuch an seinem Krankenlager abzustatten.

»Bist du noch wach, Junge?«, schrie Fergus ihm ins Ohr, als versuchte er, die Toten zu erwecken.

Duncans Hände ballten sich zu Fäusten, und er riss die Augen auf. »Wenn ich es bisher nicht war, bin ich es jetzt, du Schwachkopf! Kannst du einem Mann nicht seine Ruhe lassen?«

»Es ist Besuch für dich gekommen«, brüllte Fergus, noch immer tief über den langen Tisch gebeugt, in Duncans Ohr.

»Wenn es nicht Gottvater persönlich ist, schick ihn wieder fort«, knurrte Duncan. Jedes Wort, jede Bewegung seiner Lippen war die reinste Qual für ihn.

Er wollte seine Augen schon wieder schließen, aber Fergus, diese aufdringliche Kreatur, begann an seinem unverletzten Arm zu rütteln. »Du kannst nicht weiterschlafen. Die Vesper naht, du hast den ganzen Tag geschlafen, und dein Besucher bringt uns schlechte Kunde.«

Mühsam richtete Duncan sich auf seine Ellbogen auf und versuchte, durch seine schmerzenden Augen halbwegs klar zu sehen… sie brannten, als hätte jemand Sand hineingestreut. »Was für Kunde? Ist mein verfluchter Halbbruder in die Halle einmarschiert und hat das Podium für sich beansprucht?«

»Es sind schlimme Neuigkeiten, Sir.« Das kam von Fergus' Dame, und Duncan gefiel ihr Ton nicht.

Ihrer Stimme folgend, blickte er aus schmalen Augen zu ihr auf. Ihr Gesichtsausdruck war noch beunruhigender als ihr Ton. Ihre Nase war stark gerötet, ihre Augenlider waren geschwollen. Die Frau hatte geweint.

Jämmerlich geweint, ihrem Aussehen nach zu urteilen.

Während er sie noch prüfend ansah, schnappte sie nach Luft, schlug die Hände vor den Mund und wandte sich von ihm ab. Ihre Schultern zuckten dabei heftig.

Duncan vergaß seine Verwundungen und richtete sich auf. »Was für ein neuer Wahnsinn ist uns widerfahren, während ich geschlafen habe?«, keuchte er, als ihn ein feuriger Schmerz, der wie tausend glühende Nadeln brannte, durchflutete.

Seine Männer, die sich um den Tisch versammelt hatten, vermieden es, ihn anzusehen. Alle scharrten plötzlich mit den Füßen, als stünden sie in Flammen, oder zupften an ihren Kleidern, als würden sie von einer Horde menschenfressender Flöhe heimgesucht.

Sogar Fergus. Der ergraute alte Seneschall stand halb abgewandt von Duncan und kratzte sich wie wild an seinem Ellbogen.

»Was geht hier vor?«, schrie Duncan, jetzt hellwach und wütend auf sich selbst.

»Es geht um Eure Gemahlin, Herr«, ließ sich ein hünenhafter Fremder am Fußende des Tischs vernehmen. »Euer Bruder hat sie.«

»Du lügst!« Duncan versuchte aufzuspringen, aber wieder schoss ein glühender Schmerz durch seine Glieder. Blind vor Zorn und von jäher Angst ergriffen, die ihm fast den Atem aus den Lungen raubte, krümmte er sich vor Schmerz und presste seine Hände auf seinen Bauch.

Fergus' knotige, aber noch immer starke Hände packten Duncan und drückten ihn sanft zurück, bis er wieder ausgestreckt auf seinem Lager lag. »Beruhige dich, mein Junge, wir können es noch nicht mit Bestimmtheit sagen. Im Moment noch nicht. Marmaduke ist nach oben gegangen. Wir werden gleich erfahren, ob deiner Frau oder dem Jungen irgendetwas widerfahren ist.«

Mit dem Kopf auf den Fremden deutend, fuhr der Seneschall fort: »Das ist Murdo vom MacLeod-Clan. Er sagt, er war auf dem Weg hierher mit einer Botschaft seines Herrn. MacLeod bittet uns, Leute zu schicken. Sie brauchen Hilfe, um ihren Burgsaal nach einem Feuer wieder aufzubauen, und …« Fergus hielt inne, um einen Arm um die Schultern seiner weinenden Zukünftigen zu legen, »… auf dem Weg hierher begegnete er einigen von Kenneths Männern. Sie prahlten damit, der Hurensohn habe deine Frau und Robbie und wolle Lösegeld für sie verlangen«, schloss er hastig.

Für einen langen Moment sagte Duncan nichts. Er war dazu

auch gar nicht in der Lage, denn seine Lungen waren wie gelähmt vor Schreck, und Fergus' Worte waren wie Nägel, die jemand unbarmherzig in sein Herz getrieben hatte.

Er hob den Kopf, so gut er konnte, und blickte den Fremden aus schmalen Augen prüfend an. Irgendetwas an dem Mann gefiel ihm nicht – und es war nicht nur die schlechte Kunde, die er brachte. »Ich kenne John MacLeod gut. Seine Männer auch, aber ich erinnere mich nicht, dir je begegnet zu sein.«

Murdo nickte und zog dann eine goldene Brosche aus einem Lederbeutel, der an seinem Gürtel hing. Mit schmutzigen Fingern hob er das kunstvoll gearbeitete Schmuckstück hoch, damit Duncan es betrachten konnte. Ein großer roter Edelstein in seiner Mitte funkelte und glitzerte im Schein des nahen Feuers.

Es war ein erlesenes Schmuckstück und eine selten schöne Brosche.

Duncan kannte es gut … er hatte es oft genug gesehen, da das Oberhaupt des MacLeod-Clans nie ohne diese Brosche an seinem Umhang auszugehen pflegte.

Sie sei sein Talisman, hatte John behauptet.

Ein Glücksbringer, den er immer trug.

Murdo musste gesehen haben, dass Duncan sie erkannte, denn er ließ die Brosche wieder in den Lederbeutel fallen und schenkte Duncan dann ein breites Lächeln.

Duncan erwiderte das Lächeln nicht. »Ich kann mir nicht vorstellen, dass John sich je von dieser Brosche trennen würde.«

Das Lächeln des Fremden wurde dünner, aber nur für einen Moment. »Ach was«, widersprach Murdo und schüttelte seinen zotteligen, ungekämmten Kopf. »Er wusste, dass Ihr mich nicht kennt, und gab mir die Brosche mit, um sich gewissermaßen für mich zu verbürgen.«

»Verstehe.« Duncan glaubte dem Mann kein Wort von seiner Geschichte. Er warf Fergus einen Blick zu, aber der alte Narr kratzte sich noch immer am Ellbogen.

Schließlich sah Duncan den Fremden wieder an und atmete tief aus, bevor er den Mund öffnete, um zu sprechen. Herrgott noch mal, allein den Kopf zu drehen ließ ihn vor Schmerzen fast vergehen. Er musste sich zwingen, seine Lippen zu bewegen. »Was für ein Feuer? Wie viele Männer braucht John denn?«

»So viele, wie Ihr erübrigen könnt. Alles bis auf die nackten Steinmauern liegt in Schutt und Asche. O ja, es war schon ein mächtig schlimmes Feuer«, behauptete Murdo und schaukelte sich auf seinen Absätzen. »Ihr werdet vorher jedoch einen Suchtrupp nach Eurer Gemahlin aussenden wollen, vermute ich. Mein Herr wird es Euch nicht übel nehmen, wenn Ihr Euch zuerst um Eure Lieben kümmert, bevor Ihr Hilfe sendet.«

Ein ungutes Gefühl, das kalt war und erschreckend, beschlich Duncan, während der Mann sprach, aber sein Denkvermögen war noch zu sehr vom Schmerz benebelt, um zu bestimmen, was genau ihn störte.

»Und du wirst uns zeigen, wo wir suchen sollen?«, warf Alexander, ein Verwandter Duncans, ein. Duncan warf ihm einen raschen Blick zu. Alexander runzelte die Stirn, rieb sich das Kinn und beäugte misstrauisch den hünenhaften Mann, der sich Murdo nannte.

»Aye, das kann ich. Wie ich hörte, will Herr MacKenzies Bruder mit einer Galeere zu einer der nördlichen Inseln übersetzen.« Murdos mächtiger Brustkorb schwoll an, so sehr war er von seiner eigenen Wichtigkeit überzeugt. »Wenn ich sowieso schon einmal hier bin, kann ich auch mit Euch nach Norden reiten. Ich habe Verwandte an der Küste und kann Euch sicherlich ein Boot beschaffen.«

Trotz seiner Schmerzen richtete Duncan sich auf und stützte sich auf seine Ellbogen. »Ich denke nicht«, keuchte er. »Meine Männer werden sich auf die Suche machen, *falls* meine Frau und das Kind entführt wurden, aber du wirst sie ganz sicher nicht begleiten. Du und Johns Brosche, ihr bleibt hier. In meiner sicheren Obhut, wenn du es so nennen willst.«

Murdos Gesicht lief dunkelrot an. »Ihr könnt mich nicht hier gefangen halten!«

Duncan zog nur eine Augenbraue hoch.

»Das ist ein Verstoß gegen die Gastfreundschaft!«, stammelte Murdo. »Mein Herr ist ein treuer Verbündeter von …«

»Wenn John Euer Herr ist, wird er Verständ …«, fiel Duncan dem Mann ins Wort, brach dann aber selbst ab, weil er das dumpfe Pochen schneller Schritte hörte. Er wandte sich noch gerade rechtzeitig zur Quelle des Geräusches um, um Sir Marmaduke von der Turmtreppe hereinstürmen zu sehen.

Der Sassenach bahnte sich einen Weg durch die herumstehenden Männer und hielt nicht eher inne, bis er Duncan erreicht hatte. »Die heilige Jungfrau stehe uns bei«, keuchte er. »Lady Linnet und Robbie sind weg!«

Ein lautes Dröhnen ertönte in Duncans Ohren und nahm an Lautstärke zu, bis er kaum noch etwas anderes hören konnte. »Nein! Das kann nicht sein.« Seine Worte waren fast nicht zu verstehen in dem Lärm, den er jetzt als das Rauschen seines eigenen aufgeregten Bluts erkannte, das durch seine Adern jagte.

Das Geräusch seiner Welt, die krachend über ihm zusammenbrach.

»Das kann nicht sein«, wiederholte er. »Thomas hätte seinen Posten nie verlassen.«

»Das hat er auch nicht. Die Tür war von innen verriegelt, wir mussten sie aufbrechen«, sagte Sir Marmaduke und zerstörte damit Duncans letzte Hoffnung. »Sie sind in aller Heimlichkeit entführt worden.« Sein Blick glitt flüchtig über Murdo. »Ich weiß nicht, wie das geschehen konnte, aber sie sind fort.«

Duncan setzte sich auf, schwang die Beine vom Tisch und stützte sich mit beiden Händen auf die Kante. Er wusste nicht, was ihn schwindeliger machte, die unerträgliche Angst, die ihn erfasste, oder die Halle, die sich zu drehen schien. Und gleichzeitig hörte er immer wieder die furchtbaren Worte seines Schwagers.

Sie sind weg. Sie sind weg …

Und Duncan wusste, wie sie entführt worden waren.

O ja, er wusste, wie.

Er war ein verdammter Narr gewesen. Er hätte es wissen müssen. Kenneth war gerissen. Er musste gewusst haben, dass er Eilean Creag nie einnehmen könnte, dass die Mauern unüberwindbar waren …

Sein Angriff war nur eine List gewesen.

Eine raffinierte Strategie, damit seine Männer indessen die Felsen wegräumen konnten, die den Eingang zu der Höhle am Meer blockierten. Irgendwie hatte der Bastard das Geheimnis entdeckt, von dem Duncan geglaubt hatte, es ganz allein zu kennen. Und sobald sie sich Zugang zu dem geheimen Gang verschafft hatten, hatten sie sich seine Frau und Robbie geholt.

Dunkelheit bedrängte ihn in schwindelerregenden Wellen, überflutete ihn und zerrte von außen an ihm, während sein Inneres sich in unsagbarer Qual verdrehte.

Wie aus großer Ferne hörte er das schrille Jammern einer Frau, dann Fergus, der ihm schroff befahl, sich wieder hinzulegen. Andere Stimmen, Schreie und Gemurmel, vermischten sich mit ihren, bis sein schmerzender Kopf mit nichts anderem mehr erfüllt war als Verwirrung.

Jemand … Marmaduke? … zog ihn herab und hielt ihn mit Händen, die unnachgiebig waren wie Stahl, auf dem langen Esstisch fest. Duncan versuchte sich loszureißen, aber es gelang ihm nicht. Er war zu schwach. Der Schmerz, die Qual, sein Zorn wurden beinahe unerträglich.

Es lähmte ihn, war ein zu mächtiger Gegner, um es zu bekämpfen.

Und nichts schmerzte so entsetzlich wie die offene, blutende Wunde, die Kenneths niederträchtige Tat in seiner Brust hinterlassen hatte.

Denn mit seiner Frau und dem Jungen hatte er ihm das gestohlen, was Duncan bisher nie wirklich zu besitzen geglaubt hatte.

Sein Herz.

Er hatte es ihm aus der Brust gerissen und … ihn leer zurückgelassen.

Mit erschreckender Klarheit begann er das zu erkennen, selbst als Dunkelheit ihn schon zu übermannen drohte, und er zerbrach fast unter dem Gewicht der Wahrheit, die ihm die Kehle zuschnürte und den letzten Atem raubte.

Sie hatten ihm seine Frau und seinen Sohn genommen, denn plötzlich war es nicht mehr von Bedeutung, ob der Junge wirklich sein eigenes Fleisch und Blut war oder nicht.

Wichtig war jetzt nur noch, dass sie wohlbehalten zu ihm zurückkehrten.

Er musste sie zurückholen.

Beide.

Er würde nicht eher wieder vollständig sein, bis er sie zurückgeholt hatte.

18

Euer Bruder hat sie.

Herr MacKenzies Bruder …

Die Worte des Fremden schwirrten durch die Dunkelheit, die Duncan einhüllte, und vermischten sich mit dem Gewirr erhobener Stimmen, dem er nichts entnehmen konnte, was irgendeinen Sinn ergab.

Er biss die Zähne zusammen, presste die flachen Hände auf die kalten Holzplanken des Tischs und versuchte sich zu konzentrieren. Und kämpfte gegen die unnachgiebigen Hände an, die ihn eisern auf dem Tisch festhielten.

Aber seine Bemühungen waren vergeblich.

Der Lärm nahm höchstens noch zu und steigerte sich zu einer Kakophonie von Misstönen, die irritierend genug war, um einem Heiligen den Verstand zu rauben, und die die schwer greifbaren Worte, die am Rand seines Bewusstseins tanzten, zudem noch zusätzlich verwischten.

Und wer immer ihn auf dem Tisch festhielt, besaß die Kraft von zehn erwachsenen Männern und schien nicht bereit zu sein, seinen Griff zu lockern.

Duncan atmete durch zusammengebissene Zähne und zwang sich, Ruhe zu bewahren. Er würde mit diesem Kerl und seinen unnachgiebigen Fingern, die wie Eisenkrallen waren, schon noch fertig werden.

Sobald er dahintergekommen war, was das Gewirr von Worten zu bedeuten hatte, die durch seinen schmerzenden Schädel rasten.

Mit geschlossenen Augen versuchte er, das Geschrei seiner

Männer und die chaotischen Geräusche einer Halle voller Aufregung und Verwirrung zu überhören, und konzentrierte sich auf Murdos Worte.

Er musste es. Sie waren wichtig.

Lebenswichtig.

Er presste die Hände noch fester auf den Tisch, bis seine Oberarme vor Anstrengung zu zittern begannen. Aber trotzdem wollte es ihm einfach nicht gelingen, sich über das Gehörte und seine Bedeutung klar zu werden.

Die Augen noch immer fest geschlossen, versuchte er zu schlucken, merkte aber, dass es fast unmöglich war. Seine Lippen waren aufgesprungen und wie ausgedörrt, und seine Zunge fühlte sich dick und geschwollen an. Aber noch unangenehmer war der schlechte Geschmack in seinem Mund, der bitter war wie saurer Wein.

Duncan verzog das Gesicht zu einer wütenden Grimasse.

Er *war* sauer.

Und gedachte es auch zu bleiben, bis er herausfand, was ihn so ergrimmte; bis er das Rätsel löste, das irgendwo am Rande seines Bewusstseins lauerte, verlockend nahe manchmal, im nächsten Augenblick dann wieder so weit weg wie der ferne Mond.

Euer Bruder …

Murdos Worte drangen wieder in sein Bewusstsein und wiederholten sich wie der morgendliche Singsang eines Mönchs, wurden immer lauter und lauter, bis die anderen Stimmen und Geräusche sich in Nichts auflösten.

Die beiden Worte bombardierten ihn wie ein eisiger Hagel, verspotteten ihn und trieben ihn an den Rand des Wahnsinns.

Dann ertönte eine andere Stimme, sanft und weich und süß, aber auch nachdrücklich und sehr beharrlich. Die Stimme seiner Frau, klar und hell wie ein Sonnenstrahl an einem wunderschönen Frühlingsmorgen. Sie war stark genug, um die anderen Stimmen auszulöschen, und so machtvoll, dass sie sogar den Nebel zu vertreiben vermochte, der seinen Verstand blockierte.

Es ist ein zukünftiges Übel, vor dem ich dich warnen muss …

Es ist nicht Kenneth …

Jemand spricht mit gespaltener Zunge …

So schnell, wie sie gekommen waren, verschwanden Linnets Prophezeiungen wieder, aber Duncan hatte schon genug gehört.

Plötzlich dämmerte es ihm.

Und mit der Erkenntnis kehrte auch sein Verstand zurück.

Verstand und eiserne Entschlossenheit.

Er riss die Augen auf. Und verzog wütend das Gesicht. Wie er schon vermutet hatte, waren es die Hände des Engländers, die ihn auf dem Tisch festhielten. Die Hände seines besserwisserischen, einäugigen Schwagers.

Er fixierte den Sassenach mit einem grimmigen Blick, der die meisten Männer in die Flucht geschlagen hätte, doch Sir Marmaduke hielt dem Blick gelassen stand, sein eines gesundes Auge so unbewegt wie Duncans zwei.

»Lass mich sofort los«, stieß Duncan zwischen zusammengebissenen Zähnen hervor, um sich nicht anmerken zu lassen, was für eine Qual es ihm verursachte, seine Lippen zu bewegen. »Es geht mir gut.«

Der Sassenach zog eine Braue hoch und sagte nichts.

»Wirklich«, beharrte Duncan, und seine Wut verlieh ihm die Kraft, sich aus Marmadukes Griff loszureißen und sich aufzurichten.

Übelkeit stieg in ihm auf bei dieser plötzlichen Bewegung. Unter Aufbietung seiner ganzen Willenskraft gelang es Duncan jedoch, den Schwindel, der ihn in ein Meer aus Dunkelheit und Schmerz zurückzuziehen drohte, zu bezwingen.

»Siehst du nicht, dass ich wieder auf dem Damm bin?«, fauchte er, während er trotzig seine Finger beugte und mit seinen bloßen Zehen wackelte.

»Ich sehe einen Mann in miserabler körperlicher Verfassung, der sich von seinem Zorn mitreißen lässt«, entgegnete der Engländer, seine Arme vor der Brust verschränkend. »Nichts anderes.«

Duncan setzte eine finstere Miene auf und schwang erbost seine Beine von dem Tisch. Er gab sich die größte Mühe, nicht zusammenzufahren, als er sich aufrichtete und sich an den Tischrand lehnte.

Jeder Muskel, jeder *Knochen* in seinem Körper schmerzte. Sein Kopf fühlte sich an, als würde er jeden Augenblick zerspringen, und die Halle schien sich um ihn zu drehen und unter seinen Füßen abzusacken.

Aber um nichts in der Welt hätte er das zugegeben.

Blinzelnd, um seine Sicht zu klären, ließ er den Blick über die Menge schweifen und suchte Murdo. Zu seiner Erleichterung hatte er ihn schnell gefunden.

Der verfluchte Mistkerl stand noch immer am Fußende des langen Eichentischs.

Und er besaß die Stirn, Duncan so breit anzulächeln, dass seine abstoßenden gelben Zähne sichtbar wurden. »Habt Ihr Schmerzen, Herr MacKenzie?«, erkundigte er sich scheinbar mitfühlend.

»Nein, aber Ihr werdet welche haben«, knurrte Duncan. »Und zwar schon sehr bald.«

Murdos Nasenflügel bebten. »Ihr begeht einen schweren Fehler. Mein Herr MacLeod …«

»Ist nicht Euer Herr«, fiel Duncan ihm ins Wort. »Ihr seid Kenneths Mann.«

Die groben Züge des Fremden wurden hart, seine Hand glitt zwischen die Falten seiner schmutzstarrenden Tunika. Der Dolch, den er darin verborgen hatte, blitzte und schimmerte für den Bruchteil einer Sekunde, doch dann nahm Malcolm ihm die Waffe ab und presste dem Mann die scharfe Klinge an die Kehle.

Marmaduke stellte sich neben Malcolm, sein eigenes Schwert bereits gezogen und bereit, und mit einem mörderischen Ausdruck auf seinen entstellten Zügen.

»Wenn Ihr mir etwas antut, wird Kenneth Eurer Frau die Kehle aufschlitzen … *nachdem* er mit ihr fertig ist«, drohte Murdo. »Ihr werdet sie nicht mehr se …«

Duncan hieb mit der Faust auf den Tisch. »Ihr seid es, der nichts mehr sehen wird, wenn Ihr meine Fragen nicht beantwortet, und fragt lieber erst gar nicht, was geschehen wird, wenn Eure Antworten mir nicht gefallen.«

»Von mir erfahrt Ihr nichts«, erklärte Murdo höhnisch.

»Glaubt Ihr?« Auch Duncans Lippen verzogen sich hohnlächelnd.

Dann löste er sich vom Tisch und ging auf Murdo zu. Jeder Schritt erschien ihm noch qualvoller als der letzte. Nur die Hitze seines Zorns befähigte ihn dazu, die kurze Entfernung zu überbrücken, ohne zu taumeln oder seinen Qualen Ausdruck zu verleihen.

Dann, indem er sein Gesicht so nahe an Murdos brachte, dass der heiße, übel riechende Atem dieses Hurensohns sich mit seinem eigenen vermischte, fuhr Duncan ihn mit scharfer Stimme an: »Es hat gar nicht gebrannt auf John MacLeods Burg, nicht wahr?«

Murdo presste die Lippen zusammen und starrte auf einen Punkt irgendwo hinter Duncans Schulter.

»Das angebliche Feuer war nur eine List, um mich dazu zu bringen, meine Männer hinauszuschicken«, sagte Duncan. Sein Ton war eisig, seine tiefe Stimme ruhig und ohne jede Spur des wilden Zorns, der ihn beherrschte. Auch von dem nahezu unerträglichen Schmerz, den jede Bewegung, jedes Wort ihn kostete, war ihm nicht das Geringste anzumerken. »Lügt nicht, wenn Euch Euer Leben lieb ist.«

Murdo schwieg.

»Also gut«, sagte Duncan schließlich mit leiser, angespannter

Stimme. »Ihr macht mich langsam ungeduldig. Gebt endlich zu, dass Ihr gelogen habt.«

Murdo spuckte nur auf den Boden.

Zorn wallte wieder in Duncan auf. »Ihr seid ein tapferer Mann«, sagte er nur und nickte Malcolm zu, der diesem verdammten Bauerntölpel noch immer seine eigene Waffe an die Kehle hielt.

Der hochgewachsene Clanangehörige gehorchte und ritzte Murdos Kehle mit der scharfen Spitze seines eigenen Dolches an. Ein Tropfen Blut erschien, gefolgt von einem weiteren, bis schließlich ein stetiges Rinnsal roten Blutes über Murdos Kehle floss.

Duncan nickte wieder, und Malcolm presste Murdos Klinge noch ein wenig fester an seine Kehle.

Murdos Augen traten ihm fast aus dem Kopf, und nervös befeuchtete er seine Lippen.

»Wohin hat Kenneth meine Frau und meinen Sohn gebracht?«, fragte Duncan kalt.

Murdo zögerte, doch als Duncans Blick wieder zu Malcolm glitt, verlor der Lump die Nerven. »Ich wollte Euch nichts Böses«, versuchte er sich zu verteidigen. »Ich führte nur Befehle aus, versteht Ihr?«

»Ich verstehe mehr, als Ihr vielleicht glaubt. Wohin hat mein Bruder meine Frau gebracht?«

»Nach … nach Süden«, stammelte Murdo und versuchte, der scharfen Klinge zu entkommen. »Nach Süden.«

Duncan gab sich überrascht. »Sagtet Ihr nicht, sie wären ›auf einer Galeere in Richtung Norden‹?«

Schweißperlen glitzerten auf Murdos Stirn. »Das war nur eine List, wie Ihr schon sagtet. Ich sollte Euch nach Norden begleiten, und einige Eurer Männer sollten zu MacLeod eilen. Und während Eure Männer sich woanders aufhielten, wollte Kenneth in Richtung Süden reiten, ohne Euch auf seiner Spur zu haben.«

»Und meine Frau? Und der Junge? Wird er Lösegeld für sie verlangen?«

Murdo schluckte, sein Gesicht erblasste.

»Sprich oder stirb.«

»Ich weiß es nicht«, stieß der Mann hervor. »Ich schwöre Euch bei meinem Leben, dass ich nicht weiß, was er mit ihnen vorhat.«

»Dein Leben ist sowieso verwirkt, aber es ist nicht hier, wo du es verlieren wirst«, sagte Duncan mit ausdrucksloser Stimme. »Nimm den Beutel«, wandte er sich an den Sassenach und zeigte auf den Lederbeutel, der an Murdos Gürtel hing.

Marmaduke gab Duncan den Beutel, und er warf einen Blick hinein. John MacLeods Brosche blinkte darin, der rote Edelstein in ihrer Mitte fing das Licht von einer nahen Fackel auf.

»Diese Brosche wurde John MacLeod gestohlen«, sagte er, den Beutel schließend, und warf ihn Alec zu. »Du wirst sie ihm zurückbringen«, wandte er sich an Murdo. »Alec und Malcolm werden dich begleiten. Was John MacLeod mit dir tut, ist nicht meine Sache. Doch falls er dich *nicht* tötet, betrachte dich als gewarnt: Solltest du je wieder einen Fuß auf MacKenzie-Land setzen, werde ich nicht zögern, dich zu töten.«

Zu Alec und Malcolm sagte er: »Schafft ihn fort, er hat die Luft in meiner Halle lange genug verpestet.«

Duncan blieb kerzengerade stehen, bis sie außer Sicht waren, dann lehnte er sich an den nächsten Tisch und schloss gequält die Augen. Sein linker Arm pochte und brannte, und er brauchte ihn nicht einmal anzusehen, um zu wissen, dass die Wunde wieder zu bluten begonnen hatte.

Aber das Feuer in seinem Arm war nichts im Vergleich zu dem Zorn, der tief in seinem Inneren loderte.

Empörung über die Entführung seiner Lieben und Angst um ihr Leben erfüllten ihn mit solch kolossaler Wut, dass der Schmerz von seinen Wunden im Vergleich dazu belanglos schien.

»Ich wette, dieser Hurensohn war der Mann mit den zwei Köpfen, von dem Eure Gemahlin sprach«, bemerkte Sir Marmaduke, als er sein Schwert in seine Scheide zurücksteckte. »Der Mann in den Flammen.«

Duncan zwang sich, die Augen zu öffnen, und warf dem Sassenach einen Blick zu. »Aye, und ausnahmsweise einmal brauchte ich nicht *dich,* um das zu erkennen.«

Einer der Mundwinkel Sir Marmadukes verzog sich zu einem schiefen Lächeln. »Das ist mir nicht entgangen, mein Freund. Möglicherweise besteht ja doch noch Hoffnung für dich.«

Duncans Brauen zogen sich zusammen. »Ich bin kein Vollidiot. Mir ging ein Licht auf, als dieser Mistkerl Kenneth meinen ›Bruder‹ nannte. Kein Freund oder Verbündeter würde es wagen, Kenneth mir gegenüber einen solchen Status zu gewähren.«

Marmaduke warf einen Blick auf Duncans linken Arm. »Dein Arm blutet.«

»›Dein Arm blutet‹«, wiederholte Duncan grantig. »Denkst du, das hätte ich nicht gemerkt? Es ist ein Wunder, dass nicht mein ganzer Körper blutet, mit all den Löchern, die er hat.«

»Aye, mein Junge, und Elspeth wird deine Wunden jetzt sicher neu verbinden wollen, vor allem deinen Arm. Er sieht nicht gut aus«, ließ Fergus sich vernehmen, als er zu ihnen trat. Er legte den Kopf zur Seite und schaute sich mit zusammengekniffenen Augen Duncans Arm an. »Ich denke, es wäre das Beste, die Wunde auszubren…«

»Und *denken* ist auch schon alles, was du tun wirst«, fuhr Duncan ihm über den Mund, während er sich ärgerlich vom Tisch abstieß und Fergus mit seinem einschüchterndsten Blick fixierte.

Fergus blieb vollkommen unbeirrt und setzte die strenge Miene auf, mit der er in Duncans Kindheit fast immer viel Erfolg gehabt hatte.

Doch der erwachsene Duncan blieb ungerührt.

»Du kannst nicht mit dieser blutenden Wunde hier herumlaufen«, beharrte sein Seneschall.

»Ich kann es, und ich werde es.« Duncan blieb fest. »Und nun hör auf, so ein Theater wegen ein paar Tropfen Blut zu machen, du quengeliger alter Graubart. Wenn du dich unbedingt nützlich machen willst, dann sorg dafür, dass unsere schnellsten Pferde gesattelt werden und in einer halben Stunde aufbruchbereit sind.«

Fergus' buschige Augenbrauen schossen in die Höhe. »Ein Pferd zu besteigen wäre dein sicherer Tod, mein Junge, und deine Männer müssen ihren müden Knochen ein bisschen Ruhe gönnen«, protestierte er. »Wir werden einen Suchtrupp unserer besten Männer morgen früh bei Tagesan ...«

»Morgen ist es zu spät. Wir brechen jetzt schon auf und reiten die ganze Nacht hindurch«, erklärte Duncan, der nicht einmal daran zu denken wagte, dass er vielleicht gar nicht die nötige Kraft besaß, um seine Pläne auszuführen.

Nachdem er sich nach seinem ersten Knappen umgesehen hatte, entdeckte er ihn in der Menge und gab dem Jungen ein Zeichen, zu ihm zu kommen. »Lachlan, du holst meine Kleider und Waffen«, befahl er ihm mit überraschend starker Stimme.

»Und beeil dich, hörst du?«, fügte er mit einem irritierten Blick auf all die lästigen Verbände, die nahezu jeden Zentimeter seines Körpers zu bedecken schienen, hinzu. »Ich bin es leid, wie ein neugeborenes Kind gewickelt zu sein – oder wie ein Leichnam vor seiner Beerdigung.«

Statt davonzueilen, um Duncans Anweisungen zu befolgen, blieb Lachlan wie angewurzelt stehen und sah besorgt Sir Marmaduke an. Stirnrunzelnd stemmte Duncan die Fäuste in seine ebenfalls dick verbundenen Hüften. »Ich bin hier der Herr, nicht Marmaduke«, sagte er, und sein barscher Ton erstickte das gequälte Aufstöhnen, das ihm um ein Haar entschlüpft wäre. »Tu, was ich dir sage, oder möchtest du, dass ich mit nichts als diesen Lumpen angetan die Burg verlasse?«

Hektische rote Flecken erschienen auf Lachlans blassen Wangen, aber er verneigte sich vor Duncan und verließ eilends die Halle.

Duncan wartete, bis er nicht mehr zu sehen war, und atmete dann tief aus, um etwas von der Anspannung zu lösen, die sich in ihm aufgebaut hatte. Schließlich wandte er sich wieder dem alten Fergus zu. »Schick ein paar Männer in mein Schlafzimmer. Hinter dem größten Wandbehang werden sie eine Tür zu einem Geheimgang finden. Er führt zum Fuß des Turms. Sorg dafür, dass sie ihn an beiden Enden verschließen. *Für alle Zeit* verschließen.«

Neben ihm schnappte Sir Marmaduke verblüfft nach Luft. Duncan konnte der Versuchung nicht widerstehen, seinem allwissenden Freund ein triumphierendes Lächeln zuzuwerfen. »Tja, mein Lieber, scheinbar gibt es doch noch Einiges, was du nicht weißt.«

Zu seinen anderen Männern sagte er: »Freunde, ich weiß, dass ihr müde seid, und einige von Euch sind sogar verwundet. Ich werde nichts verlangen von denjenigen, die zu erschöpft sind, um mich zu begleiten. Und ich kann euch auch nicht garantieren, dass ihr wohlbehalten zurückkehren werdet, falls ihr euch entschließt, mich zu begleiten. Kenneth ist ein waghalsiger und raffinierter Krieger. Und seine Männer sind nicht weniger geschickt, wie wir gesehen haben. Diejenigen von euch, die sich dafür entscheiden, hier zu bleiben, bitte ich, sich jetzt auf ihre Strohsäcke zurückzuziehen, damit sie ausgeruht sind und die Burg während unserer Abwesenheit beschützen können.«

Er hielt inne und wartete.

Niemand rührte sich.

Dann rief jemand aus dem Hintergrund der Halle: *»Cuidich' N' Righ!* Rettet den König!«

Andere stimmten ein, und bald war die Luft erfüllt vom Kriegsschrei der MacKenzies, bis die Wände nahezu erbebten. Duncan verschränkte die Hände hinter seinem Rücken und nickte anerkennend.

Gott wusste, dass er beim besten Willen nicht mehr tun konnte. Seine Kehle war fast schmerzhaft eng, und hinter seinen Augenlidern brannten Tränen, so gerührt war er von dieser sehr entschiedenen Kundgebung des Beistands seiner Männer.

Als die Aufregung sich legte, griff eine feste Hand nach seinem Ellbogen, und Sir Marmaduke sagte dicht an seinem Ohr: »Lass mich die Patrouille anführen, Duncan. Niemand wird befremdet sein, wenn du hierbleibst. Es wäre Wahnsinn für dich, mitzureiten. Fergus hat Recht, du bist nicht in der Verfassung …«

»*Meine* Frau und *mein* Sohn wurden entführt«, sagte Duncan mit einer Stimme, die so kalt und unnachgiebig war wie Stahl. »Und ich gedenke, sie zurückzuholen.«

Die Männer, die in seiner Nähe standen, schnappten verblüfft nach Luft, und ein leises Gemurmel begann sich in der Halle auszubreiten, auf das jedoch fast unmittelbar darauf betroffenes Schweigen folgte.

Seine Gefolgsleute starrten ihn mit großen Augen an – die Münder dieser Narren klafften auf, als versuchten sie, Fliegen damit zu fangen!

Und Duncan wusste sehr genau, warum sie Maulaffen feilhielten.

Was er nicht wusste, war, wieso die Worte ihm so mühelos über die Lippen gekommen waren. Er hatte sie gar nicht äußern wollen, da er nach wie vor bezweifelte, dass Robbie *sein* Sohn war.

Aber jetzt, wo der Junge nicht mehr da war, war seine wahre Herkunft plötzlich nicht mehr von Bedeutung.

Wichtig war jetzt nur noch seine sichere Heimkehr.

Dann wurde das Schweigen gebrochen … irgendjemand zog laut und vernehmlich seine Nase hoch.

Es war ein sentimentales, rührseliges Geräusch, das durch das betretene Schweigen in der Halle irgendwie noch lauter wurde.

Das Geräusch wiederholte sich, und zu Duncans Erstaunen sah er nun, dass es von dem alten Fergus kam. Der krummbeinige Seneschall fuhr sich mit dem Ärmel über seine Nase und wandte sich rasch ab.

Doch Duncan hatte das verräterische Glitzern in den Augen des alten Mannes schon gesehen.

Hitze stieg in seinen Nacken, und er maß die versammelte Mannschaft vor sich mit einem ungehaltenen Blick. »Hört auf, mich anzustieren wie hirnlose Idioten, und bereitet euch auf unseren Aufbruch vor«, tadelte er sie. »Und untersteht euch ja nicht, herumzuerzählen, ich sei weich geworden. Es hat sich nichts geändert.«

Zu seiner großen Verärgerung sahen seine Männer nicht so aus, als glaubten sie ihm das.

Die Beine auf dem kalten, feuchten Boden vor sich ausgestreckt, lehnte Linnet mit dem Rücken an einem Baumstamm und gönnte ihren müden Knochen etwas Ruhe. Seit dem Moment, als Kenneth ihr die Fesseln abgenommen hatte, hatte sie ihre Entführer bedienen müssen. Ihrer Drohungen wegen, Robbie etwas anzutun, hatte sie sich gezwungen gesehen, ihre unaufhörlichen Forderungen zu erfüllen und sich auch um die Verwundeten zu kümmern, die bei der Belagerung der Burg verletzt worden waren.

Da sie im Augenblick keine andere Möglichkeit sah, als zu gehorchen, hatte sie sich ihren Wünschen gebeugt und jeder ihrer Launen nachgegeben, bis ihr Rücken so schlimm schmerzte, dass sie angefangen hatte zu gehen wie eine alte Frau, eine Hand auf ihrer Hüfte, ihre Schultern krumm vor Schmerz.

Irgendwann in den grauen Stunden vor der Morgendämmerung des zweiten Tages, seit sie entführt worden waren, hatte man ihr endlich gestattet, sich zu Robbie zu setzen. Friedlich schlafend lag der Junge neben ihr, unter einer abgenutzten Decke, die einer von Kenneths Männern dem Kleinen widerwillig überlassen hatte. Die meisten der Briganten schliefen. Zu Linnets Enttäuschung war Kenneth unter jenen, die noch wach waren. Er lag in der Nähe des nur noch schwach glimmenden Feuers, nippte an einem Becher Wein und unterhielt sich leise mit einem seiner Männer, einem verschlagen dreinblickenden Wiesel von einem Mann, der plötzlich seinen Becher hochhielt und ihr ein Zeichen machte, nachzuschenken.

Statt aufzuspringen, wie der Bursche sicherlich von ihr erwartete, bedachte Linnet ihn mit einem kalten Blick.

Tatsächlich war sie einfach viel zu müde, um sich zu erheben.

»Mir scheint, die Dame ist es leid geworden, uns einfache Leute zu bedienen«, spottete das Wiesel.

Kenneth lachte derb. »Vielleicht wird sich ihre Haltung ändern, wenn wir alle Gelegenheit hatten, ihr zu zeigen, wie angenehm es sein kann, dem gemeinen Volk zu dienen. Sobald wir ein ordentliches Stück Weg zurückgelegt haben, werden wir ihr die Augen öffnen.«

»Ho!« Der andere Mann schlug sich auf den Schenkel. »Warte nur, bis sie gesehen hat, wie groß dein …«

»Das reicht«, fiel Kenneth ihm ins Wort. »Ich möchte schließlich nicht, dass sie vor Sehnsucht umkommt. Sie wird noch Zeit genug bekommen, sich mit meinen männlichen Attributen vertraut zu machen – und danach natürlich auch mit deinen!«

Daraufhin blickte er sich nach ihr um, und die unverhohlene Lüsternheit, die sie in seinem Blick erkannte, verursachte Linnet eine Gänsehaut. »Vielleicht wird sie ja so begeistert sein von unserem Charme, dass sie uns meinem nichtswürdigen Bruder vorzieht.«

Ohne seinen ungemein beunruhigenden Blick von ihr zu wenden, erhob Kenneth sich langsam. Linnet zwang sich, sich ihre Angst nicht anmerken zu lassen, als er auf sie zukam. Unter den Falten ihres Umhangs schlossen ihre kalten Finger sich jedoch um einen kleinen, lederbezogenen Flakon.

Um das Fläschchen, von dem sie schon fast vergessen hatte,

dass sie es bei sich trug, denn es war eingenäht in eine kleine Stofftasche unter den vielen Schichten ihrer Röcke.

Ein Flakon mit unverdünnter Baldrianessenz.

Ihre einzige Hoffnung, zu entkommen.

Da blieb Kenneth auch schon vor ihr stehen, und ohne ein Wort zu ihr zu sagen, stieß er mit der Spitze seines Stiefels gegen ihre Hüfte. Als sein Fuß sich in den Falten ihres Umhangs verfing, seinen Saum dabei hochzog und ihre Knöchel und Waden der kalten Nachtluft preisgab – und sämtlichen lüsternen Augen, die sie vielleicht gerade angafften –, vergaß Linnet all ihre Bemühungen, ruhig zu erschienen, und blickte stirnrunzelnd zu Kenneth auf.

»Lass mich in Ruhe, du Schwein«, zischte sie, und ihre Hand schloss sich noch etwas fester um das Fläschchen. »Wenn du wagst, mich anzurühren, werde ich dich bei der ersten Gelegenheit entmannen!«

Gekicher und anzügliche Bemerkungen kamen von den Männern, die noch wach waren. Kenneths Gesicht lief rot an. »Jemand wird dich lehren müssen, deine scharfe Zunge im Zaum zu halten! Ich möchte wetten, dass mein Bruder dich nicht richtig eingeritten hat!«, fauchte er, und nur mühsam unterdrückte Wut klang schwer in jedem seiner Worte mit.

Er beugte sich vor. »Das ist ein Versehen, das ich mit Vergnügen korrigieren werde. Und in *seinem* Bett ... sobald ich ihn von dem Besitz vertrieben habe, der mein gewesen wäre, wenn diese Hure von seiner Mutter nicht die Zuneigung unseres Vaters gestohlen hätte.«

Linnet presste die Lippen zusammen und funkelte ihn nur wütend an.

Ihr Schweigen schien seinen Ärger noch zu schüren, denn er packte sie am Arm und riss sie grob auf ihre Füße. Seine Finger bohrten sich in ihr Fleisch, und mit einer Kopfbewegung deutete er auf den ungewaschenen Schweinehund, der vorhin seinen Becher geschwenkt hatte.

»Hol uns Wein.« Seine Worte waren schroff, sein Blick beängstigend.

Aber Linnet hielt ihm ruhig stand. »Ich kann nichts holen, wenn du nicht meinen Arm loslässt.«

Er tat es, aber vorher sah er sie aus schmalen Augen an. »Benimm dich, *Lady*. Ich habe schon weniger lästigen Frauenzimmern als dir Manieren beigebracht.«

Linnet klopfte demonstrativ ihren Ärmel an der Stelle ab, wo Kenneth ihn berührt hatte. Dann ging sie hoch erhobenen Kopfes zu dem unordentlichen Stapel Proviant hinüber, der direkt hinter dem Kreis der schlafenden Männer lag. Dort bewahrten ihre Entführer auch ihren sauren Wein auf, und nicht weit entfernt davon waren ihre Pferde angebunden.

Pferde, die so edel aussahen, dass sie eigentlich nur gestohlen sein konnten. Nicht, dass es Linnet gekümmert hätte … sie hatte schließlich auch vor, eins zu stehlen.

Sobald sie den Wein mit Baldrian versetzt hatte und Kenneth genug von dem einschläfernden Gebräu getrunken hatte, um in einen tiefen Schlaf zu fallen.

»Beeil dich«, rief er ihr zu. »Wir haben mächtig Durst.«

Linnet lächelte.

Mächtig Durst? Das kam ihr sehr gelegen.

Mit dem Rücken zu den Männern nahm sie einen irdenen Krug von dem unordentlichen Stapel.

Kaum berührten ihre Finger das Gefäß, wurde sie von einem unguten Gefühl beschlichen, aber sie zwang sich, ruhig zu bleiben, als sie das Fläschchen aus seinem Versteck unter ihren Röcken zog.

Dann, nach einem schnellen, aber aufmerksamen Blick über ihre Schulter, entfernte sie den Korken und goss den gesamten Inhalt des Flakons in den sauer riechenden Wein.

Kenneth hielt ihr seinen Becher hin, als sie zum Feuer kam. »Du gibst eine hübsche Dienstmagd ab. Das ist gut, denn bald wirst du uns viel mehr anbieten müssen als ein bisschen Wein«, bemerkte er gedehnt und ließ träge seinen Blick über sie gleiten. »*Sehr* viel mehr.«

Linnet sagte nichts und füllte seinen Becher bis zum Rand.

Wieder und wieder, bis seine Lider schwer wurden und seine Worte schleppend.

Dann kehrte sie zu ihrem Ruheplatz am Baum zurück und wartete.

Wartete und beobachtete.

Stundenlang, so schien ihr, hielt sie Wache und ließ ihren Blick prüfend über jeden Einzelnen der schlafenden Männer gleiten. Vor allem über einen, der im Schlaf ihrem Ehemann so ähnlich sah, dass es ihr, wann immer sie ihn ansah, einen Stich ins Herz versetzte.

Dann ... *endlich!* ... wurde es still im Lager. Das Feuer war fast vollständig heruntergebrannt, das rastlose Herumwälzen der Briganten hatte aufgehört, und nur einige wenige von ihnen schnarchten noch.

Alle schliefen.

Es war der richtige Moment.

Linnet wagte kaum zu atmen, aus Angst, jemanden zu wecken, als sie vorsichtig Robbies Schulter berührte. Seine Lider flatterten, dann öffnete er die Augen, und das Misstrauen darin war ein stummer Beweis dafür, wie schwer die Tortur der vergangenen zwei Tage ihm auf der Seele lag.

Er öffnete den Mund, um etwas zu sagen, aber Linnet legte rasch zwei Finger an seine Lippen. »Psst«, wisperte sie ganz dicht an seinem Ohr, »es wird Zeit, dass wir von hier verschwinden. Glaubst du, du kannst ganz leise sein? Kein Geräusch verursachen, egal, was auch passiert?«

Robbie betrachtete sie aus großen Augen und nickte stumm.

Linnet erwiderte das Nicken und strich in einer, wie sie hoffte, ermutigenden Geste mit dem Handrücken über die Wange des Jungen. Dann richtete sie sich langsam auf, nahm Robbie auf die Arme und schlich mit ihm zwischen die Bäume.

Unter den ausladenden Ästen einer großen Eibe blieb sie stehen, bis ihre Augen sich an die feuchte, nach Erde riechende Dunkelheit des Walds gewöhnt hatten, und ging dann auf die Pferde zu, so schnell sie wagte. Sie blieben ruhig stehen, nur eins machte sich die Mühe, sich zu ihr umzusehen, und begrüßte sie mit einem leisen Wiehern.

Bei dem Geräusch wurde Robbie unruhig in ihren Armen. »Werden wir ein Pferd stehlen?«, fragte er und vergaß in seiner Aufregung, dass er ihr versprochen hatte, still zu sein.

Linnet legte ihre Hand auf Robbies Mund und erstarrte, wie gelähmt vor Angst, entdeckt zu werden.

Ein Bär von einem Mann schlief in der Nähe, sein Kopf ruhte auf einem Sattel, und aus seinem schlaffen Mund kamen beunruhigend unregelmäßige Schnarchtöne.

Sie schickte ein stummes Stoßgebet zu allen Heiligen, dass er weiterschlafen möge.

Unglücklicherweise lag sein Schlafplatz nur wenige Schritte von dem Pferd entfernt, für das sie sich entschieden hatte, ein leichtfüßiger, aber kraftstrotzender Wallach, der ihr in den zwei Tagen zuvor aufgefallen war.

Linnet betrachtete das stolze Tier noch einmal und schätzte ihre Möglichkeiten ab, aber als der Mann sich stöhnend auf die Seite rollte, gab sie jede Hoffnung auf den Wallach auf und hob Robbie auf den bloßen Rücken des nächststehenden Pferdes, eines sanftäugigen Zelters.

Das einzige Pferd unter all den anderen, das schon ziemlich alt zu sein schien und einen krummen Rücken hatte.

Aber das machte nichts. Mit einem letzten Blick auf den schlafenden Riesen und nach einer stummen Warnung an den Jungen, still zu sein, benutzte sie den moosbedeckten Stamm eines umgestürzten Baums als Aufstiegshilfe und schwang sich hinter Robbie auf das Pferd. Sie schlang einen Arm um seine Taille und zog ihn fest an ihren Körper. Zu ihrer immensen Erleichterung schien er ruhig zu bleiben.

Wenn sie doch nur selbst so ruhig wäre!

Sie war noch nie ohne Sattel geritten.

Offen gestanden bezweifelte sie sogar, dass sie es konnte, egal, wie alt und schwach das Tier war.

Zumindest war das Pferd aufgezäumt. Sich ihre Erleichterung darüber für ein andermal aufhebend, ergriff sie mit der freien Hand die Zügel und stieß dem Pferd die Fersen in die Flanken.

Mit etwas Glück war der Zelter trotz seines Alters noch immer schnell und stark genug, um sie ein gutes Stück weit fortzubringen, bevor Kenneth wieder zur Besinnung kam und feststellte, dass sie verschwunden waren.

19

Duncan zügelte sein Pferd, als er Sir Marmaduke, der als Späher vorausgeritten war, einen nahen Hügel hinuntergaloppieren und zu ihnen zurückjagen sah, als sei ihm der Teufel persönlich auf den Fersen.

Eine solche Eile verhieß nichts Gutes, und es widerstrebte Duncan, ihm entgegenzureiten und die schlechte Kunde früher zu hören, als nötig war.

Dann war der Sassenach bei ihm und brachte sein Pferd abrupt vor Duncans zum Stehen. »Sie sind nicht bei ihnen«, berichtete er atemlos und fuhr sich mit dem Ärmel über seine feuchte Stirn.

Die Worte trafen Duncan mit der Wucht eines gut gezielten Fausthiebs in den Magen. Er starrte Sir Marmaduke prüfend an und suchte nach einem Zeichen, einem Beweis, dass sein Freund sich geirrt hatte.

Doch leider fand er keinen solchen Anhaltspunkt.

Sir Marmaduke saß sehr gerade im Sattel, einen steinernen, grimmigen Ausdruck in seinem narbigen Gesicht. Auch die bebenden Flanken und das schweißbedeckte Fell seines Pferds zeugten von der Wahrheit seiner Worte und bewiesen, in welcher Eile er mit seinen schlimmen Nachrichten zurückgekehrt war.

Duncans Herz – dasselbe, von dem er beinahe wünschte, es nie wiedergefunden zu haben, des Kummers wegen, das es ihm nun brachte – verkrampfte sich in seiner Brust.

»Bist du sicher?«

Der Sassenach nickte, und Duncan wusste plötzlich, wie es war, zu sterben.

Wut, Zorn und panische Angst – schlimmere Angst, als er bisher je gekannt hatte – verzehrten ihn. Grauen erfasste ihn, bis er beinahe daran zu ersticken glaubte, und ein roter Nebel trübte seine Sicht und blendete ihn beinahe.

Als der Nebel sich klärte, empfand er nichts mehr. Weder den Schmerz seiner noch immer frischen Wunden noch die Qual, die ihm das Herz zerriss.

»Wie weit?«, fragte er tonlos … kalt.

»Nur ein kurzer Ritt. Die Hurensöhne schlafen noch, und mit ein paar erfahrenen Männern kann ich sie mühelos überwältigen.«

»Du?« Duncan richtete sich in seinen Steigbügeln auf und beugte sich zu seinem Freund hinüber. »Glaubst du, ich würde es anderen Männern überlassen, die Entführung meiner Frau und meines Kinds zu rächen? Und tatenlos danebenstehen? Beim Blute Christi, sie könnten schon tot sein, während wir hier noch stehen und reden!«

Marmaduke presste die Lippen zusammen und wendete sein Pferd, um die grimmig dreinblickenden MacKenzie-Krieger anzusehen. »Es ist ein wahres Wunder, dass euer Herr es bis hierher geschafft hat, ohne aus dem Sattel zu fallen.« Er warf Duncan einen vorwurfsvollen Blick zu. »Seine Wunden bluten wieder, und sein Zorn, so gerechtfertigt er auch sein mag, dämpft seinen Schmerz. Falls er weiterreitet oder sogar kämpft, werden wir ihn vielleicht verlieren.«

Duncan sah seine Männer an und wartete.

Niemand sprach.

»Ich wurde gebeten, vorauszureiten und Kenneths Lager ausfindig zu machen«, fuhr Marmaduke unverzagt fort, und seine Stimme nahm einen beschwörenden Tonfall an. »Ich habe es getan. Lady Linnet und Robbie sind nicht dort.«

Gebieterisch hob er eine Hand, als zornige Ausrufe unter den Männern laut wurden. »Das muss aber nicht bedeuten, dass ihnen etwas zugestoßen ist. Ich schlage vor, einige von euch begleiten mich, um Rache an diesen Unholden zu nehmen. Die anderen, einschließlich Duncan, sollten zurückbleiben und nach ihnen suchen.«

Wieder war die Antwort Schweigen.

»Fergus«, rief er, »du bist ein weiser alter Mann. Was sagst du?«

Wieder wartete Duncan. Nur hielt er dieses Mal den Atem an. Fergus tat für gewöhnlich nichts lieber, als ihm zu widersprechen. Aber der Alte richtete sich noch gerader auf im Sattel, straffte seine knochigen Schultern, und ein grimmiger, entschlossener Blick erschien in seinen scharfen Augen.

»Nun?«, beharrte Sir Marmaduke.

Fergus ließ sein Pferd einige Schritte vortreten, und dann spuckte er auf den Boden. »Ich sage, du bist ein guter Redner und ein anständiger Mann, aber ein Schotte bist du nicht.«

Brüllend und klatschend brachten die Männer ihre Zustimmung zum Ausdruck, und Duncan ließ den angehaltenen Atem erleichtert wieder aus.

»Gut, damit ist das also entschieden«, gab sich Sir Marmaduke geschlagen. Duncan glaubte, ihn etwas über ›eine Bande sturer Narren‹ murmeln zu hören, bevor er der gesamten Truppe grollend den Befehl gab, ihm zu folgen, sein Pferd antrieb und in die Richtung davongaloppierte, aus der er gekommen war.

Sie hatten erst einige wenige Meilen zurückgelegt, als Sir Marmaduke den Befehl gab, anzuhalten. »Sie sind dort drüben.« Er zeigte auf ein dichtes Wäldchen in der Ferne. »Ihr Lager ist …«

Duncan wartete nicht ab, um mehr zu hören. Er stieß seinem Pferd die Knie in die Flanken, ließ ihm die Zügel schießen und trieb den schnellen Hengst in halsbrecherischem Tempo auf das feindliche Lager zu.

Seine Männer folgten ihm, so schnell sie konnten, indessen er wie ein Besessener weiterjagte und nicht einmal dann sein

Tempo verlangsamte, als sein Pferd den Wald erreichte. Zweige schlugen ihm ins Gesicht, einer riss ihn sogar beinahe aus dem Sattel, aber er ritt unverzagt weiter und trieb sein Pferd an, bis das mächtige Tier eine Lichtung in dem Wald erreichte.

Kenneth lag auf dem Boden neben dem glimmenden Lagerfeuer. Brüllend vor Wut stieß Duncan seinem Pferd die Sporen in die Seiten und trieb es geradewegs auf den verfluchten Schurken zu. Im allerletzten Augenblick erst zügelte er das Pferd, und das so scharf, dass das Tier sich vorn aufbäumte und seine kräftigen Beine wild die Luft durchpflügten.

Inzwischen hellwach, rollte Kenneth sich zur Seite, sodass es ihm gerade noch gelang, den Pferdehufen auszuweichen, als sie dort aufschlugen, wo er eben noch gelegen hatte.

Ohne den rasenden Schmerz in seinen wieder aufgerissenen Wunden zu beachten, sprang Duncan aus dem Sattel. »Hier hast du einen Vorgeschmack auf die Hölle, du verdammter Bastard!«, fluchte er und trat mit der Stiefelspitze heiße Asche in Kenneths Gesicht.

Der Mistkerl heulte auf und wich zurück. »Du hast mich blind gemacht, du Hurensohn!«, brüllte er und presste seine Fäuste auf die Augen.

»Nein, hat er nicht, aber ich werd's tun«, berichtigte Sir Marmaduke, als er sich von seinem Pferd schwang und sein Schwert zog. »Das wird eine angemessene Vergeltung sein. Für mich und meine Frau, deren Blut an deinen dreckigen Händen klebt.«

»Wacht auf, ihr Idioten! Ergreift sie!«, schrie Kenneth fieberhaft seinen Männern zu. Er kroch immer noch zurück und presste seine Hände auf seine Augen. »Bringt sie um! Und meinen verfluchten Bruder am besten direkt vor den Augen seiner Frau!«

Einige der Männer regten sich und tasteten nach ihren Waffen, aber das donnernde Hufgeklapper herangaloppierender Pferde ließ sie wieder innehalten. »*Cuidich' N' Righ!*«, schrien

Duncans Männer, als ihre Pferde das Unterholz durchbrachen. »Rettet den König!«, wiederholten sie, ihre Schwerter ziehend und sich zum Kampf bereitmachend.

»Feiglinge!«, beschimpfte Kenneth seine Männer und blinzelte sie aus zusammengekniffenen Augen wütend an, während er nach dem Dolch an seinem Gürtel tastete. »Seht ihr nicht, dass diese Bastarde mich umbringen wollen?«

Duncan trat mit einem Fuß auf Kenneths linken Arm. »Der Bastard bist *du,* und du wirst nicht umgebracht, sondern geblendet werden. Über dein Schicksal entscheidet Sir Marmaduke, nicht ich. Ich mache mir nicht die Hände schmutzig, indem ich den Bastard meines eigenen Vaters töte, obwohl du es verdient hättest, zu sterben.«

»Stets der edle Ritter«, höhnte Kenneth, und seine Stimme triefte vor Verachtung. »Aber du würdest mir die Augen ausstechen lassen, während du mich festhältst?«

Duncan presste seinen Stiefel noch fester auf Kenneths Arm. »Sag mir, was du mit meiner Frau und meinem Kind getan hast, dann erlaube ich dir, aufzustehen und wie ein Mann zu kämpfen.«

»Gar nichts habe ich mit ihnen getan«, keuchte Kenneth. »Du kannst dieses störrische Frauenzimmer und den rotznasigen Bengel gerne wiederhaben. Sie machen mir mehr Ärger, als sie wert sind.«

Duncan bohrte den Absatz seines Stiefels in Kenneths Arm, bis mit einem widerlichen, knackenden Geräusch der Knochen brach. »Wo sind sie?«

»Du hast mir den Arm gebrochen!«, heulte Kenneth und wand sich vor Schmerzen auf dem Boden.

»Hör auf zu kreischen wie ein Fischweib und antworte auf meine Frage!«, brüllte Duncan. »Wo – sind – sie?«

»Bist du so blind geworden wie der einäugige Wurm, den du als deinen Freund bezeichnest? Das scharfzüngige Weibsbild und der Bengel schlafen neben dem Baum dort drüben«, zischte er und deutete mit dem Kopf auf eine hohe Birke am Rand der Lichtung.

Eine fadenscheinige alte Decke lag auf dem Boden neben dem Baum … und das war alles.

Kenneths Kinnlade klappte herunter, und seine Augen wurden groß. »Was ist das für eine Hexerei? Sie waren da«, stammelte er. »Ich gebe dir mein Wort, dass sie …«

Duncans Zorn wallte von Neuem auf. »Dein Wort ist wertlos, also beleidige mich nicht damit. Wenn du meiner Frau oder dem Kind auch nur ein Haar gekrümmt hast, vergesse ich meine Ehre und reiße dich in Fetzen, du verdammter Bastard!«

Kaum noch in der Lage, seine Wut in Zaum zu halten, nahm Duncan seinen Fuß von Kenneths Arm und trat zurück. Mit einem Blick auf Sir Marmaduke sagte er: »Gib ihm ein Schwert und tu mit ihm, was du willst. Aber beeil dich. Ich möchte, dass wir jeden Hügel und jedes Tal nach meiner Frau und meinem Sohn absuchen.«

Einer von Duncans Männern kam mit einem Schwert, aber Kenneth sprang auf, stieß den Mann beiseite und stürzte sich auf Duncan, als er sich zum Gehen wandte. »Du bist es, wer heute sterben wird!«, schrie er und hob seinen Dolch.

Mit wutverzerrtem Gesicht holte Kenneth mit dem Dolch nach Duncan aus, aber die Klinge entglitt seiner Hand und fiel zu Boden, als er sich plötzlich zusammenkrümmte und eine blutige Schwertspitze aus seinen Gedärmen ragte.

Hinter ihm stand Sir Marmaduke, zog ruhig sein Schwert zurück und ließ Kenneths leblosen Körper auf den Boden fallen. »Es wäre mir lieber gewesen, ihm das Augenlicht zu nehmen«, sagte er schlicht, während er mit dem Saum seiner Tunika das Blut von seinem Schwert abwischte.

Zu Duncans großer Überraschung verspürte er einen Anflug von Bedauern, eine leise Traurigkeit, und wenn auch nur des fröhlichen Gefährten seiner Jugend wegen, der sein Halbbruder einmal gewesen war. Aber das Gefühl verflog so schnell, wie es gekommen war, und wich dem dringenderen Bedürfnis, Linnet und Robbie zu finden.

Ein unbehagliches Schweigen breitete sich auf der Lichtung aus, und Duncans Hand glitt instinktiv zu seinem Schwert. Prüfend blickte er in die Gesichter von Kenneths Männern. Einige wirkten verblüfft, andere ließen gar keine Emotion erkennen. Keiner schien jedoch darauf versessen, den Tod ihres Anführers zu rächen.

»Wo ist meine Frau?«, fragte er in eisigem Ton.

»Es ist die reine Wahrheit, was Kenneth Euch gesagt hat«, meldete sich ein Riese von einem Mann zu Wort und zog seine schlecht sitzende Strumpfhose hinauf, als er aus dem Schutz der Bäume trat. »Sie hat ein Pferd gestohlen, Eure Frau Gemahlin«, fügte er hinzu. »Sie müssen geflohen sein.«

Erleichterung erfasste Duncan, die seine Kehle eng werden und sein Herz beinahe schmerzhaft hart gegen seine Rippen pochen ließ. »Mögen die Männer, die ihr bei dem Angriff auf meine Burg verloren habt, als Vergeltung für das Leben meiner Pächter dienen. Sollte irgendeiner von euch Kenneths Tod rächen wollen, dann trete er jetzt vor«, forderte er Kenneths Männer auf, sobald er wieder sprechen konnte. »Wenn nicht, legt eure Waffen nieder und verschwindet. Ihr mögt in Frieden gehen. Aber seid gewarnt: Solltet ihr je wieder MacKenzie-Land betreten, werdet ihr nicht lange genug leben, um euren Fehler zu bereuen.«

Einer nach dem anderen nickten Kenneths Männer demütig, legten ihre Waffen ab und gingen. Als der Letzte weg war, wandte Duncan sich an Fergus. »Sorg dafür, dass er anständig begraben wird«, befahl er mit einem kurzen Blick auf Kenneths reglose Gestalt.

Zu seinen anderen Männern sagte er: »Wir werden suchen, bis wir meine Frau und das Kind gefunden haben. Beten wir zu Gott, dass sie unverletzt und wohlbehalten sind.«

Sie hatte die falsche Richtung eingeschlagen.

Seit Stunden, schien es, ritten sie im Kreis, und obwohl sie beachtliche Entfernungen zurücklegten, gelangten sie nirgendwohin. Linnets Frustration nahm kaum noch zu ertragende Ausmaße an, als ihr erstaunlich robustes Pferd sie immer wieder an den gleichen Orientierungspunkten vorbeitrug … ein ums andere Mal.

Der Teufel sollte sie holen, falls ihre Unbeholfenheit der Grund sein sollte, dass sie Kenneth wieder in die Hände fielen!

Dann, als sie die Hoffnung schon fast aufgegeben hatte, entdeckte sie Reiter auf einer fernen Anhöhe. Sie ritten langsam, waren offensichtlich auf der Suche und durchkämmten die Landschaft.

Linnets Atem stockte, und eine überwältigende Freude begann sie zu durchfluten. Es war Duncan. Selbst aus der Ferne konnte sie es sehen. Er war endlich gekommen, um sie zu holen. Und sein gesamter Haushalt schien bei ihm zu sein.

Nein, *ihr* Haushalt, denn sie hatte sich noch nie mehr wie eine MacKenzie gefühlt als in diesem Augenblick, als ihr Ehemann seine Augen mit der Hand beschattete und in ihre Richtung zeigte, bevor er die Anhöhe hinuntergaloppierte und auf sie zugeritten kam.

»Robbie, wir sind gerettet! Da ist dein Vater«, rief sie und trieb den Zelter zu einem schnellen Kanter an. »Halt dich fest, mein Junge, wir sind bald zu Hause!«

In ihrer Ungeduld, Duncan zu erreichen, stieß Linnet dem Pferd immer wieder ihre Absätze in die Flanken. Als plötzlich wie aus dem Nichts ein hinter Felsen verborgener kleiner Bach vor ihnen auftauchte, war es zu spät, auszuweichen oder irgendetwas anderes zu tun, bevor der Zelter über das Wasser setzte und Linnet und den Jungen dabei abwarf.

»Nein!« Ein entsetzter Schrei entrang sich Duncans Lippen, als er Linnet und Robbie durch die Luft fliegen und dann zu Boden stürzen sah … seine Frau auf ein grasbewachsenes Uferstück, seinen Sohn kopfüber auf den Boden neben einem dicken Felsen.

Schwindlig vor Entsetzen, krank vor Angst, trieb er sein Pferd zu der Stelle, wo sie still und reglos lagen, neben dem harmlos aussehenden Bach, dem womöglich das gelungen war, was Kenneth nicht geschafft hatte: ihm seine Familie zu nehmen … sein Leben.

Seine Männer waren dicht hinter ihm, aber Duncans Pferd war das Erste, das den Bach erreichte. Er trieb es hinein, und in der Mitte des nicht sehr breiten Stroms schwang er sich aus dem Sattel. »Linnet! Robbie!« So schnell er konnte, watete er durch das flache Wasser, und seine Brust war so eng vor Panik, dass er kaum noch atmen konnte.

Als er sie erreichte, warf er einen raschen Blick auf Robbie, wandte sich aber augenblicklich wieder ab, außerstande, den Anblick des Jungen zu ertragen, der schlaff und mit verdrehten Gliedern dalag, den Kopf in einem merkwürdigen Winkel an einen großen Stein gelehnt. Reue und Entsetzen ergriffen Duncan und zerrissen ihm das Herz so sicher, wie Kenneths Dolch es getan haben würde, hätte Marmaduke ihn nicht daran gehindert.

Sich über Linnet beugend, ergriff er mit beiden Händen ihren wollenen Umhang und barg sein Gesicht an der seidigen Wärme ihres Haars. »Gott im Himmel, lass sie nicht tot sein«, flehte er mit rauer Stimme. »Nimm sie mir jetzt nicht!«

»Duncan?«

Die Stimme seiner Frau, schwach, aber ach so kostbar, durchdrang seinen Kummer wie ein glitzerndes Leuchtfeuer, das Licht in die Dunkelheit brachte, die ihn zu verzehren drohte.

Wenn sie den Sturz überlebt hatte, dann Robbie vielleicht auch.

Nicht bereit, etwas anderes zu akzeptieren, nahm Duncan beide in die Arme und drückte sie so fest an sich, wie er es wagte, als könne er durch schiere Willenskraft erzwingen, dass sie lebten.

Er hatte keine Ahnung, wie lange er sie so gehalten hatte, aber plötzlich ertönte überall um sie herum das Klappern von Pferdehufen, das Geräusch aufspritzenden Wassers und ein Durcheinander aufgeregt erhobener Männerstimmen.

»Sei vorsichtig, Junge, oder willst du sie totdrücken?«, schalt Fergus, als er sein Pferd neben ihnen zum Stehen brachte.

Die Stimme des alten Mannes klang so merkwürdig, so fremd, dass Duncan verwundert zu ihm aufschaute. »Halt den Mund, Junge«, knurrte Fergus und wischte sich eine Träne von seiner runzligen Wange. »Oder hast du noch nie einen Mann Gefühle zeigen sehen? Das ist etwas, wovon ich gehofft hatte, du hättest es inzwischen gelernt.«

Gelernt?

Herrgott noch mal, sah der alte Narr denn nicht die Tränen, die in Duncans Augen schwammen?

Kapierte er denn nicht, dass Duncan seine Lieben so fest umfangen hielt, weil er Angst hatte vor dem, was er vielleicht sehen würde, wenn er sie losließ?

Dass er Angst hatte vor der Entdeckung, dass Robbies Brust sich vielleicht nicht mehr hob und senkte?

»Du tust mir weh«, hauchte Linnet, so leise, dass er ihre Worte fast nicht hörte. »Lass mich Robbie sehen«, verlangte sie, und ihre Stimme klang schon etwas kräftiger.

Duncan ließ sie augenblicklich los und beobachtete, mit bangem Blick und angehaltenem Atem, wie sie sich langsam in eine sitzende Stellung aufrichtete und Robbie behutsam auf den Schoß nahm. Sanft strich sie mit den Fingerspitzen über eine hässliche blaue Schwellung an der Stirn des Jungen.

Dann verzogen ihre Lippen sich zu einem leisen Lächeln.

Bevor Duncan sich fragen konnte, was dieses flüchtige Lächeln bedeuten mochte, ergriff sie seinen Arm. »Wir müssen fort von hier, Kenneth könnte jeden Augenblick erscheinen.«

»Kenneth ist tot«, sagte Duncan geistesabwesend, während er die Beule an Robbies Kopf anstarrte. Die Augen des Jungen waren geschlossen, sein Gesicht war kreideweiß und wächsern. Und seine kleine Brust war still.

Zu still.

Es war genau das, was er befürchtet hatte.

Nur mit Mühe gelang es ihm, den Blick von dem Jungen abzuwenden; sein Herz weigerte sich, zu akzeptieren, was seine Augen ihn glauben machen wollten. »Ist er … wird er leben?«, zwang er sich zu fragen. »Kannst du … kannst du sehen, ob mein Sohn leben wird?«

Seine Frau erwiderte seinen durchdringenden Blick, und er sah, dass auch in ihren Augen eine Frage stand. »Sagtest du, dein *Sohn?*«

»Aye, mein Sohn«, bestätigte Duncan, laut und kühn, als wolle er jedem den Kampf ansagen, der es abzustreiten wagte. »Er ist mein Sohn, und es ist mir einerlei, wessen Lenden er entsprungen ist.«

Kaum hatte er es ausgesprochen, da füllten Linnets Augen sich mit Tränen. Sie schenkte ihm ein etwas zittriges Lächeln und starrte ihn nur an, mit bebender Unterlippe, während seine Männer näher herandrängten und sie alle ausgesprochen weibliche Geräusche von sich gaben.

Schniefen und Schnüffeln.

Brabbeln.

Duncan bedachte sie mit einem ärgerlichen Blick, wünschte dann aber, er hätte es nicht getan.

Sie *alle* hatten feuchte Augen.

Er sah wieder seine Frau an. »Ich habe dich etwas gefragt. Ich möchte eine Antwort darauf.«

»Und die sollst du auch bekommen. Mit dem größten Vergnügen. Robbie wird leben. Ich habe es gesehen und bin mir sicher.« Sie hielt inne und strahlte ilm an. »Dein *Sohn* wird leben.«

Seine Männer brachen in Beifallsrufe aus, und das war gut so, denn Duncan selbst war sprachlos. Das Herz, das er Stunden zuvor noch verflucht hatte, schwoll an, bis es vor Glück zu platzen drohte, und die Tränen, die er zurückzuhalten versucht hatte, flossen ungehindert über seine Wangen.

Sein *Sohn,* hatte sie gesagt.

Sein Sohn!

Nicht einmal einem Narren wäre die Bedeutung dieser beiden Worte entgangen, so wie sie sie ausgesprochen hatte.

Und er war alles andere als ein Narr.

»So, Mylady«, es kostete ihn große Mühe, die Worte an dem heißen Klumpen in seiner Kehle vorbeizubringen, »und wie lange weißt du das schon?«

»Von Anfang an«, sagte sie. »Vom ersten Augenblick an.«

Epilog

Eilean Creag Castle,
vierzehn Tage später in der großen Halle …

»Ist sie nicht eine schöne Braut?« Linnet blickte über den langen Tisch hinweg zu Elspeth. »Ich glaube, ich habe sie noch nie so glücklich gesehen.«

Duncan trank einen Schluck von dem gewürzten Honigwein, der speziell für Fergus' und Elspeths Hochzeitsfest zubereitet worden war, bevor er antwortete. »Aye, das stimmt, aber der alte Ziegenbock von ihrem neuen Ehemann scheint sich ein bisschen zu behaglich zu fühlen in meinem Sessel.«

»Es ist doch nur für heute Abend. Du weißt, dass keiner von ihnen je …«, begann Linnet, schloss dann aber ihren Mund und lächelte, als sie das mutwillige Funkeln in Duncans blauen Augen sah.

Aber dann wechselte sein Ausdruck und wurde ernst, als sein Blick an ihr vorbei zu Robbie glitt.

Der Junge saß am entgegengesetzten Ende des Tischs und schien sich auf dem Schoß des ältesten Bruders seiner Frau sehr wohl zu fühlen.

Ranald MacDonnell flüsterte dem Jungen etwas ins Ohr, und was immer es auch war, es musste ausgesprochen amüsant gewesen sein, denn Robbie kicherte so heftig, dass seine Schultern zuckten.

Ihnen gegenüber saßen Linnets Lieblingsbruder, Jamie, und Duncans erster Knappe, Lachlan, und schienen vollkommen fasziniert von Sir Marmadukes Erzählungen.

Duncan suchte ganz bewusst den Blick des Sassenachs und hob seinen Kelch zu einem stummen Toast.

Anlässlich dieses besonderen Tags hatte er großzügig darauf verzichtet, den beiden jungen Männern zu sagen, dass man dem zungenfertigen Engländer noch längst nicht all seine Geschichten von Romanzen, Ritterlichkeit und Ehre glauben durfte.

»Du bist so still geworden«, riss ihn die sanfte Stimme seiner Frau aus seinen Überlegungen. »Bist du mir wirklich nicht böse, dass ich so lange geschwiegen habe in Bezug auf Robbie?«

Duncans Blick kehrte zurück zu seinem Sohn. Der Junge zeigte Ranald gerade sein hölzernes Spielzeugschwert. Väterlicher Stolz erfasste Duncan, während er ihn beobachtete. »Und warum«, sagte er, den Blick noch immer auf seinen Sohn gerichtet, »hast du es mir nicht schon früher gesagt?«

»Aber das sagte ich doch schon – weil es belanglos hätte sein sollen. Weil ich wollte, dass du ihn um seiner selbst willen liebst.«

»Und das tue ich auch. Ich habe es immer schon getan«, sagte Duncan und wusste, dass es wahr war. »Ich war nur zu eigensinnig, um es zuzugeben.«

Linnet legte eine Hand auf seinen Arm. »Und du gibst mir dein Wort, dass dich sonst nichts quält?«

Da wandte er sich ihr zu, um sie anzusehen, und wie so oft in letzter Zeit genügte ihr bloßer Anblick, um sein Herz anschwellen zu lassen.

Und sein Herz war nicht das Einzige, was anschwoll.

»Ich möchte dir sehr viel mehr geben als nur mein Wort, Mylady«, sagte er und ordnete die Falten seiner Tunika, um die verräterische Ausbuchtung in seiner Strumpfhose zu verbergen. Als das getan war, strich er mit den Fingerspitzen über ihren Oberschenkel. »Was mich quält, werde ich heute Abend in unserem Zimmer schon zu lindern wissen.«

Sie errötete, ihr bezauberndes Gesicht glühte fast noch mehr als Elspeths. »Aber deine Wunden … ich glaube nicht …«

»Meine Wunden sind verheilt«, beharrte Duncan und bot Mauger ein besonders leckeres Stückchen Schweinebraten an. »Glaubst du, ich wäre weniger robust als Mauger?« Er strich dem alten Hund über den Kopf und achtete darauf, nicht die frisch verheilte Narbe über dem rechten Auge des Tieres zu berühren.

»Ich werde dir nicht erzählen, was ich ihn heute Morgen treiben sah«, fügte er augenzwinkernd hinzu.

Seine Frau errötete noch heftiger. »Es war lieb von dir, meinen Brüdern zu erlauben, zu Elspeths Hochzeit zu kommen«, wechselte sie geschickt das Thema.

»Ich habe dir von Anfang an gesagt, dass ich kein Ungeheuer bin. Es war nett von ihnen, uns über den Tod deines Vaters zu informieren, und eine noble Geste, uns für den Wiederaufbau der abgebrannten Häuser unserer Pächter ihre Hilfe anzubieten. Ranald wird einen feinen Gutsherrn abgeben. Er sagte mir, er habe auch mit John MacLeod Frieden geschlossen.« Duncan beugte sich vor und küsste sie sanft auf die Lippen. »Aye, deine Brüder sind hier jederzeit willkommen, und im kommenden Frühjahr werden wir deine Schwester Caterine besuchen.«

»Ich hätte nie gedacht, dass ich sie jemals wieder sehen würde.«

»Und ich hätte nie gedacht, dass ich Fergus jemals heiraten sehen würde«, sagte er und strich ihr zärtlich übers Haar.

»Sie sehen so glücklich aus«, sagte Linnet mit merkwürdig belegter Stimme. »Ich glaube, sie sind wirklich verliebt ineinander.«

Duncan lehnte sich zurück und verschränkte seine Arme. »Den Eindruck habe ich auch.«

»Und du, Mylord?« Die Worte kamen zögernd und so leise, dass sie fast nicht zu verstehen waren.

»Was ist mit mir?« Er warf ihr einen scharfen Blick zu. »Ich frage mich, ob … ob du mich liebst?«

»Ob ich dich liebe?«

»Aye.« Sie nickte. »Ich möchte es gerne wissen.«

»Na gut, dann werde ich es dir sagen. Aye, ich liebe dich. Ich glaube, ich liebe dich schon seit dem Moment, als wir uns durch den Hochzeitsstein die Hände reichten.«

Linnet zog die Brauen hoch. »Ah … du glaubst also doch an die Magie dieser Legende?«

»Ich glaube an unsere Magie«, sagte Duncan lächelnd. »Du hast mir alles wiedergegeben, was ich für immer verloren geglaubt hatte. Mein Herz, mein Leben, meine Seele.«

Seine Frau lächelte, scheinbar überaus zufrieden mit sich selbst. »Und du hast es mir nicht gerade leicht gemacht«, sagte sie.

»Nein?« Duncan tat erstaunt. »Und ich dachte, es wäre genau umgekehrt gewesen.« Er beugte sich vor, nahm ihr Gesicht in seine Hände und küsste sie auf die Nasenspitze. »Beim heiligen Columba, Mädchen, du hast mich vom ersten Augenblick an so bezaubert, dass ich nicht die geringste Chance hatte!«

– ENDE –